KNAUR

Im Knaur Taschenbuch Verlag sind bereits
folgende Bücher der Autorin erschienen:
Der Duft der Kaffeeblüte
So weit der Wind uns trägt
Das Mädchen am Rio Paraíso
Unter den Sternen von Rio

Über die Autorin:
Ana Veloso, 1964 geboren, ist Romanistin und lebte viele Jahre in Rio de
Janeiro. Bereits ihr erster Roman, *Der Duft der Kaffeeblüte*, war ein großer
Erfolg, ebenso *So weit der Wind uns trägt*. Ana Veloso lebt als Journalistin und
Autorin in Hamburg.
Besuchen Sie die Autorin auf ihrer Homepage: www.ana-veloso.de

Ana Veloso

Der indigoblaue Schleier

ROMAN

Besuchen Sie uns im Internet:
www.knaur.de

Vollständige Taschenbuchausgabe Oktober 2013
Knaur Taschenbuch
© 2010 Knaur Verlag.
Ein Unternehmen der Droemerschen Verlagsanstalt
Th. Knaur Nachf. GmbH & Co. KG, München
Alle Rechte vorbehalten. Das Werk darf – auch teilweise –
nur mit Genehmigung des Verlages wiedergegeben werden.
Redaktion: Viola Eigenberz
Umschlaggestaltung: ZERO Werbeagentur, München
Umschlagabbildung: Gettyimages/travelstock44;
Gettyimages/The Bridgeman Art Library; FinePic®, München
Satz: Adobe InDesign im Verlag
Druck und Bindung: CPI books GmbH, Leck
ISBN 978-3-426-50130-6

2 4 5 3 1

Für Joyce und Winston

Das Geschenk der Liebe kann man nicht geben.
Es wartet darauf, angenommen zu werden.

(RABINDRANATH TAGORE)

Rajasthan, März 1616

Mit einem kaum wahrnehmbaren Geräusch landete die Frangipani-Blüte auf der Erde. Das kleine Mädchen, das mit seiner Puppe unter dem Baum saß, schrak auf. Die Blüte lag genau vor ihm, in dem offenen Dreieck, das seine zum Schneidersitz verschränkten Beine bildeten. Hätte man eine Linie von einem Knie des Mädchens zum anderen gezogen, hätte die Frangipani-Blüte exakt deren Mitte beschrieben. Das Mädchen war sich sicher, dass das etwas bedeuten musste. Was genau, danach würde es später seine *ayah* fragen, die in der Deutung solcher Zeichen sehr bewandert war.

Das Kind betrachtete die Blüte einen Augenblick lang verzückt, bevor es nach ihr griff, sie sich unter die Nase hielt und dann wieder etwas von sich entfernte, um sie intensiv anzuschauen. Der Duft war betörend, doch noch schöner war der Anblick. Ihre fünf wachsgleichen Blütenblätter waren zu einem perfekten Kreis aufgefächert, der im Innern gelb war und nach außen hin weiß wurde. Das Mädchen betastete und untersuchte die Blüte von allen Seiten. Nachdem es an ihr absolut keinen Makel entdecken konnte, weder eine bräunliche Stelle noch ein von Insekten verursachtes Loch, schob es sich die Blüte hinters Ohr.

Dann fiel eine weitere Blüte herab, die diesmal genau auf dem Scheitel des Mädchens auftraf, bevor sie zu Boden fiel. Auch damit hatte es bestimmt eine besondere Bewandtnis. Das Mädchen beschloss, diese Blüte in den Zopf seiner Puppe zu stecken, der ebenso glänzend, schwarz und lang war wie sein eigener. Auch die Kleidung der Puppe ähnelte der ihrer Besitzerin. Beide trugen seidene Pluderhosen unter einem farblich harmonierenden Hemd. Die Puppe war in Rot-, Orange- und Gelbtöne gewandet, das Mädchen in Blau- und Grüntöne.

Als die dritte Blüte herabfiel, blieb dem Mädchen keine Zeit, sich über deren Verwendung oder über die Bedeutung der Stelle, an der sie aufgetroffen war, den Kopf zu zerbrechen. Ein lautes Rufen riss es aus seinen Gedanken.

»Bhavani!«, vernahm es die ärgerliche Stimme seiner *ayah*, der Kinderfrau. »Bhavani, hast du nicht gehört? Du sollst sofort zur Veranda kommen.«

Bhavani erhob sich unwillig. Bei diesem Tonfall gehorchte man der *ayah* besser. Als sie sich dem Haus näherte, fuhr die Kinderfrau etwas leiser fort: »Ah, immer diese Träumerei, Kindchen, das geht so nicht weiter! Dein *abba* kann doch nicht den ganzen Tag auf dich warten, er ist ein wichtiger Mann und hat Besseres zu tun, als einem zehnjährigen Kind beim Spielen zuzusehen. Und die *karanjis* sind auch schon kalt, nicht, dass dein Bruder dir noch viele übrig gelassen hätte.«

Bhavani war ebenso erfreut wie verwundert. Ihr *abba*, ihr geliebter Vater, war zu Hause? Warum hatte man sie nicht eher gerufen? Schnell schüttelte sie an der Treppe die Sandalen von den Füßen, rannte die Stufen zur Veranda hinauf und von dort gleich weiter in das Arbeitszimmer, in dem sie ihren Vater vermutete. Die süßen, knusprigen *karanjis*, sonst ihr Lieblingsgebäck, waren ihr jetzt herzlich egal. Wenn es nach ihr ginge, konnte Vijay sie alle aufessen und noch dicker werden. Bhavani riss den Vorhang, der den Flur von dem Arbeitszimmer trennte, beiseite und stürmte in den Raum, bereit, sich jauchzend in die Arme ihres Vaters zu stürzen.

Ihr Vater jedoch erwartete sie nicht, wie sonst, mit einer überschwenglichen Begrüßung – wenn sie mit ihm allein war und keine kritischen Beobachter sich über die unstandesgemäße Vernarrtheit wundern konnten, nahm er seine Tochter gern in die Arme und wirbelte sie herum. Jetzt aber würdigte er sie kaum eines Blickes, und Bhavani vermutete schon, es müsse sich eine weitere Person in dem Zimmer befinden. Onkel Manesh womöglich, der seinen Bruder immer tadelte, wenn er Bhavani mit allzu großer Zärtlichkeit und Nachgiebigkeit begegnete. Sie blickte sich um, sah aber niemanden sonst. Ihr Vater stopfte hektisch allerlei Dinge in eine große Tasche. Schweißperlen standen ihm auf der Stirn, seine Kleidung sah zerrauft aus. Bhavani lief auf ihn zu und umklammerte seine Beine, doch er schüttelte das Mädchen ungehalten ab.

»Wir müssen uns beeilen, Bhavani. Später. Später, wenn wir das alles überstanden haben, können wir uns alle umarmen und küssen. Aber jetzt müssen wir uns sputen.« Er hielt kurz inne und sah Bhavani tief in die Augen: »Versprich mir etwas.«

»Hm … was denn?«

»Ich habe jetzt keine Zeit, mit dir zu feilschen. Hör mir gut zu. Du musst mir versprechen, dass, wenn mir etwas zustoßen sollte, du dich gut um deinen Bruder kümmern wirst. Wenn …«

»Aber …«

»Scht. Hör nur genau zu. Wenn fremde Männer mich abholen kommen, dann lauf fort, so schnell du kannst. Verliere nie Vijay aus den Augen. Begebt euch zu Onkel Manesh, und passt auf, dass niemand euch folgt. Wenn dir im Haus von Onkel Manesh irgendetwas merkwürdig vorkommt, anders als sonst, dann flieht. Eure *ayah* wird euch immer begleiten, aber sie ist nicht mehr die Jüngste. Wenn ihr sie zurücklassen müsst, um euer eigenes Leben zu retten, dann tut es.«

Bhavani waren Tränen in die Augen getreten. Was hatte das zu bedeuten? Was waren das für furchterregende Worte? Warum sollte sie aus ihrem eigenen Haus fortlaufen sollen, noch dazu ohne ihren *abba*? Sie verstand die Welt nicht mehr.

»Es tut mir leid, wenn ich dir Angst eingejagt habe. Und für Erklärungen ist jetzt keine Zeit. Aber die Lage ist mehr als kritisch. Wenn wir das alles überstanden haben, was wir ohne jeden Zweifel tun werden, meine süße Bhavani-beti, dann erkläre ich dir, was es damit auf sich hatte. Betrachte die ganze Angelegenheit vorerst als ein Abenteuer. Bist du nicht im Versteckenspielen auch immer die Gewinnerin? Na also. Mach es genauso wie bei dem Spiel: Sei schnell und raffiniert. Ja?«

Bhavani nickte. Sie schluckte schwer und gab sich jede Mühe, die heraufsteigenden Tränen zurückzudrängen. Ein Abenteuer? Ein Spiel? Das Ganze erschien ihr eher wie eine der Gruselgeschichten, die sich das Küchengesinde abends am Feuer erzählte und denen sie manchmal heimlich gelauscht hatte.

»Und wenn du die Männer abgehängt hast, die euch verfolgen, dann geh zum Tempel der Parvati und bitte die Göttin, dir beizustehen. Versprichst du mir das?«

Erneut nickte Bhavani. Sie zitterte vor Furcht. Zugleich mischte sich auch ein Gefühl von Stolz darunter. So hatte sie ihren *abba* noch nie erlebt. Zum ersten Mal in ihrem Leben hatte er sie nicht wie ein kleines, verwöhntes Mädchen behandelt, sondern mit ihr gesprochen wie mit einer Frau. Natürlich würde sie ihm das alles versprechen. Sie war fast elf Jahre alt, so gut wie erwachsen also – ihre Cousine hatte immerhin mit dreizehn geheiratet. Vijay war acht, benahm sich aber meistens wie ein Kleinkind. Auch wenn er als einziger männlicher Nachkomme mehr Rechte hatte als sie, hatte ihr Vater doch ihr, Bhavani, die Verantwortung übertragen, und sie war sicher, dass sie dieser Aufgabe gewachsen war.

Ihr Vater lächelte sie an. »Ich wusste doch, was für ein tapferes großes Mädchen du bist. Und weil du schon alt genug für …«

Ein lautes Klirren ließ ihn innehalten. Es hatte geklungen wie das Aufschlagen von Messing auf Keramik, ein Geräusch, das Bhavani nur allzu vertraut war. Vijay hatte schon häufig die mit Wasser und schwimmenden Blüten gefüllte Messingschale im Eingang von ihrem Sockel gestoßen. Aber das damit einhergehende Triumphgeheul ihres Bruders blieb diesmal aus, desgleichen das anschließende leise Umherhuschen und Aufräumen der Bediensteten.

Dann passierte plötzlich alles auf einmal. Ein großer, dunkelhäutiger und grimmig dreinschauender Mann mit Turban stürmte in das Arbeitszimmer und schwang dabei einen Säbel. Ihm folgten weitere Männer, allesamt in kampfbereiter Haltung. In der Miene von Bhavanis Vater zeichnete sich Entsetzen ab. Er drängte Bhavani zum Fenster und entriss ihr die Puppe, um seine Tochter hinauszuheben und an beiden Armen auf den Sockel hinabzulassen. Von dort war es nur noch ein kleiner Sprung in den Garten.

»Nein, *abba!* Ich …«

»Lauf! Schnell!« Er drückte ihr einen kleinen Beutel in die Hand, bevor er ihr einen Schubs gab und sich abwendete. Bhavani hörte die Eindringlinge brüllen und toben. Dem Klang nach zu urteilen, zerschlugen sie die gesamte Einrichtung. Sie hörte ihren Vater ein paar Worte in ruhigem Ton sagen, dann vernahm sie nur noch ein Röcheln. Sie klammerte sich am Gesims fest und zog sich hinauf, um einen Blick in den Raum zu werfen. Doch in diesem Augenblick erschien einer der Angreifer im Fenster.

Bhavani sprang und rannte davon.

Die Abenddämmerung setzte bereits ein, als Bhavani sich aus ihrem Versteck herauswagte. Ihren Bruder, der noch verstörter war als sie selbst, ließ sie vorübergehend in dem hohlen Baum zurück, in dem sie, als sie noch kleiner waren, oft gespielt hatten und der jetzt viel zu wenig Raum für sie beide bot. Sie schlich sich vorsichtig zum Haupthaus und hielt dabei die Luft an. Dabei war klar, dass die Eindringlinge schon seit Stunden fort waren – genau wie sämtliche Bewohner und Diener. Eine tödliche Stille lag über dem Anwesen. Einzig das sanfte Rascheln der Vorhänge war zu vernehmen, die durch die offenen Fenster nach draußen flatterten. Bhavani nahm all ihren Mut zusammen und huschte in das Arbeitszimmer ihres Vaters. Sie hatte Verwüstung erwartet, vielleicht sogar einen Verletzten oder gar Leichnam, der auf dem Boden lag. Doch dort, inmitten der zertrümmerten Möbel und der Scherben, lag einzig ihre Puppe, die bernsteinfarbenen Glasaugen starr der Decke zugewandt, die schillernde Kleidung zerrissen.

Leise setzte sich Staub auf die welke Frangipani-Blüte in ihrem aufgelösten Zopf.

I

Goa, 1632

Miguel Ribeiro Cruz wälzte sich unruhig in seiner Koje hin und her. Er träumte, sie seien endlich an der Küste Goas angelangt. Der Traum war so lebensnah, dass er meinte, das aufgeregte Fußgetrappel auf dem Hauptdeck zu vernehmen, die unflätigen Flüche der Matrosen und die Befehle der Offiziere. Miguel rollte sich auf die linke Seite und legte einen Arm schützend über das rechte Ohr. Konnte man auf diesem elenden Schiff denn nicht ein einziges Mal in Ruhe ausschlafen und zu Ende träumen? Dann, in diesem merkwürdigen Schwebezustand zwischen Wachen und Schlafen, träumte er, dass das alles ja Teil seines Traums war. Halb belustigt über die trügerische Realität der Illusion ließ er sich erneut in die schöne Phantasiewelt abgleiten. Ein leises Lächeln lag auf seinen Lippen.

Ah, wie herrlich das wäre, wenn sie wirklich bald wieder festen Boden unter den Füßen hätten! Wie sehr er sich nach Dingen sehnte, von denen er vorher gar nicht gewusst hatte, dass man sie vermissen konnte: den frischen Duft von Wiesen und Wäldern, gepflegte Gespräche mit vornehmen Damen und Herren oder in vollem Galopp ausgedehnte Ausritte zu unternehmen. Er hatte den Kragen gestrichen voll von dem Gestank von Salz, Fisch und Teer, von den zotigen Witzen der Mannschaft genauso wie von deren ungewaschenen Leibern und nicht zuletzt von der Enge an Bord sowie dem Gefühl, eingesperrt zu sein.

Er hielt es kaum noch aus. Diese lange Reise verlangte Miguel alles an Selbstbeherrschung ab, dessen er fähig war.

»Wach auf, mein Freund!«, drang eine Stimme wie aus sehr weiter Ferne in sein Bewusstsein.

Miguel grunzte, rollte sich auf den Bauch und presste das Kissen auf seinen Kopf.

»Wach endlich auf, Miguel! Du verpasst ja das Beste!« Diesmal blieb es nicht bei dem Rufen. Der Mann rüttelte Miguel an der Schulter. Als auch das nichts fruchtete, entriss er ihm gewaltsam das schützende Kissen.

»Grrrmh!«

»Ja, ja, ich weiß. Aber du würdest mich noch mehr hassen, wenn ich dich schlafen ließe, glaub mir. Wir sind da! Miguel, hörst du? Wir haben es geschafft! Reiß dich zusammen und komm mit mir aufs Deck – das Fort Aguada ist schon zu sehen, in Kürze fahren wir in die Mündung des Mondavi-Flusses ein.«

Das, beschloss Miguel, war eindeutig nicht mehr Teil seines Traums. Er drehte den Kopf, öffnete die Augen und sah seinen Freund Carlos Alberto, der, ordentlich gekämmt und rasiert wie seit Monaten nicht mehr, vor seiner Koje stand, noch dazu in voller Montur. In Stulpenstiefeln und Schaube wirkte Carlos Alberto viel erwachsener, wichtiger irgendwie, als Miguel ihn kannte. Mit einem Satz sprang Miguel auf. Sein Schädel pochte, und sein Mund war so trocken, dass er kein Wort herausbrachte. Das hatte er nun davon, dass er letzte Nacht mit dem Bootsmann und ein paar anderen Männern bis in die Puppen gezecht hatte – und zwar genau weil, so erinnerte er sich nun wieder, das baldige Ende der Überfahrt in Sicht war. Stöhnend griff er nach seiner Kleidung, zog sich hastig an und folgte Carlos Alberto, der schon die Kajüte verlassen hatte, hinauf aufs Deck.

Miguels Beine waren so wacklig, dass er nur mit Mühe die schmale Treppe erklomm. Oben angekommen, rannte ein Matrose ihn beinahe um. »Steht nicht so im Weg herum«, blaffte der Mann ihn an, doch es klang eher fröhlich als ärgerlich. Auch die Seeleute waren glücklich darüber, heil am Ziel angelangt zu sein. Ihre Geschäftigkeit war von einer so guten Stimmung und so viel Optimismus geprägt, dass Miguel seinen Kater schlichtweg vergaß. Er lief zu Carlos Alberto an die Reling auf der Steuerbordseite. Schweigend nahmen sie den Anblick auf, der sich ihnen bot.

Die Sonne erhob sich als goldglühender Ball aus dem Horizont. Ein sattes Grün, über dem dichter Frühnebel waberte, überzog die Landschaft, die recht flach war. Nur sehr viel weiter landeinwärts ließen sich höhere Hügel ausmachen. Die Farbe des Himmels ging von Violett in Mittelblau über. Sie fuhren direkt auf das Fort zu, das sich am nördlichen Ufer des Mandovi-Deltas über den Fluss und das Meer erhob, bevor sie schließlich in die Flussmündung einbogen – und jegliches Gefühl von Einsamkeit, das sie auf hoher See nur zu gut kennengelernt hatten, wie weggeblasen war: Man erkannte bereits die Masten der großen Segelschiffe, die vor Govepuri, der Hauptstadt der Kolonie, vor Anker lagen.

Ein kleines Boot, einer Piroge nicht unähnlich, kam ihnen entgegen, und eine Fähre überquerte gleich vor ihnen den Fluss von Süd nach Nord. Sie transportierte nur wenige Passagiere, vorwiegend Inder. Miguels Puls beschleunigte sich. Die Eingeborenen leibhaftig zu sehen war doch etwas ganz anderes, als sie sich anhand von Abbildungen oder Erzählungen vorzustellen. Sie waren nicht nah genug, als dass er ihre Gesichter hätte studieren können, und doch wirkten sie auf ihn wunderschön mit ihrem schwarzen, geölten Haar und der dunklen Haut, auf der ihre sonderbaren bunten Gewänder zu leuchten schienen. Ein kleines Ruderboot kam direkt auf sie zu.»Der Lotse«, klärte Carlos Alberto seinen Freund auf, als ob es dessen bedurft hätte.

Miguel war in Lissabon aufgewachsen und hatte von Kindesbeinen an die Ankunft von Schiffen aus Übersee verfolgt. Das Ruderboot machte am Rumpf der Galeone fest. Eine Strickleiter wurde herabgelassen, und ein kleines, zähes Männlein unbestimmbaren Alters kletterte hurtig herauf. Er war von mittelbrauner Hautfarbe, sicher einer der vielen Mischlinge, die das sittenlose Treiben, für das Goa berühmt war, hervorgebracht hatte. Der Lotse grüßte nickend und verschwand im Steuerhaus. Miguel wandte sich wieder der Szenerie zu.

Rechter Hand säumte ein breiter Streifen weißen Sandes das Ufer, linker Hand lag eine herrliche Kirche, die in der Morgensonne in gleißendem Weiß erstrahlte. Carlos Alberto und Miguel bekreuzigten sich gleichzeitig und schmunzelten darüber. Trotz ihres manchmal gottlosen Geredes waren sich beide stillschweigend einig, dass sie ihrem Schöpfer von Herzen dankbar sein mussten. Es konnten nicht allein das Geschick des Kapitäns, günstige Winde oder die robuste Bauweise der Galeone für ihre gesunde Ankunft verantwortlich sein. Gott hatte seine schützende Hand über sie gehalten.

Die Ellbogen auf der Reling abgestützt und in gebeugter Haltung bestaunten die beiden jungen Männer das Panorama und warteten ungeduldig darauf, endlich die Stadt zu erreichen, die rund sieben Meilen landeinwärts am Fluss lag – die Stadt, die als das »Rom des Ostens« galt, die von dem großen Dichter Camões besungen worden war und in einem Atemzug mit Lissabon genannt wurde, wenn es um die prachtvollsten Städte der Erde ging.

Ohne seinen Freund dabei anzusehen, fragte Miguel: »Was ist heute für ein Tag?«

»Sonntag.«

»Und welches Datum?«

»Heute ist der 5. Mai.« Carlos Alberto beäugte Miguel skeptisch von der Seite und ergänzte: »Im Jahre des Herrn 1632, falls dir auch das bereits entfallen sein sollte.«

»Auf den Tag genau zehn Monate, Carlos Alberto. Ist das zu fassen? Fast ein Jahr unseres Lebens haben wir auf diesem Schiff vergeudet, anstatt das zu tun, was andere Männer unseres Alters zu tun pflegen.«

»Nun, getrunken und gespielt haben wir doch reichlich«, witzelte Carlos Alberto. »Nur mit der Hurerei war es nicht so weit her.«

Miguel starrte versonnen in die Wolkengebilde, die sich rasend schnell zu immer skurrileren Gebilden auftürmten und deren Bäuche von der aufgehenden Sonne in ein kräftiges Orange getaucht wurden. Bald würden sie die Sonne verdecken. Und in Kürze würde aus ihnen, wenn sie in derselben Geschwindigkeit anwuchsen, ein ergiebiger Regen fallen. Das fing ja gut an: An einem Sonntag, noch dazu in der sich ankündigenden Monsunzeit, in der Kolonie einzutreffen war nicht unbedingt ein Glücksfall. Die Leute wären in der Kirche oder zu Hause, die Schänken leer. Sein Gepäck würde aufgeweicht in der Herberge ankommen, und er selber würde wahrscheinlich knöcheltief im Schlamm versinken. Unsinn!, schalt er sich selbst. Wie konnte er allen Ernstes hier stehen und sich Gedanken über das Wetter machen? Das größte Abenteuer seines Lebens harrte seiner, wen kümmerte da ein wenig Regen? Was war nur mit ihm los? Überkam ihn etwa ein Anflug von Wehmut?

Während die Matrosen mit Rah- und Lateinersegel beschäftigt waren und bereits die Taue zum Festmachen bereitlegten, dachte Miguel an die vergangenen Monate zurück, an die Entbehrungen und die Ängste, die nicht ihn allein geplagt hatten. Oh nein, niemals würde er *wehmütig* an die Stürme am Kap der Guten Hoffnung zurückdenken, als er geglaubt hatte, sein letztes Stündlein habe geschlagen. Und nein, nie wieder wollte er auch nur einen Tropfen frischen Süßwassers verschwenden, nicht, nachdem er monatelang von einer abgestandenen, verschmutzten Brühe hatte leben und sich mit Salzwasser hatte waschen müssen. Er wollte sich nie wieder im Bett festzurren müssen, weil der Seegang so schwer war, dass jeder lose Gegenstand zum tödlichen Geschoss werden konnte.

Was er hingegen vermissen würde, das war die Kameradschaft, die die Männer an Bord zusammengeschweißt hatte. Auch der Respekt, den man ihm entgegengebracht hatte – wohlverdient, nachdem er einen Falschspieler enttarnt hatte –, würde ihm fehlen.

Daheim in Lissabon war man ihm nie mit Achtung begegnet. Die einen hatten Mitleid mit ihm gehabt, weil er der Zweitgeborene war und damit als Erbe des großen Handelshauses seines Vaters nicht in Frage kam. Die anderen hatten ihn milde belächelt, weil er zu viel Unfug anstellte, genau wie andere junge Männer aus reichem Hause auch. Da waren Besäufnisse und Raufereien an der Tagesordnung, und beinahe jeder hatte Verständnis dafür, dass junge Burschen wie er einfach noch nicht reif genug waren, ihr Studium in Coimbra mit der gebotenen Ernsthaftigkeit zu betreiben.

Wieder andere hatten ihn gehasst. Leute wie der Vater des Mädchens etwa, das behauptet hatte, Miguel habe es entehrt. In Wahrheit verhielt es sich so, dass die junge Frau in anderen Umständen war, weil sie sich selber entehrt und gleich mit mehreren Männern angebändelt hatte. Und er, Miguel Ribeiro Cruz, sollte nun als Vater des Bastards herhalten, wahrscheinlich, weil ihr seine Familie als unermesslich reich erschien. Miguel war sicher kein Chorknabe, aber diese Person hatte er kaum je angeschaut, geschweige denn angerührt. Er kannte sie gar nicht wirklich, nur ihr falsches, zu lautes Lachen, das durch das Wirtshaus hallte, war ihm noch lebhaft in Erinnerung. Der Vater dieser Frau also trachtete Miguel jetzt nach dem Leben, weil er sich geweigert hatte, die Verantwortung zu übernehmen.

Ha! Wer seiner Verantwortung nicht gerecht geworden war, war der Vater des Mädchens selbst, der seine Tochter offensichtlich nicht im Griff hatte, und Miguel hatte ihm dies deutlich zu verstehen gegeben. Weiterhin hatte er den vor Wut tobenden Mann darüber aufgeklärt, was seine Tochter so trieb – und dass es eine Handvoll Männer gebe, die das Ungemach der Maid verschuldet haben könnten. Namen nannte er allerdings keine. All dies war vor zahlreichen Zeugen geschehen, nämlich an einem Sonntag auf dem Kirchplatz, als die Leute gerade die Messe verließen. Ebenfalls vor all diesen Zeugen hatte der Mann den Schwur ausgestoßen, Miguel zu töten, falls er seine Tochter nicht ehelichte. Es war zu einem Tumult gekommen, bei dem sogar der Pfarrer meinte, die Partei des armen Vaters ergreifen zu müssen, woraufhin Miguel sich wortlos abgewandt hatte und davongegangen war.

Das Schlimmste war nicht gewesen, dass das Mädchen ihn zum Sündenbock hatte machen wollen, und auch nicht, dass ihr Vater außer sich war vor Empörung. All das konnte man nachvollziehen. Viel verletzender war, dass niemand Miguel Glauben schenkte. Der Pfarrer hielt ihn anscheinend allein aufgrund seines Aussehens für einen Taugenichts. Die juristische Fakultät der Universität warf ihn hochkant hinaus, als sie von seinem »feigen Verhalten« sowie von dem Auflauf vor der Kirche erfahren hatte. Nicht einmal seine Familie hielt zu ihm. Seine Mutter glaubte ihn zu trösten, als sie sagte: »Selbstverständlich heiratet ein Ribeiro Cruz keine Küchenmagd!«, aber sie entsetzte Miguel damit eher. Sie schien zu glauben, dass es verzeihlich war, *so eine* zu schwängern, nicht aber, sie zu heiraten. Sein Vater wiederum tat das Ganze als Jugendsünde ab. »Das kann passieren, Junge. In zwei, drei Jahren ist Gras über die Sache gewachsen.

Am besten wird es daher sein, wenn du erst einmal verschwindest, nachher kommt dieser Tölpel noch auf die Idee, seine Drohung wahr zu machen.« Am meisten aber bestürzte Miguel die Reaktion seines älteren Bruders Bartolomeu. »Diese billigen Weiber sind die besten, nicht wahr?«, hatte er Miguel zugeraunt, obwohl Beatriz, Bartolomeus hochschwangere junge Ehefrau, in Hörweite gestanden hatte.

Es war Miguel nicht mehr gelungen, das üble Gerücht aus der Welt zu schaffen. Ehe er sich's versah, schiffte er sich auf der Galeone gen Goa ein, ausgestattet mit den besten Wünschen seiner Mutter und seines Bruders sowie mit einem prall gefüllten Geldbeutel von seinem Vater. Es war Miguel nicht schwergefallen, die Juristerei und die heuchlerische Gesellschaft Portugals hinter sich zu lassen. Es war ihm sogar verlockend erschienen, in die Kolonie aufzubrechen, fern von seiner Familie, fern von dem schlechten Ruf, den er nicht verdiente, und fern von allem, was er kannte. Indien! Das Fernweh packte ihn mit ungeahnter Wucht, als er begann, seine Reisetruhe zu packen. Eine neue Welt – eine neue Chance.

Niemand im *Estado da Índia*, in Portugiesisch-Indien, kannte ihn, jedenfalls nicht persönlich. Niemand würde ihm unterstellen, ein Trunkenbold und Wüstling zu sein, nur weil er Student war. Und der war er ja nun auch nicht mehr. Vielmehr hatte er den Auftrag seines Vaters, der als einer der größten Gewürzhändler Europas galt, sich vor Ort mit dem Gewürzanbau vertraut zu machen und den Zwischenhändlern auf die Finger zu schauen. In jüngerer Zeit waren einige Unregelmäßigkeiten in den Frachtpapieren zutage getreten, deren Ursache aber nie aufgeklärt werden konnte. Es entbehrte nicht einer gewissen Ironie, dachte Miguel, dass ausgerechnet er, der vermeintlich missratene, unehrenhafte Sohn, mit dieser Mission betraut wurde. Wahrscheinlich, dachte er, war es ohnehin nur ein Vorwand, um ihn möglichst schnell außer Landes zu schaffen. Sei's drum. Hier war er nun, und er würde die Gelegenheit, etwas Sinnvolles mit seinem Leben anzufangen, keineswegs verstreichen lassen. Er war mit 25 Jahren jung genug für einen Neuanfang – und alt genug, um seinen eigenen Weg zu gehen.

»Was ist los mit dir? Platzt dir der Schädel nach dem Fusel von letzter Nacht?« Carlos Alberto klopfte Miguel auf die Schulter und riss ihn jäh aus seinen Erinnerungen. »Ganz rote Augen hast du, mein Freund. Wenn ich es nicht besser wüsste, würde ich glauben, du weinst einer gewissen Dame von zweifelhaftem Ruf nach.« Er brach in höhnisches Gelächter aus. »Keine Bange, mein Lieber, auch in der Kolonie gibt es sie, die drallen Küchenmägde, noch dazu dunkelhäutige.«

Miguel war versucht, Carlos Alberto eine Ohrfeige zu verpassen, besann sich jedoch eines Besseren. Er war es selber schuld. Er hatte sich an Bord des Schiffes kaum anders aufgeführt als zuvor in Coimbra, und im Rausch hatte sich seine Zunge gelöst. Carlos Alberto war genauestens unterrichtet. Allerdings sollte gerade er wissen, dass Miguel das Mädchen nicht in die schlimme Lage gebracht hatte – Miguel hatte seinem Reisegefährten lange genug vorgejammert, wie ungerecht das alles war. Dennoch schien auch Carlos Alberto ihm keinen Glauben zu schenken. Machte er einen so verderbten Eindruck auf seine Mitmenschen? Wirkte er derartig unmoralisch? Und aufgrund welcher Umstände verurteilten ihn alle? Weil er jung, gutaussehend und aus reichem Elternhaus war? Weil er Wahrheiten aussprach, die nicht gern gehört wurden? Oder weil er gelegentlich einen über den Durst trank? Anderer Sünden als dieser hatte er sich niemals schuldig gemacht, und doch hielt ihn alle Welt für ein verzogenes Bürschchen, das dem liederlichen Leben frönte.

Die Sonne, die zuvor ihre Gesichter in ein warmes Licht getaucht hatte, verschwand hinter den Wolken. Vielleicht, dachte

Miguel, hätte er diese Reise gar nicht erst antreten sollen. Es sah ja tatsächlich nach einer Flucht aus, und flüchten mussten nur Schuldige, oder? Auch wäre es weitaus mannhafter gewesen, die Reise, wohin auch immer, aus eigener Tasche zu bezahlen und sich zur Not eben als Stallbursche oder Wasserträger zu verdingen, um sich durchzuschlagen. Aber er hatte einmal mehr den Weg des geringsten Widerstands eingeschlagen und dem Vorschlag seiner Familie, nach Goa zu gehen, nicht viel entgegenzusetzen gehabt. Es war alles so plötzlich geschehen, und ja, es war ihm verlockend erschienen. Und das tat es noch. Vielleicht würde es ihm ja hier in Indien endlich gelingen, sich aus der Abhängigkeit des Vaters zu lösen. Er hatte bereits während der langen Reise oft darüber nachgedacht, wie er dies bewerkstelligen sollte, war aber immer wieder bei der Erkenntnis angelangt, dass er erst das Land und seine Gepflogenheiten kennenlernen müsse, bevor er einen Plan schmieden konnte, der auch zu verwirklichen war.

Immerhin hatte er seine Reisekasse unterwegs aufgefüllt. Sowohl den Kapitän als auch den Navigator hatte er beim Kartenspiel um etliche Milreis erleichtert. Selbst Carlos Alberto hatte ein paar Münzen eingebüßt, war aber früher als die anderen beiden hinter Miguels »Geheimnis« gekommen. »Du hast ein perfektes Zahlengedächtnis, nicht wahr?« Ja, das hatte er. Während also Capitão Dias und Afonso Lima Pereira weiterhin darauf gesetzt hatten, dass ihr Passagier ja nicht immerzu Glück haben könne und sich ihr Blatt sehr bald wenden würde, hatte Miguel die aufgedeckten und ausgespielten Karten im Geiste mitgezählt und weiter gewonnen. Meistens jedenfalls. Glück war da nur sehr wenig im Spiel gewesen, das meiste verdankte er seinem Verstand. Mit diesem selbstverdienten Geld also, so wenig es auch war, würde er in Goa arbeiten. Je weniger er das Vermögen seiner Familie antastete, desto mehr würden sein Stolz und sein Selbstbewusstsein gestärkt werden.

Das Schiff verlangsamte seine Fahrt zusehends. Miguel, der Kniehosen und ein Rüschenhemd trug, begann zu schwitzen. Ohne den Fahrtwind würde er bei diesem drückenden Wetter in Stiefeln, Wams und Schaube ersticken, und den breitkrempigen Federhut würde er wohl auch lieber nicht aufsetzen. Dennoch wollte er einen einigermaßen gepflegten Eindruck machen, soweit dies die Umstände erlaubten. Es war gut möglich, dass ein Mitarbeiter des örtlichen Kontors der väterlichen Firma, »Condimentos e Especiarias Ribeiro Cruz & Filho«, ihn abholen kam. Angesichts der Hitze würde er wohl bei Kniestrümpfen und Schnallenschuhen bleiben und sich nur eine leichte Capa umhängen. Und das konnte er auch noch im letzten Augenblick tun. Denn jetzt war es ihm bedeutend wichtiger, an Deck zu bleiben und das Spektakel des Einlaufens in den Hafen und des Festmachens zu verfolgen.

Der Kapitän folgte hochkonzentriert den Anweisungen des Lotsen. Miguel konnte von seiner Position aus nur die oberen Gesichtshälften der beiden hinter dem wuchtigen Holzsteuer sehen, doch die Anspannung darin war klar zu erkennen. Nachdem sie die Überfahrt ohne größere Missgeschicke bewältigt hatten, hätten es alle als böses Omen gedeutet, wäre man jetzt noch auf Grund gelaufen.

Doch das mächtige Schiff bewegte sich ebenso zielsicher wie elegant auf den Pier zu. Unter den Matrosen brach hektische Betriebsamkeit aus, als die letzten Segel eingeholt wurden, und ähnlich aufgeregt waren die Helfer, die am Pier standen, um die schweren Taue aufzufangen.

Als das erste Tau um den Poller gelegt wurde, begann es zu regnen.

2

»Seid willkommen im *Estado da Índia*, Senhor Ribeiro Cruz!«
Ein kleiner Inder mit dickem Bauch verbeugte sich vor Miguel.
Der Mann sprach Portugiesisch ohne Akzent und war gekleidet wie ein Europäer. Er hatte unglaublich weiße, perfekt an-
geordnete Zähne, und einen Augenblick lang war Miguel
sprachlos angesichts dieses Gebisses. Daheim sah man derartig
makellose Zähne bestenfalls bei sehr jungen Leuten – dieser
Mann hier jedoch war mindestens Mitte vierzig.

»Und mit wem habe ich die Ehre?«, fragte Miguel und wischte
sich dabei einen Regentropfen aus dem Gesicht. Die Tropfen
waren groß, fielen aber bislang nur sehr spärlich herab. Noch
hätte man die nassen, dunklen Punkte auf dem hölzernen Steg
zählen können.

»Oh, wie unverzeihlich von mir. Erlaubt mir, mich vorzustellen: Mein Name ist Fernando Furtado, ich bin der Prokurist
der Niederlassung von »Condimentos e Especiarias Ribeiro
Cruz. Ich schätze mich überaus glücklich, Euch heute hier
wohlbehalten eintreffen zu sehen. Hattet Ihr eine gute Reise?«
Während dieser Worte winkte der Mann einen Burschen herbei, der eine Art tragbaren Baldachin über Miguel halten sollte,
was diesem jedoch nur mit Mühe gelang. Miguel war mehr als
einen Kopf größer.

»Sehr erfreut, Senhor Furtado. Später berichte ich Euch gern
von den Abenteuern an Bord. Zunächst jedoch klärt mich bitte
auf: Woher wollt Ihr wissen, dass ich derjenige bin, den Ihr
erwartet habt?«

Senhor Furtado grinste verschmitzt. »Darf ich Euch das eben-falls später verraten? Es dürfte nämlich jeden Moment«, hierbei verdrehte er die Augen gen Himmel, »zu einem fürchterlichen Wolkenbruch kommen. Lasst mich Euch schnell zu meinem be-scheidenen Hause führen, dort erwartet man uns schon. Um das Gepäck kümmern sich diese Burschen hier.« Er wandte sich ab und gab drei Jungen zwischen zwölf und vierzehn Jahren An-weisungen in einer Sprache, die wohl ein lokaler Dialekt war. Miguel verstand zwar kein Wort, entnahm aber dem scharfen Ton und der strengen Miene von Senhor Furtado, dass er den Jungen das Fell über die Ohren ziehen würde, sollten sie den Auftrag nicht zu seiner Zufriedenheit ausführen. Die drei wa-ckelten mit den Köpfen, als seien sie ein bisschen schwachsinnig, und rannten davon. Miguel hatte das Gefühl, dass er noch lange auf seine Truhe würde warten müssen.

Dann machte Senhor Furtado eine herrische Geste in Rich-tung zweier Sänftenträger, die sich daraufhin schnell in Bewe-gung setzten und die Sänfte direkt vor Miguels Füßen zu Bo-den ließen. Senhor Furtado ließ Miguel den Vortritt, bellte den Trägern ein Kommando zu, das trotz der weichen Laute dieser einheimischen Sprache als solches zu erkennen war, und setzte sich Miguel gegenüber in die Sänfte. Er lächelte, senkte seinen Kopf, legte die Hände in seinem Schoß übereinander und wirk-te auf einmal wie der Inbegriff der Unterwürfigkeit. Doch Miguel war nicht entgangen, dass dieser Mann sich durchaus Gehör verschaffen konnte.

Mit einem kleinen Ruck setzte die Sänfte sich in Bewegung. Es schaukelte ein wenig, und Miguel fand sich allzu sehr an das Schiff erinnert. Er wäre lieber zu Fuß gegangen. Vielleicht war es dieser kleine Anflug von Unwillen, der ihn zu seiner folgen-den Rede reizte.

»So, mein verehrter Senhor Furtado. Erlaubt nun Eurerseits,

dass ich mich vorstelle und dem Missverständnis ein Ende bereite: Ich bin Doutor Henrique Garcia Fernandes, Doktor der Jurisprudenz, und ich komme in einer überaus geheimen Mission nach Goa, die das Testament eines meiner hochgeschätzten Mandanten betrifft. An Bord habe ich die Bekanntschaft von Ribeiro Cruz gemacht, der nun vergeblich darauf wartet, von Euch abgeholt zu werden, was dem Knaben sicher nicht schaden kann, denn er ist ein …«

Schallendes Gelächter unterbrach Miguels Rede. Senhor Furtado, der zunächst blass geworden war, dann jedoch begonnen hatte zu schmunzeln, konnte kaum noch an sich halten. »Das ist gut«, prustete er, »das ist ja köstlich! Ah, ich bin froh, dass wir Euch bei uns haben und nicht Euren Bruder!« Im selben Augenblick merkte er, dass er mit dieser Äußerung ein wenig zu weit gegangen war. »Ich meine«, wiegelte er ab, »Ihr scheint ein recht humorvoller Geselle zu sein, während es von Eurem Herrn Bruder heißt, er sei nicht unbedingt zu Späßen aufgelegt. Hier in der Kolonie nehmen wir das Leben lockerer als in Portugal.« Senhor Furtado wischte sich die Stirn mit einem weißen Tuch ab. Miguel war nicht sicher, ob es die Hitze war, die ihn zum Schwitzen gebracht hatte, oder vielmehr die improvisierte Rechtfertigung nach dem Fauxpas. Er bekam Mitleid mit dem Mann und beschloss, ihn nicht länger zu foppen.

»Nun gut, ich bin's wirklich. Aber woher wusstet Ihr es?«

Senhor Furtado gewann wieder die Kontrolle über sich. »Ihr seid mir sehr genau beschrieben worden. Nach Eurer Abreise ist ein wendigeres, schnelleres Schiff nach Portugiesisch-Indien aufgebrochen, das hier bereits vor über einem Monat eingetroffen ist. Es brachte einen Brief Eures Vaters für mich mit. Glaubt mir, nach dieser exakten Beschreibung war eine Verwechslung ausgeschlossen. Im Übrigen hätte ich Euch auch ohne diese Hilfe zu erkennen vermocht: Ihr tragt einen Spitzenkragen von

ausgesuchter Qualität, wie ihn sich nur Adlige leisten können –
oder der Spross eines sehr wohlhabenden Kaufmanns.«

Miguel blickte an sich hinab. Besagter Kragen war speckig und
zerknittert, aber ja, es stimmte, es handelte sich um ein kostbares Accessoire. »Eure Beobachtungsgabe ist erstaunlich«, lobte
er Senhor Furtado.

»Ich danke Euch.« Senhor Furtado senkte den Blick, doch
Miguel hatte das Gefühl, dass die Bescheidenheit nur vorgetäuscht war. »Aber so schwer war es wirklich nicht. Außer Euch
war ja kein anderer junger vornehmer Herr an Bord, denn die
höhergestellten Persönlichkeiten pflegen nicht auf Frachtschiffen zu reisen. Nur Carlos Alberto Sant'Ana wäre noch in
Frage gekommen, aber da ich diesen Herrn persönlich kenne,
bestand da keinerlei Verwechslungsgefahr.«

Täuschte Miguel sich, oder hatte er bei der Erwähnung des
Namens seines Reisegefährten ein leicht verächtliches Herabziehen der Mundwinkel bei Senhor Furtado bemerkt? Nun,
jetzt war sicher nicht der richtige Zeitpunkt, um sich über derartige Dinge Gedanken zu machen. Er schob den dünnen Vorhang am Fenster der Sänfte beiseite und ließ den Blick durch
die Straßen schweifen, durch die die Sänftenträger im Laufschritt hasteten. Das quirlige Hafenviertel hatten sie längst
hinter sich gelassen. Nun sah man nichts weiter als Kirchen
mit verriegelten Toren, Plätze, die wie ausgestorben dalagen,
abweisend wirkende Häuser und Unrat, der in den Straßenrinnen fortgeschwemmt wurde.

Als habe er Miguels Gedanken lesen können, sagte Furtado:
»Es ist Sonntag. Und es regnet. Da geht niemand auf die Straße, wenn er es irgend vermeiden kann. Am Hafen war nur deshalb so viel Trubel, weil die Leute jede Ankunft eines großen
Schiffes mit Begeisterung verfolgen.«

Miguel antwortete nicht, sondern starrte weiter versonnen in die trüben, nassen Straßen hinaus. Inzwischen regnete es so heftig, dass die Tropfen in schnellem Takt auf das Dach ihrer Sänfte trommelten. Die Gebäude Govepuris zeugten zweifelsohne von Geld und Geschmack, trotzdem wollten sie ihm nicht so prachtvoll erscheinen, wie er sie sich vorgestellt hatte. Vielleicht lag es an dem garstigen Wetter.

»Wir begeben uns zu Euch nach Hause?«, fragte er Senhor Furtado, ohne ihn anzusehen.

»Nun, ich halte es für vernünftig, wenn Ihr fürs Erste mit dorthin kommt. Dort steht Euch ein sehr komfortables Zimmer zur Verfügung. Ich habe bereits angeordnet, dass ein Badezuber mit heißem Wasser für Euch gefüllt wird. Auch einen Barbier und einen Masseur habe ich kommen lassen – Ihr seid nicht mein erster Gast, der eine so lange Reise hinter sich hat. Ich glaube zu wissen, wonach man sich nach diesen Strapazen sehnt. Wobei Euch, wenn Ihr mir die Bemerkung erlaubt, diese Belastungen kaum anzusehen sind.«

Damit, so folgerte Miguel, wollte Furtado ihm wohl sagen, dass er nicht gar so verdreckt und verwahrlost wie andere war. Er nahm es dem Mann nicht übel. Er hatte ja recht. Miguel sehnte sich tatsächlich nach einem Bad, einem bequemen Bett sowie einer anständigen Mahlzeit mit reichlich frischem Obst und Gemüse. Die würde er bestimmt ebenfalls im Haus des freundlichen Prokuristen bekommen. Auch wenn dieser es nicht eigens angesprochen hatte, war Miguel klar, dass Furtado ihn unter seine Fittiche nehmen und ihm jede Entscheidung abnehmen würde. Er hätte es im umgekehrten Fall mit einem Gast aus Indien ebenfalls so gehalten. »Das ist überaus freundlich von Euch, Senhor Furtado. Aber es ist wirklich nicht nötig, dass Ihr so ein Aufhebens um meine Person macht. Ich will Euch nicht zur Last fallen. Wenn Ihr mir eine gute Herberge empfehlen könntet …«

»Eine Herberge?! Ich bitte Euch, wollt Ihr Euch die Krätze oder gar das Fieber holen? Nein, nein, nein, mein Lieber, Ihr erholt Euch ein paar Tage lang bei mir im Haus von der Reise, gewöhnt Euch langsam an das Klima und die Sitten bei uns, und dann, wenn Ihr wieder zu Kräften gekommen seid, begleite ich Euch in das ›Solar das Mangueiras‹ Eurer Familie, das man derzeit für Euch herrichtet.«

Miguel nickte. Verkatert wie er noch immer war, hatte er der munteren Autorität des Inders wenig entgegenzusetzen. Wenn er erst einmal ausgeschlafen, gesättigt und gebadet war, würde man weitersehen.

Miguel wurde von der Sonne geweckt, die durch die lichtdurchlässigen Perlmuttscheibchen drang, aus denen hier die Fenster bestanden. Das gedämpfte Licht verlieh dem Raum eine verzauberte Stimmung. Es brachte die Farben der bunt bestickten Seidenvorhänge dezent zum Leuchten und ließ die hauchzarte Gaze, die sein Bett vor Moskitos schützte, wie einen feinen, sanft wabernden Nebel erscheinen. Miguel hatte das Gefühl, das ganze Haus würde schwanken, dabei war es nur sein eigener gestörter Gleichgewichtssinn – man hatte ihn gewarnt, dass das passieren würde und dass dieser Zustand bis zu einer Woche nach dem Ende der Seereise anhalten könne.

Miguel brauchte eine Weile, bevor er sich wieder in der Realität zurechtfand. Richtig, er war in Goa, im Haus des Senhor Furtado. Er war empfangen worden wie ein Fürst. Er war von kundigen Händen rasiert, gebadet, massiert, manikürt und eingeölt worden, und er hatte danach geduftet wie eine königliche Kurtisane. Man hatte ihm frische Kleidung gegeben, die erstaunlicherweise perfekt passte. Dann hatte er die Bekanntschaft der Senhora Furtado gemacht, einer zierlichen Person mit riesigen schwarzen Augen, die auf den ersten Blick schüchtern wirkte, die aber die Domestiken herumscheuchte, als sei sie ein großer Feldherr. Man hatte ihm und dem Hausherrn – die indischen Frauen nahmen das Essen, so lernte Miguel, lieber getrennt von den Männern ein – ein exotisches Festmahl aufgetischt, das ihm geschmeckt hatte wie keines zuvor. Manches Gericht war so stark gewürzt, dass es Miguel die Tränen in die Augen getrieben hatte, aber er hatte nicht aufhören können zu essen. Eine unüberschaubare Vielfalt an Gemüse, Früchten und Gewürzen war zum Einsatz gekommen, dazu Reis, Brot und Linsen sowie Fisch und Meeresfrüchte in verschiedenen Varianten. Einzig mit Fleisch war man nicht ganz so großzügig gewesen, und Miguel bemerkte, dass nur er davon kostete. Senhor Furtado rührte weder das marinierte Huhn noch das geschmorte Rindfleisch an. Man hatte ihm zum Abschluss des Essens einen Schnaps aus Cajú-Früchten angeboten, und schließlich hatte Miguel sich zu einer Siesta in sein Gemach zurückgezogen, in dem ein frisches Nachthemd für ihn bereitlag. Miguel hatte sich nicht die Mühe gemacht, es anzuziehen. Er hatte die Schuhe abgestreift und war stöhnend auf das wunderbare, große Bett gefallen.

Nach dem Stand der Sonne zu urteilen, ging sie bereits unter. Miguel sah sich vom Bett aus im Zimmer um. Seine Truhe stand in einer Ecke, daneben entdeckte er seine frisch geputzten Schuhe. War während seines Schlafes jemand im Zimmer gewesen? Es musste so sein, denn Miguel konnte sich nicht daran erinnern, das Moskitonetz herabgelassen zu haben. Über ihm war an der Decke ein riesiges Palmblatt befestigt, das sich langsam, aber gleichmäßig bewegte und ihm Wind zufächelte. Daran war eine Schnur befestigt. Miguel folgte mit dem Blick dem Verlauf dieser Schnur. Er rollte sich auf dem Bett herum, um in die Ecke hinter dem Kopfende des Bettes zu schauen – und erschrak so heftig, dass er beinahe hinausgepurzelt wäre.

Dort, keine zwei Meter von seinem Kopf entfernt, hockte ein Junge auf der Erde und bewegte seinen großen Zeh, an dem die Schnur befestigt war.

»Du da. Kannst du mich verstehen?«

Der Junge wiegte den Kopf, ganz ähnlich, wie es zuvor die Burschen am Hafen getan hatten. Kein Nicken, kein Kopfschütteln, sondern irgendetwas dazwischen, das einer rollenden Bewegung glich. Gab es in der Kolonie etwa überdurchschnittlich viele Schwachsinnige?

»Wie lange sitzt du da schon?«

»Seit Ihr eingeschlafen seid, Senhor. Die ganze Nacht.«

Die ganze Nacht? Sollte das etwa heißen … oh nein, es war die Morgensonne, die ihn geweckt hatte! Er hatte gute fünfzehn Stunden geschlafen.

Miguel hob das Netz hoch und kroch darunter hervor. Auf der Bettkante sitzend fragte er den Jungen: »Tut dir die Zehe nicht weh?«

»Ich verstehe nicht …«

»Ich meine: Hast du Schmerzen von all dem Gewackel mit den Zehen? Schnürt dir der Faden nicht das Blut ab?«

Der Bursche antwortete mit einem dümmlichen Lächeln und neuerlichem Rollen des Kopfes.

»Wie heißt du?«

»Crisóstomo, Senhor.« In Miguels Ohren klang es wie »Krishna«. Miguel hatte gelesen, dass die zum Christentum »bekehrten« Hindus gern portugiesische Vornamen wählten, die ähnlich klangen wie jene, die sie ausgesucht hätten, wenn nicht die portugiesische Kolonialmacht samt ihrer Kirche das Land besetzt hätte.

»Nun gut, Crisóstomo. Sei so gut und löse diese Schnur von deiner Zehe. Und dann bring mir bitte etwas Wasser, damit ich mich frischmachen kann.«

Der Junge schenkte Miguel ein strahlendes Lächeln, rollte mit dem Kopf und verließ humpelnd das Zimmer. Wenige Minuten später, Miguel saß noch immer auf der Bettkante und versuchte, das Schwindelgefühl abzuschütteln, klopfte es an der Tür.

Hätte Miguel geahnt, was da auf ihn zukam, hätte er vielleicht nicht so schnell reagiert und »herein« gerufen. Denn es traten ein: ein Bursche, der eine Waschschüssel vor sich her balancierte, sowie einer, der einen Stapel Handtücher brachte; ein stämmiger Mann in weißen Pluderhosen und langem weißem Hemd, der vor allem eine wichtige Miene zur Schau trug – der Barbier, wie Miguel vermutete; ein gebeugt gehender Alter, der ein Tablett hielt, auf dem ein paar Kleinigkeiten zu essen angerichtet waren, von denen Miguel keine einzige kannte; ein Junge, der einen dampfenden Kessel trug; und zuletzt ein hagerer, vergleichsweise hochgewachsener Mann mittleren Alters, der die anderen vor sich her scheuchte und ihnen Anweisungen gab, bevor er sich mit einer Verbeugung Miguel zuwandte. »Herzlich willkommen im Haus Furtado, Senhor Ribeiro Cruz. Mein Name ist Sebastião, ich bin der Hausdiener und für Euer persönliches Wohl verantwortlich. Was immer Ihr wünscht, lasst es mich wissen, ich werde alles veranlassen. Während der Barbier bei Euch ist, könnt Ihr Euch an dem kleinen Imbiss hier laben«, dabei deutete er auf das Tablett mit dem fremdartigen Obst und dem merkwürdig geformten Gebäck, »anschließend werdet Ihr im Speiseraum erwartet, wo es ein richtiges Frühstück gibt.«

Miguel war fassungslos, fügte sich aber klaglos in sein Schicksal. Er nickte, und der Hausdiener verließ rückwärts und gebeugt gehend den Raum. Augenblicklich wurden die anderen aktiv. Miguel wurde einer neuerlichen Rasur unterzogen, sein Schnauzbart und der schmale Kinnbart wurden geölt. Seine

Hände und Füße wurden in duftendem Wasser gebadet, ein Junge reichte ihm anschließend, während der Fußmassage, ein Glas Gewürztee, der Alte bot ihm von den Leckereien an. Crisóstomo saß wieder in seiner Ecke und betätigte die Schnur für den Palmwedel.

Als die Prozedur überstanden war, schickte Miguel die Dienstboten hinaus, doch keiner von ihnen rührte sich. »Geht jetzt, gönnt mir einen Augenblick Ruhe, um Gottes willen.«

»Haben Euch unsere Dienste nicht genügt, Senhor?«, flüsterte der Alte, den Blick zu Boden gerichtet.

Miguel ging ein Licht auf. Natürlich, ohne ein Trinkgeld konnte er sie nicht einfach fortschicken! Er zückte seinen Geldbeutel, förderte für jeden der fünf sowie für Crisóstomo eine Münze zutage und verteilte sie. Die Freude darüber hielt sich in Grenzen, doch immerhin hatten die Männer den Anstand, nun sein Zimmer zu verlassen. Einzig der Junge an der Zehenschnur blieb.

»Ehm ... wenn ich etwas anmerken dürfte, Senhor?«

»Ja?«

»Ihr dürft nicht jedem das Gleiche geben. Die jungen Hausburschen hätten sich auch über sehr viel weniger gefreut. Und die Männer in höheren Positionen oder in reiferem Alter brüskiert man, wenn man sie mit demselben Betrag abspeist wie die Jungen und Unerfahrenen.«

»Selbstverständlich.« Miguel schämte sich seiner Unwissenheit. Nun gut. Beim nächsten Mal würde er es besser machen. »Danke, Crisóstomo.«

Später, nachdem er mutterseelenallein sein opulentes Frühstück eingenommen und erfahren hatte, dass Senhor Furtado bereits seit Sonnenaufgang bei der Arbeit war, schlenderte Miguel durch die Gassen der Stadt. Eine Sänfte hatte er abgelehnt. Der Spaziergang bekam ihm gut, er hatte allzu lange keinen festen Boden unter den Füßen gehabt. Das Viertel, in dem Furtados Haus lag, war ein ruhiges Wohngebiet, doch wenige Straßenzüge weiter bevölkerten viele Leute die Gassen. Miguel ließ sich einfach treiben, genoss das Gefühl des auffrischenden Windes auf seiner schweißbenetzten Haut und bestaunte das bunte Völkergemisch, in dem er überhaupt nicht auffiel. Da waren indische Damen, die in seidene Saris gehüllt waren, und solche, die europäische Kleidung trugen; da gab es Männer mit großen Turbanen und solche mit französischen Musketierhüten; neben Indern aller Hautfarben von ganz hell bis fast schwarz sah er Araber, Europäer und Ostasiaten. Die Hauptstadt Goas war unübersehbar eine florierende Handelsmetropole, in der jeder, der etwas kaufen oder verkaufen wollte, willkommen war. Dabei schien es niemand hier eilig zu haben, was Miguel erstaunte. Die Kaufleute in seiner Heimat waren für ihre Hast berühmt. Ob es am Wetter lag? Zwar schien noch die Sonne, doch es dräute bereits am Horizont. Es war heiß und schwül, und jede überflüssige Bewegung schien einen neuen Schweißausbruch zu erzeugen.

Um die Mittagszeit, so hatte man Miguel ausgerichtet, würde Senhor Furtado sich freuen, wenn sein Gast mit ihm gemeinsam eine Mahlzeit einnahm. Man hatte ihm den Weg zu dem Kontorhaus beschrieben, das in der Nähe des Hafens lag. Miguel schätzte, dass er sich demnächst dorthin begeben sollte. Er fragte sich durch, und so erreichte er kurze Zeit später das Kontorhaus, ein gelbes zweigeschossiges Gebäude, über dessen Eingangstür in prachtvollen Goldlettern der Name des väterlichen Handelshauses prangte. Ein diffuses Gefühl von Stolz überkam Miguel, vermischt mit einem Schuss Enttäuschung. Ribeiro & Filho – Ribeiro & Sohn – stand da. Und dieser Sohn war nicht er, sondern Bartolomeu. Obwohl Miguel wusste, dass das Geschäft von seinem Großvater den Namen erhalten hatte, der es auf seinen einzigen Sohn, nämlich Miguels Vater, übertragen hatte, änderte das nichts an dem bitteren Beigeschmack. Da konnte Senhor Furtado ihm den Aufenthalt versüßen, wie er wollte.

Kaum hatte er an den Mann gedacht, eilte dieser ihm auch schon entgegen. Der Inder erkundigte sich wortreich nach Miguels Wohlbefinden, ließ sich in allen Details schildern, wie es ihm in seinem Haus und auf dem Weg hierher ergangen war, und führte ihn schließlich in einen Raum, der für ein Mittagessen hergerichtet war.

»Nehmt es mir nicht übel, mein großzügiger Freund, aber ich habe gerade erst ein Frühstück genossen, das alles in den Schatten stellte, was man mir daheim je serviert hat. Mir wäre jetzt eher nach ein bisschen Bewegung. Gibt es hier einen Markt, über den wir schlendern könnten?«

»Um diese Zeit?«, rief Furtado erschrocken aus, bevor er sich auf seine Unterwürfigkeit besann und sagte: »Aber ja, ganz in der Nähe ist ein schöner Markt. Aber gegen Mittag ist dort nicht mehr viel los, den Händlern wie den Kunden wird es dann zu heiß.«

»Das macht mir nichts. Aber wenn es Euch zu anstrengend ist, gehe ich sehr gern auch allein.«

»Auf gar keinen Fall, mein Lieber. Da laufen Bettler herum und allerlei Gesindel, und Ihr kennt die Landesgepflogenheiten noch zu wenig, um Euch ihrer Angriffe erwehren zu können. Ich begleite Euch.«

Und so geschah es. Furtado hatte nicht übertrieben, als er von »Angriffen« gesprochen hatte. Wie die Fliegen fielen Verstümmelte und Verdreckte über ihn her. Ausgemergelte Frauen streckten ihm ihre Säuglinge entgegen, halb verhungerte Männer begrabschten ihn mit Händen, die in eitrigen Verbänden steckten. Es war grauenhaft, doch Senhor Furtado wehrte sie alle ab, meistens mit böse gezischten Worten, manchmal auch mithilfe einer kleinen Gerte, die er offensichtlich im Ärmel versteckt hatte. Nachdem der erste Schreck über diese Zustände verflogen war, begann Miguel, sich die Auslagen der Händler anzusehen. Da gab es Stände, die auf Cajú-Nüsse spezialisiert waren, und solche, die ausschließlich *paan* verkauften, eine Art Kautabak aus der Betelnuss. Da gab es Türme von Ananas, Bananen und Mangos und säckeweise Gewürze, die in der Heimat ein Vermögen wert waren. Als Miguel am Tisch eines Mannes stand, der von Fliegen umschwärmte getrocknete Krabben und Fische feilbot, ließ ihn ein heftiger Schwindel innehalten.

Miguel schwankte. Noch immer meinte er das Auf und Ab der Dünung zu spüren, den Rhythmus des Meeres, dem er sich auf der Galeone so leicht angepasst hatte. Jetzt, nach den langen Monaten auf See, brachte ihn die Abwesenheit des Wellengangs aus dem Gleichgewicht. Und dieser Schwindel hatte nicht allein seinen Körper ergriffen. Auch sein Kopf schwirrte vor all den leuchtenden Farben, den fremdartigen Gerüchen, dem Gedränge und Gelärme. Was immer er in Goa erwartet hatte – so lebendig und bunt hatte er sich das Land bestimmt nicht vorgestellt. Staunend taumelte er weiter, und einmal griff er sogar nach Senhor Furtados Arm, um den Halt nicht zu verlieren.

»Ich hatte Euch ja gewarnt. In der Mittagshitze bleibt man besser irgendwo im Schatten und ruht.«

Miguel hatte nicht die Energie, seinem Gastgeber zu erklären, dass es noch die Nachwirkungen der Seereise waren, die ihm so zusetzten. »Ja, vielleicht ist es besser, wir gehen wieder zum Kontorhaus.«

Sie hatten bereits die Hälfte des Weges zurückgelegt, als zwei

Sänftenträger sich lauthals ihren Weg durch die Menge bahnten. In der Sänfte saß eine indische Dame, ganz in Seide gehüllt und das Gesicht hinter einem Schleier verborgen. Miguel blieb stehen und glotzte die Frau schamlos an. Sie trug den Kopf hoch erhoben und schien unbeirrt geradeaus zu schauen, obwohl sie sicher aus den Augenwinkeln wahrnahm, welche Faszination sie auf die Menschen ausübte. Aus ihrer Haltung sprach grenzenlose Verachtung für alles, was um sie herum geschah, und ihre anmaßende Art irritierte Miguel. Doch als die Sänfte an Miguel vorüberzog, fiel sein Blick auf ihre Füße: nackte, zierliche, zarte, schutzlose Füßchen, deren Zehen mit Goldringen geschmückt waren und die alle Arroganz der Inderin Lügen straften.

»Wer ist diese Frau?«, wandte er sich an Senhor Furtado. »Ich muss sie kennenlernen.«

3

Amba setzte sich auf die gemauerte Bank ihrer Veranda, lehnte erschöpft den Kopf gegen die Hauswand und schloss die Augen. Sie atmete tief durch und sog so viel wie möglich von der feucht-würzigen Waldluft ein. Es lag die Verheißung von Wachstum in diesem Duft regennasser Erde und sattgrünen Blattwerks. Amba liebte dieses Aroma, es schenkte ihr den inneren Frieden zurück, der ihr im Laufe des Tages abhandengekommen war.

Denn Ausflüge in die Stadt ermüdeten sie wie nichts sonst auf der Welt. Es war laut und schmutzig dort und so überfüllt, dass man immerzu abscheuliche Dinge von anderen Menschen sah, roch oder hörte, die besser privat geblieben wären. Außer ihr schien sich jedoch niemand daran zu stören, sich inmitten einer ungepflegten und ungehobelten Masse aufzuhalten. Im Gegenteil, die Leute waren ja ganz versessen darauf, möglichst eng aufeinanderzuhocken. Es war ekelhaft. Wie eine verlauste Affenbande. Oder eine Meute räudiger Hunde. Sie würde nie verstehen können, wie man sich freiwillig in schlecht belüfteten Behausungen zusammenpferchen lassen konnte, noch dazu in einem Sumpfloch wie Govepuri. Andauernd dezimierte die Brechruhr, die die Portugiesen »Cholera« nannten, ganze Stadtviertel um mehr als die Hälfte ihrer Bewohner, und dass die Menschen weiterhin dort blieben, war ja Beweis genug dafür, dass ihnen die giftige Luft den Verstand vernebelt hatte.

Leider ließen sich gelegentliche Ausflüge in die Stadt nicht vermeiden. Heute war es besonders grässlich gewesen. Amba

hatte bewusst die Mittagszeit für ihren Besuch gewählt, weil
dann die wenigsten Leute unterwegs waren und man sie nicht
so anstarrte. Doch die Hitze hatte auch sie und ihre Sänftenträger sehr erschöpft, und »Senhor Rui«, wie er sich gern
nennen ließ, hatte sich noch unausstehlicher als sonst aufgeführt. Der Mann wurde von Mal zu Mal dreister, sie würde
sich dringend etwas einfallen lassen müssen, um ihn wieder in
seine Grenzen zu verweisen. Rujul, wie er eigentlich hieß, war
schließlich nichts weiter als ein Emporkömmling, der aus einer niederen Kaste von Handwerkern stammte und der die
Unkenntnis der Portugiesen über seine bescheidene Herkunft
zu seinen Gunsten ausgenutzt hatte. Das allein hätte Amba
nicht verwerflich gefunden; dass Rujul aber ihr, die einer für
ihn unerreichbaren Kaste entstammte, jedes Mal frech die
Hand küssen wollte, war ein Frevel, den sie nicht länger dulden konnte. Portugiesische Lebensweise hin oder her – wenigstens unter Indern hatte man ein Mindestmaß an Demut
gegenüber höhergestellten Personen an den Tag zu legen.
Doch dieser Wurm erlaubte es sich sogar, sie, nachdem sie
ihm unwirsch ihre Hand entzogen hatte, mit anzüglichen Blicken von Kopf bis Fuß zu mustern – ganz ähnlich wie der
Rüpel am Straßenrand, der in Begleitung des dicken Inders
dort gestanden und sie angestarrt hatte, als wolle er sie mit
seinen Blicken entkleiden.

Es hatte sich um einen Neuankömmling gehandelt, das war
unübersehbar gewesen. Anfangs trugen sie immer noch die
modische europäische Kleidung, die für das tropische Klima
absolut ungeeignet war. Sie liefen in Stulpenstiefeln herum, die
zu warm waren, oder in Schnallenschuhen, die sich in der Monsunzeit auf den aufgeweichten Wegen mit Schlamm vollsogen.
Sie trugen Hüte, deren Straußenfedern im Regen traurig nach
unten hingen, und bestickte Samtwämser, unter denen sie er-

bärmlich schwitzten. Ihre Hosen, die meist Knielänge hatten, waren ebenfalls aus Samt oder aus Brokat, Stoffen also, die es der Haut unmöglich machten, zu atmen. Sie trugen ihr Haar meist schulterlang, doch ölten sie es nie, so dass es immerzu struppig aussah. Manche von ihnen trugen sogar Perücken, wozu dieser Kerl heute allerdings nicht gehörte. Sein Haupthaar war voll und schwarz gewesen, seine Haut jedoch einen Ton zu dunkel, um unter seinesgleichen noch als vornehm zu gelten. Auch das war ein untrügliches Anzeichen dafür, dass er gerade erst eingetroffen war. Auf den Schiffen setzten diese Männer ihre Haut zu lange der Sonne aus.

Amba ließ ihren Schleier vom Kopf gleiten und auf die Schultern fallen. Sie hob ihren dicken schwarzen Zopf, der ihr über die Taille reichte, nach vorn und löste ihn. Den ganzen Tag schon hatte ein einzelnes Haar geziept, weil der Zopf zu straff geflochten war. Gedankenverloren ließ sie die Finger durch die Strähnen gleiten, die dick und seidig glänzend waren. Ein Jammer, dass sie ihr Haar nicht zeigen konnte.

»Amba-beti, lass mich dich kämmen, das wird dir helfen, dich zu entspannen.« Nayana war lautlos herangeschlichen, wie sie es immer tat. Amba wunderte sich, dass die alte Frau trotz ihrer angeblichen Unbeweglichkeit so leise gehen konnte. Manchmal vermutete sie, dass Nayana noch geschmeidig wie ein junges Mädchen sein konnte und nur dann über ihre alten Knochen stöhnte, wenn es ihr zupasskam. Nayanas genaues Alter kannte nicht einmal Nayana selber, doch sie musste die sechzig lange überschritten haben. Eine Greisin also, nach hiesigen Maßstäben, und so sah sie auch aus. Ihre Haut war runzlig und dunkel wie ein zerknautschter Lederbeutel, ihr Haar weiß. Doch ihr Geist war jung geblieben, wenngleich er auch in jüngeren Jahren nicht sehr beweglich gewesen war – im Gegensatz zu ihrem Körper.

»Ah, der Regen ist mir in die Glieder gefahren, ich kann mich kaum rühren«, klagte die Alte.

»Als der Monsun vor drei Jahren nicht pünktlich kam, war es die Trockenheit, die dir die Knochen mürbe gemacht hat«, erwiderte Amba. »Und wenn es nicht zu nass und nicht zu trocken ist, dann ist es der heiße Wind, der deine Körpersäfte aus dem Gleichgewicht bringt, oder die Windstille, die dein Blut zum Kochen bringt. Also sei still, Nayana.«

»Und dir hat der Regen wohl den Respekt vor dem Alter aus dem Kopf gewaschen.«

»Verzeih mir, Nayana. Ich sollte meine Launen nicht an dir auslassen. Es sind diese Besuche in der Stadt. Danach fühle ich mich immer so … besudelt.«

»Ich weiß, Kind. Deshalb habe ich für heute eines deiner Lieblingsgerichte kochen lassen, *sambharachi kodi*. Makarand hat Garnelen bei seinem Freund, dem Fischer, ergattert.«

Der erste Lichtblick des Tages. Amba liebte dieses Garnelencurry, und da es wegen der stürmischen See schon sehr bald gar keine frischen Meerestiere mehr zu essen gäbe, war sie froh und dankbar über die Findigkeit des Laufburschen. »Wenn er dir mehr als fünf Kupfermünzen dafür abgenommen hat, war es ein gutes Geschäft für ihn.«

Nayana hob in gespielter Gleichgültigkeit die Schultern. Makarand, dieser Bengel, hatte ihr acht Kupfermünzen abgeknöpft. Zum Glück drang Amba nicht weiter in sie. Über das Budget, das ihr zur Verfügung stand, musste Nayana ihrer Herrin keine Rechenschaft ablegen, jedenfalls nicht, solange sie damit vernünftig wirtschaftete. Aber Makarand würde sie sich noch heute vornehmen, diesen kleinen Dieb!

Amba wusste, dass Nayana sich hatte hereinlegen lassen. Doch es ärgerte sie nicht. Eigentlich amüsierte sie sich sogar darüber. Sie gestand der Alten jeden Monat eine bescheidene Summe

43

sogenannten Haushaltsgeldes zu, die Nayana allein verwalten und ausgeben durfte. Es gab der alten Frau ein Gefühl von Bedeutung und Macht, das sie sich in all den Jahren treuer Dienste für Amba redlich erworben hatte. Die Ausgaben für größere Anschaffungen, auch von Lebensmitteln, kontrollierte Amba allerdings lieber selbst. Da reichte ihr Vertrauen nicht aus, weder das in die Rechenkünste von Nayana noch in die der Köchin oder der anderen Dienstboten. Und war es nicht auch rührend, dass die Alte ihr eifersüchtig gehütetes Haushaltsgeld für Garnelen ausgab, nur um ihrer Amba eine Freude zu bereiten?

»Was würde ich bloß ohne dich tun, Nayana?«

»Und ich ohne dich?«

Diesen Wortwechsel hatten sie sicher schon Tausende von Malen gehabt. Beide mussten lächeln. Er war wie ein Mantra, Worte, die man, ohne nachzudenken, aufsagen konnte, so dass der Geist leicht wurde.

Amba schloss die Augen und genoss die Kopfmassage, die Nayana ihr nun angedeihen ließ. Von arthritischen Fingern keine Spur: Fest und gleichzeitig sanft krabbelten die Finger der Alten über ihren Kopf und lösten ein wohliges Erschauern aus. Der Duft von Kokosöl hing in der Luft, und Amba spürte seine angenehm beruhigende Wirkung. Ihre Anspannung ließ allmählich nach. Beinahe wäre sie unter den kundigen Fingern Nayanas eingenickt, als ein Kreischen sie aufschrecken ließ.

»So, Shalinis Sohn ist also wieder wohlauf.«

»Ja, das Fieber ist schon gestern gesunken, und heute … du hörst es ja selbst. Beinahe wünschte ich, er wäre noch ein bisschen länger krank gewesen. Der Junge ist eine Plage. Ihr alle verwöhnt ihn viel zu sehr und bestärkt ihn noch in dem Glauben, er könne hier herumtoben, wie es ihm beliebt.«

»Aber das kann er doch auch, Nayana.« Amba wusste, dass die

Alte das Kind am allermeisten verwöhnte. Sie alle waren ver-
narrt in den Jungen, der ein aufgewecktes und bildhübsches
Kerlchen war, doch Nayana trieb es mit ihrer Fürsorge am weitesten. Wenn sie ihr Geld nicht für Ambas Lieblingsspeisen
ausgab, dann kaufte sie davon Süßigkeiten für den Vierjähri-
gen, der gottlob so viel rannte und kletterte, dass er trotzdem
nicht dick wurde.

Der Junge, Vikram, winkte Amba aus dem Banyanbaum zu und
setzte dabei eine Miene auf, in der halb Triumph, halb Schuld-
bewusstsein lag. Er wusste, dass er hier nicht spielen sollte,
wenn Ambadevi zu Hause war. Er wusste aber auch, dass diese
es ihm nicht übelnahm, sondern sich im Gegenteil zu freuen
schien. Mit einem Arm klammerte er sich an eine der Luftwurzeln, an der er nun wieder schwang – nachdem er kurz zuvor
heruntergefallen war, offenbar der Grund für seinen schrillen
Schrei. Amba winkte ihm mit ihrer schmalen, hennabemalten
Hand zurück und schenkte ihm ein aufmunterndes Lächeln.

Außer der alten Nayana, die Amba schon von Kindesbeinen an
kannte, waren Vikram, seine Mutter Shalini, der junge Makarand, die Köchin Chitrani, der alte Gärtner Dakshesh sowie die
beiden Dienstmädchen Anuprabha und Jyoti die einzigen Menschen, vor denen Amba sich ohne Schleier zeigte. Sie wusste
um deren absolute Verschwiegenheit, die ihren Grund nicht
unbedingt in der Vertrauenswürdigkeit all dieser sieben Personen hatte, sondern vielmehr in einer Mischung aus Dankbarkeit und Angst. Jeder Einzelne von ihnen hatte in Ambas Haus
eine sichere Zuflucht gefunden, die er gewiss nicht durch
leichtfertiges Geschwätz aufs Spiel setzen würde.

Shalini war aus ihrem Dorf verstoßen worden, als sie, fünf-
zehnjährig, nach einer Vergewaltigung schwanger geworden
war. Amba hatte das verstörte Mädchen vor dem Tempel der
Parvati gefunden, wo es hochschwanger um Almosen bettelte,

und bei sich aufgenommen. Zunächst sollte es nur für die Dauer des Kindbetts sein, doch dann hatten Shalinis Nähkünste und der steinerweichende Anblick des kleinen Vikram Amba dazu veranlasst, sie dauerhaft bei sich zu behalten.

Der schlaue Makarand war vierzehn Jahre alt. Mit elf war er aus seinem Elternhaus geflüchtet, weil sein Vater, ein bettelarmer Steinbrecher, seinen jüngsten Sohn einem Kamelhändler auf der Durchreise verkaufen wollte, der angeblich einen kräftigen Jungen brauchte, um die Tiere zu füttern und ähnliche Handlangerarbeiten auszuführen. Makarand wusste aber, dass er, wenn er erst in Persien wäre, als Sklave weiterverkauft worden wäre. Noch in der Nacht bevor der Kamelhändler weiterzog und in der er das Gespräch zwischen seinem Vater und dem Araber belauscht hatte, war er geflohen. Er hatte zwei Jahre gebraucht, um aus den Bergen im Norden bis an die Küste Goas zu gelangen, zu Fuß und zu Kamel, auf Ochsenkarren oder Flussbooten. Mit Diebstählen und Bettelei hatte er sich über Wasser gehalten, doch dann war er schwer erkrankt und wäre wohl auch gestorben, wenn nicht seine Retterin des Weges gekommen wäre. Amba hatte ihn am Straßenrand aufgelesen, wo er mit furchtbarem Durchfall hockte. Obwohl Amba Hunderte solcher Kinder gesehen hatte und wusste, dass sie nicht allen helfen konnte, hatte sie sich um Makarand gekümmert – mehr aus Wut, weil er nämlich genau vor einem Schrein ihrer Göttin gehockt und den Boden beschmutzt hatte. Inzwischen war Makarand nicht nur kerngesund, sondern auch im Stimmbruch und manchmal ein wenig rebellisch. Doch er war Amba treu ergeben wie ein Hund, und seine auf der Flucht erworbenen Fähigkeiten machten ihn zu einem idealen Laufburschen.

Chitrani, die Köchin, war vor mehr als einem Jahr zu ihnen gekommen, nachdem ihre Schwiegermutter sie mit Öl übergossen und sie angezündet hatte. Wie eine menschliche Fackel war Chitrani aus dem Haus gerannt, schreiend und eine dunkle Rußwolke hinter sich herziehend, bis sie sich in den Fluss stürzen konnte. Nicht des Schwimmens mächtig und noch dazu mit schweren Verbrennungen, wäre sie wahrscheinlich jämmerlich ertrunken, wenn nicht Amba im Gedenken an das Gangaur-Fest, bei dem sich einst ihr Schicksal besiegelt hatte, ein Opfer am Ufer des Flusses dargebracht hätte. Sie fand die Frau, mehr tot als lebendig, pflegte sie gesund und stellte fest, dass sie eine vorzügliche Köchin war. Chitrani also, diese friedliebende, stille und tüchtige Frau in Ambas Alter, deren einziger Fehler es war, in siebenjähriger Ehe keine Söhne bekommen zu haben, und deren Töchter alle noch als Säuglinge von einer seltenen Erkrankung dahingerafft worden waren, blieb ebenfalls in Ambas Haushalt und war froh, ihre Brandnarben hinter den duftenden Dampfschwaden verbergen zu dürfen, die aus den Kochtöpfen aufstiegen.

Dakshesh war alt und fast blind. Als auch sein letzter überlebender Sohn sowie dessen Frau und Kinder vom Sumpffieber dahingerafft wurden, war der alte Mann von der Barmherzigkeit der anderen Dorfbewohner abhängig geworden. Als Amba eines Tages durch dieses Dorf reiste, beobachtete sie, wie die Kinder ihn mit Fischabfällen bewarfen und kein Erwachsener einschritt. Sie unterhielt sich mit dem Alten und beschloss, ihn bei sich aufzunehmen – immerhin bedeutete sein Name »Shiva«, und den Gemahl Parvatis konnte sie ja unmöglich dort der Willkür der rohen Landbevölkerung ausgesetzt lassen. Das war vor fast vier Jahren geschehen, und Amba hatte ihre Entscheidung nie bereut. Dakshesh war ein begnadeter Gärtner, denn was ihm an Augenlicht fehlte, machte er mit seinem Tast- und Geruchssinn wett. Er sprach mit den Pflanzen, und sie gediehen prächtiger als irgendwo sonst.

47

Die beiden Dienstmädchen waren 16 und 17 Jahre alt. Anuprabha, die jüngere, war als Akrobatin aufgetreten, bevor sie von ihrer wohlwollenden Tante fortgejagt wurde. Das schlichte Hochseil, das ihr Onkel und ihre Cousins vor jeder Darbietung neu aufbauten, hatte dem Gewicht des Mädchens nicht mehr standgehalten – kein Wunder, war es doch für das Gewicht eines kleinen Mädchens konstruiert und nicht für das einer jungen Frau. Bevor die Familie Anuprabha in ein Bordell stecken konnte, was der übliche Werdegang der umherziehenden Akrobatenmädchen war, hatte ihre Tante sie unter Tränen angefleht, das Weite zu suchen. Doch auf sich gestellt, drohte ihr genau dasselbe Schicksal. Anuprabha hatte das Glück gehabt, an einem Tag, an dem Amba zu Parvati betete, beim Tempel zu sein und mit ihrer kunstvollen Hennabemalung Ambas Interesse zu wecken. Amba fand, dass sie durchaus noch Verwendung für ein Mädchen hatte, das in kosmetischen Dingen so bewandert war, das außerdem bildhübsch war und eine wunderschöne Singstimme hatte, und bot ihr Obdach an. Seitdem erfüllte Anuprabhas melancholischer Gesang das Haus, und Amba dachte immer öfter, dass es an der Zeit war, dem Mädchen einen Ehemann zu suchen.

Jyoti indes hatte von der Ehe schon genug. Man hatte sie mit einem Greis verheiratet, als sie vierzehn war, und dann von ihr verlangt, sich nach dessen nicht gerade überraschendem Tod mit seinem Leichnam zusammen verbrennen zu lassen. Jyoti war zu diesem Zeitpunkt fünfzehn gewesen. Die Familie ihres verstorbenen Mannes hatte keinerlei Verwendung für ein kerngesundes, aber nicht besonders hübsches Mädchen gehabt, sehr wohl aber für ihre Mitgift. Jyoti hatte sich geweigert, den Scheiterhaufen zu besteigen, und war mit einem Rassehengst, den sie ungesattelt aus dem Stall holte, der trauernden Familie einfach davongaloppiert. Das Pferd hatte sie wenig später verkauft, und zwar an Amba, die, als sie die Geschichte des Mädchens hörte, deren Mut und Stärke bewunderte und ihr eine Stelle in ihrem Haus anbot.

Ja, sinnierte Amba, während Nayana weiterhin sanft das Kokosöl in ihr Haar massierte, ein schönes Kaleidoskop an indischen Schicksalen war da in ihrem Haus versammelt, alle zusammengeführt von der göttlichen Parvati – und ihrem, Ambas, Bedürfnis, ihrem schlechten Karma gute Taten entgegenzusetzen. Doch nicht Großherzigkeit allein war es, die sie dazu veranlasst hatte, diese Armen, Ausgestoßenen und Verlassenen bei sich aufzunehmen, sondern der durchaus eigennützige Wunsch, einen menschlichen Schutzwall um sich herum aufzubauen. Je größer der Anschein von Normalität war, den sie sich verleihen konnte, und normal war es für eine Dame ihrer Kaste, viele Dienstboten zu haben, desto weniger unangenehme Fragen würde man ihr stellen – Fragen nach ihrer Herkunft, nach ihrem Vermögen, nach ihrem Glauben. Oder gar nach ihrem Aussehen.

Am späten Nachmittag desselben Tages meldete Makarand einen Besucher. Amba legte sich ihren blauen Schleier übers Gesicht und ließ den Mann hereinführen. Sie hatte damit gerechnet, dass Manohar auftauchen würde, nicht jedoch damit, dass es so bald passierte. Der Widerling war unersättlich und wurde, genau wie Rujul, immer dreister. Es war schrecklich, so abhängig von den beiden zu sein, aber eine bessere Lösung war Amba bislang nicht eingefallen. Vielleicht sollte sie den Spieß einfach umdrehen und Manohar erpressen? Bei einem Feigling wie ihm wären die Aussichten auf Erfolg gar nicht mal so schlecht. Und ihr junger Laufbursche Makarand war verschlagen und gewitzt genug, um im Leben des Mannes die eine oder andere Untat zu entdecken, die Letzterer lieber geheim halten würde.

Oder sollte sie lieber weiterhin gute Miene zum bösen Spiel machen und dem Kerl geben, was er verlangte? Allzu hoch war der Preis nicht. Heute etwa ließ er sich mit einer kleinen Elfenbeinschatulle abspeisen, die er während ihrer Unterhaltung begehrlich angeschaut hatte.

Nachdem Manohar mitsamt seiner Beute verschwunden war, wurde das Abendessen serviert. Amba ließ sich im Schneidersitz auf einem Bodenkissen nieder und nahm mit einem Stück Fladenbrot das *dhal* auf. Heute schmeckte ihr das Linsengericht nicht, obwohl sie sicher war, dass es nicht an Chitranis Kochkünsten lag. Der Tag in der Stadt und der anschließende Besuch Manohars hatten ihr den Appetit verdorben. Und dann war da noch etwas, das an ihr nagte. Doch je mehr sie darüber nachdachte, was genau das hätte sein können, desto weniger bekam sie es zu fassen. Es war nichts wirklich Schwerwiegendes, dessen war sie sich sicher, eher ein kleines Ärgernis, das sich eine ganze Weile ignorieren lässt und einen nur durch seine Beharrlichkeit quält wie ein ziependes Haar in einem zu straff geflochtenen Zopf.

Es hatte wieder begonnen zu regnen. Die Palmen bogen sich in dem starken Wind, und während Amba dem Rauschen ihrer Blätter lauschte und den Teller *dhal* von sich wegschob, fiel es ihr plötzlich wieder ein. Es waren die blitzenden Augen des Portugiesen, der sie so unverschämt begafft hatte – sie waren das ziepende Haar. Sie würde es so bald wie möglich ausrupfen.

4

Carlos Alberto Sant'Ana war kein missgünstiger Mensch. Er gönnte Miguel sein blendendes Aussehen und seinen angesehenen Namen. Schließlich nützte ihm beides wenig.

Monatelang hatte er sich anhören müssen, was es für einen jungen Mann bedeutete, immer nur der Zweite zu sein, der Jüngere, der immer zurückstecken musste. Als wüsste er, Carlos Alberto, das nicht am allerbesten. Er war der Viertgeborene in einer Familie mit fünf Söhnen und drei Töchtern, und das, so hatte er versucht Miguel begreiflich zu machen, war noch viel undankbarer. Weder der Älteste noch der Jüngste zu sein, sondern sich in einer undefinierbaren Mitte angesiedelt zu sehen, zwang einen in die Rolle des unauffälligen Strebers.

Die Erstgeborenen waren allein durch diese Pionierrolle, zu der sie selber nicht das Geringste beigetragen hatten, von Geburt an der größte Stolz ihrer Eltern. Waren sie noch klein, wurde jeder Rülpser von ihnen bestaunt, und später wurde jede noch so banale Leistung, die sie erbrachten, bejubelt. Bei den Jüngsten dagegen, den Nesthäkchen, hatte der Ehrgeiz der Eltern sich oft schon abgenutzt, so dass sie auf Schritt und Tritt verhätschelt und getätschelt wurden. Die Mittleren aber waren – nichts, allein durch den Zufall, der den Zeitpunkt ihrer Geburt bestimmt hatte. Sie mussten sich demnach viel mehr anstrengen, um in den Genuss derselben Aufmerksamkeit zu kommen, wie sie ihre ältesten oder jüngsten Geschwister ohne jede Anstrengung erhielten. Die mittleren Geschwister, das hatte Carlos Alberto schon häufig beobachtet, waren die fleißigeren, strebsameren, ordentlicheren, manierlicheren und vor allem die ambitionierteren Kinder. Und so blieb es ein Leben lang.

Er selber war ein Paradebeispiel dafür. Weder verfügte er über Miguels aristokratische Erscheinung noch über dessen familiären Hintergrund. Und doch war es ihm gelungen, sich aus der ihm vorherbestimmten Mittelmäßigkeit zu lösen. Er hatte früh erkannt, dass Geld die Welt regierte – und schon im Alter von dreizehn Jahren beschlossen, dass er reich werden müsse. Leider gab es nicht sehr viele legale Möglichkeiten für den mittleren Sohn eines Fregattenkapitäns, dieses Ziel zu erreichen. Beim Militär, sei es beim Heer oder bei der Marine, hätte er eine schöne Karriere machen können, die allerdings nicht sehr lukrativ zu werden versprach. Das wusste er ja nun zu gut. Sein Vater war bei seinen seltenen Aufenthalten zu Hause in Leiria regelmäßig von seiner Mutter angekeift worden, und es war ausnahmslos um Geld gegangen. Dieser ewige Streitpunkt hatte die beiden aber nicht abgehalten, bei jedem Heimaturlaub ein weiteres Kind zu zeugen, auf dass die Familie noch mehr knapsen musste. Nun denn. Auch das würde er, Carlos Alberto, sich immer als abschreckendes Beispiel vor Augen halten. Sollte er je heiraten, dann würde er darauf achten, dass nach zwei Kindern Schluss war.

Er hätte es vielleicht auch als Gelehrter zu etwas bringen können, als Arzt oder als Jurist, doch beide Berufe reizten ihn nicht sonderlich. Abgesehen davon war ihm auch kein Arzt und kein Jurist bekannt, den man wirklich reich hätte nennen können. Nein, die einzige Chance auf echten Wohlstand bot sich im Handel. Außer den Adligen waren in Portugal allein die Kaufleute mit immensem Vermögen gesegnet. So wie Miguels Vater, der es natürlich nur geerbt hatte. Aber dessen Vater, so hatte Carlos Alberto von Miguel erfahren, der hatte es sich selber

verdient. Miguels Großvater war als junger Mann ein Draufgänger und Freibeuter gewesen, der in reiferem Alter sein un-
redlich erbeutetes Geld schlau investiert hatte. »Mit einem
Sack Pfeffer«, so hatte Miguel erzählt, »hat alles begonnen.«
Was Miguels Großvater konnte, konnte er, Carlos Alberto,
schon lange. Und es ließ sich auch gar nicht schlecht an. Er
hatte auf seiner ersten Indienreise Indigo und Safran gekauft
und in Lissabon mit Gewinn weiterverkauft. Zwar war der Erlös nicht so üppig, wie er ihn sich vorgestellt hatte, war doch
ein Teil der Ware unterwegs aufgrund undichter Fässer verdorben, aber aus diesem Fehler würde er lernen. Er war 24 Jahre
alt, und obwohl er keine Zeit zu verlieren hatte – schließlich
wollte er bei Erreichen des 30. Lebensjahres steinreich sein
und eine Familie gründen –, wusste er, dass seine Jugend auch
ein großer Vorzug war. Er war nicht nur begierig darauf zu
lernen, sondern dessen auch fähig. Die verknöcherten Alten
hielten starrsinnig an überholten Traditionen fest und waren
blind für alles Neue. Das war auch der Grund dafür, weshalb
noch keiner außer ihm auf diese geniale Geschäftsidee gekommen war, die er auf dem Schiff wieder und wieder überdacht
hatte, ohne einen Haken daran zu entdecken.
Er hatte sehr an sich halten müssen, um nicht stolz vor Miguel
mit seinem Einfall herauszuplatzen. Eifersüchtig hütete er seinen Plan, und selbst unter dem Einfluss von Rum war es ihm
gelungen, Stillschweigen zu bewahren. Man konnte nie wissen,
was die Konkurrenz so umtrieb. Und ein Konkurrent war
Miguel, so viel war sicher. Er hatte ja oft genug davon gesprochen, dass er sich eine eigene Karriere aufzubauen hoffte.
Meine Güte, dachte Carlos Alberto, mit diesem Zahlengedächtnis hätte er selber schon längst ein Vermögen gemacht!
Man brauchte nur dümmlich zu lächeln und den verwöhnten
Kaufmannssohn zu geben, schon setzten die anderen unver-

nünftig hohe Beträge, weil sie den reichen Trottel auszunehmen gedachten. Wenn dann das Gegenteil eintrat und der vermeintliche Dummkopf gewann, merkten die Verlierer nicht einmal, dass sie hereingelegt worden waren. Miguel könnte an jedem Ort der Erde leben und dieser »Arbeit« nachgehen, die sich nicht zuletzt dadurch auszeichnete, dass sie keine war, sondern am Spieltisch, in netter Runde und bei dem einen oder anderen Gläschen stattfand. Als Carlos Alberto seinen Reisegefährten gefragt hatte, warum er genau dies denn nicht tat, wurde ihm mit einem traurigen Lächeln geantwortet: »Verstehst du denn nicht, Carlos Alberto? Es ist zu leicht.«

Nein, Carlos Alberto Sant'Ana war kein missgünstiger Mensch. Aber diese Antwort erfüllte ihn mit einem glühenden Neid, wie er ihn nie zuvor verspürt hatte.

5

Sie heißt Dona Amba. Sie lebt weit abgeschieden auf der anderen Seite des Flusses und kommt nur einige Male im Jahr in die Stadt. Kein Mensch hier hat je ihr Gesicht gesehen. Manche glauben, sie habe eine schwere Entstellung und verhülle darum ihr Gesicht. Andere behaupten, sie sei so unbeschreiblich schön, dass allein ein Blick auf ihr Antlitz einen Mann umbringen könne. Wieder andere, in letzterem Fall meist eifersüchtige Frauen, sagen, sie mache sich nur wichtig und sehe absolut durchschnittlich aus.«

Miguel hatte sich Senhor Furtados Erklärung Wort für Wort gemerkt, ja, sie hatte sich förmlich in sein Gedächtnis eingebrannt. Es verwunderte ihn nicht wenig, denn während er sich komplizierte Zahlenreihen schon immer gut hatte einprägen können, waren ihm Worte meist schnell wieder entfallen. Das Auswendiglernen von Gedichten etwa war etwas gewesen, das er nie beherrscht hatte und woran all seine Lehrer verzweifelt waren. Hatte es womöglich mit dem Inhalt der Verse zu tun, der ihm als Junge noch nicht zugänglich gewesen war?

Amba. Er ließ sich den Namen auf der Zunge zergehen. Er war sinnlich und geheimnisvoll, weich und elegant. Genau wie diese unglaublich anrührenden Füße. Herrgott, schalt er sich, er konnte doch nicht von den Füßen auf die ganze Frau schließen! Nie zuvor war es Miguel passiert, dass der Anblick eines Körperteils, dem er bisher nicht die geringste erotische Bedeutung zugemessen hatte, ihn so verwirrt hatte. Doch die Füße der Frau waren mehr als schön gewesen. Sie hatten verführerisch und zugleich unschuldig gewirkt, eine magische Kombination. Wenn der Rest ihres Körpers ebenso beschaffen war, dann würde er für die Genüsse, die er versprach, gern darauf verzichten, das Gesicht der Frau anzusehen. Ah, er verlor sich schon wieder in lasziven Tagträumen! So ein Unsinn. Natürlich wollte er das Gesicht der Frau sehen, denn insgeheim gab er den Stimmen recht, die behaupteten, Dona Amba sei von fataler Schönheit. Er hoffte es. Und er war entschlossen, es herauszufinden, koste es, was es wolle.

Dann, einige Augenblicke später, nahm Miguel in seinem Sessel eine aufrechtere Haltung ein und zwang auch seinen Geist in vernünftigere Bahnen. Es musste an dem unerträglich schwülen Wetter und an der noch drückenderen Langeweile liegen, dass er sich hier andauernd bei solchen Phantasien ertappte. So ging das nicht weiter. Seit drei Wochen war er bereits im Solar das Mangueiras, und was hatte er vorzuweisen? Nichts. Anstatt sich darauf zu konzentrieren, den ominösen Verlusten bei den Warenlieferungen auf die Spur zu kommen oder wenigstens etwas über den Gewürzanbau zu lernen, zog er es vor, den ganzen Tag schlapp in einem Sessel zu hängen und an eine Frau zu denken, die vermutlich einen guten Grund hatte, ihr Gesicht zu verschleiern. Auffallende Schönheit erachtete er als keinen solchen. Eine auffallende Entstellung dagegen schon.

Dachte er nicht an die geheimnisvolle Amba, schlief oder aß er. Miguel fühlte sich durch die vielen Stunden, die er im Bett oder bei Tisch verbrachte, sowie durch den Mangel an Bewegung schon richtig aufgedunsen. Irgendwann würde er so ein feister Dickwanst werden wie Senhor Furtado, Herr bewahre! Aber mit irgendetwas Angenehmem musste er sich ja die Zeit vertreiben, um nicht vollends den Verstand zu verlieren. Die feuchte Hitze hatte ihn gequält, und wie allen anderen war ihm das Aufkommen des Regens anfangs als große Erleichterung erschienen. Doch bereits nach wenigen Tagen waren alle Wege aufgeweicht, so dass jeder Ritt in die Stadt zu einem qualvollen Unterfangen für Pferd und Reiter wurde und Miguel ans Haus gefesselt war. Und hier, im Solar das Mangueiras, hatte er bereits alles, was er tun konnte, getan.

Das war nicht viel gewesen. Das Haus befand sich in desolatem Zustand. Doch alle Handwerker, die er bestellen wollte, hatten ihm geraten, mit den Reparaturen bis zur Trockenzeit zu warten. Einzig einen Dachdecker hatte er davon überzeugen können, dass die fehlenden Ziegel ihn in der Trockenzeit nicht weiter stören würden, während des Regens hingegen eine erhebliche Minderung der Wohnqualität bedeuteten. Der Mann war mürrisch im triefenden Regen auf das Dach geklettert, hatte die Arbeit so langsam erledigt, wie es ihm nur möglich war, und hatte Miguel dann eine Summe dafür abgeknöpft, die wahrscheinlich viel zu hoch war. Miguel war sie lächerlich niedrig erschienen.

Im Innern des Hauses hatte er kaum mehr bewerkstelligen können. Die angestammte Dienerschaft war eifrig und freundlich, und sie hatte alle Anweisungen, die Senhor Furtado zuvor erteilt hatte, ausgeführt, so dass der junge Herr in ein sauberes Heim kommen konnte. Doch das war nicht genug gewesen. Miguel war gewiss kein Reinlichkeits- oder Ordnungsfanatiker, aber die Blindheit dieser Leute, ob sie nun echtem Unwissen oder der Faulheit entsprang, irritierte ihn. Wie konnte ein Bursche den ganzen Tag nichts anderes tun, als in gebückter Haltung mit einem kurzen Reisigbesen alle Räume abzuwandern, und dann die prachtvollsten Spinnweben in den Ecken übersehen? Wie konnte man die Wände weißeln und dabei den Fensterrahmen und den Türzargen gleich auch noch ein paar weiße Streifen und Flecken verpassen, ohne sie fortzuwischen? Warum sah die Dienerin, die Staub wischte, nur den Staub, nicht aber die toten Bienen, die sich in den nach oben hin offenen Schirmen der Öllampen angesammelt hatten? Und wie konnte der Junge, der fürs Schuheputzen zuständig war, immerfort die Schuhe aus seinem Ankleidezimmer mit nach unten nehmen und nie zurückbringen? Miguel fand seine Schuhe mit schönster Regelmäßigkeit vor der Tür, wo der Junge immerhin den Anstand besessen hatte, sie ordentlich nebeneinander aufzustellen, und das in dem überdachten Bereich, so dass es wenigstens nicht hineinregnete. Allerdings war schon einmal eine kleine Schlange aus einem Stiefel hervorgekrochen.

Miguel war fassungslos angesichts der Arbeitsweise seiner indischen Domestiken. Kein Wunder, dass die Leute hier so viele Dienstboten brauchten. Es war aber nicht allein das Kastensystem, das, wie man ihm erklärt hatte, daran schuld war. So erachtete es zum Beispiel eine Wäscherin unter ihrer Würde, Nachttöpfe zu leeren, obwohl sie mit der verschmutzten Leibwäsche fremder Leute offenbar keine Probleme hatte.

Miguel hatte vielmehr den Verdacht, dass eine Art von Stumpfheit diese Leute befallen hatte. Wenn er sie aufforderte, bestimmte Dinge zu tun, die eigentlich keiner Aufforderung bedurft hätten, etwa angeschmorte Bienenleichen aus den Lampenschirmen und Windlichtern zu entfernen, dann taten sie es sofort und ohne zu murren. Doch schon die nächste Bienenleiche wurde wieder übersehen. War das Mutwilligkeit? Er glaubte es nicht. Er merkte ja bereits an sich selbst, welche Trägheit ihn überkam. Er musste aufpassen, wenn er nicht so enden wollte wie seine Diener.

Das Wetter lähmte nicht nur ihn. Das Leben lag vier Monate brach in Goa. Von Juni bis September konnten die Fischer nicht ausfahren, die Bauern ihre Felder nicht bestellen, die Zimmerleute und Maurer keine Häuser errichten. Vier Monate lang waren die meisten Wege unpassierbar und wurde die Wäsche nicht richtig trocken. Schimmel bildete sich allenthalben, wahrscheinlich auch, so mutmaßte Miguel, schon in seinem Kopf. Es war eine Zeit, die bei den Portugiesen ihre *saudades*, ihre Wehmut und Sehnsucht nach der Heimat, nährte. Einige suchten Trost in der Kirche, andere im Trunk. Merkwürdig fand Miguel, dass die Inder dem Regen so vollkommen gelassen gegenüberstanden. Auf seine diesbezügliche Frage hatte Furtado ihm geantwortet, dass ergiebiger Regen zum Überleben nun einmal notwendig sei und dass die Bevölkerung ihn deshalb begrüßte. Einer seiner Diener, Gopal, hatte es poetischer ausgedrückt: »Die Erde hat Durst, Herr. Wie kann sie uns mit ihren Gaben beschenken, wenn wir den Regen verfluchen?«

Also schön. Das Wasser sei der Erde gegönnt, sagte Miguel sich. Vielleicht sollte er sich ein wenig von der Schicksalsergebenheit seiner Dienerschaft abschauen und das Beste aus der Lage machen. Bei schönerem Wetter hätte er schließlich erst recht keine Lust, die Rechnungsbücher durchzusehen. Und er musste sich ja gar nicht selbst in die Stadt begeben. Er würde einen Burschen hinschicken und ihm eine Botschaft für Senhor Furtado mitgeben, dass man ihm die Bücher aushändigen möge. Er, Miguel, wolle sie in aller Ruhe hier im Solar das Mangueiras durchsehen.

Allein die Aussicht darauf, sich mit endlosen Zahlenkolonnen abgeben zu müssen, verdarb Miguel die Stimmung. Dabei war er gut darin. Er hatte diesen unglaublich scharfen Blick für Zahlen, so dass ihm schon beim bloßen Überfliegen einer Liste sofort die kleinste Ungenauigkeit ins Auge sprang. Zusammen mit seinem phänomenalen Zahlengedächtnis waren das Gaben, um die ihn jeder Buchhalter beneidet hätte. Miguel selber fand diese einseitige Begabung ein bisschen lästig. Er wusste bis heute, wie viele *toneladas* ein x-beliebiges Schiff geladen hatte, das vor über zehn Jahren in Lissabon eingetroffen war, und er konnte keiner Erzählung lauschen, ohne zugleich im Kopf mitzurechnen, ob die berichteten Daten, Mengen oder Preise stimmten. Meistens taten sie es nicht. Die Leute nahmen es nie so genau mit Zahlen und verstrickten sich in Widersprüche, die keiner außer ihm je aufdeckte.

Außer vielleicht sein Bruder. Denn Bartolomeu war ein ähnlich begnadeter Zahlenjongleur wie Miguel. Darüber hinaus war er mit einem feinen Gespür dafür, was die gesellschaftlichen Konventionen erlaubten und was nicht, gesegnet. Dies machte ihn zum idealen Nachfolger im väterlichen Handelshaus, mehr noch als der Umstand, dass er der Erstgeborene war. Wäre Bartolomeu ein Träumer gewesen, ein Poet oder Maler, hätte ihr Vater ihm sicher nicht die Leitung des Geschäfts in Aussicht gestellt. Der Fortbestand des Handelshauses in seiner ganzen Größe war für die Familie Ribeiro Cruz von immenser Bedeutung. Miguel würde eines Tages sein Erbe in Form von Ländereien sowie des Jagdschlösschens in Sintra ausgezahlt bekommen. Die Firma jedoch sollte in der Hand eines einzigen Mannes bleiben – in der seines Bruders.

Wahrscheinlich, so grübelte Miguel, während er auf der Verandabank saß und dem Regen lauschte, der gerade wieder einsetzte, hätte er es an seines Vaters Stelle genauso gehandhabt. Zwei vom Wesen her so unterschiedliche Brüder hätten nur Zwist bedeutet, der letztlich dem Unternehmen geschadet hätte. Und war es nicht auch schön, fern der Heimat zu sein, fern der manchmal erdrückenden elterlichen Fürsorge, und die Möglichkeit zu haben, etwas Eigenes aufzubauen? Wenn er nur schon eine gewinnträchtige Idee hätte!

Miguel verschränkte die Arme vor seiner Brust und rieb sich mit den Händen die Oberarme. Es hatte aufgefrischt. Plötzlich merkte er auch, wie stark der Geräuschpegel um ihn herum

60

gestiegen war. Laut war es, trotz aller Abgeschiedenheit des Anwesens: Die Frösche gaben ein ohrenbetäubendes Konzert, das Wasser plätscherte in Sturzbächen aus der Regenrinne, und der Wind toste in den Bäumen.

Als auch die Veranda keinen Schutz mehr vor dem hereinsprühenden Regen bot, zog Miguel sich ins Haus zurück. Er holte vier abgenutzte Lyoner Kartenspiele und setzte sich damit an den Esstisch, der höher und größer war als die Beistelltische im Salon. Dann tat er das, was er schon immer am besten gekonnt hatte und was ihm ein Gefühl tiefer Zufriedenheit einflößte: Er mischte die Karten, deckte sie schnell hintereinander auf und verteilte sie auf acht Stapel, um anschließend jede Karte genau an ihrem Platz wiederzufinden. Trois de pique? Befand sich in Stapel eins an fünfter Stelle, in Stapel drei an zwanzigster, in Stapel sechs an sechzehnter und in Stapel sieben an unterster. Miguel liebte diese Gedächtnisübung, denn er empfand sie als äußerst beruhigend.

Da er selber nicht nachprüfen konnte, ob seine Aussagen richtig waren – denn dafür hätte er ja erneut in die Stapel schauen müssen –, rief er einen Diener, der das für ihn kontrollieren sollte. Der Diener machte große Augen, als er Miguel die Karten korrekt zuordnen sah, äußerte sich aber mit keiner Silbe zu dem merkwürdigen Spiel, mit dem sich sein Herr da vergnügte. Allerdings prägte er sich alles genau ein, denn die anderen Dienstboten würden ihn später mit Fragen bestürmen, wofür der Senhor ihn so lange im Speisesaal gebraucht hatte, und er, Babu, wollte seine Erzählung mit möglichst vielen Details ausschmücken, die er notfalls auch erfinden konnte.

Ein leises, irgendwie abwesend wirkendes Lächeln umspielte Miguels Lippen, und erst bei der Herz Dame – da hatte er bereits 192 Karten korrekt zugeordnet – verließ ihn dieses Lächeln. Dame de Cœur? Miguel sah Dona Ambas geheimnisvollen blauen Schleier vor seinem geistigen Auge, und er meinte, hell klingende Fußkettchen zu vernehmen. Erster Stapel, erste Karte? Babu, der unaufgeregt nachsah, weil er sich nach dem bisherigen Spielverlauf gar nicht vorstellen konnte, dass sein Herr versagte, stieß einen kleinen Überraschungslaut aus. »Oh! Nein, Senhor, das ist leider nicht richtig.«

»Nein. Und weißt du was, Babu? Ich habe keine Ahnung, wo sie steckt, die verflixte Herz Dame. Wie's scheint, will sie nicht gefunden werden.«

Babu wurde entlassen und eilte zu den anderen zurück, die schon neugierig auf seinen Bericht warteten. Besonders den alten Phanishwar befriedigte es sehr, dass der junge Senhor ein so sonderliches Benehmen an den Tag legte. Sie hatten Wetten darauf abgeschlossen, wie lange Miguel brauchen würde, um in dem Wetter den Verstand zu verlieren, wie sie es bei den neu eingetroffenen Portugiesen schon so oft beobachtet hatten. Wie es aussah, war der junge Mann nicht sehr standhaft und erlag den Prüfungen des Monsuns, noch bevor sich dieser zu seiner ganzen Gewalt aufgeschwungen hatte. Phanishwar rieb sich die Hände – er würde die Wette gewinnen.

Doch Phanishwar, der Stallknecht, täuschte sich. Denn bereits wenige Tage später sah man den Hausherrn, die Schultern gestrafft, das Haar zurückgebunden, mit konzentrierter Miene über den dicken Büchern mit ihren abgegriffenen Ledereinbänden sitzen. Jedes Dokument, das auch nur das Mindeste mit dem Einkauf, der Verpackung oder der Verfrachtung der kostbaren Ware zu tun hatte, war abgeheftet worden. Doch trotz der großen Sorgfalt, die Senhor Furtado offensichtlich in der Buchführung walten ließ, tat Miguel sich schwer damit. Die handschriftlichen Einträge waren sehr klein und verschnörkelt, so dass er sie kaum entziffern konnte. Und als er sich endlich an die befremdliche Schrift und die zuweilen recht eigensinnige Schreibweise gewöhnt hatte, taten ihm die Augen und der Rücken weh. Stundenlang bei Kerzenlicht diese Seiten studieren zu müssen war eine einzige Quälerei – noch dazu, wenn man nicht den kleinsten Fehler entdecken konnte.

Beschämt brachte er Senhor Furtado die Bücher zurück, und zwar nicht durch Boten, sondern eigenhändig. Um Entschuldigung würde er den Mann natürlich nicht bitten, schließlich war er, Miguel, zu genau diesem Behufe in die Kolonie entsandt worden. Doch er würde ihn beschwichtigen müssen, denn Senhor Furtado war sehr erzürnt gewesen. So hatte es der Bursche, der die Bücher abgeholt hatte, berichtet.

Es waren nur wenige Meilen vom Solar das Mangueiras in die Stadt, doch es hätten auch Ozeane dazwischenliegen können. Die Wege waren derart überflutet, dass es fast den ganzen Tag dauerte, sich durch den Schlamm zu kämpfen. Da ein Durchkommen mit der Kutsche unmöglich war, war Miguel zusammen mit drei weiteren Männern zu Pferd aufgebrochen. Jeder von ihnen transportierte einen Teil der Bücher, die doppelt in Segeltuch eingeschlagen waren und solchermaßen geschützt eigentlich keinen Schaden nehmen sollten. Doch unterwegs scheute ein Pferd, weil unmittelbar vor ihm ein riesiger Ast von einem Baum herabfiel, und eines der Buchpakete landete in einer braunen Pfütze. Sie holten es so schnell wie möglich heraus, dennoch fürchtete Miguel, dass Wasser in das Paket eingedrungen war.

Mit zerknirschter Miene lieferte er die Bücher im Kontorhaus bei Senhor Furtado ab.

»Lasst uns nachsehen, ob alle Unterlagen die Reise heil überstanden haben«, schlug Miguel vor. Zwei Diener halfen ihnen, das gewachste Segeltuch zu entfernen. Alles war trocken geblieben. Miguel atmete erleichtert auf.

»Mein lieber Senhor Furtado, eine so tadellose Buchhaltung wie die Eure habe ich nie zuvor gesehen.«

»Natürlich nicht«, erwiderte der Inder, in dessen aufgesetzt demütigem Tonfall auch Stolz und Arroganz mitschwangen. »Ich prüfe die Bücher schließlich regelmäßig selber.« Er ärgerte sich maßlos über den jungen Mann, der es wagte, seine Kompetenz in Frage zu stellen. Noch mehr erboste ihn die Überheblichkeit des Portugiesen, der es als unerfahrener Jungspund wagte, mit einem alten Hasen wie ihm zu reden wie ein Lehrer mit einem Kind. Wie konnte der junge Ribeiro Cruz sich erdreisten, ihn zu loben?

»Und – was meint Ihr: Wo liegt der Fehler? Hier geht ja anscheinend alles mit rechten Dingen zu.«

Furtado schluckte. Die Frage war ebenso dumm wie frech. »Selbstverständlich geht hier alles rechtens zu. Und glaubt mir, Senhor, wenn ich wüsste, wo ›der Fehler‹ liegt, wie Ihr es zu formulieren beliebt, obwohl ich lieber von Diebstahl sprechen würde, dann hätte ich Euch längst darüber informiert. Nichts behagt mir weniger als der Schatten des Verdachts, der auf mir liegt – auf mir, Fernando José Sebastião Furtado Carvalho dos Santos, der ich seit über dreißig Jahren im Dienst des Handelshauses Eures hochgeschätzten Herrn Vaters stehe.«

Miguel freute sich. Er hatte seine Frage absichtlich so formuliert, dass er Furtado damit aus der Fassung bringen musste. Anders wäre aus dieser undurchdringlichen Mimik, die sich immerzu in die Unterwürfigkeit flüchtete, überhaupt nichts herauszulesen. So allerdings, mit vor Empörung bebender Unterlippe, verriet Furtados Gesicht ebenfalls nicht viel über das, was er wirklich dachte.

»Es liegt mir fern, Euch zu beleidigen, Senhor Furtado. Ich habe Euch als einen ehrlichen und gastfreundlichen Menschen kennengelernt, und Eure Meinung ist mir wichtig. Wer also, glaubt Ihr, steckt hinter diesen ›Diebstählen‹ – sofern es sich denn um einen fortgesetzten Betrug und nicht um Schludrigkeit oder Unfähigkeit handelt?«

Furtado schluckte. Wie sollte er dem jungen Ribeiro Cruz seinen Verdacht darlegen, ohne nun seinerseits beleidigend zu werden?

»Im vergangenen Jahr haben wir rund 10 000 Sack Pfeffer, 9000 Sack Nelken sowie weitere 7000 Sack verschiedener anderer Gewürze nach Portugal geschickt. Es …«

»Ich weiß. Es handelte sich um 10 791 Sack Pfeffer, 8978 Sack Nelken, 2398 Sack Zimt, 1960 Sack Vanille, 1705 Sack Kardamom sowie 943 Sack Anis.«

»Exakt.« Furtado zeigte seine Verwunderung nicht. »In den Lissabonner Lagerhäusern sind jedoch nur rund 8000 Sack«, hier hielt er kurz inne, um sich dann zu korrigieren, »also genauer 7989 Sack Pfeffer und 6670 Sack Nelken eingetroffen. Bei den anderen Gewürzen gab es ebenfalls einen Schwund von circa 20 bis 25 Prozent. Nun, da der übliche Schwund bei rund fünf Prozent liegt – Schiffe, die sinken, Laderäume, die überflutet werden, Säcke, die platzen –, liegt es doch wohl auf der Hand, dass nach Eintreffen der Ware in Portugal jemand die Gewürze stiehlt. Mir ist absolut unbegreiflich, wieso Ihr hier in Goa nach dem Schuldigen sucht.«

»Weil«, setzte Miguel an, überlegte es sich dann aber anders. »Ach, das spielt jetzt keine Rolle. Bleiben wir noch eine Weile bei Eurer Theorie. Habt Ihr einen Verdacht, wer sich der Ware in Lissabon unbefugt bemächtigen könnte? Die Ladung ist sehr kostbar, und die Schiffe sind üblicherweise schwer bewacht.«

Furtado blickte unglücklich drein und wischte sich den Schweiß von der Stirn. »Also, jeder, der auf irgendeine Weise in die Löschung involviert ist, würde sicher einen Weg finden, Ware zu entwenden. Da wäre zunächst die Mannschaft, außerdem kämen die Arbeiter der Speicherhäuser in Frage und natürlich die Wachleute selber. Dann …«

»Würde man aber diese Leute nicht sofort entlarven, weil sie durch plötzlichen Reichtum auffielen? Ein Sack Pfeffer hat einen Marktwert von 500 Milreis – davon könnte ein Lagerarbeiter jahrelang leben.«

»Ja, wahrscheinlich«, sagte Furtado kläglich.

»Ihr glaubt es selber nicht«, stellte Miguel fest.

Furtado schüttelte den Kopf, was Miguel einigermaßen erstaunte. Alle Inder, denen er bisher begegnet war, hatten die typischen Gesten des Nickens oder Kopfschüttelns nicht beherrscht, sondern sich mit diesem sonderbaren Rollen des Kopfes bedeckt gehalten, das er anfangs für einen Ausdruck von Schwachsinn gehalten hatte.

»Ihr glaubt«, fuhr Miguel unnötig grausam fort, »dass es jemand aus dem engsten Umfeld der Familie sein muss, nicht wahr? Weil nur jemand mit Zugang zu den Büchern diese so manipulieren kann, dass der Betrug lange unentdeckt bleiben konnte. Und weil nur jemand, der ohnehin schon wohlhabend ist, nicht auffällt, wenn er mit kostbaren Spezereien handelt. Ist es nicht so?«

Furtado blickte Miguel fest in die Augen, entschlossen darauf bedacht, sich seine Angst nicht anmerken zu lassen. »Ja, Senhor, das glaube ich.«

»Und wärt Ihr so gütig, mir den Namen der Person zu nennen, die Ihr dieser Schandtaten für schuldig haltet?«

Furtado ließ den Kopf hängen und starrte einen Kratzer in der Tischplatte an. Er schwieg. Doch Miguel hatte alles erfahren, was er wissen wollte.

Senhor Furtado hielt ihn, Miguel, für den Übeltäter.

6

Die Unterredung mit Senhor Furtado hatte Miguel zutiefst erschüttert. Jetzt brauchte er ein Glas Wein, oder besser noch: mehrere Gläser. Oder etwas Hochprozentigeres. Seit dem schlimmen Kater, den er am Tag seiner Ankunft in Indien gehabt hatte, war Miguel sehr zurückhaltend in seinem Alkoholkonsum geblieben. Aber der heutige Tag hatte ihn durstig gemacht.

Er ließ sein Pferd in dem Unterstand und lief vom Kontorhaus zu der Wohnung von Carlos Alberto. Er war noch nie dort gewesen, denn sein Freund hatte ihm das Haus nur von außen gezeigt, ihn aber nicht hineingebeten, weil sie beide in Eile gewesen waren. Er rannte auf das hübsche weiße Gebäude mit seinen blauen Fensterläden und Türen zu und wäre beinahe auf den nassen Pflastersteinen ausgerutscht. Er konnte sich im letzten Moment fangen – nicht, dass es eine Rolle gespielt hätte. Er war schon jetzt bis auf die Knochen nass, nach einem Sturz hätte er kaum schlechter ausgesehen. An der Tür schwang er den eisernen Klopfer. Ein Diener schaute fragend aus dem Fenster.

»Ich bin Miguel Ribeiro Cruz und möchte zu Carlos Alberto Sant'Ana.«

Der Kopf des Dieners verschwand aus dem Fenster. Eine halbe Ewigkeit später hörte Miguel, dass von innen ein Riegel angehoben wurde. Dann öffnete sich die Tür. Carlos Alberto selber stand dort. Er sah aus, als sei er gerade geweckt worden.

»Miguel, mein Freund, was für eine Überraschung! Komm

herein.« Er legte den Riegel wieder vor die Tür und ging dann vor Miguel die Treppe hinauf, immer nervös vor sich hin plappernd. »So eine Überraschung, ehrlich. Was machst du bei diesem schlimmen Regen in der Stadt? Warum hast du deinen Besuch nicht angekündigt? Dann hätte ich für ein wenig Ordnung sorgen können. Erschrick bloß nicht, es sieht schlimm aus bei mir, denn der Putzjunge hat das Fieber, und der Wäscheeinsammler hat sich, wahrscheinlich wegen des Wetters, auch schon länger nicht mehr blicken lassen.«

Sie erreichten das zweite und letzte Stockwerk und blieben vor einer Tür stehen, die nur angelehnt war. Als Carlos Alberto sie aufzog, drang muffiger Geruch aus der Wohnung. Miguel trat ein und versuchte, seinen Schrecken zu verbergen. Hier hauste sein Freund? In einem Zimmer, das kleiner war als sein einstiges Studierzimmer in Coimbra, das seit Tagen nicht gelüftet worden war und in dem sich Wäscheberge, leere Flaschen und Essensreste in verkrusteten Schalen auf dem Fußboden ein Stelldichein gaben? Das war … entwürdigend. Für einen jungen Mann von guter Herkunft, selbst wenn er aus weniger vermögenden Kreisen stammte, war eine solche Behausung unzumutbar.

»Nun schau nicht so verdutzt. Ich habe mich ein bisschen gehen lassen, in Ordnung? Und es kann ja nicht jeder in einem so grandiosen Solar leben wie du.«

»Hier stinkt es. Zieh dir was an, und dann lass uns gehen. Eine anständige Schänke wirst du doch kennen, oder?«

Als Carlos Alberto nicht gleich antwortete, fügte Miguel wohlweislich hinzu: »Ich lade dich ein. Du bist ja offensichtlich vollkommen pleite.«

»Danke.« Carlos Alberto gab eine großzügig bemessene Portion von Rosenwasser in seine Hand und fuhr sich mit den Fingern durchs Haar. Dann legte er eine elegante Capa um seine zerknautschte Kleidung, in der er geschlafen hatte, und stieg in seine Stiefel. »Ich bin bereit.«

Miguel staunte über die Veränderung, die so weniger Mittel bedurfte und eine so große Wirkung hatte. Carlos Alberto sah wieder aus wie der Edelmann, den er auf dem Schiff kennengelernt hatte. Kurz fragte Miguel sich, ob er in den ganzen zehn Monaten auf See nur die Fassade zu sehen bekommen hatte und nie den echten Carlos Alberto, doch er schüttelte den beunruhigenden Gedanken ab. Er hatte für heute genug Ärger gehabt. Jetzt wollte er sich amüsieren.

Sein Freund führte ihn in ein Etablissement, in dem die Luft drückend und die Beleuchtung spärlich war. Aber der *feni*, der lokale Cajú-Schnaps, brannte köstlich in der Kehle und spülte alle Sorgen weg. Die Mädchen, bildhübsche Halbinderinnen die meisten, waren warm und anschmiegsam, die anderen Gäste des Lokals gut gelaunt. Miguel wusste nicht, wie lange sie schon so dort gesessen hatten, als sie begannen, in jeder Runde auf einen anderen Hindu-Gott zu trinken.

»Auf Shiva!«

»Auf Vishnu!«

»Auf Ganesh!«

Die meisten davon kannte Miguel gar nicht, denn die Inder sprachen nicht gern davon – sie waren schließlich Christen, oder? –, und Abbilder hinduistischer Gottheiten oder gar Tempel waren systematisch zerstört worden. Oft war an ihrer Stelle eine Kirche errichtet worden.

Gerade hob er sein Glas, um auf Rama zu trinken, als Carlos Alberto ihn unsanft anrempelte. »Scht!«

»Was ist los, mein Alter«, lallte Miguel, dem das Spielchen Spaß machte.

»Da ist gerade ein Pfaffe reingekommen.«

Miguel lachte schallend. »Nanu, und was hat der hier verloren?«, fragte er eine Spur zu laut. »Oder will er noch etwas verlieren? Seine Keuschheit zum Beispiel?«

»Er spioniert«, raunte Carlos Alberto ihm zu. »Er sucht nach solchen Leuten wie dir, um sie des Ketzertums zu bezichtigen und ihnen ihr Vermögen abzuknöpfen. Also halt jetzt sofort die Klappe.«

»Ach was, der will sich doch nur die Mädchen ansehen. Wer könnte es ihm verdenken. Außerdem sieht er gar nicht aus wie ein Geistlicher.« Miguel hob sein Glas erneut. »Na dann eben auf, ähm, wie heißt noch mal die Schutzpatronin der gefallenen Mädchen?« Vor Lachen verschluckte er sich fast an seinem Feni.

»Komm, lass uns lieber gehen. Bevor dir noch etwas herausrutscht, was du später bereust.« Damit zerrte Carlos Alberto seinen Freund am Ärmel aus der Spelunke. Er hatte einen Geistesblitz gehabt. Und wenn er seinen Plan erfolgreich durchführen wollte, benötigte er dafür Miguels Hilfe. Im Kerker würde er ihm wenig nützen.

»Du schläfst heute Nacht bei mir, mein Freund«, sagte Carlos Alberto, als sie, durch den Regen plötzlich ernüchtert, auf der Straße standen.

Miguel fügte sich, obwohl er sich fragte, wo in diesem Loch, das Carlos Alberto sein Zuhause nannte, noch Platz für ihn sein sollte. Doch wo sollte er sonst übernachten? Der Ritt nach Hause war ohnehin ein gewaltiges Unterfangen, in angeheitertem Zustand jedoch würde er sein Leben riskieren.

Sie erreichten die Wohnungstür, vor der sich ein Diener auf seiner Kokosmatte eingerollt hatte. Carlos Alberto weckte ihn unsanft mit einem Fußtritt. Als sie die Tür von innen schlossen, hörten sie, dass der Mann schon wieder schnarchte. Miguel beneidete den Diener um die Kunst, überall und jederzeit schlafen zu können, die anscheinend in Indien weit verbreitet war. Er selber fürchtete, auf der dünnen Matratze, die Carlos Alberto auf dem Boden für ihn ausrollte, kein Auge zutun zu können. Aber er täuschte sich. Denn sein Freund setzte, als sie beide sich hingelegt und die Lampe gelöscht hatten, zu einer ausschweifenden Rede an, die ebenso belehrend wie einschläfernd war. Es ging um die Kirche, um Macht, Geld und die Glorie Portugals, so viel bekam Miguel im Dämmerzustand noch mit. Dann sank er in einen tiefen Schlaf.

Die Inquisition war bereits vor mehr als siebzig Jahren in Portugiesisch-Indien eingetroffen. Zunächst blieb sie recht unauffällig. Zwar wurden Gebetsstätten der Hindus zerstört und die öffentliche Anbetung von Hindu-Göttern verboten, doch das Aufspüren vermeintlicher Hexen und Ketzer wurde bei weitem nicht mit derselben Vehemenz betrieben wie in Europa. Hinrichtungen waren äußerst selten – Enteignungen dagegen an der Tagesordnung. Betroffen waren davon vor allem wohlhabende Inder, denen man ihre Bekehrung zum Christentum nicht abnahm, ob nun zu Recht oder zu Unrecht.
Je instabiler die außenpolitische Situation wurde, desto ärger schlug jedoch die Inquisition zu. Es war, als wollten die portugiesischen Geistlichen eine Macht demonstrieren, die dem Mutterland längst abhandengekommen war, denn seit 1580 wurde Portugal von einem spanischen König regiert. Und mit dem ungeliebten Herrscher hatte Portugal auch die Probleme Spaniens geerbt: War Portugal zuvor ein Verbündeter Englands gewesen, so waren diese zwei nun verfeindete Staaten. Die Macht und der Stolz der einst größten Seefahrernation der Welt wurden allmählich gebrochen, ihre unermesslichen Erlöse aus dem Gewürzhandel in Asien oder aus den Goldfunden in Brasilien wurden zunehmend geringer. Hol-

länder, Franzosen und Engländer machten den Portugiesen Handelsrouten streitig und mischten immer stärker im Welthandel mit.

»Niemand braucht Goa mehr als Umschlagsplatz für all die Güter, die zwischen Asien und Europa transportiert werden. Die Holländer haben die wichtigsten Faktoreien an der Straße von Malakka bereits unter ihre Kontrolle gebracht, und die Engländer haben eine Handelsgesellschaft gegründet, die immer mehr Stützpunkte in Indien errichtet. Der Mogulkaiser Shah Jahan unterstützt diese Ostindien-Kompagnie. Weißt du, was das bedeutet?«

Erst jetzt, da Carlos Alberto seinen gelehrten Monolog unterbrach, bemerkte er, dass Miguel schlief.

»Hörst du mir überhaupt zu?« Er streckte ein Bein aus dem Bett und stupste seinen Freund mit dem Fuß an. »He, wofür erzähle ich das alles eigentlich? Schenkst du mir jetzt bitte deine Aufmerksamkeit? Es ist wichtig.«

Miguel brachte im Halbschlaf ein krächzendes »Ja« hervor.

»Gut. Es bedeutet nämlich, dass der Gewürzhandel schon bald nicht mehr so einträglich sein wird. Mit einer derartig überwältigenden Konkurrenz werden die Preise verfallen.«

»Hhm«, kam es von Miguel. Es gelang ihm sogar, sein Brummen als Frage zu intonieren.

»Weil nämlich Portugiesisch-Indien, mit Goa, Diu und Damão, die nicht einmal zusammenhängende Landflächen sind, verschwindend klein ist im Vergleich zu dem Rest Indiens. Und den werden die Briten beherrschen, wenn es so weitergeht.«

Allmählich regten sich Miguels Lebensgeister wieder. Verärgert über die nächtliche Störung, sagte er: »Müssen wir die Geschicke Indiens, die sich zu unseren Lebzeiten wohl kaum so drastisch ändern werden, wie du es beschreibst, unbedingt jetzt besprechen?«

»Nein«, antwortete Carlos Alberto beleidigt. »Schlaf weiter.«
Beide drehten sich auf ihrer jeweiligen Schlafstatt herum, so
dass sie mit dem Rücken zueinander lagen. Miguel war jetzt
hellwach. Er war wütend darüber, dass sein Freund ihn zu
einer so ungünstigen Zeit mit seinen Visionen behelligte. Carlos Alberto war ebenfalls hellwach und ärgerte sich, dass
Miguel seinen Ausführungen nicht folgte. Worauf warten? Am
nächsten Tag würde sein Freund so bald wie möglich nach
Hause reiten wollen, und eine Einladung ins Solar das
Mangueiras würde er, Carlos Alberto, während des Monsuns
ausschlagen. Im Gegensatz zu Miguel war er niemand, der sich
freiwillig auf unwegsames Gelände begab, zumal es während
der Regenzeit in den Wäldern vor Schlangen und anderen
gefährlichen Tieren nur so wimmelte. Ihn plagte zwar die
Neugier, wie das Heim seines Freundes, das er nur von außen
kannte, wohl von innen beschaffen war, aber das würde warten
müssen.

»Ich weiß, dass du wach bist. Und ich weiß, dass dir jetzt nicht
danach ist, dir dies alles anzuhören. Aber ich muss das jetzt
loswerden. Ich werde mich kurz fassen«, fuhr er fort, indem er
sich im Bett herumdrehte und seinen Kopf auf einem Arm ab-
stützte. »Also: Angesichts dieser weltpolitischen Lage habe ich
das ungute Gefühl, dass der Handel mit Gütern aus Asien von
anderen Nationen als von Portugal beherrscht werden wird.
Und was bleibt dann für uns in Goa? Na?«

»Was ist das, eine Prüfung?« Miguel drehte sich nun ebenfalls
herum. »Sag es mir einfach, damit wir weiterschlafen können.«

»Die Kirche!«

»Amen.«

»In Goa befinden sich mehr katholische Gotteshäuser als im
Rest Asiens zusammengenommen. Jesuiten, Franziskaner, Be-

nediktiner, Dominikaner, Augustiner sind hier, seit neuestem haben wir sogar den Santa-Monica-Convent und seine Nonnen.«

»Schlimm genug. Und?«

»Verstehst du denn nicht? Ganz gleich, wie der Krieg zwischen Spanien und Holland ausgeht, und unabhängig davon, wer Portugal regiert – der Klerus wird immer mitmischen.«

»Willst du jetzt Mönch werden?«

»Nein. Aber ich will an ihnen verdienen. An Mönchen, Nonnen, Dorfpfarrern, Bischöfen, Kardinälen – und …«

»Dem Papst?«

»Wenn's sein muss, auch an dem. An ihrem Glauben, ihrem Aberglauben und vor allem an ihrem Bedarf an ›Utensilien‹ aller Art.«

»Willst du Folterwerkzeuge verkaufen?«

»Wenn sich damit Geld machen lässt … Aber nein, ich dachte vielmehr«, hier überschlug sich Carlos Albertos Stimme fast vor Begeisterung, »an Reliquien. Ist das nicht genial, Miguel? Reliquien! Sie werden immer mehr davon benötigen, Franzosen, Spanier und wer auch immer nach Asien drängt. Sie werden so viele Splitter vom Heiligen Kreuz brauchen, dass wir ganze Wälder abholzen müssen, und so viele Knochen von Märtyrern, dass wir den Leichenbestattern Konkurrenz machen können! «

»Hast du mir nicht vorhin etwas über die Holländer und die Engländer erzählt? Erstere haben sich vom katholischen Glauben losgesagt, Letztere sind dabei, die Heiligen- oder Marienverehrung abzuschaffen.«

»Der südliche Teil Hollands ist weiterhin den Spaniern untertan – und katholisch. Im Übrigen sind ja noch genügend Katholiken unterwegs, dass man mit ihnen sehr lukrative Geschäfte machen kann.«

Miguel dachte über diese Geschäftsidee nach. Sie war im Grunde nicht schlecht, abgesehen von ihrer moralischen Verwerflichkeit. Aber warum belästigte Carlos Alberto ihn damit mitten in der Nacht?

»Ich wünsche dir jedenfalls Glück. Und jetzt schlaf gut.«

»Sag mal, begreifst du denn gar nichts? Wir müssen das zusammen machen!«

»Warum?« Unwirsch drehte Miguel sich auf den Bauch und legte den Kopf auf seine verschränkten Arme. »Umgefallene Bäume findest du zurzeit massenhaft auf den Straßen außerhalb der Stadt. Hol dir einen und mach daraus Tausende von Reliquien.«

»Ich brauche deine Hilfe.«

»Ach?«

»Nun ja, wenn jemand wie ich plötzlich mit Gegenständen handelt, die sehr wertvoll sind, wird sich doch jeder fragen, wie ich daran gekommen bin. Man wird mich entweder des Diebstahls bezichtigen oder des Betrugs.«

»Zu Recht«, warf Miguel ein.

»Das wiederum wäre ein wenig, äh, heikel, denn die Inquisition versteht in solchen Dingen wenig Spaß.«

»Und ich kann dich vor dem – wohlverdienten – Scheiterhaufen bewahren?«

»Mach keine Scherze darüber, Miguel. Ja, du könntest als derjenige auftreten, der einige Reliquien aus Portugal mitgebracht hat. Dir würde man es abnehmen. Du bist gerade erst hier eingetroffen, und du kommst aus einem reichen Elternhaus. Bei dir wäre es absolut glaubhaft, wenn du mit kostbaren Schätzen hierhergekommen wärst.«

»Ich denke darüber nach – wenn ich ausgeruht bin. Einverstanden? Und jetzt: gute Nacht.«

Miguel brauchte über den Vorschlag nicht lange nachzudenken. Er hatte schon nach wenigen Augenblicken gewusst, dass er sich für diesen Plan nicht missbrauchen lassen würde. Dennoch tat er am nächsten Morgen so, als habe er die halbe Nacht wachgelegen und gegrübelt.

»Ich kann nicht, Carlos Alberto. Deine Idee in allen Ehren, aber sie hat diverse Mängel. Grundsätzlich verdienen die scheinheiligen Heuchler es ja nicht besser, als dass man ihnen das Knöchelchen des kleinen Fingers eines indischen Malaria-Toten hinhält, damit sie es anbeten. Aber für die aufrichtigen Gläubigen täte es mir leid. Das allein ist aber nicht meine Hauptsorge. Viel bedenklicher finde ich die Vorstellung, wie viele Mitwisser wir hätten. Überleg doch mal: Wir müssten einen Bestatter einweihen sowie einen Baumfäller, außerdem einen Präparator, der Knochen oder Holzstücke alt aussehen lassen kann. Weiterhin bräuchten wir einen Goldschmied, der uns Gefäße nach europäischem Vorbild fertigen könnte. Schließlich werden die Reliquien nicht lose transportiert. Dann müssten wir die Diener bestechen, die meine Truhe ausgepackt haben und genau wissen, dass darin keine Reliquien waren. Das sind zu viele Leute, Carlos Alberto – und jeder Einzelne davon könnte uns, wenn er uns schon nicht verrät, erpressen.«

Carlos Alberto, der voll freudiger Erregung aufgewacht war und gespannt auf die Meinung Miguels gewartet hatte, zog ein langes Gesicht. Es waren in der Tat gute Argumente, die sein Freund da vorbrachte. Aber ließ sich nicht für alles eine Lösung finden? Er war bitter enttäuscht über diese Abfuhr. Noch vor wenigen Stunden hatte er geglaubt, eine brillante Eingebung gehabt zu haben, und nun wurde diese vor seinen Augen zerpflückt und zunichtegemacht. Na schön, wenn Miguel nicht mitmachen wollte, würde er es eben allein wagen. Das war ohnehin besser, als die Gewinne mit jemandem teilen zu müssen. Und Gewinne würde es geben, hohe Gewinne.

Carlos Alberto rechnete im Stillen aus, wie viel er würde investieren müssen. Ein alter Knochen, den man mit etwas Säure und Schmutz schön alt aussehen lassen konnte; ein Silberkästchen nach antiquierter, mittelalterlicher Mode; eine von einem Papst aus vergangenen Zeiten unterzeichnete Urkunde – all das würde er sich für wenig Geld beschaffen können. Nur hatte er nicht einmal diese geringfügige Summe.

Während er sich einen Umhang über die zerknitterte Kleidung legte, in der er geschlafen hatte, sah Miguel aus den Augenwinkeln, wie es in seinem Freund rumorte. Er ahnte, was als Nächstes kommen würde. Das Mienenspiel Carlos Albertos war allzu leicht zu durchschauen: Er würde ihn um ein Darlehen bitten. Miguel warf einen Blick auf die dünne, mit Stroh gefüllte Matratze auf dem Boden. Gastfreundschaft gehörte nicht eben zu den Tugenden seines Freundes – er hätte im umgekehrten Fall dem Freund das Bett angeboten, erst recht, wenn er ihn um einen Gefallen hätte bitten wollen. Er streckte sich, um seine krummgelegenen Glieder wieder einzurenken, und sah Carlos Alberto an, der gerade etwas sagen wollte.

»Die Antwort«, kam Miguel der Frage zuvor, »lautet nein.«

7

Die Frauen und Mädchen peitschten, als ginge es um ihr Leben. Immer und immer wieder schwangen sie die Bambusstöcke, in einem gleichmäßigen Takt und über Stunden hinweg. Dieses Peitschen verlangte ihnen alle Kraft ab, zumal es bei einer Lufttemperatur von etwa vierzig Grad zu geschehen hatte und die Lauge einen abscheulichen Geruch verströmte. Doch dann kam der ersehnte Befehl des Aufsehers: Ihr könnt aufhören. Die Lauge war endlich klar geworden, der blaue Brei hatte sich auf dem Boden der Küpe abgesetzt.

Die Gewinnung von Indigo war eine schwere, schmutzige Arbeit für alle Beteiligten. Da waren die Männer, die aufs Feld zogen, um die Stauden der Indigopflanze mit dem Buschmesser zu schlagen, und dann diejenigen, die den Ertrag bündelten und zu den Bambusbaracken trugen. Es gab zwei Ernten im Jahr, und zu diesen Zeiten mussten die Männer von Sonnenaufgang bis Sonnenuntergang auf den Feldern schuften. Auch der Aufseher hatte es nicht leicht. Waren die Stauden erst zur Baracke gebracht worden, war er dafür verantwortlich, dass sie in die Gärungsküpen – in die Erde gemauerte Gruben – geschafft und mit Wasser bedeckt wurden. Dort blieben sie, bis sie anfingen zu gären.

Zunächst bildeten sich kleine Bläschen an den Stengeln und Blättern der Stauden. Diese lösten sich dann von der Pflanze und stiegen an die Oberfläche, und zwar immer schneller und heftiger, bis die ganze Lauge brodelte. Die ganze Prozedur dauerte etwa zwölf bis fünfzehn Stunden, und in dieser Zeit musste der Aufseher in regelmäßigen Abständen das Fortschreiten der Gärung überprüfen, indem er Geschmack, Farbe und Geruch der Flüssigkeit untersuchte. Erklärte er den Gärungsprozess für beendet, und dabei kam es auf den exakten Zeitpunkt an, um nicht die Ausbeute zu ruinieren, wurde die blau schäumende Flüssigkeit aus der Grube in die nächste, tiefer gelegene Grube abgelassen.

Dort, in der Schlagküpe, standen die Frauen und Mädchen bereit, um auf die Lauge einzudreschen und ihr so Sauerstoff unterzumischen. Dadurch sonderte sich der begehrte Farbstoff ab und fiel als flockiger Brei auf den Boden der Küpe. Die verbleibende Flüssigkeit wurde erneut in eine tiefer gelegene Küpe abgelassen, der Brei in großen Bottichen gekocht und wieder gefiltert. Die so erhaltene Masse presste man aus, schnitt sie in Stücke und brachte sie dann in das Trockenhaus.

Dort stand Amba an diesem heißen Tag und begutachtete die blauen Quader, die man später in gleich große Platten schnitt und für die man in Europa ein Vermögen bezahlte. Ein so leuchtendes, tiefes Blau konnte man aus den Färberwaid-Pflanzen des Abendlandes nicht gewinnen, hatte man ihr erklärt. Ihr sollte es nur recht sein. Der Profit war enorm, und er hätte noch größer sein können, hätte sie nicht darauf bestanden, für erträgliche Arbeitsbedingungen zu sorgen. Es war ein ewiger Streitpunkt zwischen dem Verwalter und ihr.

»Ihr verwöhnt die Leute. Wenn sie zu gut bezahlt werden, kommen sie am nächsten Tag nicht zur Arbeit«, warf er ihr vor.

»Wenn sie hungrig und müde auf die Felder kommen, leisten sie nichts«, war ihre immer wiederkehrende Erwiderung.

Und es war ja nicht so, als könnten die Leute von ihrem Lohn in Saus und Braus leben. Sie zahlte gerade mal eine Rupie mehr am Tag als andere Plantagenbesitzer, was immer noch wenig genug war. Aber sie setzte mehr Kinder ein, die die Leute mit Wasser versorgten, und sie genehmigte ihnen eine Viertelstunde länger Pause, als sie andernorts gehabt hätten. Auch erlaubte sie ihnen, diese Pause im Schatten der Tamarinden zu verbringen.

Bei der Ernte wie bei der Gewinnung von Indigo kam es auf Schnelligkeit an, so dass sie Trödelei nicht duldete. Aber eine Schinderei, wie sie sie am eigenen Leib erfahren hatte, wollte sie keinem anderen Menschen auf Erden zumuten. Natürlich wusste sie, dass ihre wenigen Besuche auf der Plantage nicht verhindern konnten, dass der Verwalter während ihrer Abwesenheit seine eigenen Regeln durchsetzte. Die meisten Arbeiter hatten zu viel Angst vor ihm, um ihr seine Verfehlungen zuzutragen. Aber eine der Arbeiterinnen, Manasi, nahm Amba gegenüber kein Blatt vor den Mund, so dass sie immer auf dem Laufenden war. Und so wusste sie, dass sie es mit dem Verwalter, Rupesh, schlechter hätte treffen können. Auch wenn er sich gern über ihre Anweisungen hinwegsetzte, so war er doch ehrlich genug, den Leuten ihren vollen Lohn auszuzahlen. Auch hatte er nichts Grausames in seinem Wesen. Im Übrigen war er genau wie jeder andere daran interessiert, seine Position halten zu können, die gut bezahlt und angenehm war, weil ihm nicht ständig der Plantagenbesitzer im Nacken saß.

Amba verließ das Trockenhaus und blieb unter einem mit Palmblättern gedeckten Vordach stehen. Die Hitze im Innern des Hauses war ihr so unerträglich erschienen, dass sie geglaubt hatte, im Freien müsse es besser sein. Aber das war es nicht. Es ging nicht der leiseste Wind. Die heiße Luft wog so drückend auf ihr, dass ihr sogar das Atmen schwerfiel. Es roch nach Staub, und in der Ferne, wo ein bereits abgeerntetes Feld umgepflügt worden war und nun nackt in der Sonne lag, spiegelte sich die

Luft. Wie konnte es kurz nach der Regenzeit bereits so trocken sein? War das immer schon so gewesen? Oder hatte die Küstennähe ihres Hauses in Goa sie das unerbittliche Klima im Landesinnern vergessen lassen?

»Es ist außergewöhnlich heiß für die Jahreszeit«, sagte nun Rupesh, als habe er ihre Gedanken gelesen. »Hier, nehmt.« Damit reichte er ihr einen Becher mit Ingwertee, nach dem er einen der Wasserjungen zuvor geschickt hatte.

Dankbar nahm Amba den Becher entgegen. Doch als sie den Schleier anhob und das Gefäß zum Mund führen wollte, spürte sie Rupeshs neugierigen Blick. Sie wandte sich ab, um zu trinken.

»Ihr seht, Ambadevi, die Ernte ist in diesem Jahr sehr reich ausgefallen. Ich denke, das wird Euren Gemahl erfreuen«, sagte der Verwalter, um über seine unschickliche Neugier hinwegzutäuschen.

»Gewiss, das wird es.« Amba drehte sich zu Rupesh herum und musterte ihn eingehend. So lästig der Schleier sein konnte, etwa bei einer derartig starken Hitze, so nützlich war er auch. Er hielt nicht nur aufdringliche Blicke fern, sondern erlaubte ihr, nach Herzenslaune selbst den Blick schweifen zu lassen, ohne dass irgendjemand hätte sehen können, was genau sie sich ansah.

Rupesh mit seinem zu langen Hals und den zu kurzen Beinen wirkte heute so, als läge ihm etwas auf dem Herzen. Er ließ die Schultern hängen und stierte auf den glänzenden, festgestampften Lehmboden vor seinen Füßen.

»Ich werde«, sagte Amba, um Rupeshs Zunge zu lösen, »meinem Gemahl berichten, wie sorgfältig du dich um alles kümmerst. Bestimmt wird er dir einen Bonus auszahlen.«

»Oh, Ambadevi, das ist doch nicht nötig. Ich tue nur meine Arbeit, weiter nichts.«

Amba wusste, wie diese falsche Bescheidenheit zu deuten war. »Und wenn der Ertrag in diesem Jahr bei mehr als einem *lakh* Platten liegt, dann wird er dir wahrscheinlich jeden Wunsch erfüllen, den du äußerst.«

»Das wäre … das wäre ganz, ähm …«

»Sprich, Rupesh. Du weißt, dass ich im Auftrag meines Gemahls handle. Was ist es, was du dir erhoffst?«

Rupesh druckste herum, schaute weiter zu Boden und rieb sich nervös die Hände. »Ich würde das lieber direkt mit Eurem Gemahl besprechen«, brach es schließlich aus ihm hervor.

Amba verdrehte die Augen. Nicht schon wieder! Was hatten diese Leute nur alle, dass sie die wichtigen Entscheidungen lieber einem Mann überließen – in diesem Fall einem Mann, den Rupesh gar nicht persönlich kannte? Seit drei Jahren war immer nur Amba auf der Plantage erschienen, seit drei Jahren hatte Rupesh nur mit ihr zu tun gehabt. Mit Erfolg. Die Plantage wuchs und gedieh, der Ertrag war hoch, die Leute schienen zufrieden. Was war es, das ein Mann besser hätte regeln können als sie?

»Nun, wie du weißt, ist mein Gemahl nicht bei guter Gesundheit. Ich vertrete ihn – in allen Angelegenheiten.«

»Aber Ambadevi, es gibt Dinge, die muss man einfach von Mann zu Mann besprechen.«

»Das mag sein. Aber für diese Art von Themen ist mein Gatte überhaupt nicht aufgeschlossen. Ich versichere dir, dass ihn deine persönlichen Angelegenheiten nicht im Geringsten interessieren, ja, wahrscheinlich wäre er sogar verärgert, wenn du ihn damit behelligen würdest. Aber wenn du meinst, dann kannst du ihm dein Anliegen ja schriftlich vorbringen.«

»Ich … also es ist so, dass meine Frau, Ihr wisst schon, Anita, nun endlich einen Jungen zur Welt gebracht hat. Nach fünf Mädchen freuen wir uns über die Gnade der Götter so sehr,

dass wir Jaysukh-sahib gern darum bitten würden, die Patenschaft für den Jungen zu übernehmen.«

»Oh. Meine Glückwünsche, Rupesh, auch an deine Gemahlin.
Es freut mich sehr für euch. Allerdings befürchte ich, dass der
Gesundheitszustand meines Gemahls die lange Reise hierher
nicht zulässt. Aber ich bin sicher, es wäre ihm eine große Ehre,
wenn ihr den Jungen nach ihm benennt. Natürlich könnte ich
statt seiner bei der Zeremonie anwesend sein …«

»Ja, Ambadevi, ich weiß, und ich danke Euch für dieses Angebot. Aber Ihr wisst ja, wie es ist …«

Das wusste sie. Die Landbevölkerung glaubte, es brächte Unglück, wenn eine Frau bei zeremoniellen Riten den Platz eines
Mannes einnahm.

»Ich denke, die Patenschaft kommt auch zustande, wenn mein
Gemahl dir eine Urkunde darüber ausstellt, nicht wahr? Dann
wird es das Beste sein, wenn wir es so machen. Obwohl ich ihn
natürlich gerne zu überzeugen versuche, doch einmal mit hier-
herzukommen. Auch mir behagt es nicht, immerzu ohne ihn zu
reisen und mich um all diese Dinge zu kümmern, von denen er
viel mehr versteht als ich. Wäre es nicht wunderbar, er käme
beim nächsten Mal mit hierher? Du und die Arbeiter, ihr könntet ihn endlich einmal persönlich kennenlernen, könntet ihm
eure Sorgen und Wünsche selber vortragen und nicht nur von
mir übermitteln lassen. Ach, Rupesh, du glaubst nicht, wie wohl
mir bei dieser Vorstellung ist! Er ist ein sehr kluger Mann, ein
Weiser. Natürlich ist er in seinem Alter auch zuweilen etwas …
ach, lassen wir das.«

Rupesh war bei ihren Worten in sich zusammengesunken. So
gern er damit geprahlt hätte, dass der *zamindar*, der Grundbesitzer, Pate seines Sohnes wurde, so unwohl war ihm auch bei
der Vorstellung, sich gegenüber einem störrischen Alten ver-
antworten zu müssen. Und so stellte er ihn sich vor, den unbe-

kannten *zamindar*, als einen rechthaberischen, magenkranken, selbstherrlichen Greis. Da war ihm die Gemahlin lieber, insbesondere, da diese sich nie in die Angelegenheiten der Dörfler mischte und keine Entscheidung des *panchayat*, des Ältestenrates, je anzweifelte. Vermutlich wäre es besser, der Alte tauchte nie auf.

Ein Räuspern lenkte Ambas Aufmerksamkeit von Rupesh ab.

»Ja, was ist denn, Nayana?«, fragte Amba ungehalten.

»Verzeiht, dass ich Euch unterbreche, Herrin, aber es ist schon nach Mittag. Wir sollten uns auf den Rückweg machen. Ihr habt noch weiteren Pflichten nachzukommen.«

»Selbstverständlich, danke, dass du mich daran erinnert hast, Nayana.« Diesmal war Ambas Ton kühl und sachlich, obwohl sie über die verabredete Unterbrechung schmunzeln musste. Zum Glück sah es ja niemand. Jedes Mal, wenn ein Gespräch eine unschöne Wendung zu nehmen begann, wenn jemand gefährliche Fragen stellte oder wenn, wie heute, jemand mit einem persönlichen Anliegen zu aufdringlich wurde, schritt Ambas alte Amme ein.

Rupesh sah die andere Frau vernichtend an. Was fiel der Alten ein, sich einzumischen? War es nicht schon schlimm genug, dass er das Tagesgeschäft mit einer Frau besprechen musste? Womit hatte er es verdient, dass er und die Gemahlin des *zamindar* sich nun den Anweisungen einer Dienerin zu beugen hatten?

»Nun, du hast es gehört, Rupesh. Wir müssen aufbrechen. Im Dorf sind verschiedene Dinge zu regeln, zu denen ich genaue Instruktionen meines Gemahls habe. Und wir haben dem *panchayat* unser Kommen für heute versprochen. Morgen müssen wir uns leider wieder auf die Heimreise begeben. Aber du weißt ja, wo du uns erreichen kannst, falls dir noch andere Wünsche einfallen, die du meinem Gemahl unterbreiten möchtest.«

Rupesh blickte betreten zu Boden. Er hatte verstanden. Er wünschte Amba eine gute Reise und faltete zum Abschied die Hände vor der Brust, um dann den Kopf vor ihr zu verneigen. Amba erwiderte die Geste, allerdings mit einer nur angedeuteten Verneigung. Dann verließ sie leichten Schrittes den schattigen Unterstand, dicht gefolgt von Nayana. Der Baldachinträger, der den Damen auf Schritt und Tritt Schatten zu spenden hatte, reagierte auf den schnellen Abgang zu spät. Er hatte gedöst – und würde später die ganze Wut Rupeshs zu spüren bekommen.

Am späten Nachmittag saß Amba im Empfangsraum ihres Hauses, um sich von einem Sprecher des Ältestenrats diejenigen Dinge vortragen zu lassen, in denen der *panchayat* selber zu keiner befriedigenden Lösung gelangt war. Sie war hinter einer mit feinen Blumenmustern durchbrochenen Holzwand vor den Blicken des Mannes verborgen.

»Ambadevi«, fragte der Alte nun, »wie hat Euer Gemahl in der Sache der Witwe Savita entschieden?«

Dabei war es um eine Witwe gegangen, die keine Söhne hatte, die sich um sie hätten kümmern können. In einem solchen Fall blieb den Frauen meist nichts anderes übrig, als sich mit ihrem Gemahl verbrennen zu lassen, denn ohne jeglichen Status und damit aller Möglichkeiten beraubt, sich selber zu ernähren – niemand wollte auch nur in die Nähe einer Witwe kommen, da sie Unglück brachte –, waren sie Ausgestoßene der Gesellschaft. Doch diese Frau hatte sich gesträubt, den ehrenvollen Tod zu wählen. Nun bettelte sie auf den Straßen des Dorfs, denn bei ihren Töchtern, oder besser: bei deren Schwiegereltern, war sie ebenso wenig willkommen wie bei ihren bereits erwachsenen Enkeln. Diese Witwe war eine Schande für das ganze Dorf, doch die Unbarmherzigkeit ihrer Verwandten war kaum weniger schändlich. Man wollte sie nicht im Dorf sehen, zumal die Frau alle Schmähungen mit wüsten Schimpftiraden erwiderte. Aber was sollte man mit ihr tun?

»Mein Gemahl rät, die alte Savita zur Buße eine Reise an den Ganges antreten zu lassen. Jeder Mann im Dorf soll eine Rupie dafür geben, den Rest bezahlt mein Gemahl.«

»Das hat Jaysukh-sahib beschlossen? Aber das ist gegen alle überlieferten Traditionen!« Dem Alten waren vor Empörung die Halsadern geschwollen.

Amba lachte still in sich hinein. Natürlich hatte »Jaysukh-sahib« gar nichts dergleichen beschlossen, aber etwas Besseres fiel den Dörflern ja auch nicht ein. Später würde sie Nayana zu der Witwe schicken und ihr ausrichten lassen, sie möge das Geld annehmen und sich ohne großes Gezeter aus dem Staub machen, wenn ihr ihr Leben lieb war. Anschließend konnte sie an den Ganges oder sonst wohin reisen – solange es nur weit genug entfernt von ihrem Dorf war – und eine neue Identität annehmen. Oder sie konnte das Geld dem Tempel spenden und das Einzige tun, was Ambas Meinung nach ihrer demütigenden Existenz noch den Hauch von Ehre verlieh: sich töten. Bei einer jüngeren Frau, die sich vielleicht allein durchschlagen konnte, hätte Amba zu einer anderen Lösung geraten. Aber eine betagte Frau wie Savita hatte außerhalb der Dorfgemeinschaft keine Chance. Sie würde krank werden und ohne Hilfe vor sich hin siechen. Amba verstand nicht, warum die Frau nicht den Stolz besaß, diesem Elend durch einen freiwilligen Selbstmord vorzubeugen.

»Ja, das hat er tatsächlich beschlossen«, richtete sie sich in einem Ton an den Vertreter des *panchayat*, der ihre eigenen Zweifel an dieser Entscheidung hervorhob. »Aber Ihr wisst ja, dass es nicht mehr als ein Ratschlag sein kann. Ihr müsst selber entscheiden.«

Danach verließ den *panchayat*-Vertreter offenbar der Mut, weitere Unschlüssigkeiten im Dorfrat vorzutragen. Der *zamindar* war ja ganz offensichtlich nicht mehr im Vollbesitz seiner geistigen Kräfte, wenn er solche absurden »Ratschläge«, die im Dorf als Gesetz betrachtet wurden, erteilte. Wenn er es sich recht überlegte, war der *zamindar* schon vor drei Jahren recht eigenwillig gewesen, um nicht zu sagen altersstarrsinnig. Damals hatte der neue Grundbesitzer anlässlich des Erwerbs weitläufiger Ländereien am Tungabhadra-Fluss seine bisher einzige Reise in ihr Dorf unternommen. Danach hatte er sich nie wieder blicken lassen, sondern seine junge Frau gesandt – allein schon Beweis genug dafür, dass der Mann ein wenig verwirrt war. Der *zamindar* musste etwa in seinem Alter sein, er selber stand jedoch mit Mitte sechzig noch in Saft und Kraft. Erst vor kurzem hatte er seine dreizehnjährige Großnichte geehelicht, nachdem seine erste Frau den Anstand besessen hatte, vor ihm zu sterben.

Nachdem der Dorfälteste so wortkarg geworden war und plötzlich etwas geistesabwesend gewirkt hatte, entließ Amba den Mann mit einer Reihe von guten Wünschen und Segnungen. Kaum hatte er das Haus verlassen, atmete sie tief durch und tupfte sich vorsichtig den Schweiß von der Stirn. Es war dunkel geworden, doch die Hitze war weiterhin quälend. Amba wedelte sich mit einem Pfauenfächer Luft zu und goss sich einen Schluck des Limonenwassers ein, das eine Bedienstete in einem Krug bereitgestellt hatte. Sie mochte niemanden um sich haben, am allerwenigsten eine Dienerin, die später jedem im Dorf in allen Einzelheiten erzählen würde, wie ihre Herrin aussah, wie groß ihr Nasendiamant war, wie hell ihre Hautfarbe, wie sorgfältig aufgetragen der rote *sindur* auf ihrer Stirn. Amba hoffte, dass Nayana bald aus dem Dorf zurückkäme, wohin sie sie geschickt hatte, um nach den Bedürftigen zu sehen

– und um die Arbeiterin Manasi, eine der Frauen in der Schlagküpe, nach Details des Ablaufs auf der Plantage zu befragen.
Sie hatte das Bedürfnis, sich jemandem mitzuteilen, und ihre
ayah war die einzige Person, der sie bedingungslos vertraute.
Manchmal sehnte sie sich nach einem Gesprächspartner, der
mit mehr Intelligenz gesegnet war als Nayana, doch sie hatte
die Erfahrung machen müssen, dass ein scharfer Verstand auch
oft mit Gefühlskälte einherging. Da war ihr die gute alte Nayana mit ihrem großen Herzen um ein Vielfaches lieber.
Doch als sie später am Abend mit Nayana beim Abendessen saß
und ein einfaches *kari* mit klumpigem Reis von Bananenblättern aufnahm, da heulte ihre *ayah* ihr die Ohren voll: von der
schamlosen Witwe Savita, die sich, halbnackt und beinahe kahl
geschoren, von den Kindern verspotten ließ; von dem Unglück
der jungen Indu, die bereits die vierte Fehlgeburt erlitten hatte; von den Machenschaften des feisten Kiran, der sich mit allen Nachbarn zerstritten hatte und dem man nachsagte, er habe
die Hühner des einen vergiftet; und von den Frechheiten der
schönen Anita, die glaubte, sich aufgrund ihres guten Aussehens Älteren gegenüber weniger ehrerbietig zeigen zu müssen.
Amba stand nicht der Sinn nach solchen Banalitäten. Immerhin aber wusste sie nun, dass es keinen Grund zur Sorge gab:
Alles war wie eh und je.
Morgen würden sie guten Gewissens abreisen können.

8

Im Oktober war der Monsun vorüber. Die Sonne strahlte von einem wolkenlosen Himmel herab und ließ die Pflanzen in schönster Pracht wachsen. Die Blätter der Mango- und der Banyanbäume, der Betel- und der Kokospalmen glänzten in frischem Grün, auf den Wiesen sprossen Wildblumen in allen Farben. Tiere wie Menschen waren ebenfalls von neuer Energie erfüllt. Affenbanden schwangen sich übermütig durch die Wälder und wagten sich nicht selten in die Gärten der Stadtbewohner, die die frechen Tiere lauthals verjagten. Die Vögel sangen, zwitscherten und trällerten, dass es eine Freude war, und endlich sah man sie auch wieder in ihrem farbenfrohen Gefieder.

Als Miguel frühmorgens vor das Haus trat, flatterte ein Martinsfischer direkt vor ihm über den gepflasterten Weg und erfreute ihn mit seinem leuchtenden Blau. Die Sonne stand noch tief und tauchte den üppig sprießenden Garten in ein goldenes Licht. Tautropfen schillerten in den feinen Fäden der Spinnweben, die sich zwischen höheren Grashalmen spannten. In der Luft lag das Aroma der feuchten Pflanzen, darüber schwebte der Duft der vielen kleinen Feuer, deren Qualm der Wind vom nahe gelegenen Dorf herübertrug.

Hatte Miguel gehofft, die verzauberte Stimmung dieses Morgens allein genießen zu können, so wurde er enttäuscht. Der *mali*, der Gärtner, war bereits auf den Beinen, und einer seiner Gehilfen lief in gebückter Haltung über den Weg, um herabgefallene Blütenblätter und Laub fortzufegen. Auch dieses würde, so wusste Miguel, zu einem Haufen aufgetürmt und später angezündet werden. Die beiden Männer bewegten sich, so wollte es Miguel vorkommen, schneller als in den Monaten der Regenzeit. Und warum sollte es ihnen auch anders gehen als ihm selbst? Er fühlte sich erfrischt und voller Tatendrang.

Miguel ließ sein Pferd satteln und nahm unterdessen ein leichtes Frühstück zu sich. Langsam gewöhnte er sich daran, morgens einen Gewürztee zu trinken sowie die hauchdünnen ausgebackenen Linsenfladen mit einer scharfen Tunke zu essen, gefolgt von frischem Obst. Obwohl Miguel für ein kleines Vermögen Weizenmehl beschafft hatte, war der Koch schlichtweg nicht in der Lage, ein portugiesisches Frühstück anzurichten, und der Appetit auf deftige Dauerwürste, wie man sie in der Stadt bekam, war Miguel im hiesigen Klima vergangen.

Er gab der Dienerschaft ein paar knappe Anweisungen, was er heute von ihr erwartete – wohl wissend, dass er sich glücklich schätzen durfte, wenn sie auch nur die Hälfte davon erledigten. Dann ließ er sich in die Stiefel helfen und schwang sich in den Sattel. Kaum hatte er die Grenzen seines Grundstücks hinter sich gelassen, befand er sich in einer anderen Welt. Die geharkten Muschelkieswege auf seinem Anwesen wurden durch holprige Lehmwege ersetzt, die ordentlich beschnittenen Sträucher des Gartens durch wild wucherndes Grün am Wegesrand. Die Felder, die seine Route säumten, lagen friedlich in der Morgensonne. Wasserbüffel standen faul in den überschwemmten Niederungen und ließen sich nicht von den Reihern stören, die auf ihnen herumstaksten.

Ein Ochsenkarren kam Miguel entgegen. Die gewaltigen Hörner der Tiere waren rot lackiert. Dann überholte er eine Gruppe von Feldarbeitern. Es waren auch viele Frauen darunter, die, wie Miguel schon öfter beobachtet hatte, genauso schwere Arbeiten verrichteten wie die Männer. Die Körbe, die sie auf ihren Köpfen balancierten, waren noch leer, doch später würden sie darin wahrscheinlich Steine transportieren, die die Männer zuvor aus dem Boden geholt hatten.

Als er das Dorf erreichte, stoben ein paar Geier auf, die sich an einem nicht mehr zu identifizierenden Kadaver gütlich getan hatten. Vor den bescheidenen Hütten der Dorfbewohner flackerten Feuer. Um sie herum saßen die Familien, in der Hocke die meisten, das Gesäß in der Luft. Es war eine Haltung, die Miguel anatomisch unmöglich und noch dazu sehr unbequem erschien, so ganz ohne Stuhl, Kissen oder irgendeine Art von Sitzgelegenheit. Doch den Indern behagte es offenbar. Selbst alte Männer hockten da, die braunen, faltigen Beine so stark angewinkelt, dass die Knie sich auf Ohrenhöhe befanden. Sie trugen nichts weiter als ihre weißen Tücher, die sie zur Hose gewickelt hatten. Die Frauen, auch sie in der Hocke, hatten ebenfalls ein Ende ihres Saris durch die Beine geschlungen und vorn im Rockbund festgesteckt, so dass sie aussahen, als trügen sie Hosen. Die jüngeren Frauen waren in Bewegung, sie kochten und versorgten die Familie mit dem Essen, das auf Bananenblättern gereicht und mit den Fingern verzehrt wurde. Die Kinder, fast nackt, liefen dazwischen herum und ärgerten die Hühner. Der eine oder andere räudige Hund saß in der Nähe der Menschen und hoffte darauf, dass diese etwas für ihn fallen ließen.

Es war eine Szenerie, die dank der bunten Gewänder der Frauen und des weichen Lichts der Morgensonne malerisch wirkte, beinahe verträumt. Doch Miguel begriff durchaus, wie beschwerlich der Alltag dieser Menschen war, ihr Leben kaum mehr als ein Spielball der Naturgewalten. Ein einziger starker Sturm konnte ihre Hütten hinfortwehen, eine Überschwemmung zur Unzeit konnte den Hungertod bedeuten. Aber das war schließlich überall auf der Welt so, oder nicht? In Portugal starb die Landbevölkerung, wenn nach einer langen Dürre eine

91

Feuersbrunst über sie hinwegrollte, und in den Bergen erfroren die Leute, wenn ein außergewöhnlich starker Frost die Region heimsuchte.

Kein Wunder, dass hier wie dort die Religiosität der Menschen so unerschütterlich war, dachte Miguel, als er einen Marienschrein passierte, der auf den ersten Blick verdächtig hinduistisch aussah. Die Muttergottes hatte die Züge einer Hindu-Göttin, ihr blaues Gewand sah aus wie ein Sari. Die kleine Statue stand in einer winzigen weißen Steinnische, hinter der vergitterten Öffnung brannten Kerzen. Um den Hals der Jungfrau hatte jemand einen Kranz aus Ringelblumen gelegt. Es amüsierte Miguel, dass die Inder den ihnen auferzwungenen Glauben auf diese Weise ausübten. Der Gott der Europäer ließ sich anscheinend mühelos in ihr unüberschaubares Götteruniversum eingliedern.

Er ließ die letzten Hütten des Dorfs hinter sich. Ein paar Kinder rannten ihm nach und riefen ihm fröhlich ein paar Worte hinterher, die wohl portugiesisch sein sollten. Auf dem Land sprachen die Menschen weiterhin ihren Dialekt, Konkani, denn wo der Kontakt zu den Eroberern fehlte, da bestand schließlich keine Notwendigkeit, Portugiesisch zu lernen. Nur die Kirchenlieder, die würden sie wohl in der offiziellen Sprache singen können. Miguel warf den Kindern ein paar Münzen zu und erfreute sich noch an ihrem Lachen und Rufen, als er sie längst hinter sich gelassen hatte.

Dass er sich der Stadt näherte, merkte Miguel nicht allein daran, dass die Straße zusehends belebter wurde, sondern auch an den zahlreicher werdenden Ständen rechts und links der Straße. Trotz der frühen Stunde waren die Händler bereits emsig dabei, ihre Ware auszulegen, zu drapieren und abzustauben. An allen Buden und Ständen sah man Kinder, die mit einem feinen Federwedel über die Dinge fuhren, die ihre Eltern feilboten:

Lederne Sandalen, einfache Baumwollstoffe, Messingschmuck, beschnitzte Holzschemel, tönerne Töpfe und Haushaltsgerät aller Art wurden da angeboten. Zwar lag jetzt, nach dem Regen, nicht mehr auf allem die feine, pudrige Schmutzschicht, doch die Prozedur des Staubwedelns schien zu einem festgelegten Ritual zu gehören, dem die Straßenhändler tagaus, tagein gehorchten.

Es waren einfache Dinge des täglichen Lebens, die man hier erwerben konnte. Die exklusiveren Geschäfte, die, in denen die Portugiesen und die wohlhabenderen Inder einkauften, befanden sich im Stadtzentrum. Es gab eine Gasse, in der die Juweliere ansässig waren, und eine andere, in der die Möbeltischler arbeiteten, eine Straße für die Tuchhändler und eine für die Delikatessenhändler, die zu fein für den Markt waren. Bei ihnen fand man vom Kakao aus Südamerika über den Süßwein aus Madeira bis hin zu spanischem Schinken alles, was der verwöhnte Gaumen begehrte. Miguel hatte einem besonders gut sortierten dieser Feinkosthändler schon ein paarmal einen Besuch abgestattet, um sich mit Leckereien einzudecken, die nicht nach Kumin, Nelken oder Ingwer schmeckten. Heute jedoch führte ihn sein Weg direkt in die Gasse der Juweliere und Goldschmiede.

Er hatte bei seinem letzten Aufenthalt in der Stadt einen Laden entdeckt, dessen Auslage seine Neugier geweckt, den er aber aus Zeitmangel nicht besucht hatte. Es schien sich um ein Geschäft zu handeln, in dem mit allem gehandelt wurde, was schön und kostbar war. Nicht nur Geschmeide und Juwelen gab es dort, sondern auch fein ziselierte Silberschüsseln, edelsteinbesetzte Kämme und sogar eine mit Blattgold belegte Sänfte. Der Laden führte ebenfalls Porzellan, und genau das war es, was Miguel sich nun ansehen wollte.

Nachdem die Reparaturen an seinem Haus nun allmählich

weitergingen und es im Innern wieder leidlich wohnlich war, hatte er eine Bestandsaufnahme des Inventars gemacht und festgestellt, dass vieles der Erneuerung oder Aufstockung bedurfte. Das Geschirr etwa war einer Familie Ribeiro Cruz einfach nicht würdig. Wenn er Gäste einladen wollte, konnte er das Essen kaum auf einem Sammelsurium nicht zueinander passender Teller servieren lassen, bei denen auch noch größtenteils die Glasur abgeplatzt war.

Frauenaufgaben, dachte Miguel, das war es, womit er sich hier herumschlagen musste. Er sollte vielleicht nach einer Braut Ausschau halten. Ach, verdrängte er den Gedanken sogleich wieder, vorerst wäre auch er allein durchaus in der Lage, seinen Haushalt zu leiten. Und den Anfang würde er mit einem schönen Porzellanservice machen.

Er stieß die Tür zu dem Geschäft auf. An der Decke war eine Schnur befestigt, an der mehrere Glöckchen hingen, die dem Ladenbesitzer seine Ankunft meldeten. Miguel hörte es im Hinterzimmer rascheln, dann kam ein Inder heraus, der ihn mit einer Verbeugung und den auf indische Weise zusammengelegten Händen begrüßte.

»Seid willkommen, Senhor. Womit kann ich Euch dienen?«

»Guten Morgen, Senhor …?«

»Senhor Rui. Alle Welt nennt mich bei meinem Vornamen.«

»Nun, Senhor Rui, dann dürft auch Ihr mich bei meinem rufen: Senhor Miguel.« Miguel war froh über die günstige Gelegenheit, nicht seinen Familiennamen nennen zu müssen – das hätte die Preise vermutlich in die Höhe getrieben. »Ich sehe, Ihr habt hier auch Geschirr …« Dabei wies er gelangweilt auf ein atemberaubendes Service, das in einer Vitrine stand.

»Als bloßes Geschirr dürft Ihr diese exquisiten Kunstwerke nicht bezeichnen, Senhor Miguel«, unterbrach der Inder ihn und riss die ohnehin schon großen Augen in gespieltem Entsetzen weit auf. »Es ist feinstes chinesisches Porzellan, mein Herr, das den weiten Weg aus Macao wie durch ein Wunder unbeschadet überstanden hat. Das komplette Service, bestehend aus je 24 flachen Tellern, tiefen Tellern, Desserttellern, Teetassen sowie Mokkatassen samt Untertassen, außerdem fünf Servierplatten, drei Terrinen, zwei Saucieren, einer Kanne, mehreren kleinen Schälchen und Kännchen. Jedes einzelne Teil ist von Künstlerhand bemalt, und das Material ist so fein, dass es das Licht durchlässt, seht nur.« Dabei hob Senhor Rui eines der hauchzarten Tässchen hoch und hielt es gegen das Sonnenlicht, das in den Verkaufsraum fiel. Miguel staunte. Er griff nach der Tasse, um sie in der Hand zu wiegen und sie erneut im Licht schimmern zu sehen. Sie war fragiler als alles, was er je an Porzellan gesehen hatte.

»Seid nur vorsichtig, Senhor Miguel, allein diese Tasse würde, verkaufte ich sie separat, was selbstverständlich nicht der Fall ist, um die 1000 Reis kosten.«

Miguel reichte dem Händler das Stück und zuckte mit den Schultern. »Nun, ich fürchte, in dieser Preisklasse kann ich mir nichts leisten.«

»Aber das ist doch nicht teuer! Ein vornehmer Herr wie Ihr, Ihr wisst den Wert der Dinge zu schätzen, das sehe ich Euch an. Und dieses Porzellan, es ist in Wahrheit unbezahlbar! Seht nur, diese feinen Pinselstriche! Der Vogel, man meint ihn direkt singen zu hören. Und die Blätter, seht Ihr sie rascheln? Die Gräser, jedes davon fein wie ein Haar, schaut nur, wie sie sich im Wind wiegen. Die Blüten, aufgetragen in kostbarsten Farben aus zermahlenen Edelsteinen, betört Euch nicht der Duft, den ihr sattes Rot zu verströmen scheint?«

»Ihr seid ein Poet, Senhor Rui. Ich jedoch suche einen Händler, der mir ein passables Porzellanservice verkauft. Wo könnte ich ein solches finden?«

Senhor Rui starrte, kurzzeitig aus der Fassung gebracht, seinen Kunden beleidigt an. Sein dürrer Körper schien vor Empörung erstarrt, seine wulstigen Lippen verzogen sich nach unten.

»Ich scheine Euch falsch eingeschätzt zu haben. Was Ihr sucht, findet Ihr an der Straße, die westwärts aus der Stadt hinausführt, den Fluss entlang.«

Miguel konnte sich ein Grinsen nicht verkneifen. Dort waren die Stände, an denen er vorhin noch vorbeigeritten war und die grobes Steinzeug anboten.

»Ich danke Euch für diese Auskunft. Ich werde mich später dort umsehen. Aber lasst mich noch eine Weile Eure andere Ware betrachten, es sind ein paar sehr hübsche Dinge dabei.«

Miguels Blick war auf ein Samtkissen gefallen, auf dem ein hellblau schillernder Stein lag. »Dieser Aquamarin hier zum Beispiel …«

»Lieber Herr Jesus Christus«, rief Senhor Rui aus, »schenke mir Geduld mit diesem jungen Mann, dessen Unwissenheit zweifellos auf seine Jugend zurückzuführen ist!« Er blickte Miguel an und senkte die Stimme. »Das, mein werter Senhor Miguel, ist ein blauer Diamant von«, hier schluckte er, um die Spannung noch etwas zu steigern, »sage und schreibe 60 Karat.«

»Er ist wundervoll«, flüsterte Miguel, »und der Schliff ist ganz besonders ausgefallen.« Er dachte dabei unentwegt an einen blauen Schleier und einen zarten hellbraunen Hals, auf dem dieses Prunkstück viel leuchtender funkeln würde als auf einem Samtkissen.

»Im übrigen Indien glaubt man, es bringe Unglück, einen Diamanten zu schleifen. Dieser hier, mit seinem sogenannten Rosenschliff, ist daher eine große Rarität. Ich fürchte jedoch, sein Wert übersteigt den des Porzellans noch um ein Vielfaches.«

»Ach?« Miguel nickte dem Händler aufmunternd zu.

Der beugte sich daraufhin näher zu Miguel und flüsterte ihm den gewünschten Betrag ins Ohr.

»Ihr beliebt zu scherzen?«

»Keineswegs, Senhor Miguel, keineswegs. Ich selber habe zehn *lakh* dafür zahlen müssen, und ich musste viele Reisen und zahlreiche Mühen auf mich nehmen, um diesen Stein zu ergattern. Ich kann ihn einfach nicht für weniger als 15 *lakh* verkaufen, sonst lege ich noch Geld drauf.«

Ein *lakh* bezeichnete die Summe von 100 000 – in diesem Fall Reis – oder 100 Milreis. Der gute Mann verlangte nicht weniger als 1500 Milreis, was ungefähr dem Wert des Solar das Mangueiras entsprach.

»Und Ihr stellt ihn einfach so hier aus? Habt Ihr keine Angst vor Dieben?«

»Um der Wahrheit die Ehre zu geben: Ich habe ihn erst seit heute Morgen. Ich werde natürlich eine Kopie anfertigen lassen und den Stein an einem sicheren Ort hinterlegen. Bis dahin muss dies hier genügen.« Er zückte einen Krummsäbel, dessen Scheide über und über mit Rubinen, Smaragden und Saphiren bedeckt war. »Die meisten Menschen interessieren sich nur für das Äußere, das Blendwerk. Dabei ist der Säbel selber um ein Vielfaches kostbarer als sein Behältnis. Er wurde aus gefaltetem …«

Miguel unterbrach den Redeschwall des Juweliers. »Ich glaube Euch, Senhor. Aber der Säbel interessiert mich nicht. Bleiben wir doch einen Augenblick bei dem Diamanten.«

Rui alias Rujul zuckte angesichts dieser fortgesetzten Unhöflichkeiten innerlich zusammen. Wusste dieser junge Kerl denn gar nichts über die Gepflogenheiten im Handel? Bunt ausgeschmückte Geschichten gehörten ebenso dazu wie raffiniertes Feilschen, bei dem sich später, bei Abschluss des Geschäfts, Käufer wie Verkäufer wohl fühlten und sich dem Glauben hingeben konnten, den anderen schön hereingelegt zu haben. Ah, diese Europäer. Brachte man ihnen denn gar nichts Sinnvolles bei?

»Mich würde interessieren, lieber Senhor Rui, warum Ihr ausgerechnet mir, einem Wildfremden, diesen kostbaren Stein zeigt. Wie könnt Ihr wissen, dass ich vertrauenswürdig bin?«

Senhor Rui hatte seine liebe Not, seine Überraschung zu verbergen. Glaubte der junge Mann etwa, er könne inkognito einkaufen gehen? Ah, aber hier lag seine, Rujuls, beste Chance. Wenn er seinem Kunden das Gefühl gäbe, er kenne seine Identität nicht, dann wiegte sich der liebe Senhor Miguel Ribeiro Cruz vielleicht in dem trügerischen Glauben, ein günstiges Schnäppchen machen zu können. »Das sehe ich Euch an. Ihr seid vom Scheitel bis zur Sohle ein Edelmann.«

Miguel verneigte sich leicht, als sei er ein hoher Würdenträger, der solche Schmeicheleien gewohnt war. »Kommen wir zurück auf den Diamanten. Ich wäre bereit, fünf *lakh* dafür auszugeben, was natürlich ein völlig überhöhter Preis ist, wenn Ihr mir das Porzellanservice als Geste Eures guten Willens und als Besiegelung unserer neuen Geschäftsbeziehung dazugeben würdet.«

»Fünf *lakh* für beides zusammen? Das geht nicht! Ihr treibt mich in den Ruin! Wer soll meine armen Kinder ernähren? Was geschieht dann mit meiner lieben Frau?« Senhor Ruis fleischige Unterlippe bebte, seine beinahe schwarzen Kulleraugen verdrehte er gen Himmel, und zwar so weit, dass fast nur noch das Weiße des Augapfels zu sehen war. Die Darbietung war grandios, fand Miguel. Doch er ließ sich keine Sekunde davon täuschen. Er hatte sich zuvor über den Laden und seinen Inhaber erkundigt, der für die einwandfreie Qualität seiner Ware ebenso berühmt war wie für seine überzogenen Preise. Er wusste, dass ein Drittel bis maximal die Hälfte des geforderten Preises angemessen wäre.

»Aber ich will Euch Eure Unerfahrenheit verzeihen. Ich werde Euch einen Nachlass von zehn Prozent geben. Ihr seid mein erster Kunde heute Morgen, und der bringt Glück. Also will ich Euch dieses Glück damit vergelten, dass ich Euch daran teilhaben lasse. Ich überlasse Euch diese Schätze für 14,4 *lakh*, ach, was rede ich da, für runde 14 *lakh*. Das ist ein lächerlicher Preis, wie Ihr wohl wisst.«

Und so feilschten sie noch geraume Zeit. Es wurde Tee gereicht, man setzte sich, man erzählte sich allerlei sagenhafte Geschichten von märchenhaften Schätzen und wagemutigen Kaufleuten. Beinahe jeder Gegenstand im Geschäft wurde von Miguel begutachtet und von Senhor Rui mit einem dazu passenden Märchen versehen. Senhor Rui revidierte seine Meinung. Der junge Ribeiro Cruz war vielleicht doch nicht so ein Banause wie seine Landsleute. Immerhin verstand er es, zuzuhören.

Als die Kirchenglocken zur Mittagszeit schlugen, erhob Miguel sich. »Ich danke Euch für diesen vergnüglichen Vormittag, Senhor Rui. Leider muss ich heute noch anderen Verpflichtungen nachkommen, und ich bedauere es sehr, dass wir noch nicht handelseinig geworden sind. Denkt über mein Angebot nach: Sieben *lakh* für beides, Service und Diamant, zusammen. Ich denke, bei einem solchen Vermögen sollten wir nichts überstürzen.«

»Wie bedauerlich, dass wir keine Einigung erzielen konnten. Denkt auch Ihr über mein letztes Angebot nach: Zehn *lakh*, das ist der Mindestpreis, den ich erzielen muss, wenn ich nicht bankrottgehen will.«

»Ich werde Euch dieser Tage einen weiteren Besuch abstatten. Ich sehe unserem nächsten Gespräch mit großer Spannung entgegen.«

»Oh ja, ich auch, mein lieber Senhor Miguel. Ich hoffe sehr, dass sich bis dahin kein anderer Käufer für diese Schätze findet – ich würde sie bei Euch in den besten Händen wissen.«

Miguel lachte herzlich über die Bemerkung. Ein Kaufmann, der hoffte, *keinen* Käufer für seine Ware zu finden, war ihm bisher noch nicht untergekommen. Sie verabschiedeten sich, als seien sie alte Freunde, dann stapfte Miguel entschlossenen Schrittes davon, um bloß nicht noch länger die Wortschwalle des Inders über sich ergehen lassen zu müssen.

Als er die Stelle erreichte, an der er sein Pferd der Obhut eines Pferdeburschen überlassen hatte, glaubte Miguel, eine Sänfte um die Ecke entschwinden zu sehen, aus der ein Stück blauen Stoffs flatterte. Seine Euphorie wich leichter Enttäuschung. Nun hatte er zwar den Preis fast aller im Orient gefertigten Luxusgüter erfahren und damit das Ziel erreicht, das er sich mit seinem Besuch des Juweliergeschäftes gesetzt hatte, aber dafür war ihm nur knapp der majestätische Anblick von Dona Amba entgangen. Bis er sein Pferd zurückhatte, wäre sie längst fort, und zu Fuß würde er der Sänfte wohl kaum nachrennen.

Vier Milreis forderte der indische Kaufmann für ein auf Elfenbein gemaltes Bildnis, sieben für eine Alabasterschatulle, fünfzehn für ein Jagdmesser mit Ebenholzgriff, siebzig für einen mit Rubinen besetzten Dolch, hundert für ein erlesenes Porzellanservice, fünfzehnhundert für den sagenhaften Diamanten. Das alles konnte er getrost durch vier teilen, um den Einkaufspreis zu ermitteln. Und selbst wenn er den Verkaufspreis verdoppelte, würden die Waren in Europa noch als sehr günstig gelten. Ein Porzellanservice wie jenes chinesische kostete in Lissabon dreimal mehr, als Senhor Rui dafür forderte. Miguel wusste das deshalb so genau, weil seine Mutter zur Hochzeit von Bartolomeu ein beinahe identisches gekauft hatte.

»Eine *paisa* bitte, Senhor«, riss ihn der Pferdebursche aus seinen Gedanken. Miguel kramte in seinem Geldbeutel nach der gewünschten Münze, fand jedoch keine. Er gab dem Jungen eine andere, die den zehnfachen Wert hatte. Und er wollte unter die Kaufleute gehen?

Rujul rieb sich unterdessen die Hände. Wenn er tatsächlich die sieben *lakh* bekäme, dann hätte er ein phantastisches Geschäft gemacht. Aber woher, fragte er sich beunruhigt, wollte der junge Taugenichts diese Summe nehmen? Er würde doch nicht etwa einen Kredit von ihm, Senhor Rui Oliveira, wollen? Nicht, dass er grundsätzlich etwas gegen das Verleihen von Geld einzuwenden gehabt hätte. Es war ein sehr einträglicher Nebenerwerb. Aber Wuchergeschäfte mit dem Junior von Ribeiro Cruz? Das ging nicht. Senhor Furtado würde ihm, wenn er es herausbekäme, die Hölle heißmachen und ihm nicht länger den günstigen Frachtpreis auf den Gewürzschiffen gewähren. Nein, das konnte er sich nicht erlauben. Aber vielleicht wollte der junge Mann ja auch gleich bezahlen? Nur: wovon? Nach allem, was Rujul »Rui« Oliveira über die Vermögenslage der Familie wusste, hatte der zweite Sohn, Miguel, kein eigenes Geld. Rujul fuhr sich nervös mit der Hand über das Kinn, an dem schon wieder Stoppeln wuchsen und ein kratziges Geräusch machten. Wenn nun etwas dran war an den Gerüchten, die er gehört hatte? Vielleicht war Miguel Ribeiro Cruz trotz seiner feinen Herkunft nichts weiter als ein gewöhnlicher Dieb. Und er, Rujul, hatte ihm bereitwillig alle Kostbarkeiten vorgeführt, die sich in seinem Laden befanden!
Er bekreuzigte sich und schwor bei Lakshmi, der Göttin des Wohlstands, dass er sich in Zukunft barmherziger gegenüber den Armen zeigen wollte. Aber erst musste er noch dieses Geschmeiß verjagen, das vor dem Geschäft herumlungerte und die Kundschaft abschreckte.

9

Amba hatte vorgehabt, bei Rujul vorbeizuschauen. Als sie sah, dass er Kundschaft hatte, ließ sie die Träger jedoch bis zum Fluss weiterlaufen. Sie konnte später noch zu dem Juwelier gehen. Sie wusste, dass er oberhalb des Ladens wohnte und auch in der Mittagszeit erreichbar wäre. Jedenfalls für sie.

Seinen Kunden hatte sie nur von hinten gesehen, dennoch glaubte sie zu wissen, dass es sich um den gutaussehenden Portugiesen gehandelt hatte, der ihr vor Monaten schon einmal aufgefallen war. Gut, dass er sie nicht bemerkt hatte. Sein Blick war durchdringender als der der meisten Leute gewesen, und sie verspürte nicht die geringste Lust, sich ihm noch einmal auszusetzen. Amba verstand nicht, wieso alle, Männer wie Frauen, sie so aufdringlich anstarrten. Glaubten die Leute etwa, dass der Schleier, wenn sie nur lange genug glotzten, mehr von ihrem Gesicht preisgeben würde? Wie dumm die Menschen waren.

Manche Blicke waren voller Hochachtung für eine Frau, die weiterhin nach den überlieferten Gesetzen des *purdah* lebte, das die Frauen vor den Blicken fremder Männer schützte. Andere waren voller Hohn, weil sie in ihr eine Frau vermuteten, die aus dem muselmanischen Mogulreich im Norden kam und sich nicht mit den liberaleren Gepflogenheiten der Portugiesen abfinden konnte. Manche Blicke waren lüstern, andere neidisch, aber gleichgültig war Ambas Erscheinung niemandem. Amba wusste um die Vielfalt an Gefühlsregungen, die sie auslöste, genauso wie sie wusste, dass sie weitaus weniger Aufmerksamkeit erregt hätte, wenn sie unverschleiert gegangen wäre. Aber das konnte sie sich nicht erlauben. Wenn sie erkannt werden würde, müsste sie erneut flüchten. Also nahm sie es hin, dass man sie begaffte, und beschränkte ihre Ausflüge in die Stadt auf ein absolutes Mindestmaß.

Rund um das Hafengebiet war heute ein regelrechter Volksauflauf. Amba stöhnte innerlich – große Menschenmengen machten ihr zu schaffen. Dennoch interessierte es sie, was dieses außergewöhnliche Getümmel ausgelöst hatte. Sie ließ ihre Träger Richtung Hafenkai gehen, und trotz des Tumults kamen sie ohne Zwischenfall voran. Die Menschenmasse teilte sich vor ihnen, als sei sie eine Königin, deren Geburtsrecht es war, immer und überall vorgelassen zu werden. Amba hörte das Getuschel, und sie sah die brennende Neugier in den Augen der Leute. Doch je weiter ihre Sänfte sich dem Anleger näherte, desto weniger Aufmerksamkeit schenkte man ihr. Es war eine neue, riesige Galeone aus Portugal eingetroffen, und diese war es, auf die aller Augen gebannt gerichtet waren.

Amba hieß ihre Träger anhalten. Von ihrer luftigen Höhe hatte sie einen guten Ausblick. Es stand eine Kommission aus Priestern am Pier, und wie es schien, war sogar der Gouverneur gekommen, um einen der Ankömmlinge zu begrüßen. Wer das wohl sein mochte? Das war der Nachteil daran, dass sie so abgeschieden lebte und den Kontakt zur Außenwelt so radikal beschnitten hatte. Von allen Personen, die in ihrem Haushalt lebten, war einzig der junge Makarand abenteuerlustig und mutig genug, gelegentlich in die Stadt zu gehen. Aber Makarand hatte aufgrund seiner Jugend noch nicht das richtige Gespür für politische Intrigen, die sich anbahnten, oder für Tragödien, die das gesellschaftliche Gefüge durcheinanderbringen konnten. Was er zum Besten gab, wenn er heimkehrte, war meist harmloses Geschwätz, das er aufgeschnappt hatte.

Die Menge hielt den Atem an, als ein hochgewachsener Mann in schwarzer Kutte vom Schiff stieg und der Gouverneur samt einem hohen kirchlichen Würdenträger ihm entgegenschritt. Ein Mönch? Um ihn machten die Leute so ein Aufhebens? Verstehe einer diese Portugiesen!

Frei Martinho begrüßte die Delegation, die am Kai stand, mit vorbildlicher Haltung, obwohl ihm die Beine wegzusacken drohten. Er zwang sich zu einem selbstbewussten Gang und einer Miene, die Strenge und Gerechtigkeit ausdrücken sollte. Dabei wollte er nichts weiter, als ein Bad nehmen und sich dann von der strapaziösen Überfahrt erholen. Aber der erste Eindruck war, wie er aus seiner beruflichen Erfahrung wusste, oft der entscheidende. Wenn er die sittliche Verwahrlosung der Kolonie in den Griff bekommen wollte, musste er stark auftreten, vor allem jetzt. Die Inquisition hatte ihn schließlich hierhergeschickt, weil die bisherigen Ergebnisse ihres Wirkens von nicht allzu großem Erfolg gekrönt waren. Er, Frei Martinho Marques, würde dies ändern.

Er brachte die Begrüßungszeremonie mit verkniffenem Mund hinter sich, dann ließ er sich zu einer Sänfte führen. Zwar nahm der Gouverneur gemeinsam mit ihm darin Platz, doch das hinderte Frei Martinho nicht daran, seinen Blick aus dem Fenster schweifen zu lassen. Das Bild, das sich ihm bot, hätte verwerflicher kaum sein können. Er sah Frauen, die sich Tuchbahnen um den Leib gewickelt hatten, dabei aber ihren Bauch frei ließen; er sah junge Seemänner, die in aller Öffentlichkeit – und das trotz des Anlasses! – urinierten; und er sah zwei Hunde, die sich paarten, ohne dass irgendjemand diesem schändlichen Treiben Einhalt geboten hätte. Jesus Christus! Alle Gerüchte, die über das Lotterleben in Goa kursierten, schienen sich bereits am ersten Tag zu bewahrheiten. Er würde viel zu tun haben.

⮜ 104 ⮞

Was das Empfangskomitee ihm an Respekt entgegenbrachte, machte den Mangel an Ehrerbietung seitens des Volks nicht wett. Es scherte sich kaum jemand darum, dass die vizekönigliche Sänfte durch die Stadt getragen wurde. Kaum jemand bejubelte sie oder winkte fröhlich. Stattdessen glotzten, rempelten, johlten und drängelten die Leute, als handele es sich um eine Darbietung von Schmierenkomödianten. Die Soldaten, die die Sänfte eskortierten, hatten alle Hände voll zu tun, den Mob zu teilen und den Weg zur Kathedrale frei zu machen.

Als Frei Martinhos Sänfte an einer anderen – aufwendiger beschnitzten – vorbeizog, versuchte er, einen Blick auf die Person zu erhaschen, die sich hinter den Vorhängen verbarg. Doch durch den kleinen Schlitz sah er nichts weiter als einen verschleierten Kopf. Das war doch wohl die Höhe! Waren nicht die heidnischen Gesetze, die Moslems und Hindus in früheren Jahrhunderten in Goa eingeführt hatten, abgeschafft worden? Wie konnte es diese Person wagen, sich verschleiert in der Hauptstadt herumtragen zu lassen, noch dazu am Tag seiner Ankunft? Er würde herausfinden, wer diese Person war. Und dann würde er mit aller Härte die Gesetze der heiligen Mutter Kirche in diesem Sündenpfuhl durchsetzen.

10

Auch Miguel war der Auflauf nicht entgangen, der sich anlässlich der Ankunft eines hohen geistlichen Würdenträgers gebildet hatte, dessen Namen man sich auf den Straßen – teils schaudernd, teils belustigt – zuraunte. Doch Miguel hatte einen Bogen darum gemacht und war direkt zum Kontorhaus geritten. Senhor Furtado würde ihm besser als jeder andere sagen können, was es mit diesem Frei Martinho auf sich hatte. Der Prokurist der indischen Niederlassung von Ribeiro Cruz war außerordentlich gut über die Geschehnisse in der Hauptstadt informiert.

Furtado wusste in der Tat allerhand zu berichten. Frei Martinho sei die rechte Hand des Generalinquisitors in Portugal, und die allzu lasche Durchsetzung der Gesetze gegen Ketzer habe nun wohl ein Ende. Furtado verzog keine Miene, während er sein Wissen mit Miguel teilte, doch Miguel meinte einen Hauch von Bitterkeit in der Stimme des Inders zu vernehmen. Dabei drohte Furtado doch gewiss keine Gefahr? Miguel hatte ihn als einen gläubigen Katholiken kennengelernt. Vor den Mahlzeiten wurden Tischgebete gesprochen, ein Kruzifix prangte in fast allen Räumen, und die Senhora Furtado plazierte sogar täglich Blumen vor einem kleinen Marienaltar in einer Ecke des Salons. Auch mit den Kirchgängen hielten es die Furtados wie alle guten katholischen Familien. Soweit Miguel wusste, engagierten sie sich sehr in ihrer Gemeinde, und sie sammelten emsig Geld für einen marmornen Katafalk, damit ihre Kirche, die Basílica do Bom Jesus, künftig den Leichnam des heiligen Franz Xaver angemessen präsentieren konnte.

Miguel hatte den unausgesprochenen Verdacht, den Furtado gegen ihn hegte, keineswegs vergessen. Dennoch – oder vielleicht gerade drum – wollte er es sich nicht mit dem Mann verscherzen. Furtado war bisher eine große Hilfe für ihn gewesen, und er würde sich auch in Zukunft gern seiner Unterstützung sicher sein können. Insbesondere bei der Suche nach dem Betrüger in den eigenen Reihen wäre ein Mann mit Furtados buchhalterischem Talent und mit dessen Kenntnis der örtlichen Gegebenheiten von großem Vorteil.

Miguel glaubte nicht, dass es ein Dieb in Lissabon war, der das väterliche Unternehmen schädigte. Wer hätte das sein sollen? Er selber war unschuldig, und die einzigen anderen Menschen, die die Möglichkeit besessen hätten, diesen Schwindel so geschickt durchzuführen, hatten dazu keinerlei Veranlassung. Sein Bruder Bartolomeu etwa? Warum sollte er die eigene Firma bestehlen? Der Betrüger musste also bereits hier in Goa tätig geworden sein. Vielleicht verhielt es sich so, dass die Ware gar nicht erst in den angegebenen Mengen auf das Schiff gelangt war? Vielleicht hatte man einen Kapitän bestochen, damit der beispielsweise den Empfang von 100 Säcken bestätigte, wo es nur 80 waren? In diesem Fall könnte durchaus Furtado selbst der Übeltäter sein.

Miguel musterte den Inder verstohlen. Nach nunmehr einem halben Jahr in Portugiesisch-Indien war er mit Gestik und Mimik der Inder einigermaßen vertraut. Auch ihre Physiognomien, die sich nicht allzu sehr von denen der Europäer unterschieden, ließen sich leicht deuten. Obwohl anscheinend alle Inder große dunkle Augen hatten, konnte Miguel sehr gut den Unterschied zwischen einem kalten, berechnenden Blick und einem warmherzigen, gütigen Ausdruck darin ausmachen. Und

Senhor Furtado mit seinen listig, aber freundlich dreinschauenden Augen, mit seinen keck nach oben gebogenen Mundwinkeln sowie seiner Art, schnell zu sprechen und sich trotz seines dicken Bauchs noch flinker zu bewegen, sah ihm beim besten Willen nicht wie jemand aus, der unlautere Absichten hegte.

Aber wie zum Teufel sah so jemand aus?

»Habt Ihr noch mehr Dinge in der Stadt zu erledigen? Dann seid Ihr, wie immer, herzlich willkommen, in meinem Haus zu übernachten«, riss ihn der Inder aus seinen Gedanken.

»Danke, Senhor Furtado. Es könnte tatsächlich sein, dass ich auf Euer freundliches Angebot zurückkomme.« Miguel hatte nicht vorgehabt, sich länger in der Stadt aufzuhalten. Doch das Wetter war schön und lud zu einem ausgedehnteren Bummel ein. Auch hatte er Carlos Alberto seit einigen Wochen nicht mehr gesehen. Er könnte mit seinem Freund zu Mittag essen, vorausgesetzt, er fände ihn. Dass er am helllichten Tag in seinem fürchterlichen Zimmer blieb, konnte Miguel sich nicht vorstellen, aber so schwer dürfte es ja nicht sein, ihn zu finden.

»Ja«, sagte er deshalb zu Furtado, »wenn ich es mir recht überlege, wäre ich hocherfreut, wenn ich Eure Gastfreundschaft in Anspruch nehmen dürfte. Würde es Euch – und der hochverehrten Senhora Furtado – passen, wenn ich zum Einbruch der Abenddämmerung erschiene?« Und bevor Furtado noch etwas antworten konnte, fügte er schnell hinzu: »Und treibt um Gottes willen nicht wieder so einen Aufwand!«

Furtado rollte lächelnd den Kopf. »Wir freuen uns auf Euren Besuch!«

Miguel verbrachte den Nachmittag allein. Seinen Freund hatte er nicht auftreiben können, und so war er durch die Straßen gezogen, hatte sich in Winkel vorgewagt, in denen er wahrscheinlich nicht gern gesehen war, und hatte an schlichten Ständen haltgemacht, an denen alte Frauen süße, in Fett ausgebackene Leckereien anboten. Er war in Läden gegangen, die vorwiegend von der eingeborenen Bevölkerung aufgesucht wurden, so zum Beispiel das Geschäft eines Baders, in dem es Dinge gab, von denen er nie auch nur gehört hatte. Gelbwurzpaste zur Bleichung der Haut, Jasminöl für geschmeidiges Haar oder zerstoßene Tigerzähne zur Steigerung der Manneskraft gab es dort. Der Mann, der das Geschäft betrieb, gab über jedes Pulver und jedes Wässerchen bereitwillig und ohne die geringste Scham Auskunft. Über Frauenleiden sprach er ebenso ungerührt wie über Warzen, Furunkel oder Verstopfung, und er bot Miguel sogar an, dessen Urin einer Analyse zu unterziehen. Als Miguel fragte, worin die Untersuchung denn bestünde, antwortete der Mann allen Ernstes, anhand von Farbe, Geruch und Geschmack des Urins könne er auf den Gesundheitszustand der Person schließen. »Geschmack? Sie kosten ihn?!«, hatte Miguel erstaunt ausgerufen, und der Mann hatte genauso erstaunt bejaht, als sei es das Normalste der Welt.

Miguel hatte spaßeshalber eine Probe abgeliefert, mit dem Ergebnis, dass der Bader ihm eine exzellente Gesundheit bescheinigte. »Ihr solltet allerdings weniger Ausgebackenes essen – schon gar nicht von Straßenständen. Auch Gegartes ist, sobald diese Leute es berührt haben, Eurer Gesundheit nicht zuträglich. Außerdem solltet Ihr einen Astrologen aufsuchen. Es sind schließlich nicht die Körpersäfte allein, die über unser Befinden entscheiden. Ich empfehle Euch den alten Senhor Amal, Ihr findet ihn in der Rua dos Milagres, gleich neben einem Schneider, der sich auf Brautmoden spezialisiert hat. Die Hochzeitskandidaten«, fügte er augenzwinkernd hinzu, »sind nämlich seine Hauptkundschaft.«

Also war Miguel zu dem Astrologen gegangen, der nicht einfach zu finden war. Der alte Mann weigerte sich zunächst auch zuzugeben, dass er die Sterne über das Schicksal der Menschen befragte – wahrscheinlich traute er Miguel nicht. Die Kirche hatte derartige Umtriebe verdammt. Doch Miguel gelang es, den Astrologen von seinen lauteren Absichten zu überzeugen, wobei ihm ein Silbertaler sehr zu Hilfe kam. Er musste dem Mann die genauen Daten seiner Geburt nennen, Ort, Datum und Uhrzeit, und zum ersten Mal in seinem Leben war er froh, um Punkt Mitternacht geboren worden zu sein und dem Astrologen diese exakte Auskunft geben zu können. Früher hatte der Zeitpunkt seiner Geburt nämlich nur zu Verwirrung geführt, so dass er als Kind manchmal am 5., manchmal am 6. August seinen Geburtstag gefeiert hatte.

Der Astrologe, ein sehr dunkelhäutiges, weißhaariges Männlein mit tiefliegenden Schildkrötenaugen, hatte ihn nachdenklich angesehen und ihn gefragt, in welcher Angelegenheit er denn seiner Hilfe bedürfe. Ginge es um eine Hochzeitskandidatin? In diesem Fall brauchte er auch deren genaue Daten. Oder um den günstigsten Tag für einen Vertragsabschluss? Miguel hatte kurz überlegt und dann geantwortet, er wolle sich selbständig machen. Der Astrologe hatte ihn gebeten, am nächsten Tag wiederzukommen, so lange brauchte er für seine Berechnungen. Leicht unbefriedigt hatte Miguel das stickige Hinterzimmer des Mannes verlassen. Zwar glaubte er nicht an diesen Hokuspokus, aber neugierig war er trotzdem.

Im Laufe des Nachmittags hatte er dann weitere Geschäfte aufgesucht, die kostbare Handwerkskunst anboten: hauchzarte Schals aus den Bergen im Norden Indiens, edelsteinbesetzte Sättel aus dem Osten, filigran geknüpfte Teppiche aus Afghanistan, Elfenbeinschnitzereien aus der Rajput-Region, fein gewebte Seide aus Bengalen, kunstvolle Goldschmiedearbeiten aus Bombay. Er hatte ein paar Kleinigkeiten gekauft, um damit den Familiensitz zu verzieren, vor allem jedoch, um die Händler davon abzulenken, dass er die Preise von so zahlreichen Gegenständen erfragt hatte.

Denn immer mehr faszinierte ihn der Gedanke, den er bei dem Astrologen ausgesprochen hatte: Er wollte selbst im Orienthandel aktiv werden. Vielleicht waren die Gewinnspannen bei vor Ort gefertigten Waren nicht so hoch wie bei den Rohstoffen, und vielleicht war die Nachfrage nach Kunsthandwerk aus Asien in Europa nicht so hoch wie die nach Gewürzen oder Baumwolle; dennoch glaubte Miguel, dass es für diese Dinge einen Markt geben müsse – und dass dieser sehr lukrativ sein dürfte.

Er würde demnächst eine Reise machen, nahm er sich vor. Er würde selber die Hersteller aufsuchen und ihnen ihre Produkte zu einem Bruchteil des Preises abkaufen, der in Goa dafür verlangt wurde. Er wollte Teppichknüpfer und Elfenbeinschnitzer, Weber und Schmiede, Edelsteinschleifer und Mosaikleger besuchen – und dabei das geheimnisvolle, riesenhafte indische Mogulreich kennenlernen. Das wahre Indien.

Am Abend traf er erschöpft und verschmutzt bei den Furtados ein. Die Senhora verzog keine Miene angesichts seiner verstaubten Schuhe und seiner durchgeschwitzten Kleidung, sondern schickte ihm gleich, als habe sie mit gar nichts anderem gerechnet, den Barbier, den Masseur und all die anderen dienstbaren Geister, die Miguel schon bei seinem letzten Aufenthalt hier im Haus verwöhnt hatten, aufs Zimmer. Im Anschluss an die Reinigungsprozedur erwartete Miguel ein reichhaltiges Mahl in Gesellschaft Senhor Furtados. Diesmal erschien Miguel die Vielzahl der aufgetragenen Speisen nicht so übertrieben wie beim ersten Mal, was jedoch daran liegen mochte, dass er sich inzwischen an die Mengen gewöhnt hatte, die in Goa üblicherweise serviert wurden. Von seinem bescheidenen Mittagessen allein wären mindestens vier Erwachsene satt geworden, und was er nun auf dem Tisch sah, reichte für eine ganze Kompanie ausgehungerter Männer. Er langte tüchtig zu und genoss die Schärfe des Essens genauso sehr wie den Blick Senhor Furtados. Sein Gastgeber freute sich, dass es ihm schmeckte.

Sie unterhielten sich über das Geschäft, vor allem über den Preisverfall von Gewürzen in Europa, der durch die wachsende holländische Konkurrenz ausgelöst worden war. Dennoch deutete Miguel Furtado gegenüber mit keiner Silbe seine Geschäftsidee an. Zwar hätte ihn die Meinung des Älteren durchaus interessiert, aber er würde sich ihm erst offenbaren, wenn zuvor alle Beschuldigungen und Zweifel aus der Welt geschafft wären. Und über dieses leidige Thema wollte Miguel jetzt nicht sprechen, nicht im Haus des Mannes, der ihm eine solche Gastfreundschaft erwies. Darüber sollten sie lieber auf neutralem Terrain reden – und auch erst, wenn Miguel weitere Nachforschungen angestellt hätte. In der nächsten Woche wollte er sich mit dem Gewürzanbau vertraut machen, unter Umständen würde er dabei auf weitere Möglichkeiten stoßen, an welchem Punkt der langen Reise eines Pfefferkorns – es lagen schließlich viele Etappen zwischen der Ernte bis hin zum Lagerhaus in Lissabon – ein Betrug beziehungsweise Diebstahl möglich wäre.

Um das Gespräch auf weniger heikle Themen zu lenken, berichtete Miguel von seinem Spaziergang durch die Stadt, und wie nebenbei erwähnte er auch, dass er Dona Ambas Sänfte gesehen hatte.

»Schlagt Euch diese Dame aus dem Kopf«, riet Furtado.

»Sie weckt ja nicht nur meine Neugier. Begehrt Ihr nicht auch zu wissen, wer sie ist?«

»Nur weil sie einen Schleier trägt?«

»Unter anderem. Natürlich wüsste ich gern, was sich unter diesem Schleier verbirgt. Aber ihr ganzes Wesen scheint mir von einem Geheimnis umgeben zu sein, das meine Phantasie anregt. Was wisst Ihr noch über sie?«

»Nur das, was ich Euch bereits erzählt habe. Sie lebt sehr zurückgezogen auf der Nordseite des Mandovi-Flusses. Sie ist vermögend. Sie scheut die Gesellschaft anderer Menschen. Und wahrscheinlich hat sie einen guten Grund dafür. Ich denke, das sollte man respektieren.«

»Glaubt Ihr, dass ihr Gesicht entstellt ist und sie sich deshalb verkriecht?«

»Ich glaube gar nichts. Es ist mir gleich, ob sie eine blendende Schönheit ist oder eine Missgeburt. Sie wird ihre Gründe haben. Vielleicht«, und hier schenkte Furtado seinem Gast ein leicht hämisches Grinsen, »wartet sie auf die Rückkehr ihres Gemahls.«

»Ihres Gemahls? Aber habt Ihr nicht …«

»Nein. Weder ich noch sonst irgendjemand kann Euch sagen, ob Dona Amba verheiratet, verwitwet oder ledig ist. Also würde ich an Eurer Stelle davon ausgehen, dass sie einen Mann hat. Wir haben sie zwar nie gesehen, aber ihre Körperhaltung und ihre Stimme lassen vermuten, dass sie älter ist als 15 Jahre. Und in Indien sind alle Frauen über 15 verheiratet. Es sei denn, sie wären schwer entstellt. Oder sie wären Kurtisanen.«

Diese Möglichkeit hatte Miguel nie in Betracht gezogen. Er schalt sich einen verblendeten Dummkopf, dem alle Märchen, die über Indien kursierten, den Verstand vernebelt hatten. Nur weil er die Bilder von der unermesslichen Pracht an den Höfen der Maharadschas und die von unvorstellbar schönen Frauen vor Augen hatte, hieß das noch lange nicht, dass Dona Amba ins Reich dieser Phantasien gehörte. Vermutlich sah sie durchschnittlich aus und war ein langweiliges, dummes Geschöpf, das träge im Opiumrausch vor sich hin vegetierte, während ihr Gemahl monate- oder gar jahrelang auf Reisen war.

Nach dem Essen zog Miguel sich zurück. Der Tag hatte ihn ermüdet, das Gespräch mit Furtado desillusioniert. Nichts schien ihm verlockender als das schöne, bequeme Bett, das im Gästezimmer der Furtados für ihn bereitstand. Er hoffte, dass sein früher Abschied seine Gastgeber nicht beleidigte. Ach was, sagte er sich, vermutlich waren auch sie froh, wenn sie nicht noch mit dem jungen Herrn Konversation machen mussten.

Er scheuchte alle Dienstboten fort, bevor er sich seiner Kleidung entledigte und sich aufs Bett legte. Die Arme unter dem Kopf verschränkt, blickte er zur Decke. Das in einem monotonen Auf und Ab sich bewegende Palmblatt erinnerte ihn daran, dass er nicht allein in seinem Zimmer war. Er sah in die Ecke, und dort saß, wie erwartet, derselbe *punkah wallah* wie beim letzten Mal.

»Crisóstomo, nicht wahr?«

»Jawohl, Senhor.«

»Wie lange sitzt du schon dort?«

»Ich kam kurz vor Euch. Zuvor habe ich im Salon für frische Luft gesorgt. Die Senhora hat mich frühzeitig dort weggeschickt.«

»Davon habe ich gar nichts mitbekommen.«

»Nein, Senhor. So soll es ja auch sein.«

»Aber auch nicht davon, dass die Senhora Furtado im Raum war, um dich herauszuwinken. Erstaunlich, wie leise ihr sein könnt. Auf den Straßen gewinnt man eher den Eindruck, die Inder seien das lärmendste Volk der Welt.«

Crisóstomo rollte kurz den Kopf und lächelte verschmitzt in sich hinein. Miguel sah, dass dem Jungen etwas auf den Lippen lag, er jedoch nicht wagte, ohne ausdrückliche Aufforderung zu sprechen.

»Na los, sag schon. Ich merke doch, dass du mir etwas mitteilen willst.«

»In Indien bleibt wenig geheim.«

»Soso. Und was willst du mir damit sagen? Dass alle Hausdiener das Gespräch zwischen Senhor Furtado und mir belauscht haben?«

Erneut rollte der Junge mit dem Kopf. »Und die Senhora.«

»Du bist indiskret.«

»Verzeiht, Senhor.« Damit senkte Crisóstomo seine schweren Lider und machte wieder den Eindruck vollkommener Geistesabwesenheit, wie sie in seiner Position erwünscht war.

Miguel starrte eine Weile schweigend an die Decke, bevor er das Wort wieder an den Palmwedler richtete.

»Wie alt bist du?«

»Achtzehn Jahre, Senhor.«

»Und wie lange übst du diese Tätigkeit schon aus?«

»Seit ich sieben Jahre alt war, Senhor.«

Miguel versuchte sich seinen Schrecken nicht anmerken zu lassen. Das war ja unmenschlich, den Verstand eines Jungen so lange brachliegen zu lassen! »Du machst eigentlich nicht den Eindruck, als seist du geistig zurückgeblieben«, sagte er, als er sich schließlich wieder gefasst hatte.

»Nein, Senhor.«

»Und warum bist du dann nicht befördert worden? Warum gibt man dir keine anspruchsvolleren Aufgaben?«

»Weil ich für diese Arbeit geboren wurde. Mein Vater und meine Brüder sind ebenfalls *punkah wallahs.*«

»Hast du denn keine Lust, etwas anderes zu tun? Die alten Kastengesetze sind seit über hundert Jahren außer Kraft.«

»Sind sie das?«

Bevor Miguel darauf etwas erwidern beziehungsweise nachfragen konnte, was genau Crisóstomo damit gemeint hatte, klopfte es an der Tür.

»Ist bei Euch alles in Ordnung, Senhor Miguel?«, hörte er die gedämpfte Stimme Senhor Furtados. »Belästigt der *punkah wallah* Euch mit seinen aufrührerischen Ideen?«

»Nein, alles ist bestens. Ich wünsche Euch eine geruhsame Nacht, Senhor Furtado. Und der verehrten Senhora ebenfalls.«

»Danke. Gute Nacht.«

Miguel hörte keine Schritte, die sich von der Tür entfernten, doch das mochte nichts zu bedeuten haben. Die Furtados trugen weiche Schlappen im Haus, die Dienerschaft war barfüßig, so dass man praktisch nie jemanden kommen oder gehen hörte, wenn er sich nicht bemerkbar machte. Er sah zu dem Burschen hinüber, der, plötzlich hellwach und mit aufgerissenen Augen, kerzengerade in seiner Ecke saß und Miguel durch Zeichen zu verstehen gab, er möge nichts sagen. Nach einer Weile entspannte der Junge sich wieder, und Miguel flüsterte ihm zu:

»Aufrührerische Ideen? Erzähl mir davon.«

Crisóstomo schwieg.

»Ich werde es für mich behalten. Also sprich.«

Crisóstomo beantwortete die Frage mit einer Gegenfrage: »Würdet denn Ihr mich in Euerm Haus einstellen und mir eine verantwortungsvollere Position geben?«

»Besteht darin deine Rebellion? Dass du dir eine andere Arbeit wünschst? Nun, warum nicht? Was kannst du?«

»Ich kann rechnen. Und ich spreche Hindi und Marathi, denn meine Familie kommt ursprünglich nicht aus Goa.« Er schien sehr stolz auf seine Kenntnisse zu sein.

»Rechnen kann ich selber ganz leidlich. Und Übersetzer findet man auch an jeder Ecke. Was sonst noch?«

»Ich kann mich unsichtbar machen.«

Miguel versuchte ein Lachen zu unterdrücken. Erstens war er noch immer nicht sicher, ob sie nicht einen ungebetenen Zuhörer hatten, zweitens wollte er den Jungen nicht kränken. Aber seine Reaktion war Crisóstomo keineswegs entgangen.

»Das ist kein Scherz, Senhor. Ich werde es Euch beweisen. Es ist nämlich so, dass ich von so durchschnittlicher Statur und von so mittelmäßigem Aussehen bin, dass mich niemand beachtet.«

Miguel betrachtete den Burschen genauer. Crisóstomo verzog sein Gesicht zu einem Lächeln, das immer breiter wurde. Er sah nicht schlecht aus, wenn er seine etwas zu großen weißen Zähne entblößte und sich Grübchen in den Wangen zeigten. Seine Haut war sehr dunkel, wie es typisch für die Inder aus dem Süden war, wenn sie sich nicht mit Europäern vermischt hatten. Er wirkte schlank und von normalem Wuchs, wobei Miguel erst jetzt auffiel, dass er den Jungen noch nie in einer anderen als der sitzenden Position gesehen hatte, in der er seine stupide Arbeit verrichtete.

»Ich bin außerdem«, fuhr Crisóstomo fort, »gar nicht so dumm, obwohl ich nie eine Schule besucht habe. Ich habe, hier im Haus wie auch bei meinem vorigen Arbeitgeber, vielen Leuten aufmerksam zugehört, für die ich wie Luft war. Es ist nicht so, als würde ich den ganzen Tag nur herumsitzen und mit den Zehen wackeln. Ich beschäftige meinen Geist. Ich löse mathematische Rätsel, oder ich denke mir Geschichten aus …«

»… wie die von deiner Unsichtbarkeit?«

»Habt Ihr mich etwa neulich bemerkt, als ich an der Schänke vorbeiging, aus der Euch Euer Freund am Ärmel herauszerrte?«

»Du warst da?«

»Ja, und ich war unsichtbar.«

117

»Du hast das von irgendwem gehört, gib's zu. Vielleicht arbeitet ein Verwandter von dir in diesem Lokal. Oder ein Gast des Etablissements war später hier im Haus zu Gast und hat, während du ihm Luft zugefächelt hast, etwas erzählt.«

»Ihr trugt einen dunkelroten Umhang. Euer Freund hatte sich einen ähnlichen umgelegt, in Grün, der mich aber nicht davon ablenken konnte, was er für schlecht geputzte Stiefel trug.«

»Schon gut, schon gut. Und inwiefern qualifiziert dich das für eine andere Arbeit? Willst du andeuten, du könntest für mich spionieren?«

Crisóstomo rollte vielsagend mit dem Kopf. Aha, dachte Miguel, er hatte mit seiner Vermutung ins Schwarze getroffen. Und wäre es nicht eigentlich ganz hilfreich, einen Spitzel zu haben? Jemanden, der sich unauffällig in Vierteln bewegen konnte, in denen er selbst auffiel wie ein bunter Hund? Jemanden, der der lokalen Sprache mächtig war und vor dem die Einheimischen kein Blatt vor den Mund nahmen? Aber stimmte es auch, was der Bursche behauptete? Nun, das ließe sich schnell herausfinden. Viel problematischer war, dass er nicht einfach Senhor Furtado seinen Diener abspenstig machen konnte. Andererseits: Was sollte der wohl dagegen haben, wenn der unscheinbarste seiner Dienstboten durch einen anderen ersetzt wurde? Er würde ihn freundlich darum bitten, ihm diesen Crisóstomo zu überlassen, und als Angestellter des Hauses Ribeiro Cruz würde ihm kaum eine andere Wahl bleiben, als Miguels Wunsch zu entsprechen.

»Ich werde darüber nachdenken«, sagte Miguel, bevor ihm die Augen zufielen und er in einen tiefen, traumlosen Schlaf sank.

11

Auf der viertägigen, äußerst beschwerlichen Rückreise nach Goa war Amba der Karawane eines Gewürzhändlers begegnet und hatte sich dieser angeschlossen. Dieser Händler führte auch ein paar Sack Chai mit sich, eine Pflanze, so erklärte er, die im Norden Indiens sowie in China angebaut wurde und deren Blätter, getrocknet und mit heißem Wasser übergossen, ein stärkendes Tonikum ergaben. Die Europäer, insbesondere die Briten mit ihrer Niederlassung in Surat, seien ganz versessen auf dieses neuartige Aufgussgetränk. Sie nannten es Tee.

Amba war skeptisch. In Goa gab es ebenfalls ein neues Aufgussgetränk, das aus gemahlenen Bohnen der sogenannten Kaffeepflanze zubereitet wurde. Die Portugiesen zahlten sehr viel Geld für die importierten Bohnen, doch sie hatte nie verstanden, wieso. Das Gebräu schmeckte bitter, selbst nach Zugabe von Zuckermelasse oder Honig. Allerdings hatte sie es im Hause des Juweliers Rujul gekostet, der ihr damit imponieren wollte, wie weltgewandt er war. Wahrscheinlich hatte er es einfach falsch zubereitet.

Umso gespannter war sie nun, wie dieser Chai wohl mundete. Der Gewürzhändler würde ja wohl wissen, wie mit den Blättern zu verfahren war. Hinter ihrem Schleier beobachtete sie jeden seiner Handgriffe, denn ihr zuliebe ließ er es sich nicht nehmen, den Aufguss selber zuzubereiten. Die Blätter, zusammengerollt, zerbröselt und dunkel, sahen nach einem nichtssagenden Kraut aus. Ihr Duft – der Händler hatte sie natürlich zuvor schnuppern lassen – war schwer zu beschreiben, weder abstoßend noch besonders appetitlich.

Der Händler, ein wohlhabender Mann aus Golkonda, der Amba nicht schlecht gefiel, gab einige Kardamom-Kapseln, ein paar Pfefferkörner und Nelken, einen kleinen Löffel mit Anis sowie einen Löffel mit Fenchelsamen in einen steinernen Mörser und zerrieb sie grob. Dann füllte er einen kupfernen Topf zu einem Drittel mit Wasser, ließ es aufkochen und gab die Gewürzmischung hinzu, des Weiteren eine Stange Zimt sowie etwas zerriebenen Ingwer. Diese Mischung ließ er kurz köcheln, bevor er Milch hinzugab, bis der Topf zur Hälfte gefüllt war. Er ließ die Flüssigkeit aufkochen, fügte schließlich drei große Löffel Chai hinzu und ließ das Gebräu ein paar Minuten ziehen. Dann goss er es durch ein Sieb direkt in die Silberbecher, die er eigens für seinen Gast hervorgezaubert hatte. Er gab einen Schuss Honig in Ambas Becher, bevor er ihn ihr reichte.

Amba probierte zögerlich, verbrannte sich aber trotzdem die Zunge. Ihr Gastgeber, Akash war sein Name, bemerkte es nicht, da sie sich von ihm abgewandt hatte, um den Schleier lüften und trinken zu können. Sie pustete in das Gefäß und versuchte es erneut. Es schmeckte ihr vorzüglich. Allerdings lag das wohl eher an den Gewürzen und dem Honig als an dem Chai, der sich nur schwer herausschmecken ließ. Sie lobte Akash und dankte ihm wortreich für diesen Genuss, konnte es jedoch nicht lassen, ihre Neugier zu stillen. »Sagt, Akash-sahib, kann man diesen Chai auch pur genießen? Mich würde sein Geschmack interessieren, wenn er nicht von Zimt und Honig überdeckt wird.«

Es war eine ungehörige Frage, aber Akash, die rauen Sitten auf den Handelstraßen gewohnt, nahm sie ihr nicht übel. Er wusste, dass es nicht als Kritik an seinem Aufguss gemeint war.

»Man kann, verehrte Ambadevi. Ich werde Euch einen Becher zubereiten, dann teilt mir Euer Urteil mit.«

Amba probierte den klaren, mit Wasser aufgebrühten und ungesüßten Chai und war versucht, ihn sofort wieder auszuspucken. Er schmeckte fast genauso abscheulich wie dieses Modegetränk Kaffee, nämlich bitter.

»Oh«, war alles, was sie hervorbrachte.

Akash lachte. »Ich finde auch, dass er durch die anderen Zutaten sehr viel genießbarer wird.«

»Aber wofür braucht man den Chai dann überhaupt? Könnte man nicht einfach Wasser, Milch und Gewürze aufkochen, ohne dieses Kraut?«

»Wartet es ab. Der Chai hat eine sehr belebende Wirkung. Bei manchen Menschen wirkt er so stark, dass sie nicht gut einschlafen können. Diese Eigenschaft schätzt man am Chai, insbesondere, wenn man erschöpft ist. Ihr werdet ja sehen …«

Und genauso war es gewesen. Der Chai hatte Amba belebt und sie anfangs, bei aller Müdigkeit, länger aufbleiben lassen. Während der Reise war er ihr unentbehrlich geworden – was allerdings auch an der anregenden Gesellschaft Akashs liegen mochte, der es sich zu einem persönlichen Anliegen gemacht hatte, ihr mehrmals täglich den köstlichen Aufguss zuzubereiten. Nayana nörgelte zwar unentwegt über die zahlreichen Begegnungen zwischen Amba und Akash und erklärte, es zieme sich nicht, wenn eine junge Frau und ein anscheinend lediger, noch dazu so ansehnlicher Mann die Gesellschaft des jeweils anderen suchten. Doch Amba lachte darüber nur.

»Hast du vergessen, dass mein schwächelnder Gemahl Jaysukh daheim auf mich wartet?«

Nayala schlug sich vor Empörung die Hand vor den Mund.

»Man darf den Namen des Ehegatten nicht laut aussprechen!«

Amba hätte sich schütteln können angesichts dieses Aberglaubens, war aber zugleich gerührt über die Naivität ihrer *ayah*. Der wäre es lieber gewesen, Amba hätte sogar in ihrer Gegenwart von »dem stolzen Tiger von Virlasa« gesprochen oder von »der Sonne meines Lebens« oder was auch immer an Umschreibungen für einen Ehemann üblich war – obwohl Nayana über jedes Detail in Ambas Leben unterrichtet war und man ihr sicher nichts vormachen musste.

Am Mandovi-Fluss trennten sich die Wege von Amba und Akash. Amba lud den Händler ein, auf dem Rückweg – oder bei einer anderen Reise, die ihm mehr Zeit für einen Besuch ließ – bei ihr vorbeizuschauen. »Auf der anderen Seite des Mandovi und westlich von der Hauptstadt liegt das Dorf Virlasa – Ihr erkennt es unschwer schon vom Südufer aus an der wunderschönen Kirche, Nossa Senhora da Penha de França. Im Dorf fragt Ihr nach Dona Amba, man wird Euch den Weg zu mei… zu unserem Haus weisen.«

Verlegen angesichts der Gefühle, die der Abschied in ihnen auslöste, wünschten sie einander in aller Förmlichkeit eine angenehme Weiterreise. Dann wurde Akash wieder von den Männern seiner Karawane mit Beschlag belegt, und Amba war dankbar für die Gelegenheit, sich unauffällig zu entfernen.

Nun, einige Wochen nach ihrer Rückkehr nach Goa, saß sie auf der Veranda ihres Hauses, nippte an dem Masala-Chai, der nach Akashs Rezept zubereitet worden war, und dachte an Akash mit seinen klugen Augen und den eleganten Händen. Es war schön gewesen, sich zur Abwechslung einmal mit einem weitgereisten Mann unterhalten zu können, der anscheinend ihre Gesellschaft mehr genoss als die Vorteile, die er sich durch die Bekanntschaft mit ihr erschleichen konnte, so wie etwa Rujul oder Manohar es taten. Und obwohl Akash nicht ein einziges Mal ihr Gesicht gesehen hatte, waren Amba nicht die bewundernden Blicke entgangen, mit denen er ihre Gestalt, ihre Füße und ihre reich geschmückten Hände bedachte. Er fand sie schön, ganz ohne zu wissen, wie ihr Antlitz beschaffen war. Und sie fand ihn schön. Er löste in ihr Gelüste aus, die sie erfolgreich verdrängt hatte. Es war allzu lange her, dass sie bei einem Mann gelegen hatte. Für eine Frau in ihrem Alter war das nicht gesund, das zumindest behauptete Nayana. Nicht, dass Amba die Nächte mit ihrem Mann besonders gefehlt hätten – sie verband sie mit Gekeuche und Schweiß, nicht jedoch mit großer Leidenschaft. Dennoch erfüllte Amba eine diffuse Sehnsucht nach der Begegnung mit einem Mann, wie sie ihr bisher nicht vergönnt war. Sie träumte von zärtlichen Händen, die ihren Körper erkundeten, von geflüsterten Liebesschwüren, von begehrlichen, verliebten Blicken. Und wenn sie, wie jetzt, mit offenen Augen davon träumte, dann sah sie dabei Akashs Gesicht vor sich.

Es war ein zauberhafter früher Abend. Noch war es nicht ganz dunkel. In den Bäumen, die Ambas Grundstück umstanden und es vor fremden Blicken schützten, zirpte, raschelte und knisterte es, dass es eine Freude war. Ein paar Affen rasten durch das dichte Grün. Amba sah nur ihre Umrisse, die sich scharf gegen den indigofarbenen Himmel abhoben. Die Luft duftete nach Blattwerk und Blüten, durchmischt mit dem Geruch der Feuerchen, der aus dem Dienstbotengebäude zu ihr wehte. Auch das helle Lachen Anuprabhas drang zu ihr herüber. Eine frohe Anspannung hatte sie wie auch alle anderen Bewohner ihres abgeschirmten Idylls ergriffen. Morgen war Diwali, das Lichterfest.

Diwali fand immer am 15. Tag des Monats Kartik statt, also am Neumondtag, der nach dem Kalender der europäischen Eroberer meist auf Ende Oktober oder Anfang November fiel. An diesem Tag besuchten die Seelen der Verstorbenen ihre lebenden Verwandten. Um den *pitris*, den Geistern der Toten, den Weg zum Haus zu weisen, wurden unzählige Kerzen und Lampen entzündet. Auch glaubten viele Menschen, dass Lakshmi, die Göttin des Wohlstands, an Diwali die Häuser beehrte, die besonders gut erleuchtet waren.

Der morgige Tag wäre bestimmt von den aufgeregten Vorbereitungen. Auf Treppe und Veranda mussten traditionelle Muster aus Blüten ausgelegt werden, sogar auf dem Vorplatz würden sie ein solches *rangoli* aus gefärbtem Reismehl, Getreide, Samen und Hülsenfrüchten kreieren, um die kleinsten der Kreaturen – Insekten, Vögel oder Kriechtiere – zu beschenken. Für die Menschen würden Süßigkeiten zubereitet werden, mit denen man andere beglückte, außerdem mussten zahllose neue Kerzen und Öllampen besorgt werden, denn der Gebrauch von alten war verpönt. Außerdem würden sich alle Leute einer besonders sorgfältigen Reinigung unterziehen, ein Bad mit duftendem Öl nehmen und sich ihre Festtagskleidung anziehen. Man würde die Verwandten besuchen und gemeinsam im Tempel feiern. Es war ein fröhliches und geselliges Fest.

Aus der Ferne hörte sie das Kläffen eines Hundes, das Muhen einer heimkehrenden Kuhherde sowie das Läuten der Kirchenglocken. Der ortsansässige Priester bediente sich der offiziell verbotenen Hindubräuche, um die Leute in sein Gotteshaus zu holen. Am Vorabend von Diwali hielt er eine Messe ab, und Amba wusste, dass viele Dörfler sie besuchen würden. Der Pfarrer würde die Kirche mit Tausenden von Kerzen erleuchten und den Mädchenchor Lieder anstimmen lassen, die eine Mischung waren aus den oft trübsinnigen Melodien des Abendlandes und den lebensbejahenden Liedern der Fischer und Bauern der Region. Vielleicht, dachte sie bei sich, sollte sie ebenfalls die Kirche aufsuchen. Es würde einen guten Eindruck machen.

124

Aber nein, entschied sie, sie hatte noch zu viel zu tun, um ihre Zeit damit zu vergeuden, vor einem Dorfpfarrer katholischen Gehorsam zu heucheln. Sie musste bis morgen fertig werden mit dem Verpacken der kleinen Geschenke, die sie von unterwegs für ihre Dienstboten mitgebracht hatte. Nicht einmal Nayana hatte etwas davon mitbekommen. Amba hatte jede Abwesenheit der alten *ayah* genutzt, um eine Kleinigkeit für ihre Leute zu besorgen, denen sie ja schlecht die Süßigkeiten schenken konnte, die jene selbst gebacken oder gekocht hatten. Also hatte sie eingekauft. Für Nayana hatte sie einen fein bestickten Geldbeutel aus Hirschleder gefunden, den sie mit einigen Silbermünzen füllen würde. Für Shalini, die Näherin, gab es einen Fingerhut aus Porzellan und für ihren kleinen Sohn Vikram einen winzigen hölzernen Elefanten samt *houdah* und *mahout*, wobei sowohl die Rückensänfte als auch der Elefantenführer außergewöhnlich realitätsnah gearbeitet waren. Für den Heranwachsenden Makarand hatte sie ein Rasiermesser mit Elfenbeingriff erstanden. Die Köchin Chitrani würde einen goldenen Zehenring, die beiden Dienstmädchen Anuprabha und Jyoti jeweils einen silbernen Zehenring erhalten. Dem *mali* Dakshesh, dem fast blinden Gärtner, wollte Amba eine lange Bahn feinsten Tuchs schenken, die er zum Schutz vor der Sonne um seinen fast kahlen Schädel wickeln konnte. Sein alter Turban war schon arg zerschlissen.

Es waren kostbare Geschenke, doch Amba wollte sich nicht ausgerechnet an Diwali geizig zeigen. Es war ein Festtag, der für sie wie auch für ihre Diener einer der wichtigsten im Hindu-Kalender war. Schließlich hatten sie alle herbe Verluste ertragen müssen und waren froh, wenn sie das Wohlwollen der Geister der Toten verdienten. Amba dachte an all die *pitris*, die am morgigen Abend bei ihr einkehrten: an ihre verstorbenen Eltern etwa oder an Amal. Auch gedachte sie all der anderen, die nicht mit ihr verwandt waren und mit dem Leben dafür hatten bezahlen müssen, dass sie, Amba, so sehr an dem ihren hing.

Ein lautes Geraschel in einer der Kokospalmen, die auf ihrem Grundstück standen, ließ Amba aufblicken. Der Himmel war schon beinahe ganz dunkel, nur eine zarte Andeutung von Tageslicht erhellte ihn noch. Gegen den violett-schwarzen Hintergrund zeichnete sich schwach die Gestalt des *naik bhandari* ab, des Kokospalmen-Anzapfers. Er kletterte behende die steilen Stämme hoch, flink wie ein Affe, um oben seine gusseisernen Kannen aufzuhängen und den kostbaren Palmsaft zu ernten. Dies hatte ausschließlich in der Dämmerung zu geschehen, so dass man am frühen Abend wie am frühen Morgen zuweilen einen Schrecken bekam, wenn man plötzlich die Gestalt des *bhandari* in den hohen Baumwipfeln wahrnahm. Weil es eine Arbeit war, die viel Geschick und Erfahrung verlangte, konnte niemand von Ambas Dienern mit der Aufgabe betraut werden. Sie waren auf einen Fremden angewiesen. Allerdings arbeitete der Mann schon lange für sie und hatte sich nie anders als tüchtig und ehrerbietig gezeigt. Er sprach mit kaum jemandem, erledigte schweigsam seine Arbeit und behelligte niemanden mit lästigem Geschwätz.

Dennoch war er Amba ein Dorn im Auge. Wenn er, wie heute Abend, urplötzlich wie aus dem Nichts auftauchte und im Dunkeln auf den Palmen herumkletterte, beschlich sie jedes Mal das ungute Gefühl, der Mann würde sie beobachten, obwohl er dazu wahrscheinlich gar keine Zeit hatte. Vielleicht sollte sie ihn von Makarand begleiten lassen, der am Fuße der Palme darauf achten konnte, dass der *bhandari* auch wirklich nur dort herumkletterte, wo er es sollte. Die Gelegenheiten, sich unbeobachtet auf dem Grundstück herumzutreiben, waren zahlreich, und sie konnten keinerlei Risiko eingehen. Morgen musste sie unbedingt daran denken, dem Mann einen Teller mit Süßigkeiten mitzugeben.

Amba beschloss, ins Haus zu gehen. Es war ohnehin bald Zeit fürs Essen, und die Düfte der Köstlichkeiten, die Chitrani im Küchentrakt zubereitete, ließen ihr bereits das Wasser im Mund zusammenlaufen.

Makarand schüttelte ärgerlich den Kopf. Er hatte Ambadevis skeptischen Blick in Richtung Kokospalmen richtig gedeutet. Der *bhandari* hatte die Herrin mit seinem angeberischen Geraschel fortgejagt. Vermutlich hatte er nur deshalb so geräuschvoll auf sich aufmerksam gemacht, um zum morgigen Diwali-Fest einen Haufen Süßigkeiten für sich und seine zwölfköpfige Familie einzuheimsen.

Von seinem Standort aus im Cajú-Baum hatte Makarand nun keine Chance mehr, einen Blick auf Anuprabha zu werfen. Oft kam sie nämlich an Abenden wie diesem nach draußen auf die Veranda, um Ambadevi die Schultern zu massieren oder ihre Fußsohlen zu bemalen, und bei diesen Verrichtungen legte sich ein so tieftrauriger Ausdruck auf ihr Gesicht, dass Makarand die Tränen kamen. Es mangelte ihm nicht an Gelegenheit, Anuprabha zu sehen – aber diese melancholische Miene zeigte sie nur, wenn sie sich unbeobachtet glaubte, und genau sie war es, die ihm vor Sehnsucht schier das Herz zerriss.

Nun aber war Ambadevi im Innern des Hauses verschwunden. Anuprabha würde drinnen gebraucht werden, und dort hatte er nichts verloren. Es war ein reiner Frauenhaushalt. Er und Dakshesh durften keinen Fuß ins Haus setzen. Natürlich gab es immer Möglichkeiten, einen verbotenen Blick ins Innere zu wagen, etwa durch das Astloch an der rückwärtigen Wand. Aber dort hatte ihn Dakshesh einmal erwischt, und Makarand hatte es bitter bereut. Dem alten *mali* hätte er nie solche Kräfte zugetraut. Er war tagelang mit einem blauen Auge und einer dicken Beule an der Stirn herumgelaufen, was ihm das Spottgelächter der Mädchen eingebracht hatte. Das war alles gewesen, was Anuprabha ihm jemals an Aufmerksamkeit hatte zuteilwerden lassen. Im Gegensatz zu Jyoti, die ihm schöne Augen machte, gab Anuprabha sich vollkommen gleichgültig ihm gegenüber, ganz so, als existiere er gar nicht.

Makarand empfand dies als große Ungerechtigkeit. War nicht er es, der dank seiner Gewitztheit dafür sorgte, dass es Anuprabha nie an etwas mangelte? Hatte nicht er die bunten Pulver beschafft, die sie für ihre *puris*, ihre Andachten, brauchte? War schließlich nicht er es gewesen, der in der Küche, von Chitranis Falkenblick unentdeckt, einen ganzen Topf eingelegter Mangoscheiben entwendet hatte, um Anuprabhas Lust auf Süßes zu stillen? Und was erntete er dafür? Nichts als Undank.

Anuprabha benahm sich, als sei sie eine große Dame und er ein nichtswürdiger kleiner Junge. Aber mit welchem Recht? Er war fast fünfzehn, und sie war sechzehn. Es konnte wohl kaum an den anderthalb Jahren Altersunterschied liegen. Und was ihren Rang in Ambadevis Haus anging: Da war er ja nun eindeutig unentbehrlicher als sie, oder etwa nicht?

Makarand steigerte sich so in seinen Ärger hinein, dass er beim Abstieg aus dem Cajú-Baum unachtsam war und von einem Zweig abrutschte. Er fluchte leise und setzte seine Kletterei vorsichtiger fort. Aber das nützte ihm wenig. Am Fuße des Baums erwartete ihn Dakshesh mit grimmiger Miene und erhobenem Stock.

12

Das Diwali-Fest hatte bei den ersten Portugiesen, die zu Beginn des 16. Jahrhunderts in Goa gelandet waren, nachhaltigen Eindruck hinterlassen. Wenn Abertausende von Kerzen, Fackeln und Kokosöl-Lämpchen den Abend erhellten, war jeder, ob Christ, Hindu, Moslem oder Heide, hingerissen von dem Spektakel. Und so kam es, dass die Eroberer trotz des strikten Verbotes aller hinduistischen Bräuche diese Neumondnacht ebenfalls feierten. Weil sie mit dem Beginn der trockenen und kühleren Jahreszeit zusammenfiel, war sie zugleich der offizielle Beginn der Ballsaison.

Hatte Miguel in den ersten Monaten seines Aufenthalts in Goa über die Einsamkeit und Abgeschiedenheit des Solar das Mangueiras gestöhnt, so wurde es ihm nun beinahe zu viel an Geselligkeit. Jeden Tag erschien ein neuer Bote mit einer weiteren Einladung. Die Figueiras luden zu einem Maskenball, die Pachecos zu einem kleinen Empfang, die Mendonças zu einem Diner und die Campos zum Debütball für ihre Tochter. Über die ersten Einladungen hatte er sich gefreut und sie dankend angenommen. Nun, nachdem er die gehobene Gesellschaft Goas ein wenig kennengelernt hatte – es lebten ja nicht allzu viele Familien aus seinen Kreisen in der Kolonie –, wusste er die verschiedenen Festivitäten und ihren Unterhaltungswert besser einzuschätzen. Die Figueiras waren todlangweilige Schwätzer, die Pachecos Schmeichler, die ihm Geld für ein unsinniges Geschäft abluchsen wollten, und die Tochter der Campos schielte, so dass die armen Eltern wahrscheinlich noch sehr oft junge Männer in ihr Haus locken mussten, um einen Ehemann für ihr Kind zu finden. Die Mendonças hingegen gefielen ihm.

Es handelte sich um eine noch immer sehr attraktive Witwe in den Vierzigern, Dona Assunção, mit ihren drei erwachsenen Kindern, zwei Söhnen und einer Tochter. Sidónio war in Miguels Alter, sein Bruder Álvaro ein Jahr jünger. Das Nesthäkchen, Delfina, war neunzehn Jahre alt. Die Familie lebte vom Erbe des früh verschiedenen Mannes, der ihnen riesige Ländereien in Portugal wie auch in Goa hinterlassen hatte. Trotz ihres Reichtums schien ihnen Standesdünkel fremd zu sein, und ihre ungezwungene Art der Konversation führte Miguel darauf zurück, dass die Kinder alle schon in Goa geboren waren. Sie waren ganz anders als junge Leute, die, wie er selber, in Portugal aufgewachsen waren. Über bestimmte Themen unterhielten sie sich mit einer Freizügigkeit, die selbst ihm, der in der Heimat gern und oft Tabus gebrochen hatte, die Schamesröte ins Gesicht treiben konnte.

So hatte doch tatsächlich die junge Delfina bei ihrer ersten Begegnung mit Miguel munter über die vielseitige Verwendung von Kuhfladen in Indien geplappert, und Sidónio hatte ihn in Hörweite der Damen darüber aufgeklärt, welche verruchten Häuser für einen Herrn wie ihn in Frage kamen und welche nicht. Álvaro indes hatte ihm angeboten, ihn einmal zu den Tempelanlagen jenseits der Grenzen der Kolonie zu begleiten, wo man sich an erotischen Darstellungen erfreuen konnte, die in Portugal nicht einmal gedacht werden durften, ohne dass man sich dem Risiko der inquisitorischen Verfolgung aussetzte.

Dona Assunção war nicht weniger offenherzig gewesen. Sie hatte Miguel kurz beiseitegenommen und ihm in knappen, klaren Worten zusammengefasst, welchen höheren Töchtern er den Hof machen konnte und welchen nicht. Sie hatte ihm die äußeren Vorzüge der jungen Damen aufs Genaueste geschildert, und sie war über die Vermögensverhältnisse der Eltern ebenso gut informiert wie über Erbkrankheiten und ähnliche Übel, die in der Familie lagen. Über ihre eigene Tochter verlor sie allerdings kein Wort.

Als er die Einladung zum Diner im Haus dieser Familie erhielt, hatte er keinen Augenblick gezögert, diese anzunehmen. Es würde ein vergnüglicher Abend werden. Außer ihm waren acht weitere Personen eingeladen, so dass sie dreizehn wären. Fünf der anderen Gäste kannte Miguel noch nicht, doch die anderen drei, die Eheleute Nunes mit ihrer Tochter Maria, hatte er ebenfalls als angenehme Zeitgenossen kennengelernt.

Miguel nahm sich mehr Zeit als üblich für seine Toilette, und er überlegte lange, was er anziehen sollte. Nachdem er eine halbe Ewigkeit vor dem Kleiderschrank herumgetrödelt hatte, schalt er sich einen Dummkopf. Was war nur in ihn gefahren? Er war noch nie besonders eitel gewesen, wofür jetzt plötzlich diese übertriebene Sorgfalt? Wen wollte er beeindrucken? Die attraktive Witwe Mendonça? Ihre amüsante Tochter Delfina? Oder die ebenso schüchterne wie hübsche Maria? Und tappte er nicht geradewegs in die Falle, die Dona Assunção ihm stellte?

Nein, Unsinn! Wenn sie in ihm einen geeigneten Bräutigam für Delfina sah, würde sie gewiss keine so viel ansehnlichere Konkurrentin einladen. Er dachte schlicht zu viel nach. Er hätte niemals zu diesem Astrologen gehen sollen, der ihm für den heutigen Abend eine schicksalhafte Begegnung prophezeit hatte. Wahrscheinlich hegte überhaupt niemand irgendwelche Hintergedanken, genauso wenig wie es irgendwen interessierte, ob er nun grüne oder blaue Strümpfe trug.

Er entschied sich für die grünen Strümpfe. Dazu trug er eine nur wenig verzierte dunkle Hose, ein dünnes Hemd aus Baumwollbatist und ein grünlich schimmerndes Damastwams. Einzig die Spitzenbesätze an der Hose sowie der Spitzenkragen verliehen seiner Garderobe Eleganz. Ja, so würde es gehen. Nicht zu geckenhaft, nicht gar zu schlicht. Sein schulterlanges Haar hatte er zu einem Pferdeschwanz zusammengebunden. Es lag, schwarz und vom Öl glänzend wie das der Inder, an seinem Kopf an. Er war glatt rasiert, weil er dem Barbier, den er tags zuvor aufgesucht hatte, nicht hatte klarmachen können, dass er seinen Musketier-Bart nur gerne zurechtgestutzt gehabt hätte. Und nachdem der erste Streich mit dem Rasiermesser eine unschöne Lücke in das Bärtchen gezogen hatte, war ihm nichts anderes übrig geblieben, als den Rest auch zu opfern. Miguel fuhr sich mit der Hand über die Mundpartie. Es fühlte sich noch immer ungewohnt an. Er war außergewöhnlich sensibel an jenen Hautstellen, die zuvor von Barthaar bedeckt gewesen waren.

Die Mendonças lebten auf einem Anwesen, das ebenfalls westlich außerhalb der Stadtgrenzen lag und bei den derzeitigen Witterungsverhältnissen für Miguel schnell und leicht zu erreichen war. Die Kutsche brauchte keine halbe Stunde, bis sie am Ziel ankam. Das Haus war schon von weitem zu sehen, weil man alle Räume beleuchtet hatte. In der Einfahrt sprang Miguel leichtfüßig aus dem Gefährt, und noch während er von einem livrierten Diener die Treppe hinaufgeleitet wurde, war sein Kutscher im Pulk der anderen Kutscher untergegangen, die sich ihrerseits einen schönen Abend zu machen schienen.
Dona Assunção begrüßte ihn mit vollendeter Grazie. Sie nahm ihn am Arm und führte ihn in den prachtvollen Salon, in dem bereits einige der Gäste saßen. Gut, dachte Miguel, er war weder der Erste noch der Letzte. Ein Diener in bunt glänzenden

Pluderhosen und mit mächtigem Turban reichte ihm ein Glas Portwein, Delfina übernahm die Vorstellung mit den anderen, ihm unbekannten Gästen, da Dona Assunção schon wieder zur Halle geeilt war, um die nächsten Gäste zu begrüßen.

»Senhor Miguel Ribeiro Cruz«, sagte Delfina, »unser bestaussehender Neuzugang in der Kolonie.«

Miguel hätte sich wirklich eine andere Einführung als diese gewünscht. Er war, und Delfina dürfte dies schließlich wissen, doch nicht einfach nur ein Schönling. Er warf ihr einen bösen Blick zu, doch das Mädchen fuhr munter mit der Vorstellung der Gäste fort.

»Und das, mein lieber Miguel«, erklärte sie, »sind Capitão und Senhora Almeida de Assis. Die Herrschaften sind eigens aus Sinquerim angereist, wo der hochgeschätzte Senhor Almeida die Verantwortung für das Fort Aguada trägt. Sie werden begleitet von ihrer Tochter Isaura«, damit wies sie auf eine unscheinbare junge Frau, die ihn huldvoll anlächelte, »sowie ihren Söhnen Henrique und Teófilo.« Die beiden halbwüchsigen Jungen nickten ihm vom Spieltisch aus kurz zu, bevor sie sich wieder ihrem Würfelbecher zuwandten.

Die Herren reichten einander die Hände, die Senhora bekam einen Handkuss von Miguel. Obwohl Miguel Militärs nicht sehr schätzte, machten die Leute bei dem kurzen Geplauder, das sich nun anschloss, einen netten Eindruck. Sogar die hochmütige Isaura gewann, wenn sie sprach, denn sie wirkte klug und humorvoll. Wenn sie lachte, sah sie dank ihrer wunderschönen Zähne sogar recht ansehnlich aus. Dann erschien die Familie Nunes. Die Eltern waren, wie stets, leutselig aufgelegt, während die Tochter jedes Mal errötete, wenn man nur das Wort an sie richtete. Miguel hatte ein bisschen Mitleid mit ihr, denn ihre außergewöhnliche Schüchternheit schien allenthalben Belustigung auszulösen und war sogar Gesprächsthema.

Für ein so zurückhaltendes Mädchen wie Maria musste das der Gipfel an Quälerei sein.

»Maria, du musst doch nicht schon wieder rot werden, nur weil der General dir einen guten Abend gewünscht hat«, tadelte ihre Mutter sie.

Maria lief rosa an, und die älteren Herrschaften lachten.

»Oder weil der junge Senhor Miguel heute so schmuck aussieht«, ergänzte Marias Vater, woraufhin Marias Hautton eine tiefrote Färbung annahm.

»Ich finde ja«, warf Delfina frech ein, »dass er ohne seinen Bart, mit der immer dunkleren Hautfarbe und dem geölten Haar langsam wie ein Hindu aussieht.«

»Delfina!«, wies Dona Assunção ihre Jüngste zurecht.

»Nun ja, wo sie recht hat …«, sagte Sidónio. »Aber solange er noch nicht denkt und handelt wie ein Eingeborener …«

Miguel fiel erneut auf, dass Sidónio kaum je einen Satz zu Ende sprach. Vielleicht war er von seinen Geschwistern als Kind allzu oft unterbrochen worden, denn er war von den dreien der am wenigsten Vorlaute.

»Im Gegensatz zu euch?«, hakte Dona Assunção nach. »Denn ihr drei seid ja wirklich die reinsten Inder. Wenn ihr nicht das Glück gehabt hättet, meinen hellen Teint und das haselnussbraune Haar zu erben, dann wärt ihr schon längst auf dem Scheiterhaufen gelandet.« Sie sagte dies in einem liebevollen Ton, der keinen Zweifel daran ließ, wie sehr sie die Ungezogenheit ihrer Kinder mochte. Dona Filomena jedoch, die Gattin des Generals, schlug sich erschrocken die Hand vor den Mund. Derlei ungehörige Reden schienen ihr religiöses Feingefühl zu beleidigen, doch außer Miguel bemerkte es niemand.

»So, und nun darf ich Euch in den Speisesaal bitten«, sagte Dona Assunção in die Runde.

Alle folgten ihr in den Nebenraum, der mit seinen Kassettenwänden und der mit aufwendigen Holzschnitzereien versehenen Decke aussah wie eine Mischung aus Versailles und Maharadscha-Palast. Auch die Einrichtung war eine gelungene Mischung aus Ost und West, mit portugiesischen Ölgemälden und orientalischen Teppichen, mit venezianischen Kristallleuchtern und indischen Elfenbeinminiaturen. Der Saal war festlich beleuchtet, die wunderschöne Tafel aus Jacaranda-Holz eingedeckt wie für eine Hochzeit oder ein ähnlich bedeutsames Ereignis. Miguel hatte geglaubt, es handle sich um ein zwangloses Essen unter Freunden. Doch diese Tafel ließ vermuten, dass noch eine wichtige Ankündigung bevorstand. Er war gespannt.

Hinter jedem Platz stand ein Diener, gewandet wie eine Figur aus 1001 Nacht, der dem ihm zugeteilten Gast jeden Wunsch von den Augen abzulesen und ihm fast jeden Handgriff abzunehmen hatte. Miguel schmunzelte, als der für ihn zuständige Bedienstete in seiner rosa und golden schillernden Montur ungeschickt seinen Stuhl zurückzog, damit Miguel darauf Platz nehmen konnte, und ihm anschließend noch ungeschickter eine Serviette um den Hals band. Sie konnten die Domestiken ausstaffieren wie Könige – die Leute würden sich weiterhin wie Bauernrüpel benehmen. Wie gelang es bloß den Indern aus hohen Kasten, ihre Lakaien so viel besser zu schulen? Der Diener, der hinter Dona Assunção stand, zog sich gerade geräuschvoll den Rotz hoch. Die Dame des Hauses ignorierte das unappetitliche Geräusch hoheitsvoll und hoffte wahrscheinlich, der Tölpel habe wenigstens die Lektion gelernt, dass er nicht in der Öffentlichkeit ausspucken durfte. Ein anderer Diener untersuchte genauestens seine Fingernägel, wieder ein anderer kratzte sich unauffällig am Schritt. Es wäre zum Totlachen gewesen, aber Miguel riss sich zusammen. Er ahnte, welche Mühe es Dona Assunção gekostet haben musste, ihre Diener überhaupt so weit zu erziehen, dass man sie bei Tisch einsetzen konnte.

Die aufgetragenen Vorspeisen waren von außergewöhnlicher Qualität und Zubereitungsart. Miguel war noch nicht oft in den Genuss der typischen Goa-Küche gekommen, in der portugiesische und indische Gerichte zu etwas Neuartigem miteinander verschmolzen waren, das sämtliche Gaumenknospen gleichzeitig anregte. Bei den Furtados hatte es immer »richtiges« indisches Essen gegeben, bei ihm zu Hause merkte man den Speisen ebenfalls die Vorlieben des Kochs für einheimische Gerichte an. Und bei den wenigen Besuchen, die Miguel bislang den anderen Portugiesen abgestattet hatte, waren ausschließlich europäische Speisen auf den Tisch gekommen.

Nun aber wurden als Vorspeise *caranguejos recheados*, gefüllte Krebse, *rissóis*, mit Garnelen gefüllte Teigtaschen, sowie *amêijoas com côco*, Muscheln mit Kokosfüllung, serviert, alles intensiv mit Chili, Pfeffer, Ingwer und Kurkuma gewürzt. Als Hauptspeisen wurden aufgetragen: *xacuti de galinha*, eine Art Hühnchencurry mit Kokosnuss und allem an Gewürzen, was Goas Natur hervorbrachte; *sarapatel*, ein Eintopf aus Schweinefleisch und Leber, ebenfalls exotisch mit Zimt, Nelken, Pfeffer, Chili und Kurkuma zubereitet; *vindalho de carne de porco*, ein säuerlichscharfer Schweinefleisch-Eintopf; dazu gab es ausgebackene, pikante Auberginen, Reis mit Kokosnuss, Reis mit Gemüse sowie das milde, weiche portugiesische Weizenbrot.

Miguel war im siebten Himmel. Seine Lieblingsgerichte von daheim mit den Gewürzen seiner neuen Heimat – das war ein Geschmackserlebnis, wie er es schätzte. Durch die indische Zubereitungsart erhielten die ursprünglich allzu rustikalen Gerichte eine Raffinesse, die er nie erwartet hätte. Er lobte Dona Assunção ausgiebig für das exzellente Mahl und fragte sie nach ihrem Koch.

»Er ist Halbinder«, antwortete sie. »Sein Vater war portugiesischer Schiffskoch, seine Mutter eine indische Küchenmagd. Von ihm kennt er die heimischen Bauerngerichte, von ihr hat er gelernt, wie man mit den Gewürzen zu verfahren hat. Er kocht begnadete Chutneys, mischt geniale Masalas, rührt himmlische Würzpasten an. Er ist unersetzlich.«

Dona Isabel, die Gattin des Kaufmanns Nunes, rümpfte kaum merklich die Nase, enthielt sich jedoch eines Kommentars. Wahrscheinlich wäre ihr ein Mahl nach höfischer Sitte lieber gewesen. Miguel kannte ihr Faible für alles, was mit den europäischen Königshäusern zu tun hatte. Trotzdem langte sie tüchtig zu, und ihr enormer Busen wogte bei jedem Bissen, den sie nahm. Ihre Tochter Maria hingegen aß nur sehr wenig. Etwas mehr von dem Appetit ihrer Mutter hätte ihr gutgetan, dachte Miguel, denn die junge Frau war auffallend dünn und sehr blass. Er wagte kaum, das Wort an sie zu richten, vor Angst, sie könne wieder vor Scham erröten oder vor Schreck die Gabel fallen lassen. Sie war ein sehr fragiles Geschöpf.

Die Söhne des Capitão Almeida de Assis schaufelten das Essen in sich hinein, als wären sie am Verhungern. Darüber hinaus interessierten sie sich für nichts außer einander. Die Tochter, Isaura, beobachtete die Runde aus den Augenwinkeln, was ihr einen irgendwie verschlagenen Ausdruck verlieh. Auffallend oft blieb ihr Blick an Álvaro hängen, der sich dessen gar nicht bewusst zu sein schien.

Denn ihm wie auch den anderen beiden Mendonça-Sprösslingen schmeckte es so gut, dass sie nicht von ihren Tellern aufblickten und kaum ein Wort sagten, entgegen ihrer sonstigen Gewohnheit, pausenlos ihre Umwelt mit ihrem Gerede zu brüskieren. Die ersten beiden Gänge verliefen daher so ruhig, dass das Geklapper des Bestecks auf den Tellern unangenehm laut erschien. Man hörte einen Diener mit den Füßen scharren

und einen anderen, wie er beim Abräumen ein Messer fallen
ließ. Man hörte die Schluckgeräusche von Senhor Nunes, der
den portugiesischen Wein in großen Zügen trank, und man
vernahm das zwanghafte Räuspern des Capitão, bei dem man
jedes Mal erwartete, er bereite sich auf eine Ansprache vor.

Das tat er nicht, dafür erhob sich Dona Assunção vor dem Auftragen des Desserts und bat durch Klopfen an ihr Weinglas
unnötigerweise um Ruhe. Sie hatte auch so die ungeteilte Aufmerksamkeit aller.

»Euch allen möchte ich zunächst danken, dass Ihr mein Haus
heute Abend mit Eurer Anwesenheit beehrt. Ich habe lange
darüber nachgedacht, wen ich zu diesem Euch noch unbekannten Anlass einladen sollte. Da ich den Kreis klein halten,
zugleich aber nicht in allzu intimer Runde verkünden wollte,
was ich gleich verkünde – denn meine Kinder sind bereits
eingeweiht und heißen meine Pläne gut – fiel meine Wahl auf
Euch. Auf Euch, Capitão und Dona Filomena, weil unsere
Freundschaft seit Jahrzehnten währt und ich Euch als die lie-
benswürdigsten Menschen kennengelernt habe, die es in Goa
gibt. Dasselbe gilt natürlich auch für Eure wohlgeratenen Kinder. Auf Euch, Senhor Nunes, weil Ihr mit Eurer bezaubernden Gattin und Eurer liebreizenden Tochter eine Bereiche-
rung jeder Gesellschaft darstellt. Und auf Euch, Senhor Miguel, weil Ihr schon nach der kurzen Zeit, die Ihr in der
Kolonie weilt, eine so herzliche Beziehung zu meinen Kindern
unterhaltet, wie ich sie mir nicht freundschaftlicher vorstellen
könnte.«

Miguel fragte sich, ob es nicht in Wahrheit ganz andere Gründe waren, die Dona Assunção dazu veranlasst hatte, gerade sie
einzuladen. Er war, wie sie ganz richtig gesagt hatte, noch nicht
lange in Goa und nicht unbedingt das, was man einen Vertrau-
ten der Familie nennen würde.

»Nun, ich habe Euch hierhergebeten, um mit mir gemeinsam den Beginn eines neuen Lebensabschnitts zu feiern.«

Um Gottes willen, dachte Miguel, hatte Dona Assunção etwa Geburtstag? Er hatte außer etwas Konfekt kein Geschenk mitgebracht.

»In Kürze werde ich Goa verlassen.«

Ein Raunen kam aus der Ecke, in der die Familie Nunes saß.

»Ich werde nach Lissabon ziehen, denn dort erwartet mich mein … Verlobter.«

Ah und oh war zu vernehmen, der Capitão verschluckte sich beinahe an seinem Wein. Seine Frau sowie Dona Isabel machten große Augen, die junge Maria war puterrot angelaufen. Die beiden Halbwüchsigen schauten desinteressiert drein, aber ihre Schwester Isaura hob den Kopf und setzte eine lauernde Miene auf, als könne sie kaum erwarten, was Dona Assunção weiter zu sagen hatte. Einzig Senhor Nunes behielt die Fassung. »Herzlichen Glückwunsch!«, rief er und hob das Glas. »Auf Euer Wohl!« Miguel folgte der Aufforderung, genau wie die Kinder Mendonça. Die anderen Gäste taten es ihnen schließlich zögerlich nach.

»Die Überraschung ist Euch gelungen«, sagte der Capitão, und seine Frau, Dona Filomena, fragte entgeistert: »Warum habt Ihr vorher nichts gesagt? Wir hätten Euch gerne ein Geschenk mitgebracht.«

Die naheliegendste Frage stellte, nachdem die erste Welle der Aufregung abgeklungen war, die schüchterne Maria. Es war das erste Mal an diesem Abend, dass sie überhaupt etwas sagte. »Wer, ähm, also, wer ist denn der Glückliche?«, stammelte sie. In der nachfolgenden Stille starb sie tausend Tode, weil sie glaubte, ihre Gesichtsröte würde allen auffallen. Dabei hatten alle den Blick Dona Assunção zugewandt.

»Der Herr heißt Fernão Magalhães da Costa. Er ist, genau wie ich, verwitwet. Er ist ein namhafter Kaufmann, dessen Geschäfte es zurzeit leider nicht zulassen, dass er mich in der Kolonie abholt. Aber wir stehen in regem Briefkontakt, und ich sehe meiner Abreise mit großer Vorfreude, allerdings auch mit Wehmut, entgegen. Es wird mir schwerfallen, die Kolonie zu verlassen, in der ich seit über zwanzig Jahren lebe. Aber meine Kinder werden mich zur Hochzeit begleiten, die für das kommende Jahr anberaumt ist, so dass mir der Abschied nicht allzu schwer gemacht wird. Auch freue ich mich wieder auf das gesellige Leben in der alten Heimat.«

»Sie heiratet den alten Knilch nur wegen seines Geldes«, platzte Delfina heraus und erntete schockierte Blicke von allen Seiten.

Wahrscheinlich hat sie recht, sinnierte Miguel. Er fragte sich, woher und wie lange Dona Assunção den Mann kannte. Es konnte doch nicht sein, dass da aus heiterem Himmel ein Verlobter auftauchte, den anscheinend nicht einmal ihre Kinder kannten.

»Sie heiratet ihn, weil wir ihr nicht das bieten können, was ein Ehemann …«, verbesserte Sidónio seine Schwester, woraufhin die arme Maria betreten die Flecke auf der Tischdecke fixierte und Delfina in sich hineinprustete.

Álvaro, der mittlere Bruder, korrigierte seine Geschwister mit der ihm eigenen Ernsthaftigkeit. »Unsere Mutter hat jedes Recht der Welt, sich einen neuen Ehemann zu suchen. Unser Vater ist seit mehr als zehn Jahren tot. Wir sind erwachsen. Und natürlich hat sie das Bedürfnis, sich wieder auf einem gesellschaftlichen Parkett zu bewegen, das ihr all die Jahre in Goa nicht zugänglich war. Der glückliche Verlobte wurde uns von allen Informanten als ausgesprochen geistreicher und stattlicher Herr beschrieben, der trotz seines reiferen Alters sehr von den Damen umschwärmt ist und unserer Mutter ein adäquater

Gefährte wird. Ich jedenfalls wünsche ihr alles Glück der Welt.«

»Danke, mein lieber Álvaro«, sagte Dona Assunção mit leicht belustigter Miene. »Du sprichst mir aus der Seele.«

Zum Dessert wurde eine köstliche *bebinca* serviert, eine Art Schichtkuchen aus Kokosraspeln, Eiern und Zucker. Doch in dem allgemeinen aufgeregten Gemurmel ging das Lob für diese Delikatesse unter. Alle bestürmten Dona Assunção mit ihren Fragen, man erging sich in Schwärmereien über das kulturelle Leben in der so weit entfernten Heimat, und jeder gab gute Ratschläge, was einzupacken und dorthin mitzunehmen sei.

Die jüngeren Leute steckten die Köpfe zusammen und spekulierten leise darüber, was Dona Assunçãos Zukünftiger wohl für ein Mann war.

Während Miguel sich noch fragte, was zum Teufel er hier heute Abend eigentlich verloren hatte und warum er zu den Auserwählten der Hausherrin gehört hatte, raunte Delfina ihm über Álvaros Teller hinweg zu: »Ich finde deine grünen Strümpfe ausgesprochen kleidsam.« Daraufhin bekam Miguel einen Lachkrampf, und zwar einen so heftigen, dass er sich unter Glucksen entschuldigen und vor die Tür gehen musste. Er floh aus dem eleganten Speisesaal auf die Veranda.

Der Himmel war vom Mond hell erleuchtet, die Sterne funkelten von dem klaren, schwarzen Himmel herab. Miguel lehnte sich über die gemauerte Brüstung und ließ den Blick durch den Garten schweifen. Der Duft von Frangipani- und Champa-Blüten lag in der samtenen Luft, eine milde Brise ließ die Palmen und die Mangobäume rascheln. Er schrak auf, als er merkte, dass er Gesellschaft bekommen hatte. Sidónio war neben ihn getreten.

»Geht es dir gut?«, fragte er.

141

»Ja, danke, alles in Ordnung. Es ist nur … ich frage mich, warum deine Mutter ausgerechnet uns eingeladen hat, um von ihrer Verlobung zu erzählen.«

Sidónio schaute Miguel zweifelnd an, als sei ihm schleierhaft, wie sein sonst so kluger Freund eine derartig einfache Sache nicht durchschauen konnte. »Das ist doch sonnenklar. Mamãe geht nach Europa. Zuvor will sie uns jedoch gut untergebracht wissen, da wir vermutlich nach den Hochzeitsfeierlichkeiten nach Goa zurückkehren werden. Sie will uns alle unter die Haube bringen. Für Delfina hat sie dich auserkoren, für Álvaro die zarte Maria und für mich die hochmütige Isaura, die ihrerseits jedoch nur Blicke für Álvaro zu haben scheint.«

Miguel antwortete nicht direkt. Er sann weniger über das Gesagte nach, das ihm vollkommen schlüssig erschien, als vielmehr darüber, dass sein Freund heute Abend zum ersten Mal einen vollständigen Satz zustandegebracht hatte. Ihm fiel außerdem wieder der unselige Astrologe ein. Eine schicksalhafte Begegnung? Von den drei anwesenden jungen Frauen in heiratsfähigem Alter, Delfina, Maria und Isaura, interessierte ihn keine einzige – die erste fand er zu kindlich, die zweite zu schüchtern und die dritte zu überheblich.

Nun, da hatte der Astrologe wahrscheinlich genau das getan, was Miguel immer schon vermutet hatte: ihm blanken Unsinn aufgetischt.

13

Wenige Tage nach dem Diner bei den Mendonças erhielt Miguel seine erste Lektion im Gewürzanbau. Mit der Absicht, sich schnell einen Überblick über die Grundkenntnisse zu verschaffen, hatte er sich am späten Vormittag auf den Weg zu der Plantage gemacht und gehofft, schon wenig später wieder zurückreiten zu können. Doch der Verwalter durchkreuzte seine Pläne.

Der Mann war wild entschlossen, den hohen Besucher nicht nur mit sämtlichen Details des Gewürzanbaus vertraut zu machen, sondern ihn auch mit opulenten Mahlzeiten sowie übertriebener Gastfreundschaft zu beeindrucken. Und so kam es, dass Miguel nach einem äußerst üppigen und scharfen Mittagessen durch die schwül-heißen Wälder geschleppt wurde und jede einzelne Pflanze erklärt bekam. Er musste sich sehr um Konzentration bemühen, denn mit vollem Magen und nach dem Genuss des selbstgebrannten *feni*, des Cajú-Schnapses, war ihm mehr nach Dösen zumute als nach einer ausufernden Lehrstunde in Botanik. Wider Erwarten aber faszinierten ihn die Pflanzen, die hier so unscheinbar wirkten und deren Früchte in Europa so unglaublich teuer waren.

Allen voran der Pfeffer. Es handelte sich um eine Kletterpflanze, die sich an den Stämmen von Betelpalmen und anderen Bäumen emporrankte, und zwar, wie der Verwalter ihn wissen ließ, bis zu einer Höhe von fünf aufeinanderstehenden Männern. Man hielt die Pflanze allerdings kürzer, um sie besser abernten zu können. Dies geschah, so lernte Miguel weiter, zweimal im Jahr. Zwischen den immergrünen Blättern hingen die Ähren, und jede dieser Ähren trug etwa 20 bis 30 kleine Beeren, die erst grün und später, voll ausgereift, rot waren. Aus diesen kleinen Beerenfrüchten wurden alle Sorten an Pfeffer gewonnen, der schwarze, weiße, grüne und rote.

»Schwarzen Pfeffer erhält man, indem man die Beeren in unreifem Zustand erntet und sie, zu Haufen aufgeschichtet, fermentieren lässt. Danach werden sie auf Matten in der Sonne zum Trocknen ausgelegt, bis ihre grüne Hülle schwarz und runzlig wird«, dozierte der indoportugiesische Verwalter, Senhor de Sousa, stolz. »Roter Pfeffer wird aus den voll ausgereiften Beeren gewonnen. Den weißen Pfeffer wiederum erhalten wir, indem wir die ausgereiften Beeren genau zu dem Zeitpunkt ernten, zu dem sie eine gelbliche Tönung annehmen. Die Beeren werden eine Woche lang in Säcken gewässert, bevor sie ausgebreitet werden und man die aufgeweichte Fruchthülle vom Kern entfernt. Dies geschieht dadurch, dass die Frauen und Mädchen darauf herumtrampeln. Wenn der gräuliche Kern freiliegt, wird dieser nochmals gewaschen und anschließend zum Trocknen ausgelegt. Dadurch wird er hell.«

Miguel nickte wie ein Musterschüler, während er seinen Blick auf die grüne Ähre in seiner Hand gerichtet hielt. Unbegreiflich, dass diese Pflanze, die hier wie Unkraut wuchs und nicht einmal eigene Felder brauchte, sondern nur einen Wirtsbaum, daheim einen so hohen Wert hatte. Dass es anderen als schwarzen Pfeffer gab, hatte er nicht einmal gewusst, denn dieser allein war es, der nach Europa gebracht wurde. Um dem eifrigen Senhor de Sousa zu beweisen, dass er gut aufgepasst hatte, fragte Miguel: »Und grüner Pfeffer? Wie wird er gewonnen?«

»Grünen Pfeffer erhält man ebenfalls aus der unreifen, grünen Beere. Diese wird in Salz- oder Essiglauge eingelegt. Weil er mangels Trocknung nicht für die Ausfuhr geeignet ist, kennen viele Europäer den grünen Pfeffer gar nicht. Er ist sehr mild, aber ebenfalls eine Delikatesse. Ich werde dafür sorgen, dass Ihr heute Abend ein Gericht serviert bekommt, in dem Ihr den exquisiten Geschmack kosten könnt.«

»Oh, das ist zu freundlich von Euch, aber ich hatte nicht vor, so lange zu bleiben«, beeilte Miguel sich zu sagen.

Senhor de Sousa blickte ihn konsterniert an. »Es wird aber nicht anders gehen. Wir fangen doch gerade erst an. Ihr habt noch keine Nelken, keine Muskatnuss, keinen Zimt gesehen. Ich werde Eure Zeit noch ein wenig in Anspruch nehmen müssen. Natürlich haben wir ein Zimmer für Euch gerichtet, so dass wir in aller Ruhe bis zum Sonnenuntergang unseren Spaziergang fortsetzen können.«

Miguel fand die autoritäre Art des Mannes amüsant und fügte sich in sein Schicksal. Es stimmte ja: Er war hierhergekommen, um sich mit den exotischen Gewürzen vertraut zu machen. Nun würde er auch die Geduld aufbringen, sich die manchmal sehr ausschweifenden Erklärungen von Senhor de Sousa anzuhören.

Also lernte er im Laufe des Nachmittags, dass die Gewürznelke nichts anderes war als die getrocknete Blütenknospe des Gewürznelkenbaums und dass man sie nicht nur zum Verfeinern in der Küche verwendete, sondern auch als Medizin. Die Nelke hatte eine leicht betäubende Wirkung, so dass man das aus ihr gewonnene Öl zum Beispiel dazu benutzte, es zahnenden Kindern aufs Zahnfleisch zu tupfen. Er staunte ebenfalls über die vielseitigen Verwendungsmöglichkeiten der Muskatnuss und der Pflanzenteile, die sie umgaben. So wurde aus der roten Blüte, der *macis*, die die Nuss ummantelte, ebenfalls ein Gewürz gewonnen, während das Fruchtfleisch zu einer Art Marmelade eingekocht wurde. Denn die Muskatnuss war, so lernte Miguel, eigentlich gar keine Nuss, sondern der Kern einer aprikosenähnlichen Frucht. Aus diesem Kern stellte man in Indien auch zahlreiche Medikamente her, und besonders bei Ekzemen und ähnlichen Hautleiden hatten sich, so Senhor de Sousa, Salben mit zerriebener Muskatnuss sehr bewährt.

Sein Betreuer zeigte ihm auch Kardamom, dessen Kapseln das Aroma viel besser bewahrten als die gemahlenen Kerne, und das, genau wie Kumin beziehungsweise Kreuzkümmel, bei Verdauungsstörungen Wunder wirke und außerdem als Aphrodisiakum sehr geschätzt wurde. Miguel erfuhr weiterhin, dass die gelblichen Wurzelknollen der Kurkuma-Pflanze weniger wegen ihres herben Aromas als vielmehr wegen ihrer Färbekraft verwendet und daher gern als Safranersatz genommen wurden, denn sie waren wesentlich preiswerter. Der unerhört teure Safran wiederum wurde gar nicht in den seenahen tropischen Gebieten gewonnen, sondern im Norden Indiens angebaut.

Zimtbäume jedoch gediehen aufs Prächtigste in Goa. Miguel lernte, dass es die Rinde selbst war, aus der die aromatischen Zimtstangen bestanden, dass aber in Indien auch die Blätter verwendet wurden, um daraus etwa einen Sud gegen Appetitlosigkeit oder auch antiseptische Lösungen zu gewinnen.

Senhor de Sousa machte Miguel anschließend mit Zitronengras, Ingwer und Betelnüssen vertraut, wohl wissend, dass diese für den Export keine Rolle spielten. Er schien seinen Spaß daran zu haben, Miguel die Wachstumsperioden von Bananenstauden und die Beschaffenheit der riesigen Jakobsfrüchte zu erklären, und er wurde nicht müde, ihm den Wohlgeschmack hiesiger Mangos und Cajú-Früchte anzupreisen, die erst zum Ende der Trockenzeit hin erntereif wären. Nur über eine Pflanze verlor er kein Wort, was Miguel verwunderte. Immerhin gehörte Vanille, zusammen mit Safran und Pfeffer, zu den teuersten Gewürzen in Europa.

»Was ist mit der Vanille, Senhor de Sousa? Warum wächst ausgerechnet diese Kostbarkeit hier nicht?«

»Oh, Ihr habt gut aufgepasst, mein hochverehrter Senhor Ribeiro Cruz, ja, sehr gut aufgepasst. Nun, um es kurz zu machen: Die Pflanze würde wahrscheinlich bestens in Goa gedeihen – aber noch haben die Spanier mit ihren Pflanzungen in Mittel- und Südamerika ein Monopol darauf.« Das hatte Miguel natürlich schon gewusst – immerhin hatte er wochenlang die Frachtpapiere studiert. Gerade setzte er an, um seine Frage zu präzisieren, als Senhor de Sousa ihm zuvorkam. »Wild wächst die Vanille hier nicht. Gewiss ist Euch aufgefallen, dass sie auch in der indischen Küche kaum Verwendung findet.«

Nein, das war Miguel bisher nicht aufgefallen. Die meisten Gerichte waren so intensiv und mit so vielen verschiedenen Gewürzen aromatisiert, dass er mit seinem ungeübten Gaumen die einzelnen Bestandteile nicht herausschmecken konnte. Er rollte mit dem Kopf, woraufhin sich auf Senhor de Sousas Gesicht ein schelmisches Lächeln schlich. »Ihr habt Euch gut eingelebt, wie ich sehe.«

Miguel musste lachen. »Ja, und dieses indische Kopfrollen ist mir zu einer wirklich unentbehrlichen Geste geworden. Nicht ›ja‹, nicht ›nein‹, mehr so etwas wie ›möglicherweise schon‹ oder ›eventuell nicht‹ oder auch ›sehr gerne, wenn es mir denn unwahrscheinlicherweise möglich sein sollte‹. Es entspricht ganz dem Geist des Landes, in dem alles möglich und noch mehr verboten ist.«

Den Abend dieses Tages beschloss Miguel bei einem Essen, das einmal wieder viel zu reichhaltig war. Es gab die verschiedensten Speisen, vegetarische und Fleischgerichte, in denen all die wunderbaren Gewürze, die er heute kennengelernt hatte, dominierten. Anschließend fiel Miguel wie tot in sein Bett im Gästehaus der Plantage. Sein Schlaf war tief, traumlos und äußerst reglos, denn am Morgen fand er sich in derselben Position, in der er eingeschlafen war, und die Laken wirkten nicht so, als habe jemand eine ganze Nacht darin gelegen.

Auf dem Rückweg zum Solar das Mangueiras überlegte Miguel, ob und wie ein Betrüger schon vor der Verschiffung der wertvollen Handelsware die Zahlen irgendwie manipulieren könnte. Er kam zu keinem befriedigenden Ergebnis. Sicher, ein Plantagenarbeiter konnte mit Leichtigkeit ein Beutelchen Pfeffer oder eine Handvoll Zimtstangen mitgehen lassen. Beim Trocknen der Gewürze bestand ebenfalls reichlich Gelegenheit, den einen oder anderen Scheffel Nelken oder Pfeffer abzuzwacken, und beim Transport vom Hinterland zu den Häfen war es bestimmt an der Tagesordnung, hier und da ein paar Muskatnüsse zu »verlieren«. Aber das waren verschwindend geringe Mengen. Der eigentliche Diebstahl wurde in großem Stil durchgeführt, und er geschah irgendwo zwischen dem Verladen in Goa und dem Löschen der Ladung in Lissabon.

Eigentlich, dachte Miguel, müsste er unter falscher Identität auf einem der Frachtschiffe mitreisen und selber die exakte Anzahl von Säcken ermitteln, die sich an Bord befanden. Das wäre der einzige Weg, mit absoluter Gewissheit den Unstimmigkeiten auf den Grund zu gehen. Hier in Goa konnte er herzlich wenig ausrichten. Vielleicht war genau das der Grund gewesen, warum man ihn hierhergeschickt hatte? Er hätte nicht so schnell in den Vorschlag seiner Familie einstimmen dürfen, in die Kolonie zu gehen. Hätte er besonnener reagiert, wäre ihm vermutlich aufgefallen, dass die vermeintliche Vaterschaft der ideale Vorwand gewesen war, um ihn loszuwerden. Irgendjemandem kam es wahrscheinlich sehr zupass, dass er nun fort war und nicht daheim nachforschen konnte – wobei er in Lissabon niemals auf die Idee gekommen wäre, dies zu tun. Er hatte dazu keinerlei Veranlassung gesehen, da ja sein Vater und

Bruder das Geschäft ganz ohne ihn führten und seine Einmischung auch nie geschätzt hatten.

Miguel fragte sich, was aus dem schwangeren Mädchen geworden war, schob den Gedanken jedoch schnell wieder beiseite. Diese Person ging ihn nichts an, und ihr Kind, das jetzt schon über ein halbes Jahr alt sein müsste, noch viel weniger. Stattdessen versuchte er sich wieder auf seine eigenen Pläne zu konzentrieren. Ja, nach Weihnachten würde er sich auf die Reise durch das Indien der Moguln begeben. Bis April oder Mai könnte er wieder zurück sein, und dann würde er zwei Fliegen mit einer Klappe schlagen. Er würde auf einem Handelsschiff nach Hause segeln, wo er, hoffentlich mit größtmöglichem Gewinn, seine eigene Ware an den Mann bringen und zugleich eruieren konnte, ob dieser Handel einträglich genug war, um ihn in größerem Umfang durchzuführen. Zugleich konnte er überprüfen, ob die Zahlen der auf den Papieren angegebenen Frachtmengen mit denen der an Bord befindlichen Säcke übereinstimmte. Wie er sich Zugang zu dem bewachten Frachtraum verschaffen sollte, wenn er unter anderem Namen reiste, war ihm noch nicht ganz klar. Aber es würde ihm schon noch ein Weg einfallen.

Zurück im Solar das Mangueiras erwarteten Miguel zwei Briefe, darunter einer von zu Hause. Es war der erste, den er von dort bekam, doch er konnte seiner Familie schlecht Vorwürfe machen. Auch er hatte bisher nur einmal geschrieben, und das erst vor wenigen Wochen, so dass die Briefe sich überschnitten haben dürften.

Genau so war es auch, wie Miguel erkannte, als er die eng zusammenstehenden Zeilen und winzigen Buchstaben von der Hand seiner Mutter zu entziffern versuchte. Sie ging mit keiner Silbe auf das ein, was er berichtet hatte, sondern äußerte ihre

Besorgnis über sein Wohlergehen. »Zuweilen«, schrieb sie, »frage ich mich, ob es nicht ein Fehler war, Dich in die Kolonie zu schicken. Ein junger Mann, dessen sittliche Reife noch nicht zur Vervollkommnung gelangt ist, braucht Halt. Was er am wenigsten braucht, ist Zügellosigkeit, wie sie in der Kolonie herrscht.« Miguel lachte still in sich hinein. Seine Mutter war nie in Goa gewesen, und wahrscheinlich hielt sie die Inder, deren Kultur so viel älter war als ihre eigene, für Wilde.

»Dennoch«, schrieb sie weiter, »hatte es auch ein Gutes. Über die unselige Angelegenheit mit dem Mädchen, das Du ins Unglück gestürzt haben sollst, wächst allmählich Gras, vor allem wohl deswegen, weil sich der Vater zu Tode gegrämt haben soll und daher nicht weiter seine Lügenmärchen verbreiten kann. Ich persönlich denke ja, dass der Mann sich zu Tode gesoffen hat – verzeihe meine ungebührliche, leider aber allzu angemessene Ausdrucksweise – und die arme junge Frau einen anderen Mann übertölpeln konnte. Genau kann ich es Dir aber nicht sagen, wir haben die Sache nicht weiter verfolgt. Ich wünsche mir von ganzem Herzen, mein geliebter Sohn, dass Dir dies eine Lehre ist und Du Dich in Indien keiner ähnlichen Sünden schuldig machst.«

Verärgert legte Miguel den Brief beiseite. Wenn seine Angehörigen nichts anderes zu tun hatten, als sich die Köpfe über seinen unmoralischen Lebenswandel zu zerbrechen und sich voll heimlicher Faszination darüber zu ereifern, wie er sich an halbnackten farbigen Mädchen verging – bitte schön. Er fand es schändlich, dass sie ihm solches Treiben überhaupt zutrauten, denn nichts in seiner Vergangenheit hätte ihnen je Veranlassung zu dieser Einschätzung gegeben. Er hatte es nicht nötig, sich mit Gewalt zu nehmen, was er auch so haben konnte. Und schon gar nicht war er so gewissenlos, dass er, hätte er je eine Frau wissentlich geschwängert, nicht die Verantwortung übernommen hätte. Es empörte ihn, dass da jugendlicher Übermut mit Skrupellosigkeit verwechselt wurde. Er hatte gezecht und gespielt, ja, und er hatte nicht so eifrig studiert, wie er es hätte tun können. Aber ein Schurke war er deshalb noch lange nicht.

Er betrachtete das andere Couvert, das vor ihm lag und das, wie er auf einen Blick erkennen konnte, aus Goa kam. Die Lust auf weitere unerfreuliche Nachrichten war ihm vergangen. Doch er gab sich einen Ruck und drehte den Umschlag herum, um den Absender erkennen zu können. D. Assunção Mendonça Lopez Figueiredo? Warum sollte Dona Assunção ihm schreiben? Nun konnte er es kaum mehr erwarten, den Brief zu öffnen.

Mein lieber Freund,

habt herzlichen Dank für das wundervolle Verlobungsgeschenk, das Ihr mir per Boten habt zukommen lassen. Ihr habt mit diesen herrlichen Silberkämmen einmal mehr bewiesen, dass Ihr nicht nur Lebensart habt, sondern auch einen exzellenten Geschmack sowie das richtige Gespür dafür, was eine Dame in ihre ohnehin schon allzu überladenen Truhen noch einpacken kann. Ich finde Eure praktische Ader sehr erfrischend.

Der Anlass meines Schreibens ist jedoch ein anderer. Ich werde mich kurz fassen: Ein gewisser Senhor Carlos Alberto Sant'Ana geht in der Kolonie damit hausieren, dass er mit Euch befreundet ist und dass Ihr ihn mit dem nötigen Kapital ausgestattet habt, das er brauchte, um einen meiner Meinung nach verbrecherischen Handel mit gefälschten Reliquien aufzuziehen.

Verzeiht meine schroffe Wortwahl, und verzeiht auch, dass ich es bin, die Euch diese Botschaft überbringen muss. Bitte

beehrt uns doch bald wieder mit Eurem Besuch, dann können
wir in aller Ruhe über diese Sache reden, von der ich aus
tiefster Seele hoffe, dass es sich nur um ein hässliches Ge-
rücht handelt.
Delfina, Sidónio und Álvaro schicken Euch die besten Grüße!
In freundschaftlicher Hochachtung,
Eure
Assunção Mendonça

Miguel war bestürzt. Er würde so schnell wie möglich zu den
Mendonças reiten und sich das Ganze ausführlicher schildern
lassen – und dafür sorgen, dass er nicht in die Machenschaften
seines »Freundes« mit hineingezogen wurde.

Was wusste er eigentlich über Carlos Alberto? Eigentlich nur,
dass er der Sohn eines Kapitäns und ein kluger Kopf war, denn
immerhin war er auf der Hinreise als Einziger schlau genug
gewesen, Miguels Talent für Zahlen schnell zu erkennen und
nicht im Kartenspiel gegen ihn anzutreten. Ansonsten wusste
Miguel nur, dass Carlos Alberto in der Hauptstadt in einer
schäbigen Wohnung hauste und irgendwelche geheimen Pläne
ausheckte, wie er zu Geld kommen könne. Dass diese Pläne
ihn, Miguel, und die Gefahr, seinen Ruf zu ruinieren, mit ein-
schlossen, das hatte er nicht ahnen können. Oder doch?

Dass Carlos Alberto nicht gerade ein Ausbund an Tugend war,
hatte er sich gedacht. Dass sein eigener Ruf auf schwachen Beinen stand, hätte er wissen müssen – wenn ein junger Mann aus
guter Familie unter einem so fadenscheinigen Vorwand in die
Kolonie geschickt wurde, steckte meist mehr dahinter als
Abenteuerlust. Die Leute in ihrer unstillbaren Gier nach
Klatsch hatten ihm wahrscheinlich schon jede Menge Sünden
angedichtet, deren er sich überhaupt nicht schuldig gemacht
hatte. Und dass er sich auf dem Schiff mit Carlos Alberto ange-

freundet hatte, war kein Geheimnis. So zählten die Leute zwei und zwei zusammen – und kamen auf fünf. Miguel musste dringend etwas unternehmen. Denn er wollte nicht schon wieder für die Vergehen eines anderen Mannes den Kopf hinhalten müssen.

Er war versucht, sofort sein Pferd satteln zu lassen und in die Stadt zu preschen, um Carlos Alberto zur Rede zu stellen. Doch er besann sich eines Besseren. Er würde raffinierter zu Werke gehen müssen, wenn er Carlos Alberto das Handwerk legen wollte. Es wäre klüger, in Ruhe nachzudenken. Außerdem sollte er zunächst Dona Assunção aufsuchen, die ihm bestimmt mehr Details berichten konnte. Und dass sie die Wahrheit geschrieben hatte, davon war er überzeugt. Warum sollte sie, so kurz vor ihrer Abreise nach Portugal, noch lügen, intrigieren oder falsch spielen? Das hatte sie gar nicht nötig. Im Übrigen freute er sich auf ein Wiedersehen mit der Familie. Delfina, Sidónio und Álvaro würden ihm sicher Neuigkeiten über den Bräutigam erzählen können und ihn mit ihrem schamlosen Geplänkel auf andere Gedanken bringen. Gleich morgen früh würde er zu ihnen reiten und erst danach entscheiden, wie er mit Carlos Alberto verfahren sollte.

Zunächst jedoch galt es, eine lästige Pflicht zu erledigen. Er ließ sich Feder und Tinte bringen und machte sich daran, einen Brief an seine Familie zu schreiben. Er erging sich in farbenfrohen Schilderungen der Gewürzplantage und anderer Belanglosigkeiten und hoffte, dass der Ton seines Schriebs leicht und fröhlich war und seinen Verwandten den Eindruck vermittelte, dass er hier in Goa ein sorgenfreies Leben fern aller moralischen Prüfungen führte.

Bis zu diesem Nachmittag hatte er das selbst noch geglaubt.

14

Es roch nach Regen. Man meinte, die heiß-feuchte Luft des herannahenden Gewitters förmlich mit Händen greifen zu können, obwohl ein kräftiger Wind wehte, der bedrohliche Wolkentürme über den Himmel jagte. Der Monsun war längst vorüber, doch ein verspäteter Regenschauer schien das eintönige schöne Wetter der Trockenzeit noch einmal unterbrechen zu wollen.

Als Miguel das Dorf passierte, bemerkte er die ängstlich gen Himmel gerichteten Blicke der Bewohner. Sosehr sie Regen schätzten, so sehr fürchteten sie doch seine Ankunft zur Unzeit. Wenn die noch jungen Pflänzchen auf den Feldern abknickten oder wenn zum Trocknen ausgelegte Lebensmittel von Fäulnis befallen wurden, wäre der Regen verheerend. Der junge Mann grüßte die Leute mit einem ernsten Nicken, von dem er hoffte, es spräche daraus eine angemessene Besorgnis. Doch als die Kinder wieder lachend hinter seinem Pferd herliefen, konnte Miguel sich ein Lächeln nicht verkneifen.

Kurz nach dem Dorf fielen die ersten dicken Tropfen. Kräftige Böen ließen die Palmen wanken und laut rauschen, vertrieben jedoch nicht die Schwüle. Miguel wischte sich den Schweiß von Oberlippe und Stirn, was angesichts des Regens völlig sinnlos war. Die Luft erschien ihm zu dick zum Atmen. Gottlob hatte er es nicht allzu weit. Er gab seinem Pferd die Sporen, damit sie mit ein wenig Glück noch bei den Mendonças ankamen, bevor das Donnerwetter losbrach und die Wege aufweichte. Doch schon wenig später hatte der Himmel sich so sehr verdunkelt, dass man meinte, die Nacht bräche herein. In der Ferne sah Miguel Blitze, der Regen wurde stärker. Er hatte etwa die Hälfte der Strecke zurückgelegt, so dass eine Umkehr sich nun nicht mehr lohnte.

Obwohl Miguel die Klimaverhältnisse in Goa kannte, wunderte er sich jedes Mal aufs Neue, wie schnell das Wetter umschlagen konnte. Im einen Moment noch der schönste Sonnenschein, im nächsten das heftigste Tropengewitter. Nun, er würde einfach zügig weiterreiten. Bei den Mendonças machte es nichts, wenn er durchnässt und erschöpft eintraf. Álvaro hatte in etwa seine Statur, so dass er ihm trockene Kleidung würde leihen können, und wenn es ganz arg kam, würde er auch bei ihnen übernachten können.

In diesem Augenblick krachte ein Donner wie ein Peitschenhieb neben ihm nieder. Es war ein so kurzer und unglaublich lauter Knall, dass plötzlich das Pferd, das bislang tapfer das Wetter ignoriert hatte, scheute. Miguel war darauf nicht gefasst gewesen. Ein kurzer Moment der Unachtsamkeit, und schon war es passiert: Er stürzte zu Boden. Ein scharfer Schmerz durchzuckte ihn. Offenbar war er so unglücklich aufgekommen, dass er sich am Bein verletzt hatte. Er versuchte aufzustehen, doch er knickte sofort wieder ein. Wenn nur nichts gebrochen war! Vorsichtig tastete er seinen Knöchel ab, der bereits anschwoll.

Verflucht! Er hätte sich keinen ungünstigeren Zeitpunkt für einen Sturz aussuchen können. Die wenigen Menschen, die in der Mittagszeit überhaupt auf der Straße unterwegs gewesen waren, hatten sich in Sicherheit gebracht, so dass so bald nicht mit Hilfe zu rechnen war. Und das Gewitter wütete immer heftiger. Miguel versuchte erneut, sich aufzurappeln, doch wieder misslang es ihm. Er würde wohl oder übel hier auf der Erde liegen bleiben und abwarten müssen, bis das Unwetter vorbeigezogen war. Zum ersten Mal seit Wochen war er froh über die Hitze – bei Kälte im Matsch liegen zu müssen wäre noch übler gewesen.

Das Pferd stand ein paar Schritt von ihm entfernt und zuckte nervös zusammen, wenn wieder ein Blitz über den Himmel fuhr oder ein Donner zu hören war. Wenn er es nur schaffen könnte, dem Pferd Scheuklappen aufzusetzen, es anzubinden und sich unter den Bauch des Tieres zu retten, der wenigstens ein bisschen Schutz vor dem Wetter bot! Miguel biss die Zähne zusammen und stieß sich mit den Armen vom Boden ab. Es gelang ihm tatsächlich, eine aufrechte Position einzunehmen. Nun musste er nur noch auf dem gesunden Bein zu seinem Pferd humpeln, was angesichts des bereits von Schlammbächen durchzogenen Wegs nicht so einfach war. Er hatte das Pferd beinahe erreicht, als er mit dem Stiefel in einer lehmigen Pfütze kleben blieb. Er konnte das Gleichgewicht nicht mehr halten und fiel der Länge nach hin. Miguel fluchte aus vollem Halse. Wenn ihn jetzt einer sähe, wie er auf allen vieren im Schlamm kniete, von Kopf bis Fuß verdreckt und irre Verwünschungen ausstoßend – man würde ihn schnurstracks in die Obhut der Nonnen geben, die in der Hauptstadt die Verwahranstalt für Schwachsinnige leiteten.

Er robbte zu dem nächsten Baum, um sich daran hochzuziehen. Als er endlich den Baum erreicht und sich wieder aufgerichtet hatte, bemerkte er, dass sich eine Kutsche langsam durch den Schlamm quälte. Sie kam auf seiner Höhe zum Stehen.

»Benötigt Ihr Hilfe, Senhor?«, fragte der Fahrer in gebrochenem Portugiesisch.

Miguel war versucht, eine launige Antwort zu geben. *Nein, besten Dank auch, es gehört zu meinen bevorzugten Beschäftigungen, mich mitten im Gewitter im Matsch zu wälzen.* Doch er riss sich zusammen und nickte.

»Mein Pferd hat gescheut und mich abgeworfen. Ich bin verletzt.«

Aus dem Innern der Kutsche hörte Miguel eine Frauenstimme,
die dem Fahrer und dessen jungem Gehilfen in Konkani Anweisungen gab. Die beiden Männer stiegen ab, wussten jedoch
nicht, was zu tun war. Erneut hörte man die Frau, deren Stimme nun leicht ungehalten klang. Daraufhin ging der Fahrer zu
dem Pferd, nahm es bei den Zügeln und führte es zu der Kutsche. Er band es am hinteren Teil des Gefährts fest. Der jüngere Mann bewegte sich unwillig zu Miguel und reichte ihm einen Arm. Miguel erkannte, dass er es als unter seiner Würde
empfand, im strömenden Regen einem Wildfremden, der von
Kopf bis Fuß verdreckt war, behilflich zu sein. Aber auf solche
Befindlichkeiten konnte er jetzt keine Rücksicht nehmen. Er
stützte sich auf den Mann und humpelte an seiner Seite zu der
Kutsche. Die Tür öffnete sich, ein blau verschleierter Kopf lugte heraus.

Dona Amba!

»Nehmt meine Hand. Ich werde Euch ziehen, und meine unfähigen Burschen werden Euch anschieben.«

Miguel war außerstande, etwas zu antworten. Die samtige
Stimme der Frau, ihre zarte kleine Hand, die sie ihm entgegen-
streckte, sowie die Aussicht, gleich auf engstem Raum neben
ihr zu sitzen – das alles erschien ihm so unwirklich, dass er für
einen Moment außerstande war, sich zu rühren.

»Worauf wartet Ihr noch? Wollt Ihr, dass wir anderen auch alle
so durchnässt werden? Auf!«

Miguel reichte ihr die schlammige Hand. Mit einem Griff, der
viel fester war, als es die zarten Finger vermuten ließen, umschloss Amba sein Handgelenk. Sie gab ihren Leuten einen
scharfen Befehl, und gemeinsam gelang es ihnen, Miguel in die
Kutsche zu bugsieren.

Sowohl der Schmerz in seinem verletzten Bein als auch die verwirrende Präsenz dieser Frau hatten ihn all seiner Geistesgegenwart beraubt. Außerdem schämte er sich. Er hatte das Innere des Gefährts derartig besudelt, dass die Flecken wohl kaum noch zu entfernen wären. An dem Sari von Dona Amba entdeckte er ebenfalls Schlammspritzer.

»Wohin soll ich Euch bringen?«, fragte Dona Amba. »Liegt Euer Haus auf dem Weg in die Hauptstadt?«

Miguel schüttelte den Kopf. Er konnte bei diesem Wetter nicht verlangen, dass Dona Amba ihn nach Hause fuhr und einen großen Umweg machte. Also blieb er bei seinem ursprünglichen Plan. Das Haus der Mendonças lag schließlich an dem Weg, den sie fuhr. »Vielen Dank für Eure Hilfe. Ihr könnt mich auf etwa halber Strecke von hier in die Stadt wieder ausladen. Dort leben Freunde von mir.«

Sie nickte.

»Ich bin Euch wirklich sehr verbunden für Eure selbstlose Hilfe, Dona …«

»Dona Amba.«

»Dona Amba«, wiederholte Miguel und kam sich dabei unglaublich dumm vor. »Äh, ich bin übrigens Miguel Ribeiro Cruz. Vielleicht kennt Ihr das Handelshaus meines Vaters, es liegt gleich am …«

»Ja, ich kenne es«, unterbrach sie ihn, während sie ihm ein feines Taschentuch reichte. »Hier, reinigt Eure Hände und Euer Gesicht.«

Miguel war erstaunt über die spröde Art seiner Retterin. Sie gab ihm deutlich zu verstehen, dass sie auf ein Gespräch lieber verzichtete.

Schweigend rollten sie weiter. Die Kutsche kam nur sehr langsam voran, ab und zu hörte man die Flüche des Fahrers. Darüber hinaus war nur das Prasseln des Regens auf dem Dach der

158

Kutsche zu hören. Miguel blickte sich in dem Gefährt um. Es war eine sehr eigenwillige Konstruktion, wie er sie nie zuvor gesehen hatte. Die Tür des Wagens öffnete sich zum hinteren Ende hin, so dass man bequem die Sänfte herein- oder herausheben konnte. Diese Sänfte belegte nun die ganze linke Seite des Wagens, während sich auf der rechten Seite eine gepolsterte Bank befand. Der Platz darauf reichte gerade für zwei Personen. Obwohl Miguel so viel Abstand wie möglich von Dona Amba hielt, berührten sich ihre Beine mit jedem Ruck, den die Kutsche tat. Die körperliche Nähe zu der geheimnisvollen Frau neben ihm empfand Miguel als mindestens ebenso bedrückend wie das Schweigen. Um die unangenehme Situation zu überbrücken, beugte er sich zu dem Fenster vor und schob den Vorhang beiseite.

»Lasst das!«, herrschte Dona Amba ihn an.

Erschrocken ließ Miguel den Vorhang fallen.

»Verzeiht«, murmelte er und warf einen Blick auf Dona Ambas verschleiertes Haupt. Am liebsten hätte er den Schleier fortgerissen, um vielleicht dem Blick der Dame entnehmen zu können, was in ihr vorging. Warum sprach sie in diesem schroffen Ton mit ihm? Er hatte ihr ja nichts angetan, und sie hatte ihm aus freien Stücken einen Platz in ihrer Kutsche angeboten. Er runzelte die Brauen und starrte auf einen Riss in seiner Hose, an dem Blut klebte. Wohin hätte er sonst schauen sollen? Die Dame an seiner Seite wünschte nicht, dass er sich mit ihr befasste, aus dem Fenster durfte er ebenfalls nicht sehen. Er fühlte sich scheußlich und betete, dass diese Fahrt bald ein Ende haben möge.

Amba empfand ähnlich. Nie zuvor hatte ein Mann mit ihr gemeinsam in der Kutsche gesessen. Abgesehen davon, dass es höchst unschicklich war, war es in diesem Fall auch sehr unappetitlich. Der Portugiese war über und über mit Schlamm bedeckt, seine Kleidung war zerrissen, und er hatte mit seiner blutenden Wunde ihre Sitzkissen verunreinigt. Aber was hätte sie anderes tun sollen? Einen Verletzten ließ man schließlich nicht einfach am Wegesrand liegen. Und einen Portugiesen von offensichtlich hohem Stand – allein an dem Pferd hatte sie erkennen können, dass dessen Besitzer ein Mann von Rang sein musste – hätte sie auch schlecht auf den Kutschbock verbannen können. Außerdem war darauf kein Platz mehr, denn es fuhren immer zwei Männer mit, die später, in der Stadt, ihre Sänfte trugen.

Sie ärgerte sich über den Kerl. Hatte er nicht besser aufpassen können? Wenn er nicht mit seinem Pferd umzugehen verstand, sollte er bei solchen Witterungsverhältnissen lieber zu Hause bleiben. Oder verhielt es sich vielmehr so, dass er die Begegnung absichtlich herbeigeführt hatte?

Sie wandte sich ihm zu, wobei ihr Ellbogen seinen Arm streifte. Miguel zuckte zurück.

»Ihr seid wohl noch nicht lange in Indien? Wie sonst hätte das Unwetter Euch derartig überraschen können …«

Miguel wunderte sich über den Plauderton, den Dona Amba plötzlich anschlug, war aber froh, dass das erdrückende Schweigen durchbrochen worden war.

»Nein, sehr verehrte Dona Amba, lange bin ich noch nicht hier – ich bin vor etwa einem halben Jahr eingetroffen.«

»Ah. Und Ihr weilt hier in geschäftlichen Angelegenheiten, nehme ich an?«

»Ja.« Miguel sah Dona Amba an, als hoffte er, mit seinen Blicken den Schleier vor ihrem Gesicht zu durchdringen. Es störte ihn, sich mit jemandem zu unterhalten, dessen Augen man nicht sehen konnte, und entsprechend lustlos war er, ausführlicher zu antworten. Vielleicht war das gemeinsame Schweigen doch nicht so schlecht.

Amba interpretierte diesen intensiven Blick ganz anders. Er jagte ihr Angst ein. Er wirkte gerade so, als wisse dieser gutaussehende Senhor Miguel genauestens über sie und ihre Vergangenheit Bescheid. Sein knappes Ja tat ein Übriges, um sie zu verunsichern. Hätte nicht jeder andere stolz von seinen Heldentaten berichtet? Alle Männer, die Amba kannte, nutzten jeden noch so kleinen Ansporn, um über sich selbst zu reden. Immerhin stellte er ihr keine Fragen. Wenn er es auf die Belohnung abgesehen hätte, die ihre Schwäger auf ihre Ergreifung ausgesetzt hatten, dann hätte er doch sicher versucht, mehr über sie in Erfahrung zu bringen. Denn ohne ihr Gesicht gesehen zu haben und ohne mehr als ihren neuen Namen zu kennen, hatte er nicht den geringsten Anlass zu der Vermutung, es mit der Gesuchten zu tun zu haben.

Draußen tobte der Regensturm unverändert weiter. Ihr Kutscher und sein Gehilfe hatten alle Hände voll zu tun, um überhaupt vorwärtszukommen. Gelegentlich hörte man sie fluchen oder die Pferde antreiben. Doch Amba wusste, dass sie es schaffen würden. Sie hatten schon üblere Strecken als diese im Monsun zurückgelegt.

Sie lupfte den Vorhang, um zu sehen, wo sie sich befanden, und wandte sich dann an Miguel. »Ist es das große hellblaue Haus mit der extravaganten Statue in der Auffahrt, in dem Eure Freunde wohnen?«

»Ja, genau das.«

»Dann haben wir es gleich geschafft.« Amba rief dem Fahrer etwas zu, wahrscheinlich, so vermutete Miguel, die Beschreibung des Hauses, zu dem sie ihren Fahrgast brachten.

»Ihr ahnt nicht, wie dankbar …« – weiter kam Miguel nicht, denn Amba hieß ihn mit einer brüsken Geste stillschweigen. Er kam sich vor wie ein Hund, der ein Kommando zu befolgen hatte.

161

Wie hatte er diese sonderbare Dame jemals attraktiv finden können? Sympathisch war sie jedenfalls nicht, und er konnte sich beim besten Willen nicht vorstellen, dass jemand mit einem so komplizierten Charakter schön sein sollte.

Wenig später bogen sie nach rechts in die Einfahrt zum Anwesen der Mendonças ein. Als die Kutsche angehalten und der junge Gehilfe die Tür geöffnet hatte, erhob sich Miguel – um gleich darauf zurück auf die Bank zu fallen. Von der Verletzung seines Beins hatte er während der Fahrt so gut wie nichts gespürt, aber kaum hatte er den Fuß belastet, durchfuhr ihn ein schneidender Schmerz. Als er erneut aufstand, versuchte er, sich auf dem unverletzten Bein zu halten, was ihm nur dank Ambas Hilfe gelang, die ihm einen Arm reichte. Miguel hielt die Luft an und wappnete sich für die Schmerzen, die der Ausstieg aus der Kutsche ihm bereiten würde. Die beiden Diener von Dona Amba stützten ihn, dennoch trieb es Miguel beinahe die Tränen in die Augen, als er den Fuß aufsetzte.

Während der Gehilfe Miguels Pferd losband, wollte Miguel sich an Dona Amba wenden, die nun ihr verschleiertes Haupt aus dem Fenster reckte, doch sie ließ ihn nicht zu Wort kommen. »Ihr braucht mir nicht zu danken. Sollte ich mich jemals in einer ähnlichen Notlage befinden, könnt Ihr Euch revanchieren.« Gerade wollte sie sich wieder hinter den Vorhang zurückziehen, als eine kräftige Windböe unter den Schleier vor Dona Ambas Gesicht fuhr, ihn aufblähte und anhob. Erschrocken presste Dona Amba beide Hände vor ihr Gesicht. Aber zu spät: Für den Bruchteil eines Augenblicks war ihr Antlitz entblößt gewesen. Miguel hielt den Atem an. Er war sich nicht sicher, ob er einer Sinnestäuschung erlegen war oder ob er tatsächlich in das schönste Gesicht geblickt hatte, das er bei einer Frau je gesehen hatte. Der Regen musste seine Sicht getrübt haben. Eine so makellose hellbraune Haut, so sinnlich geschwungene Lippen und eine so perfekte gerade Nase gab es im wahren Leben nicht. Und erst recht nicht diese leuchtenden, smaragdgrünen Augen. Er musste sich getäuscht haben. Natürlich, die Anstrengung der Fahrt. Die Schmerzen in seinem Bein. Die Verwirrung angesichts dieser merkwürdigen Situation.

Miguel wäre sicher noch eine Weile wie angewurzelt im Regen stehen geblieben, hätte ihn nicht der Kutscher dazu bewegt, in Richtung Haus zu humpeln, aus dem nun zwei Diener gelaufen kamen, um Miguel zu helfen. Kurze Zeit später kamen auch Álvaro und Sidónio herausgerannt, bestürzt über den Zustand ihres Freundes.

Doch mehr als seine Beinverletzung machte ihnen Miguels Geisteszustand Sorgen. Denn noch lange nachdem Dona Ambas Kutsche davongefahren war, brachte Miguel keinen einzigen zusammenhängenden Satz hervor. Der kurze Blick in dieses überirdisch schöne Gesicht hatte mehr Fragen aufgeworfen als beantwortet. Was diese wissenden grünen Augen wohl schon alles gesehen haben mochten? Wer war Dona Amba? Welchen Launen des Schicksals war sie ausgesetzt gewesen? Und wie würde er es anstellen, sie wiederzusehen?

15

Nordindien, 1616

Bhavani wischte ihre Tränen fort, bevor sie zurück zu dem hohlen Baum lief, in dem zitternd ihr kleiner Bruder hockte. Mit kräftiger Stimme, die einen Mut ausdrückte, den sie ganz und gar nicht empfand, befahl sie Vijay, aus dem Versteck herauszuklettern.

»Wir müssen zu Onkel Manesh, ohne dass uns jemand sieht. Am besten gehen wir in ganz normaler Geschwindigkeit, denn wenn wir rennen, fallen wir nur umso mehr auf.«

»Aber warum? Wo ist unser abba? Was ist geschehen? Ich habe Hunger, und ich will in mein Bett!«

»Stell es dir vor wie ein Spiel, ja? Es ist ein sehr lustiges Spiel, aber erst, wenn wir bei Onkel Manesh angekommen sind, haben wir gewonnen. Du willst doch gewinnen, oder?«

Vijay nickte traurig. »Kann ich Bubu mitnehmen?«

»Nein.« Bubu war ein Stoff-Elefant, das Lieblingsspielzeug ihres Bruders. »Ich muss auch meine Puppe Leila hierlassen. Aber sie wird gut auf Bubu aufpassen, versprochen.«

»Bekommen wir bei Onkel Manesh etwas zu essen?«

Bhavani nickte, und die Aussicht auf eine Mahlzeit bewegte Vijay schließlich, sich seiner Schwester zu beugen.

Sie liefen über das Grundstück, an den verwaisten Stallungen und an den verlassenen Dienstbotenunterkünften vorbei, bis sie atemlos das Eingangsportal erreichten. Es war geöffnet, eine der Türen bewegte sich im Wind. Vorsichtig lugte Bhavani um die Ecke. Niemand war auf der Straße zu sehen. Es musste schon sehr spät in der Nacht sein, denn abends wie auch am frühen Morgen herrschte hier, wie sie wusste, reger Betrieb. Die Stille war noch beängstigender als die mondsilbrige Dunkelheit, doch Bhavani ließ sich davon nicht einschüchtern. Sie nahm ihren Bruder bei der Hand und betete, sie möge den Weg zum Haus ihres Onkels finden. Sie waren sonst immer dorthin gefahren worden.

Gerade als sie den ersten Schritt auf die Straße setzten, hörten sie ein Flüstern. »Bhavani? Vijay? Wartet!«

Zu Tode erschrocken hielten die Kinder inne. Wer mochte das sein? Die Stimme war aufgrund des Flüsterns nicht auf Anhieb zu erkennen gewesen – doch die Gestalt, deren Umrisse sich nun aus dem Schatten des Torpfostens lösten, war ihnen vertraut.

»Nayana!«, riefen die Geschwister gleichzeitig.

»Psst!« Ihre Kinderfrau kam auf sie zu und drückte die beiden an sich. »Ich habe die halbe Nacht hier auf euch gewartet. Wir müssen fort, hinaus aus der Stadt.«

»Nein«, entschied Bhavani. »Wir gehen zu Onkel Manesh. Unser Vater hat das so gewollt.«

Nayana schüttelte traurig den Kopf. Doch dann fiel ihr Blick auf Bhavanis Gesicht, und trotz der spärlichen Beleuchtung konnte sie darin eiserne Entschlossenheit erkennen. Das Mädchen hatte das Kinn trotzig nach vorn geschoben, aus seinen Augen sprach eine immense Willensstärke. Nayana erkannte, dass es keinen Sinn haben würde, sich dem Kind zu widersetzen. Und bevor Bhavani noch auf die irrwitzige Idee käme, allein mit dem kleinen Vijay dorthin zu gehen, mitten durch den Schmutz und die Gefahren der Stadt, würde sie, Nayana, die beiden wohl oder übel begleiten müssen.

Das Leben im Haushalt des Onkels war weit weniger luxuriös, als die Geschwister es bisher gewohnt waren. Das Haus war kleiner und nicht so komfortabel eingerichtet wie ihr Elternhaus, der Garten deutlich ungepflegter und nicht so weitläufig. All das hätte Bhavani gleichmütig hingenommen, wenn sie nur endlich erfahren hätte, was mit ihrem Vater geschehen war. Doch Onkel Manesh und seine Frau Sita reagierten immer gleich auf Bhavanis Fragen: Sie schwafelten von Pech, von schwierigen politischen Verhältnissen und schlechtem Karma, und sie redeten Bhavani zu, das ihr auferlegte Schicksal mit Fassung zu tragen. Immer wieder erkundigte Onkel Manesh sich auch danach, ob ihr Vater Bhavani vor seiner Verschleppung irgendetwas gegeben habe – was sie standhaft verneinte. Den kleinen Leinenbeutel, den ihr Vater ihr vor ihrer Flucht in die Hand gedrückt hatte, schützte Bhavani standhaft vor fremden Blicken. Nicht einmal Nayana und Vijay wussten davon.

Bhavani brachte ihrerseits ebenfalls das immer gleiche Thema aufs Tapet. Es wunderte sie, dass niemand über den Verbleib ihres Vaters sprach.

»Lebt abba noch?«, begehrte Bhavani zu wissen. »Wenn er irgendwo eingekerkert ist, benötigt er unsere Hilfe, unseren Zuspruch. Wir könnten ihm das Leben im Gefängnis erträglicher machen, ihm vielleicht Leckereien vorbeibringen.«

»Damit brächtest du auch den Rest der Familie in Gefahr«, wurde ihr dann jedes Mal beschieden, oder auch: »Bitte lieber die Götter um Hilfe für ihn.« Bhavanis und Vijays abba, so hatte man es den Kindern erklärt, war verhaftet worden, weil er als Hindu sich nicht anpassungsfähig genug gegenüber den moslemischen Machthabern verhalten hatte. »Unser Glaube wird vom Großmogul geduldet – aber die Leute, die in den Dörfern und Städten das Sagen haben, sind ausnahmslos Mo-

hammedaner. Wir müssen uns ruhig und unterwürfig geben,
sonst droht uns ein ähnliches Schicksal wie deinem Vater.«
In den Wochen nach dem Überfall auf ihr Haus war Bhavani
oft aus nichtigem Anlass in Tränen ausgebrochen, doch mit der
Zeit beruhigte sie sich ein wenig. Bis sie eines Tages erneut das
Thema zur Sprache brachte und darum bat, ihren Vater im
Gefängnis besuchen zu dürfen.
»Still!«, herrschte Tante Sita sie an. »Dein Vater ist längst
tot.«
Bhavani erstarrte.
»Ja«, sagte Tante Sita mit milderer Stimme, »wir wollten euch
Kinder schonen. Aber es ist die Wahrheit.«
Noch am selben Tag schnitt sich Bhavani eigenhändig ihren
prachtvollen langen Zopf ab und entledigte sich ihrer bunten
Pluderhosen und Hemden, um sich ganz in weiße Baumwolle
zu hüllen. Sie sollte die nächsten drei Jahre Trauer tragen.

Gründe dafür gab es mehr als genug.
Das von Toleranz und Großherzigkeit geprägte Leben, wie sie
es bisher gekannt hatte, war vorüber. Im Haus ihres Onkels,
der selber drei Söhne hatte, erlaubte man ihr als Mädchen
nicht, an den Unterrichtsstunden teilzunehmen, die ein Haus-
lehrer den Jungen gab. Vorbei war es mit dem Studium der
Veden, vorbei auch mit den Lektionen in Mathematik, Geo-
graphie und Astronomie. Stattdessen wurde sie von ihrer Tante
Sita in den Künsten unterrichtet, die eine gute Ehefrau zu beherrschen hatte: wie man den Blick niederzuschlagen hatte, um
Ergebenheit auszudrücken, und wie man mit den Lidern flatterte, um freudige Erregung zu heucheln; wie man die Haut
behandelte, damit sie seidig glatt wurde, und wie man das
Haar pflegte, damit es den Gatten betörte; wie man mit dem
Schmuck klimperte, um die Aufmerksamkeit des Mannes zu

erregen, und wie man absolut reglos verharrte, wenn der Gatte ärgerlich war. Auch in die Lehre von der Harmonie der Farben wurde Bhavani eingeführt, des Weiteren in die Kunst des Stickens und des Arrangierens von Blumen. Wofür das alles gut sein sollte, begriff Bhavani nicht, und sie fragte irgendwann auch nicht mehr danach. Von den ebenso schroffen wie nutzlosen Antworten, die ihre Tante ihr immerzu gab, hatte sie längst genug.

Ihre eigene Mutter war, wenn Bhavani sich richtig erinnerte, ganz anders gewesen. Sie war gestorben, als Bhavani fünf Jahre alt war, zusammen mit dem Kind, das sich nicht aus ihrem Leib hatte lösen wollen. Es war ein Mädchen gewesen, und Bhavani hatte dieses tote Schwesterchen, das für den Tod der Mutter verantwortlich war, abgrundtief gehasst. Bhavanis Mutter war eine kluge, schöne und vornehme Frau gewesen, und nie würde Bhavani ihr helles Lachen und ihr sanftes Streicheln vergessen. Ihre Mutter hatte ihr das Ramayana erzählt, sie hatte mit ihr die Buchstaben der Urdu-Schrift gemalt und sie hatte einfache Rechenaufgaben mit ihr geübt. Bhavani konnte sich nicht vorstellen, warum sich dies in späteren Jahren hätte ändern sollen, abgesehen vom Niveau der Lektionen. Ebenso wenig konnte sie sich vorstellen, warum es für eine gute Ehefrau wichtiger sein sollte, sich von Kopf bis Fuß zu enthaaren, als gut lesen, schreiben und rechnen zu können. Sollte die perfekte Gattin sich etwa von ihren Dienern über den Tisch ziehen lassen, nur weil sie nicht bis drei zählen konnte?

Die mangelnde Befriedigung ihres Wissensdurstes ging einher mit einer großen Einsamkeit. Bhavani war es nicht gestattet, den engen Kontakt zu ihrer einstigen Kinderfrau Nayana aufrechtzuerhalten. Nayana wurde in das Dienstbotengebäude verbannt, wo sie ihrerseits allerlei Schikanen seitens der jüngeren Hausangestellten ausgesetzt war. Auch ihren Bruder Vijay bekam Bhavani nur noch selten zu Gesicht. Das wäre an sich nicht bedauerlich gewesen, wurde ihr Bruder doch immer fetter und unausstehlicher. Doch er war eines der wenigen Bindeglieder zu ihrer Vergangenheit, und Bhavani sträubte sich dagegen, diese in Vergessenheit geraten zu lassen, wie es ihr Onkel und ihre Tante offenbar beabsichtigten.

An ihrem zwölften Geburtstag machte Vijay ihr eine große, bunte Glasmurmel zum Geschenk. Bhavani ahnte, was es ihren zehnjährigen Bruder gekostet haben musste, sich von dieser Kostbarkeit zu trennen. Da er sich an diesem Tag etwas zugänglicher als üblich zeigte, nahm sie ihn beiseite.

»Vielen Dank, kleiner Bruder. Die Murmel ist wundervoll. Aber hast du dich nie einmal gefragt, was aus deinem Erbe geworden ist? Du könntest mir echte Edelsteine schenken statt Glasmurmeln ...«

»Wie das?«

»Nun ja. Wir hatten ein Haus, das dreimal so groß war wie dieses. Wir hatten doppelt so viele Diener. Wir besaßen wertvolle Elfenbeinminiaturen und Ebenholzmöbel. Du erinnerst dich vielleicht nicht mehr daran, aber wir hatten einige sehr edle Pferde, erlesenes Silber und natürlich die Juwelen unserer Mutter. All das hätte eines Tages dir gehört. Was ist damit geschehen?«

»Ich weiß nicht.«

»Nein, und ich weiß es auch nicht.«

»Lass uns doch einfach Onkel Manesh fragen.«

»Das habe ich einmal versucht. Er hat behauptet, er habe damit die hohen Schulden unseres Vaters getilgt. Aber ...«

»Aber was?«

»Nun ja ...« Bhavani musste ihre Überlegungen nicht genauer ausführen. Ihr Ziel hatte sie erreicht: Sie hatte den Samen des Zweifels in ihrem Bruder gesät.

Tatsächlich wurde Vijay in den darauffolgenden Monaten stiller und nachdenklicher. Er hatte, so vermutete Bhavani, das Gespräch mit dem Onkel gesucht und keine schlüssigen Antworten erhalten. Oder zumindest keine, die einem zehnjährigen Jungen einleuchteten. Doch anstatt sich fortan skeptischer gegenüber dem Onkel und seiner Familie zu zeigen, richtete sich seine Wut gegen die eigene Schwester. Vijay verpetzte Bhavani, wenn er sie dabei ertappte, heimlich in der Bibliothek des Onkels zu lesen, und er erfand sogar irgendwelche Vergehen, um Bhavani anzuschwärzen. Sie habe dem Küchenjungen schöne Augen gemacht, behauptete er, sie habe sich den Hochzeitsschmuck ihrer Tante umgelegt und sie sei nackt im Fluss schwimmen gewesen. Nichts davon entsprach der Wahrheit, und wenig davon wurde Vijay geglaubt. Schließlich wussten auch Onkel Manesh und Tante Sita um die Charakterschwächen ihres Neffen. Dennoch wurde Bhavani jedes Mal hart bestraft. Besonders ihre Tante Sita entwickelte ein perverses Vergnügen an den Züchtigungen, mit denen sie ihre Nichte quälte. Mit großer Wonne schlug sie sie ins Gesicht oder zog ihr gar einen Lederriemen über den Rücken.

Bhavanis einzige Flucht vor ihren seelischen und körperlichen Schmerzen bestand im Fasten. Sie hungerte sich beinahe zu Tode. Ihre weiße Trauerkleidung behielt sie bei, auch ihr Haar schnitt sie sich weiterhin regelmäßig ab. Es war ohnehin schon ganz stumpf geworden. Sie bekam schlimme Pickel im Gesicht, ihre Fingernägel kaute sie ab, bis sie bluteten. Doch all dies konnte nicht verbergen, dass sie sich zu einer Schönheit entwickelte. Vielleicht war es sogar gerade ihre dürre Gestalt und ihre durchscheinende Haut, die ihre dicht bewimperten grünen Augen so hervorstechen ließen, und vielleicht trug die schlichte weiße Kleidung umso mehr dazu bei, die makellosen Züge zu betonen.

Im Gegensatz zu den männlichen Familienmitgliedern, die weibliche Anmut erst erkennen konnten, wenn sie mit einer drallen Figur, wallenden Kleidern und viel Schmuck daherkam, wusste Tante Sita um die außergewöhnliche Schönheit ihrer Nichte. Sita lachte sich insgeheim ins Fäustchen, dass Bhavani sich derartig verschandelte, und beließ es dabei – bis ihr Gatte sie für Bhavanis Aussehen zur Rechenschaft zog.

»Wie sollen wir je einen Ehemann für sie finden? Du weißt, dass wir keine große Mitgift aufbringen können. Wenn sie wenigstens schön wäre, dann würde ich vielleicht einen geeigneten Kandidaten auftreiben können. Aber so? Wer sollte ein so dürres, farbloses Wesen nehmen? Kümmere dich darum.«

Also wurde Bhavani gemästet. Man zwang sie, ihren vollen Teller leer zu essen, andernfalls dürfe sie sich nicht vom Tisch entfernen. Nach zwei Tagen, die Bhavani störrisch vor ihrem Teller verbracht hatte, ohne ihn anzurühren, gab sie auf – und zwar nur, weil sie sich nicht die Blöße geben wollte, vor ihren Verwandten ihre Blase zu entleeren. Man stellte außerdem alle Schneidewerkzeuge vor ihr sicher, damit sie sich nicht länger ihr Haar abschneiden konnte, und sie wurde gezwungen, sich farbenfroh zu kleiden. Bhavanis Fingerspitzen wurden mit einer bitteren und giftigen Tinktur behandelt, damit sie ihre Nägel nicht weiter abbeißen konnte. Regelmäßig wurde sie von einer dafür ausgebildeten Expertin gebadet, enthaart, abgerubbelt, geölt und massiert, und ihr Gesicht wurde mit speziellen Salben und Wässerchen behandelt.

Die Zwangskur zeigte das erwünschte Ergebnis. Schon nach wenigen Wochen waren die Pickel verschwunden, die Wangen voller und rosiger geworden. In der bunten Kleidung und mit den geschminkten Augen machte Bhavani nun großen Eindruck auf die Männer – solange sie einen Schleier über ihren Kopf legte. Das Haar würde länger brauchen, bis es nachgewachsen war. Prompt trat der Fall ein, den ihre Tante Sita gefürchtet hatte: Nicht nur ihre Söhne, sondern auch ihr Mann verschlangen das Mädchen mit Blicken. Es war so demütigend! Sie selber war nie eine große Schönheit gewesen, doch hatte sie dies mit ihrem herrlichen Körper und kunstvoll aufgetragenen Farben wettmachen können. Und nun kam ein zwölfjähriges Mädchen daher, das sich seiner Schönheit nicht bewusst war, ja, sie nicht einmal für erstrebenswert hielt, und bezauberte alle Männer in ihrer Umgebung. Sita rächte sich für diese Ungerechtigkeit, indem sie Bhavani nur noch mehr mit ihren Bosheiten drangsalierte. Kurz vor dem dreizehnten Geburtstag ihrer Nichte suchte Sita ihren Gemahl auf und legte diesem dringend ans Herz, Bhavani zu verheiraten. »Sie ist verstockt und bringt Unfrieden in dieses Haus. Such ihr einen Mann, der sie bändigt.«

»Bhavani«, wandte sich Onkel Manesh ein paar Monate darauf an seine Nichte, »ich muss mit dir reden.«
Bhavani ließ sich ihren Schrecken nicht anmerken, sondern schlug, wie man es sie gelehrt hatte, bescheiden die Augen nieder. Dass ihr Onkel das Gespräch mit ihr suchte, konnte nichts Gutes zu bedeuten haben.
»Du bist jetzt in einem Alter, in dem du heiraten musst. Du hast dich zu einer wunderhübschen jungen Frau entwickelt, und ich bin sehr stolz, dass ich einen geeigneten Kandidaten für dich gefunden habe.«
»Wen?«
Onkel Manesh sah sie pikiert an. »Misstraust du meinem Urteil? Er ist ein guter Mann, der sich gut um dich kümmern wird. Tante Sita und ich haben uns große Mühe gegeben, den Richtigen auszuwählen. Auch der Astrologe hält diese Verbindung für äußerst vielversprechend. Ich glaube nicht, dass du

dir anmaßen darfst, unsere Entscheidung in Frage zu stellen.«

»Natürlich nicht, entschuldige, Onkel.« Bhavani klimperte mit ihren Wimpern und schaute Onkel Manesh mit einer Mischung aus Unschuld und Sinnlichkeit an, die ihm beinahe den Atem raubte. »Ich dachte nur, nun, es wäre freundlich, wenn du mir mehr über ihn berichten könntest. Wenn ich einige seiner Interessen kennte, würde ich mich entsprechend vorbereiten, um ihn nicht zu langweilen.«

»Das ist sehr löblich von dir. Also gut. Er heißt Iqbal und ist ein hochgeschätzter Kaufmann. Seine Frau starb vor kurzem, hinterließ ihm jedoch keine Kinder. Er ist in einem Alter, in dem die Leidenschaften nicht mehr so, ähm, kochend sind, was dich sicher beruhigen wird.«

Das Gegenteil war der Fall. Bhavani malte sich einen zahnlosen Greis aus, der sie, um doch noch Kinder in die Welt zu setzen, allnächtlich bestieg und ihr seinen Zwiebelatem ins Gesicht hauchte. Doch sie ließ sich ihre Gefühle nicht anmerken. Wenigstens das hatte sie im Haus ihres Onkels gelernt.

»Oh, und was für ein Kaufmann ist er? Mit welchen Waren handelt er?«

»Er ist der größte ortsansässige Lederhändler.«

Bhavani schluckte schwer. Das war unerhört! Sie an einen Mann von so niederer Kaste zu verschachern war die größte Schmach, die man ihr antun konnte. Noch dazu an einen Moslem, wie sein Name vermuten ließ. Er würde sie wegsperren, zusammen mit den anderen Frauen, die er womöglich noch hatte.

»Onkel, ich will nicht undankbar erscheinen, aber warum er?«

»Du stellst zu viele Fragen, Kind. Du wirst Herrn Iqbal heiraten, und zwar gleich nach dem Ende des Monsuns.«

»Jawohl, Onkel.« Bhavani nahm all ihre Kraft zusammen,

um möglichst würdevoll den Raum zu verlassen. Erst als sie ihre eigene Kammer erreicht hatte, ließ sie die Schultern fallen und begann hemmungslos zu schluchzen.

Als ihr Verstand wieder die Vorherrschaft über ihre Gefühle gewann, redete Bhavani sich selber gut zu. Vielleicht war dieser Iqbal gar nicht so übel. Er konnte durchaus attraktiv, weise und freundlich sein. Er war womöglich steinreich und ließ seiner jungen Frau sämtliche Freiheiten, die diese sich nur wünschen konnte. Als Moslem würde er Privilegien genießen, die sie als Hindus nicht hatten. Und die niedere Kaste? Ach, was machte das schon? Alles war besser, als weiterhin in diesem Haus zu leben und den zudringlichen Blicken ihrer Cousins und ihres Onkels, den Schikanen ihrer Tante und den Gemeinheiten ihres Bruders ausgesetzt zu sein. Und wenn sie dann noch ihre ayah mitnehmen konnte … mit Nayana an ihrer Seite würde sie alles überstehen, alles. Ja, sie würde sie sofort aufsuchen und ihr alles erzählen.

Doch Nayana reagierte ganz anders, als Bhavani es sich ausgemalt hatte. Die inzwischen stark gealterte Frau schlug die Hände vors Gesicht und kämpfte mit den Tränen.

»Was tun sie dir an, diese, diese, diese …«

»Beruhige dich, Nayana.« Bhavani reichte der Frau ein Taschentuch. »Es wird alles nur halb so schlimm. Und wir beide werden zusammenbleiben, darauf bestehe ich.«

»So, tust du das?«

»Ja.«

»Ein Lederhändler, Bhavani-Schatz, der steht nur eine halbe Stufe über einem Gerber! Wie können sie dir das antun, ihrem eigen Fleisch und Blut?« Nayana beantwortete sich im nächsten Atemzug ihre eigene Frage. »Es ist die Mitgift. Diese Heuchler und Geizhälse! Ohne Mitgift nimmt dich keiner,

egal, wie schön oder welcher vornehmen Abstammung du bist.«

Bhavani war ein hochintelligentes Mädchen. Doch aufgrund ihrer Jugend und ihres abgeschiedenen Lebens sowie mangels einer angemessenen Bildung war sie auf diesen Gedanken noch gar nicht gekommen. Über Geld wurde im Haus ihres Onkels nicht gesprochen, jedenfalls nicht mit den weiblichen Mitgliedern der Familie. Und so war Bhavani immer davon ausgegangen, dass ihr Onkel ihr eines Tages eine angemessene Partie suchen würde. Er hatte doch Vermögen, oder etwa nicht? Und was bei den Jungen in die Erziehung gesteckt wurde, in Reitpferde und silberne Säbel, das floss bei den Mädchen nun einmal in die Mitgift. Warum sollte es bei ihr anders sein?

»Vielleicht ist es aber wirklich ein guter Mann«, versuchte Bhavani ihre aufgebrachte ayah zu beruhigen.

»Er kann nicht gut sein. Er ist ein besserer Gerber. Und er findet die Zustimmung deiner Tante, was wohl alles über ihn sagt, was man wissen muss. Er ist ein Scheusal, und sie wissen es. Es bereitet ihnen Spaß, einem solchen Ungeheuer deine Jungfräulichkeit zum Geschenk zu machen – das kommt sie billiger als eine angemessene Mitgift.«

»Aber welcher Mann würde die Jungfräulichkeit ebenso hoch schätzen wie Gold und Juwelen?«

Nayana sah ihren einstigen Schützling prüfend an. »Ach, Bhavani, wenigstens deine Unschuld, die des Leibes und die des Geistes, haben sie dir noch nicht genommen.«

Das entsprach nicht ganz den Tatsachen, doch Bhavani ließ es dabei bewenden. Sie mochte ihre geliebte Nayana nicht mit Schilderungen dessen quälen, was ihre Tante ihr antat. Ihre kindliche Unschuld war unwiederbringlich verloren, ihr Glaube an das Gute im Menschen genauso zerstört wie ihr Vertrauen darauf, dass alle ihr Bestes wollten.

»Weißt du was, Nayana? Wir sehen ihn uns einfach an. Wir schleichen uns morgen aus dem Haus, denn Tante Sita wird mehrere Stunden bei ihrem Schneider weilen und Onkel Manesh ist zu einer mehrtägigen Reise aufgebrochen. Es ist die ideale Gelegenheit.«

Erneut schlug Nayana sich die Hand vor den Mund. »Das geht doch nicht!«

Verschmitzt lächelte Bhavani ihr zu und lief, als sie das Keifen ihrer Tante vernahm, zurück zum Haupthaus.

Diesmal ertrug Bhavani die Schläge mit mehr Gleichgültigkeit als sonst. »Wie oft habe ich dir gesagt, dass du nicht immer die Gesellschaft dieser Alten suchen sollst? Du magst hochgeboren sein, aber im Grunde deines Herzens bist du auch nur eine Dienstmagd!«, schrie Tante Sita und verpasste Bhavanis Hinterteil einen weiteren Hieb mit dem Bambusstock.

Am nächsten Tag ging Bhavani, kaum dass die Luft rein war, zu Nayana. Aus einem Bündel kramte sie einen verschmutzten, abgetragenen Turban, einen einfachen dhoti sowie eine schlichte kurta. »Das hat mir der Stallbursche geliehen. Schnell, schließ den Vorhang. Ich will mich umziehen. Und dir habe ich auch etwas mitgebracht.« Sie zog einen feinen Sari aus ihrem Beutel, den Nayana zu ihrem Schrecken als einen der Hausherrin identifizierte.

»Du bist verrückt geworden!«

»Überhaupt nicht. Du wirst als feine Dame auftreten, ich als dein Bursche. So werden wir überhaupt nicht auffallen. Sollte irgendjemand nach einem jungen Mädchen und seiner alten ayah Ausschau halten, wird er nicht darauf kommen, dass wir die Gesuchten sind.«

Die beiden zogen sich still ihre Verkleidungen an. Unter anderen Umständen hätten sie sich wahrscheinlich vor Lachen kaum

halten können, doch jetzt war ihre Angst vor Entdeckung sowie
ihre Nervosität angesichts der Verwegenheit ihres Vorhabens so
stark, dass nicht ein einziges Kichern ihren Kehlen entschlüpf-
te.

Bhavani lupfte den Vorhang, der Nayanas Schlafstatt von der
der anderen weiblichen Bediensteten trennte. Auch sie hatten
anscheinend die Abwesenheit der Herrschaft dazu genutzt, privaten Vergnügungen nachzugehen – ein Glück, denn wäre es
anders gewesen, hätten Bhavani und Nayana kaum unbeobachtet ihren Plan umsetzen können.

Und so verließen am späten Vormittag zwei Gestalten das
Grundstück des Landvermessers Manesh, die zuvor nie in der
Nachbarschaft gesehen worden waren: eine ältere Dame mit
ihrem jungen Burschen, der so auffallend hübsch war, dass die
Frauen und Mädchen des Viertels sich die Köpfe nach ihm ver-
drehten.

Maneshs Haus befand sich unweit des Stadtzentrums. Dennoch waren Bhavani und Nayana, als sie endlich dorthin gelangt waren, verschwitzt und müde. Die unebenen Wege, der
Unrat und die Kadaver, auf denen die Geier hockten, die drü-
ckende Hitze und die Angst davor, erwischt zu werden, hatten
ihnen arg zugesetzt. Im Ortskern fragten sie sich nach dem
Kaufmann Iqbal durch, was sich nicht als allzu schwer erwies.
Der Mann schien tatsächlich ein großes Geschäft zu haben,
denn jeder kannte ihn. Manche Leute, bei denen sie sich nach
dem Weg erkundigten, versuchten die potenzielle Kundschaft
in ihre eigenen Läden zu locken.

»Ihr braucht Schuhe, werte Dame? Bei mir bekommt Ihr das
Leder viel günstiger. Iqbal ist ein Halsabschneider.«

»Benötigt Ihr Haarkämme, Nasenstecker oder Armreife? Besucht meinen Laden, ich mache Euch die besten Preise.«

Doch Bhavani und Nayana beschieden alle mit derselben Antwort: *Sie seien in einer sehr delikaten privaten Angelegenheit auf der Suche nach besagtem Herrn.*

Nachdem man ihnen zahllose Male den falschen Weg gewiesen hatte – denn zuzugeben, den Weg nicht zu kennen, kam für die Leute nicht in Frage –, erreichten sie schließlich einen baufälligen Schuppen, der anscheinend als Lager für die gegerbten Tierhäute diente. Es roch so streng, dass Bhavani nur noch durch den Mund atmete und Nayana sich einen Zipfel ihres Schleiers vor die Nase drückte. Ein paar zerlumpte, verhärmte Gestalten trieben sich auf dem Gelände herum. Sie stierten den unerwarteten Besuch gierig an, als wollten sie abschätzen, was bei ihnen zu holen sei. Doch bevor es zu irgendwelchen Übergriffen kommen konnte, erschien ein älterer, kahlköpfiger Mann und blaffte sie an: »Was habt ihr hier verloren?«

»Wir, äh, nun ja …«, *stammelte Nayana.*

»Meine Herrin will sagen: Wir suchen nach dem ehrenwerten Iqbal-sahib«, *schritt Bhavani ein.*

»Soso. Und was wollt ihr von ihm?«, *wandte sich der Mann an Nayana.*

Diese hatte sich wieder gefasst und antwortete: »Das würden wir lieber mit ihm persönlich besprechen. Es handelt sich um eine Angelegenheit privater Natur.«

Der Kahlkopf blickte abschätzig an Nayana und ihrem »Burschen« *herab, bevor er sich endlich dazu durchrang, die beiden Besucher mit einem Wink in sein Büro zu bitten.*

»Ich bin Iqbal. Also: Worum geht es?«

Nayana und Bhavani sahen einander bestürzt an. So war das nicht geplant gewesen. Sie hatten nur einen Blick auf Bhavanis zukünftigen Gemahl werfen wollen, gehofft, ihn vielleicht sogar dabei beobachten zu können, wie er sich gab und wie er sprach. Dass sie gleich in die Höhle des Löwen vordringen wür-

den, damit hatten sie nicht gerechnet. Sie schwiegen einen Augenblick und musterten Iqbal verstohlen.

Seine Statur war in jeder Hinsicht mittelmäßig. Mittelgroß, nicht zu dick, nicht zu dünn. Seine auffallend aufrechte Haltung ließ vermuten, dass er das Befehlen gewohnt war. Auf seinem kahlen Schädel waren große braune Flecken zu sehen, wie Altersflecken. Eine Kopfbedeckung trug er nicht, doch das mochte daran liegen, dass sie ihn so überraschend in seinem Lagerhaus aufgesucht hatten, wo er unter all den Arbeitern nicht auf seine Erscheinung achten musste. Auch seine etwas nachlässige Kleidung legte diesen Schluss nahe. Er war grob geschätzt in Nayanas Alter, also um die fünfzig. Unter seinen verschlagen funkelnden Äuglein lagen bräunlich verfärbte Tränensäcke. Die ganze untere Hälfte des Gesichts war unter einem üppigen Bart verborgen, der von sehr viel grauem Haar durchzogen war. Seine Lippen waren voll und breit. Sie hatten eine leicht violettfarbene Tönung und wirkten auf unbestimmte Weise grausam.

Nayana wusste, dass sie als »Herrin« nun sprechen musste, doch in ihrem Kopf herrschte auf einmal eine vollkommene Leere. Ihr fiel nichts, aber auch gar nichts ein, was sie hätte sagen können. Bhavani bemerkte, in welchen Nöten ihre ayah steckte. Ob es sich nun so gehörte oder nicht, sie musste das Wort ergreifen.

»Meine Herrin, sehr verehrter Iqbal-sahib, ist den Umgang mit fremden Männern nicht gewohnt. Es versetzt sie in große Gewissenskonflikte. Erlaubt, dass ich für sie spreche.«

Iqbal wackelte bejahend mit dem Kopf.

»Wir sind entfernte Verwandte von Manesh, dem Landvermesser. Uns ist auf Umwegen zu Ohren gekommen …«

»Halt!« Iqbal sah die beiden lauernd an. »Wer seid ihr? Wie heißt ihr?«

179

»Oh, verzeiht meinen Mangel an Manieren. Meine Herrin ist Gita-bai, die Gemahlin des Rittmeisters Manohar, der ein Cousin zweiten Grades von Manesh-sahib ist. Und ich bin ihr nichtswürdiger Laufbursche Abid. In Anbetracht der Umstände konnte meine Herrin hier nicht mit größerem Gefolge auftauchen. Nun, meine Herrin hat gehört, dass Ihr Euch mit der Nichte Maneshs vermählen wollt. Wir müssen Euch warnen. Es handelt sich bei dieser Bhavani um ein verdorbenes, sündiges Geschöpf. Wir kennen sie gut. Und leider wissen wir nur allzu genau um ihre, nun ja, ihre angebliche Unschuld.«

»Was soll das heißen? Ist sie etwa keine Jungfrau mehr?«, polterte der Händler.

»Iqbal-sahib«, hier blickte Bhavani betreten zu Boden, »Ihr seid äußerst scharfsinnig.«

»Und warum«, fragte Iqbal und sah dabei die ältere Frau aus zusammengekniffenen Augen an, »erzählt Ihr mir das alles? Wer sagt mir, ob Ihr es nicht aus Rache an Manesh tut, oder aus schierer Boshaftigkeit, oder um den Ruf des Mädchens in den Schmutz zu ziehen? Wollt Ihr Geld für Eure Informationen?«

Diese direkte Redeweise schockierte die beiden Besucherinnen. Kein wohlerzogener Mensch hätte solche Vermutungen laut ausgesprochen. Es verriet ihnen alles über Iqbal, was seine Physiognomie und sein Gebaren sie bereits hatten ahnen lassen: Der Mann war zutiefst vulgär.

Nun meldete sich endlich Gita-bai alias Nayana zu Wort. »Eure Bezichtigungen entbehren jeder Grundlage und sind eine Beleidigung für uns, die wir den beschwerlichen Weg zu Eurem«, hier sah sie sich angeekelt um, »Lagerhaus auf uns genommen haben, um Euch zu warnen. Nehmt diese Hure zur Frau. Ihr verdient nichts Besseres.« Mit stocksteifem Rücken drehte sie sich um, gab ihrem »Burschen« einen Wink und stolzierte wie eine Königin aus dem Raum.

*Bhavani folgte ihr mit heftig klopfendem Herzen. So groß-
artig die Darbietung ihrer alten Kinderfrau gewesen sein
mochte – sie war auch gefährlich. Wer wusste schon, ob dieser alte Schmierfink ihnen nicht seine bissigen Hunde auf den
Hals jagte oder eine ähnliche Schandtat im Schilde führte. Als
sie eben das Tor erreicht hatten, hörten sie ein hämisches Lachen.*

»Gita-bai?«, rief Iqbal ihnen gackernd nach.

*Mit schreckgeweiteten Augen drehte Nayana sich herum. Sie
antwortete nicht.*

*»Euer Bursche gefällt mir. Was wollt Ihr haben, um ihn mir
zu überlassen?« Während er dieses Angebot machte, taxierte er
den »Burschen« genau. Bhavani war froh, dass ihr die Wickelhose und das lange Hemd so weit waren, so dass sich ihre allmählich erblühenden weiblichen Formen nicht darunter ab-
zeichneten.*

*Nayana stürmte empört aus dem Tor heraus, dicht gefolgt von
Bhavani. Das schmutzige Gelächter Iqbals hallte noch in ihren
Ohren, als sie längst die Sicherheit der bevölkerten Markt-
straßen erreicht hatten.*

*Monatelang hockte Bhavani in ihrer Dachkammer, dem
kleinsten und stickigsten aller Schlafgemächer, und starrte unglücklich die Wände an, von denen der Putz bröckelte. Jeder
Kontakt zur Außenwelt war ihr verboten worden. Keine Stickarbeit, keine Lektüre und kein Musikinstrument waren ihr
gestattet, um ihre Langeweile zu vertreiben. Zweimal täglich
brachte eine Dienerin ihr ein Tablett mit Essen, einmal am Tag
kam eine andere Bedienstete, um ihr Nachtgeschirr zu leeren.
Alle Gegenstände, mit denen Bhavani ihrem tristen Dasein ein
Ende hätte setzen können, waren entfernt worden. Nicht einmal die Laken oder ihre Gewänder taugten dazu, sie zu einem*

Seil zu schlingen: Nur zerschlissene Stoffe, die keiner Belastung standhalten konnten, befanden sich in dem Raum, inklusive ihrer Kleider. Dabei sehnte Bhavani sich gar nicht nach dem Tod. In diesem Fall hätte sie einfach die Nahrungsaufnahme verweigern können. Nein, sie wollte leben! Und je mehr man sie demütigte, desto größer wurde ihr Rachedurst – und ihr Überlebenswille.

Nayana war nach der Entdeckung ihres Ausflugs in Schimpf und Schande davongejagt worden. Bhavani machte sich große Sorgen um ihre *ayah,* denn diese würde zum Betteln gezwungen sein. Ihre einzige Familie waren sie gewesen, sie hatte sonst niemanden auf der Welt, der sie aufnehmen würde. Und was sollte eine alte Frau, die immer in wohlhabenden Haushalten gelebt hatte, allein und ohne Geld schon tun? Denn dass Nayana den Inhalt des Leinenbeutels anrührte, den Bhavani ihr kurz vor ihrem Hausarrest zugesteckt hatte, das mochte sie nicht glauben. So klug würde die alte Kinderfrau wohl sein, dass sie nicht bei einem Juwelier mit einem Diamanten aufkreuzte, der des Turbans des Großmoguls würdig gewesen wäre. Vielleicht, so hoffte Bhavani, war es Nayana gelungen, wenigstens das silberne Döschen, in dem der Diamant sich befand, unauffällig zu versetzen und davon zu überleben.

Je länger Bhavani allein in der Kammer vor sich hin brütete, desto mehr kreisten ihre Gedanken um Kleinigkeiten, denen sie zuvor keine Aufmerksamkeit geschenkt hatte. Sie konnte sich immer und immer wieder unbedeutende Vorkommnisse vor Augen führen, bis diese zu großen Ereignissen heranwuchsen. Die Kupferschale, in der man ihr neuerdings den Reis brachte, statt wie bisher das Essen auf Bananenblättern zu servieren – was hatte sie zu bedeuten? Handelte es sich um ein geheimes Zeichen, das die Dienerin oder die Köchin ihr zukommen lassen wollten? Und die Glasmurmel, die ihr Bruder ihr vor Jahren geschenkt hatte – was hatte er ihr damit sagen wollen? War sie ein hilfloser Ausdruck seiner brüderlichen Liebe gewesen, die er trotz aller Bemühungen von Onkel Manesh und Tante Sita, Zwietracht unter den Geschwistern zu säen, noch immer für sie empfand? Woher hatte er diese Murmel? Waren die grünen und blauen Farbstreifen darin ein Hinweis auf die Farbgebung ihrer Kleidung gewesen, die sie am Tag der Verschleppung ihres Vaters getragen hatte? Wenn ja, wie hatte sie dies zu interpretieren? Und warum kam Vijay sie nicht gelegentlich in ihrem Gefängnis besuchen? Wurde er von ihren schäbigen Verwandten davon abgehalten? Bestimmt verhielt es sich so, ja, wahrscheinlich musste auch er allerlei Schikanen über sich ergehen lassen, weil er gegen alle Widerstände versucht hatte, seine Schwester zu retten.

Vijay indes scherte sich wenig um den Verbleib seiner Schwester. Er war mit seinen elf Jahren einzig darauf erpicht, den älteren Cousins zu beweisen, dass er mit ihnen mithalten konnte: dass er ebenso gut im Umgang mit dem Säbel war und dass er genauso geschickt ein Pferd reiten konnte. Dabei war er aufgrund seiner Fettleibigkeit eine ewige Zielscheibe ihres Spotts. Einzig im Ringen gelang es ihm gelegentlich, einen Sieg davonzutragen. Auch im Rechnen stellte er sich sehr gelehrig an, doch diese Wissenschaft schien ihm wenig geeignet, seine männliche Verwegenheit unter Beweis zu stellen, so dass er sie vernachlässigte.

Er sah seiner Schwester sehr ähnlich. Wäre er nicht so dick gewesen, hätte man in ihm einen schönen Jungen erkennen können. Doch seine grünen Augen verschwanden unter aufgedunsenen Lidern, seine von Natur aus feingliedrigen Hände waren patschig wie die eines Säuglings. Und Vijays Hunger kannte keine Grenzen. Je mehr man an ihm herumkrittelte, desto mehr wuchs sein Appetit. Seine Lust auf Süßes war uner-

183

sättlich, nur selten sah man ihn, ohne dass er gerade an einem Honigbonbon lutschte oder auf einem Stück Mandelkonfekt kaute. Eine gewisse Leibesfülle galt als durchaus wünschenswert, zeugte sie doch von Reichtum. Doch wenn sie gewisse Grenzen überschritt, sah man in ihr nur ein Zeichen von Willensschwäche, mangelnder Charakterfestigkeit oder Memmenhaftigkeit. Ein Zeichen von Kummer erkannte niemand darin. Einzig Tante Sita schien den Jungen zu verstehen: Sie steckte ihm bei jeder sich bietenden Gelegenheit Naschwerk zu, und Vijay liebte sie sehr dafür.

Sita hatte leichtes Spiel mit Vijay. Ein Wink hier, eine Andeutung da – und schon hatte sie ihm unmerklich das Gift eingeträufelt, das seine letzten brüderlichen Empfindungen für Bhavani abtötete. Sie konnten es nicht riskieren, dass dieses Mädchen ihren Plan vereitelte: dank Vijay und seiner untadeligen Herkunft eines nicht allzu fernen Tages eine reiche Braut für ihn ins Haus zu holen, wie sie sie für ihre eigenen Söhne nicht zu finden hoffen durfte.

Es war die Mutter von Bhavani und Vijay gewesen, die – aus Liebe, man stelle sich nur vor! – unter ihrer Kaste geheiratet hatte. So kam es, dass einer der Brüder gesellschaftlich aufstieg, während der andere, Manesh, auf immer dazu verdammt war, als kaiserlicher Beamter das Beste aus seiner Position herauszuholen. Immerhin: Ein Landvermesser hatte zahllose Möglichkeiten, die Hand aufzuhalten, denn bei jedem Grundstücksverkauf wurde er hinzugezogen. Es oblag ihm, die Größe des Landes und damit seinen Wert festzustellen, und oft vergrößerte eine kleine Zuwendung auf wundersame Weise das Stück Land, das jemand veräußern wollte.

Nur Bhavani, dieses sture kleine Biest, war Sita und Manesh ein Dorn im Auge. Mädchen kosteten immer nur Geld und brachten keines ein. In ihrem Fall jedoch hätten sie aus ihrer

Schönheit und ihrer Unschuld Kapital schlagen können – wäre diese Schlange nicht auf die Idee gekommen, den ausgewählten Bräutigam aufzusuchen und ihm Lügenmärchen aufzutischen. Trotz aller Beteuerungen, dass nichts davon der Wahrheit entsprach, war Iqbal sehr aufgebracht gewesen und hatte Abstand von der Verbindung mit dem Mädchen genommen. »Selbst wenn sie noch Jungfrau sein sollte – wer will schon eine so ungehorsame Frau? Sie bringt nur Scherereien. Sucht Euch einen anderen Dummen für diese Teufelsbrut.«

Und das taten sie. Unterdessen sollte Bhavanis Willen gebrochen werden, und die Einzelhaft schien das einzig angemessene Mittel dafür zu sein. An dem Tag, an dem Bhavani darum bat, ihr Zimmer verlassen zu dürfen, und an dem sie versprach, fortan blind zu gehorchen, würden sie sie unverzüglich befreien. Sie würden sie erneut aufpäppeln, mit gutem Essen und mit kosmetischen Behandlungen. Sie würden sie in seidene Gewänder hüllen und sie mit hübschem Schmuck behängen. Und dann würden sie sie, ohne ihr Wissen, versteht sich, dem nächsten Bewerber vorführen, der schon bereitstand. Es handelte sich um einen kleinen Beamten, der mit der städtischen Abwasserentsorgung betraut war, wobei seine Aufgabe vor allem darin bestand, unterirdische Kanäle von den Häusern der wohlhabenden Bevölkerung hin zu den Bächen und Rinnsalen zu legen, an denen die Armen lebten. Er war ein böser alter Mann, was genau der Art von Strafe entsprach, die Sita für ihre Nichte vorschwebte. Genau genommen, dachte Sita, war es ein Glück, dass es mit Iqbal nicht geklappt hatte. Der Neue war so versessen auf blutjunge Mädchen, dass er noch Geld dazulegen würde, um Bhavani zu bekommen, wenn es auch nicht viel sein mochte. Denn was verdiente eine solche Kanalratte schon?

Bhavani spürte, dass sie den Verstand verlor. Ein halbes Jahr lang hielt man sie nun bereits wie eine Gefangene. Jedenfalls glaubte sie, dass es so lange war, denn schon vor geraumer Zeit hatte sie aufgehört, die Tage mitzuzählen. Auch die Lieder, die sie anfangs gesungen hatte, hatte sie schon länger nicht mehr angestimmt, und die Rechenaufgaben, mit denen sie ihren Geist wachzuhalten versuchte, konnte sie nicht mehr lösen. Die Zahlen wirbelten in ihrem Kopf herum, und es gelang ihr nicht, sie zu einer sinnvollen Gleichung zusammenzufügen. Sie brachte ganze Tage damit zu, eine Strähne ihres Haars um ihren Zeigefinger zu drehen, sie wieder abzuwickeln und dann wieder aufzudrehen. Sie hatte die Namen vergessen, die sie ihren Zehen gegeben hatte, anfangs, als sie sich in ihrem Gefängnis noch komplizierte Geschichten ausgedacht hatte, die für zwanzig Figuren – zehn Zehen und zehn Finger – konzipiert waren. Es gab nur einen einzigen klaren Gedanken in ihrem Kopf: Sie musste hier raus.

Also fügte Bhavani sich. Sie trug der Dienerin, die ihr das Essen brachte, auf, Tante Sita auszurichten, sie sei nun bereit. »Wozu?«, wollte die Dienerin wissen, doch Bhavani scheuchte sie mit aller Ungehaltenheit, deren sie noch fähig war, fort. »Das geht dich nichts an. Sita-bai wird es schon verstehen.«

Und so war es auch. Tante Sita kam freudestrahlend in die verwahrloste Kammer gerauscht, drückte Bhavani an sich und hauchte ihr ins Ohr: »Ich wusste, dass du genügend Verstand besitzen würdest, um nicht hier oben zu verrotten.«

Bhavani rannen Tränen der Erleichterung über die eingefallenen Wangen. Sie würde alles tun, was man von ihr verlangte. Alles. Sie fiel auf die Knie und küsste ihrer Tante die Füße.

Nayana bemerkte die kleinen Veränderungen, die im Haushalt des Landvermessers stattfanden, sofort. Täglich suchte eine dubiose Schönheitsexpertin das Haus auf. Alle paar Tage kamen Schneider, Tuchhändler und Schuhmacher vorbei – allerdings, wie die alte Kinderfrau erbittert feststellte, bei weitem nicht die besten ihrer Zunft. Sie machte sich ihren Reim darauf: Ihr Schützling, ihre süße Bhavani, ihr kleiner Schatz würde verheiratet werden. Sie hatten ihren Widerstand gebrochen. Nun sollte sie verscherbelt werden, höchstwahrscheinlich an einen Mann niederer Kaste. Was konnte sie, Nayana, die doch selbst um ihr Überleben kämpfte, nur tun? Sie überlegte verzweifelt, doch ihr fiel nicht viel ein. Sie hätte Bhavani gern eine Nachricht geschickt, nur um sie wissen zu lassen, dass sie nicht allein war und dass sie, Nayana, immer über sie wachen würde. Aber was hatte eine alte Bettlerin, die in Lumpen gehüllt und mit gebeugtem Kopf tagtäglich im Staub auf der Straße vor Maneshs Haus saß, schon für Möglichkeiten?

Hilfe kam von unerwarteter Seite. Als Vijay zufällig einen Blick auf den Bräutigam seiner Schwester erhaschte, erfüllte ihn großer Zorn. »Wie könnt ihr es wagen«, schrie er Sita und Manesh an, »Bhavani diesem, diesem … Wurm zu geben? Ganz gleich, was sie verbrochen hat – sie ist noch immer ein Mitglied unserer Familie. Eine Ehe mit diesem Abschaum beschmutzt die Ehre von uns allen!« Alles Zureden nützte nichts. Vijay war ebenso fest entschlossen, sich dieser Vermählung entgegenzustellen, wie Manesh und Sita entschlossen waren, endlich ihre ungeliebte Nichte loszuwerden.

Da Vijay über wenige Gelegenheiten und noch weniger Phantasie verfügte, wie er den Auserkorenen von der Eheschließung abhalten sollte, griff er zu derselben Lüge, die sich bereits Nayana und Bhavani ausgedacht hatten. Er bat den einzigen

Menschen, den er in dieser Sache auf seiner Seite glaubte, um Hilfe: denselben Stallburschen, der einst Bhavani ihr »Kostüm« geliehen hatte, der aber dank Bhavanis hartnäckigem Schweigen nie zur Rechenschaft gezogen worden war. In Begleitung des Burschen machte er sich auf den Weg zum Haus des alten Kanalisationsbeamten. Dort hielt er sich nicht lange mit Höflichkeiten auf.

»Ihr beabsichtigt, meine Schwester zur Gemahlin zu nehmen. Mein Onkel Manesh wird Euch gesagt haben, sie sei noch Jungfrau. Doch das ist sie nicht.« Dann drehte Vijay sich um, und zwar so elegant, wie man es bei seiner Leibesfülle nicht für möglich gehalten hätte, und verließ das muffige Häuschen, das der Alte sein Eigen nannte. Vijay war sehr zufrieden mit sich. Die mürrische Miene des alten Ekels, die sich bei Vijays kurzer Rede vor Wut verzerrt hatte, war diesen Ausflug in die Gosse wert gewesen.

Doch weder sich selber noch seiner Schwester erwies er damit einen Gefallen. Noch am selben Abend stellte Onkel Manesh seinen aufmüpfigen Neffen zur Rede.

»Was hast du dir nur dabei gedacht? Wie sollen wir Bhavani je verheiraten können, wenn alle Welt glaubt, sie sei nicht mehr unschuldig? Und was soll sonst mit ihr geschehen? Soll sie auf immer bei dir bleiben? Glaubst du vielleicht, eine hochgeborene Braut, wie wir sie für dich auswählen werden, wollte eine gefallene Hure in ihrem Haushalt dulden?«

Vijay fühlte sich mit seinen beinahe zwölf Jahren schon sehr erwachsen. Doch in diesem Moment hätte er sich am liebsten wie ein kleines Kind an die Röcke seiner ayah geschmiegt.

Keine Woche später – die Hochzeitsvorbereitungen waren abrupt beendet worden, die hoffnungsfrohe Unruhe im Haus war einem unheilvollen Schweigen gewichen – stieß Onkel Manesh *mitten in der Nacht die Tür zu Bhavanis Kammer auf, die nur von außen verschlossen werden konnte.*

»In der ganzen Stadt hat es sich schon herumgesprochen.«

»Was, lieber Onkel?« Bhavanis Stimme war belegt, verängstigt blickte sie auf ihre Füße.

»Was du für eine bist. Es wird sich kein einziger Mann mehr finden, der dich will. Nicht einmal der Abdecker hat Interesse, stell dir nur vor. Ohne Mitgift, mit dem Ruf einer ungehorsamen Furie. Und nicht mehr jungfräulich ...«

»Aber, lieber Onkel Manesh, du weißt doch, dass das alles nur erfunden war, um ...«

»Ich weiß das. Aber alle Welt glaubt das Gegenteil. Nun, dann wollen wir dafür sorgen, dass die anderen recht behalten.« Er trat näher auf Bhavani zu, legte eine Hand auf ihre Schulter und ließ seinen Blick an ihr hinunterwandern.

Bhavanis Verstand hatte noch nicht ganz die Bedeutung seiner Worte erfasst, als Manesh ihr zuraunte: »Deine Unberührtheit war ein kostbares Gut, das es zu schützen galt. Aber jetzt ...« Damit riss er ihr brutal das Hemd vom Leib und warf sie zu Boden. Eine Hand presste er fest auf ihren Mund: »Ein Laut, und du stirbst.«

Bhavani schwieg.

Sie sollte zwei Jahre lang schweigen, bevor sie es erneut wagte, aufzubegehren.

189

16

Miguel erwachte. Er sah sich in dem Raum um und hatte zunächst keine Ahnung, wo er sich befand.

Im selben Augenblick hörte er ein energisches Klopfen an der Tür.

»Herein?«, sagte er zögerlich.

»Ah, du bist wieder bei dir. Wir hatten uns echte Sorgen ...«, sagte Sidónio und schüttelte besorgt den Kopf.

Jetzt fielen Miguel die Ereignisse, die ihn in diesen Raum geführt hatten, wieder ein: Im Gewitter hatte sein Pferd gescheut; er war gestürzt und hatte sich verletzt; Dona Amba hatte ihn aufgelesen und bei den Mendonças abgeliefert; im Haus seiner Freunde hatte man ihn verarztet und ins Bett gepackt. Und dort lag er nun.

»Wie spät ist es?«, fragte er.

»Kurz nach Sonnenaufgang.«

»Soll das heißen ..?!« Miguel stöhnte verärgert auf. »Warum habt ihr mich nicht eher geweckt?«

»Undank ist der Welt Lohn«, mischte sich nun Álvaro ein, der in der Tür neben seinem Bruder erschienen war. »Wir wollten, dass du dich von den Abenteuern des gestrigen Tages erholst. Du hast eine sehr hässliche Verletzung am Bein erlitten und konntest ohnehin nicht weiterreiten.«

»Der Stallknecht hat dein Bein provisorisch geschient«, sagte Sidónio, »aber keine Bange. Er hat es schon oft bei den Gäulen getan und ... Nun ja, der Doutor Alvarinho kommt trotzdem demnächst und sieht es sich an.«

»*Bom dia*, Miguel«, meldete sich nun auch Delfina zu Wort, die auf den Zehenspitzen stand und über die Schultern ihrer Brüder ins Gästezimmer lugte. »Glaub den beiden kein Wort. Um dein Bein steht es nicht so schlimm, und gebrochen ist es sicher nicht. Aber um nichts in der Welt wollen wir dich ziehen lassen, bevor du uns nicht die ganze Geschichte von deiner Begegnung mit Dona Amba erzählt hast. Und wehe, du lässt auch nur ein winziges Detail aus.«

»Lasst ihn in Ruhe!«, hörte man nun vom Flur her Dona Assunçãos Stimme. »Und Senhor Miguel?«, rief sie über die Köpfe ihrer Kinder hinweg.

»Ja?«

»Ihr seid bestimmt wegen meines Briefs hier?«

»Ja.« Jetzt, da sie es sagte, fiel es Miguel wieder ein. Der Brief, in dem sie ihn knapp über die Machenschaften Carlos Albertos informiert hatte, war in der Tat der Anlass seines Besuchs gewesen.

»Dann findet Euch, sobald Ihr aufgestanden seid und gefrühstückt habt, bei mir ein, damit ich Euch den Rest erzählen kann.«

Miguel brummte eine Zustimmung, bevor er die drei Geschwister verscheuchte. Dann stand er auf, merkte aber schnell, dass er sich ohne Hilfe nicht einmal allein anziehen konnte. Er klingelte nach einem Diener. Dieser brachte ein Tablett mit einem Imbiss mit, den Miguel in Windeseile vertilgte. Als er sich frisch genug fühlte, der Hausherrin unter die Augen treten zu können, humpelte er am Arm eines anderen Dieners nach unten.

Dona Assunção kam direkt zur Sache. »Eine sehr gute Bekannte hat mir erzählt, Euer Freund – wenn er es denn ist, was ich arg bezweifle – habe ihr einen Backenzahn des heiligen Eusébio zum Kauf angeboten. Auf ihre Frage, wie er zu einer solchen Rarität komme, habe er Euch erwähnt.«

Miguel starrte Dona Assunção fassungslos an. Er wollte nicht glauben, was er hörte, musste sich jedoch eingestehen, dass es höchstwahrscheinlich der Wahrheit entsprach. Carlos Alberto hatte ja tatsächlich geplant, einen betrügerischen Handel mit falschen Reliquien zu beginnen, und er hatte ebenfalls seinen Freund um Hilfe gebeten. Dass er, Miguel, ihm diese verweigert hatte, schien ihn nicht von seinem Vorhaben abgehalten zu haben.

»Eure Freundin hat nicht zufällig erwähnt, für welchen Preis Senhor Sant'Ana das Stück verkaufen wollte?«, fragte er, obwohl es eigentlich keine Rolle spielte.

»Doch, zufällig hat sie das.« Dona Assunção sah ihn scharf an. »Er hat fünf *lakh* dafür verlangt.« Nach einer kleinen Pause fügte sie hinzu: »Ihr müsst diesem Unmenschen Einhalt gebieten.«

»Ich habe nichts mit diesen Machenschaften zu tun, werte Dona Assunção, und wüsste nicht, wieso ich mir dadurch, dass ich Senhor Sant'Ana von seinen Schandtaten abzuhalten versuche, den Anschein von Mitwisserschaft verleihen sollte. Denn so wird es doch aussehen, nicht wahr? Man wird glauben, dass ich ihm wirklich Geld geliehen oder sonst wie geholfen habe und jetzt, da er aufzufliegen droht, meinen Kopf aus der Schlinge ziehen will.«

Dona Assunção wirkte skeptisch. »Vielleicht habt Ihr recht. Er wird sich ohnehin selber verraten. Er ist zu gierig. Er hätte es ja erst einmal mit einem Knochensplitter eines jüngeren Heiligen versuchen können, der noch nicht so lange tot ist und nicht so bekannt.«

Wider Willen musste Miguel schmunzeln. »Ja, oder er hätte gleich einen erfinden können. Die heilige Assunção von Abessinien oder etwas in der Art.«

Dona Assunção lachte herzhaft. »Oder einen *São Miguel da In-*

genuidade Divina, den heiligen Michael von der himmlischen Arglosigkeit.«

Miguels Gesicht wurde wieder ernst. »Nun, ich mag arglos gewesen sein, das allein ist schließlich kein Verbrechen. Ich habe mich in Carlos Alberto getäuscht. Aber viel schlimmer ist doch die Arglosigkeit der Gläubigen, die sich wirklich eine falsche Reliquie von ihm andrehen lassen. Oder … Eure Freundin hat doch den Zahn nicht etwa gekauft?«

»Nein, hat sie nicht. Und wisst Ihr, warum nicht? Der Zahn war zu gut erhalten. Er hatte keine Löcher, keine faulen Stellen – er sah aus, so beschrieb sie es, wie der Zahn eines gesunden indischen Halbwüchsigen, auch wenn man durch Säure und Schmutz versucht hatte, den Zahn aussehen zu lassen, als sei er mehr als tausend Jahre alt.«

»Dumm ist er auch noch«, murmelte Miguel. Er hatte Carlos Alberto für raffinierter gehalten.

»Ihr hättet Erkundigungen über ihn einziehen müssen. Goa ist klein, die meisten Dinge sprechen sich schnell herum. Habt Ihr Euch nicht gefragt, warum Carlos Alberto Sant'Ana nie auf einem der Empfänge, Bälle oder Diners zu sehen war, zu denen Ihr eingeladen wart?« Sie sah Miguels gerunzelte Stirn und beantwortete die unausgesprochene Frage. »Weil er ein Taugenichts ist. Er kam drei Jahre vor Euch in die Kolonie, und zwar unter ähnlichen Vorzeichen wie Ihr – wobei ich den Gerüchten, die Eure Ankunft begleiteten, keinen Glauben mehr schenke, seit ich Euch persönlich kenne. Aber das steht auf einem anderen Blatt. Senhor Sant'Ana jedenfalls vergeudete keine Zeit. Gleich nach seinem Eintreffen schwängerte er ein junges indisches Mädchen und weigerte sich, es zu heiraten. Das Mädchen starb bei der Geburt des Kindes, das nun im Waisenhaus ist. Der ›stolze‹ Vater hat es nie anerkannt, obwohl der kleine Junge ihm wie aus dem Gesicht geschnitten ist.«

»Woher wisst Ihr das?«

»Ich gehöre zu den Förderern des Waisenhauses. Gelegentlich schaue ich nach, ob unsere Gelder dort richtig verwendet werden. Der Kleine ist sehr niedlich, aber keiner will ihn adoptieren – die Inder haben dieselben Vorbehalte gegen Mischlinge wie wir, und in diesem Fall schrecken selbst die Halbinder davor zurück, sich des Kindes anzunehmen. Eines Tages könnte ja der leibliche Vater kommen und ihnen den Jungen, in den sie bis dahin vielleicht viel Zeit und Geld investiert hätten, streitig machen wollen. Die mangelnde Charakterfestigkeit des Senhor Sant'Ana lässt diese Befürchtungen leider allzu plausibel erscheinen.«

In diesem Augenblick stürmte Delfina in den Raum, in dem Miguel und Dona Assunção saßen, und unterbrach ihr unerfreuliches Gespräch mit der aufgeregten Mitteilung, ein geachteter Bürger der Stadt sei verhaftet worden. »Die Inquisition hat Senhor Chandra aus seinem eigenen Haus geworfen! Er sitzt im Kerker, seine Frau und seine Kinder haben sich bei Verwandten verschanzt. Ich schwöre euch, diese Teufel haben es nur auf sein Land abgesehen. Sein Geschäftshaus in der Hauptstadt liegt unmittelbar neben der Kathedrale, das wollen sie sich schnappen.«

»Mäßige dich, Delfina!«, fuhr Dona Assunção ihre Tochter an. »Willst du Senhor Chandra im Kerker Gesellschaft leisten?«

»Aber es ist so ungerecht! Kann man denn nichts unternehmen?«

Dona Assunção schüttelte resigniert den Kopf. Sie hatte oftmals den Impuls gehabt, schützend einzugreifen, wenn die Kirche sich allzu unverhohlen der Besitztümer wohlhabender Inder bemächtigen wollte. Doch nachdem sie vor Jahren beinahe selbst zum Opfer der Inquisition geworden wäre, hatte sie es aufgegeben. Genau wie alle anderen sah sie tatenlos zu und hoffte, ihre eigene Familie bliebe verschont. Im Übrigen hatte Sanjay Chandra mit ziemlicher Sicherheit für genau diesen Tag vorgesorgt. Er würde ein Vermögen an einem geheimen Ort gehortet haben, auf den die Kirche keinen Zugriff hatte, und er würde seiner Familie einen Fluchtplan ausgearbeitet haben. Das Schlimmste, was passieren würde, war, dass er öffentlich dem Hinduismus abschwören musste und für seine nicht begangenen Sünden Abbitte leistete, indem er sein begehrtes Grundstück im Stadtzentrum »freiwillig« der Kirche überschrieb.

Gerecht war das nicht, aber es war kein Weltuntergang. Immerhin verwendete die Kirche die Vermögen, die sie sich solchermaßen einverleibte, sinnvoll. Sie errichtete Schulen, Hospitäler und Waisenhäuser, sie baute weitere Gotteshäuser und trug so zur Verbreitung des einzig wahren Glaubens bei. Und dass das Christentum die einzige zivilisierte Form von Religiosität war, davon war Dona Assunção, bei aller Toleranz und Weltoffenheit, fest überzeugt. Sosehr sie auch über die Auswüchse falsch verstandener Gläubigkeit frotzelte, so war sie doch durch und durch Katholikin. Ihre Tochter würde auch noch lernen, dass es auf Dauer zum Besten aller war, was die Kirche hier trieb – genau wie sie lernen musste, ihr Temperament zu zügeln.

»Ich wollte ohnehin aufbrechen«, meldete sich Miguel zu Wort. Er hatte nicht das Verlangen, einem Streit zwischen Mutter und Tochter beizuwohnen. »Ich danke Euch, dass Ihr mir wegen Sant'Anas Umtrieben Bescheid gegeben habt«, sagte er zu Dona Assunção, bevor er sich Delfina zuwandte. »Und wir sehen uns hoffentlich nächste Woche, bei dem Maskenball bei den Pereiras?« Mit einer Verbeugung, die trotz seines noch nicht gänzlich wiederhergestellten Beins recht elegant ausfiel, verließ er den Raum und war froh, einer intensiveren Befragung zum Thema Dona Amba aus dem Weg gegangen zu sein.

Er war entschlossen, den Mann, den er für seinen Freund gehalten hatte, zur Rede zu stellen. Doch als er dessen Stadtwohnung erreichte, traf er niemanden dort an, und keiner der Nachbarn und Dienstboten konnte ihm über den Verbleib des Senhor Sant'Ana Auskunft erteilen. Schon beim letzten Mal hatte er Carlos Alberto nicht auffinden können. Nun, da er wusste, was der andere hinter seinem Rücken trieb, wunderte es Miguel nicht, dass Carlos Alberto sich verleugnen ließ.

»Ich weiß, wo er steckt, Senhor«, vernahm er eine Stimme hinter sich. Abrupt wandte Miguel sich um. Er brauchte einen Augenblick, um das Gesicht außerhalb der Umgebung, in der er es kennengelernt hatte, einordnen zu können. Dann fiel es ihm ein. »Crisóstomo!«

»Zu Diensten, Senhor.«

»Was treibst du hier am helllichten Tag? Vernachlässigst du deine Arbeit? Senhor Furtado wird sehr erzürnt sein.«

»Die Herrschaften sind außer Haus und kommen nicht vor dem frühen Abend zurück. Als ich Euch vorbeireiten sah, da dachte ich, ähm ...«

»Du dachtest ...«

»Ja, also, dass ich Euch beweisen könnte, dass ich mich unsichtbar machen kann. Lasst mich Euch zu dem Ort führen, an dem Senhor Carlos Alberto sich aufhält. Es ist nicht weit von hier. Und, wenn ich Euch um einen Gefallen bitten dürfte?«

»Ja?«

»Macht Euch nicht bemerkbar. Sprecht ein anderes Mal mit ihm.«

Miguel fragte sich, was und wie viel der Bursche wusste. Es

hatte den Anschein, als sei er über viele Dinge in der Kolonie auf dem Laufenden, die ihm selber bisher verborgen geblieben waren. Erstaunlich, wenn man bedachte, dass Crisóstomo sein Leben auf dem Fußboden fristete, durch eine Schnur mit dem Ventilator verbunden. Er nickte dem Jungen zu und folgte ihm schweigend. Sein Pferd ließ er an der Straßenkreuzung vor Carlos Albertos Haus zurück.

Nach wenigen Minuten erreichten sie die Kirche Santo Agostinho. Crisóstomo streifte seine Ledersandalen vor dem Portal ab und betrachtete auffordernd Miguels Stiefel. Als dieser keine Anstalten machte, sein Schuhwerk abzulegen, zuckte der Junge mit den Schultern. Er legte den Zeigefinger an die Lippen, um Miguel zu bedeuten, still zu sein, und ging voran in die Kirche. Miguel fand das wichtigtuerische Gehabe des Jungen überaus amüsant. Crisóstomo benahm sich, als würde er einen Ungläubigen, dem man erst die Gepflogenheiten erklären musste, auf geweihte Erde geleiten.

Gedämpftes Licht und kühle, leicht modrig riechende Luft empfing sie. Das Gotteshaus mit dem imposanten Glockenturm war noch keine dreißig Jahre alt, und es beeindruckte mit herrlichen zeitgenössischen Azulejos. Die blau-weißen Kacheln zeigten biblische Motive sowie Lebensstationen des Heiligen, nach dem die Kirche benannt war. Da gerade keine Messe stattfand, befanden sich nur wenige Personen hier, die meisten davon ältere Damen, die still ihren Rosenkranz vor sich hin beteten. Nachdem Miguels Augen sich an die Lichtverhältnisse gewöhnt hatten, entdeckte er in einer der vorderen Bänke eine vertraute Gestalt – allerdings in unvertrauter Haltung. Carlos Alberto kniete und schien ins Gebet vertieft, wobei man das von hinten schlecht beurteilen konnte.

Miguel folgte Crisóstomo gemessenen Schrittes durch den Mittelgang, um sich dann geschmeidig in dieselbe Sitzreihe gleiten zu lassen, in der Carlos Alberto saß. Dieser blickte nicht einmal auf. Er hatte die Augen geschlossen und bewegte die Lippen, als murmele er ohne Stimme ein Gebet. Miguel hatte große Lust, seinen vermeintlichen Freund am Kragen zu packen und ihn vor die Kirche zu zerren, um dort sein scheinheiliges Getue aus ihm herauszuprügeln. Doch Crisóstomo, der diese Reaktion vorherzusehen schien, hielt ihn davon ab. Der Junge zupfte ihn am Ärmel und blickte ihn flehend an, ganz als wolle er ihn bitten, bloß kein Aufsehen zu erregen.

Also kniete Miguel sich neben Carlos Alberto, und zwar so dicht, dass allein die Tatsache, dass dieser nicht aufblickte, sein Gebet als Posse entlarvte. Jeder andere Mensch, sosehr er auch in die Andacht vertieft war, hätte sehen wollen, wer ihm in einer beinahe menschenleeren Kirche so auf die Pelle rückte.

»Kein Heiliger wird dir je beistehen, Carlos Alberto Sant'Ana, da kannst du beten, so viel du willst. Sie mögen keine Leichenfledderei, weder wenn es ihre eigenen Leichen sind, noch wenn es sich um arme namenlose Kadaver handelt«, raunte er ihm ins Ohr.

Carlos Albertos Adamsapfel hüpfte auf und ab, doch die Augen blieben geschlossen. Fast bewunderte Miguel ihn für seine Kaltblütigkeit.

»Amen«, hörte er den falschen Freund flüstern. »Seit wann scherst du dich um die Unversehrtheit der Gebeine von Heiligen oder besser gesagt: von indischen Cholera-Toten? Sieh lieber zu, dass deine eigenen Knochen heil bleiben. Denn wenn du mich anschwärzt ...« Er führte nicht genauer aus, was Miguel in diesem Fall drohte, denn dieser war bereits aufgestanden und schlüpfte nun ebenso leise und unauffällig aus der Sitzreihe, wie er gekommen war. Erst im Mittelgang schritt er energischer aus. Er musste die Kirche so schnell wie möglich verlassen, sonst platzte er noch vor Wut.

Vor dem Portal knöpfte er sich Crisóstomo vor. »Wie lange geht das schon so? Woher wusstest du, dass Senhor Carlos Alberto sich hier aufhält? Und warum hast du mich hergeführt?«

Crisóstomo antwortete nicht sofort.

»Sprich, Junge! Du wolltest mich also mit deiner ›Unsichtbarkeit‹ beeindrucken. Nun, das ist dir gelungen. Aber wenn du über die Geschehnisse so gut unterrichtet bist, warum hast du mir nicht früher Bescheid gesagt?«

»Das wollte ich ja, Senhor, aber es fand sich keine Gelegenheit dazu. Wie Ihr wisst, kann ich meine Arbeitsstätte nicht nach Belieben verlassen. Heute ist eine Ausnahme.«

Na schön. Miguel sah ein, dass er seinen Unmut nicht an dem Jungen auslassen durfte, der ihm ja eigentlich nur einen Gefallen hatte erweisen wollen.

»Was machst du an einem ›freien‹ Tag wie diesem, wenn du dich nicht in die Angelegenheiten fremder Leute einmischst?«

»Dieses und jenes«, antwortete Crisóstomo ausweichend und rollte mit dem Kopf. »Heute werde ich nach Hause gehen, also zu meinen Leuten.«

Miguel wusste, dass die indischen Dienstboten in einer Art Leibeigenschaft gehalten wurden. Von Indern hoher Kasten wurden sie dabei meist noch schlechter behandelt als von den Europäern. Bei ihm auf dem Solar das Mangueiras war es kaum anders als im Haus der Furtados. Die Dienstboten schliefen auf Matten, die sie abends im Flur oder auf der Veranda ausrollten, und hinter den Häusern, in denen sie beschäftigt waren, gab es meist einen Verschlag, in dem sie sich waschen konnten, in dem sie ihre Kleidung aufbewahrten und in dem ein Abtritt untergebracht war. Dass sie ein anderes Heim haben könnten, es vielleicht sogar vermissten, war ihm gar nicht in den Sinn gekommen. Und was sollte das schon für ein Zuhause sein?

Schließlich hatten die Leute ihren Herrschaften praktisch rund um die Uhr zur Verfügung zu stehen, pro Monat gab es, abgesehen von den sonntäglichen Kirchgängen, einen halben freien Tag.

»Ah«, sagte er, »und wo ist das, wo du zu Hause bist? Willst du es mir zeigen?«

Crisóstomo nickte begeistert. In Gesellschaft eines reichen jungen Herrn in seinem Viertel gesehen zu werden würde ihm Ansehen verschaffen und Gesprächsstoff für Monate bilden – für ihn selber wie für andere.

Miguel freute sich ebenfalls auf den Ausflug. Er hatte noch nie eines der Eingeborenenviertel besucht, da man ihm dringend davon abgeraten hatte, sich ohne Begleitung hineinzuwagen. Raub war das Mindeste, was ihm drohte, seine Ermordung nicht allzu unwahrscheinlich, so hatte es geheißen. Zwar hatte er den Schauermärchen, die über vermisste Portugiesen kursierten, keinen Glauben geschenkt, aber er hatte trotzdem den Rat beherzigt. Er würde allein durch seine Kleidung die Aufmerksamkeit aller kriminellen Subjekte auf sich lenken, und ohne jeglichen Schutz würde er sich dieser Gefahr nicht aussetzen. In Crisóstomos Begleitung aber, das wusste er, wäre er sicher. Die Bewohner der Elendsquartiere würden einen Gast von einem der Ihren niemals angreifen.

Das Viertel lag gut eine Meile außerhalb des Stadtkerns an einem Seitenarm des Mandovi-Flusses. Die Hütten waren kaum anders beschaffen als die in den Dörfern, die Miguel bisher gesehen hatte, doch standen sie sehr viel dichter beisammen. Manche klebten förmlich aneinander, ein Gewirr aus Holzbalken, Tuchplanen, Palmblättern und Bambusstangen. Kaum vorstellbar, dass ganze Familien solche Behausungen ihr Heim nannten. Zwischen den windschiefen Hütten huschten Hühner und räudige Hunde umher, und Wäscheleinen spannten sich über sämtliche Durchgänge. Die kunterbunten Saris, die im Wind flatterten, verliehen dem schäbigen Hüttendorf etwas Malerisches.

Miguel spürte, dass die Leute ihm heimlich nachglotzten. Sie alle, ob Heranwachsender oder Greis, Mann oder Frau, gingen weiter ihren Beschäftigungen nach, als sei alles wie immer. Doch Miguel kannte die Inder inzwischen gut genug, um zu wissen, dass sein Erscheinen hier ein Spektakel war, über das sich alle die Mäuler zerrissen. Nur die kleinen Kinder zeigten ihre Neugier offen. Bald hatte sich eine ganze Traube zerlumpter Kinder gebildet, die lachend und schreiend hinter ihm herlief, was ihren Müttern einen perfekten Vorwand lieferte, den Fremden genau zu studieren. Während sie so taten, als riefen sie nach ihren Kindern, beäugten sie Miguel von Kopf bis Fuß, und kein Detail war zu unbedeutend, um nicht später, wenn man ums abendliche Feuer saß, geschildert zu werden.

Die Wege waren aus Lehm, und er mochte sich nicht vorstellen, wie sie während der Regenzeit aussahen, wenn auch noch der Fluss über die Ufer trat. Am schlammigen Ufer knieten ein paar Frauen und wuschen Wäsche. Zwei junge Mädchen schöpften Wasser in große Tonkrüge, die sie auf dem Kopf forttrugen. Miguel schauderte bei der Vorstellung, dass dieses verdreckte Wasser den Leuten zum Trinken und zum Kochen diente.

Dass die Frauen trotz ihrer erbärmlichen Lebensbedingungen und trotz des allgegenwärtigen Schmutzes so anmutig wirkten, erfüllte Miguel mit einer Mischung aus Freude und Mitleid. Selbst in verschlissenen Baumwollsaris und mit billigen Nasensteckern aus Messing gelang es ihnen noch, eine gewisse Würde zu bewahren. Eine der Frauen schenkte ihm ein freundliches Lächeln, blickte jedoch unmittelbar danach zu Boden, so als schäme sie sich ihres eigenen Wagemutes.

Crisóstomo gab den perfekten Fremdenführer. Mit stolzge-
schwellter Brust stellte er Miguel einigen Leuten vor, die alle
verlegen ihre Füße anstarrten, weil sie nicht wussten, wie mit
dem hohen Besuch zu verfahren sei. Schließlich landeten sie
vor einer Hütte, die fast noch schäbiger aussah als die anderen.
»Hier wurde ich geboren«, erklärte Crisóstomo. »Und alle
meine elf Geschwister auch.« Er sah Miguel direkt in die Augen, in seinem Blick lag dabei Trotz genau wie Stolz. »Leider
sind zurzeit fast alle fort, bei der Arbeit. Aber wenn Ihr wollt,
könnt Ihr meinen jüngsten Bruder kennenlernen. Er ist sechs
Jahre alt und hütet unsere zwei Ziegen und vier Hühner.
Nächstes Jahr wird auch er anfangen, als *punkah wallah* zu arbeiten.«

Der Kleine sah aus, als wäre er höchstens vier Jahre alt, so
klein und dürr war er. Doch er schien ein aufgewecktes Kerlchen zu sein, und er zeigte Miguel ein entwaffnendes Lächeln,
wie Miguel es bisher nur in Indien gesehen hatte. »Schaut nur,
Senhor, wir haben Welpen«, sagte er in schlechtem Portugiesisch zu dem Besucher und lief aufgeregt voran zu einem Winkel, der aus dieser und der benachbarten Hütte gebildet wurde. Dort lag eine Hündin mittlerer Größe und unbestimmter
gelblichbrauner Farbe im Staub, an deren Zitzen ein ganzes
Knäuel flauschiger Kugeln hing. Miguel tat dem Jungen den
Gefallen und staunte betont wortreich über diese wunderschönen Hundebabys, von denen er wusste, dass sie doch nur
wieder zu hässlichen, kranken Kreaturen heranwachsen würden.

Einer der Welpen sah zu Miguel auf. Er löste sich aus dem
Knäuel und lief tapsig und schwanzwedelnd auf ihn zu. Obwohl er kein besonders rührseliger Mensch war und außerdem
ahnte, was dieses Hündchen alles an Ungeziefer mit sich her-
umschleppte, streichelte Miguel ihn und staunte über die Ge-

fühle, die ihn ergriffen. Er nahm den kleinen Kerl hoch, der ihm daraufhin vor Begeisterung das Gesicht abschleckte.

»Wollt Ihr ihn behalten, Senhor?«, fragte Crisóstomo.

»Um Gottes willen, was soll ich mit einem Hund anfangen? Nein, nein. Außerdem ist er ja noch zu jung, um von seiner Mutter fortzukönnen.«

»Das sieht nur so aus. Die Welpen sind neun Wochen alt. Und er wäre bestimmt ein guter Wachhund, so etwas erkenne ich gleich. Er würde Euch gute Dienste leisten.«

Miguel nahm den geheimnistuerischen Ton durchaus wahr. Was wollte ihm Crisóstomo sagen? Dass er angesichts der aktuellen Ereignisse besser mit einem Hund als Leibwächter herumlief? Er dachte einen kurzen Moment darüber nach, bevor er sich einen Ruck gab.

»Na schön, warum eigentlich nicht? Auf dem Solar das Mangueiras ist Platz genug.«

Kurz darauf erklärte Crisóstomo die Besichtigung seines Viertels, das den Namen Panjolim trug, für beendet. Nebeneinander trotteten sie den Hang hinab, begleitet, wie Miguel wusste, von neugierigen Blicken aus den Augenwinkeln der Bewohner. Sie alle würden sich noch wochenlang die Mäuler darüber zerreißen, wie der hochgeborene Herr mit einem Welpen auf dem Arm ihre Gegend verließ – die Stiefel rot vor Staub, das Gesicht nass vor Schweiß und das Wams von den Ausscheidungen des Hundes befleckt.

17

Amba saß im Schneidersitz auf einem Bodenkissen. Vor ihr stand auf einem niedrigen Tisch ihr silbernes *paan daan*, ein Kästchen, in dem sie die Zutaten für ihr *paan* aufbewahrte. Sie entnahm dem Kästchen ein grünes Betelblatt. Auf dieses Blatt gab sie einen kleinen Löffel einer Paste, die aus gelöschtem Kalk und geriebener Betelnuss bestand. Darauf häufte sie ein wenig von ihrem speziellen *paan masala*, einer Gewürzmischung aus Kardamom, Minze, Tabak und Nelken, die Jyoti ihr erst vorhin nach ihrem Rezept zubereitet hatte. Anschließend faltete sie das Betelblatt sorgfältig zu einer kleinen Pyramide zusammen, steckte es mit einer Gewürznelke fest und schob es sich genüsslich in den Mund.

Der erfrischende Geschmack und die belebende Wirkung der Betelnuss und des Betelblattes machten *paan* zu einer Delikatesse, die gerne nach dem Essen genossen wurde. Es sorgte für einen guten Atem und eine gesunde Verdauung. Amba jedoch liebte vor allem das Ritual des Herstellens ihres *paan*. Auf den Märkten konnte man fertige *paan*-Hütchen kaufen, aber um nichts in der Welt hätte Amba auf die beruhigende Prozedur verzichtet. Allein der Anblick des Kästchens und das sorgfältige Abstimmen der Zutaten ließen sie zur Ruhe kommen und die Ereignisse des Tages abstreifen. Den Europäern erging es wohl so ähnlich, wenn sie eine Karaffe öffneten, ein hübsches Glas füllten und sich damit in einen Sessel sinken ließen.

Sie schickte nach Anuprabha, um sich von ihr die Hände und Arme massieren zu lassen. Bei dieser Gelegenheit würde sie sich auch einmal mit dem Mädchen über dessen Zukunft unterhalten. Für immer und ewig konnte Anuprabha ja nicht in ihrem Haus bleiben und traurige Lieder summen. Und als Haushaltsvorstand oblag es ihr, Amba, einen geeigneten Mann auszusuchen, dem sie das Mädchen anvertrauen konnte. Das war angesichts der Umstände keine so leichte Aufgabe. Ein Hindu aus einer höheren Handwerkerkaste würde die junge Frau wegen ihrer dubiosen Herkunft nicht wollen. Bei einem Bauern dagegen wäre sie nicht gut aufgehoben, denn dort wurden Arbeitstiere gebraucht, keine Schönheiten, die im Tanz und in der Kunst der Hennamalerei bewandert waren und obendrein eine so melancholische Ader hatten. Allein der Gedanke, Anuprabhas zarte Finger, die ihr jetzt so gekonnt die Hände kneteten, könnten sich an einem Kuheuter zu schaffen machen, ließ Amba schaudern.

»Habe ich zu fest gedrückt, Ambadevi?«, fragte Anuprabha schuldbewusst.

»Aber nein, meine Kleine, du machst das wunderbar. Ich habe nur nachgedacht. Über dich.«

»Ach?«

»Denkst du manchmal daran, wie es wäre, einen Mann und Kinder zu haben?«

»Wollt Ihr mich fortschicken, Herrin? Was habe ich mir zuschulden kommen lassen?« Anuprabhas schöne Stimme zitterte.

»Nicht, mein Kind, beruhige dich. Mir war nur, als sei es dir manchmal einsam ums Herz. Und in deinem Alter ist es normal, wenn man heiratet und eine Familie gründet. Da du keine Eltern mehr hast, die sich darum kümmern, muss ich diese Aufgabe übernehmen.«

»Ich will nicht heiraten.«

»Das wirst du aber müssen. Noch hast du Einfluss auf die

Wahl des Ehemannes. Wenn dir keiner gut genug ist, musst du die Auswahl mir überlassen.« Amba hatte nicht vor, das Mädchen zu etwas zu zwingen, was es partout nicht wollte. Andererseits musste sie ihr bewusst machen, dass das Leben, das sie hier führte, auf Dauer keine Perspektive bot. »Hast du einen Verehrer, mit dessen Eltern ich mich einmal unterhalten soll?«

»Nein.« Ein störrischer Unterton hatte sich in Anuprabhas Stimme geschlichen.

»Das glaube ich nicht. Eine Schönheit wie du …« Das war sie tatsächlich, fand Amba. Wenn ihre Herkunft einen Makel darstellte, so machte sie diesen durch ihr Aussehen mehr als wett. Wenn dann noch Einwände gegen die Braut bestünden, würde sie eben die Mitgift aufstocken.

»Nun ja, Makarand stellt mir nach«, gestand das Mädchen.

»So?« Amba wusste davon, wollte sich jedoch nichts anmerken lassen.

»Er klettert nachts in den Bäumen vor dem Haus herum. Da!«, sie hielt in ihrer Massage inne. »Habt Ihr es auch gehört? Da hat es schon wieder so verdächtig geknackt und geraschelt. Bestimmt ist er es wieder. Wie ein Äffchen turnt er da draußen herum, nur damit er einen Blick auf mich erhaschen kann, wenn er glaubt, dass ich glaube, ich sei allein oder in Gedanken versunken.«

Amba hatte das Geräusch ebenfalls gehört. Es konnte ein Tier sein, oder eine herabfallende Kokosnuss. Dennoch spitzte sie die Ohren. Ihr waren heimliche Beobachter ebenso unangenehm wie dem Mädchen.

»Außerdem ist er viel zu jung für mich. Ihm wachsen nicht einmal richtige Barthaare, und seine Brust ist so knochig wie die eines hungrigen Kindes. Dann hat er noch die …«

»Psst!« Amba mochte sich die Litanei von Makarands Nachteilen nicht anhören, jedenfalls nicht jetzt, da sie draußen nun wirklich jemanden vermutete.

Die beiden Frauen schwiegen und horchten angespannt. Da, wieder ein Knistern, direkt aus dem Banjanbaum vor der Veranda. Und dann, aus der Ferne, die unverwechselbare Stimme Makarands: »… für fünf Paisa mehr bringe ich dir die doppelte Menge mit. Überleg es dir.«

Der Junge feilschte mal wieder mit der Köchin. Er saß ganz gewiss nicht im Baum und beobachtete das Haus. Nur: Wer saß dann darin?

Amba wurde von schrecklichen Vorahnungen überfallen. Sie entzog Anuprabha ihren von Duftölen glänzenden Arm und legte sich den Schleier über den Kopf. Schweigend, nur durch Gesten, gab sie dem Mädchen zu verstehen, alle Lampen im Raum zu löschen. Im Dunkeln verharrten die beiden reglos und lauschten. Doch kein weiteres Geräusch drang zu ihnen. Amba hörte nur das leise Rauschen des Windes in den Baumkronen, den schnelleren Atem des Mädchens, das direkt neben ihr stand, und ihren eigenen heftigen Herzschlag.

Was, wenn sie sie gefunden hatten?

18

Der Maskenball bei den Pereiras war einer der gesellschaftlichen Höhepunkte des Jahres. Mehr als 200 Gäste waren geladen, und alle waren in aufwendige Kostüme gekleidet, die das Motto des Balls, »*As conquistas portuguesas*«, die portugiesischen Eroberungen, aufgriffen. Da sah man die großen Entdecker des 16. Jahrhunderts – Vasco da Gama etwa war gleich dreimal vertreten – sowie die Ureinwohner der eroberten Länder. Es wimmelte von Indios, afrikanischen Stammeshäuptlingen und indischen Maharadschas. Ein paar Gäste hatten sich als Fregattenkapitäne oder Matrosen verkleidet, einige gingen als Missionare, andere trugen Kostüme, die Flora und Fauna der Kolonien in aller Welt symbolisierten. Es stolzierten Tiger und Elefanten herum, Orchideen und Kokospalmen. Miguel hatte mit dem Gedanken gespielt, als Pfeffersack zu kommen, die Idee dann aber verworfen. Eine solche Verkleidung wäre eine Beleidigung für die Gastgeber, die an nichts gespart hatten und sich ihre Veranstaltung so festlich wie möglich wünschten.

Miguel hatte lange überlegt, als was er sich verkleiden sollte. Er wollte ein Kostüm, das zu ihm und seinem Rang passte, zugleich sollte es ausgefallen sein und einen gewissen Esprit ausstrahlen. Schließlich war ihm die Idee gekommen, dass er als Galeone gehen könne. Es hatte ihn allerhand Mühe gekostet, seine Idee umsetzen zu lassen, da sowohl der Schneider als auch der Stukkateur nicht recht verstanden hatten, was ihm vorschwebte. Doch das Ergebnis konnte sich sehen lassen. Als Frachtschiff trug Miguel eine Galionsfigur aus Gips am Bauch vor sich her, die der Stukkateur liebevoll gestaltet hatte. Er trug einen Hut, der wie ein großes Segel geformt war, des Weiteren eng anliegende Kleidung, die mit braun gestreiften Applikationen in Form von Schiffsplanken versehen war; an seinem Gürtel hing sogar ein kleiner Anker. Es war ein gutes Kostüm, für das er vielfach gelobt wurde, hatte allerdings den Nachteil, dass es nicht sehr komfortabel war. Die Galionsfigur, die um seinen Rumpf geschnallt war, war immerzu im Weg, an Tanzen war damit schon gar nicht zu denken. Nun, er würde sie später einfach abnehmen, wenn es nicht mehr so genau darauf ankäme, wer wie prachtvoll gekleidet war.

Als in der Auffahrt eine silberne Sänfte abgesetzt wurde, der eine vollkommen verschleierte Dame entstieg, setzte kurz sein Herzschlag aus. Einen Augenblick später wich der Schreck einem Gefühl von Erleichterung – und Enttäuschung. Denn es handelte sich keineswegs um Dona Amba, sondern, wie unschwer an ihrem undamenhaften Laufen zu erkennen war, um Delfina, die nun auf ihn zustürmte.

»Oh, Miguel, du bist einfach umwerfend als Handelsschiff!«

»Und du bist eine hinreißende Haremsdame.«

Delfina warf ihm einen Blick zu, aus dem Miguel, hätte er Delfina nicht so gut gekannt, Hinterlist herausgelesen hätte. »Und keine gewöhnliche Haremsdame, mein Lieber. Ich bin heute Abend deine mysteriöse Dona Amba.«

»Was heißt hier ›meine‹ Dona Amba?«, verteidigte Miguel sich, um davon abzulenken, dass er sich irgendwie ertappt fühlte.

»Nun, es geht das Gerücht, du seist der Einzige, der jemals ihr Gesicht gesehen hat.«

»Ach, Delfina gibt zu viel auf dummes Gerede«, sagte Álvaro, der mit seinem Bruder zu ihnen gestoßen war und gar nicht wusste, worüber Miguel und Delfina gesprochen hatten. Allein das Wort »Gerücht« löste bei ihm jedes Mal eine ablehnende

Reaktion aus. Ein sympathischer Zug, wie Miguel fand – und in dieser Situation äußerst praktisch, enthob es ihn doch einer Erwiderung. Er hätte nichts anderes zu sagen gewusst als das, was er allen schon unzählige Male vorgebetet hatte: Nein, er habe nicht das Vergnügen gehabt, in Dona Ambas Gesicht zu schauen, und ja, sie sei abweisend gewesen und habe deutlich gemacht, dass sie keinen weiteren Kontakt wünsche.

Álvaro und Sidónio waren beide in Frauenkostümen erschienen, der eine als Afrika, der andere als Amerika. Schließlich gesellte sich auch Dona Assunção zu ihnen, die ganz in Grün gekleidet und über und über mit Blattwerk versehen war. Sie deutete Miguels fragenden Blick richtig und antwortete nüchtern: »Eine Pfefferpflanze.«

»Zauberhaft, meine Liebe. Aber mir scheint, Euch ist heute Abend Euer übliches Feuer abhandengekommen …«

»Wie wahr. Ihr dafür beobachtet umso schärfer. Ich habe gar keine Lust auf diesen öden Ball«, flüsterte Dona Assunção. »Ich bin bestimmt schon ein Dutzend Male hier gewesen, und es beginnt mich wirklich zu langweilen. Aber Ihr«, und damit hellte sich ihr Gesicht auf, »seid eine wirklich imposante Erscheinung – nicht dass Ihr das in Alltagskleidung nicht auch wärt.«

»*Mãe*, hört auf, so schamlos mit Miguel zu flirten«, beschwerte sich Delfina. »Ihr werdet ihm das Herz brechen. So, nun kommt, lasst uns den Gastgebern unsere Aufwartung machen.«

Abermals schüttelte Miguel den Kopf über den lässigen Umgangston, den die Mendonças untereinander pflegten. Mit seiner Mutter hätte er nie so reden können, wie es Delfina mit Dona Assunção tat. Hätte Delfina ihre Mutter nicht mit dem respektvollen »Ihr« angesprochen, hätte man glauben können, die beiden seien gleichaltrige Freundinnen.

Haus und Garten der Pereiras waren wundervoll geschmückt

und illuminiert. Eine Schar elegant gekleideter Diener kümmerte sich um das Wohl der Gäste, die sich zurzeit noch vorwiegend im Freien aufhielten. Im Garten waren zahlreiche Tische festlich eingedeckt worden, Fackeln beleuchteten die Kieswege, und in einem Zeltpavillon spielte ein indisches Quartett höfische Kammermusik. Nach dem Essen würden zahlreiche Gäste ins Innere des Hauses verschwinden, nicht nur, weil dort das Tanzparkett war, sondern auch, weil die Abendluft des subtropischen Winters recht frisch werden konnte. Miguel fand die Veranstaltung wie auch die Mischung der Gäste überaus gelungen und konnte nicht nachvollziehen, warum sie Dona Assunção anödete. Es waren neben den alten Bekannten – auch der Capitão Assis de Almeida nebst Gattin und drei Kindern sowie die Familie Nunes mit ihrer schüchternen Maria waren erschienen – allerlei indische Gäste geladen worden, natürlich nur solche von großem Einfluss oder Reichtum.

Senhor Chandra, der nur zwei Tage zuvor noch im Kerker eingesessen hatte, stellte demonstrativ seinen Wohlstand zur Schau. Er sowie seine Frau und älteren Kinder waren als die portugiesische Königsfamilie gekleidet, die vor mehr als hundert Jahren den Aufschwung Portugals zur Weltmacht begründet hatte. Auch der Juwelier, Senhor Rui, und seine Frau waren gekommen, beide in indischer Festmontur. Er trug eine an den Waden eng anliegende, extra lange Hose, die sich über den Knöcheln stauchte. Darüber hatte er einen langen, seidenen Rock mit Stehkragen an, der mit einer opulenten Smaragdbrosche geschlossen wurde. Über dem Rock trug er einen langen, mit Goldfäden durchwirkten Schal, auf dem Kopf einen Turban, in dessen Mitte ein weiterer Smaragd eine Feder hielt. Seine Frau, die Miguel heute zum ersten Mal sah, beeindruckte mit einem Festtags-Sari aus Seide, der über und über mit Goldfäden, Perlen und Edelsteinen bestickt war. Die Dame, deren Gesicht man vor lauter Schminke und Schmuck kaum erkennen konnte, das Miguel aber recht gewöhnlich erscheinen wollte, trug Armbänder von den Handgelenken bis zum Oberarm und klingelte bei der kleinsten Bewegung wie zehn Messdiener.

Es handelte sich eigentlich nicht um eine Verkleidung, denn üblicherweise waren Inder bei hohen Anlässen genau so gekleidet. Hier jedoch, inmitten der vielen Europäer, wirkte das hochelegante Paar durchaus passend gewandet. Es wunderte Miguel, dass Senhor Rui so mutig war. Immerhin war die Aussage dieses Kostüms, das keines war, deutlich: *Wir* sind eine »conquista portuguesa«. Aber vielleicht interpretierte Miguel auch einfach zu viel hinein. Vermutlich hatte das Paar den Sinn eines Kostümballs nicht richtig verstanden und sich in Schale geworfen, wie es das für ein anderes Fest auch getan hätte.

Als Miguel in Senhor Ruis Richtung ging, um ihn zu begrüßen und beiläufig zu fragen, ob er es sich mit dem Preis für den Diamanten und das Porzellanservice überlegt habe – wohl wissend, dass der Mann es ihm nicht für sieben *lakh* verkaufen konnte, wenn er nicht sein Gesicht verlieren wollte –, drehten die beiden ab. Sie wandten sich ostentativ einem vizeköniglichen Verwaltungsbeamten zu, dessen Gesellschaft Miguel nicht eben vergnüglich erschien, und gaben ihm, Miguel, zu verstehen, dass sie keine Konversation mit ihm wünschten. Was hatte das zu bedeuten?

Zu den anwesenden Indern und Halbindern gehörten auch Senhor Furtado mit seiner Gemahlin. Die beiden waren beinahe identisch gekleidet. Sie hatten sich in gold schimmernde Tücher gewickelt, von denen unzählige klirrende Messingmünzen baumelten. »Wir sind der ›Goldschatz‹, nach dem Portugal in der Neuen Welt vergeblich gesucht hat«, erklärte Furtado mit einem spöttischen Grinsen.

»Nun, dann benehmt Euch doch freundlicherweise auch wie einer und erklärt mir das eigenartige Verhalten des Juweliers. Will er nichts mehr mit mir zu tun haben?«

»Er hat Angst, man könne ihn über Euch in Verbindung mit dem Betrüger bringen, für den er«, und hier ging seine Stimme in ein Flüstern über, »die Reliquienkästchen gefertigt hat.« Furtado sah die Gastgeberin auf sie zukommen und erhob die Stimme. »Ah, die wunderbare Senhora Pereira. Euer Fest, Dona Miranda, übertrifft die kühnsten Erwartungen!«

Miguel staunte über die vielen Gesichter Senhor Furtados: in einem Moment noch der Geheimnisträger mit Scharfblick, im nächsten der harmlose »Eingeborene«. Sein Ton war von einem Augenblick zum nächsten umgeschlagen von einem verschwörerischen Raunen zu der selbstbewussten Unterwürfigkeit, wie die höhergestellten Inder ihn zur Perfektion gebracht hatten. Was wie ein Widerspruch in sich klang, war nichts weiter als ihre Art, sich mit den Gegebenheiten abzufinden, ohne sich gänzlich unterzuordnen. Miguel hatte dieses Phänomen nun schon des Öfteren beobachtet. Kluge, wohlhabende und aus hohen Kasten stammende Inder konnten sich schlecht desselben Tones bedienen wie die indische Unterschicht, doch ebenso wenig mochten sie die Portugiesen allzu gut imitieren, die dies als Aufsässigkeit gedeutet hätten. Und so waren sie jovial und zurückhaltend zugleich, laut und leise in einem, groß und klein auf einmal – ein Kunststück, wie es nur Indern gelingen konnte.

Nachdem Furtado und seine Frau die Gastgeberin hinreichend bewundert und ihr zahllose Komplimente für das phantastische Fest gemacht hatten, sagte Senhor Furtado wie beiläufig zu Miguel: »Mein junger Freund, lasst uns die Damen nicht mit den leidigen Geschäftsproblemen behelligen. Passt es Euch am kommenden Montag? Dann könnten wir in aller Ruhe im Kontorhaus diese Angelegenheit besprechen.«

Miguel nickte und verließ das Grüppchen, um sich den anderen jungen Leuten zuzuwenden. Die meisten von ihnen, darunter auch die stille Maria, die arrogante Isaura sowie die drei Mendonça-Geschwister, hatten sich um zwei Gestalten geschart, die mit ihren Kostümen für Empörung wie Gelächter gleichermaßen sorgten. Es handelte sich um zwei junge Männer, die Miguel noch nicht kannte. Beide waren halb nackt im Lendenschurz erschienen, die Haut dunkelbraun gefärbt, die Gesichter in einer grotesken Maske zu Afrikanern geschminkt. An den Knöcheln waren die zwei durch eine Kette miteinander verbunden, was der Auslöser für das Lachen war. Denn keiner der beiden jungen Männer konnte einen Schritt ohne den anderen tun, und die halbe Zeit stolperten sie übereinander. Es war tatsächlich lustig, was angesichts der Geschmacklosigkeit ihrer Verkleidung einen kleinen Trost bot.

»Wo ist euer Aufpasser, ihr unnützes Sklavenpack?«, begehrte Isaura zu wissen. Miguel hatte seine Zweifel, ob sie es wirklich so spielerisch meinte – ihr Tonfall war herrisch und herablassend.

»Oh, Sinhá, nicht schlagen!«, rief der eine, und der andere fiel in das Gejammer ein: »Sinhá, habt Erbarmen! Unseren Herrn plagte die Notdurft, und er ließ uns hier zurück.«

Miguel lachte nun ebenfalls über das Schauspiel. Die beiden Männer waren wirklich gut in ihrer Darbietung. Er ließ sich von Delfina vorstellen.

»Der größere ist der junge Senhor Felipe Silva. Der kleinere ist Senhor Gustavo Moraes. Ich würde mich aber von ihrem Äußeren nicht täuschen lassen – der Große macht mehr her, aber der Kleine ist tüchtiger. Den würde ich an deiner Stelle kaufen.«

»Nein, nein, unser Herr will uns nicht verkaufen. Er behält uns, für seine Kakaoplantage in Brasilien.«

»Wer ist euer Herr?«, fragte Miguel. »Vielleicht lässt er mit sich reden. Es ist sicher nur eine Frage des Preises.«

Und so alberten sie noch eine Weile herum. Sie tranken reichlich von den angebotenen Weinen und Bränden und kosteten die Delikatessen, welche von den als Mohren verkleideten Indern auf Tabletts herumgereicht wurden. Es war eine nette Runde, die gut miteinander harmonierte. Sogar die so zurückhaltende Maria sagte hier und da ein Wort, und Miguel stellte erstaunt fest, dass das Mädchen einen feinen Sinn für Humor und ein beachtliches Allgemeinwissen hatte. Vielleicht half ihr die Verkleidung als Meeresungeheuer, ihre Schüchternheit zu überwinden. Das Kostüm war aufwendig gearbeitet, aber mit Marias liebreizendem Gesicht war das Ungeheuer alles andere als angsteinflößend.

Während Miguel sich mit Felipe und Gustavo unterhielt, die, wie sich herausstellte, Cousins waren und einer Familie angehörten, die zu den reichsten der Kolonie zählte, kam beinahe unbemerkt der »Sklavenhändler« zurück. Als Miguel ihn erblickte, hätte er beinahe einen Satz nach hinten gemacht.

Da stand Carlos Alberto vor ihm, in Kleidern, wie sie vor rund 50 Jahren modern gewesen waren und die, für die Kostümierung angemessen, angestaubt und fadenscheinig aussahen. In einer Hand hielt er ein Weinglas, in der anderen eine Peitsche. An seinem Gürtel hing ein überdimensionaler Schlüssel aus Pappmaché.

»Ah, mein Freund, du interessierst dich für meine kostbare Ware?«

»Ganz und gar nicht. Aber ich finde es verblüffend, auf welch vielfältige Weise du dir Geldquellen erschließt. Kein Metier scheint dir zu anrüchig …«

»Pecunia non olet.«

»Geld stinkt vielleicht nicht – doch deinen Geschäftsmethoden haftet ein wirklich übler Geruch an. Aber bitte, tu, was du nicht lassen kannst. Nur: Noli turbare circulos meos!«

Dem verwirrten Blick von Carlos Alberto nach zu urteilen, war Miguels Einschätzung richtig gewesen: Sein einstiger Freund hatte ein paar gängige Phrasen auf Latein parat, weiter reichten seine Kenntnisse der Sprache aber nicht. Seinem Rat, »Störe meine Kreise nicht«, würde er auf andere Weise Ausdruck verleihen müssen.

Doch Delfina, die den Wortwechsel wie die anderen jungen Leute nur am Rande mitbekommen hatte, zog Miguel beiseite und flüsterte ihm ins Ohr: »Nicht hier.« In die Runde sagte sie lauter: »Ich muss euch Miguel kurz entführen.« Und schon schleppte sie ihn mit sich zu einem Hibiskusstrauch am Rande des Grundstücks. Von dort hörte man noch leise die Musik, ab und zu hallte ein helles Lachen bis zu ihnen.

»Was soll das, Delfina? Nun wird man mir auch noch ein Techtelmechtel mit dir unterstellen.«

»Genau.«

»Könntest du dich bitte etwas klarer ausdrücken?«

»Es ist so: Erstens drohte die Begegnung zwischen dir und Carlos Alberto in einen Streit auszuarten, und den wollte ich verhindern. Das könnt ihr bei anderer Gelegenheit nachholen, auf diesem Fest aber hat euer Zwist nichts verloren. Zweitens: Du musst um mich werben.«

Miguel fühlte sich äußerst unwohl in seiner Haut. Wollte Delfina sich ihm auf diese plumpe Weise an den Hals werfen? Und wenn ja: Wie sollte er ihr zu verstehen geben, dass er an ihr kein Interesse hatte? Er mochte das Mädchen von Herzen gern, aber er betrachtete sie mehr als kleine Schwester denn als Frau.

Delfina schienen seine Gewissensnöte nicht entgangen zu sein.

»Nun schau nicht so belemmert drein, Miguel. Du brauchst mir nicht schonend beizubringen, dass deine Gefühle für mich nur geschwisterlicher Natur sind. Mir geht es umgekehrt genauso. Aber ich möchte dich um den Gefallen bitten, wenigstens so zu tun, als würdest du um mich werben. Nur das nächste halbe Jahr lang, in Ordnung?«

»Warum sollte ich das tun?«

»Weil ich dich darum bitte.«

»Und warum trittst du mit dieser sonderbaren Bitte an mich heran? Was solltest du davon haben, dass ich mich als dein Galan ausgebe?«

»Wir sollen vor Beginn des Monsuns zu Mamães Hochzeit nach Lissabon abreisen. Wenn sie ihr Ziel, uns beide miteinander zu vermählen oder wenigstens eine Verlobung anzuberaumen, nicht erreicht hat, muss ich länger als nötig fortbleiben und mich den jungen Europäern auf Brautschau präsentieren. Das wird nicht geschehen. Ich … ich habe hier jemanden.«

»Soll das heißen, du hast einen Verehrer, von dem niemand etwas ahnt?«

»So ist es.«

»Und warum stellst du uns den Glücklichen nicht vor?«

»Kann ich dir vertrauen?«

»Selbstverständlich.«

»Du sagst keiner Menschenseele etwas von dem, was ich dir nun erzähle?«

»Nein.«

»Mein … Bekannter ist Halbinder.«

Miguel sog scharf die Luft ein. Das war allerdings ein Detail, das Dona Assunção nicht würde hinnehmen können.

»Ach Miguel!«, sagte Delfina mit zittriger Stimme, der man anmerkte, dass das Mädchen mit Mühe die Tränen zurückhielt. »Er hat alles, was man sich bei einem Mann nur wünschen kann. Er ist klug, sanft und witzig. Er entstammt einer sehr vornehmen Familie und sieht blendend aus. Er hat Geld, und er ist Christ. Nur die richtige Hautfarbe, die hat er nicht. Wir werden heiraten, ob mit oder ohne die Genehmigung meiner Mutter. Und wenn sie mich zwingen will, mit ihr in Lissabon zu bleiben, dann werden wir vorher durchbrennen.«

»Und inwiefern kann ich euch eine Hilfe sein?«

»Verstehst du denn nicht? Wenn du um mich wirbst, wird sie mich bald nach Goa zurückkehren lassen und vorerst in die Obhut unseres Hauslehrers und meiner alten *ayah* geben. Und dann, wenn Mamãe weit genug weg ist, können wir ja die Verlobung lösen – und ich kann Jay heiraten.«

»Das ist doch ausgemachter Unsinn, Delfina. Da kannst du dir ebenso gut einmal Europa ansehen und auch die potenziellen Bräutigame – du musst ja keinen davon nehmen –, und dann kehrst du nach Goa zurück und heiratest hier deinen Jay. Wenn er so lange nicht auf dich warten will, dann ist er es auch nicht wert, dass du ihn nimmst. Wie ich deine Mutter einschätze, wird sie dir sogar ihren Segen zu dieser Verbindung geben, auch wenn sie nicht gerade standesgemäß ist. Mich brauchst du doch gar nicht für deinen Plan, den ich, nebenbei bemerkt, für kindisch halte.«

»Ich kann und will nicht so lange getrennt von Jay sein. Diese ausgedehnte Europareise mache ich nicht, basta.«

»Warum wirbt eigentlich dieser Jay nicht um dich? Ist er ein solcher Feigling?«

»Er ist kein Feigling! Aber er weiß, was auf mich zukäme, wenn unsere Liebe bekannt würde, und er will mir das ersparen.«

»Nun ja, wenn ihr durchbrennt oder heimlich heiratet, erfahren doch auch alle von eurer Liebe, oder etwa nicht? Früher oder später müsst ihr euch den Vorurteilen der Gesellschaft stellen. Dann könnt ihr es auch jetzt schon tun.«

»Nein, denn man würde uns mit Gewalt voneinander fernhalten. Seine Familie wäre ja ebenso wenig begeistert wie meine über eine Mischehe.«

»Weißt du, Delfina, das Ganze erscheint mir doch sehr unausgegoren. Willst du deinen Plan nicht noch einmal in aller Ruhe überdenken? Und dann können wir bei mir zu Hause ja ungestört darüber diskutieren, in Ordnung? Denn hier«, Miguel blickte vielsagend zu dem Hibiskusstrauch, hinter dem gerade ein Diener aufkreuzte, »scheinen mir sogar die Pflanzen Ohren zu haben.«

Er nahm das Mädchen am Arm und führte es auf die Tanzfläche, auf der gerade die ersten Paare Aufstellung genommen hatten.

»Unterdessen«, sagte er mit einem schelmischen Lächeln, »werde ich der zauberhaften Delfina Mendonça den Hof machen.«

Während Delfina ihren Platz in der Gruppe einnahm, schnallte Miguel sich seine Galionsfigur ab, um dann zu Delfina zu eilen und sich ihr gegenüber zu dem Gruppentanz aufzustellen. Die Kapelle spielte eine schnelle Chaconne-Melodie, zu der Delfina und Miguel beschwingt tanzten. Auch die nachfolgenden Courantes und Gavottes, Menuette und Musettes absolvierten sie, ohne eine einzige Pause einzulegen.

Die Gruppentänze führten sie mit abwechselnden Partnern zusammen, so dass Delfina auch ein paar Worte mit Carlos Alberto, mit dem »Sklaven« Felipe sowie mit einem älteren Herrn wechselte, der beim Tempo der jungen Leute nur keuchend mithalten konnte. Miguel wiederum tauschte ein paar Nettigkeiten mit Isaura, mit Dona Assunção und mit einer reiferen Dame aus, die sich ihm als Dona Iolanda vorstellte und sich als vorzügliche und unermüdliche Tänzerin erwies.

»Wie ist eigentlich Carlos Alberto an eine Einladung zu diesem Ball gekommen?«, fragte er Delfina, als sie nach einer Runde wieder bei ihm angelangt war.

»Die Gastgeberin«, kam die Antwort ein paar Minuten später, als eine weitere Runde vorüber war und die Paare einander wieder in der ursprünglichen Aufstellung gegenüberstanden, »ist sehr religiös. Soviel ich weiß, hat sie sich von ihm ein paar Haare von irgendeinem ollen Heiligen andrehen lassen.«

»Hat sie nicht«, sagte Dona Assunção, als sie eine Pirouette unter Miguels Arm vollführte, »ich habe sie noch rechtzeitig bremsen können.«

Im weiteren Verlauf der Tänze schwieg Miguel. Es war ihm sehr unangenehm, dass sein Wortwechsel mit Delfina gehört worden war. Bestimmt waren auch die feindseligen Blicke, die er und Carlos Alberto tauschten, nicht unbemerkt geblieben. Aber das konnte ihm nur recht sein. Niemand sollte denken, er sei auf irgendeine Art und Weise in den Betrug verwickelt.

Dass die Leute glaubten, er habe wegen eines schwangeren Mädchens Portugal verlassen müssen, war schlimm genug. Dass Senhor Furtado ihn für einen Dieb hielt, noch dazu einen, der den eigenen Vater bestahl, war demütigend, aber immerhin nie an die Öffentlichkeit gedrungen. Dass Carlos Alberto ihn nun in seine Machenschaften hineinziehen wollte, war empörend. Was war nur los mit ihm, dass alle Welt ihn für einen Taugenichts hielt und ihm bereitwillig das Schlimmste unterstellte? Da fehlte ihm jetzt nur noch Delfina, die ihn in eine Intrige mit hineinzog, die ihn nichts anging. Die Geschichte, so ahnte Miguel, würde ein übles Ende nehmen. Und er ebenfalls, wenn er sich nicht besser in Acht nähme.

Er musste dringend etwas unternehmen, um seinen Ruf wiederherzustellen.

19

Der kleine Hund, den Miguel im Armenviertel Panjolim geschenkt bekommen und dem er darum den Namen »Panjo« gegeben hatte, entwickelte sich prächtig. Er folgte seinem Herrn auf Schritt und Tritt, befolgte schon die wichtigsten Kommandos und war nach einigen Wochen mehr oder weniger stubenrein. Miguel liebte den kleinen Panjo mehr, als er es sich nach außen hin anmerken ließ – er wollte nicht für verweichlicht gehalten werden. Der Welpe hatte schon mehrere Paar Schuhe auf dem Gewissen und einige kostbare Teppiche angeknabbert, doch das würde sich legen, sobald er erst seine spitzen Milchzähne verlor, denen Miguel auch allerlei Kratzer und Schrammen an seinen Armen verdankte.

All die kleinen Ärgernisse, die das Hündchen verursachte, wurden mehr als wettgemacht durch die Freude, die er schenkte. Wenn Panjo wie ein Kaninchen durchs Haus hopste oder wie ein Irrwisch hinter seinem Schwanz herjagte, lachte Miguel aus voller Brust. Auch wenn er mit seinen zu großen Pfoten alles anschubste und begeistert hinter jedem Gegenstand herrannte, der sich bewegte, sei es ein Ball oder im Wind flatterndes Laub, war er so drollig, dass Miguel ihm den ganzen Tag dabei hätte zusehen können. Und wenn er erst auf Miguels Schoß lag, seinem Herrn die Hände oder gar das Gesicht ablecken wollte und ihn aus seinen bernsteinfarbenen Augen anhimmelte, dann ging Miguel das Herz vollends auf.

Wenn Miguel aus dem Haus musste, ließ er den Hund meist in der Obhut des *mali*, des Gärtners, denn der schien ihm von all

221

seinen Dienern am tierliebsten zu sein. Die anderen brachten überhaupt kein Verständnis dafür auf, dass ein Köter undefinierbarer Rasse solche Privilegien genoss. Im Gegensatz zur Dienerschaft nämlich schlief Panjo auf einem weichen Kissen im Schlafzimmer seines Herrn, wurde mit den köstlichsten Leckereien verwöhnt und bekam ständig neue Knochen oder Spielzeug zugeworfen. Einmal hatte Miguel beobachtet, wie der Staubwedler nach dem Hund trat, weil der ihm im Weg war, woraufhin er den Burschen beinahe hinausgeworfen hätte. »Wenn du das noch einmal machst, kannst du dir woanders eine Arbeit suchen – und ich werde dafür sorgen, dass es kein respektabler Haushalt wie dieser ist.« Seitdem rissen sich alle zusammen und ließen den Hund in Ruhe. Doch ihr heimlicher Groll gegen Hund und Herrn wuchs.

Als Miguel an diesem Tag Senhor Furtado einen Besuch abstatten wollte, nahm er Panjo mit in die Stadt. Er hatte für diesen Zweck eigens einen Korb anfertigen lassen, in dem er den Hund auf dem Pferd transportieren konnte und der vor ihm auf dem Sattel festgebunden war. Die beiden boten einen lustigen Anblick, und viele Leute, an denen sie vorbeiritten, zeigten mit dem Finger auf sie und lachten. Miguel tat es ihnen gleich, denn er fand seinen kleinen Panjo, der vorwitzig aus dem Korb vor ihm schaute und aufmerksam die Ohren spitzte, so als sei er für die Sicherheit während des Ritts zuständig, selber urkomisch.

In der Hauptstadt angekommen, hob er seinen Hund aus dem Korb, befestigte eine Leine an seinem Halsband und ging mit ihm einmal die Straße auf und ab, bevor er das Kontorhaus betrat.

Senhor Furtado ließ sich nicht anmerken, was er davon hielt, dass der Sohn des Firmeninhabers nun einen Hund im Schlepptau hatte. Er bat ihn hinein, bot ihm eine Erfrischung an und kam, als der Hund sich unter den Tisch verkrümelt hatte, gleich zur Sache.

»Ich denke, meine schadensbegrenzenden Maßnahmen sind erfolgreich. Den neuen Oberinquisitor habe ich durch einen Kontaktmann diskret davon in Kenntnis gesetzt, dass Ihr mit dem falschen Reliquienhandel nichts zu schaffen habt. Den Juwelier Rujul, pardon: Senhor Rui, habe ich verwarnt – wenn er sich weiter an so unsauberen Geschäften beteiligt, kann er seine importierten Güter auf anderen als unseren Schiffen transportieren lassen, was ihn sehr viel teurer zu stehen kommen wird. Des Weiteren habe ich einige Personen, die allzu leichtgläubig sind und sich die Waren Eures Freundes womöglich hätten andrehen lassen, darüber informiert, dass Carlos Alberto Sant'Ana nichts weiter ist als ein gemeiner Verbrecher.«

Miguel war sprachlos. Woher wusste Senhor Furtado so genau über alles Bescheid? Und wie konnte er sich erdreisten, sich zu seinem Fürsprecher aufzuschwingen, so als bedürfe er der Fürsprache? Er hatte sich schließlich nichts zuschulden kommen lassen.

»Glaubt Ihr an meine Unschuld?«, fragte er den Inder.

Der rollte mit dem Kopf. »Es kommt darauf an, in welcher Angelegenheit.«

»In der mit den falschen Reliquien?«

»Ja.«

»In der mit der Gewürzfracht?«

»Hm.«

»Soll das heißen: nein?«

»Ihr bringt mich in eine scheußliche Lage, Senhor Miguel. Ihr verlangt von mir eine Wahrheit, die Ihr gar nicht hören wollt. Ganz gleich, was ich sage, es wird das Falsche sein. Aber falls es Euch beruhigt: Es verdichten sich die Anzeichen, dass weiterhin Frachtgut in Lissabon ›verloren‹ geht – wo Ihr Euch ja nun nicht mehr aufhaltet.«

»Und warum setzt Ihr mich erst jetzt davon in Kenntnis? Liegen Euch irgendwelche Beweise vor, die mir vorenthalten wurden?«

»Nun ja, konkrete Beweise eigentlich nicht. Ich hatte einen Spitzel an Bord der ›Lusitania‹, der ein paar merkwürdige Beobachtungen gemacht hat, mehr nicht. Es war noch nicht genug, um Euch damit zu behelligen.«

Miguel runzelte die Brauen. Er überlegte, ob er den Spieß nicht einfach umdrehen und seinerseits Senhor Furtado mit seinem Verdacht konfrontieren solle. Warum eigentlich nicht? Er hatte schon lange keine Lust mehr, sich ständig zum Sündenbock machen zu lassen.

»Nach allem, was mir bisher über die Abläufe im Gewürzhandel bekannt ist, wärt Ihr einer der wenigen Männer, die das Wissen, die Fähigkeit und die Möglichkeit hätten, diese Betrügereien auf Kosten unseres Hauses durchzuführen.«

Senhor Furtado fielen vor Schreck beinahe die Augen aus dem Kopf. Er japste nach Luft und drückte in einer übertrieben melodramatischen Geste beide Hände an die Brust. »Ich bin seit Jahrzehnten für Euren Herrn Vater tätig, und er hatte nie Anlass zur Beschwerde. Dass nun ausgerechnet ich, der ich loyaler nicht sein könnte, eines solchen Vergehens bezichtigt werde, ist un-er-hört! Es ist ein Skandal! Und das von Euch, einem Lump, der unschuldige Dinger verführt und in Schande sitzen lässt, der spielt und trinkt und den Namen des Herrn in den Schmutz zieht! So dankt Ihr es mir, dass ich Euch aus der Klemme befreit habe, in die Ihr auch hier in Goa geraten seid, was ja wohl kaum ein Zufall sein kann? Nein, das ist ja wohl …«

»Ich danke Euch für diese ehrliche Einschätzung meiner Person, Senhor Furtado.« Damit beugte Miguel sich unter den Tisch, weckte den Hund und nahm ihn an die Leine. »Komm, Panjo.«

Er stand auf und ging zur Tür. Doch Senhor Furtado wollte anscheinend das letzte Wort behalten. »Ihr habt noch mehr Sünden auf Euch geladen, wenn auch indirekt. Mein *punkah wallah* hat mich bestohlen, nur damit ich ihn hinauswerfe. Er will in Eure Dienste treten, wenn ich mich nicht sehr täusche.«

»Ach«, sagte Miguel, »und warum musste er Euch bestehlen? Anstatt mich der Anstiftung dazu zu beschuldigen, solltet Ihr einmal über Euer eigenes unchristliches Verhalten nachdenken. Wahrscheinlich hat er um Entlassung gebeten, die ihm nicht gewährt wurde, nicht wahr? Und haltet Ihr es etwa für Nächstenliebe, einen aufgeweckten Jungen tagaus, tagein mit den Zehen wackeln zu lassen? Für mein Verständnis grenzt das an Folter.«

»Ihr kennt Indien noch nicht gut genug. Bestimmte Dinge sind so, wie sie sind, wie sie es waren und wie sie es immer bleiben werden. Dazu gehört auch die Zugehörigkeit zu bestimmten, ähm, Berufsgruppen.«

»Ihr meint Kasten – die vor dem portugiesischen Gesetz nicht mehr existieren.«

»Macht Euch doch nichts vor! Überall auf der Welt herrscht ein Kastensystem, wenngleich unter anderem Namen. Würde in Portugal etwa ein Prinz eine Wäscherin heiraten? Würde ein reicher Kaufmann seine Tochter einem Schuhputzer zur Ehefrau geben?«

Miguel musste zugeben, dass Senhor Furtado in diesem Punkt recht hatte. Doch in der Angelegenheit mit Crisóstomo konnte er ihm nicht zustimmen. »Nein, aber in Europa hat auch ein armer Junge eine Chance, so gering sie sein mag, sich aus eigener Kraft etwas aufzubauen. Wer klug ist und tüchtig, wer dann noch ein wenig Glück dazu hat, der kann es durchaus zu etwas bringen.«

»Nun, wenn Ihr es für ›klug und tüchtig‹ haltet, wenn ein *punkah wallah* seinen Herrn bestiehlt – nur zu. Stellt den Burschen ein. Als Nächstes wird er Euch betrügen und hintergehen.«

»Zumindest passt er gut zu mir, das müsst Ihr doch zugeben, Senhor Furtado. Ich bin in Euren Augen ein Dieb – da ist der junge Crisóstomo doch bestens bei mir aufgehoben.« Nach einem kurzen Zögern fügte er noch die eigentlich überflüssige Frage hinzu: »Was genau hat Euer *punkah wallah* Euch denn gestohlen?«

Furtado verdrehte die Augen. Ihm war deutlich anzusehen, was ihm durch den Kopf ging, nämlich dass der junge Senhor Miguel offenbar die elementarsten Grundprinzipien eines Dienstverhältnisses nicht verstanden hatte. Es kam schließlich nicht auf den Wert des Gegenstandes an, den der Dieb entwendet hatte, sondern allein darauf, dass er es überhaupt gewagt hatte, sich am Eigentum seines Dienstherrn zu vergreifen. Dennoch beantwortete er die Frage.

»Er hat die goldene Kordel samt dem goldenen Ring, mit dem sie an seinem Fuß befestigt war, gestohlen.«

Miguel konnte nicht anders: Er lachte lauthals, und zwar so herzhaft, dass der kleine Panjo vor Begeisterung an ihm hochsprang und aufgeregt bellte.

Wenig später begegnete Miguel dem Übeltäter, der ihm, wie es schien, aufgelauert hatte.

»Nehmt Ihr mich nun in Eure Dienste, Senhor?«, platzte Crisóstomo gleich heraus.

»Warum sollte ich einen Dieb beschäftigen wollen?« Miguel

setzte eine strenge Miene auf. »Du gehörst ins Zuchthaus, nicht ins Solar das Mangueiras.«

»Aber … aber ich dachte …«

»Was? Dass du für deine billigen Manöver auch noch belohnt werden würdest? Nun, da hast du dich leider verkalkuliert.«

»Einen Hund nehmt Ihr auf und verwöhnt ihn wie ein Kind, aber einen Menschen behandelt Ihr wie einen Hund.« Crisóstomo zog die Mundwinkel verächtlich nach unten. Dann, als habe er bemerkt, dass Verachtung nicht der diplomatischste Weg war, um sein Ziel zu erreichen, lächelte er Miguel an und warf ihm einen herzerweichenden Welpenblick zu. »Senhor Miguel, ich flehe Euch an. Ich werde Senhor Furtado die gestohlenen Dinge zurückbringen. Ich würde sogar wieder als *punkah wallah* arbeiten, aber überlasst mich um Gottes willen nicht meinem Schicksal. Wo soll ich denn hingehen? Niemand wird mich einstellen. Und was wird dann aus meinem kleinen Bruder?«

»Vielleicht hättest du dir all diese Gedanken vorher machen sollen. Aber schön, ich werde dir eine Chance geben.«

Beinahe wäre Crisóstomo ihm um den Hals gefallen, doch er besann sich noch rechtzeitig der guten Sitten und blieb mit gesenktem Haupt vor seinem neuen Dienstherrn stehen. »Danke, Senhor.«

»Wann kannst du anfangen?«

»Sofort, Senhor.«

»Hast du noch Dinge, die dir gehören, in Furtados Haus?«

»Nur meine Schlafmatte und ein wenig Kleidung, Senhor.«

»Und wo ist das Diebesgut?«

»Hier, Senhor.« Crisóstomo zog die Kordel und den Ring aus der Tasche, die in seinen *dhobi*, seine weiße Wickelhose, eingenäht war.

»Gut. Ich schlage vor, wir begeben uns sofort dorthin. Du bringst diese Sachen zurück, entschuldigst dich in aller Form bei der Senhora, holst deine Habseligkeiten und kommst dann gleich mit mir zum Solar das Mangueiras. Dort wirst du zunächst als *punkah wallah* eingesetzt.«

»Jawohl, Senhor.«

Und so geschah es. Gemeinsam gingen sie zu Furtados Wohnhaus und machten Senhora Furtado ihre Aufwartung. Ihre Stimme überschlug sich vor Empörung, doch Miguel konnte sie zumindest so weit besänftigen, dass sie Crisóstomo ziehen ließ. Dann ritten sie die Strecke zurück, der Hund ganz vorn in seinem Sattelkörbchen, dahinter Miguel, dahinter Crisóstomo, der seine Aufregung darüber, dass er erstmals auf einem so großen Pferd saß, kaum verbergen konnte.

In den Dörfern, die sie passierten, reckte der Bursche den Hals, als wolle er sicherstellen, dass ihn auch ja jeder sah, wie er da so wichtig hinter dem hochgestellten Herrn saß. Er beglückwünschte sich für seine Entscheidung, den Diebstahl begangen und ausgerechnet sein »Arbeitswerkzeug« mitgenommen zu haben. Er hatte instinktiv gewusst, dass ihm das die Sympathien von Senhor Miguel einbringen würde.

Wenige Tage nach seinem Dienstantritt auf dem Solar das Mangueiras wurde Crisóstomo in das Arbeitszimmer des Hausherrn gerufen.

»Ich werde eine längere Reise machen. Ich brauche einen Burschen, der mich begleitet und der alles an Arbeiten erledigt, was ich ihm auftrage. Alles.«

»Jawohl, Senhor. Ich bin genau der Richtige dafür, Senhor.«

»Du musst die Pferde versorgen, mein Nachtgeschirr leeren und das Zelt ausfegen. Du musst auch die allerniedrigste Arbeit gut erledigen, ohne je darüber zu murren. Deine Kastenzugehörigkeit interessiert mich nicht. Wenn eine Aufgabe dir unter deiner Würde erscheint, dann sag es mir jetzt.«

»Ich tue alles für Euch, Senhor.«

Miguel glaubte ihm. Er wollte auf seine Reise nicht einen ganzen Tross von Dienern mitnehmen, wie es andere vornehme Portugiesen und auch Inder taten, nur weil es für jeden Handgriff einen anderen Zuständigen gab. Er wollte mit leichtem Gepäck und wenig Leuten unterwegs sein, um flexibel und wendig zu bleiben.

»Kannst du kochen? Kannst du waschen? Kennst du dich im Umgang mit irgendeiner Waffe aus?«

»Kochen kann ich nur so, wie wir es zu Hause tun, nicht die Sachen, die Ihr esst. Aber meine *chapattis* sind die besten! Waschen kann ich, ich musste früher immer meiner Mutter dabei helfen. Und eine Waffe, hm, nun ja … ich bin nicht schlecht mit der Steinschleuder.«

Das reiche aus, befand Miguel. Er konnte schließlich kaum erwarten, dass ein einzelner Bursche in allen Bereichen brillierte. Aber er wollte gern jemanden dabeihaben, der vielseitig einsetzbar wäre und der nachts auch einmal Wache halten konnte. Eine Steinschleuder erfüllte durchaus ihren Zweck, wie die Bibel ja bereits lehrte.

»Na schön. Du kommst mit.«

»Danke, Senhor«, sagte Crisóstomo, verbeugte sich und drehte sich schnell um, um den Raum zu verlassen. Er wollte seinen Herrn nicht sehen lassen, dass seine Augen angesichts seines großen Glücks ganz feucht wurden.

Dass seine Auswahl zum Reisebegleiter Senhor Miguels vielleicht nicht nur Glück versprach, kam ihm gar nicht in den Sinn. Erst Wochen später erinnerte er sich dieses Tages – und verfluchte ihn.

20

Amba hatte ihre Spuren gut verwischt. Es war praktisch unmöglich, dass ihre Häscher sie hier aufgestöbert haben sollten. Sie hatte ihre Vergangenheit abgestreift wie eine Schlange ihre Haut, und sie hatte sie weit hinter sich gelassen. Selbst wenn ihre Verfolger sie in Goa vermuteten, eine wochenlange Reise entfernt von ihrer einstigen Heimat, würden sie wohl kaum auf die Idee kommen, bei der angesehenen Dona Amba könne es sich um die von ihnen Gejagte handeln. Dennoch beschlichen Amba Zweifel. Was, wenn ein dummer Zufall sie auf ihre Fährte gelockt hatte? Was, wenn einer ihrer Dienstboten, vielleicht unbewusst, etwas ausgeplaudert hatte?

Aber nein. Wenn sich ihre Verfolger tatsächlich in Goa aufhalten sollten, wäre es ihr längst zu Ohren gekommen. Sie sprachen eine fremde Sprache, entstammten einer vollkommen andersartigen Kultur. Sie würden durch ihre Kleidung und durch ihr Gebaren auffallen, sie würden die Dienste eines Dolmetschers in Anspruch nehmen und in einer Herberge absteigen müssen. All das würde es ihnen unmöglich machen, sich leise und unauffällig an ihre Beute heranzupirschen. Sie wären schon von weitem zu erkennen, und Amba hätte genügend Zeit, um sich in Sicherheit zu bringen.

Für den unwahrscheinlichen Fall, dass sie eines Tages genötigt sein sollte, schnell die Flucht zu ergreifen, hatte sie vorgesorgt. Es gab einen unterirdischen Gang, der aus ihrem Haus in den Wald führte. Nur sie und ihre *ayah* Nayana kannten diesen Tunnel. Die Arbeiter, die ihn gebaut hatten, stammten aus der

Region, in der die Indigo-Plantage lag. Amba hatte sie für die geheimen Bauarbeiten hierhergeholt und sofort danach zurück in ihre Heimat bringen lassen. Während ihrer Anwesenheit in Goa hatten die Männer keinerlei Möglichkeit gehabt, jemandem etwas von dem Gang zu verraten, was nicht zuletzt an ihren mangelnden Sprachkenntnissen lag. Und auch im Osten des Landes stellten sie keine Gefahr dar: Sie würden niemals zurück an den Ort finden, an dem sie den Tunnel gegraben hatten. Außerdem waren ihre Familien auf der Plantage beschäftigt, und sie würden sich keinen Gefallen erweisen, wenn sie die Geheimnisse ihrer Herrin ausplauderten.

Der Zugang zu dem unterirdischen Fluchtweg war in Ambas Schlafzimmer hinter einem großen Wandgemälde der Göttin Parvati verborgen, das sich durch einen speziell angefertigten Mechanismus zur Seite schieben ließ, ohne dass Schienen oder Rollen sichtbar gewesen wären. Hinter diesem Bild befand sich ein Hohlraum, der bei flüchtiger Betrachtung für eine geheime Schatzkammer gehalten werden konnte und in dem Amba tatsächlich ein paar Schmuckschatullen deponiert hatte, um mögliche Verfolger auf die falsche Fährte zu locken. In ihrer Gier würden die Jäger nur Augen für die Kostbarkeiten in dieser versteckten Kammer haben – und höchstwahrscheinlich übersehen, dass es dort, verborgen unter einem zerschlissenen Teppich, eine Klappe im Boden gab. Darunter führten zehn in den festen Lehm gehauene Stufen steil in den Tunnel.

Der Tunnel selber war schmal und niedrig. Selbst Amba, die sehr klein und zart war, konnte sich darin nur geduckt fortbewegen. Er war dunkel und sogar in der Trockenzeit feucht, und es roch darin nach Moder. Die Bauarbeiten hatten aufgrund des geheimen Charakters dieses Tunnels schnell ausgeführt werden müssen, für eine aufwendigere Gestaltung war keine Zeit geblieben. Und wofür auch? Er erfüllte seinen Zweck.

Länger als nötig würde Amba sich darin ohnehin nicht aufhalten. In den Nischen, die seitlich in die Tunnelwände geschlagen worden waren, hatte sie alles bereitgestellt, was sie bei einer Flucht benötigen würde. Dort lagen Kerzen und ein Feuerstein genauso wie ein fertig geschnürtes Bündel mit Kleidung und Decken. Auch eine kleine Kiste mit konservierten Lebensmitteln – eingelegte Mangos, gesalzene Cajú-Nüsse, getrocknete *papadam*-Fladen – stand dort bereit. In regelmäßigen Abständen vergewisserte Amba sich, ob all diese Dinge sich noch in einem gebrauchstüchtigen Zustand befanden und nicht etwa, trotz sorgfältigster Verpackung, von Schimmel oder Ungeziefer befallen waren.

In einer weiteren Nische, die sich von den anderen nur dadurch unterschied, dass sie sich auf Bodenhöhe befand und von ein paar wie zufällig dorthin gerollten Steinen verdeckt wurde, bewahrte Amba ihr Vermögen auf. Manchmal konnte sie selber kaum glauben, dass dieses unscheinbare Säckchen, das sie in der Nische versteckt hatte, einen so großen Schatz barg. Denn in dem braunen Leinenbeutel befanden sich Edelsteine, Perlen und goldene Geschmeide, die ihr überall auf der Welt ein sorgenfreies Leben ermöglichen würden. Im Gegensatz zu Grundeigentum, Möbeln mit wertvollen Intarsien oder etwa ihrer kostbaren Sitar hatten die Juwelen den unschätzbaren Vorteil, dass sie leicht zu transportieren waren und ihr so die Flucht finanzieren würden.

Ein paar Stücke hatte sie bereits verkaufen und dabei einen erheblichen Verlust hinnehmen müssen. Überall in Indien gab es Männer wie Rujul, die ein untrügliches Gespür dafür besaßen, wer es dringend nötig hatte, seine Juwelen zu Geld machen zu müssen. Die verbleibenden Teile jedoch stellten noch immer einen hohen Wert dar. Sie waren aus einem kostbaren Säbel herausgelöst worden, einem Hochzeitsgeschenk. Ach, wie lange jener glückliche Tag zurücklag! Und was hatte das Schicksal aus ihr gemacht? Wo war das Mädchen von einst geblieben? Wann war ihr das helle Lachen abhandengekommen, wann ihre unbeschwerte Art, die Männer mit einem einzigen Blick aus ihren funkelnden, kholumrandeten Augen in ihren Bann zu ziehen? Es schien ihr eine Ewigkeit her zu sein, dass sie allein durch das Klimpern mit ihren Fußkettchen einen Mann um den Verstand bringen konnte oder durch ihre zu einem Schmollen verzogenen Lippen jeden Wunsch erfüllt bekam.

Nach Jahren in *purdah*, hinter dem Schleier, und selbstgewählter Abgeschiedenheit hatte sie die Kunst der Verführung verlernt. Bei dem Leben, das sie führte, hätte sie ebenso gut die scheußlichen Brandnarben Chitranis haben können – es hätte nicht den geringsten Unterschied gemacht. Manchmal fühlte Amba sich wie eine alte Frau, die seufzend der fernen Tage gedachte, da sie noch zu becircen wusste. Und dabei war sie gerade 26 Jahre alt.

Ah, genug der trübsinnigen Gedanken! Verärgert über sich selbst, stieß Amba mit dem nackten Fuß einen Tausendfüßler beiseite, der über den Boden ihres Schlafzimmers kroch. Was machten ihre Dienstboten eigentlich den ganzen Tag? Konnten sie nicht einmal das Haus so gut ausfegen, dass man nicht immerzu über Krabbeltiere oder hereingewehte Blätter stolperte?

»Anuprabha! Jyoti!«

Die beiden Mädchen kamen herbeigeeilt und setzten dienststeifrige Mienen auf. »Ja, Ambadevi?«

»Da, seht nur«, sagte Amba und deutete auf das Insekt. »Ich dulde diese Tiere nicht in meinem Schlafzimmer. Es ist außerdem gefährlich. Wollt ihr, dass mir im Schlaf irgendetwas ins Ohr krabbelt, ich anschließend taub werde, mich dann vollends mein Glück verlässt, ich verarme und euch auf die Straße setzen muss? Wollt ihr das? Na also. Fegt diesen Raum gründlich aus – und danach den Rest des Hauses ebenfalls.«

Die beiden huschten eingeschüchtert davon, um die kurzen Reisigbesen zu holen und dem Befehl Folge zu leisten, während Amba sich so lange in den Salon begab. Nachdem Anuprabha und Jyoti im Schlafzimmer gekehrt hatten und ihre Herrin zurückkam, verzogen sie sich. Draußen hörte Amba das Wuschwusch der Besen und das leise Gemurmel der Mädchen. Wahrscheinlich stellten die beiden aberwitzige Mutmaßungen an, warum sie heute Abend so unausstehlich war und sie mit so niederen Arbeiten bestrafte.

»Kein dummes Geschwätz, ihr beiden! Arbeitet schweigend!«, rief sie und ließ sich müde auf ihr Bodenkissen fallen. Es machte ihr keinen Spaß, die Dienerschaft herumzuscheuchen – aber wenn sie es nicht tat, würden ihr die Leute innerhalb kürzester Zeit auf der Nase herumtanzen. Nur wenn sie sich wie eine Herrin benahm, wurde sie auch wie eine Herrin respektiert. Zeigte man die kleinste Schwäche, wurde diese sogleich ausgenutzt.

»Wenn ihr fertig mit dem Fegen seid, dürft ihr euch zu Makarand und Dakshesh gesellen und euch die Schauermärchen von dem Alten anhören.« Amba wusste, dass ihre Diener die Geschichten des Gärtners liebten – genauso wie sie wusste, dass ihre Erlaubnis, zu Daksheshs Hütte zu gehen, eine Art Belohnung darstellte. Vielleicht war sie doch nicht so streng, wie sie es sein sollte. Aber irgendwie musste sie die beiden Mädchen loswerden, denn sie selber wollte noch etwas erledigen, bei dem sie keine Zeugen brauchen konnte. Außer Nayana natürlich.

Wo steckte sie eigentlich? Hielt sie etwa wieder ein Nickerchen? In letzter Zeit verschlief ihre *ayah* den halben Tag – wenn sie sich in der Mittagszeit hinlegte, wachte sie oft nicht vor der Abenddämmerung auf. Sagte man nicht, dass die Alten mit weniger Schlaf auskamen als die Jungen? Auf Nayana traf dies gewiss nicht zu. Denn nach ihrem ausgedehnten Mittagsschlaf hatte sie auch nachts keinerlei Schwierigkeiten, sofort nach dem Hinlegen wieder einzudösen. Beneidenswert, dachte Amba. Wahrscheinlich war es die Unbedarftheit ihrer *ayah*, die ihr diese innere Ruhe verlieh. Sie selber schlief, gerade in jüngster Zeit, sehr unruhig. Sie wälzte sich stundenlang auf ihrer Matratze, schrak, kaum dass sie eingeschlafen war, wieder auf und hatte dann die furchtbaren Bilder ihrer Träume vor Augen, die ein neuerliches Einschlummern verhinderten. Tagsüber fühlte sie sich dann oft matt und abgeschlagen.

Jetzt allerdings war sie hellwach und hochkonzentriert. Sollte Nayana doch schlafen – sie würde für ihr Vorhaben nicht lange brauchen und konnte auf die Hilfe der Alten verzichten. Deren Aufgabe hätte vor allem darin bestanden, aufzupassen, dass niemand Ambas Zimmer betrat, und das würde sich auch so regeln lassen.

»Anuprabha, Jyoti?«

»Ja, Ambadevi?«

»Sagt Chitrani, sie soll das Essen heute etwas später auftragen, ich habe noch keinen großen Appetit. Ich würde mich gern noch ein wenig hinlegen. Und ihr zwei dürft jetzt gehen – das Rascheln der Besen stört mich.«

Amba sah nicht, wie die zwei jungen Mädchen sich ungläubig anstarrten, aber sie hörte, wie sie die Besen in eine Ecke knallten und sich kichernd auf den Verandastufen ihre Schlappen überstreiften. Als sie endlich allein war, nur mit der schlafenden Nayana in einem Nebenraum, trat sie vor das Gemälde Parvatis.

Sie schob ihre Hand unter den Rahmen und löste die Verriegelung, die sich genau auf Augenhöhe der Göttin befand. Ein kurzes Schnappen war zu hören. Dann drückte Amba das Bild zur Seite und kletterte in die Kammer. Von innen brachte sie das Gemälde wieder in seine ursprüngliche Position zurück, bevor sie den Teppich beiseiteschob und die Klappe öffnete. Ein schaler Geruch schlug ihr entgegen. Sie drückte sich ein parfümiertes Tuch vor Mund und Nase, in der anderen Hand hielt sie eine Laterne. Vorsichtig stieg sie die steilen Stufen hinab. Im Tunnel angekommen, begab sie sich zunächst zu dem Versteck ihrer Juwelen. Sie entnahm dem Beutel einen großen Rubin und steckte ihn in ihr Dekolleté. Dann verstaute sie den Beutel wieder, legte die Steine vor die Nische und ging weiter in Richtung des Ausgangs.

Denn auch dieser musste regelmäßig überprüft werden. War er noch offen? War er sicher verborgen? Hatte kein wildes Tier in der von Gestrüpp verborgenen Höhle Zuflucht gesucht? Der Ausgang des Tunnels lag eine halbe Meile westlich des Wohnhauses, und der Weg konnte, wenn man in gebückter Haltung durch Finsternis und schlechte Luft schleichen musste, endlos erscheinen. Amba riss sich zusammen. Sie hatte diese Strecke schon öfter zurückgelegt, oder etwa nicht? Sie war sicher hier unten. Die Stille, das sagte sie sich immer wieder, war nicht unheimlich, sondern im Gegenteil ein Zeichen dafür, dass alles in bester Ordnung war. Entschlossen setzte sie ihren Weg fort und verdrängte jeden Gedanken an die Gefahren, die ihr hier drohten. Ein Einsturz des Tunnels, ein Schlangennest, ein Mangel an Luftzufuhr? Bloß nicht daran denken! Sie zwang sich, sich den Zweck des unterirdischen Gangs vor Augen zu halten. Er würde ihr vielleicht eines Tages das Leben retten.

Als sie endlich am anderen Ende angelangt war, krabbelte sie vorsichtig hinaus und sog gierig die frische Luft ein, die sie im Freien empfing. Sie stieg aus der kleinen Höhle, eigentlich mehr ein Hohlraum zwischen drei großen Felsen, und zwängte sich durch das Gestrüpp, das diesen Hohlraum verbarg. Es war seit ihrer letzten Inspektion deutlich dichter geworden. Wunderbar. Das bedeutete, dass sich niemand ihrer Höhle genähert hatte.

Sie schaute sich um, doch außer Bäumen, Farnen und Buschwerk, vom Mond silbern beleuchtet, war nichts zu sehen. Natürlich nicht. Es handelte sich um einen Wald, in den kaum je ein Mensch seinen Fuß setzte. Die Region war ohnehin nur sehr dünn besiedelt, und die Leute hatten weder Zeit noch Lust, sich in dieser Wildnis herumzutreiben. Auch Jagdgesellschaften verirrten sich niemals hierher. Sie bevorzugten die Wälder in den Ghats, in denen die Wahrscheinlichkeit, einen Tiger zu erlegen, deutlich höher war.

Beruhigt trat Amba den Rückweg an, der ihr viel kürzer erschien als der Hinweg. Dennoch empfand sie ein Gefühl großer Erleichterung, als sie endlich die Stufen erreichte, die zurück in die Geheimkammer führten. Sie schloss die Bodenklappe, legte den Teppich darüber, öffnete die Tür, huschte in ihr Schlafzimmer und schob das Gemälde wieder vor die Wandöffnung. Dann ließ sie sich mit einem tiefen Seufzer auf ein Kissen fallen.

Im Haus war kein Laut zu hören. Amba hatte schon befürchtet, während ihres kurzen Ausflugs könne sich irgendetwas ereignet haben, das ihre Anwesenheit erforderlich machte, aber das war offenbar nicht der Fall. Allerdings beunruhigte es sie, dass auch von Nayana nichts zu hören war. Sie nahm den Rubin aus ihrem Dekolleté, versteckte ihn inmitten der Gewürzmischung in ihrem *paan daan* und verließ ihr Zimmer, um nach Nayana zu sehen.

»Nayana?«, rief sie vor der Tür zur Kammer ihrer *ayah*. »Nayana, bist du wach? Geht es dir nicht gut?«

Kein einziges Geräusch war zu vernehmen. Amba klopfte noch einmal, bevor sie sich entschloss, einzutreten. Die schlimmsten Vorahnungen überfielen sie. Vielleicht hatte Nayana der Schlag getroffen, so wie es im vergangenen Winter der Frau des Dorfschmieds ergangen war, die seitdem gelähmt war und gefüttert werden musste. Oder war Nayana gestürzt und lag nun ohnmächtig auf dem Boden? Zahllose Schreckensvisionen malte Amba sich innerhalb eines kurzen Augenblicks aus, eine furchtbarer als die andere. Und für jedes Unglück, das Nayana getroffen haben mochte, war allein sie, Amba, verantwortlich.

Doch mit dem Anblick, der sie dann erwartete, hatte sie nicht gerechnet. Nayana lag seitlich auf ihrer Matte, zusammengerollt wie ein schutzbedürftiges kleines Kind, und schlief selig. Ihr Brustkorb hob sich in regelmäßigen Abständen, ab und zu waren kleine Schnauber zu hören. Nayanas inzwischen beinahe weißes Haar, das ihr bis zu den Hüften reichte, war wirr um ihren Kopf ausgebreitet. Ein kleines Lächeln lag auf ihren Lippen.

Amba hockte sich zu ihrer *ayah* und streichelte ihr sanft über die Stirn. Alt war sie geworden, ihre geliebte Nayana. Aber alle Irrungen und Wirrungen des Lebens hatten ihr nicht die Unschuld rauben können. Die Tragödien, die sie mit Amba gemeinsam durchleiden musste, hatten Nayanas freundlichem Gemüt nichts anhaben können, die gemeinsam erlebten Demütigungen hatten keinen Schatten auf Nayanas reine Seele werfen können. Es war zu rührend, wie sie da lag, ihr tiefer Schlaf der beste Beweis dafür, dass ihr kindliches Urvertrauen unangetastet war.

Amba schmunzelte bei dem Gedanken, dass sich über die Jahre kaum merklich die Rollen vertauscht hatten. Nun war sie diejenige, die nicht nur für das Wohlergehen Nayanas und der anderen Dienstboten verantwortlich war, sondern ihnen auch mütterliche Gefühle entgegenbrachte. Die tiefen Falten in Nayanas Haut, die eingefallenen, runzligen Lippen und das weiße Haar änderten nichts daran, dass Amba sie betrachtete, als sei sie ihr Kind. Und genau aus diesem Grund würde sie die *ayah* nun auch schlafen lassen.

Auf Zehenspitzen schlich Amba sich aus dem Raum.

21

Frei Martinho war entzückt. Endlich einmal ein Mann, der auf Anhieb begriff, worum es ihm ging. Endlich einmal jemand, der sich in der Kolonie auskannte und ihn in Dinge einweihte, die ihm sonst verborgen geblieben wären. Endlich ein Mann mit dem Mut, ihm gegenüber kein Blatt vor den Mund zu nehmen.
Von den Indern – ein schreckliches Volk, alles Lügner und Faulpelze! – erwartete er ja schon gar nichts anderes mehr, als dass sie sich seinen Anordnungen widersetzten und sich dabei auch noch so benahmen, als seien sie die hilfsbereitesten Menschen der Welt. Von den Europäern dagegen, die in der Kolonie lebten, hatte er sich wirklich mehr versprochen. Doch nein: Auch sie zeichneten sich durch schmeichlerische Verlogenheit aus, eine Unsitte, die sie sich hier von den Eingeborenen abgeschaut haben mussten. Alles katzbuckelte vor ihm, doch nichts geschah. Die Zahl der Verhaftungen war gering, die überführten Ketzer waren schnell wieder auf freiem Fuß. Denn selbst unter den katholischen Geistlichen fanden sich immer wieder solche, die bereit waren, den Gefangenen zur Flucht zu verhelfen, oder sogar solche, die die Verdächtigen vorher warnten. Ihm gegenüber heuchelten sie alle Gehorsam, aber in Wahrheit trieben sie genau das, wonach ihnen der Sinn stand. Es war zum Verzweifeln. Frei Martinho bekreuzigte sich und bat seinen Schöpfer, ihm Kraft für die übermenschlichen Anstrengungen zu schenken, die ihm hier abverlangt wurden. Und er dankte ihm für den jungen Mann, der ihm nun gegenübersaß.

Carlos Alberto Sant'Ana war genau die Person, die er jetzt brauchte. Dass die Geistlichen vorgaben, nicht so genau über die verwahrlosten Sitten Bescheid zu wissen, über Freudenhäuser oder Wettbüros, konnte er ihnen schlecht verdenken. Und von den Sündern selber Auskunft zu verlangen hatte sich als äußerst schwierig erwiesen. Da kam dieser Sant'Ana ihm gerade recht: ein Reuiger, ein Mann, der alle Lasterhöhlen Goas kannte, der in die Abgründe der menschlichen Seele geschaut hatte. Er hatte ihm freimütig gestanden, dass er gehurt und gesoffen, gespielt und betrogen hatte. Und er hatte überzeugend dargelegt, warum er diesem Leben nun den Rücken zukehrte und sich wünschte, dass ihm seine Sünden vergeben werden mögen. Frei Martinho versicherte dem jungen Mann, dass seine Seele durchaus gerettet werden könne – sofern er ihm und der heiligen Inquisition die Namen der Leute nannte, die sich und andere durch das Äußern ketzerischen Gedankenguts in Gefahr brachten.

Carlos Alberto Sant'Ana war dazu mehr als bereit gewesen, insbesondere nachdem er Frei Martinho davon überzeugt hatte, dass eine gewisse Aufwandsentschädigung unentbehrlich sei. »Ich werde in Zukunft vielleicht bei mancher Schankmagd nicht mehr so wohlgelitten sein, dass sie mir gratis einen Teller Suppe gibt.« Natürlich, das leuchtete dem kirchlichen Würdenträger ein. Also versprach er dem jungen Mann eine Prämie für jeden Ketzer, den er ihm zuführte. Ein Geschäft, das für beide Seiten überaus erfolgversprechend war.

Genau in dem Moment, in dem Carlos Alberto sein Gegenüber abschätzte und sich insgeheim für seinen brillanten Einfall beglückwünschte, dem von Ehrgeiz zerfressenen Mönch zuzuarbeiten, passierte eine elegante Sänfte die Straße vor dem Audienzzimmer. Keiner der beiden Männer nahm Notiz von ihr, obwohl sie, hätten sie einen Blick durch das geöffnete Fenster nach draußen geworfen, sie hätten sehen können. Umso deutlicher sah der Passagier der Sänfte, welche zwei da die Köpfe zusammensteckten. Senhor Rui alias Rujul bekam feuchte Hände, sein Herzschlag beschleunigte sich. Wenn dieser betrügerische Hund nun gemeinsame Sache mit der Inquisition machte? Ihn beschlichen schreckliche Ahnungen, denn wer würde sich besser zum Sündenbock eignen als er, der er Inder war, wohlhabend dazu, und von dessen Verfehlungen Carlos Alberto genau wusste? Er, der renommierteste Juwelier der Kolonie, hatte sich von der Gier verleiten lassen, die Reliquienkästchen anzufertigen – wofür er bis heute nicht einmal die volle Summe bezahlt bekommen hatte. War nun der Tag gekommen, den er so lange gefürchtet und auf den er sich vorbereitet hatte? War es Zeit, die Flucht zu ergreifen? Rujul schloss die Hand fest um die kleine Ganesha-Figur in seiner Tasche und bat den Gott der Weisheit um eine Eingebung, während er sich mit der anderen Hand bekreuzigte.

Drei Straßenzüge weiter stand der junge Crisóstomo mit beleidigtem Gesicht vor dem Geschäft des Senhor Pinho und spuckte in den Staub. Der Inhaber hatte ihm, dem Angehörigen einer niedrigen Kaste, den Zugang zu dem Ladenraum verwehrt. Da war er nun der »persönliche Gehilfe« von Miguel Ribeiro Cruz, und was hatte er davon? Nichts. Er musste alle möglichen blödsinnigen Arbeiten für seinen Dienstherrn verrichten, was an sich nicht weiter schlimm gewesen wäre. Doch er musste sich auch Demütigungen aussetzen, die er zuvor nie erlebt hatte. Wie zum Beispiel jetzt. Damit hatte Crisóstomo nicht gerechnet. Er hatte geglaubt, wenn ihn sein Herr schon beförderte, würde er auch von anderen Leuten als höherrangig angesehen werden. Aber weit gefehlt. Menschen wie Senhor Pinho, ein Inder, der sich allzu viel auf den einen portugiesischen Vorfahren einbildete, dem er seinen Namen verdankte, hatten einen sicheren Instinkt dafür, wer wie weit unter ihnen stand. Und sie ließen es Crisóstomo bei jeder Gelegenheit spüren. Also musste er nun in der schon sehr heißen Januarsonne stehen und darauf warten, dass Senhor Pinho die Waren zusammenstellte, die Senhor Miguel bei ihm geordert hatte: ein Reisezelt, Schlafmatten, leichtes Kochgeschirr und diverse andere Dinge, die sie für ihre Reise benötigen würden. Gerade als Crisóstomo einen Finger auf sein rechtes Nasenloch gelegt und tief Luft geholt hatte, um das linke Nasenloch mit einem kräftigen Schnauben von Schmutz zu befreien, rief man ihn. »He da, Junge, trödel nicht so herum! Die Sachen sind bereit, also mach dich gefälligst nützlich.«

Makarand warf dem Burschen einen Blick zu, aus dem halb Mitleid, halb Gehässigkeit sprach. Das Schicksal des geprügelten Laufburschen war ihm selber erspart geblieben. Nun ja, streng genommen war auch er nur ein Laufbursche, aber immerhin stand er in Diensten von Dona Amba, die ihn und seinesgleichen deutlich besser behandelte, als es die Städter, Portugiesen wie Inder, mit ihrem Gesinde taten. Außerdem verfügte er nicht nur über ein wenig eigenes Geld, sondern auch über ausgezeichnete Manieren. Und er war natürlich besser gekleidet als der arme Kerl, der auf der anderen Straßenseite stand und den er nicht einmal bemerkt hätte, wenn nicht Senhor Pinho ihn so herrisch gerufen hätte. Dank seiner Kleidung und Erziehung konnte Makarand durchaus als Sohn eines Händlers oder wohlhabenden Handwerkers durchgehen, so dass ihm die üblichen Schikanen, die Leute seiner Herkunft zu ertragen hatten, erspart blieben. Achselzuckend spazierte er weiter. Was ging ihn dieser Kerl und dessen schlechtes Karma an? Er hatte schließlich etwas Besseres vor. Von dem Geld, das er der Köchin Chitrani und der immer schusseligeren Nayana abgeluchst hatte, wollte er heute ein Geschenk für Anuprabha kaufen – und es musste ein sehr, sehr schönes Geschenk sein, wenn er das anspruchsvolle Mädchen damit beeindrucken wollte. Ein perlmuttener Armreif vielleicht? Oder ein Samtband für ihr göttliches Haar?

Zur selben Zeit ließ Anuprabha die Finger durch Ambas seidig glänzendes Haar gleiten und fragte sich nicht zum ersten Mal, warum diese wunderschöne Frau keinen Mann und keine Kinder hatte, sondern es anscheinend vorzog, mit ihrer aufgelesenen Dienerschaft zusammenzuleben. Andererseits wusste sie selber ja am besten, was einer Frau drohte, wenn sie Pech mit ihrem Ehemann hatte. Sie musste ihr Leben in den Dienst des Gemahls stellen, nur um von ihm bei jeder Gelegenheit beschimpft und verprügelt zu werden, ganz zu schweigen von den Dingen, die nachts von ihr verlangt wurden. Sie hatte ihre Eltern oft genug dabei gehört, bevor die beiden an der Cholera gestorben waren, und sie hatte ihren Onkel und ihre Tante, die sie aufgenommen hatten, sogar dabei beobachtet. Es war nichts, was Anuprabha erstrebenswert schien. Aber was wusste sie schon? Die Frauen sprachen oft von der Liebe, und dann klang es so, als sei auch der körperliche Akt etwas Wundervolles. So unglaublich es auch war: Anuprabha war noch Jungfrau. Sie hatte sich erfolgreich allen Annäherungsversuchen widersetzt und sich ihrer Cousins und ihres Onkels erwehrt. Lange hätte sie sich die Männer nicht mehr vom Leib halten können, doch dann war ihr, gerade noch rechtzeitig, die Flucht geglückt.

Das Schicksal hatte es gut mit ihr gemeint. Von Ambadevi aufgenommen zu werden hatte sich als großes Glück erwiesen, und wenn es nach Anuprabha gegangen wäre, hätte sie auf immer in ihren Diensten stehen können. Nun ja, vielleicht nicht ewig. So schrecklich die Männer auch waren, so spannend waren sie doch. In letzter Zeit beobachtete sie sich immer öfter dabei, dass sie Gefallen an ihren muskulösen Körpern fand und an ihren tiefen Stimmen. Und es schmeichelte ihr, wenn Makarand ihr den Hof machte oder der Kokos-Zapfer ihr bewundernde Blicke zuwarf. Allerdings würde sie sich niemals dazu herablassen, mit ihnen anzubändeln. Niemals! In einer kurzen Aufwallung von vorbeugender Empörung zog sie energisch an Ambadevis Haarsträhne, die sie gerade zwischen den öligen Fingern massierte.

»Autsch! Pass doch auf!«, beschwerte Amba sich, die durch das hektische Gezupfe an ihrem Haar aus den Gedanken gerissen wurde. Gerade hatte sie sich überlegt, wer noch als Bräutigam für Anuprabha in Frage käme und an welchen Burschen aus dem Dorf Jyoti wohl Gefallen finden könnte. Denn deren schlechte Erfahrungen mit der Ehe schlossen ja nicht aus, dass sie es nicht noch einmal versuchte und vielleicht ihr Glück fand. Das Mädchen war noch so jung!

»Du bist heute nicht bei der Sache«, schalt sie Anuprabha. »Lass es gut sein. Du kannst mir noch schnell einen Zopf flechten, und dann benötige ich dich für heute nicht mehr.«

»Sehr wohl, Ambadevi.«

Als das Mädchen endlich fertig war und sie allein ließ, nahm Amba ihr *paan daan* und holte den Rubin daraus hervor. Sie polierte ihn mit einem Zipfel ihres Saris und hielt den Stein gegen das Licht, das durchs Fenster hereinfiel. Es war ein absolut makelloser Stein, frei von jeglichen Einschlüssen oder Unreinheiten. Er würde ihr unter anderen Umständen mindestens ein halbes *lakh* einbringen, während Rujul ihr höchstens ein Drittel dieser Summe auszahlen würde. Es war ein Jammer. Wie lange musste sie diese Farce noch aufrechterhalten? Lange, gestand sie sich ein. Denn sie hatte Pflichten und

Verantwortung auf sich geladen, indem sie all diese gestrandeten Menschen aufgenommen hatte. Sie musste das Spiel, das sie selber begonnen und dessen Regeln sie aufgestellt hatte, weiterspielen, bis für alle gesorgt war. Anuprabha und Jyoti mussten einen guten Gemahl finden. Makarand sollte sie zu einem Kaufmann in die Lehre geben, denn er zeigte ein außergewöhnliches kaufmännisches Talent. Aber wie würde sie mit Shalini und ihrem kleinen Sohn Vikram verfahren? Bei ihr war es nicht so leicht, einen Ehemann zu finden, denn ihr Sohn entsprang einer Vergewaltigung, und das würde Unglück über den Mann bringen, der Shalini allein vielleicht nehmen würde. Sollte sie selber, Amba, den kleinen Vikram adoptieren und Shalini den Weg freimachen für eine Zukunft, die vielversprechender war als die, die Amba ihr als Näherin bieten konnte? Aber dann blieben immer noch Nayana, Chitrani die Köchin sowie Dakshesh der Gärtner. Was sollte mit ihnen passieren? Ihrem Schicksal überlassen konnte Amba sie nicht. Genauso wenig jedoch konnte sie sie alle mitnehmen, wenn sie sich zu einem erneuten Aufbruch entschloss. Amba war in die Falle ihrer eigenen Gutmütigkeit gelaufen, und sie fragte sich, ob ihr das in ihrem nächsten Leben wirklich weiterhelfen würde. In diesem Leben, so viel stand fest, kamen unabhängige und skrupellose Menschen deutlich weiter.

Ganz ähnlichen Gedanken hing Dona Assunção nach. War es wirklich richtig, ihre Söhne ihrem Schicksal in Goa zu überlassen? Delfina würde auch nach der Hochzeit bei ihr bleiben, um sie brauchte sie sich also vorerst keine Gedanken zu machen. In Europa würde sich schon ein geeigneter Ehemann finden lassen, da war die Auswahl schließlich deutlich größer als in Goa. Delfina war hübsch, klug und würde eine stattliche Mitgift erhalten, so dass sie unter den besten Kandidaten würde auswäh len können. Dass der schmucke Miguel Ribeiro Cruz sich nicht für ihre Tochter interessierte, empfand Dona Assunção als enttäuschend, sie ließ sich davon jedoch nicht entmutigen. Aber Sidónio und Álvaro? Waren die beiden wirklich reif genug, um auch ohne sie, die sie sich bisher um alles Wesentliche gekümmert hatte, zurechtzukommen? Dona Assunção bezweifelte es. Sie wusste jedoch auch, dass man der Jugend ihre Chance geben musste. Wenn sie sich nicht erproben durften, ihre Kräfte nicht messen konnten, würden sich die Jungen nie zu verantwortungsvollen Männern entwickeln. Sie seufzte und schob ihre Zweifel beiseite. Im März oder April würden sie abreisen. Und bis dahin konnte ja noch allerhand passieren.

Es war ein Tag wie jeder andere, dachte Miguel. Der *mali* ging prüfend durch den Garten und gab seinen Gehilfen Anweisungen, wo sie was zu beschneiden hatten. Der Bodenfeger fegte ununterbrochen, ohne dass er jemals fertig geworden wäre. Im Küchentrakt schimpfte der Koch mit einem Burschen, den er wahrscheinlich des Diebstahls bezichtigte – Miguels Kenntnisse der Konkani-Sprache beschränkten sich auf einige wenige Redewendungen, so dass er die Streiterei nicht verstand, doch er wusste, dass es meist um dasselbe Thema ging. Das Wetter war wie an jedem Tag der vergangenen Wochen auch, nämlich sonnig, trocken, warm und windig, und so würde es allen Vorhersagen der Einheimischen zufolge noch die nächsten Monate bleiben. In der Stadt wäre sicher ebenfalls alles wie eh und je: Furtado fleißig arbeitend im Kontor, Rujul Geld zählend in seinem Laden, Carlos Alberto beim Schmieden neuer Gemeinheiten in seiner düsteren Bude. Und bei den Mendonças sprach man seit der Bekanntgabe der Verlobung von Dona Assunção über nichts anderes als die bevorstehende Hochzeit der Hausherrin.

Miguel langweilte sich.

Nervosität angesichts seiner eigenen Reise fühlte er nicht. Hatte ihn der gemächliche Rhythmus, den sein Leben in der Kolonie angenommen hatte, schon so weit eingelullt, dass er nicht mehr in der Lage war, Aufregung, Reisefieber oder Vorfreude zu empfinden? Nun, vielleicht änderte sich das ja, wenn erst Crisóstomo mit den Besorgungen aus der Stadt zurückkam. Wo trieb der Bursche sich eigentlich so lange herum?

Miguel wandte sich wieder dem Briefbogen zu, der vor ihm lag. Er hatte bisher nichts weiter als das Datum zu Papier gebracht: 17. Januar 1633. Mehr wollte ihm einfach nicht einfallen. So gern er seiner Familie Neuigkeiten aus der Kolonie berichtet hätte, so ungern hielt er sich mit Klatsch auf. Und an echten Nachrichten gab es nichts, absolut nichts, was er hätte schildern können. Außer, dass er am nächsten Tag vorhatte, Dona Amba seine Aufwartung zu machen, und in der kommenden Woche seine große Reise durch Indien antreten würde. Und das war genau genommen auch nichts, was Miguel des Erzählens für würdig gehalten hätte, obgleich er es wohl oder übel erwähnen musste. Hinterher, ja, da würde er sicher eine Menge zu berichten haben. Wenn er denn je zurückkam. Alle, ausnahmslos alle seine Freunde und Bekannten hatten ihn gewarnt, dass eine Reise durch dieses riesige Land gefährlich war, zumal er nur in Begleitung eines unerfahrenen *punkah wallahs* reisen wollte.

Aber welchen Sinn hätte eine Reise gemacht, die keinerlei Gefahren barg?

22

Der Tag, der nach christlicher Zeitrechnung der 18. Januar 1633 war, begann damit, dass Amba im Garten genau dreimal hintereinander von herabfallenden Frangipani-Blüten getroffen wurde. Das unbestimmte Gefühl, eine ähnliche Situation schon einmal erlebt zu haben, nagte an ihr. Wann war das gewesen? Und war ihr danach Gutes oder Schlechtes widerfahren? Wie war dieses Zeichen zu deuten? Ach, alles Unsinn! Sie schüttelte kurz den Kopf über ihre gelegentlichen Rückfälle in kindlichen Aberglauben und setzte ihren Rundgang durch den Garten staunend fort.

Dakshesh hatte wirklich Wunder vollbracht. Die Bäume wuchsen gerade und makellos, die Ziersträucher blühten in voller Pracht, die Hecken, Gräser und Blumen waren so perfekt beschnitten, dass sie wie gemalt wirkten. Der süße Duft der Champa-Blüten lag in der Luft, vermischt mit einer Ahnung von Salzwasser. Wenn der Wind aus Westen wehte, brachte er den Duft der See mit sich. Die sanfte Brise ließ die Blätter rascheln. Es war eine leise Melodie, die Amba ein Gefühl tiefen Friedens empfinden ließ. Es war einfach herrlich hier. Sie hatte sich, gemeinsam mit ihrer Wahl-Familie, ein Idyll geschaffen, das sie, zumindest zeitweise, die Bedrohungen der Außenwelt vergessen ließ.

Jetzt aber riss sie Hufgetrappel aus ihren kontemplativen Betrachtungen. Wer mochte das sein? Sie erwartete keinen Besuch, und die Handwerker und Händler der Gegend bewegten sich nicht auf Pferden fort, sondern zu Fuß oder auf Ochsenkarren. Amba versteifte sich. Es konnte doch nur bedeuten, dass jemand kam, den sie nicht sehen wollte. Der grässliche Manohar vielleicht? Womöglich ein Abgesandter der Inquisition? Oder würde sich nun ihre allerschlimmste Befürchtung bewahrheiten?

Doch der Besucher, der sich auf der Einfahrt näherte, ließ Ambas Herz nicht vor Furcht, sondern vor Freude schneller schlagen.

»Akash-sahib!«, rief sie und eilte ihm entgegen.

»Ambadevi!« Er stieg von seinem Pferd ab und strahlte die Hausherrin an. »Wie froh ich bin, Euch anzutreffen! Verzeiht mein unangekündigtes Auftauchen, aber ich hatte keine Zeit, Euch eine Nachricht zukommen zu lassen. Ich kann leider auch nicht lange bleiben.«

»Ihr habt ganz recht daran getan, mich einfach zu überfallen. Was für eine gelungene Überraschung!«

»Es war nicht leicht, Euch hier zu finden. Ihr habt Euch ein schönes Versteck gesucht.«

Amba horchte erschrocken auf. Doch Akash schien sich bei seiner Bemerkung nichts weiter gedacht zu haben. Der Kaufmann, den sie bei ihrer letzten Reise von der Indigoplantage zurück nach Goa kennengelernt hatte, lächelte sie offen an. Er sah sich anerkennend um. »Ja, wirklich schön habt Ihr es hier. Kein Wunder, dass Ihr diesen Ort nicht freiwillig verlasst. Als ich mich im Dorf nach dem Weg erkundigte, hörte ich, dass Ihr hier lebt wie eine Einsiedlerin.«

»Aber keineswegs, lieber Akash-sahib. Ich habe jede Menge Gesellschaft, und Besucher sind auch immer herzlich willkommen – wenn es sich um so angenehme Gäste wie Euch handelt.« Amba wandte sich von ihm ab und rief nach Makarand, den sie kurz zuvor am Dienstbotentrakt gesehen hatte. Als der Junge kam, bat sie ihn, sich um das Pferd und das Gepäck des

Besuchers zu kümmern und in der Küche Bescheid zu sagen, sie habe zum Frühstück Gesellschaft.

»Kommt, es ist ein so wundervoller Morgen, setzen wir uns auf die Veranda. Und dann berichtet mir in allen Einzelheiten, was Euch hierherführt und wie es Euch seit unserer gemeinsamen Reise ergangen ist.«

Akash folgte ihrer Aufforderung. Er ließ sich auf einer der gemauerten Bänke nieder und beobachtete aus den Augenwinkeln die Diener, die sich an den Hauswänden herumdrückten. Er schmunzelte angesichts dieses plötzlich erwachten Eifers, jederzeit zur Stelle sein zu können, wenn Ambadevi einen Wunsch äußerte. Allzu häufig sah man hier wohl wirklich keine Gäste. Er nahm dankend einen Masala-Chai an und lobte Amba ausgiebig dafür.

»Ja, ich habe mir erlaubt, Euer Rezept noch ein wenig abzuwandeln. Weniger Pfeffer, dafür mehr Zimt. So schmeckt er etwas milder.«

Sie fachsimpelten eine Weile über die Zusammensetzung der Mischung sowie über die wohltuende oder medizinische Wirkung, welche die Gewürze hatten. Akash berichtete von seinen Reisen, die ihn durch die halbe Welt führten, bedauerte aber, nicht noch ausführlicher erzählen zu können. »Ich muss die Ware, die ich in Macao erworben habe, hier in Goa an den Mann bringen – und dann Indigo und Gewürze kaufen, mit denen sich in Europa eine deutlich größere Gewinnspanne erzielen lässt. Nächste Woche geht ein Schiff nach Bombay, auf dem ich Laderaum angemietet habe, und ich habe noch alle Hände voll zu tun.«

Amba war einen Augenblick versucht, sich mit Akash über das aktuelle Indigo-Geschäft zu unterhalten, entschied sich dann aber dagegen. Der Morgen war zu schön, der Besuch zu erfreulich, als dass sie die knapp bemessene Zeit mit geschäftlichen

Dingen hätte vergeuden wollen. Akash war ja bestimmt nicht deswegen hierhergekommen. Wahrscheinlich hatte er sich nach den Wochen und Monaten in rauer männlicher Gesellschaft einfach nach einer freundlichen, mitfühlenden Frau gesehnt, die ihn daran erinnerte, wie ein kultiviertes Leben aussah.

Als habe er ihre Gedanken gelesen, sagte Akash nun: »Ihr fragt Euch sicher, aus welchem Grund ich Euch aufsuche?«

Amba rollte in typisch indischer Manier den Kopf. Natürlich fragte sie sich das, und es sprach nicht gerade für sehr geschliffene Manieren, das Thema so direkt anzusprechen. Aber gut, der Zeitmangel entschuldigte Akash.

»Es ist, wie soll ich sagen, eine etwas heikle Angelegenheit.«

»Ja?«

»Ist Euer Gemahl zugegen? Er sollte ebenfalls hören, was ich zu sagen habe.«

»Er weilt zurzeit in Lissabon.« Ambas Magen zog sich vor Nervosität zusammen. Was kam nun? Und wie hatte sie sich einbilden können, Akash sei ihretwegen hergekommen? Zum Glück verhüllte der Schleier ihr Gesicht, so dass Akash nicht sah, wie ihre zuvor gelöste Miene sich nun veränderte. Amba presste die Lippen fest aufeinander und runzelte die Stirn.

»Nun, in diesem Fall ist es wohl legitim, wenn ich Euch allein von dem in Kenntnis setze, was ich unterwegs erfahren habe.«

»Selbstverständlich. Mein Gatte ist so oft fort, dass ich Befugnisse habe, die weit über das hinausgehen, was eine Ehefrau üblicherweise entscheiden darf. Aber das wisst Ihr ja bereits.«

Akash beugte sich ein wenig vor und senkte die Stimme. »Schickt die Diener fort.«

Amba rief nach Nayana und wies diese an, den anderen ihre Aufgaben zuzuteilen und dafür zu sorgen, dass sie sie auch erledigten, und zwar möglichst außer Hörweite der Veranda.

»Und? Wie lange wollt Ihr mich noch auf die Folter spannen?«, fragte Amba, um einen Plauderton bemüht, der ihr jedoch nicht ganz gelingen wollte.

»Um es kurz zu machen«, flüsterte Akash, »mir ist auf meinen zahlreichen Reisen durch Indien eine Suchmeldung aufgefallen, die außergewöhnlich oft verlesen wird, in großen Städten genau wie in abgelegenen Winkeln. Man fahndet nach einer Frau, die anscheinend einen sehr schweren Diebstahl begangen hat – nach dem Kopfgeld zu urteilen, das man auf diese Verbrecherin ausgesetzt hat, muss es sich um ein immenses Vermögen handeln, das die Frau entwendet hat.«

»Ja, auch mir ist aufgefallen, wie intensiv nach dieser Frau gesucht wird«, erwiderte Amba im kühlsten Ton, dessen sie fähig war. »Sonderbar, nicht wahr? Wie es scheint, liegt die Tat schon geraume Zeit zurück. Ich bezweifle, dass man die Frau noch findet.« Nach einer kurzen Pause hob sie fragend die Schultern. »Und was, mein lieber Akash-sahib, hat Euer Besuch nun mit dieser zweifelhaften Dame zu tun?«

»Ich, ähm, ich …«, geriet er ins Straucheln, »… ich dachte, Euch sei diese Fahndung nicht bekannt. Ich wollte Euch in aller Freundschaft warnen. Falls sich eine Frau mit bemerkenswert grünen Augen in Eure Nähe verirrt, solltet Ihr Euch vorsehen.«

»Grüne Augen? Handelt es sich vielleicht gar nicht um eine Inderin, deren man habhaft werden will, sondern um eine Europäerin? Bei den Portugiesinnen sieht man diese Augenfarbe gelegentlich.«

»Ich weiß es nicht. Ich dachte nur …« Akash verstummte und blickte betreten auf seine Hände.

»Ich danke Euch für diese Warnung, mein Freund. Und nun lasst uns über erfreulichere Dinge reden. Habt Ihr noch Zeit, mir bei einem kleinen Imbiss Gesellschaft zu leisten?«

Der Vormittag verging wie im Flug. Als Akash aufbrach, sehr viel später als geplant, war Amba enttäuscht. Es tat gut, sich mit ihm zu unterhalten. Er war ein guter Erzähler, und wenn er seine scharfsinnigen Beobachtungen über Menschen zum Besten gab, deren Bekanntschaft er unterwegs gemacht hatte, imitierte er dabei Mimik und Gestik der Leute so treffend, dass Amba ein paarmal laut aufgelacht hatte. Umgekehrt hatte auch sie ihn manchmal zum Lachen gebracht, etwa bei ihrer Schilderung der absonderlichen Gewohnheiten der Katholiken. Bei der sogenannten Kommunion wurde eine Hostie gereicht, die symbolhaft den »Leib Christi« darstellte – sie verspeisten demnach ihren Heiland, war das zu fassen? Barbaren, allesamt!

»Ich hoffe, Ihr seid bald wieder in der Gegend und erfreut mich mit Eurem Besuch?«, fragte sie ihn, als man ihm schon sein Pferd brachte.

»Ich bezweifle, dass es so bald sein wird. Außerdem wird mir jeder Tag fern von Euch wie eine Ewigkeit erscheinen.«

Amba errötete und war wieder einmal froh darüber, den Schleier zu tragen. So unmissverständlich hatte schon lange niemand mehr mit ihr geschäkert.

»Mir geht es ähnlich«, sagte sie und schämte sich im selben Augenblick ihrer Offenherzigkeit.

»Nun, ich denke, Ihr habt so viele Verehrer, dass Ihr mich ganz schnell vergessen werdet. Seht Ihr, da kommt ein weiterer Galan.« Damit deutete Akash auf ein herannahendes Pferd samt Reiter und lachte.

Amba fiel es schwer, im selben frivolen Ton zu antworten. Sie erschrak, als sie sah, wer sich da näherte. Denn selbst von weitem erkannte sie an dem Pferd und der Kleidung des ungebetenen Besuchers, dass es sich um Miguel Ribeiro Cruz handelte.

»Es ist nur ein Bote meines Gemahls«, sagte sie, woraufhin Akash eine düstere Miene zog. Amba hatte während des kurzweiligen Gesprächs mit Akash ganz vergessen, dass dieser ihre wahren Familienverhältnisse ja gar nicht kannte. Oder doch?

»Lebt wohl, Dona Amba!« Akash winkte ihr zu und ritt in vollem Galopp davon. Am Tor, das ihre Grundstücksgrenze markierte, begegneten die beiden Reiter sich und nickten einander zu.

Amba blieb nicht einmal genügend Zeit, um sich zu sammeln und auf einen anderen Besucher einzustellen. Wie konnte er es überhaupt wagen? Hatte sie Senhor Ribeiro Cruz nicht deutlich zu verstehen gegeben, dass sie seinen Dank nicht wünschte? Und noch viel weniger wünschte sie, dass er ihr kleines Paradies mit seiner Gegenwart entweihte. Nein, sie würde ihn sofort wieder fortschicken.

»Dona Amba, wie schön, Euch zu Hause anzutreffen«, begrüßte Miguel sie.

»Leider bin ich im Begriff, aufzubrechen. Ich kann nicht eine Minute für Euch erübrigen.«

»So wartet, bitte!« Miguel stieg von seinem Pferd ab und machte eine halbherzige Verbeugung, bevor er sich den Satteltaschen zuwandte. Er kramte eine Weile darin herum, dann förderte er ein kleines Päckchen zutage. »Ich möchte Euch mit einem kleinen Präsent meinen Dank zeigen.«

»Das ist wirklich sehr freundlich von Euch, aber wie gesagt: Ich bin in Eile. Mein Gemahl«, dabei wies Amba auf den sich entfernenden Akash, »erwartet, dass ich ihn in einer wichtigen Angelegenheit begleite. Er ist vorgeritten, weil er noch ein anderes Ziel hat.«

Miguel ließ plötzlich die Schultern hängen. Ihr Gemahl? Sie war also tatsächlich verheiratet? Mit einem so schmucken Exemplar von Mann? Er hatte ihn zwar nur im Vorbeireiten gesehen und nicht weiter auf ihn geachtet, aber dass es sich durchaus nicht um den schwächelnden Greis handelte, von dem man munkelte, war deutlich gewesen.

»Nehmt wenigstens mein Geschenk entgegen. Ihr könnt es ja bei Eurer Rückkehr öffnen.«

Amba nickte, um ihm zu verstehen zu geben, dass er nun gehen dürfe. »Danke. Und lebt wohl.«

»Darf ich Euch ein Stück des Wegs begleiten? Ihr fahrt doch bestimmt nach …«, versuchte Miguel es erneut.

»Nein«, blaffte Amba ihn an.

»Nun dann: *Adeus*, sehr verehrte Dona Amba. Ich bin sicher, dass unsere Wege sich wieder kreuzen werden, eines fernen Tages.«

Miguel drückte ihr das Päckchen in die Hände und schwang sich wieder auf sein Pferd. Er gab ihm die Sporen und ritt davon, ohne sich noch einmal umzusehen.

Während des ganzen Rückwegs wälzte Miguel einen Gedanken immer und immer wieder hin und her: Sie war verheiratet. Er hatte sich zum ersten Mal in seinem Leben verliebt, *richtig* verliebt, und dann musste es sich ausgerechnet um eine verheiratete Frau handeln. Was sollte er nun tun? Darauf hoffen, dass der sehr vital wirkende Gatte starb? Dona Amba den Hof machen und warten, bis sie seine Liebe erwiderte, um ihr dann vorzuschlagen, sie solle mit ihm durchbrennen? Das waren reichlich unrealistische Ideen. Das Sinnvollste wäre, sie sich aus dem Kopf zu schlagen. Doch Miguels Herz sagte ihm etwas ganz anderes als sein Verstand.

Tagelang hatte er sich überlegt, wie er Dona Amba gegenübertreten sollte, hatte seine Worte einstudiert und seine Gesten. Er hatte sich große Mühe bei seiner Garderobe gegeben und noch mehr mit der Auswahl des Geschenks. Einen golddurchwirkten Schal aus smaragdgrüner Seide hatte er erstanden, sich dabei vorgestellt, wie schön er an ihr aussehen würde. Und wofür? Damit, dass sie ihn so brüsk fortschickte, hatte er nicht gerechnet. Und mit einem Ehemann noch viel weniger. Wie hatte er sich überhaupt dazu hinreißen lassen können, zu glauben, sie könne empfänglich für sein Werben sein? Warum hatte er nicht auf Senhor Furtado gehört? Jede Inderin über fünfzehn ist verheiratet, so hatte er doch gesagt, nicht wahr? Wie hatte er, nach nur einem kurzen Blick in Dona Ambas unergründliche Augen und ihr betörend schönes Gesicht, hoffen können, ihm zuliebe würden jahrtausendealte Gesetze und Gepflogenheiten keine Gültigkeit mehr besitzen? Er war ein Trottel.

Miguel nahm sich fest vor, während seiner bevorstehenden Indienreise keinen einzigen Gedanken mehr an Dona Amba zu verschwenden, sondern sich auf seine eigentlichen Ziele zu besinnen. Er würde sein Talent für Zahlen endlich gewinnbringend und zu seinem eigenen Vorteil einsetzen. Er würde reich werden. Und dann würde er erneut einen Anlauf bei Dona Amba wagen.

Amba saß auf ihrer Veranda und war so verwirrt, dass sie den Schleier hochgeschoben hatte, ohne sich zuvor zu vergewissern, ob auch kein Beobachter in der Nähe war. Zwei Herrenbesuche an einem Morgen, das war noch nie vorgekommen. Zwei Männer, die sich zweifellos für sie interessierten – und die ihrerseits beide interessant waren. Akash, der Erfahrene, Besonnene, Kultivierte, Humorvolle. Akash, der ihr ganz klar den Hof machte, obwohl er nie ihr Gesicht gesehen hatte, was Amba sehr für ihn einnahm. Er schätzte offenbar den Charakter mehr als das Aussehen.

Und dann Miguel Ribeiro Cruz, der Stürmische, Impulsive. Er

war noch voll des jugendlichen Übermuts und Tatendrangs. Miguel mochte etwa in ihrem Alter sein, vielleicht ein wenig jünger, doch er hatte sich das Gefühl von Unsterblichkeit bewahrt, das ihr selber vor allzu langer Zeit abhandengekommen war. Sie beneidete ihn darum.

Einlassen würde sie sich selbstverständlich mit keinem von beiden. Akash wusste zu viel über sie, das machte ihr Angst. Woher nur wollte er ihre Augenfarbe kennen? Hatte er sie während der gemeinsamen Reise heimlich beobachtet? Das wäre unverzeihlich und ein Zeichen von einem kindlichen Gemüt, wie sie es Akash eigentlich nicht unterstellte. Oder hatte er einfach spekuliert und darauf gehofft, dass sie sich durch ihre Reaktion verraten würde? Warum sollte er so etwas tun? Oder hatte er ihr vielmehr, falls er in ihr die gesuchte Diebin vermutete, einen aufrichtig gemeinten, freundschaftlichen Hinweis geben wollen, nämlich den, dass man weiterhin nach ihr fahndete und sie sich in Acht nehmen musste? Wie auch immer, der Anlass seines Besuchs war beängstigend, wenn er vielleicht auch nur ein Vorwand gewesen war, um sie zu sehen.

Miguel Ribeiro Cruz wiederum war nichts weiter als ein verwöhnter Junge aus reichem Haus. Da unterschieden die Portugiesen sich nicht im Geringsten von den Indern. Diese jungen Männer glaubten, alles haben zu können, wonach es sie gelüstete. Und der tolpatschige Senhor Miguel – Amba kicherte leise, als sie erneut das Bild vor sich sah, wie er schlammbedeckt am Wegesrand auf Hilfe gewartet hatte – war ganz gewiss keine Ausnahme. Er sah eine hübsche Frau und wollte sie haben, umso mehr, da diese Frau nicht zu haben war. Amba wusste, dass sie mit ihrer abweisenden Art, ihrem mysteriösen Auftreten sowie dem Hinweis auf den Ehemann nur den Ehrgeiz des jungen Portugiesen angestachelt hatte. Er würde keine Ruhe geben, bevor er sie nicht erobert hätte – und sie gleich darauf fallen lassen. Aber so weit würde sie es niemals kommen lassen, auch wenn es ihr schwerfiel. Denn dieser Miguel Ribeiro Cruz sah wirklich verflixt gut aus, und in seinem Blick lag jene Art von Glanz, die ihr die Knie weich werden ließen.

Amba schrak auf, als sie Schritte hörte.

»Amba-beti, was geht hier vor?« Nayana kam schwerfällig angeschlurft. »Wie kannst du nur fremde Männer hier bewirten, ohne mich dazuzurufen? Das schädigt deinen Ruf und …«

»Ach, Nayana, wen schert schon mein Ruf? Wichtiger ist es doch, dass du deinen Schlaf bekommst, oder?«

»Das mag sein.« Unwirsch schüttelte Nayana den Kopf. Ihre Neugier war stärker als ihr Beharren auf Umgangsformen. »Wer waren denn die Herren?«

»Zuerst hat mir Akash seine Aufwartung gemacht. Du erinnerst dich, der Kaufmann aus Golkonda? Er hat gerade hier in der Gegend zu tun. Und bevor du dich schon wieder empörst: Seine Manieren waren tadellos, es war ein rein freundschaftlicher Besuch.«

»So, so.«

»Danach kam nur ein Bote vorbei. Ich habe ihn, was dich beruhigen wird, gar nicht vorgelassen.«

»Ah. Und was für eine Botschaft hat er übermittelt?«

Plötzlich fiel Amba ein, dass sie ja noch gar nicht in das Päckchen geschaut hatte, das Ribeiro Cruz ihr gebracht hatte. Sie hatte es auf der Verandabrüstung zurückgelassen. Sie holte es und legte es auf dem niedrigen Tisch ab.

»Ich weiß nicht. Er hat mir das hier gegeben. Ich bin versucht, es ungeöffnet wieder zurückzuschicken.«

»Amba-Schatz, nein! Lass uns nachsehen, was es ist«, rief Nayana. Derartige Vorkommnisse lockerten ihren beschaulichen Alltag allzu selten auf. »Ich meine, vielleicht sind es ja geschäftliche Dokumente oder etwas in der Art.«

Amba gestand sich ein, dass sie nun das Geschenk auspacken musste, wenn sie nicht Nayanas Argwohn erregen wollte. Behutsam öffnete sie das Päckchen und zog einen wunderschönen Schal daraus hervor. Geschmack hatte er ja, der junge Portugiese.

»Hier, du kannst ihn behalten«, sagte Amba und reichte ihrer alten *ayah* das kostbare Stück. Nayana nahm den Schal ehrfürchtig entgegen. Sie hielt ihn gegen das Licht und bewunderte die feine Webart sowie das erlesene Material.

»Hat es etwas zu bedeuten«, und hier warf sie Amba einen lauernden Blick zu, »dass der Schal genau die Farbe deiner Augen hat? Wer, sagtest du noch, hat diesen Boten geschickt?«

Zum Glück kam in diesem Augenblick der kleine Vikram laut johlend durch den Garten gerannt, Anuprabha dicht hinter ihm. »Na warte, du Schlingel!«, rief sie. Dann entdeckte sie Dona Amba und die alte Nayana auf der Veranda und schlug sich vor Verlegenheit die Hand vor den Mund.

Nayana sah Amba durchdringend an und flüsterte: »So leicht kommst du mir nicht davon.«

Natürlich nicht, dachte Amba. Wann wäre sie je leicht davongekommen?

23

Zwei zerlumpte Gestalten stiegen aus der Piroge, die sie über den Mandovi-Fluss gesetzt hatte. Einige Leute, die am Kai standen, wichen zurück. Gründe dafür gab es zuhauf. Von den beiden ging nicht nur ein strenger Geruch aus, sie wirkten auch überaus gefährlich. Beide trugen Säbel, beide hatten verfilzte Bärte und ebenso ungepflegtes Haupthaar. Vor allem aber drückte ihre Haltung aus, dass man sich ihnen besser nicht in den Weg stellte. Sie gingen wie Männer, die keine Furcht kannten: mit energischen Schritten, durchgedrücktem Kreuz und erhobenem Kopf. Ob ihre Mienen grimmig waren, ließ sich nicht sagen, denn von den Gesichtern war dank der Bärte und des Schmutzes wenig zu erkennen.

Einer der Männer war größer und kräftiger als der andere, der von mittlerem Wuchs war. Der größere schien auch der ältere und der Anführer zu sein. Ob die beiden üblen Gesellen Inder, Europäer oder Araber waren, konnte man auf Anhieb ebenfalls nicht feststellen. Sie trugen ein Sammelsurium an verdreckter Kleidung und schmutzstarrende Turbane. Einzig der Hund, der die beiden begleitete, hätte Aufschluss über ihre Identität geben können.

Doch auch Panjo hatte sich in der kurzen Zeit, in der Miguel und Crisóstomo auf Reisen gewesen waren, verändert. Er war kein flauschiger Welpe mehr, sondern ein hässlicher Köter von mittlerer Größe geworden, dessen Fell nun voller Dreck und Flöhe war. Er hatte sich allerdings auch zu einem Tier entwickelt, das extrem klug und treu war und das die Befehle seines

Herrn bereits zu verstehen schien, wenn dieser ihm nur einen bestimmten Blick zuwarf. Er war, wenn es um den Schutz Miguels ging, absolut furchtlos. Wahrscheinlich hätte er sich auch knurrend einem Tiger entgegengestellt, wenn der seinem Herrn zu nahe gekommen wäre.

Die »große« Indienreise hatte gerade einmal sechs Wochen gedauert. Sie hatten es bis Surat und zurück geschafft. Und sie waren froh, noch am Leben zu sein.

Zuerst waren sie in einen Hinterhalt von Strauchdieben geraten, die ihnen ihre Reiseausrüstung, ihre robusten Stiefel sowie die Pferde gestohlen hatten. Wenig später waren die prahlenden Räuber im nächstgelegenen Dorf allerdings gefasst worden – und Miguel hatte den Soldaten des Maharadschas für ihre Hilfe einen Teil der sichergestellten Beute abtreten müssen. Dann hatte eine sehr unschöne Erkrankung sie für eine Woche niedergestreckt. Eine freundliche Bauernfamilie hatte sie in ihrem Haus aufgenommen und gesund gepflegt. Nach seiner Genesung hatte Miguel seinem Dank dadurch Ausdruck verliehen, dass er den Leuten das wenige, was die Reisekasse noch hergab, schenkte. Anschließend, ernüchtert und viel vorsichtiger geworden, waren sie ohne größere Zwischenfälle nach Bombay gelangt, indem Miguel ihren verschiedenen Reisebekanntschaften mit Kartentricks das Geld aus der Tasche zog. Es war genau das, was er nie hatte tun wollen, aber die Umstände hatten ihn nun einmal dazu gezwungen.

Danach war ihnen das Glück wieder hold gewesen. Die große Handelsmetropole Surat, in der die East India Company der Engländer ihren Hauptsitz hatte, war betriebsam, laut, bunt und ebenso von Geld und Handel besessen, wie Goa es war. Es waren Menschen aller Couleur und aller Religionen dort, alle geeint in ihrem Streben nach Wohlstand. Miguel, Crisóstomo und Panjo fielen in dem kunterbunten Gewimmel überhaupt nicht auf. Obwohl ihre Kleidung sie nicht eben als vornehme Herren auswies, wurden sie zuvorkommend behandelt, sobald Miguel sich als Kaufmann vorstellte. Den Leuten war es gleich, mit wem sie Handel trieben, Hauptsache, es sprang etwas für sie dabei heraus.

Erneut sah Miguel sich dazu veranlasst, seine Kasse durch Spielen aufzubessern. Es gab in Surat viele Engländer, die im Gegensatz zu den Indern einige der kontinentaleuropäischen Kartenspiele beherrschten. Genau wie schon auf dem Schiff, mit dem Miguel von Lissabon nach Goa gereist war, hielten die Leute ihn für einen draufgängerischen Nichtsnutz, den man schnell und einfach um seine Barschaft bringen konnte. Ehe sie feststellen konnten, dass es sich anders verhielt, hatte Miguel sich längst verabschiedet und hielt schon nach neuen Opfern Ausschau.

Als er ein nennenswertes Sümmchen sein Eigen nannte, schickte er Crisóstomo los, um Kunsthandwerk zu kaufen. Je kleiner dabei der Gegenstand und je höher der Materialwert, desto besser: Elfenbeinminiaturen, Goldkästchen oder silberdurchwirkte Stoffe waren gut zu transportieren und würden ihnen einen hohen Gewinn bescheren. Er hatte seinen Burschen genauestens instruiert, wie zu verhandeln sei und was er höchstens ausgeben durfte. Und sein Plan ging auf. Wenn Crisóstomo als Inder einer niedrigen Kaste den Händlern vorjammerte, wie lange er auf dieses oder jenes gespart hatte, um damit die Mitgift seiner armen Schwester aufzustocken, ließen sich erhebliche Rabatte aushandeln. Miguel hätte man ein Vielfaches abgeknöpft.

Dann, kurz vor ihrer geplanten Weiterreise nach Delhi, der Hauptstadt des Mogulreichs, erkrankten beide Reisegefährten an einem heimtückischen Fieber, das in Surat schon zahlreiche

Todesopfer gefordert hatte. Dank der Pflege eines gujaratischen Arztes, den Miguel fürstlich entlohnte, überstanden sie dieses Fieber. Geschwächt wie sie waren, war an eine große Reise über Land jedoch nicht mehr zu denken. Sie bestiegen das nächste Schiff, das an der Küste der Arabischen See gen Süden segelte, und beschlossen, sich beim nächsten Versuch einer großen Karawane anzuschließen. Zu zweit, nur von einem Hund beschützt, war dieses riesige, gefährliche Land nicht zu bewältigen.

Nun gab Miguel seinem treuen Panjo durch ein Kopfnicken zu verstehen, er möge bei der Kiste bleiben, die sie mit sich führten. Nicht, dass ernsthaft die Gefahr bestanden hätte, dass sich jemand ihrer bemächtigen wollte. Es war eine unscheinbare, schlichte Holztruhe, die nach den Strapazen der Reise ähnlich mitgenommen wirkte wie ihr Besitzer. Panjo hockte sich vor die Kiste, während Miguel und Crisóstomo sich auf den Weg machten, um eine Kutsche zu finden.

Doch sie hatten ihre Wirkung auf die Menschen in der Zivilisation unterschätzt. Auf dem Schiff war man ihnen mit weniger Misstrauen begegnet als hier, in der reichen Stadt. Kein Kutscher wollte diese merkwürdigen Gestalten zum Solar das Mangueiras fahren, und nicht einmal die Aussicht auf den Silbertaler, den Miguel ihnen dafür bot, überzeugte sie.

»Ich hätte mich ihm gerne anders präsentiert, aber es nützt ja nichts: Wir müssen zu Senhor Furtado. Der wird uns einen Wagen und einen Fahrer geben«, sagte Miguel zu seinem Begleiter.

»Tja, ich hätte mich ihm auch gern anders präsentiert.« Crisóstomo ärgerte sich, dass er seinem einstigen Dienstherrn, bei dem er mit Schimpf und Schande davongejagt worden war, in diesem Aufzug gegenübertreten sollte. Aber er sah ein, dass dies die beste Lösung war. »Lassen wir die Truhe so lange am Kai stehen? Jemand wird sie stehlen.«

Miguel warf einen Blick zurück und sah, dass Panjo sich nicht vom Fleck gerührt hatte. »Das bezweifle ich, Krishna. Du weißt, wie ungemütlich er werden kann …«

Der Junge unterbrach ihn. »Nennt mich ab sofort bitte nicht mehr Krishna, *sahib*. Hier bin ich wieder Crisóstomo.«

»Natürlich, wie gedankenlos von mir.« Miguel fand den indischen Namen für seinen Burschen viel passender, und unterwegs hatte er ihn nur Krishna gerufen. Doch der Junge hatte recht: Hier in der Kolonie sollte er ihn wieder bei seinem christlichen Namen nennen, insbesondere da die Präsenz der Kirche nur noch zugenommen zu haben schien. Auf den Straßen wimmelte es von Mönchen, Nonnen und Pfarrern. An jeder Straßenecke befand sich ein Heiligenschrein, der mit Kerzen beleuchtet und mit Blumengirlanden geschmückt war. »Und du«, fügte er grinsend hinzu, »nennst mich ab sofort nicht mehr *sahib*, sondern Senhor.«

»Verzeiht, Senhor, wie gedankenlos von mir.« Crisóstomo zwinkerte ihm verschmitzt zu. Miguel fand, dass der Junge manchmal etwas vertraulich wurde, und beschloss, dass die Frechheiten bald ein Ende haben mussten. Unterwegs waren sie aufeinander angewiesen gewesen, und Miguel hatte oft einen allzu freundschaftlichen Ton angeschlagen. Aber zurück in der Heimat, die ihm noch immer – oder wieder – fremd war, waren sie keine Gefährten mehr. Sie waren Herr und Diener.

Vor dem Handelshaus Ribeiro Cruz empfing sie ein Bediensteter mit abweisender Miene.

»Mach auf, ich bin Miguel Ribeiro Cruz.«

»Ja, und ich bin der Großmogul Schah Jahan«, erwiderte der Diener ungerührt.

»Ruf deinen Herrn, du Dummkopf. Senhor Furtado kennt mich.«

»Er hat eine wichtige Unterredung und wünscht nicht von bettelndem Gesindel gestört zu werden.«

»Du bist gefeuert.«

Der Diener sah Miguel verdattert an. Nun geriet er doch ein wenig ins Wanken. Der ungewaschene Kerl sah zwar aus wie ein Marodeur, aber sein Akzent und sein Tonfall ließen auf eine hohe Geburt schließen.

»Wartet hier, ihr zwei. Ich werde mal nachsehen, wie …«

»Du hast mich wohl nicht verstanden. Du bist gefeuert. Also geh mir aus dem Weg, du Trottel.« Miguel brauchte seinen Säbel gar nicht zu zücken. Allein die Möglichkeit, er könne es tun, ließ den verängstigten Mann beiseitetreten.

Im Innern des Gebäudes ging Miguel schnurstracks auf das Büro von Senhor Furtado zu, gefolgt von dem nun nicht mehr gar so forschen Crisóstomo sowie dem schimpfenden Diener. Miguel klopfte, während er durch die geschlossene Tür rief: »Ihr habt Besuch, Senhor Furtado.«

Im selben Moment öffnete sich die Tür. Darin stand Furtado, dessen freudige Begrüßung – »seid Ihr es wirk…?« – von Erschrecken abgelöst wurde.

»Lieber Herr im Himmel, was ist Euch widerfahren?«

»Danke, Senhor Furtado, Ihr seht auch ganz ausgezeichnet aus.« Eigentlich freute Miguel sich, den indischen Kaufmann wiederzusehen. Aber es fiel ihm schwer, seine Gefühle zu zeigen, zumal er dem Mann ansah, dass er sich vor einem Händeschütteln ekelte. Sah er tatsächlich so abgerissen aus?

»Verzeiht, dass wir Euch so überfallen. Sicher habt Ihr viel zu tun. Aber es ist mir nicht gelungen, eine Kutsche aufzutreiben. Bestimmt haben wir hier einen Fahrer, der bereit wäre, den verlorenen Sohn zurück in sein Heim zu bringen?«

»Gewiss doch, Senhor Miguel! Aber sagt: Geht es Euch gut? Nehmt es mir nicht übel, aber Ihr seht zum Fürchten aus. Und dieser kleine Dieb da, der sieht noch schlimmer aus. Meine Güte, was ist bloß geschehen?«

Die Reaktion Furtados wirkte nicht aufgesetzt oder gekünstelt. Er schien aufrichtig entsetzt zu sein, was Miguel ein wenig mit dem versöhnte, was der Inder bei ihrer letzten Begegnung gesagt hatte.

»Uns geht es gut. Noch besser ginge es uns, wenn wir erst einmal nach Hause dürften, uns waschen und ordentlich kleiden könnten und eine anständige warme Mahlzeit bekämen. Danach bin ich gerne bereit, Euch in allen Details von unseren Abenteuern zu berichten.«

»Aber ja doch, wie gedankenlos von mir!«

Miguel und Crisóstomo schauten sich an und brachen in prustendes Lachen aus. Senhor Furtado und sein übertölpelter Diener blickten einander ebenfalls an und dachten dasselbe: Die beiden Rückkehrer mussten den Verstand verloren haben.

Der Fahrer machte einen kleinen Umweg über den Hafenanleger, auf dem inzwischen viel weniger Betrieb war als vorhin noch. Die Kiste stand auf demselben Fleck, an dem sie sie hinterlassen hatten, und auch Panjo hatte sich nicht von der Stelle gerührt. Selbst als er seinen Herrn erkannte, der auf ihn zukam, blieb er reglos sitzen. Erst als Miguel dem Hund durch ein Handzeichen zu erkennen gab, dass seine Wache nun beendet war, stürmte Panjo auf Miguel zu, als habe er ihn seit Wochen nicht zu Gesicht bekommen. Crisóstomo und der Fahrer hievten die Truhe auf den Wagen. Als alle darin Platz genommen hatten, traten sie endlich den Heimweg an. Crisóstomo konnte es sich nicht verkneifen, den Fahrern der Mietkutschen zuzuwinken, als sie diese passierten.

»Streck ihnen doch gleich die Zunge heraus«, tadelte Miguel ihn, obwohl er in Wahrheit denselben Impuls gehabt hatte.

Bei der Fahrt durch die Straßen kraulte Miguel abwesend Panjos Hals, während er den Blick schweifen ließ. Wie anders die Stadt nun auf ihn wirkte. Hatte sie sich so sehr verändert, oder war es vielmehr er selber, der einen so großen Wandel durchgemacht hatte? Als sie die Außenbereiche der Stadt hinter sich gelassen hatten und die Straße am Fluss entlangfuhren, wurde es ruhiger. Miguel döste ein. Erst als Panjo kläffte und über ihn hinwegsprang, erwachte er. Sie standen in der Auffahrt des Solar das Mangueiras. Miguel rieb sich die Augen und glaubte an eine überirdische Erscheinung. War das Herrenhaus immer schon so imposant gewesen? Und wieso um alles in der Welt hatte er dieses paradiesische Fleckchen Erde freiwillig verlassen können, um unter freiem Himmel zu schlafen, hungrig und der permanenten Gefahr ausgesetzt, sich von Mücken oder anderem Getier bei lebendigem Leibe auffressen zu lassen?

»Wie groß es ist«, hörte er Crisóstomo andächtig flüstern, »und wie schön.«

»Ja.«

»Ich traue mich da gar nicht hinein, so wie wir aussehen.«

Miguel empfand ähnlich wie der Junge. Er fand es merkwürdig, dass er jemals mit der allergrößten Selbstverständlichkeit hier eingezogen war und dann auch noch an allem und jedem herumgenörgelt hatte. Jetzt bestaunte er voller Ehrfurcht diesen Palast, als habe er es nicht verdient, darin zu leben. Doch im selben Augenblick erschien ein aufgebrachter Domestik, und Miguel schob seine Zweifel beiseite. Ob er sich nun fühlte wie der Hausherr oder nicht, er musste in jedem Fall als solcher auftreten, sonst würden ihn seine eigenen Dienstboten nicht hineinlassen.

Der Diener, den Miguel als Babu erkannte, jenen Burschen,

dem er einst seine Kartentricks vorgeführt hatte, zeterte wie verrückt.

»Babu, ruf sofort Phanishwar, er soll sich um die Pferde kümmern und dem Fahrer etwas zu trinken geben. Und du komm her und hilf uns mit der Kiste.«

Babu schüttelte ungläubig den Kopf. »Seid Ihr es, Senhor Miguel? Ihr seid kaum wiederzuerk…«

»Ich weiß. Und solange du hier stehst und Maulaffen feilhältst, wird sich daran auch nichts ändern.«

Inzwischen waren auch andere Dienstboten aus dem Haus gekommen, die das abgerissene Duo anstarrten, als handele es sich um Geister. »Nun glotzt nicht so dämlich. Los, an die Arbeit. Lasst für jeden von uns ein Bad ein, und sagt dem Koch Bescheid, er soll ein Festmahl zubereiten. Und zwar hurtig.«

Die Leute trollten sich, ein wenig zu schnell, wie Miguel fand. Wahrscheinlich hatten sie ihre Pflichten im Haus vernachlässigt und wollten nun noch retten, was zu retten war. Wäre es anders gewesen, hätten sie noch viel länger dort gestanden und gegafft und geschnattert.

Einen Moment standen Miguel und Crisóstomo allein im Hof. Der Kutscher war mit Babu zum Stall gegangen, die anderen Dienstboten waren ins Haus geflüchtet. Keiner hatte daran gedacht, sich des Gepäcks anzunehmen, das einzig aus der Truhe bestand. Dann erschien plötzlich der Gärtner, den die Neuigkeiten offenbar verspätet erreicht hatten.

»Senhor Miguel, wie schön, dass Ihr wohlbehalten zurückgekehrt seid!«

Ah, endlich einmal eine freundliche Begrüßung. Miguel war angenehm überrascht.

»Ja, ich freue mich auch, wieder hier zu sein. Wärst du so nett, dich um den Hund zu kümmern?« Miguel erinnerte sich, dass der Mann im Umgang mit Panjo Geschick und Güte bewiesen hatte. »Bestimmt gibt es irgendein indisches Kraut, das gegen Flöhe hilft?«

Der Gärtner entblößte eine schadhafte Zahnreihe, als er mit einem breiten Lächeln antwortete: »Ihr werdet das Tier nicht wiedererkennen …«

Umgekehrt verhielt es sich wohl genauso, dachte Miguel, als er später an der langen Tafel im Speisesaal saß und das Essen aufgetragen wurde. Nach einem ausgiebigen Bad und einer Rasur fühlte er sich wie neugeboren. Er hatte es mit seiner Reinigungsprozedur vielleicht etwas übertrieben, denn unter all den Duftwässerchen und Pflegeölen, die er benutzt hatte, konnte der Hund seinen Herrn kaum noch riechen. Panjo selber verströmte das Aroma von Kräutern und hatte vom *mali* offenbar eine Rundumverschönerung erfahren. Die Krallen waren gekürzt und die Ohren gesäubert worden, das Fell glänzte.

Während des Essens ließ Miguel immer wieder einen Happen, ein Stück Hähnchenfleisch oder Brot, unter den Tisch fallen. Er fand, dass auch der Hund sich nach all den bestandenen Abenteuern ein Festmahl verdient hatte. Dass Crisóstomo ebenfalls gut versorgt sein würde, wusste er. Die Dienstboten waren heute Abend auffällig selten im Speisesaal zu sehen. Sicher erzählte Crisóstomo im Nutztrakt gerade von ihren Erlebnissen während der Reise und wurde durch eine besonders köstliche Mahlzeit animiert, noch mehr Details zum Besten zu geben. Nun, solange er nicht erzählte, was sich in der Truhe befand …

Miguel selber hätte jetzt, da er sich wieder gepflegt fühlte, satt war und nach dem Portwein von einer wohligen Wärme durchströmt wurde, auch gerne jemanden zum Reden gehabt. Stattdessen saß er schweigend an dieser viel zu langen Tafel, die ihm seine Einsamkeit noch deutlicher ins Bewusstsein rückte. Wieso war ihm vorher nie aufgefallen, wie dekadent es war, ganz allein hier zu speisen? Einzig ein Hund leistete ihm Gesellschaft. Und sosehr er Panjo liebte, so wenig konnte der ihm ein Gespräch mit Freunden ersetzen.

Aber welche Freunde hatte er denn schon? Carlos Alberto hatte sich als Verräter entpuppt; Delfina war womöglich mit einem Taugenichts durchgebrannt; und ihre Brüder, Sidónio und Álvaro, waren ihm nie so ans Herz gewachsen wie das Mädchen. Immerhin, besser als gar keiner. Er würde die beiden morgen als Erstes aufsuchen und sich vor allem nach Delfinas Wohlergehen erkundigen.

Da niemand kam, um sein Geschirr abzuräumen, begab sich Miguel selber in die Küche, mehrere benutzte Teller vor sich her balancierend. Er hatte keineswegs vorgehabt, irgendjemanden zu beschämen oder seiner Dienerschaft deren Unfähigkeit vor Augen zu halten, doch das war genau das, was passierte.

»… dann stand ich der Bestie gegenüber und zückte meinen …«, hörte er Crisóstomo gerade prahlen, als die Leute auf ihn aufmerksam wurden. Sofort entstand ein nervöses Durcheinander, weil jeder abrupt aufstand und wenigstens so tun wollte, als sei er mit irgendetwas Sinnvollem beschäftigt gewesen.

»Bleibt ruhig sitzen. Ich bin nur gekommen, um Crisóstomo zu sagen, dass er sich eine Woche frei nehmen darf – um sich von den Begegnungen mit diversen Bestien zu erholen.« In dem anschließenden Gelächter der Leute lag große Erleichterung, dennoch wagte es keiner, sich wieder hinzusetzen. Ein Junge, der mutiger war als die anderen, fragte schließlich: »Soll ich mit Euch kommen, Senhor, und die Lampen in Eurem Schlafgemach entzünden?«

»Das wäre zu freundlich von dir. Und noch einer soll mitkommen und ihm helfen, die Truhe in mein Zimmer zu schaffen.« Lange benötigte Miguel allerdings kein Licht mehr. Kaum hatte er sich entkleidet und ins Bett gelegt, hörte man sein Schnarchen schon im ganzen Haus.

24

Makarand rieb sich die Hände. Herrlich, wie er diesen Dummkopf übers Ohr gehauen hatte! Für ein Miniaturkästchen aus Silber, das so fein gearbeitet war, hätte er normalerweise die Nebeneinkünfte eines halben Jahres opfern müssen – und dieser Kerl hatte es ihm für ein Viertel des üblichen Preises verkauft. Endlich hatte er ein Geschenk, mit dem er bei Anuprabha Eindruck schinden konnte. Das filigrane Silberkästchen würde ihr gefallen. Sie könnte ihre Nasenstecker darin aufbewahren oder vielleicht sogar … eine Locke seines Haars? Ach nein, das war vielleicht gar zu optimistisch. Jedenfalls würde Makarand in der Achtung seiner Flamme steigen, so viel war klar. Und dann würde er, wenn er in einigen Wochen seinen 16. Geburtstag feierte, endlich offiziell bei Dona Amba um die Hand des Mädchens anhalten.

Er hielt sich nicht weiter mit Bedenken darüber auf, wie der Bursche, der ihm das wertvolle Stück verkauft hatte, wohl daran gekommen war. Makarand war ziemlich sicher, dass es gestohlen war, und es war ihm herzlich egal. Wie sonst wäre der junge Mann, den er auf etwa zwanzig Jahre schätzte und den er vor ein paar Monaten noch mit eingezogenem Schwanz vor dem Geschäft des Senhor Pinho gesehen hatte, in den Besitz einer solchen Kostbarkeit gelangt? Da konnte der Bursche, der sich Krishna nannte, noch so oft erzählen, er habe es auf irgendeiner erfundenen Reise günstig erworben – Makarand war klug genug, um eine Lüge zu erkennen, wenn er es mit einer zu tun hatte.

Wieder zu Hause, wickelte Makarand das winzige Kästchen aus dem groben Leinentuch und betrachtete es noch einmal in aller Ruhe. Ah, ein wunderhübsches Stück! Es nahm nicht einmal ein Viertel seines Handtellers ein, und doch besaß es alles, was auch eine große Schmuckschatulle hatte: zwei gut funktionierende Scharniere, eine perfekt gearbeitete Verschlusslasche, ein Futter aus Samt und vor allem ein berückend fein zizeliertes Blumenmuster.

Makarand dachte kurz darüber nach, ob es nicht zu vermessen wäre, das Kästchen mit einem Inhalt zu versehen. Dann griff er nach seinem Rasiermesser, schnitt sich beherzt eine Strähne seines glatten Haars ab und drapierte sie so in dem Kästchen, dass sie wie eine Acht darin lag, wodurch sie auch aussah wie eine Locke. Er schloss den Deckel, wickelte das Kästchen in ein anderes, schöneres Stück Stoff und gab sich einen Ruck. Jetzt oder nie.

»Anu?«, rief er leise, als er Anuprabha auf der Veranda sah, wo sie versonnen an den Blättern des Hibiskusstrauchs herumzupfte, dessen Zweige über die Brüstung reichten. »Anuprabha?«

Das Mädchen verdrehte die Augen. »Lass mich in Ruhe.«

»Aber ich möchte dir etwas zeigen.«

»Ich will es nicht sehen.« Sie drehte sich um und ging ein paar Schritte in Richtung Haus.

»Geh nicht weg, bitte. Es ist ein Geschenk.«

Anuprabha hielt inne. Eigentlich hatte sie sich vorgenommen, Makarand zu sagen, er solle sie nicht länger mit seinen Geschenken behelligen. Anderseits waren es meist sehr hübsche Dinge, die er ihr mitbrachte. Außerdem war es unhöflich, Geschenke ohne einen anderen Grund als den, dass der Junge ihr lästig war, abzulehnen. Und solange es sich nur um Tand und nichts Kostbares handelte, ging sie ja auch keinerlei Verpflichtung ein. Langsam drehte sie sich wieder herum. Sie warf Makarand einen unergründlichen Blick zu, bei dem der Junge wacklige Knie bekam.

»Hier, Anu.« Unbeholfen streckte er dem Mädchen das Geschenk hin. Er, der sonst so behende war, versteifte sich in ihrer Gegenwart immer so sehr, dass all seine Bewegungen hölzern wirkten.

»Danke, Makarand.« Mit spöttisch nach oben gezogenen Brauen nahm Anuprabha den in einen nicht mehr ganz sauberen Lappen gewickelten Gegenstand in Augenschein. Was hatte der Kerl sich diesmal wieder einfallen lassen? Sie hatte von ihm schon Kämme, Armreifen, Stoffe, Glasperlen und natürlich jede Menge Süßigkeiten bekommen. Nichts davon hatte er je verpackt. War es diesmal etwas Wertvolleres? Sie versuchte, sich ihre Spannung nicht anmerken zu lassen, als sie das Geschenk auswickelte.

»Oh! Aber Makarand …«, sie verfiel in einen verschwörerischen Flüsterton, »… hast du das etwa gestohlen?«

Makarand hatte all ihre Bewegungen und Blicke beobachtet, jedem Atemzug gelauscht – und das Zittern ihrer Hände bemerkt. Ha! Diesmal war es ihm gelungen, sie zu überraschen. Er registrierte die Mischung aus Angst und prickelnder Nervosität, die Anuprabha ausstrahlte. Wenn er »ja« sagte und einen Diebstahl gestand, den er gar nicht begangen hatte, würde es ihr wahrscheinlich schmeicheln. Er würde sich damit als verwegener Draufgänger zu erkennen geben, und der Reiz des Verbotenen, der dem Kästchen damit anhaftete, würde dessen Wert in Anuprabhas Augen vermutlich steigern.

»Nein«, antwortete er, »natürlich nicht. Ich habe es gekauft.«

Er sah, wie Anuprabhas Schultern herabfielen. Bestimmt dachte sie nun, das Kästchen habe keinen großen Wert, wenn einer wie er es kaufen konnte.

»Es ist sehr hübsch«, sagte sie. »Danke.«

»Sieh rein.«

Das Mädchen öffnete den Deckel und schrak augenblicklich zurück. »Igitt, was ist das?«

»Genau das, wonach es aussieht.« Makarands Gesicht nahm einen beleidigten Ausdruck an. »Du kannst es wegwerfen. Also, die Haare, nicht das Kästchen. Das ist nämlich wirklich etwas wert, weißt du.«

Anuprabha schämte sich für ihre überzogene Reaktion. Im ersten Moment hatte sie geglaubt, in dem Kästchen wären Spinnweben oder die Fäden eines Kokons. Als Haarsträhne war das schwarze Gewirr, das im Innern verborgen war, nicht zu erkennen gewesen. Warum konnte Makarand auch nicht ein einziges Mal etwas richtig machen? Er konnte doch nicht einfach loses Haar irgendwo hineinfüllen. Er hätte die Strähne an einem Ende zusammenbinden müssen, damit genau das nicht geschah, was geschehen war. Irgendwie tat er ihr leid, ihr junger Verehrer, was sie ihm gegenüber keineswegs zeigen durfte. Das hätte für ihn alles nur noch schlimmer gemacht.

»Du bist ein Trottel, Makarand«, sagte sie von oben herab. »Aber ich gebe zu: Das Kästchen ist ganz nett.« Damit drehte sie sich um und ging ins Haus.

Makarand blieb wie angewurzelt auf dem Hof unterhalb der Verandabrüstung stehen und grinste. Das war das Freundlichste, was er seit langem von Anuprabha zu hören bekommen hatte.

Einige Tage später beobachtete Amba, wie ihr Hausmädchen dem kleinen Vikram etwas zeigte. Obwohl der Junge erst acht Jahre alt war, vergötterte er Anuprabha – wie alle männlichen Wesen es taten. Er schmiegte sich an sie und legte seinen Kopf an ihre Brust. Amba hatte das Gefühl, dass das Kind nicht halb so unschuldig war, wie es sich gab. Vikram hatte ganz gezielt nach der Berührung gesucht. Auf den Kleinen würde sie noch ein Auge haben müssen, wenn er heranwuchs. Er war ein ausgesprochen schöner Junge, und er würde ein sehr ansehnlicher junger Mann werden. Man musste darauf achten, dass er sich bei den Frauen nicht allzu viel herausnahm, beziehungsweise darauf, dass die Frauen in ihrem Haushalt ihm nicht alles ungestraft durchgehen ließen. Am Ende würde Vikram noch glauben, er könne einfach so nach jeder weiblichen Brust greifen, die sein Interesse weckte.

Jetzt allerdings griff Vikram nach dem Gegenstand, den Anuprabha ihm gezeigt hatte. Aus der Ferne konnte Amba nicht genau erkennen, um was es sich handelte, aber es erinnerte sie an das winzige Schmuckkästchen, das ihrer Mutter einst gehört hatte. Sie beschloss, sich das Stück aus der Nähe anzusehen – in diesem Fall war ihre Neugier stärker als ihr Respekt für die Privatsphäre ihrer Dienerschaft.

»Vikram«, sagte sie und tätschelte dem Jungen den Kopf, »hältst du Anuprabha schon wieder von der Arbeit ab?«

»Nein, Ambadevi. Sie hat mir dieses Kästchen gezeigt. Man kann darin seine Milchzähne aufbewahren. Sie sagt, ich bräuchte auch so ein kleines Kästchen.«

»Aber deine Milchzähne sind doch fast alle schon ausgefallen.«

»Ja, Ambadevi, aber ich habe sie noch. Sie sind in einem Geheimversteck.«

»Na, dann lass sie mal lieber dort. Da sind sie bestimmt sicher – auch ohne so ein Kästchen. Und jetzt ab mit dir, Anuprabha hat noch zu tun.«

Der Junge nickte und lief davon.

Amba wandte sich Anuprabha zu, die eine schuldbewusste Miene aufsetzte. »Ich wollte nicht ...«

»Schon gut, du hast nichts falsch gemacht. Aber ich wollte dich bitten, mir dieses Kästchen zu zeigen. Es erinnert mich an etwas.«

Schweigend reichte das Mädchen ihr den Gegenstand. Anuprabhas Herz klopfte heftig. Dass Makarand die winzige Schatulle gestohlen hatte, war ihr gleichgültig. Aber wenn er sie von Amba gestohlen hatte? Dieser Schwachkopf! Er würde sie alle ins Unglück stürzen! Herrje, sie hätte das Geschenk nie annehmen dürfen – wenn Amba sie nun für eine Diebin hielt und sie fortjagen würde?

»Woher hast du das?«, fragte ihre Dienstherrin nun.

»Makarand hat es mir geschenkt.«

»Er macht dir schöne Geschenke. Willst du ihn nicht bald erhören? Ich finde, er sieht von Tag zu Tag besser aus. Und er ist schlau. Er wird seinen Weg machen, und er wird dir ein gutes Leben bieten können.« Amba wusste, dass sie vom Thema ablenkte. Der Anblick des Kästchens hatte sie verwirrt, und das wollte sie sich keinesfalls anmerken lassen. Hier in Goa hatte sie nie ein derartiges Stück gesehen. Soviel sie wusste, handelte es sich um eine Silberschmiedearbeit, für die ihre einstige Heimat berühmt war. Deshalb sah das Kästchen, das ihrer Mutter gehört hatte, diesem hier ganz ähnlich. Aber wie war eine solche Rarität in Makarands Hände gelangt? Sie würde mit dem Jungen reden müssen.

»Nein«, sagte Anuprabha.

»Nein was?« Amba war so in Gedanken versunken gewesen, dass sie die Anwesenheit des Mädchens fast vergessen hatte.

»Nein, ich will ihn nicht bald erhören. Es sei denn, Ihr würdet ihn zu meinem Gemahl bestimmen. In diesem Fall würde ich natürlich gehorchen.«

»Wir werden sehen«, sagte Amba geistesabwesend. Im Augenblick gab es Wichtigeres als die amourösen Verwicklungen ihrer Dienerschaft. »Jetzt schick mir erst einmal Makarand her.«

»Ja, Ambadevi?« Der Junge machte eine dienstbeflissene Miene. »Ihr benötigt meine Dienste?«

»Nicht direkt, Makarand. Ich benötige vielmehr eine Information.«

»Ja, Ambadevi?«

»Woher hast du das Silberkästchen, das du Anuprabha geschenkt hast?«

Der Junge wurde blass. »Ich habe es gekauft, ich schwöre es.«

»Es muss sehr teuer gewesen sein. Hast du Nayana und Chitrani so dreist betrogen, dass du dir solche Kostbarkeiten leisten kannst?«

»Nein. Es war nicht so teuer, wie es aussieht. Der Dummkopf, der es mir verkauft hat, wusste wahrscheinlich nicht um den Wert des Stücks. Es war natürlich auch nicht billig, aber für Anuprabha habe ich gern meine gesamten Ersparnisse ausgegeben.«

»Du liebst sie wirklich, oder?«

»Ja, Ambadevi.«

»Wirst du sie auch noch lieben, wenn sie dir mehrere Kinder geboren hat, wenn sie dick wird und an dir herumnörgelt, weil du nicht genügend Geld nach Hause bringst?«

»Wenn sie mir Söhne geschenkt hat, werde ich sie nur noch mehr lieben. Und die Nörgelei, die kenne ich ja schon, die macht mir nichts aus. Ich würde mir eher Sorgen machen, wenn sie nicht an mir herumkritteln würde.«

Amba musste wider Willen lachen. Makarand legte zuweilen eine Weisheit an den Tag, wie sie für einen Jungen seines Alters ungewöhnlich war. Dann wieder benahm er sich wie der typische Halbstarke, der davon überzeugt war, alles würde nach seinem Willen passieren und die Welt wäre ihm untertan.

»Und wenn sie dir Töchter schenkt?«

Makarand wusste, dass er vorsichtig sein musste. Natürlich wäre er über Töchter nicht so begeistert wie über Söhne, aber er kannte Ambas Meinung zu diesem Thema. »Das wäre wunderbar«, sagte er, »solange der Erstgeborene ein Junge ist.« Sehr zufrieden mit seiner diplomatischen Antwort strahlte er seine Herrin an.

»Du bist noch sehr jung für eine Ehe. Aber wie ich von Anand höre, stellst du dich als Lehrling nicht schlecht an.«

»Hm.« Makarand rollte mit dem Kopf. Was sollte er schon darauf erwidern? Er stellte sich nicht nur nicht schlecht an, sondern er schmiss dem alten Anand den Laden. Seit er in dessen Dienste getreten war, machte das Geschäft doppelt so viel Gewinn. Diesem Umstand hatte er es zu verdanken, dass er einen ganzen Tag pro Woche frei bekam – und diesen Tag dann zum Beispiel für Ausflüge in die Hauptstadt nutzen konnte, um Geschenke für Anuprabha zu kaufen.

»Vielleicht«, sagte Amba, »wartest du noch das Ende deiner Lehrzeit ab, um dann um Anuprabha zu werben.«

»Aber Ambadevi, das sind noch ein paar Jahre. Bis dahin bin ich alt, und Anu ist mit einem anderen auf und davon!«

»Mit zwanzig ist man nicht alt, Makarand.«

Erneut nahm der Junge sich in Acht. Selbstverständlich war man mit zwanzig alt, aber die Höflichkeit gebot es, dies nicht laut vor einer Dame auszusprechen, die die zwanzig weit überschritten hatte.

»Aber eigentlich wollte ich mit dir ja über dieses Kästchen sprechen. Erzähl: Wer hat es dir verkauft? War es jemand von hier?«

Makarand verstand nicht, warum seine Herrin so viel Aufhebens machte, doch er fügte sich und berichtete ihr wahrheitsgetreu, wie er in den Besitz des Stücks gelangt war.

»Ein junger Bursche, Krishna heißt er, hat es mir zum Kauf angeboten. Er behauptete, er sei mit seinem Herrn auf Reisen gewesen, und unterwegs hätten sie Handel mit solchen und ähnlichen Gegenständen getrieben. Er behauptete auch, er habe das Kästchen als Belohnung für seine treuen Dienste erhalten. Ich habe das nicht in Zweifel gezogen, Ambadevi. Der Kerl schien einfach nicht zu wissen, wie viel das Kästchen wert ist, denn er hat es mir zu einem äußerst günstigen Preis überlassen. Natürlich habe ich noch ein wenig gefeilscht, das ist ja normal, sonst macht es ja keinen Spaß, und Ihr wisst, dass ich darin gut bin. Wenn der Bursche es mir so preiswert verkauft, ist er es selber schuld, nicht wahr? Das ist doch kein Diebstahl? Ich habe es ganz ordnungsgemäß gekauft.«

»Schon gut, Makarand, ich wollte dir nie unterstellen, dass du es gestohlen hast. Ich will nur wissen, wie so ein Stück überhaupt nach Goa kommt. Dieser Bursche, für wen arbeitet er?«

»Ich weiß es nicht genau. Das heißt, ich kenne den Namen des Mannes nicht, aber ich habe ihn gesehen. Er ist Portugiese, obwohl er auch Inder sein könnte. Er hat glattes schwarzes Haar, und er hat für einen Europäer ziemlich dunkle Haut und ziemlich weiße Zähne. Die Weiber glotzen ihm nach, ich glaube, er gilt als gutaussehend, wobei ich persönlich ihn nicht so besonders schön finde.«

»Wie alt schätzt du ihn?«

»Hm, ich weiß nicht, alt. Also auf alle Fälle älter als zwanzig. Aber jünger als Rujul oder Anand.«

»Makarand, du musst dich klarer ausdrücken. Ist er vielleicht zwischen zwanzig und dreißig?«

»Ja, das kommt hin, schätze ich.«

»Ist er dick oder dünn? Groß oder klein?«

»Irgendwie … mittel.«

»Aha.« Amba dachte nach. Es gab zahlreiche junge portugiesische Glücksritter, die allein in die Kolonie kamen. Darunter gab es sicher auch viele attraktive Männer. Und sie, die so selten in die Stadt fuhr, hatte nur sehr wenige von ihnen je zu Gesicht bekommen. Dennoch fiel ihr sofort Miguel Ribeiro Cruz ein. Sie hatte geglaubt, er sei längst wieder abgereist, da sie ihn nie wieder gesehen hatte. Aber wenn er das Mogulreich bereist hatte, um Handel zu treiben, dann war seine Abwesenheit erklärlich.

Und wenn er nun Handel mit etwas anderem als Waren trieb? Mit Informationen? Er war ja offenbar im Norden gewesen, in ihrer alten Heimatstadt, denn nur dort wurden ihres Wissens diese Silberkästchen gefertigt und so günstig verkauft, dass man sie auch einem Dienstboten zum Geschenk machen konnte. Was, wenn er dort etwas über sie gehört hatte? Unsinn, schalt sie sich, die Wahrscheinlichkeit war verschwindend gering. Ihre Angst vor Verfolgung nahm allmählich krankhafte Züge an. Wie sollte man sich das vorstellen? Ein junger Portugiese bereiste Indien, kam zufällig in ihre Geburtsstadt, hörte dort zufällig etwas über den Verbleib eines Mädchens, das vor Jahren nach Maharashtra verheiratet worden war und das von seinen Schwägern gesucht wurde, und stellte dann zufällig die Verbindung zu einer braven Ehefrau in Goa her? Das war ja lachhaft!

»Sag, Makarand«, wandte sie sich an den Jungen, der während ihrer Grübelei reglos dagestanden hatte und anscheinend einer Strafe harrte, »kannst du für mich herausfinden, wer der Herr dieses Krishna ist?«

»Selbstverständlich, Ambadevi.« Nach einem kurzen Zögern wagte er dann, sie zu fragen: »Darf Anuprabha das Kästchen behalten?«

»Selbstverständlich, Makarand.« Wie gut, dachte Amba, dass der Junge durch ihren Schleier nicht sah, wie sie ihn mitleidig belächelte.

Auch sie hatte einmal geglaubt, man könne Einfluss auf sein Schicksal nehmen und seine Träume wahr werden lassen.

Ach, wie sehr hatte sie sich getäuscht!

25

Nordindien, 1620

Wenige Wochen nach der Geburt des siebten Kindes des Thronfolgers Prinz Khurram und seiner dritten Frau Mumtaz Mahal war die ganze Stadt mit Blumengirlanden, Palmenzweigen und fröhlich flatternden Fahnen geschmückt, um den Sohn, Shahzada Sultan Ummid Baksh, hochleben zu lassen. Wunderbare, erhebende Melodien erklangen an beinahe jeder Straßenecke, der Duft von Festtagsgebäck erfüllte die Luft. Die Menschen trugen ihre schönsten Kleider, und die Farbenpracht war schier überwältigend. Eine Reiterparade zog durch die Hauptstraße, ihr folgten zehn opulent geschmückte Elefanten, die goldschillernde houdahs auf ihren mächtigen Rücken trugen. In den wankenden Aufbauten saßen die Würdenträger der Stadt in ihren Brokatroben und lächelten unter ihren juwelenbesetzten Turbanen in die Menge.

Es war einer der wenigen Tage, an denen Bhavani das Haus verlassen durfte. Die ganze Familie war zu den Umzügen gegangen, Onkel Manesh, Tante Sita sowie ihre drei Söhne und die beiden Schwiegertöchter, außerdem Vijay und Bhavani. Ein Tross von zwanzig Bediensteten umschwirrte sie, hielt Baldachine, fächelte ihnen Luft zu, reichte ihnen Erfrischungen. Die Frauen wurden durch tragbare Paravents, die mit Sehschlitzen versehen waren, vor den neugierigen Blicken fremder Männer geschützt.

Seit ihre beiden ältesten Cousins so vorteilhafte Ehen eingegangen waren, hatte Bhavanis Alltag sich ein wenig gebessert. Tante Sitas zunehmende Verbitterung ließ sie nun an zwei weiteren Mädchen aus, nämlich den 13 und 14 Jahre alten Schwiegertöchtern. Ihre Mitgiften hatten eine erhebliche Verbesserung des Lebensstandards für sie alle bewirkt. Das Haus war um einen großen Anbau erweitert worden, das Nachbargrundstück wurde erworben, um darin einen Lustgarten mit Wasserspielen anzulegen. In diesem durfte Bhavani sich nach Belieben aufhalten, und sie genoss es, den Pfauen beim Schlagen ihrer Räder und den Springbrunnen beim Plätschern zuzusehen. Manchmal steckte sie einer alten Bettlerin, die auf der Straße vor Maneshs Haus ihr armseliges Dasein fristete, durch eine Lücke im Buschwerk eine Leckerei zu, und wer genauer hingesehen hätte, hätte bemerken können, dass Bhavani mit beinahe unbewegten Lippen mit der Alten sprach.

Die Wachsamkeit von Tante Sita hatte in den vergangenen zwei Jahren deutlich nachgelassen, denn mit Bhavani hatte sich eine so erstaunliche Wandlung vollzogen, dass sich niemand mehr vorstellen konnte, sie sei jemals widerspenstig oder ungehorsam gewesen. Sie war das sanftmütigste Wesen, das man sich nur vorstellen konnte. Die beiden Gemahlinnen ihrer Cousins vergötterten die fünfzehnjährige Bhavani, war sie es doch, die ihnen durch kluge Ratschläge und kleine Nettigkeiten das Leben erträglich machte. Nur in den letzten Wochen, da waren die beiden sich einig, war Bhavani irgendwie anders als sonst. Etwas bedrückte sie.

Bhavani gab dem Drängen der beiden, ihnen ihre Sorgen anzuvertrauen, nicht nach. Niemals hätten sie verstehen können, was und wie es passiert war. Sie hätten nur ein Vorbild, ihren einzigen Halt in einem freudlosen neuen Heim verloren, weiter nichts. Sollte sie ihnen etwa mit geheuchelter Fröhlichkeit verkünden, sie sei stolz darauf, Onkel Manesh demnächst einen

weiteren Sohn zu schenken? Nein, ihre Schwangerschaft musste Bhavani unter allen Umständen geheim halten. Sollte Tante
Sita je davon erfahren, würde sie die ungeliebte Nichte tot-
schlagen. Was, wie Bhavani manchmal dachte, wahrscheinlich
die beste Lösung für sie alle war. Im Haus des Onkels konnte sie
mit dessen Bastard nicht bleiben. Und in die Freiheit entlassen,
die sie so oft herbeigesehnt hatte, würde eine so junge unverheiratete Mutter nicht lange überleben können.

Ein Trupp schneidiger Soldaten in prachtvollen Uniformen pa-
radierte gerade vorbei, als sich von hinten eine Hand an Bhavanis Hals legte, die goldenen Ketten umschloss und fest daran
zog. Bhavani stieß einen spitzen Schrei aus, sprang von ihrem
Hocker auf und rannte, ohne groß nachzudenken, der Gestalt
nach. »Haltet den Dieb!«, rief sie, doch in dem Gewimmel und
Lärm des Umzugs schenkte ihr niemand Beachtung. Die anderen Frauen, die mit ihr hinter dem Paravent gesessen hatten,
waren viel zu erschrocken, um schnell reagieren zu können. Als
sie endlich aus ihrer Starre erwachten, war es zu spät. Von
Bhavani war nichts mehr zu sehen.

»Bei allen Inkarnationen Shivas – so tu doch etwas!«, fuhr
Sita ihren Mann an, der sich schwerfällig in Bewegung setzte
und einen Wachposten über den Vorfall informierte. Mittlerweile war auch Vijay aufgesprungen. Er hatte seinen Festtags-
säbel gezogen, den er nun vor seinem grotesken runden Körper
schwang. »Los, kommt, wir müssen den Dieb fassen!«, forderte
er seine Cousins auf, doch der älteste von ihnen beschied ihn mit
einer Antwort, die den anderen aus der Seele sprach: »Sollen
wir die schönste Parade seit Jahren verpassen, nur um einem
Dieb nachzulaufen, der wahrscheinlich schon über alle Berge
ist?«

»Aber ... aber er hat Tante Sitas kostbare Ketten gestohlen!«,
ereiferte sich Vijay.

Der mittlere Cousin lächelte Vijay müde an, sagte jedoch nichts. Alle außer Vijay wussten, dass Sita ihrer Nichte die wertlosesten ihrer Schmuckstücke überlassen hatte, damit Letztere der Familie nicht durch ärmliches Auftreten noch mehr Schande machte. Sicher, es waren Ketten aus Gold, doch sie waren schlicht gearbeitet und es ganz sicher nicht wert, dass man sich deswegen um das Vergnügen brachte, dem Fest beizuwohnen.

Vijay tat, was seine Ehre ihm gebot: Er machte sich allein auf die Suche nach seiner Schwester. Doch als er, schwer keuchend und vollkommen verschwitzt, die Brücke erreichte, die er für den einzig denkbaren Fluchtweg des Diebs hielt, sah er eine kleine Menschentraube, die sich um einen Wachposten geschart hatte. Mit seinem Säbel verschaffte er sich Durchgang.

»Was ist hier los? Ist eine vornehme junge Dame hier vorbeigelaufen?«

Der Wachmann sah Vijay mitleidig an. »War sie eine Verwandte von Euch?«

»Was heißt hier ›war‹? Sie ist meine Schwester. Sie hat ein etwas, ähm, impulsives Wesen, sonst wäre sie dem Dieb wegen des Tands sicher nicht nachgelaufen, aber …«

»Der Dieb hat sie aufhalten wollen. Er hat ihr einen so kräftigen Schlag verpasst, dass die junge Dame in den Fluss gefallen ist. Ich bedaure sehr, dass Eure …«

Doch Vijay hörte ihm schon nicht mehr zu. Er ließ den Blick über den Fluss schweifen, in dem er einen gebauschten roséfarbenen Schleier forttreiben sah. Er war schon viel zu weit entfernt, als dass man noch eine Rettung versuchen konnte.

Vijay stützte sich schwerfällig auf die Brüstung der Brücke und vergoss die ersten Tränen seit Jahren.

Bhavani bekam kaum noch Luft. Sie war zu schnell gerannt, sie war die körperliche Anstrengung nicht mehr gewohnt. Doch ein Blick auf die alte Nayana, die unverdrossen weiterlief, ließ sie durchhalten. Was ihre ayah *konnte, konnte sie schon lange. Erst als die beiden Frauen eine bestimmte Hütte auf der anderen Seite des Flusses erreicht hatten, drosselten sie ihre Geschwindigkeit. Sie schauten sich nach etwaigen Verfolgern um, doch niemand war zu sehen. Die Straße wirkte fast wie ausgestorben, denn die meisten Leute waren zu der Parade gegangen. Sie huschten in die Hütte. Erst als sich die Tür hinter ihnen schloss, erlaubten sie es sich, einander zuzulächeln.*

»Schnell, zieh das hier über«, forderte Nayana ihren Schützling auf, indem sie ihr ein schmuckloses Baumwollgewand reichte. »Und dann gib mir deine feinen Pantoffeln und streif dir diese Sandalen über.«

Bhavani befolgte die Anweisungen Nayanas klaglos, obwohl es sie beim Anblick der abgetragenen Sandalen ekelte.

»Jetzt gib mir all deinen Schmuck, vom Zehenring bis zum Nasenstecker, alles. Den können wir noch gut gebrauchen, aber vorerst sollst du aussehen wie eine Bettlerin.«

Bhavani tat, wie ihr geheißen.

»Und nun«, kündigte Nayana mit einem hinterhältigen Grinsen an, »Asche auf dein Haupt.« Sie verteilte Staub und Asche in Bhavanis Haar und betrachtete ihr Werk. »Wunderbar. Du siehst aus, als hättest du seit Jahren auf der Straße gelebt.«

»Was würde ich nur ohne dich tun, Nayana?«

»Und ich ohne dich?« Die Kinderfrau lächelte Bhavani an, bevor ihr Gesicht einen entschlossenen Zug annahm. »So, nun komm, wir müssen uns sputen.«

»Was ist mit den Ketten von Tante Sita?«

»Die habe ich dem ›Dieb‹ als Lohn überlassen.«

Natürlich, dachte Bhavani, wie dumm von ihr. Die Vorberei-

tung ihrer Flucht, bei der sie mehrere Helfer gehabt hatten und diverse Leute bestechen mussten, nicht zuletzt den Brückenwächter, musste alles an Geld verschlungen haben, was sie gemeinsam in den vergangenen Wochen hatten auftreiben können.

Nachdem Bhavani festgestellt hatte, dass sie in anderen Umständen war, hatte sie sich sofort der »Bettlerin« anvertraut, die tagaus, tagein vor ihrem Haus hockte. Nayana hatte den Fluchtplan ausgeheckt und dafür den heutigen Tag gewählt – ihre alte ayah war gerissener, als Bhavani es für möglich gehalten hätte. Sie selber hatte den Auftrag erhalten, in der kurzen Zeitspanne – zwischen der Entdeckung ihrer Schwangerschaft bis zu dem geplanten Tag der Flucht blieben ihnen nur knappe vier Wochen – alle Dinge im Haushalt Maneshs zu stehlen, deren Fehlen nicht sofort auffallen würde, so wertlos sie Bhavani auch erscheinen mochten.

»Aber das kann ich doch nicht machen!«, hatte Bhavani anfangs geklagt.

»Denke immer daran, was diese Unmenschen dir gestohlen haben. Im Übrigen merkt es kein Mensch, wenn mal eine Seidenblume verschwindet oder sich ein silberner Knopf von Maneshs Gewand löst.«

»Was willst du denn mit Seidenblumen anfangen? Ich glaube kaum, dass wir davon unsere Flucht bestreiten können.«

»Glaub mir, meine Kleine, hier draußen hat alles einen Wert, was nicht Staub ist. Mit deinen Gewändern und den bestickten Pantoffeln entlohne ich die guten Leute, die mir Obdach gegeben haben – und es ist tausendmal mehr, als sie erwartet haben. Das alte paan daan deiner Tante, das seit Jahren unbenutzt herumstand, habe ich für ein hübsches Sümmchen versetzt, mit dem ich den Wachmann an der Brücke bezahlt habe, und der Kindersäbel, mit dem Vijay einst geübt hat und den er nie und

*nimmer vermissen wird, hat uns ein kleines Vermögen einge-
bracht.«*

*»Hast du noch den Beutel, den ich ...?« Bhavani schämte sich
schon im selben Augenblick, dass sie die Frage überhaupt hatte
stellen wollen. Ein Blick in die Augen Nayanas bestätigte ihr,
dass die alte Kinderfrau beleidigt war. »Es tut mir leid«, sagte
Bhavani, »verzeih mir bitte.«*

*Nayana überreichte ihrem Schützling ein Knäuel Stickgarn.
»Was soll ich damit?«*

*»Es verwahren, was sonst? Der Beutel, so unscheinbar er auch
war, hätte zu viel Aufmerksamkeit erregt, desgleichen das silberne Döschen, das ich übrigens verkaufen musste. Der Diamant ist fest in dieses minderwertige Garn eingewickelt – nicht
einmal der dreisteste Dieb würde sich für ein solches Knäuel
interessieren.«*

*Obwohl sie dafür gesorgt hatten, dass Bhavani in den Augen
derer, die sie gekannt hatten, tot war, änderten sie sicherheits-
halber ihre Namen. Bhavani nannte sich nun Uma – genau
wie ihr alter Name eine andere Bezeichnung der Göttin Parvati. Ihre ayah gab sich den Namen Roshni, was »Licht« bedeutete und damit Nayana, »Augen«, adäquat ersetzte. Anfangs taten Uma und Roshni sich schwer mit dem Gebrauch
ihrer neuen Namen, doch schon nach wenigen Wochen waren
sie ihnen in Fleisch und Blut übergegangen.*

*Auch ihre äußere Erscheinung erinnerte kaum noch an die
beiden Frauen, die einst ein Leben in Wohlstand genossen hatten. Roshni, die schon länger als vermeintliche Bettlerin über
ihren Schützling gewacht hatte, bereiteten die Entbehrungen
keine Schwierigkeiten. Doch Uma konnte sich mit den Umständen ihres Alltags nicht anfreunden. Sie litt unter den Blasen, die sie sich an den Füßen zugezogen hatte, genau wie unter*

dem Sonnenbrand, der sich auf ihrer hellen Haut gebildet hatte. Sie hasste die zerlumpten Kleider, die sie trug, und sie verabscheute das Essen, das meist aus Reis bestand, der in verschmutztem Flusswasser gekocht wurde. Nach Wochen der Wanderschaft sehnte sie sich sogar nach ihrer verhassten Dachkammer – alles schien ihr besser als die ungezieferverseuchten Unterkünfte, in denen sie schliefen. Wenn sie überhaupt Aufnahme bei mildtätigen Leuten fanden, denn meist waren sie gezwungen, unter freiem Himmel zu nächtigen. Es war Winter, die Nächte konnten bitterkalt werden, während tagsüber eine unbarmherzige Sonne auf sie herabschien. Mehr als einmal dachte sie daran, den Diamanten zu verkaufen, entsann sich jedoch immer noch rechtzeitig der Warnung Roshnis: »Welcher Streuner besitzt ein so kostbares Stück? Keiner. Sie werden uns verhaften. Denn die Wahrheit über dich und die Herkunft dieses Steins kannst du unter keinen Umständen preisgeben.«

Es wurde Frühling. Uma war mittlerweile im vierten Monat ihrer Schwangerschaft, ein winziges Bäuchlein wölbte sich an ihrem ansonsten ausgemergelten Leib. Je weiter sie sich von ihrer einstigen Heimat entfernten und je wärmer die Nächte wurden, desto größer wurde ihr Vertrauen in eine Zukunft, die wahrscheinlich von Armut, aber auch von Sicherheit und Geborgenheit geprägt sein würde. Denn Uma und Roshni schlugen sich nicht schlecht durch. Sie fanden immer Gelegenheitsarbeiten auf den Feldern oder bei Schneidern in den fremden Städten, durch die sie ihr Weg führte. Manchmal boten sie ihre Dienste als Laubfegerinnen an, manchmal als Wäscherinnen; es waren immer sehr schlichte Arbeiten, die sie verrichteten. Sie gaben sich als Mutter und Schwiegertochter aus, die sich auf die Suche nach ihren verschollenen Männern gemacht hatten. So genossen sie das höhere Ansehen sowie die Vorrechte, die verheiratete Frauen gegenüber Witwen besaßen. Oft kamen sie auch in den Genuss des Mitleids anderer Frauen, denn die Geschichte von Vater und Sohn, die gemeinsam fortgegangen waren, um in einer Goldmine ihr Glück zu versuchen, ging vielen zu Herzen.

Der größte Vorteil dieser Tarnung lag allerdings darin, dass Uma sich nicht immerzu von den Männern bedrängt fühlen musste. Eine brave und noch dazu schwangere Ehefrau, die mit ihrer Schwiegermutter unterwegs war, zog deutlich weniger begehrliche Blicke auf sich, als es ein junges, lediges und entehrtes Mädchen getan hätte.

Uma und Roshni hatten an diesem Morgen ihre Bündel gepackt, um weiter gen Süden zu ziehen. Der Bauer, dessen Ziegen sie gehütet hatten, brauchte sie nicht länger, da die Tiere nun schlachtreif waren. Sie hatten Glück: Ein Nachbar dieses Bauern fuhr mit seinem Ochsenkarren in ein Dorf, das in ihrer Richtung lag, und sie durften auf dem Karren mitfahren. Sie machten es sich im Heu bequem, verschränkten die Hände hinter dem Kopf und wandten ihre Gesichter dem Himmel zu, über den dicke Wolken zogen. Es war eine friedliche Stimmung. Der Bauer, der den Wagen lenkte, pfiff ein Volkslied vor sich hin, und immer wieder flogen Vögel so dicht über sie hinweg, dass sie nur die Hände hätten ausstrecken müssen, um ihre bunt schillernden Gefieder zu berühren.

»Hättest du je gedacht, dass wir einmal als Landstreicherinnen enden würden?«, fragte Uma ihre alte Kinderfrau.

»Wir enden nicht als Landstreicherinnen. Wir haben einen steinigen Weg beschritten, aber an dessen Ende erwartet uns ein Leben voller Glückseligkeit«, verbesserte Roshni ihre Reisegefährtin.

»Hm.« Umas Glaube an eine bessere Zukunft war nicht so

unerschütterlich wie der von Roshni. Schon bald würde sie ein Kind zur Welt bringen, sie würden dann für ein Lebewesen mehr sorgen müssen. Und in den Wochen vor und nach der Niederkunft, wer sollte da die schweren Arbeiten erledigen? Roshni gab sich alle Mühe, aber mit Umas jugendlicher Kraft konnte sie es nicht aufnehmen. Umas Körper hatte sich den neuen Erfordernissen schnell angepasst. Nachdem die ersten Blasen verheilt, die Sonnenbrände abgeklungen und die schweren Muskelkater überstanden waren, fühlte sie sich nun stark wie eine Elefantenkuh. Ihre Hände waren voller Schwielen, ihre Hautfarbe war um einige Töne dunkler als einst, ihr Körper muskulös und biegsam.

»Wenn wir weiter so fleißig arbeiten wie bisher und wenn wir weiter so sparsam leben und jede Paisa sparen, dann haben wir in zwei bis drei Jahren genug beisammen, um uns ein eigenes Häuschen leisten zu können.«

Ja, ja, dachte Uma, mochte ihrer ayah jedoch nicht den Spaß an diesem bescheidenen Traum verderben und hielt den Mund. Glückseligkeit? In einer windschiefen Hütte, in der sie, Uma, sich um eine kranke Alte und um ein quengelndes Kind kümmern durfte? Auf einem Acker, den sie allein bearbeiten musste, oder an einem eingetrockneten Flussbett, an dem sie die Wäsche von ihnen dreien waschen musste? An einer Feuerstelle, an der sie ...

Plötzlich hörte sie, wie der Bauer jemanden anschrie, dann passierte alles auf einmal: Der Karren machte einen Satz, ein entgegenkommender Wagen rollte in unglaublicher Geschwindigkeit vorbei, und inmitten der Staubwolke, die der Rüpel zurückließ, überschlug sich ihr Karren und krachte die Böschung hinab.

Als der Staub sich gelegt hatte, sah Uma den Bauern auf sich zukommen. »Ist alles in Ordnung? Bist du verletzt?«

»Nein, ich glaube, mir fehlt nichts.« Mühsam rappelte sie sich auf. »Aber was ist mit meiner Schwiegermutter?«

»Mir geht es gut«, hörten sie Roshni krächzen. »Ich habe mir nur ... au!« Der Bauer und Uma eilten zu ihr. Roshnis Bein war unter einem Wagenrad eingeklemmt, ihr Gesicht war vor Schmerz verzerrt. Unter Aufbringung all ihrer Kräfte gelang es Uma und dem Bauern, den Karren so weit anzuheben, dass Roshni sich darunter hervorrollen konnte, doch sie litt, das war kaum zu überhören und zu übersehen, Höllenqualen dabei. Ihr Bein war grotesk verdreht.

»Wir müssen sie zu einem Arzt bringen, schnell!«, rief Uma, doch der Bauer sah sie nur verständnislos an. Zu einem Arzt? Wer und wo in aller Welt glaubte die junge Frau zu sein? Ein Heilkundiger wurde bei hochgestellten Persönlichkeiten herbeigerufen, bei einfachen Leuten behalf man sich mit den althergebrachten Methoden. Und ein gebrochenes Bein wurde geradegebogen und geschient. Danach half nur noch gutes Karma. Außerdem befanden sie sich in der Mitte von Nirgendwo – ohne fahrtüchtigen Karren, denn der war bei dem Sturz so schwer beschädigt worden, dass sie heute damit nicht mehr fahren konnten.

Der Bauer beachtete das Gezeter der jungen Frau nicht weiter. Er kniete sich vor die Alte, griff beherzt nach ihrem Schienbein und bog es wieder zurecht. Roshni fiel in Ohnmacht. Gut so, befand der Bauer. »Geh und such mir einen möglichst geraden Stock«, befahl er Uma. Als sie wenig später zurückkam und ihm ein Brett reichte, das sie mit bloßen Händen vom Karren abgerissen hatte, schenkte er ihr ein zahnloses Grinsen. »Und jetzt ein Stück Stoff.«

Uma riss eine Bahn Tuch von Roshnis Rock ab, der ihre Beine ohnehin nicht mehr bedeckte. Wenn der feiste Bauer gehofft hatte, sie selber würde sich vor ihm eine Blöße geben, so hatte er sich getäuscht. Doch so derb der Mann auch war – er war eine große Hilfe. Man sah, dass er diese Art von medizinischer Versorgung nicht zum ersten Mal leistete. Der Bauer nahm Umas Blick wahr und antwortete auf die unausgesprochene Frage: »Meinem Sohn habe ich einmal den Arm geschient. Und einer Kuh ein Bein. Bei beiden ist es gut verheilt.«

Nachdem sie die noch immer bewusstlose Roshni auf eine Matte gebettet und zugedeckt hatten, bedankte Uma sich bei dem Mann und machte sich selber bereit zum Schlafengehen. Doch kaum streckte sie ihre schmerzenden Glieder aus, durchfuhr sie plötzlich ein stechender Schmerz. Ihr Unterleib fühlte sich an, als stünde er in Flammen. Sie krümmte sich und unterdrückte ein Stöhnen. Doch die Krämpfe wurden immer schlimmer, und ihr entfuhr ein leises Wimmern, das schließlich auch bis zu dem schlafenden Bauern durchdrang.

»Was ist denn nun schon wieder?«, grummelte er.

Er trat an Umas Schlafstatt heran, und es bedurfte keiner Worte, um zu erkennen, was geschehen war: Umas Rock sowie ihre Matte waren blutdurchtränkt.

»Womit habe ich das verdient?«, klagte der Mann. »Meine liebe Gemahlin hatte auch schon vier Fehlgeburten, doch da standen ihr andere Frauen bei. Diesmal weiß ich nicht, was zu tun ist – ich fürchte, das musst du alleine durchstehen.« Mit betretener Miene wandte er sich ab. Obwohl sich die Vorgänge des menschlichen Körpers nicht allzu sehr von denen seiner Ziegen unterschieden, war es ihm überaus peinlich, von so intimen Dingen fremder Frauen überhaupt nur Kenntnis zu haben. Eilig ging er davon, denn in der Nähe lag ein Bach. Das war das Mindeste, was er für das arme Mädchen tun konnte: ihr wenigstens etwas frisches Wasser bringen.

Am nächsten Morgen war der Bauer mit seinen Ochsen verschwunden – und mit ihnen hatte auch das Glück die beiden Frauen verlassen. Wenn Uma geglaubt hatte, sie wären arm gewesen, so zeigten ihr erst die kommenden Monate, was echtes Elend bedeutete. Sie selber war schnell genesen und im Grunde erleichtert, dass sie das ungeliebte Kind nicht austragen musste. Doch Roshnis Bein heilte nur sehr langsam, und die alte Amme fiel als Arbeitskraft aus. Uma schuftete noch härter als bisher, und sie nahm jede Arbeit an, so entwürdigend diese auch sein mochte. Der Tiefpunkt war an einem lauen Herbstabend erreicht, an dem sie, ausgehungert und verzweifelt, ihre Dienste als Leichenwäscherin anbot. Als sie von der schrecklichen Arbeit zu ihrem Zelt zurückkehrte, das sie aus Lumpen und Bambusstäben errichtet hatten, fiel sie vor Roshni auf die Knie und schluchzte herzerweichend.

»Nie wieder! Lieber verkaufe ich meinen Körper, als noch ein einziges Mal diese stinkenden, verwesenden Leiber anzurühren! Lieber lasse ich mich bei dem Versuch, den Diamanten zu verkaufen, verhaften, als jemals wieder diese Tätigkeit auszuüben!«

Roshni ließ sich ihr Mitleid mit ihrem Schützling nicht anmerken. Mit kalter Stimme sagte sie: »Du tust nichts von alledem. Aber ich sage dir, was du machst. Du lässt mich hier und gehst deinen Weg allein. Ich bin alt und nutzlos. Ohne mich wirst du viel besser zurechtkommen.«

Uma wusste selber nicht, was über sie kam, doch kaum hatte Roshni diese Worte ausgesprochen, gab sie ihrer *ayah* eine schallende Ohrfeige. »Du bist nicht bei Sinnen! Nicht nur dein Bein, auch dein Kopf hat einen schweren Schaden bei dem Unfall erlitten! Was glaubst du denn, was passiert, wenn ich dich deinem Schicksal überlasse, he? Dann bist du in Kürze auch einer von den übelriechenden Kadavern, die ich waschen muss.«

Uma schlug die Hände vors Gesicht und schluchzte so heftig, dass sie kaum noch Luft bekam. Tränen bahnten sich ihren Weg, die sie allzu lange zurückgehalten hatte. Sie weinte um alles, was sie verloren hatte: ihre Familie, ihre Ehre, ihre Schönheit und nun schließlich auch ihre Würde. Sie würde nicht zulassen, dass sie Roshni verlor, die einzige Menschenseele, der etwas an ihr lag und der sie ihre Freiheit zu verdanken hatte. Denn damit würde sie letztlich die einzigen beiden Dinge einbüßen, die ihr noch geblieben waren: ihren Verstand und ihren Lebensmut.

»Scht«, flüsterte Roshni, »ich weiß, wie dir zumute ist, Bhavani-Schatz, Uma-Liebling, meine Kleine. Aber ich weiß auch, dass unser Schicksal eine günstige Wendung nehmen wird. Sieh nur, es ist bald Vollmond. Hör nur, die Nachtigallen singen. Und riech nur, der Duft von Jasmin liegt in der Luft.«

Uma schüttelte unwirsch den Kopf. Ihr wäre es lieber gewesen, sie hätten eine Behausung gehabt, bei der man nicht durch das Zeltdach den Mond sehen und durch die dünnen Stoffwände die Geräusche der Nacht hören konnte. Und bei allem, was recht war: Das Einzige, was ihre Nase erschnupperte, war der Gestank der Kloake, neben der man ihnen gestattet hatte, ihr Lager aufzuschlagen. Dennoch fanden die tröstlichen Worte unmerklich Eingang in ihr Bewusstsein. Umas Tränen versiegten, und sie wappnete sich seelisch für den nächsten Tag voller abscheulicher Plackerei. Irgendwie würde es schon weitergehen.

Nachdem sie ein Jahr auf Wanderschaft gewesen waren, erreichten Uma und Roshni ihr Ziel: den Süden Indiens, der nicht von den muslimischen, ursprünglich aus Persien stammenden Moguln beherrscht wurde, sondern von Maharadschas aus alten Hindu-Geschlechtern. Eine bedeutende Verbesserung *ihrer Lebensumstände, wie sie es sich erhofft hatten, ging damit nicht einher. Ganz gleich, wer an der Macht war – Frauen hatten nirgends nennenswerte Rechte. Und arme Frauen hatten gar keine.*

Immerhin waren sie während der beschwerlichen Reise nicht überfallen worden. Auch war es ihnen gelungen, die Zölle an den Grenzen zwischen den verschiedenen Fürstentümern zu sparen, da sie sich nachts durch unwegsames Gelände geschlagen hatten, in dem keine Wachen postiert waren. Man verließ sich anscheinend auf die angsteinflößende Wirkung wilder Tiere, denen Uma und Roshni tatsächlich einige Male begegnet waren. Doch auch dabei hatten sie Glück im Unglück. Sie blieben von Schlangenbissen oder Tigerattacken verschont.

Sie fanden ein abgelegenes Häuschen, in dem zuvor eine alte Hexe gehaust hatte und das nun niemand sonst bewohnen wollte. Der Eigentümer, ein miesepetriger, schielender Bauer, überließ es ihnen zum Lohn dafür, dass sie seine Ziegen hüteten. Diese Aufgabe übernahm Roshni, die inzwischen wieder leidlich gehen konnte. Uma indes suchte sich eine Arbeit, die bezahlt wurde, denn vom Viehhüten und Wildfrüchtesammeln allein wurden sie nicht satt. Doch obwohl sie sich mittlerweile die verschiedensten Fähigkeiten angeeignet hatte, hatte niemand Verwendung für sie. Einzig auf einer Indigoplantage wurde sie fündig.

Je erbärmlicher die Schufterei, desto weniger wurde sie honoriert, dachte Uma. Sie erhielt für die unmenschliche Schinderei, der sie und die anderen Frauen ausgesetzt waren, einen Lohn, der gerade dafür reichte, ein paar Scheffel Reis zu kaufen. Neue Ziegel für das undichte Dach ihres Häuschens, wie sie vor dem Monsun dringend angeschafft werden mussten, waren davon unbezahlbar, genau wie neue Schlafmatten oder Kleider, die nicht schon tausendmal geflickt worden waren. Sie lebten von der Hand in den Mund, obwohl beide von Sonnenaufgang bis zur Abenddämmerung emsig waren.

»Wir könnten versuchen, für abends und nachts noch eine Beschäftigung zu finden«, schlug Uma eines Tages vor. »Vielleicht überlässt uns eine wohlhabende Frau ihre Flickwäsche zum Ausbessern.«

»Wir würden mehr für Kerzenwachs ausgeben, als wir mit der Arbeit verdienen«, warf Roshni ein.

»Aber so kann es doch nicht weitergehen! Mir wackeln schon die Zähne von der kargen Kost.«

Roshni sah ihre geliebte Uma milde an. Sie würde ihr nicht verraten, dass sie selber bereits einen Zahn verloren hatte und dass ihr Haar begann auszufallen. Früher oder später würde Uma es bemerken, doch solange sie einen Schleier über ihr Haupt legte und nicht allzu breit lächelte, würde es nicht auffallen.

»In ein paar Wochen sind die Mangos reif – und davon gibt es hier so viele, dass wir sie essen können, bis wir platzen.«

»Ja, und dann lässt uns der zamindar verhaften, weil wir ihn bestohlen haben.«

»Nein, der Grundbesitzer wird überhaupt nichts davon erfahren. Denn Ravindra, sein Pächter, würde es ihm niemals verraten, selbst wenn er uns auf frischer Tat ertappen würde.«

»So, und warum sollte Ravindra so gütig zu uns sein? Er ist hinterhältig, wie sein Schielen ja nur allzu deutlich zeigt. Mit einem Auge schaut er auf uns, mit dem anderen auf den zamindar. Und wer ist ihm wohl auf Dauer nützlicher?«

»Wir! Ich habe Ravindra zu verstehen gegeben, dass wir über geheime Zauberkräfte verfügen, die nicht nur seine Augen heilen, sondern auch seine Manneskraft steigern können.«

»Nayana!« Vor Schreck war Uma zum ersten Mal seit langem wieder der alte Name ihrer treuen Gefährtin entschlüpft.

»Roshni«, korrigierte sie sich, »wie konntest du nur? Die Leute werden uns noch mehr meiden als ohnehin schon. Außerdem hat Ravindra bereits sechzehn Kinder.«

»Und wenn schon. Was ihre Zeugungskraft betrifft, sind die Männer unersättlich.« Roshni schlug die Hand vor den Mund. Ihre freizügige Rede schockierte sie selbst. Was war nur aus ihr geworden? Ein boshaftes, heimtückisches altes Weib, das dem kleinen Engel an seiner Seite ganz und gar nicht als Vorbild diente.

Uma hielt sich ebenfalls die Hand vor den Mund – um ihr Lachen zurückzuhalten. »Ach Roshni, wende doch deine Zauberkunst an, um Ravindras Manneskraft versiegen zu lassen ...«

Doch trotz Umas Frotzeleien sollte der Kniff sich noch als nützlich erweisen. Zwar hielten in der Tat einige Leute einen größeren Abstand zu Uma, doch sie hatte den Eindruck, dass es aus Respekt vor ihren angeblichen magischen Kräften geschah. Roshni hatte ihr mit einem angekohlten Stück Holz die Lider schwarz umrahmt, wodurch Umas grüne Augen nur noch mehr leuchteten. Warum, so fragte sie sich, hatten sie das nicht schon eher getan? Im Norden war ihre Augenfarbe nichts Besonderes gewesen, aber hier im Süden war sie so selten, dass die abergläubische Landbevölkerung darin eine Gnade der Götter sah. Leider sahen die Männer in dem funkelnden Blick Umas eine Leidenschaft, die sie nicht empfand, und eine Glut, die nie entfacht worden war.

Auf der Indigoplantage kam es zu Eifersüchteleien. Uma habe ihren Sohn verhext, behauptete eine verschrumpelte Alte; sie wolle ihr den Verehrer ausspannen, meinte ein molliges Mädchen mit dem breiten Kreuz eines Ringers. Nun, da erst durch die kleine kosmetische Maßnahme Umas Schönheit wahrgenommen wurde, und nicht nur die ihrer Augen, wurde sie zum

299

Ziel aller neidischen Bemerkungen der Frauen und Mädchen, die nicht mit Anmut gesegnet waren.

Dem Aufseher blieb das Gekeife der Frauen nicht verborgen. Eines Tages rief er Uma zu sich.

»Du sorgst für Unmut unter den Arbeiterinnen. Du kannst nicht länger hierbleiben.«

»Aber Herr! So habt Erbarmen! Ihr wisst doch, dass ich mit meiner armen alten Schwiegermutter nur dank Eurer Gnade, mich hier arbeiten zu lassen, über die Runden komme. Was soll aus uns werden?«

»Das ist nicht meine Sorge. Wenn der Indigo-Ertrag weiter sinkt, weil ihr Weiber eure Kräfte aufs Tratschen verwendet statt aufs Schlagen der Lauge, dann werde ich selber meine Stellung verlieren.«

»Aber ich tratsche doch gar nicht! Warum bestraft Ihr nicht die, die es wirklich tun, diese missgünstigen Klatschweiber mit ihren Warzen und Hängebrüsten!« Uma hielt entsetzt inne. Wie konnte sie nur?

Doch der Aufseher schmunzelte und ließ einen wollüstigen Blick über Umas Gestalt gleiten. »Es gäbe da eine Lösung ...«

»Niemals!«, rief Uma und lief davon, ohne sich ihren noch ausstehenden Lohn auszahlen zu lassen. Das höhnische Gelächter des Mannes klang noch in ihren Ohren nach, als sie längst ihr baufälliges Haus erreicht hatte und sich daranmachte, ihr Bündel zu schnüren.

Es ging immer weiter bergab mit ihnen. Es war Uma und Roshni nicht gelungen, vor dem Eintreffen des Monsuns eine vernünftige Bleibe zu finden, und nun hausten sie in einem primitiven Zelt aus Blattwerk in den Wäldern Maharashtras. Das Einzige, an dem sie keinen Mangel litten, war Wasser. Es war überall. Sie schliefen auf durchnässten Matten, sie trugen klamme Lumpen, und der Lehm an ihren Füßen wurde nie trocken genug, dass er abgebröckelt wäre. Sie lebten von Kokosnüssen, die die Gewitterstürme von den Palmen rüttelten, und von kleinen Tieren, die in ihre Fallgruben tappten. Sie aßen das Fleisch roh, denn ein Feuer ließ sich in der allgegenwärtigen Feuchtigkeit nicht entzünden. Sie schreckten nicht einmal davor zurück, Schlangen- und Affenfleisch zu essen. Uma schwor sich, dass sie, sollte ihr Schicksal je eine bessere Wendung nehmen, nie wieder Fleisch anrühren würde. Doch bis dahin blieb ihnen nicht viel anderes übrig, als mit ihrer dürftigen Beute ihr Überleben zu sichern. Der Wille, dies alles heil zu überstehen, war stärker als jeder Ekel. Bemerkenswert fand Uma, dass diese Kost ihnen gut zu bekommen schien: Ihre Zähne wackelten nicht länger, und Roshnis Haarausfall hörte auf. Mehr machte ihnen die Nässe zu schaffen. Roshni hustete in manchen Nächten so rasselnd, dass auch Uma davon aufwachte, während Uma in den Kniekehlen, den Armbeugen und Achselhöhlen von einem rätselhaften Ausschlag befallen wurde.

Keine der beiden Frauen hatte je in der freien Natur gelebt, keine war bewandert in der Kunst der Anwendung von Heilkräutern, die sie im Wald bestimmt gefunden hätten. Doch auf Experimente wollten sie sich nicht einlassen; es gab, wie sie aus eigener schmerzhafter Erfahrung wussten, allzu viele giftige Pflanzen, deren Blätter Rötungen und Juckreiz hervorrufen konnten. Auch die Mückenschwärme waren eine üble Plage, deren sie sich nur dadurch erwehren konnten, dass sie sich möglichst vollständig bedeckten. Immerhin hatte bisher keine der beiden Frauen das Fieber ereilt.

Die Schwermut dagegen wohl. Roshni versuchte Umas Gedanken auf eine schönere Zukunft zu lenken, und sie vertrieb ihnen beiden an den endlosen Regentagen, da sie nur stumpf unter ihrem Dächlein saßen und dem Wasser lauschten, die Zeit mit Märchen und Kindergeschichten. Ihr Repertoire daran schien unerschöpflich. Aber ja, erinnerte Uma sich, ihre liebe alte Roshni war in einem früheren Leben schließlich eine erfahrene Kinderfrau gewesen. Ach, wie lange schien dies zurückzuliegen! War sie selber wirklich jemals ein verwöhntes Mädchen gewesen, das man in Seide gekleidet und mit Rosenblütenbädern verwöhnt hatte? Es kam ihr so unglaubhaft vor, dass sie ein bitteres Lachen ausstieß und einen vorbeikriechenden Regenwurm mit bloßem Fuß zerquetschte.

Als die Regengüsse schwächer wurden und sich wieder öfter ein Sonnenstrahl in ihr armseliges Lager verirrte, hob sich die Stimmung von Uma und Roshni. Doch mit der Trockenzeit hielten auch Menschen Einzug in den Wald: Wilderer, die den Hirschen und Antilopen nachsetzten; halbwüchsige Burschen, die auf die Kokospalmen kletterten und die Nüsse ernteten; verwahrloste Frauen, die nach essbaren Beeren, Früchten und Wurzeln suchten. Es wurde gefährlich, noch länger im Wald zu leben, denn die Eindringlinge wurden mit aller Härte von den Hütern des Maharadschas verfolgt.

»Wir müssen hier fort«, beschloss Uma eines Tages, nachdem sie beinahe von einem Hüter erwischt worden wären. »Und es ist mir ganz egal, was du davon hältst – wir verkaufen den Diamanten. Selbst wenn wir nur einen Bruchteil dessen erzielen, was er wert ist, wird er uns eine Weile über Wasser halten. Du musst von deinem Husten genesen, ich von diesem grässlichen Ausschlag. Wir beide müssen wieder wie Menschen leben, nicht wie Tiere.«

Roshni, geschwächt von ihrer Krankheit und ebenfalls seelisch zermürbt von ihrer Misere, obwohl sie dies nie vor Uma zugegeben hätte, gab ein halbherziges Zeichen ihres Einverständnisses. Viel schlimmer als jetzt würde es wohl kaum noch wer-

302

den können. Und vielleicht war ihnen ja doch einmal das Glück hold. Wenn sie den Stein verkaufen konnten, ohne sofort in den Kerker geworfen zu werden, stünde ihnen eine angenehme Zeit bevor. Sie würden wieder auf trockenen Lagern schlafen, vernünftige Mahlzeiten zu sich nehmen und anständige Kleidung tragen können. Sie würden sich mit schönen Dingen beschäftigen, mit dem Bemalen ihrer Hände mit Henna zum Beispiel, und nicht länger nur darüber nachdenken müssen, wie sie satt wurden. Uma würde aufblühen, und dank ihrer Schönheit würde sich ein Bräutigam für sie finden, ein warmherziger, kluger, wohlhabender und hübscher junger Mann. Die beiden würden Kinder bekommen, die sie, Roshni, verwöhnen würde, als seien es ihre eigenen Enkel. Man würde sie wie eine ehrwürdige Matriarchin behandeln, ihr voller Respekt begegnen und …

In diesem Moment knackste es laut in unmittelbarer Nähe. Roshni gelang es gerade noch, sich hinter einem Baumstamm zu verstecken, als auch schon ein zähes Männlein mit lediger Haut vor ihrem Unterschlupf stand. Mit seinem Stock schlug er auf ihr primitives Lager ein, als handle es sich dabei um ein Schlangennest, und rief Worte, die Roshni nicht verstand. Uma war nirgends zu sehen. Roshni betete, dass ihr Schützling den Mann rechtzeitig bemerken würde, der nun Gesellschaft von zwei weiteren Männern bekam, die ihm zum Verwechseln ähnlich sahen. Wilderer? Entlaufene Sträflinge? Aber nein, da kamen ja noch mehr Menschen, eine ganze Traube, um genau zu sein. Und hinter ihnen – Roshni kniff die Augen zusammen, um sicher sein zu können, dass sie sich nicht täuschte – kamen Elefanten. Prächtige Tiere, die opulent bemalt und geschmückt waren und auf denen prunkvolle haudahs schaukelten. Die Elefanten waren nun so nahe gekommen, dass Roshni die mahouts dabei beobachten konnte, wie sie auf eine bestimmte

Weise ihre Füße hinter die Ohren der Tiere klemmten oder
darauftraten, so dass die Elefanten die Kommandos sofort befolgten. Es war überaus faszinierend, fast noch beeindruckender
als die Gesellschaft, die auf und hinter den prachtvollen Ge-
schöpfen des Wegs kam.

Eine Jagdgesellschaft, dachte Uma, als sie von dem Gestrüpp
zurückkehrte, in dem sie ihre Notdurft verrichtet hatte. Und
zwar eine Jagdgesellschaft von allerhöchster Bedeutung, wenn
sie die Anzahl der Treiber und der Elefanten richtig interpretierte. Wahrscheinlich war der Maharadscha höchstselbst in
»ihrem« Wald unterwegs, und bei dem riesigen Gefolge, das er
dabeihatte, konnte es sich nur um eine Tigerjagd handeln. Sie
hatten Tiger hier im Wald?! Umas Knie schlotterten angesichts
der Gefahr, der sie die ganze Zeit ausgesetzt gewesen waren.
Doch nachdem der erste Schreck abgeklungen war, kehrte ihre
Vernunft zurück. Ein Tiger also. Genau wie sie selber dürfte er
sich von den Tieren des Waldes ernährt haben, und offensichtlich hatte er die Menschen gemieden. Wie recht er hatte. Wenn
ihn der Hunger nicht dazu zwang, würde er sich nicht in die
Nähe von Menschen wagen, die sein einziger natürlicher Feind
waren. Sie verspürte ein diffuses Mitleid mit dem Tier, das ihr
noch vor wenigen Minuten so viel Angst eingejagt hatte, dass
ihr beinahe die Beine weggesackt wären. Sie wünschte sich, sie
hätte irgendeine Möglichkeit gehabt, den Tiger zu warnen,
doch gleichzeitig fürchtete sie die Begegnung mit dem wilden
Tier mehr als die mit den Männern des Fürsten. Sie würde auf
dem Ast eines Baumes Schutz suchen und abwarten, bis der
ganze Spuk vorbei war. Wenn nur Roshni nichts geschah!

Die Jagdgesellschaft zog vorüber, langsam und majestätisch
und gerade weit genug von Umas Aussichtspunkt entfernt, dass
man sie nicht entdecken würde, sie jedoch das Treiben beobachten konnte. Es war ein imposantes Spektakel, hundert-, nein,

tausendmal schöner als die Parade, die ihre letzte Erinnerung an ein zivilisiertes Leben war. Doch was war das? Gaukelte ihr Gedächtnis ihr plötzlich Dinge vor, die sie unmöglich sehen konnte? Auf dem dritten Elefanten saß ein junger Mann, der genauso aussah wie Vijay!

Uma rieb sich die Augen. Sie war erschöpft, halb verhungert und hatte soeben zum ersten Mal seit langer Zeit an den Tag ihrer Flucht gedacht. Da war es ja kein Wunder, wenn sie Trugbilder sah. Doch auch bei neuerlichem Hinschauen war die Ähnlichkeit zwischen dem Fremden und ihrem Bruder frappierend. Der Jüngling da vorn war sehr beleibt, dennoch konnte man erkennen, dass er ein wunderhübsches Gesicht hatte. Er war fürstlich gekleidet und trug einen riesigen Saphir an der Vorderseite seines Turbans. Es konnte sich nur um den Sohn des Maharadschas handeln.

Uma war hingerissen von seinem Anblick. Genauso sähe heute ihr kleiner Bruder aus. Wie hatte sie Vijay nur so schmählich im Stich lassen können? Er war, das hatten sie von der anderen Seite der Brücke noch beobachten können, in Tränen ausgebrochen, als er von ihrem Ableben Kenntnis erlangt hatte. Er hatte sie mehr geliebt, als er zu zeigen in der Lage gewesen war, und wie hatte sie es ihm gedankt? Indem sie ihn einfach allein und schutzlos bei diesem Gewürm von Verwandtschaft zurückließ. Roshni, damals noch Nayana, hatte ihr unzählige Male die Argumente aufgelistet, warum es so und nicht anders hatte sein müssen: Vijay hätte sie verraten können; Vijay erging es bei dem Onkel nicht schlecht; Vijay hätte die Strapazen der Flucht nicht ertragen.

Und wahrscheinlich hatte Roshni recht damit.

Aber wenn es nun anders gewesen wäre? Was wussten sie denn schon von den Abgründen und den Nöten, der Pein und der Einsamkeit des Jungen? Vielleicht wäre er ihr mit Freuden gefolgt, hätte klaglos alle Entbehrungen hingenommen und hätte den beiden Frauen bedingungslos gehorcht. Eigentlich glaubte Uma selbst nicht so recht daran, aber trotzdem: Sie hätten das Risiko eingehen müssen. Alles, was danach geschehen war, war nicht mehr als die gerechte Strafe dafür, dass sie sich an ihrem Bruder versündigt hatte, und zwar einzig und allein aus Eigennutz.

Der junge Prinz hieß den mahout den Elefanten anhalten. Flink kletterte er von dem Tier hinab, er schien einige Übung darin zu haben. Uma sah ihm immer ungläubiger zu, und ein einziger Gedanke erfüllte ihren Kopf: genau wie Vijay! Auch ihr Bruder war beweglicher gewesen, als man es bei seinem Umfang vermutet hätte. Der Prinz schob sich etwas in den Mund, kaute darauf herum – genau wie Vijay! – und gab seinen Dienern mit vollem Mund Anweisungen, die Uma nicht verstehen konnte. Dann schritt der Prinz kräftig aus und scheuchte die Diener, die ihm folgen wollten, mit einer unwirschen Geste fort.

Uma hockte reglos auf ihrem Ast und unterdrückte ein Kichern. Bestimmt wollte der arme Kerl nur in Ruhe sein fürstliches Geschäft verrichten. Ob er sich ihren Baum als Sichtschutz auswählte? Er bewegte sich in ihre Richtung. Oje, er kam immer näher auf sie zu. Sie wusste nicht, ob sie sich ihr heraufsteigendes Lachen noch verbieten konnte, wenn er erst seine Hosen herunterließ. Doch der Prinz ging an ihrem Baum vorbei und verschwand in einem Gebüsch, das ihr die Sicht nahm. Nun, so erpicht war sie ja nun wirklich nicht darauf, sein weiches, dickes Gesäß zu sehen. Bei der Vorstellung gluckste Uma leise vor sich hin, und erst in letzter Sekunde hörte sie damit auf: Die Diener waren dem jungen Prinzen natürlich doch gefolgt. Sollte der Hoheit etwas zustoßen, würde man ihnen den Kopf abschlagen, und bei allem Respekt für die privaten Verrichtungen des Prinzen – diese Schande würden sie sich und ihren Familien nicht antun.

Die Diener blieben unter Umas Baum stehen und unterhielten sich leise in einer Sprache, die Uma nicht verstand. Zwischendurch lachten sie verhalten, dann wieder gaben sie Laute des Erstaunens von sich. Wie lange sollte das denn noch dauern? Uma begann sich allmählich unwohl auf ihrem Ast zu fühlen. Sie spürte, dass ihr etwas am Bein heraufkrabbelte, und sie hoffte, dass es bloß eine harmlose Ameise war und nicht etwa eine Giftspinne. Sie wagte nicht, sich zu rühren. Bei der kleinsten Bewegung von ihr hätten die Diener herauf in die Krone des Baumes geschaut, und dann … gar nicht auszudenken!

Doch der Prinz kam nicht zurück. Die Männer wurden langsam unruhig. Einer von ihnen wurde zum Späher bestimmt, der sich leise anpirschen und nach dem Verbleib Seiner Hoheit sehen sollte. Der für diese Aufgabe ausgewählte Mann war erschreckend gut. Uma verfolgte seine Schritte bis hin zu dem Gebüsch, in dem sie den Prinzen hatte verschwinden sehen, und es war nicht das leiseste Rascheln zu hören. Irgendwann, Uma erschien es wie eine Ewigkeit, kam der Späher zurück. Nach dem Ton seiner Stimme und der Aufregung unter seinen Kumpanen zu urteilen, hatte er den Prinzen nicht auffinden können.

Wenig später hatte man die Jagdgesellschaft, die schon ein gutes Stück vorangekommen war, über das Ungemach informiert, und sie machte kehrt. Es entstand ein Tumult. Die Männer rasselten mit den Säbeln und überboten sich gegenseitig in martialischem Getöse, bis der Maharadscha ein Machtwort sprach. Er bestimmte seine fünf besten Männer und sandte sie aus, um die Suche voranzutreiben. Uma indes hockte verzweifelt auf ihrem Ast und wagte es nicht, einen Mucks von sich zu geben. Sie hatte Durst, es juckte sie überall, und sie fürchtete sich vor den Tieren, die sich an ihr gütlich tun würden, wenn sie weiter reglos hier saß. Sie kannte die nähere Umgebung wahrscheinlich besser als irgendein anderer Mensch auf der Welt, doch ihre Unterstützung mochte sie nicht anbieten.

Bei ihrem Anblick hätten sich dem Fürsten und seinem Gefolge die Nackenhaare gesträubt, und gewiss hätte man sie bezichtigt, am Verschwinden des Prinzen die Schuld zu tragen. So viel hatte Uma in den Jahren der Landstreicherei gelernt: Wenn hundert Männer und eine Frau als Täter in Frage kamen, dann wurde unausweichlich die Frau zur Schuldigen erklärt. Und deshalb blieb Uma auf ihrem Ast sitzen, mit eingeschlafenen Gliedern und ausgetrocknetem Gaumen.

Dabei hatte sie eine ziemlich genaue Ahnung, wo der Prinz sich aufhalten könnte und wie er dorthin gelangt war.

26

Miguel ritt frohen Mutes zu den Mendonças. Es war ein herrlicher Tag, und er fühlte sich so gut wie schon lange nicht mehr. Erst jetzt wusste er zu würdigen, wie viel ein bequemes Bett, ein opulentes Frühstück und all die Annehmlichkeiten, die seine dienstbaren Geister ihm boten, zu bedeuten hatten. Man musste wohl erst einmal wochenlang dieselbe stinkende Kleidung getragen haben, um zu wissen, dass ein Bad und frische Wäsche eine durchaus belebende Wirkung auf den Kopf und das Gemüt hatten.

Sein treuer Panjo saß ruhig in dem Sattelkorb und sah nach vorn, ganz so, als habe er die Führung übernommen und trage die Verantwortung für Pferd und Reiter. In den Satteltaschen transportierte Miguel einen Teil der Dinge, die er am frühen Morgen aus der Truhe geholt hatte. Sie stellten einen erheblichen Wert dar, doch hier, auf der Landstraße entlang des Mandovi-Flusses, trieb sich kein diebisches Gesindel herum, und Miguel hatte keine Sekunde das Gefühl, sich in Gefahr zu befinden.

Auch diesen Instinkt hatte seine Reise geschärft. Nun gut, es war beschämend, dass er nach so kurzer Zeit wieder hatte zurückkehren müssen – dennoch waren die wenigen Wochen lehrreicher gewesen als das jahrelange Studium von Reiseberichten. Er hatte viel gelernt, über Indien wie über sich selber. Und ein Etappenziel hatte er ja immerhin erreicht: Es war ihm trotz aller Widrigkeiten gelungen, sich dank eigener Kraft durchzuschlagen und sogar eine kleine Menge an Gütern mitzubringen, die seinen Handel begründen sollten. Ha!, dachte er selbstironisch, der Grundstock seines künftigen Imperiums passte in zwei Satteltaschen. Eines Tages würde er das seinen Enkeln erzählen.

Der Ritt verlief wie erwartet ohne Zwischenfälle, sah man einmal davon ab, dass er beinahe mit einem rabiaten Kutscher zusammengestoßen wäre. Soweit Miguel dies erkennen konnte, saß in dem Wagen ein kirchlicher Würdenträger. Dass er so in Eile war, passte nicht recht zu dem Gebaren, das die Priester und Mönche sonst an den Tag legten. Aber was, fragte Miguel sich, hatten eigentlich bedächtiges Reden und langsame Bewegungen mit dem Glauben zu tun? Ach, es konnte ihm ja egal sein. Anstatt sich Gedanken über die Benimmregeln beim Klerus zu machen, sollte er sich lieber auf sein Vorhaben konzentrieren. Würde Álvaro mitmachen? War er vertrauenswürdig genug, dass man ihn mit einer so wichtigen Mission betrauen konnte?

Als Miguel bei den Mendonças eintraf, war Dona Assunção gerade im Begriff, in die Stadt zu fahren. Sie hatte bereits in der Kutsche gesessen, stieg jedoch wieder aus, als sie sah, wer sie da unangekündigt besuchte.

»Senhor Miguel, so bald hatten wir Euch nicht zurückerwartet!« Sie betrachtete ihn von Kopf bis Fuß, dann legte sich ihr Ausdruck von Besorgnis, und sie zeigte eine erleichterte Miene. »Wie dünn Ihr seid. Aber dem Himmel sei Dank, Ihr scheint wohlauf zu sein. Wir hörten von einigen sehr blutigen Zusammenstößen an den Grenzen.«

»Dona Assunção, wie schön, Euch wiederzusehen. Und wie freundlich von Euch, sich solche Sorgen um mich zu machen. Ja, ich habe alles gut überstanden, wie Ihr seht. Allerdings grassieren ein paar sehr hässliche Krankheiten, so dass wir gezwungen waren, früher als geplant umzukehren. Aber lasst Euch von mir nicht aufhalten – ich berichte Euch gern ein anderes Mal in aller Ruhe von meinen Erlebnissen, wenn Ihr mehr Muße habt.« Er war inzwischen vom Pferd abgestiegen und befreite nun Panjo aus dem Sattelkorb. Der Hund lief schwanzwedelnd um Dona Assunção herum, sprang sie jedoch nicht an, was er noch vor nicht allzu langer Zeit getan hätte.

»Ich sehe, Euer Hund hat auch einiges dazugelernt«, sagte Dona Assunção. »Um mein blaues Kleid war es ja nicht besonders schade, aber weitere Teile meiner Garderobe hätte ich seinem Überschwang nicht gern geopfert.«

Miguel lachte. »Sehen wir uns später noch? Ich denke, ich werde nicht vor dem späten Nachmittag zurückkreiten – wenn Eure Kinder alle drei anwesend sind, werden sie mich auch kaum vorher aus ihren Fängen lassen.«

Dona Assunção nickte. »Ja, sie sind alle da. Kümmert Euch ein wenig um Delfina, bitte. Sie ist in letzter Zeit nicht ganz sie selbst. Vielleicht bringt Ihr etwas aus ihr heraus.«

Sie brauchte gar nicht mehr zu sagen. Miguel verstand auch so, dass nun der Zeitpunkt gekommen war, Dona Assunção einen Gefallen zurückzuzahlen. Sie hatte ihm von Carlos Albertos Machenschaften berichtet und damit rechtzeitig dafür gesorgt, dass er nicht weiter darin verwickelt wurde. Nun war es an ihm, eine Information zu erlangen und ihr zukommen zu lassen. Miguel ahnte, worum es ging, und er hatte ein scheußliches Gefühl dabei. Sollte er Delfina und ihre heimliche Liebe preisgeben – oder sollte er seine Schuldigkeit tun und Dona Assunção von den Sorgen ihrer Tochter berichten? Eine Zwickmühle, aus der es für ihn keinen eleganten Ausweg gab. Oder doch? Er sollte sich erst einmal anhören, was Delfina ihm anvertraute. Vielleicht hatte sie den unpassenden Galan längst zum Teufel geschickt und hatte nun ganz andere Sorgen.

Der Empfang, den Álvaro, Sidónio und Delfina ihm boten, hätte herzlicher nicht sein können. Sie begrüßten ihn mit Umarmungen und erfreuten Ausrufen, dass er so bald – und heil – wieder zurückgekehrt war. Sie bestürmten ihn mit so vielen Fragen auf einmal, dass Miguel nicht wusste, wo er mit seinen Schilderungen beginnen sollte, und sie überfielen ihn ihrerseits mit so vielen Neuigkeiten, dass ihm davon schwindelte. Die schüchterne Maria habe sich zwischenzeitlich verlobt, erfuhr Miguel da, und der neue Inquisitor sei beim Empfang der heiligen Kommunion in Ohnmacht gefallen, wegen der Hitze, meinten die einen, wegen seines strengen Fastens, glaubten die anderen. Ein kürzlich eingelaufenes Schiff habe eine interessante junge Dame mitgebracht, berichtete Álvaro, und besagte Dame sei nichts weiter als eine Heiratsschwindlerin, behauptete Delfina. Es war wie eh und je, und Miguel überkam urplötzlich ein wunderbares Gefühl von Geborgenheit. Diese Familie war ihm näher, als es seine eigene je gewesen war. Ein Jammer, dass sie bald nach Portugal reisten, um an Dona Assunçãos Hochzeit teilzunehmen. Es würde mindestens ein Jahr vergehen, bevor er sie wiedersah.

»Habt ihr schon eine Passage gebucht?«, fragte er die Geschwister nun.

»Ende des Monats soll es losgehen. Wenn wir Glück haben, sind wir dann im September in Lissabon. Der Herbst ist nämlich eine schöne Zeit für …«, antwortete Sidónio.

»Für Flitterwochen«, ergänzte Álvaro.

»Es ist schon komisch, sich Mamãe als frisch verheiratete Braut vorzustellen«, meinte Delfina und kleidete das diffuse Gefühl von Peinlichkeit in Worte, das von ihnen allen dreien Besitz ergriffen hatte.

»Also, ich finde, eure Mutter ist doch eine sehr attraktive …«, begann Miguel, doch alle drei fielen ihm sofort ins Wort.

»Sag es nicht! Davon wollen wir nichts hören!«

Miguel lächelte die drei vielsagend an. »Ich wusste gar nicht, wie prüde ihr sein könnt.«

Er ließ die Beschimpfungen grinsend über sich ergehen, bevor er in ernsterem Ton sein eigentliches Anliegen vortrug.

»Ich habe einen Plan, bei dem ich eure Hilfe brauche.«

Sofort wurden die drei hellhörig. »Ach? Es ist hoffentlich kein Reliquienhandel, den du aufziehen willst?«, foppte Delfina ihn.

»Apropos: Hat irgendjemand zwischenzeitlich diesem Schuft das Handwerk gelegt?«

»Im Gegenteil: Carlos Alberto ist jetzt der Intimus des Inquisitors. Aber das erzählen wir dir später. Zuerst wollen wir von deinem Plan hören.«

»Also«, setzte Miguel an und nahm einen Schluck von der Limonade, die ein Diener inzwischen vorbeigebracht hatte. Dann setzte er ihnen im Detail auseinander, was er ausgeheckt hatte: Einer der beiden Brüder sollte auf einem der Frachtschiffe mitfahren, auf denen die Gewürze der Firma Ribeiro Cruz & Filho transportiert wurden. Álvaro eignete sich Miguels Meinung nach dafür am besten, weil er weniger gehemmt war als sein Bruder, was Miguel so deutlich natürlich nicht aussprach. Álvaro müsse unter Umständen schon sehr kurzfristig abreisen, da die Frachtschiffe länger unterwegs waren als die moderneren Passagierschiffe und er ja keineswegs die Hochzeit seiner Mutter verpassen wollte. Auf dem Frachter müsse er ein Auge auf die Ladung haben und genauestens darauf achten, wie viel wo geladen und gelöscht wurde. Bei einem unbeteiligten Passagier würde niemand etwas dabei finden, wenn er sich vom Deck aus ansah, was die Matrosen so trieben. Bei Miguel dagegen wäre es aufgefallen, wenn er jeden Sack Pfeffer mitgezählt hätte, der von oder an Bord gehievt wurde. Der oder die Übeltäter würden gar nicht auf Álvaro achten, so lautete Miguels Theorie, so dass dieser unbehelligt das Geschehen an Bord würde beobachten können.

Für Sidónio hatte Miguel eine andere Aufgabe. Der ältere Bruder sollte, wenn er denn dazu Lust und Zeit hätte, versuchen, sich als Zwischenhändler für Miguel zu betätigen. Er sollte die Gegenstände, die Miguel unterwegs erstanden hatte, in Lissabon zum Verkauf anbieten – sozusagen als Test für weitere Unternehmungen. »Du bekommst natürlich eine Provision auf den Gewinn, den du erzielst«, sagte Miguel nun, und Sidónio schien von der Idee sehr angetan zu sein.

»Und was ist mit mir? Was, wenn ich euren Dieb erwische – kriege ich dann auch eine Belohnung?«, fragte Álvaro.

»Selbstverständlich bekommst du die, du Gierschlund«, beantwortete Delfina die Frage. »Aber sag, Miguel, welche Mission hast du mir zugedacht? Ich kann es schließlich leicht mit zweien von denen da«, damit wies sie auf ihre Brüder, »aufnehmen. Ach, was sage ich, mit vieren!«

»Das mag wohl stimmen. Aber auf einem Frachtschiff wirst du als Frau nicht ohne Begleitung mitfahren können. Und wenn du meine Handelsware daheim zum Verkauf anbietest, bist du als Frau ebenfalls benachteiligt, weil die Kaufleute nun einmal lieber mit Männern verhandeln. Allerdings hätte ich da ein Anliegen, das ich aber lieber mit dir unter vier Augen besprechen möchte.«

Delfinas Blick begann zu leuchten. Ihre Brüder dagegen sahen Miguel an, als seien sie mit den abgenagten Knochen abgespeist worden.

»Herrje, nun guckt doch nicht so – es muss doch möglich sein, dass ein junger Mann einmal mit einer hübschen Dame ein vertrauliches Gespräch führt«, rief Miguel. Daraufhin begann Delfina zu kichern, während Sidónio rot wurde und Álvaro schon zu einer seiner schamlosen Erklärungen ansetzte.

»Still!«, herrschte Delfina ihn an, bevor er eine Silbe gesagt hatte. Zu Miguel gewandt sagte sie: »Lass uns in den Garten gehen, da können wir in Ruhe reden.«

Sie nahm Miguel am Ellbogen und führte ihn durch die große Flügeltür nach draußen auf die Veranda. Die beiden Brüder zwinkerten einander zu.

»Nun?«, raunte Delfina aufgeregt.

»Das sollte ja wohl eher ich fragen.« Miguel schaute Delfina durchdringend an. »Ich war der Meinung, *du* wolltest *mir* ein Geheimnis offenbaren oder ein Geständnis ablegen. Was ist nun mit dir und deinem indischen Verehrer?«

»Oh«, sagte Delfina und ließ die Schultern hängen. So war das also. Miguel hatte nur eine amouröse Verwicklung angedeutet, um sie ausfragen zu können. Und sie hatte gehofft … Nun denn. Sie musste sich zusammenreißen. Nie im Leben würde sie, Delfina Filipa Maria da Graça Mendonça, sich einem Mann wie Miguel an den Hals werfen. Wenn er nicht von alleine begriff, wie es um sie bestellt war und dass sie tief in ihrem Innern ganz anders für ihn empfand, als sie nach außen vorgab, dann war er es auch nicht wert. Warum nur ließen sich die Männer immer so schnell blenden von einem koketten Augenaufschlag oder einem Schmollmündchen? Es war ja nicht so, als hätte sie nicht auch ihre femininen Reize gehabt – aber sie wollte um ihres Verstandes willen geliebt werden, nicht wegen ihrer schlanken Taille.

»Also, mein ›indischer Verehrer‹, wie du ihn nennst«, antwortete sie, »hat in den Wochen, in denen du fort warst, keinerlei Anstalten gemacht, auch nur so etwas wie einen Fluchtplan mit mir auszuhecken. Ich fürchte, er will kneifen.«

»So etwas hatte ich befürchtet.« Miguel forderte seinem schauspielerischen Talent alles ab, glaubte aber nicht, Delfina täuschen zu können. Denn in Wahrheit war er erleichtert, dass aus ihrer Schnapsidee, mit ihrem Galan durchzubrennen, nichts wurde.

»Wie es aussieht, werde ich eine Weile bei *Mamãe* in Portugal bleiben. Es würde mir bestimmt nicht schaden, weißt du. Wir sind hier aufgewachsen, und ich war in meinem ganzen Leben erst einmal in Lissabon. Für dich ist Goa ein Abenteuer – für mich wäre Europa eines. Ich freue mich sogar schon irgendwie darauf, auch wenn es bedeutet, dass ich Jay eine Weile nicht sehen kann. Aber ich denke, unsere Liebe ist stark genug, um diese Prüfung zu bestehen.«

»Ja, ähm … ich wünsche euch jedenfalls alles Gute.« Miguel hätte sich für diese nichtssagende und noch dazu verlogene Antwort ohrfeigen können. Delfina konnte er mit solchen Platituden nicht hinters Licht führen – sie würde sofort merken, dass er unaufrichtig war.

»Danke dir, mein Lieber«, sagte sie dann auch tatsächlich mit zuckersüßer Stimme, die keinen Zweifel daran ließ, was sie von Miguels Antwort hielt.

»Vielleicht könntest du mit Sidónio gemeinsam meine Ware in Portugal an den Mann bringen«, versuchte Miguel von dem heiklen Thema abzulenken. »Du bist gerissener als er.«

Delfina schenkte ihm ein geheimnisvolles Lächeln, bevor sie sich umdrehte und Miguel ein Zeichen gab, dass er ihr folgen möge. »Die beiden vermissen uns sicher schon. Wenn wir noch länger hier draußen bleiben, glaubt morgen die ganze Kolonie, wir seien verlobt.« Als sie die Tür erreichten, hielt Delfina inne. »Eines noch: Warum reist du eigentlich nicht selber nach Lissabon und eröffnest deinen schwungvollen Handel mit Orientgütern? Wozu brauchst du Sidónio oder mich? Was hält dich hier?«

Wie bemerkenswert, dachte Miguel. Er hatte Delfina unterschätzt. Ihre ungestüme Art und ihre Sommersprossen hatten ihn vergessen lassen, dass hinter dem kindlichen Äußeren ein wacher, erwachsener Geist steckte. Sie war schnurstracks zum Kern des Ganzen vorgedrungen – und hatte sich im Gegensatz zu ihren Brüdern nicht von ihrer Abenteuerlust ablenken lassen.

»Es ist so«, antwortete er schwerfällig, »dass ich diesen Handel nicht allein aufziehen kann. Ich kann nicht an zwei Orten zugleich sein. Einer, in dem Fall ich, muss ja die Ware einkaufen, während ein anderer sie verkauft. Das ist gang und gäbe.«

»Ist es nicht vielmehr so, dass du dich in Lissabon nicht mehr blicken lassen kannst? Was ist dran an den Gerüchten, dass man dich, sobald du portugiesischen Boden beträtest, verhaften würde?« Delfina schaute ihn aus ihren haselnussbraunen Augen unschuldig an.

»Nichts ist daran, rein gar nichts. Hier in Goa befinden wir uns schließlich auch auf portugiesischem Boden. Ich bin sehr enttäuscht, dass du auf das dumme Gerede hörst. Ich hätte mehr von dir erwartet.«

»So? Und ich hätte mehr von dir erwartet, als dass du dich mit fadenscheinigen Schuldzuweisungen aus der Affäre ziehst. Nur weil ich durchaus berechtigte Fragen habe, stellst du mich jetzt als klatschsüchtige Närrin dar. Ich finde, ich habe eine ehrliche Antwort verdient.«

Miguel nickte. »Ja, das hast du. Also: Zum einen habe ich im Augenblick überhaupt keine Lust auf eine längere Reise. Dieser kleine Ausflug ins Mogulreich hätte mich beinahe das Leben gekostet, und ich muss mich erst einmal davon erholen. Zum andern möchte ich nicht nach Portugal zurück, bevor Gras über diese unselige Geschichte mit dem Mädchen gewachsen ist – das ich, nebenbei bemerkt, selbstverständlich *nicht* ins Unglück gestürzt habe. Ich weiß nicht, welcher Kerl dafür verantwortlich war, aber ich weiß, dass dieses Mädchen einen Großteil der Schuld selbst trägt. Sie war – sie ist – nicht gerade ein Ausbund an Tugend. Dass sie ausgerechnet mich, der ich mich nie mit ihr eingelassen habe, zum Vater ihres Bastards erklärt, spricht ja wohl Bände über ihren Charakter. So.« Delfina legte den Kopf schief und sah Miguel skeptisch an. »Da ist doch noch mehr, oder?«

»Hm. Nun ja. Versprichst du mir, dich nicht über mich lustig zu machen?«

Delfina nickte ihm aufmunternd zu.

»Es mag ein wenig feige klingen, aber ehrlich gesagt würde ich meiner Familie lieber erst dann wieder unter die Augen treten, wenn ich etwas vorzuweisen habe, sei es die Aufklärung dieser ominösen Diebstähle, sei es ein eigenes erfolgreiches Geschäft. Am besten beides. Ich habe den Kragen voll davon, für einen Taugenichts gehalten zu werden.«

»Und es hat nicht etwa mit einer geheimnisvollen Dame in blauer Verschleierung zu tun?«

Miguel schüttelte vehement den Kopf. »Ich bitte dich, Delfina! Wie kommst du denn darauf? Dona Amba, denn die meinst du ja wohl, ist eine verheiratete Frau!«

Delfina studierte Miguels Ausdruck sehr genau, bevor sie ein leises »hm« von sich gab und die Tür aufstieß, die von der Veranda in den Salon führte.

Álvaro und Sidónio schauten kaum auf, als die beiden hereinkamen, so vertieft waren sie in die Planung der Aufgaben, mit denen Miguel sie betraut hatte. Endlich hatten sie eine sinnvolle Beschäftigung, die ihnen erstmals erlaubte, eigenes Geld zu verdienen. Es war etwas, das ihrem Selbstvertrauen ungeheuren Auftrieb gab. Wer hätte das besser nachvollziehen können als Miguel? Er war froh, eine so elegante Lösung gefunden zu haben. In Álvaro hätte er einen guten Spion auf dem Frachter, in Sidónio einen vertrauenswürdigen Zwischenhändler für

318

seine, wenngleich karge, Ausbeute an Waren. Zugleich tat er seinen beiden Freunden einen Gefallen. Und er selber konnte in Goa bleiben.

Denn wenn er sich selbst gegenüber ganz offen war, dann war dies doch sein Hauptanliegen. Er wollte eine gewisse Dame wiedersehen. Delfina hatte mit ihrer Vermutung ins Schwarze getroffen.

27

Anuprabha wusch ihrer Freundin Jyoti den Kopf. Jetzt, mitten in der Trockenzeit, musste man mit dem Wasser sparsam umgehen. Es war beschwerlich, es aus dem Brunnen zu holen und in Tonkrügen auf dem Kopf zum Haus zu tragen. Im Fluss konnte man sich nur den Körper waschen, vollständig bekleidet, versteht sich. Kaum jemand wagte es, mit dem Kopf unterzutauchen, und ihre Herrin hatte ihnen auch davon abgeraten, sich mit dem Flusswasser zu übergießen. Es sei unrein, sagte Ambadevi, und es sei gefährlich, das Flusswasser überhaupt mit dem Gesicht in Berührung kommen zu lassen. Daher hatten die beiden jungen Mädchen für ihre Haarwäsche nun einen Krug frischen Brunnenwassers sowie eine Schüssel, in der sie das Wasser auffingen, damit die Nächste es benutzen konnte.

Sie lachten und spritzten einander nass und waren gut gelaunt, denn so ein frisch gewaschener Schopf war doch etwas Herrliches. Anuprabha hatte die Prozedur schon hinter sich, ihr Haar lag nass und schwer bis zu den Hüften auf ihrem Rücken. Ihr Sari war hinten pitschnass. Jyoti kniete vor der Schüssel und hielt den Kopf darüber, und bei jedem Schwall Wasser, der ihr vom Nacken über den Hinterkopf in die Stirn lief, lachte sie ein wenig zu laut, genauso wie Anuprabha ein wenig zu theatralisch die Haarwäsche an ihrer Freundin vornahm. Sie wussten, dass die Männer sie beobachteten, und das machte mindestens die Hälfte des Vergnügens aus. Nun ja, wenn man sie denn als Männer betrachten konnte, den linkischen Makarand, den tatterigen Dakshesh und den kleinen Vikram.

Dass ein Mann, der ihrer Meinung nach die Bezeichnung verdiente, weil er jung und schön war, ihnen ebenfalls zusah, wussten sie nicht. Andernfalls hätten sie ihre Hinterteile wahrscheinlich nicht ganz so aufreizend ausgestreckt und nicht ganz so mädchenhaft und vermeintlich verführerisch gekichert. Miguel betrachtete die Szene und schmunzelte. Niedlich waren sie, die beiden Mädchen, wie sie da in ihren bunten Saris und mit nassem Haar herumalberten. Kein Wunder, dass niemand sein Eintreffen bemerkt hatte: Die Männer drückten sich an einer Wand herum, um deren Ecke sie mit offenen Mäulern auf die neckischen Mädchen glotzten.

Diesmal hatte Miguel sein Pferd auf der anderen Seite des Flusses gelassen. Er hatte mit einer winzigen Fähre übergesetzt und im Dorf nach jemandem gefragt, der ihn zu Dona Ambas Haus fahren konnte. Ein Bauer, der auf seinem Karren zuletzt eine Fuhre Kuhdung transportiert hatte, brachte ihn gegen ein geringes Entgelt zum Ziel. Kurz vor Erreichen des Hauses war Miguel ausgestiegen. Er wollte nicht sofort bemerkt werden, was, wie er sich insgeheim eingestand, lächerlich war. Wie ein verliebter Schuljunge schlich er sich an, nur weil er hoffte, vielleicht einen Blick auf Dona Ambas unverschleiertes Gesicht werfen zu dürfen.

Aber die Hausherrin war nirgends zu sehen. Miguel tappte leise um das Haus herum, bis er vor der Veranda stand. Auch hier keine Menschenseele. Das war die Gelegenheit: Schnell zog er einen kleinen goldenen Schlüssel aus seiner Tasche und ließ ihn in das Gras unterhalb der Brüstung fallen. Dies würde ihm einen Vorwand liefern, um später zurückzukehren. Ein Taschentuch wäre es nicht wert gewesen, dafür den langen Weg auf sich zu nehmen, einen wertvolleren Gegenstand mochte er nicht opfern. Der kleine Schlüssel war ideal für den Zweck. Er hatte ihn in einer Schublade seines Sekretärs gefunden und ihn keinem Schloss im ganzen Haus zuordnen können. Er war also entbehrlich, sah aber nicht so aus, als sei er es.

Dann huschte Miguel wieder zum Hof, um diesmal auf sich aufmerksam zu machen. »He da! Gibt es denn hier keinen Hausdiener, der Dona Amba meinen Besuch ankündigen kann?«, rief er.

Anuprabha und Jyoti liefen schreiend davon und warfen vor lauter Aufregung die Waschschüssel um. Der kleine Vikram folgte ihnen, er kreischte vor Vergnügen. Makarand und Dakshesh fühlten sich ertappt, weshalb sie beide ihre arrogantesten Mienen aufsetzten und sich dem Besucher wichtigtuerisch in den Weg stellten.

»Senhor Miguel«, vernahm er plötzlich Dona Ambas Stimme, »Euer Besuch kommt ein wenig … ungelegen.«

Amba hatte das Getöse auf dem Hof gehört, woraufhin sie sofort nach draußen geeilt war, um dessen Ursache zu ergründen. Sie hatte mit Nayana und Shalini gerade Maß genommen für einige neue *cholis*, Sari-Unterblusen, die Shalini ihr anfertigen würde. In Gedanken war sie noch bei den Stoffen, die sie mit ihrer *ayah* und der Näherin unter einer Vielzahl von erlesenen Materialien ausgewählt hatte. Einmal im Jahr kam ein Tuchhändler aus der Hauptstadt und brachte ihnen ballenweise Stoffe mit, damit Dona Amba nicht der ermüdenden Auswahl von Textilien in seinem Geschäft ausgesetzt war. Die demütigende Prozedur des Maßnehmens bei einem fremden Schneider hatte sie, wie der Händler wusste, ebenfalls aus ihrem Alltag verbannt. Wahrscheinlich war die Dame schwer entstellt, mutmaßte er.

»Verzeiht mein ungehöriges Eindringen«, begrüßte Miguel die Hausherrin. »Aber am Tor erschien auch auf mein Rufen hin niemand, so dass ich mir erlaubt habe, einzutreten. Ich komme in der Hoffnung, Euch diesmal …«

»Ihr seid mir zu keinerlei Dank verpflichtet, lieber Senhor Miguel, und selbst wenn Ihr es wärt, wäre Euer Geschenk, das Ihr bei Eurem letzten Überraschungsbesuch hiergelassen habt, mehr als angemessen gewesen. Meine Dienerin hat sich übrigens sehr darüber gefreut.«

Miguel ließ sich nicht anmerken, dass ihr kleiner Seitenhieb ihn getroffen hatte. Im Gegenteil, er blieb ganz gelassen und lächelte sie sogar an. »Aber meine liebe, hochgeschätzte Dona Amba, Ihr missversteht mich. Ich komme, um Euch ein Geschäft vorzuschlagen. Wenn Ihr so gütig wärt, mir ein wenig Eurer kostbaren Zeit zu opfern … vielleicht könnten wir die Sache auch irgendwo besprechen, wo nicht Eure ganze Dienerschaft zuhören kann?«

Er hatte improvisieren müssen. Er hatte überhaupt keinen Anlass gehabt, hier unangemeldet aufzukreuzen, weder um seinen Dank ein weiteres Mal auszusprechen, noch um ihr ein Geschäft vorzuschlagen. Er hatte sie nur sehen wollen. Sehen müssen. Aber wie es schien, hatte er Dona Ambas Neugier geweckt.

»Für Geschäftliches ist mein Gemahl zuständig. Ich erwarte ihn noch vor Einsetzen des Monsuns zurück, so dass Ihr Euch dann noch einmal auf den Weg zu uns machen müsstet.«

»Wie bedauerlich. Es handelt sich nämlich um eine Angelegenheit, die keinen Aufschub duldet.« Miguel dachte fieberhaft darüber nach, was er denn um Gottes willen sagen sollte, wenn Dona Amba ihn tatsächlich anhören wollte. Außerdem musste er sie irgendwie zur Veranda lotsen – wie sonst sollte er bei seinem nächsten Besuch erklären, er habe dort einen Schlüssel verloren?

»Also schön«, hörte er sie nun sagen, »aber fasst Euch kurz. Folgt mir.« Sie ging energischen Schrittes zur Veranda, wo sie Miguel mit einer Geste aufforderte, Platz zu nehmen. Sie beherzigte nicht einmal die einfachsten Gebote der Höflichkeit, dennoch war Miguel verzückt. Diese Frau strahlte so viel Eleganz und Autorität aus, dass man ihr verzieh, wenn sie nicht einmal *por favor*, bitte, sagte. Sie bot ihm natürlich nichts zu trinken an, und Miguel fragte sich, ob es klug wäre, um einen Schluck Wasser zu bitten. Er würde dadurch ein wenig Zeit gewinnen, um sich etwas zurechtzulegen, das nicht gar zu idiotisch klang. Er entschied sich dagegen. Er räusperte sich und wartete auf ein Signal, dass er beginnen möge. Doch Dona Amba rührte sich nicht, und ohne ihr Gesicht sehen zu können, war es absolut unmöglich zu erkennen, was sie dachte.

»Zunächst danke ich Euch, dass Ihr mir die Gelegenheit gebt, Euch mit meinem Vorschlag zu behelligen. Ich weiß, dass Ihr eine sehr beschäftigte …«

»Hört auf mit dem hohlen Gerede«, unterbrach sie ihn. »Kommt ohne Umschweife zur Sache.«

Bei jedem anderen Menschen hätte Miguel diese herablassende Art für schrecklich gehalten und sie nicht hingenommen. Bei ihr fand er sie köstlich. Immerhin war es ein Zeichen dafür, dass er ihr nicht vollkommen gleichgültig war, denn dann hätte sie einen anderen Ton angeschlagen.

»Ich habe Euch vor einiger Zeit bei einem Juwelier in der Hauptstadt gesehen. Nicht dass Ihr glaubt, ich würde Euch nachspionieren – ich kam nur zufällig des Wegs und sah Euch dort. Ein anderes Mal habe ich Euch denselben Laden verlassen sehen. Ich bin daraufhin zu der Überzeugung gelangt, dass Ihr mit Senhor Rui, denn so heißt besagter Juwelier, auf einer regelmäßigen Basis Geschäfte tätigt.«

Er machte eine kurze Pause, in der sie ihm zunickte. Er durfte fortfahren.

»Dabei kann es ja nur um zwei Dinge gehen: Entweder Ihr kauft bei ihm, oder Ihr verkauft ihm etwas. In beiden Fällen möchte ich mich als Mitbewerber von Senhor Rui vorstellen. Ich habe jüngst eine Reise gemacht, während der ich einige sehr schöne Stücke erworben habe, die vielleicht Euer Interesse wecken könnten. Solltet Ihr dagegen selber etwas verkaufen wollen, etwa Juwelen, biete ich hiermit meine Dienste als Käufer an.«

Dona Amba saß noch immer völlig still vor ihm. Also redete er weiter.

»Ich habe die Bekanntschaft von Senhor Rui gemacht, er scheint mir ein anständiger Mann zu sein. Er genießt einen guten Ruf in der Kolonie – allerdings sind seine Preise unverschämt. Ich könnte mir vorstellen, dass er umgekehrt auch schlecht zahlt.«

Noch immer zeigte Dona Amba keine Regung. Allmählich überkam Miguel eine leichte Nervosität.

»Wenn man Senhor Rui als Zwischenhändler ausschaltete, wären die Spannen viel höher – für den Verkäufer wie für den Käufer.«

»Ihr wollt mir Juwelen abkaufen?«, fragte Dona Amba ungläubig. Miguel erschrak angesichts dieser unerwarteten Äußerung.

»Äh, ja.«

Dona Ambas Oberkörper wurde von ein paar kurzen Stößen gerüttelt, und da Miguel ihr Gesicht nicht sah, wusste er nicht, ob sie lachte, weinte oder an einer Magenverstimmung litt. Es war schrecklich, mit einer verschleierten Dame zu reden. Dann saß sie auf einmal wieder reglos da und fragte: »Und warum sollte das Ganze keinen Aufschub dulden? Ich sehe keinen Anlass für Eure angebliche Eile.«

»Weil ich für meine Verlobte ein ausgesucht schönes Stück zu einem ausgesucht günstigen Preis suche«, behauptete Miguel. Er war froh, dass ihm so spontan etwas eingefallen war.

325

»Die Ärmste. Ist sie es denn nicht wert, dass Ihr Euch für sie in Unkosten stürzt?«

Am liebsten hätte Miguel laut »nein!« gerufen. Stattdessen erwiderte er kühl: »Ich bin Kaufmann.«

»Nun, ich bedauere, Euch nicht behilflich sein zu können. Ich habe nichts zu verkaufen und wünsche auch nicht, Eure Handelsware zu erwerben. Und selbst wenn es so wäre: Ich bin nicht befugt, derartige Geschäfte allein abzuschließen. Ihr müsstet das mit meinem Gemahl regeln.« Damit erhob sie sich und gab zu verstehen, dass die Unterredung beendet sei.

Miguel stand ebenfalls auf. »Habt dennoch Dank für die Zeit, die Ihr mir geopfert habt. Vielleicht lasst Ihr Euch meinen Vorschlag ja noch einmal in aller Ruhe durch den Kopf gehen. Ich würde mich sehr geehrt fühlen, wenn wir eines Tages zueinanderkämen.«

Amba war nicht sicher, ob sie die Feinheiten der portugiesischen Sprache so gut beherrschte, um hier eine unverschämte Zweideutigkeit zu vermuten. Also verkniff sie sich eine bissige Antwort. »Lebt wohl, Senhor Miguel. Und seht in Zukunft von weiteren unangekündigten oder auch angekündigten Besuchen ab.«

Miguel strahlte sie an, als habe sie ihm eine Liebeserklärung gemacht. »Euer Wunsch ist mir Befehl, Dona Amba. *Adeus.*« Er verbeugte sich übertrieben tief vor ihr, dann schlenderte er die Stufen der Veranda und die Auffahrt hinab. Am Tor drehte er sich noch einmal um, um ihr zuzuwinken. Doch Dona Amba hatte die Veranda bereits verlassen.

Erst auf der Straße wurde Miguel bewusst, dass er weder ein Pferd noch eine Mitfahrgelegenheit hatte. Er musste sich wohl oder übel zu Fuß auf den Weg ins Dorf machen. Aber er war ausgesprochen guter Dinge. Er fand, dass er sich wacker geschlagen hatte. Er hatte seiner Angebeteten gegenübergesessen, hatte ihre Stimme gehört und ihre grazilen Hände bewundert. Er hatte den Schlüssel deponiert. Und er hatte, mehr aus Versehen, eine Verlobte erfunden, was nie schaden konnte. Was rar ist, weckt Begierden, und das traf auf Menschen genauso wie auf Dinge zu. Beschwingt wanderte er weiter, genoss den Tag und die gute Waldluft und rief sich jede einzelne Geste, jede Tonlage und jedes Wort von Dona Amba wieder und wieder in Erinnerung. Als er das Dorf erreichte, hatte er von dem ungewohnten langen Gehen in den Reitstiefeln Blasen an den Füßen. Aber jede einzelne Blessur war es hundertmal wert gewesen.

Amba hatte sich indes ins Haus geflüchtet. Unter ihrem Schleier war ihr der Schweiß ausgebrochen, als Ribeiro Cruz plötzlich von Senhor Rui angefangen hatte. Wie viel wusste der Kerl? Was hatte er wirklich hier zu suchen gehabt? Denn dass er mit ihr Geschäfte tätigen wollte, das glaubte sie keine Sekunde lang. Und wenn er eine Verlobte hatte, dann würde er ihr, Amba, ja wohl auch kaum den Hof machen.

»Er ist zu hübsch«, stellte Nayana fest, die sich zu Amba gesellt hatte. »So gutaussehende Männer müssen andere versteckte Makel haben. Schlag ihn dir aus dem Kopf.«

»Was fällt dir ein?«, herrschte Amba sie an. »Unterstellst du mir, ich wolle mit ihm anbändeln?«

»Ich erkenne es an deinem Blick. Er gefällt dir.«

»Gar nichts erkennst du. Du siehst ja nicht einmal das Muster am Saum meines Saris, so blind bist du geworden.«

Nayana verspürte keinerlei Lust, ihrem Schützling zu erklären, dass sie jedes Staubkorn am Saum des Saris erkennen konnte und nur auf kürzere Distanzen nicht mehr scharf sah. Wenn Amba in dieser Stimmung war, hatte es gar keinen Zweck, mit ihr zu diskutieren. Dabei hätte sie ihr so viel sagen können.

Dass der junge Herr zu Fuß hierhergekommen war, zum Beispiel. Oder dass der Leberfleck gleich über der Nasenwurzel bei einem Portugiesen ganz sicher nicht den bösen Blick abwendete, sondern ihn wahrscheinlich anzog. Oder dass die heutige Sternenkonstellation Unheil versprach. All das behielt Nayana für sich. Es würde sich schon noch eine Gelegenheit ergeben, um Amba vor diesem Senhor Miguel zu warnen.

Am Nachmittag frischte der Wind auf. Er wehte das nach der Trockenzeit schon braune Laub von den Bäumen. Dakshesh, der sehr stolz auf den gepflegten Garten war, mochte es gar nicht leiden, wenn trockene Blätter herumwirbelten. Da ihn seit ein paar Tagen ein Hexenschuss plagte, der ihn allerdings nicht davon abgehalten hatte, den Mädchen beim Haarewaschen zuzusehen, rief er nach Makarand. »Komm her, du nichtsnutziger Bengel, und hilf einem alten Mann. Und keine Widerrede: Wenn du nicht bis zum Sonnenuntergang dieses Laub zusammengefegt hast, werde ich ein ernstes Wörtchen mit Ambadevi reden müssen. Sie ahnt ja nicht, was für ein Früchtchen du bist ...«
Makarand gehorchte widerwillig. Immerhin bot ihm diese fürchterliche Arbeit – und das an seinem freien Tag! – eine Möglichkeit, vor der Veranda herumzuwuseln und vielleicht Anuprabha singen zu hören. Mit ein wenig Glück würde er sie sogar sehen. Und sie ihn. Bestimmt würde es ihr gefallen, was er für ein tüchtiger Mann war und was für ein barmherziger obendrein, dass er dem alten Dakshesh bei der schweren Arbeit half. Viel sorgfältiger als nötig fegte er also unterhalb der Verandabrüstung das Laub zusammen. Als er den Haufen Blätter aufheben und in einem Korb zur Feuerstelle tragen wollte, fiel ihm ein Glitzern auf. Er wühlte in dem Laub, und tatsächlich: Da war ein kleiner goldener Schlüssel! Er betrachtete ihn ge-

nauer. Der Schlüssel sah aus, als gehörte er zu einer Schmuck-schatulle oder einem ähnlichen Gegenstand mit kleinem Schloss. Es wäre das Beste, er lieferte ihn jetzt gleich bei Ambadevi ab. Oder sollte er lieber noch ein wenig warten? Er könnte seinen Fund ja melden, sobald jemand den Verlust eines kleinen Schlüssels beklagte und man sie alle aufforderte, danach Ausschau zu halten. Ja, so würde er es machen. Das würde ihm später eine weitere Gelegenheit bieten, Anuprabha näher zu sein. Er ließ den Schlüssel in die Tasche seines *dhoti* gleiten und machte sich wieder daran, geräuschvoll seiner Arbeit nachzugehen. Es sollte bitte schön jeder mitbekommen, was für ein gutes Herz er hatte und wie hart ihn der undankbare alte Gärtner manchmal behandelte.

In den darauffolgenden Tagen trug Makarand seinen Fund immer bei sich. Doch niemand schien den Schlüssel zu vermissen. Er wartete eine weitere Woche ab. Als sich noch immer niemand gemeldet hatte, sah er keinen Sinn darin, noch länger zu warten. Die Person, die den Schlüssel verloren hatte, suchte wahrscheinlich gar nicht mehr danach und hatte das Schloss, zu dem er gehörte, bestimmt schon aufgebrochen. Als er am frühen Abend aus dem Laden heimkehrte, in dem er seine Lehre machte, und Anuprabha begegnete, beschloss er daher spontan, sie mit einem hübschen Geschenk zu überraschen.
Er griff in die Falten seines *dhoti* und fischte nach dem Schlüssel. Anuprabha schaute ihn an, als vollzöge er irgendeine unaussprechliche Handlung. »Brauchst du unbedingt Zuschauer, wenn du dich kratzt?«, fragte sie ihn und drehte sich beleidigt um.
»Warte! Ich habe ein Geschenk für dich.«
Anuprabha hielt inne. Sie zog eine Augenbraue spöttisch nach oben, und allein dafür liebte Makarand sie. Ihre Brauen waren

dicht und schwarz und wunderschön geschwungen. Das Kunststück, nur eine davon zu heben, beherrschte sie wie keine Zweite, und jedes Mal, wenn sie das tat, war Makarand hingerissen.

»Diesmal ist es etwas ganz Besonderes«, lockte er sie.

»Ah.« In gespielter Ungeduld wippte sie mit dem Fuß.

»Ja, sieh nur.« Er hatte den Schlüssel endlich zutage gefördert und hielt ihn ihr nun in der geöffneten Handfläche hin. Seine Hände schwitzten, wie er erst jetzt bemerkte. Schnell nahm er den kleinen goldenen Gegenstand mit zwei Fingern und ließ ihn vor Anuprabhas Nase hin und her baumeln.

Sie sah gelangweilt zur Seite, schnappte dann aber urplötzlich nach dem Schlüssel. Als sie ihn in der Hand hielt, betrachtete sie ihn genauer. »Er ist eigentlich ganz hübsch«, gab sie endlich zu. »Zu welchem Schloss gehört er?«

»Das, meine liebe Anuprabha«, sagte Makarand in geheimniskrämerischem Ton, »erfährst du erst am Tag unserer Verlobung.«

»Pah! So weit wird es nie kommen«, blaffte sie und lief davon.

Immerhin, dachte Makarand, hatte sie den Schlüssel behalten. Ein gutes Zeichen. Ein sehr gutes Zeichen. Beseelt von seinem Erfolg, schlurfte er zum Feuer. Heute würde er einmal dem alten Dakshesh eine schöne Geschichte erzählen.

28

Die beiden Männer, die eine Woche zuvor in der Hauptstadt
eingetroffen waren, litten. Diesem Land, das die Portugiesen
den Indern abgenommen hatten, war von den Eroberern
schreckliche Gewalt angetan worden. Überall hatten die Europäer ihre Kirchen errichtet, protzige, furchteinflößende Gebäude bar jeder Anmut, die den Portugiesen selbst anscheinend
ebenfalls nicht ganz geheuer waren, denn sonst würden sie ja
beim Betreten ihre Schuhe ablegen. Im Innern der Gotteshäuser wie auch in fast allen öffentlichen Gebäuden und sogar Pri-
vathäusern hatten diese Barbaren Statuen ihres Erlösers aufgestellt oder an der Wand befestigt. Dabei handelte es sich um
stilisierte Galgen, mal mit, mal ohne den Gehängten. Es war
ekelerregend, überall die Kreuze zu sehen. Was war das nur für
eine Religion, die ein Symbol des Todes anbetete und die in
einem aufgeknüpften Verbrecher ihren Heiland sah?
Schlimmer noch fanden die beiden Neuankömmlinge allerdings die Beschwernisse, mit denen sie sich im Alltag herumschlagen mussten. Sie waren der Sprache nicht mächtig und
fühlten sich allenthalben hintergangen, belogen und ausge-
trickst. Ihr erster Übersetzer war, nachdem sie ihn für ihre eigenen Mängel und Ängste hatten büßen lassen, einfach fortgegangen. Der, den sie jetzt hatten, war noch aufsässiger, doch
ihnen blieb kaum etwas anderes übrig, als sich mit ihm zu ar-
rangieren, sonst passierte ihnen vielleicht noch einmal ein solches Desaster, wie es ihnen nach dem Verschwinden des ersten
widerfahren war. Da nämlich hatten sie sich in einer Schänke,

in der viele Inder verkehrten und aus der appetitliche Düfte herauswehten, etwas zu essen bestellt, das gar nicht mal übel geschmeckt hatte – und sich später als Rindfleisch entpuppte. Rind! Wie hatte man ihnen das nur antun können? Wussten denn hier nicht einmal mehr die Eingeborenen, welche Nahrungsmittel rein und welche absolut tabu waren? Beide Männer hatten sich hinterher die Finger in den Hals gesteckt.

Ähnlich erschütternd war ihre erste Begegnung mit einer portugiesischen Dame gewesen. Sie waren über die überfüllte Hauptstraße gelaufen, als eine Frau mittleren Alters sich an ihnen vorbeidrängte. Sie schwang eine kleine Gerte, und jeder, der eine dunklere Hautfarbe als die ihre hatte und nicht sofort zur Seite sprang, wurde von ihr damit geschlagen. Was maßte sich diese Person an? Weder waren sie gemeine Taschendiebe noch Bettler oder gar Unberührbare. Sie, die einer ehrenwerten alten Familie aus hoher Kaste entstammten, durften in diesem fürchterlichen Land, das noch vor 130 Jahren ihr eigenes gewesen war, ungestraft so behandelt werden wie Lumpenpack, und das auch noch von einer Frau! Es war unglaublich. Sie hatten auf ihrer langen Reise schon vieles erlebt, aber mit einer solchen Missachtung ihrer Würde waren sie nie zuvor konfrontiert gewesen. Pradeep hatte gleich nach seinem Säbel gegriffen, aber Chandra hatte ihn rechtzeitig von einer Dummheit abbringen können. Sie waren Gäste in Goa. Sie hatten einen Passierschein, der ihnen erlaubte, drei Monate ihrem »Handel« nachzugehen. Aber bei der kleinsten Verfehlung würde man sie ebenso gnadenlos hinauswerfen, wie sie ihrerseits ihr Ziel verfolgten.

Denn Händler waren Chandra und Pradeep keineswegs. Weil sie wussten, dass die Portugiesen jeder Art von Handel gegenüber aufgeschlossen waren, hatten sie sich als Kaufleute ausgegeben, um besagten Passierschein zu erhalten. In Wahrheit jedoch waren die beiden Brüder von Haus aus wohlhabend und absolut nicht willens, irgendeiner Art von Beschäftigung nachzugehen, die den Namen »Arbeit« verdiente. Sie hatten daheim in Maharashtra schöne Posten in der Regierungsverwaltung, die es ihnen erlaubten, fette Bestechungsgelder zu kassieren und dafür nichts weiter zu tun, als eben nichts zu tun. Man musste nur hier ein Auge zudrücken oder da eine Wache weniger postieren. Einen Arbeitsplatz, an dem ihre Anwesenheit erwünscht oder gar erforderlich gewesen wäre, hatten sie nicht. Ein- oder zweimal im Jahr hatten sie ihrem Fürsten Bericht zu erstatten, und solange der keinen Grund zur Klage fand, konnten sie weiterhin ihrer Obsession frönen: der Jagd auf Bhavani.

Seit fünf Jahren verfolgten sie ein Phantom. Das eigentliche Ziel – den Diamanten wieder in den Besitz der Familie zurückzuholen, der er rechtmäßig gehörte – hatten sie zwar nie aus den Augen verloren, doch es war schwierig, eine Frau aufzustöbern, die so gewieft war wie ihre einstige Schwägerin. Mit jedem Jahr, das ins Land ging, wurde die Chance, sie jemals zu finden, geringer. Sie wussten schon gar nicht mehr genau, wie sie eigentlich ausgesehen hatte. Sie war eine Schönheit gewesen, und sie hatte auffällige grüne Augen gehabt. Aber Schönheit verging, und die grünen Augen – nun, hier in Goa hatten sie schon einige davon gesehen.

Manchmal überfiel sie ein Gefühl von absoluter Sinnlosigkeit. Doch wenn sie dann von einer ihrer Reisen heimkehrten, sich von ihren Frauen das Geschwätz über die Kinder und das Gejammer über die Dienstboten anhörten, dann dauerte es nie lange, bis das Fieber sie wieder packte. Ihre Reisen waren Flucht und Jagd gleichermaßen.

In Momenten wie diesem aber war es schwer, nicht voller Wehmut an die Heimat zu denken. Denn gerade saßen sie im Empfangsraum eines portugiesischen Herrn und ließen sich von ihrem unfähigen Dolmetscher die Worte des Portugiesen übersetzen, die er in dieser Form unmöglich geäußert haben konnte. »Bei uns ist die barbarische Sitte der Witwenverbrennung verboten«, hatte er angeblich gesagt, und Pradeep beschimpfte den Dolmetscher, weil der seiner Meinung nach die Höflichkeitsfloskeln und blumigen Umschreibungen, die man hohen Gästen gegenüber zuhauf verwendete, einfach weggelassen hatte.

»Aber genau so hat der Sahib es gesagt, ich schwöre es!«, verteidigte der Übersetzer sich. »Ist es meine Schuld, wenn diese Leute keine Manieren haben?«

Chandra war geneigt, dem Dolmetscher zu glauben. Ihr Gegenüber war ein ungehobelter Kerl, was man nicht nur roch – obwohl die Europäer ja alle einen strengen Geruch verströmten –, sondern auch sah. Welcher zivilisierte Mensch lief in seinem eigenen Haus in schmutzigen Stiefeln herum oder in Straßenkleidung? Wer schleppte all den Dreck und die Seuchen auf diese Weise mit zu sich nach Hause? Und um sich vor üblen Dünsten zu schützen, benutzten sie nicht einmal Räucherkegel oder Duftstäbchen, so dass es auch in ihren Behausungen stank.

Als ihr Gastgeber ihnen einen Kaffee anbot, hatte keiner der beiden Brüder die Courage, abzulehnen. Die Vorstellung, aus einer wahrscheinlich höchst unreinen Küche eine Erfrischung gereicht zu bekommen, widerte sie an. Aber sie durften ihren Abscheu nicht zeigen. Also nahmen sie sich zusammen und akzeptierten dankend das Getränk, von dem sie nie zuvor gehört hatten. Als es dann vor ihnen stand, dunkelbraun und dampfend und einen abscheulichen Geruch verbreitend, blieb ihnen nichts anderes übrig, als davon zu kosten. Sie verzogen keine Miene, aber keiner der beiden trank mehr als diesen ersten kleinen Schluck.

Ihr Gegenüber war ihnen als ein Mann von großer Diskretion und von überragendem Talent angepriesen worden, wenn es um das Auffinden von Menschen ging, die nicht gefunden werden wollten oder etwas zu verbergen hatten. Seine Dienste in Anspruch zu nehmen würde nicht ganz billig sein, aber das war es den Brüdern wert. Also schilderten sie ihm wortreich ihren Fall. Weil den beiden Besuchern der Name des Mannes nicht über die Lippen kommen wollte – wie ja überhaupt alle portugiesischen Namen ihnen unaussprechlich erschienen –, nannten sie ihn die ganze Zeit »Euer Hochwohlgeboren«, was ihm zu gefallen schien. Aber wer wusste schon, wie der Dolmetscher ihre Worte verdrehte?

»Lasst mich zusammenfassen: Ihr sucht nach einer Dame, die vor fünf Jahren geflohen ist und dabei einen Großteil ihrer Mitgift mitgenommen hat. Ihr beschreibt sie als eine Frau von großer Anmut, deren hervorstechendstes Merkmal ihre grünen Augen sind.«

Die Brüder bestätigten dies mit energischem Kopfrollen.

»Das Problem, meine Herren, ist, dass für uns alle Inder gleich aussehen«, sagte der Portugiese. Diesmal nahm der Dolmetscher sich die Freiheit heraus, nicht ganz korrekt zu übersetzen, bevor es zu einem Eklat kam: »Das Problem, meine hochverehrten Herren, ist, dass wir angesichts der strahlenden und weltweit gerühmten Schönheit der indischen Damen die Gesuchte nicht allein aufgrund Eurer Worte, sie sei von ›großer Anmut‹, finden können. Ihr müsstet sie schon etwas genauer beschreiben.«

»Sie ist mittlerweile 27 Jahre alt. Sie ist von zierlichem Wuchs, Euch reicht sie vielleicht bis zum Kinn. Sie hat eine helle Haut und diese für Südindien sehr seltene Augenfarbe. Ihre zweite Zehe ist länger als der große Zeh, darüber hinaus hat sie weder Muttermale noch Narben, die eine eindeutige Identifizierung möglich machen. Ihre Muttersprache ist Urdu, doch sie spricht Marathi ohne Akzent und dürfte dank ihrer Sprachbegabung auch die hiesigen Dialekte, vielleicht sogar das Portugiesische beherrschen.« Der Übersetzer hatte sich nun erlaubt, die verschnörkelte Rede seiner Auftraggeber ein wenig zu straffen. So bekam jede Partei das zu hören, was sie zu hören wünschte. Er bezweifelte, dass der Portugiese etwas mit den poetischen Bildern anfangen konnte, die die beiden Inder benutzten, ja, bestimmt reizten sie ihn sogar zum Lachen.

Dass es sich dennoch so verhielt, obwohl die Beschreibung knapp und präzise gewesen war, konnte er nicht ahnen.

Der Portugiese starrte seine beiden Besucher ungläubig an und unterdrückte einen aufkommenden Lachkrampf. Eine zweite Zehe, die länger war als die erste – war das zu fassen? Europäische Damen zeigten ihre Füße nicht in der Öffentlichkeit, mithin war diese Beschreibung überaus anstößig. Genauso gut hätten sie die Brustwarzen der Gesuchten beschreiben können. Er nahm einen Schluck Kaffee und griff mit der anderen Hand nach einem Teller mit Keksen, den der Hausdiener zwischenzeitlich gebracht hatte.

Chandra und Pradeep waren entsetzt. Der Mann benutzte seine linke Hand, um das Gebäck zu nehmen und zum Mund zu führen. Beherrschte er denn nicht einmal die elementarsten Benimmregeln? Jedes indische Kleinkind bekam beigebracht, dass die linke Hand unrein war und daher nicht zum Essen gebraucht werden durfte. Es handelte sich schließlich um die Hand, mit der man sich nach dem Stuhlgang reinigte.

»Verratet mir eins«, sagte der schlecht erzogene Mensch nun. »Ihr habt ein sehr hohes Kopfgeld auf diese Frau ausgesetzt. Ich nehme also an, dass sie im Besitz eines Vermögens ist?«

Die Brüder schauten einander an. Wie sollten sie auf die Unhöflichkeit einer so direkt formulierten Frage eingehen? Selbstverständlich war Bhavani im Besitz eines Vermögens, es bedurfte keiner höheren Rechenkünste, um zu diesem Schluss zu gelangen. Wer auch nach fünf Jahren die Suche noch nicht aufgegeben und bereits so viel Geld investiert hatte, der tat dies schließlich nicht, um eine unfruchtbare, alternde und verarmte Witwe in den Schoß der Familie zurückzuholen.

»Ich frage deshalb danach«, sagte der Portugiese, »weil dieses Vermögen eventuell Aufschluss über den Verbleib der Dame liefern könnte. Wenn es sich um einen kostbaren Edelstein oder dergleichen handelt, dürfte sie ihn zur Finanzierung ihrer Flucht verkauft haben. Dann könnte man ein paar Juweliere bestechen, um darüber mehr in Erfahrung zu bringen. Solche großen Transaktionen sprechen sich unter den Kaufleuten schnell herum.«

Pradeep glotzte den Dolmetscher entgeistert an. Diesmal hatte er ganz sicher einen Fehler gemacht. Wer würde schon so offen und plump von Bestechung reden? Der Übersetzer sah, was hinter der Stirn des Pradeep-sahib vorging, und kam ihm zuvor: »Ich schwöre beim Leben meiner Kinder, dass der Barbar es so gesagt hat!«

»Ja«, antwortete der ältere Bruder dem Portugiesen. »Sie hat einen Diamanten von der Größe eines Wachteleis, der unserer Familie gehört.«

Alle vier Anwesenden hielten nach dieser Offenbarung die Luft an. Der Dolmetscher beschloss, die Höhe seiner Vergütung zu verdoppeln. Der Portugiese rechnete sich aus, dass er das Kopfgeld nicht brauchte, wenn er erst des Edelsteins habhaft geworden war. Pradeep verfluchte seinen Bruder für dessen dumme Aufrichtigkeit. Und Chandra beobachtete die Reaktionen der anderen drei, die er alle korrekt vorausgesehen hatte. Für das Kopfgeld würde der Portugiese keinen Finger krümmen, für einen Diamanten von unschätzbarem Wert dagegen sehr wohl. Er kannte die Habgier der Menschen, und er wusste, dass er den Mann geködert hatte. Wie man später mit ihm verfahren würde, das könnte man dann noch entscheiden. Er, Chandra, verfügte über viel mehr Raffinesse und Geduld, als sein tölpelhafter Bruder und dieser ungewaschene Ausländer ahnten. Vorerst benötigten sie die Hilfe des Mannes, sowohl hier als auch in Damão und Diu, den anderen Eroberungen der Portugiesen auf dem indischen Subkontinent. Und sollte Bhavani ins Ausland geflohen sein, brauchten sie den Mann erst recht: Noch war keine andere Nation auf den Weltmeeren und allen Kontinenten präsenter als die portugiesische, wenngleich die Holländer und die Engländer rasch aufholten. Aber auch um deren Hilfe würde er sich noch bemühen – immer mit dem großen Preis lockend. Ein riesiger Diamant brachte die Augen eines jeden zum Leuchten, gleich welcher Herkunft, welcher Religion, welcher Hautfarbe.

»Interessant«, murmelte der Portugiese, »hochinteressant. Ich denke, ich werde Euch bei Eurer Suche unterstützen können. Lasst mir bis morgen Zeit, damit ich einen Plan schmieden kann.«

Die Brüder rollten zustimmend mit den Köpfen. Chandra wusste, welche Form dieser Plan annehmen würde, hatte jedoch keine Angst. Der Portugiese würde ihnen nicht nach dem Leben trachten, bevor sie Bhavani eindeutig identifiziert hätten.

»Erlaubt mir, Euch morgen zu einem späten Frühstück zu mir bitten zu dürfen, damit wir das weitere Vorgehen besprechen können.«

»Wir fühlen uns sehr geehrt, Euer Hochwohlgeboren«, antwortete Pradeep und sah lächelnd erst den Portugiesen, dann seinen Bruder an. Beide waren sich stillschweigend einig, dass eine fade Mahlzeit und ein weiterer Schluck des giftigen Gebräus namens Kaffee ein geringer Preis dafür waren, dass sie den Mann auf ihrer Seite hatten.

Sie verließen das Empfangszimmer mit den hässlichen Möbeln in einer euphorischen Stimmung. Diesmal nahmen sie keinen Anstoß an den merkwürdigen Sitten und der noch merkwürdigeren Kleidung der Leute auf der Straße. Einzig ihr Dolmetscher, der für seine Dienste plötzlich das Doppelte verlangte, trübte ihre Laune ein wenig. Sie entließen ihn unverzüglich und drohten ihm damit, ihn zu enthaupten, sollte er auch nur ein Sterbenswörtchen über das verlauten lassen, was er heute mit angehört hatte.

Der Portugiese saß unterdessen an dem Besuchertisch und griff geistesabwesend nach dem Gebäck, das die Inder nicht angerührt hatten, diese Banausen. Er konnte sein Glück kaum fassen. Wenn er es geschickt anstellte, würde er seine Suche nach Ketzern mit der nach dieser entflohenen Frau verbinden, die ganz sicher einen guten Grund gehabt hatte, dieser schrecklichen Familie entkommen zu wollen. Er war mit Befugnissen ausgestattet, die weit über das hinausgingen, was ein gewöhnlicher Wachmann oder Soldat tun durfte. Wenn es ihm so gefiel, konnte er allein aufgrund eines anonymen Hinweises jedes Haus, jede Wohnung und jedes Kontor auseinandernehmen lassen, selbst wenn der Verdacht bestand, dass es sich bei dem Denunzianten nur um einen neidischen Nachbarn oder Rivalen handelte. Wenn die Frau und ihr gigantischer Diamant in Goa waren, würde er sie finden, keine Frage.

Die Inquisition war eine wahrhaft göttliche Einrichtung! Und wer wüsste sie besser für seine persönlichen Ziele einzusetzen als er, Carlos Alberto Sant'Ana?

29

Panjo begrüßte Miguel stürmisch. Da ihn eine Strafe erwartete, wenn er an seinem Herrchen hochsprang, verlieh er seiner Begeisterung durch aufgeregtes Fiepen und wildes Wedeln Ausdruck, wobei sein Schwanz permanent gegen ein Tischbein klopfte. Den Hund schien es nicht zu stören. Miguel war über das Wiedersehen ähnlich erfreut wie Panjo, obwohl er nur ein paar Stunden fort gewesen war. Es war schön, von einem Lebewesen, und sei es nur ein Hund, so bedingungslos geliebt zu werden. Miguel kniete sich hin und kraulte Panjo, der sich sofort auf den Rücken warf, den Bauch.

Neuerdings ritt Miguel an jedem Vormittag in der Woche in die Hauptstadt. Er hatte eingesehen, dass es klüger war, Senhor Furtado bei der Arbeit über die Schulter zu schauen oder ihm zur Hand zu gehen, als über dessen Tun so wenig zu wissen. Der indische Prokurist war anfangs wenig angetan gewesen. Dass der Sohn des Firmeninhabers ihm den halben Tag im Weg herumstand, konnte er nun wirklich nicht gebrauchen. Doch bereits nach ein paar Tagen begannen die beiden, sich aneinander zu gewöhnen und sogar einige Vorzüge beim jeweils anderen zu entdecken. Das Einzige, was Senhor Furtado anfangs rasend gemacht hatte, war der Hund des jungen Herrn. Miguel hatte ein Einsehen gehabt und ließ um des Friedens willen fortan seinen treuen Panjo zu Hause.

Für Senhor Furtado war es eine angenehme Überraschung gewesen, zu sehen, wie schnell Miguel rechnen konnte. Dass er außerdem ein unglaubliches Gedächtnis für Zahlen hatte, beunruhigte Senhor Furtado dagegen ein wenig. Das war doch nicht normal, dass man ganze Tabellen aus den Rechnungsbüchern auswendig hersagen konnte, wenn man diese erst einmal zuvor gesehen hatte! Andererseits war es natürlich eine enorme Arbeitserleichterung für ihn. Wenn er eine Angabe überprüfen wollte, musste Furtado sich nun nicht mehr durch dicke Bücher kämpfen und in dem nach Schimmel riechenden Papier nach einzelnen Zahlen suchen, nein, er brauchte bloß Senhor Miguel zu fragen. Zu Beginn hatte Furtado es nicht glauben können und jedes Mal heimlich nachgeschaut. Aber nachdem Miguel ein Dutzend Mal die richtige Zahl genannt hatte, vertraute er nun auf dessen phänomenales Gedächtnis. Jesus und Maria, der Knabe könnte damit als Magier auftreten!

Miguel indes fand Senhor Furtados Arbeitsweise überaus lehrreich. Schon jetzt hatte er sich von dem Inder allerlei raffinierte Züge abgeschaut. Dazu gehörte nicht zuletzt das bescheidene Auftreten und die einfache Kleidung, die seinen Verhandlungspartnern das Gefühl vermittelten, sie hätten es mit einem Mann zu tun, den man leicht übertölpeln konnte. Außer den langjährigen Geschäftsfreunden schien den wenigsten Lieferanten und Kunden klar zu sein, dass sich hinter dem schlichten Äußeren durchaus kein schlichter Verstand verbarg.

Wenn Furtado einem Plantagenbesitzer mit rollenden Augen vorheulte, dass er die verlangten Preise nicht zahlen dürfe und erst mit Lissabon konferieren müsse, ließen sich die meisten Gewürzzulieferer mit einem niedrigeren Preis abspeisen. Die lange Zeit, die die Korrespondenz nach Portugal und zurück brauchte, wollte niemand abwarten. Wenn Furtado neue Verpackungen benötigte, Säcke, Kisten oder Fässer, spielte er die verschiedenen Anbieter so geschickt gegeneinander aus, dass er die Ware zu Preisen bekam, bei denen die Händler kaum noch

Gewinn machen konnten. Und wenn Furtado sich mit dem zur Verfügung stehenden Frachtraum – sie hatten langjährige Verträge mit einigen Reedern – beschäftigte und mit Gewichten und Volumen jonglierte, um jeden Kubikzentimeter sinnvoll zu nutzen und gegebenenfalls Fremdware dazuzustauen, dann widmete er sich dieser Aufgabe mit einer beinahe zärtlichen Hingabe. Dieser Mann, der in seinem ganzen Leben nicht aus Goa herausgekommen war, belegte Frachträume auf Fahrten, die um den ganzen Globus führten, mit einer solchen Selbstverständlichkeit, als sei er sein Leben lang um die Welt gesegelt. Er wusste um die Schwierigkeiten, die Malakka-Straße zu befahren, genau wie er die Gegebenheiten im Hafen von Macao kannte oder das Fassungsvermögen der Lagerschuppen in Mosambik. Vielleicht, dachte Miguel, ersetzten ihm dieses Wissen und die ausgeklügelte Planung das echte Reisen. Und vielleicht sah er – in seiner Phantasie – viel mehr von fremden Ländern als all die rastlosen Reisenden.

Miguel war ebenso fasziniert wie skeptisch. Furtado beherrschte sein Fach meisterhaft, kein Zweifel – er war sogar so geschickt und manipulativ, dass Miguel sich angesichts der verworrenen Strukturen des Unternehmens und der diversen Nebengeschäfte des Senhor Furtado fragte, wie ehrlich der Mann war. Andererseits konnte Miguel nicht glauben, dass ein so gewiefter Geschäftsmann es nötig haben sollte, seinen Arbeitgeber zu hintergehen. Furtado konnte in der Niederlassung in Goa schalten und walten, wie es ihm beliebte. Er wurde gut bezahlt, und er genoss als Beauftragter eines namhaften portugiesischen Unternehmens mehr Freiheiten, als es selbständige indische Händler taten, die vielerlei Schikanen unterlagen. Und: Die Inquisition hatte Leute wie Furtado nicht im Visier, solange sie nicht mit ihrem Reichtum protzten.

Panjo attackierte lautstark den Reisigbesen des Hausburschen und holte Miguel zurück in die Gegenwart. Heute hatten sie sich im Kontor mit einem lästigen Fall von Ungezieferbefall an Bord einer großen Galeone befassen müssen, die das halbe Frachtgut ruiniert hatte. Die Frage, wer für den Schaden haften solle, hatte die Gemüter erhitzt, und stundenlange Gespräche mit den Vertretern der Reederei hatten zu keinem Ergebnis als dem geführt, dass die Geschäftsbeziehungen vor dem Aus standen. Miguel war erschöpft. Die Possen seines Hundes munterten ihn auf, wenngleich er Panjo wohl ausschimpfen musste. Der junge Dienstbote, der den ganzen Tag in gekrümmter Haltung mit dem kurzen Besen das Haus abwanderte, würde kein Verständnis dafür aufbringen, wenn er der Belustigung eines Hundes dienen sollte.

Crisóstomo kam Herrn und Hund begrüßen. Er setzte eine unterwürfige Miene auf und fragte, ob er eine Erfrischung bringen solle. Miguel bejahte. Während der Bursche zur Küche unterwegs war, fragte Miguel sich, was er mit ihm anstellen sollte. Crisóstomo ähnelte Senhor Furtado mehr, als den beiden recht sein dürfte, dachte er belustigt. Der Junge war fleißig und schlau und in der Kunst, sich unsichtbar zu machen, tatsächlich sehr beschlagen. Ideal wäre es gewesen, Crisóstomo hätte eine Lehre bei Ribeiro Cruz & Filho beginnen können. Aber nach den Vorfällen, die dazu geführt hatten, dass er, Miguel, den Burschen nun am Hals hatte, konnte er Furtado unmöglich diesen Vorschlag unterbreiten. Dieser hätte darauf gewiss mit demselben Unverständnis reagiert wie auf das Mitbringen des Hundes ins Kontor. Vielleicht konnte man den Jungen bei einem anderen Kaufmann lernen lassen? Aber bei wem? Ach was, sagte Miguel sich, Crisóstomo konnte ja nicht einmal lesen und schreiben. Man müsste ihn zunächst auf eine Schule schicken, und wenn er das täte, würde er alle anderen

343

Dienstboten ebenfalls am Unterricht teilnehmen lassen müssen, bevor es zu einem Aufstand der Domestiken kam.

Crisóstomo erschien lautlos und stellte einen Krug mit Ingwerwasser vor Miguel ab. Dazu legte er ihm einen Brief, der heute angekommen war, und verschwand wieder. Miguel griff nach dem Umschlag und erkannte, dass es sich um Post von zu Hause handelte. Die Handschrift seiner Mutter war unverwechselbar, mit den gekünstelten Schleifen und Bögen und den klitzekleinen Buchstaben, die stark nach links gebeugt waren. Er öffnete das Couvert mit dem Zeigefinger, weil er zu bequem war, zum Sekretär zu gehen und den Brieföffner zu holen.

Mein lieber Miguel,

nun, da Du diesen Brief in Händen hältst, bist Du wohl wieder gesund zu Hause (wenn man das Solar das Mangueiras denn als ein Zuhause betrachten will) eingetroffen. Du machst Dir keine Vorstellung davon, welche Ängste mich überfielen, als ich in Deinem Brief las, dass Du eine große Indienreise planst. Dieses schreckliche, gefährliche, riesige, wilde Land! Wie kannst Du nur? Ist es denn nicht Abenteuer genug, in Goa zu leben? Es vergeht kein Tag, an dem ich nicht an Dich und die Beschwernisse Deines Lebens fernab der Heimat denke. Du bist ja ganz allein auf Dich gestellt, und oft quäle ich mich mit Vorwürfen, dass wir Dich haben ziehen lassen. Wenn Du eine Frau und Familie hättest, wäre mir das ein großer Trost. Ein junger Mann gerät allzu schnell auf Abwege, wenn nicht eine Frau ein wachsames Auge auf ihn hat und ihm das Leben so komfortabel wie möglich einrichtet. Da ich bezweifle, dass es in der Kolonie geeignete Kandidatinnen gibt, denn dieses bunte Treiben färbt gewiss auf den Charakter ab, habe ich mich hier nach einer passenden Dame umgesehen. Und ich bin fündig geworden.

Sie heißt Isabel de Matos, ist 23 Jahre alt und ein bildhübsches Ding. Ihre Familie besitzt eine der größten Reedereien, wie Du Dir aufgrund ihres Namens sicher schon gedacht hast. Sie ist die jüngste von vier Töchtern (die armen Leute, nicht einen einzigen Sohn hat der liebe Herrgott ihnen gegönnt), die anderen drei sind alle schon sehr vorteilhaft verheiratet worden. Für unsere Familie wäre eine Verbindung mit den Matos überaus wünschenswert, so wie es umgekehrt für die Matos ein Glücksfall wäre, mit den Ribeiro Cruz Beziehungen zu pflegen, die über die rein geschäftlichen hinausgingen. Dass Dein Ruf nicht der allerbeste ist (ja, mein lieber Miguel, diese Dinge dauern ihre Zeit), scheint ihnen nicht so viel auszumachen, wobei das Vermögen, das Dein Vater auf Dich überschreiben lässt, sicher hilfreich ist … Nun, um es kurz zu machen: Wir haben, Dein Einverständnis vorausgesetzt, eine Verlobung angekündigt. Die bezaubernde Isabel wird dieser Tage ein Schiff ihres Herrn Vaters besteigen und, zusammen mit einigen Verwandten, nach Goa aufbrechen. Wenn Du sie siehst, wirst Du ihr nicht widerstehen können, und ich hege die Hoffnung, dass Du als ihr Verlobter bald nach Hause kommst. Ich freue mich schon auf eine grandiose Hochzeit!

Ansonsten ist hier alles beim Alten. Dein Vater und Dein Bruder haben den Dieb, der unser Handelshaus bestiehlt, noch immer nicht gestellt. Auch die Holländer machen uns zu schaffen, aber Anlass zu großer Sorge besteht keine. Was soll man schon von einem Volk halten, das sich vom Papst abgewendet hat, dafür aber Tulpenzwiebeln anbetet? Ja, Du liest ganz richtig: Die Zwiebeln einer nichtssagenden Blume, die in den nördlichen Breiten sehr beliebt ist, erzielen bei Auktionen astronomische Preise. Neulich soll für eine einzige Zwiebel der Gegenwert eines Hauses bezahlt worden sein!

Also, ich denke, dass diese Verrückten keine ernstzunehmende Gefahr für die Handelsmacht Portugals darstellen, genauso wenig wie die Engländer, die sich auf den Weltmeeren aufführen wie schlecht erzogene Kinder, die den anderen ein Spielzeug wegnehmen wollen. Ich sage Dir: Früher oder später werden sie alle unsere Dominanz zu spüren bekommen. Portugal wird der Mittelpunkt des Weltgeschehens bleiben, so sicher, wie auch die Erde das Zentrum des Universums ist. Wusstest Du, dass ein angeblicher Wissenschaftler namens Galileo Galilei widerrufen hat, dass es sich anders verhalten könne? Der Mann hat schließlich angesichts des gerechten Zorns Gottes, der auf ihn niederzufahren drohte, doch eingesehen, dass die irrsinnige Theorie, die Erde könne sich um die Sonne drehen (die natürlich von einem Holländer erdacht wurde, von wem sonst?), grundfalsch ist.

Bartolomeus' liebe Frau hat uns keine weiteren Enkel geschenkt, was uns sehr betrübt. Aber wir sind ganz zuversichtlich, dass die beiden noch viele Kinder haben werden – und Du, so Gott will, in nicht allzu ferner Zukunft ja auch schon Vater werden könntest.

Ich schließe Dich in meine Gebete ein und bitte den heiligen António, den Schutzheiligen der Reisenden, um sicheres Geleit und gute Gesundheit für Dich. Dein Vater und Bruder schicken Dir herzliche Grüße!

In Liebe und großer Sehnsucht

Deine Mutter

Miguel legte den Brief achtlos in die Pfütze, die sich rund um den Krug mit dem Ingwerwasser gebildet hatte. Er fühlte sich wie betäubt. Wie konnten sie ihm das nur antun? Sie konnten doch nicht irgendein armes Mädchen, das, aus welchen Gründen auch immer, keinen Ehemann gefunden hatte, nach Goa schicken und es glauben lassen, dort warte ein Verlobter. Das war ungeheuerlich! Genauso wenig konnten sie doch wohl glauben, dass er, der er ja in ihren Augen ohnehin immer das schwarze Schaf der Familie gewesen war, sich auf einen solchen Kuhhandel einlassen würde. Und »Kuhhandel« traf es sicher ganz gut: Wenn diese Isabel mit 23 Jahren noch nicht unter der Haube war, trotz einer bestimmt sehr ansehnlichen Mitgift, dann würde das wohl seine Gründe haben. Sie musste entweder abgrundtief hässlich aussehen oder von einem sehr garstigen Naturell sein, wenn sich kein anderer Bewerber finden ließ als der missratene jüngere Sohn Ribeiro Cruz.

Miguel sah auf das Datum des Briefes und stellte fest, dass er nur knapp vier Monate unterwegs gewesen war. Wenn diese Isabel das schönste der väterlichen Schiffe genommen hatte, die »Estrela do Mar«, dann würde sie im April oder Mai hier eintreffen. Es blieb ihm also noch ein wenig Zeit, sich zu überlegen, wie er möglichst diplomatisch dieser arrangierten Ehe aus dem Weg gehen konnte. Eine Möglichkeit wäre, so zu tun, als habe er den Brief nie erhalten, und sich einfach wieder auf Reisen zu begeben. Dann würde die arme Möchtegern-Braut sehr schnell wieder nach Hause wollen, sofern sich nicht ein anderer geeigneter Kandidat in der Kolonie fand. Ein weiterer Weg bestünde darin, das Problem frontal in Angriff zu nehmen: Er würde der Dame ins Gesicht sagen, dass er mit diesen Absprachen, die über seinen Kopf hinweg getroffen worden waren, nicht einverstanden war und sie beim besten Willen nicht ehelichen konnte.

Dass Isabel de Matos eine bezaubernde junge Dame sein könne, hübsch, klug und warmherzig, das konnte Miguel sich nicht vorstellen. Dass sie vielleicht tatsächlich eine geeignete Ehefrau für ihn sein könne, das glaubte er noch viel weniger. Es gab nur eine Frau, die sich in sein Herz geschlichen hatte. Und keine andere würde je mit Dona Amba konkurrieren können, ganz gleich, mit wie viel Schönheit oder Esprit sie gesegnet war. Keine andere würde ihm einen Tag, an dem er sie nicht sehen konnte, trostlos erscheinen lassen, oder umgekehrt einen Tag, an dem er sie sah, mit einem glorreichen Glanz versehen. Andererseits war es ja in den wenigsten Ehen so, dass sie auf Liebe bauten. Dona Amba war verheiratet – da könnte er es doch auch sein. Wen hielt schon die Ehe davon ab, sich anderweitig umzuschauen? Ehen wurden geschlossen, um geschäftliche Verbindungen zu stärken, und nicht, um Gefühle auszuleben.

Je länger Miguel darüber nachdachte, desto mehr freundete er sich mit der Vorstellung an, eine Vernunftehe einzugehen. Sie brächte ihm nur Vorteile: eine deutliche Verbesserung seines Rufs sowie seiner Finanzen; ein gewärmtes Bett und regelmäßigen Beischlaf, der seine Körpersäfte in ein gesundes Gleichgewicht brächte und damit seine Anbetung von Dona Amba vielleicht wieder auf ein erträgliches Maß reduzieren würde; und einen gut geführten Haushalt, in dem sich die Frau um so lästige Dinge wie Einrichtung, Mahlzeiten und Diener kümmerte. Das Ganze hatte nur einen Haken: Sobald Miguel sich diese Isabel ausmalte, sah er ein bigottes Mädchen mit Damenbart vor sich, eine Betschwester mit dicken Knien, verkniffenen Lippen und zusammengewachsenen Augenbrauen. Nein! Vernunft hin oder her – er konnte diese Person nicht ehelichen.

Was sonst noch in dem Brief gestanden hatte, ließ Miguel immerhin schmunzeln. Das mit den Tulpenzwiebeln konnte nur eine schamlose Übertreibung seiner Mutter sein. Sie hatte schon immer dankbar jedes Gerücht aufgegriffen und eine riesengroße Sache draus gemacht. Wahrscheinlich war es eine ausgefallene Blumenzüchtung, die unter Botanikern für Aufregung gesorgt hatte, mehr nicht. Und wen interessierten schon die skurrilen Leidenschaften von holländischen Gärtnern?

Die Information dagegen, Galilei habe unter Folter – wie sonst war die Angst vor dem »gerechten Zorn Gottes« zu deuten? – behauptet, die Sonne drehe sich um die Erde, schmerzte Miguel. Was die Kirche sich leistete, war für jeden logisch denkenden Menschen unfassbar. Oder hätte es sein müssen. Denn es gab viel zu viele Leute, die jeden Humbug glaubten, und jede Lüge, die die Kirche ihnen auftischte, selbst wenn dabei eindeutige, belegbare physikalische Gesetze einfach geleugnet wurden. Zumindest taten sie so, als glaubten sie es – der Papst war schließlich unfehlbar, oder? Für Miguel lag zwischen *glauben* und *glauben müssen* ein himmelweiter Unterschied, und es wollte ihm nicht in den Kopf, wieso die Kirche meinte, ihre Herde mit so absurden Mitteln zusammenhalten zu müssen. War sie denn nicht davon überzeugt, dass die dummen Schäfchen auch ohne Folter an den einzig wahren Gott glaubten und an die Allmacht der römisch-katholischen Kirche? Wann würde dieser Spuk endlich ein Ende haben?

Er stand auf und ging zu seinem Sekretär. Er musste sich mit etwas Sinnvollem beschäftigen, um die trübsinnigen Gedanken fortzuwischen. Er hatte zum Beispiel noch gar nicht die Liste erstellt, die er Sidónio mitgeben wollte, eine Bestandsaufnahme jener Gegenstände, die sein Freund in Lissabon anbieten sollte, sowie die Preise, die er mindestens erzielen musste. Wenn er es Sidónio überließ, einen Preis auszuhandeln, würde der in seiner grenzenlosen Großzügigkeit wahrscheinlich das meiste verschenken. Miguel nahm Platz und begann zu schreiben.

20 Elfenbeinminiaturen – leicht gerundete Tafeln, die aus dem Stoßzahn von Elefanten gewonnen und mit pittoresken Szenen aus dem Leben der Sultane oder mit bezaubernden indischen Landschaften bemalt sind: je 1000 Reis. Achtung: 5 der Tafeln zeigen unverhüllt erotische Motive, diese nur absolut

vertrauenswürdigen Käufern anbieten, und zwar zum doppelten Preis!

5 Bahnen feinster Stoff à 6 Meter Länge und 1 Meter Breite (Saris!) aus gold- und silberdurchwirkter Seide, mit Perlen und Halbedelsteinen bestickt (in Portugal als Schal, Bettüberwurf, Gardine oder Tischschmuck zu verwenden?): je 500 Reis.

7 winzige Schmuckkästchen/Pillendöschen aus fein ziseliertem Silber: je 200 Reis.

10 Haarkämme aus Elfenbein, mit Schmuckornamenten aus Gold und Silber versehen: je 300 Reis. Achtung: Einer ist mit echten Rubinen verziert, dieser: 500 Reis.

Er hielt kurz inne und überschlug den Umsatz, den er bestenfalls erwarten durfte: 30 700 Reis, also rund 30 Milreis. Das war sehr dürftig. Wenn er davon Sidónios Provision von zehn Prozent abzog, blieben 27 Milreis. Wenn er davon die Einkaufskosten abzog, blieben 15 Milreis. Und wenn er davon wiederum die Kosten für Reise, Transport und Verpackung abzog, dann blieb ... nichts. Die ganze Sache würde sich für ihn nur lohnen, wenn er künftig mit viel größeren Stückzahlen arbeitete oder wenn er die Preise erhöhte. Letzteres erschien ihm allzu dreist, er verlangte ja schon jetzt mehr als doppelt so viel, als hier in Goa dafür gezahlt wurde. Nun, im Augenblick konnte er wenig daran ändern. Er würde abwarten müssen, was Sidónio erzielte und was er ihm über aktuelle Moden zu berichten hatte. Obwohl, da fragte er doch lieber Delfina.

Vielleicht könnte man Dinge, die sich in Europa gerade großer Beliebtheit erfreuten, für einen viel niedrigeren Preis in Indien fertigen lassen. Miguel dachte dabei an all den Firlefanz, mit dem Frauen sich gern umgaben: Zuckerdosen und Alabastervasen, Silberspiegel und Haarbürsten, Tafelbesteck und Damasttischwäsche, Porzellanfigurinen und Seidenbänder. Aber ja, das war eine gute Idee! Sie hatte obendrein den Vorteil, dass er Delfina mit dieser Aufgabe von ihrem Kummer ablenken könnte. Sehr zufrieden mit sich, rückte Miguel den Stuhl vom Sekretär ab und ging zu der Anrichte, in der die edlen europäischen Getränke untergebracht waren. Jetzt würde er sich einen kleinen Portwein gönnen. Er nahm die Karaffe sowie ein Kristallgläschen heraus. In dem Glas lag eine tote Mücke. Er kippte sie auf den Boden, wischte mit einem Zipfel seines Hemdes den Staub von dem Glas und gab eine so großzügig bemessene Dosis von dem edlen Port hinein, dass es beinahe überlief. Er stürzte ihn in einem Zug hinunter. Er schenkte sich ein weiteres Glas ein und begab sich damit zu seinem Lieblingssessel. Als er den Brief seiner Mutter auf dem Tischchen in einer Pfütze liegen sah, ein Teil der Tinte schon verschwommen, verflog seine Hochstimmung augenblicklich.

Panjo kam und stupste ihn mit der Nase an. Der Hund suchte seine Aufmerksamkeit, wollte spielen oder schmusen. Nun gut, dann sollte er doch seinen Willen bekommen. Miguel knüllte den Brief seiner Mutter zu einer Kugel zusammen und warf sie wie einen Ball quer durch den Salon. Panjo sauste dem wunderbaren Spielzeug ausgelassen hinterher.

Wenigstens einer, dachte Miguel, dem der Brief eine Freude bereitete.

30

Amba fächelte sich Luft zu. Es war jetzt, im März, bereits so drückend, dass sie sich fragte, wie dann wohl erst der Mai würde, der heißeste und schwülste Monat des ganzen Jahres. Es war wieder an der Zeit, der Indigoplantage einen Besuch abzustatten, doch nichts hätte sie weniger reizen können. Vielleicht sollte sie lieber bis nach dem Monsun warten? Aber nein, es kam gar nicht in Frage, dass sie ihre Pflichten vernachlässigte, nur weil ein draufgängerischer junger Portugiese ihr den Kopf verdreht hatte.

Die Liebe, pah! Man brauchte sich nur Makarand anzusehen, um ihre übelsten Auswirkungen auf die Seele und den Verstand zu erkennen. Der Bursche, den sie als gewitzt und vorlaut kannte, begann in Anuprabhas Gegenwart zu stottern. Er bekam feuchte Hände und glühend rote Ohren, wenn er seine Flamme nur von weitem sah, und er machte sich, ohne es zu ahnen, zum Gespött aller. Und Anuprabha ließ ihn auch noch gewähren! Sie musste dringend einmal ein ernstes Gespräch mit dem Mädchen führen und ihm erklären, dass man keine falschen Hoffnungen wecken durfte. Anuprabha konnte Makarand nicht fortwährend zurückstoßen, aber all seine Geschenke annehmen und sich dieser auch noch brüsten. Sie stolzierte wie eine Prinzessin durch die Gegend, geschmückt mit Haarkämmen, Schmuck und Tüchern, die sie alle von Makarand bekommen hatte. Und der arme Junge sparte nicht eine einzige Paisa für sich selber – sein gesamter Verdienst floss in diesen Zierrat für Anuprabha.

Gerade als Amba nach Jyoti klingelte, um sich einen Masala-Chai bringen zu lassen, flitzte der kleine Vikram durch den Garten. Er zog einen selbstgebauten Drachen hinter sich her, der aufgrund des schwachen Windes einfach nicht emporsteigen wollte. Der Junge ärgerte sich maßlos darüber. Er zerrte an der Schnur und rannte immer schneller, doch das Ergebnis war, wie Amba vorhergesehen hatte, dass der Drachen sich im Geäst verfing und nach einem kräftigen Ruck zerriss. Sogar das Holzkreuz, das der alte Dakshesh für das Kind mit dünnem Stoff bespannt hatte, zersplitterte, so wütend hatte der Junge an seinem Spielzeug gezerrt. Es vergingen ein paar Sekunden, in denen Vikram ungläubig den zerstörten Drachen anglotzte. Dann entdeckte er, dass er Zuschauer hatte, und begann laut zu plärren.

Nayana war als Erste zur Stelle. Sie tätschelte dem Kind den Kopf und flüsterte ihm aufmunternde Worte zu, doch es nützte nicht viel. Dann erschien Makarand, ausnahmsweise einmal in normalem, aufgewecktem Zustand, und alberte mit den Überresten des Drachens herum. Immerhin gelang es ihm, Vikrams Geheule zu beenden. Schließlich kam auch Anuprabha in den Garten gelaufen. Sie nahm den Jungen in ihre Arme, und sofort legte sich ein Ausdruck von Glückseligkeit über das Gesicht des Kindes. Makarand stammelte ein paar blödsinnige Worte und sah Vikram an, als handle es sich um einen ernstzunehmenden Rivalen. Dann schlich er davon. Nayana verließ den Garten ebenfalls mit enttäuschtem Gesicht. Dass ihr geliebter kleiner Vikram ihre Liebkosungen nicht zu schätzen wusste und sich lieber in die Arme dieses Mädchens flüchtete, hatte sie zutiefst verletzt.

Amba mischte sich nicht gern in die Angelegenheiten ihrer Dienerschaft ein. Aber diesmal fand sie, dass sie dem Spektakel ein Ende bereiten musste. Vikram wurde von allen viel zu sehr gehätschelt, er musste lernen, mit den Konsequenzen seines Tuns zu leben. Es war nicht gut, dass seine Zerstörungswut auch noch gefördert wurde, indem er jedes Mal anschließend getröstet wurde.

»Anuprabha! Vikram! Kommt beide her.«

Der Junge schaute schuldbewusst zu ihr herüber, auf Anuprabhas Gesicht schlich sich ein Ausdruck, der irgendwo zwischen gespielter Mütterlichkeit und scheinheiliger Unterwürfigkeit angesiedelt war.

»Vikram«, sagte Amba streng, »ich habe beobachtet, wie du den schönen Drachen kaputt gemacht hast. Du warst ganz allein daran schuld, und deshalb wirst du jetzt auch ganz allein in den Baum klettern, die Überreste herausholen und damit zu Dakshesh gehen. Du wirst den alten Mann um Verzeihung bitten, dass du seine schöne Handwerksarbeit leichtfertig zerstört hast. Danach holst du dir den Abakus und machst die Rechenaufgaben, die ich dir schon vor drei Tagen aufgegeben habe.«

»Ja, Ambadevi«, sagte Vikram zerknirscht.

»Na los!«, forderte Amba ihn auf zu gehen. Er rannte, so schnell er konnte, davon.

»Nun zu dir, Anuprabha. Den Schwächeren Trost zu spenden ist eine der vornehmsten Aufgaben einer Frau.«

Anuprabha lächelte bescheiden und senkte den Blick.

»Aber«, fuhr Amba fort, »geradezu unverzeihlich ist es, nur vorzugeben, man handle aus Barmherzigkeit, wenn man in Wahrheit nur darauf bedacht ist, einen schönen Schein von sich zu präsentieren.«

»Wie …«, wollte Anuprabha sich ereifern, doch Amba stoppte sie mit einer Geste.

»Ich bin nicht blind. Sobald ein männliches Wesen in der Nähe ist, schlüpfst du in die Rolle, die dir gerade genehm ist. Mal bist du die unnahbare Herrin, mal gibst du die fürsorgliche Heilige. Du selber bist du nie. Denk darüber nach, Anuprabha.«

Dem Mädchen lagen tausend Dinge auf den Lippen, die es hätte erwidern wollen, aber sie schluckte all die bitteren Worte hinunter. Wie, bitte schön, sollte sie denn »sie selber« sein, wenn sie gar nicht wusste, wer sie eigentlich war? Sie war ein Akrobatenkind gewesen, und sie wäre zum Tanzmädchen geworden, wenn Ambadevi sie nicht bei sich aufgenommen hätte. Aber was war sie hier? Ein Nichts. Eine von mehreren Frauen, die hier ihr Gnadenbrot bekamen. Doch sie war nicht so wie die anderen. Sie war schöner und klüger als Jyoti, sie war jünger als Nayana, sie war nicht so häuslich und schüchtern wie die Köchin Chitrani, und erst recht war sie nicht so verschreckt wie Shalini, die ja außer ihren Sohn Vikram keinen Mann auch nur ansehen konnte, ohne anzufangen zu zittern. Nein, sie hatte nichts gemein mit den anderen ruinierten Existenzen – sie war jung und lebenshungrig! Doch kaum je verließ sie das Grundstück, und bei den wenigen Besuchern, die sich hier blicken ließen, konnte sie ihre weiblichen Reize auch nicht anbringen. Ambadevi hatte gut reden, die war alt und hatte sicher ihren Spaß gehabt.

»Du kannst jetzt gehen«, entließ Amba das Mädchen. Sie ahnte, was jetzt in Anuprabha vorging, und zum Teil verstand sie es auch. Dennoch musste sie dem Mädchen Grenzen setzen, sonst geriete es noch völlig außer Rand und Band. Damit, dass Anuprabha in ihr jetzt eine gefühllose, hartherzige, verbitterte Alte sah, konnte sie leben.

Wenige Wochen später war es so weit: Amba trat ihre Reise gen Osten an, um die Plantage zu inspizieren. Wie immer fuhr sie in Begleitung ihrer *ayah* Nayana, die als Einzige wusste, was das Ziel der Reise war. Die anderen Hausbewohner waren halb

neidisch, halb froh: Es wäre schön gewesen, einmal herauszu-
kommen und dadurch, dass man Ambadevi begleiten durfte,
sozusagen geadelt zu werden. Es war aber auch nicht schlecht,
wenn die Herrin fort war und sie sich auf dem Gelände unge-
niert dem Müßiggang hingeben konnten. Denn der Einzige,
der ein wachsames Auge auf alle hatte, war der alte Dakshesh,
und der ließ sich schnell ausschalten. Man musste ihm nur ein
paar Schlucke Feni-Schnaps unterjubeln, schon lag der Gärtner den halben Tag unter dem Banyan-Baum und schnarchte,
was das Zeug hielt.

Anuprabha hatte die Standpauke von Ambadevi noch immer
nicht vergessen. Im Gegenteil, ihr Ärger über diese Ungerechtigkeit war nur noch gewachsen. Natürlich war sie klug genug
gewesen, ihre wahren Gefühle nicht der Herrin zu zeigen. Sie
hatte den Groll, der unablässig an ihr nagte, stattdessen den
anderen gegenüber ausgetobt: Sie hatte heimlich eine Handvoll Salz in Chitranis Milchpudding gegeben, so dass dieser
ungenießbar wurde; sie hatte Daksheshs Turban abgewickelt,
so dass der Alte, als er nach einem Nickerchen in der Sonne
erwachte, einen Sonnenbrand auf seinem fast kahlen Schädel
hatte; sie war an Nayanas Börse gegangen, die diese vergessen
hatte mitzunehmen, und hatte daraus ein paar Münzen stibitzt;
sie hatte Jyoti beleidigt und gedemütigt; sie hatte Shalini und
Vikram gegeneinander aufgehetzt, indem sie der Mutter Lügen über den Sohn und umgekehrt dem Sohn über die Mutter
erzählt hatte; und schließlich hatte sie Makarand an den Rand
des Wahnsinns getrieben, indem sie einige verführerische
Tanzschritte vor ihm aufgeführt und dann gesagt hatte, wenn
er mehr sehen wolle, müsse er sich schon ein wenig mehr Mühe
mit den Geschenken geben.

Die Stimmung im Haus war gereizt. Alle sehnten die Ankunft
Ambadevis herbei. Und lange konnte es nicht mehr dauern, sie

war nie länger als zwei Wochen unterwegs. Anuprabha war die Einzige, der die Rückkehr der Hausherrin nicht so wichtig war. Sie hatte ein perverses Vergnügen an ihren Boshaftigkeiten gefunden, und sie war noch lange nicht befriedigt. Ein richtig großes Abenteuer hatte sie keines erlebt.

»Makarand?«, wandte sie sich eines Abends an ihren Verehrer.

»Ja?« Die Stimme klang hoffnungsfroh und ungläubig, als könne er sein Glück kaum fassen, dass Anuprabha von sich aus das Wort an ihn richtete.

»Makarand, ich war nicht immer so freundlich zu dir, wie es dir zustünde. Du bist ein wahrer Freund.«

Der junge Mann rollte zustimmend mit dem Kopf, obwohl es ihm natürlich lieber gewesen wäre, nicht als Freund, sondern als Galan betrachtet zu werden.

»Ich denke, wir sollten die Abwesenheit Ambadevis dazu nutzen, uns einmal davonzustehlen und uns einen schönen Tag zu machen. Ich war noch nie in der Hauptstadt, weißt du.«

Makarand war selig. Ein ganzer Tag mit Anuprabha! Dafür war er bereit, alle Regeln und Vorsichtsmaßnahmen über Bord zu werfen. Er wusste, dass Ambadevi es nicht wünschte, dass die Frauen und Mädchen sich in der Stadt blicken ließen. Aber sie würde ja nie etwas davon erfahren. Außerdem war er ja dabei, um Anuprabha vor all den Gefahren zu schützen, die dort angeblich lauerten.

Wieder rollte er mit dem Kopf. Er war unfähig, einen Ton hervorzubringen. Er wischte sich die feuchten Handflächen an seinem *dhoti* ab.

»Es wäre mir eine große Ehre und ein enormes Vergnügen, an deiner Seite die Stadt zu erkunden. Ich möchte mir so gern von dir die Orte zeigen lassen, an denen du die wunderbaren Geschenke für mich kaufst, oder die Orte, an denen man günstig einen kleinen Imbiss nehmen kann. Und dann würden wir, wenn wir uns die Füße wund gelaufen haben, ans Flussufer setzen, in den Schatten eines Mangobaums, und uns bei einem Schluck Kokoswasser erholen. Ach Makarand, wäre das nicht herrlich?«

»Äh … ja.« Makarand fand, dass »herrlich« die Sache nicht annähernd traf. Es wäre paradiesisch! Dort, am Flussufer im Schatten des Baums, würde er seinen Arm um Anuprabha legen, und dann, wenn sie ihn gewähren ließ, würde er ihr einen Kuss rauben. Oh ja, und dann würde sie endlich begreifen, was er ihr alles zu bieten hatte, und sie würde …

»Makarand?«, riss sie ihn aus seinen Phantasien.

»Ja?«

»Sollen wir es gleich morgen machen, da ist doch dein freier Tag?«

Makarand brach nun am ganzen Körper der Schweiß aus, weil er sie zunächst missverstanden hatte. Mit »es« meinte sie natürlich den verbotenen Ausflug. Er bemühte sich um einen gelassenen Ton, als er antwortete: »Ja, von mir aus.«

Am nächsten Morgen erwachte Makarand vor Sonnenaufgang. Er zog sich seine beste Kleidung an, dann rannte er ins Dorf, um einen Karren für sie zu organisieren. Er wollte Anuprabha einen unvergesslichen Tag bereiten, und dazu gehörte, dass sie ihre hübschen Füße nicht schon vor Eintreffen in der Stadt schmutzig machte oder wund lief.

Als er mit dem Karren, der von einem klapprigen Ochsen gezogen und einem verschlafenen Bauernsohn gelenkt wurde, vorfuhr, stand Anuprabha bereits am Tor und erwartete ihn. Sie hatte ihr Festtagsgewand angezogen, sämtlichen Schmuck angelegt, den sie besaß, und ihre Augen mit Unmengen von Khol geschminkt. Der Bauernsohn erwachte angesichts dieser Erscheinung und bekam den Mund kaum wieder zu. Makarand war sehr stolz auf seine schöne angehende Verlobte – nicht ahnend, dass sie sich hergerichtet hatte wie einst bei ihren Auftritten. Sie sah aus wie ein billiges Tanzmädchen, aber für Makarand war sie die schönste und eleganteste Frau auf der Welt. Sie kletterten auf den Wagen. Makarand winkte den anderen Bewohnern ihres abgeschiedenen Idylls, doch Anuprabha zischte ihnen zu: »Ein Wort zu Ambadevi, und ich werde euch …« Dabei fuhr sie sich mit dem Daumennagel quer über den Hals.

Der Wagen brachte sie bis zur Fähre. Die Überfahrt bezahlte Makarand. Am anderen Ufer angelangt, bat Anuprabha ihren Verehrer, eine Sänfte zu mieten. »Ich will nicht wie eine Bäuerin im Lehm herumstapfen.«

»Aber die Straßen sind gepflastert«, wagte Makarand sich zu beschweren. Er würde die Sänftenträger tüchtig herunterhandeln müssen, wenn er noch Geld für etwas zu essen und das eine oder andere Geschenk übrig haben wollte.

»Ja, und es liegt Pferde- und Kuhmist darauf herum.«

Sie mieteten eine Sänfte. Als sie darin saßen und die Träger sie schaukelnd anhoben, fischte Anuprabha aus einer Falte ihres Saris einen blauen Schleier, den sie sich über den Kopf legte.

Makarand schlug entsetzt die Hand vor den Mund. Was tat sie denn da? Sie konnte doch nicht als Ambadevi auftreten!

»Nun schau nicht so erschrocken. Ich tue das nur für dich. Oder willst du, dass alle Männer, all diese schrecklichen Weißen, mich angaffen wie ein käufliches Mädchen? Als deine Verlobte muss ich auf deinen wie auf meinen Ruf achten.«

Makarand war nicht ganz überzeugt, mochte aber nicht länger nörgeln. Dass sie sich als seine Verlobte bezeichnete, brachte ihn in Verlegenheit und Hochstimmung zugleich.

Sie ließen sich durch die großen Straßen mit den vornehmen Geschäften tragen, vorbei an unzähligen Kirchen und Baustellen von neuen Gotteshäusern. Auf dem Hauptplatz im Zentrum bauten Arbeiter gerade eine Art Tribüne um einen Holzstapel herum auf. »Ein Scheiterhaufen«, flüsterte Makarand seiner Angebeteten ins Ohr, »da wird wohl bald ein Ketzer verbrannt.«

Anuprabha wurde von einer prickelnden Erregung erfasst. Keine zwei Minuten später lenkte die Auslage eines kleinen Juweliergeschäftes ihre Aufmerksamkeit auf wichtigere Dinge als die bevorstehende Hinrichtung. »Oh, Makarand, können wir hier kurz anhalten und mal schauen, was der Mann verkauft?«

»Nein«, sagte Makarand mit ungewohnt fester Stimme. »Den können wir uns nicht leisten.« Dass dies der Laden von Rujul und Ambadevi dort Stammkundin war, verriet er seiner Flamme nicht. »Nicht weit von hier gibt es ein paar Geschäfte, in denen du nach Herzenslust stöbern kannst. Dort kennt man mich, und man wird dich in aller Ruhe alles anprobieren lassen, auch wenn wir nachher gar nichts kaufen.« Makarand fand seinen Hinweis auf seine prekäre Geldsituation deutlich genug und hoffte, dass Anuprabha sie verstand. Er gab den Sänftenträgern Anweisungen, welchen Weg sie nehmen sollten. Doch kaum waren sie um die Ecke gebogen, als zwei Soldaten sie mit barschen Rufen zum Anhalten zwangen.

»Aussteigen, alle beide!«

Makarand und Anuprabha sahen einander ängstlich an. Die Träger hatten die Sänfte bereits abgesetzt, sie hatten es ziemlich eilig, hier fortzukommen. Sie forderten einen höheren Preis, als ursprünglich ausgemacht, schließlich seien solche Dinge geschäftsschädigend. Makarand war zwar die Lust aufs Feilschen gründlich vergangen, dennoch flüsterte er ihnen zu: »Passt nur auf, dass ihr nicht wegen Diebstahls gleich mitkommen müsst.« Er zahlte den anfangs verhandelten Preis, und die Träger suchten schnellstens das Weite.

Was wollten diese Männer von ihnen? Sie hatten doch nichts Böses getan. Bestimmt handelte es sich um ein Versehen.

»Ihr seid verhaftet.«

»Wir haben nichts verbrochen!«, rief Makarand.

»Das könnt ihr dem Gericht erzählen, wir haben nur den Auftrag, euch hinzubringen.« Die Soldaten fesselten sie an den Handgelenken und stießen sie unsanft in den Rücken. »Vorwärts, Ketzerpack!«

Man brachte sie in ein Gebäude, das von innen noch düsterer wirkte als von außen. Es war nicht das Gericht, so viel wusste Makarand. Aber wo zum Teufel waren sie dann?

Man ließ sie, von einem Soldaten bewacht, in der Halle warten. Die Wände waren mit Azulejos gekachelt, und die beiden Gefangenen studierten die weiß-blauen Szenen mit größter Besorgnis. Sie stellten Stationen aus dem Leben eines ihnen unbekannten Märtyrers dar, deren letzte den armen Heiligen zeigte, wie er einen Scheiterhaufen bestieg.

Makarand fröstelte. Anuprabha verspürte das dringende Bedürfnis, Wasser zu lassen. Sie sprachen kein Wort miteinander.

Schließlich, als ihre Beine von dem langen Stehen schon ganz taub geworden waren, holte man Anuprabha, um sie einer Befragung zu unterziehen. »Lasst mich mit ihr gehen, ihr Portugiesisch ist sehr lückenhaft, und ich könnte übersetzen«, flehte Makarand, doch sein Wunsch wurde ihm nicht gewährt.

Der Wachposten lachte hämisch. »Glaubst du, die würden da drin viel reden? Was sie wissen wollen, sehen sie, wenn sie deiner Freundin die Kleider abnehmen.«

Makarand war verzweifelt. Hätte er sich doch bloß nie auf diesen verfluchten Ausflug eingelassen! Seine geliebte Anuprabha wurde da drin von den dreckigen Fingern stinkender Portugiesen betatscht, und er wurde hier festgehalten und hatte keine

Chance, ihr zu Hilfe zu eilen. Er zerrte an seinen Fesseln, doch der Wachmann schlug ihn so hart ins Gesicht, dass Makarand zu Boden fiel. Er spürte Tränen über seine Wangen laufen.

In dem Befragungsraum stand Anuprabha derweil vor einem jungen Mann, der nicht so wirkte, als führe er Böses im Schilde.

»Ihr seid nicht, wer Ihr vorgebt zu sein«, sagte er leise. Obwohl sie Portugiesisch mangels Übung nicht gut sprach, verstand sie es recht gut. Immerhin rannte sie seit Jahren jeden Sonntag in die Dorfkirche und heuchelte ziemlich überzeugend einen Glauben, den sie nicht hatte.

Anuprabha zitterte am ganzen Leib. Wie hatte man sie so schnell entlarven können? Und wieso war das ein so schlimmes Vergehen, dass man dafür Soldaten schickte? Es war doch nichts weiter als ein harmloser Streich, mit dem sie niemandem Schaden zugefügt hatte.

Man hatte ihr den Schleier längst fortgerissen, aber da sie den Kopf und den Blick gesenkt hielt, hatte der Mann, der hinter dem schweren Tisch thronte, ihr Gesicht noch gar nicht gesehen. Sie fragte sich, woher er eigentlich wissen wollte, dass sie nicht Ambadevi war – ihres Wissens hielt diese sich bei ihren Fahrten in die Stadt immer bedeckt. Sollte sie ihn einfach belügen? Wenn sie sich gab wie eine vornehme Dame und alle Anschuldigungen empört von sich wies, würde man sie vielleicht wieder laufen lassen.

»Ihr seid eine Betrügerin.« Der Mann verzog die Lippen zu einem grausamen Lächeln. »Und Ihr seid eine Diebin.«

Woher wusste er das alles? War ausgerechnet heute Ambadevi von ihrer Reise zurückgekehrt? Hatte sie bemerkt, dass einer ihrer blauen Schleier fehlte, und hatte Nayana festgestellt, dass sich in ihrer Börse weniger Münzen befanden als vorher? Hatte Ambadevi daraufhin ihre und Makarands Abwesenheit als

Flucht gedeutet und ihnen diese Soldaten auf den Hals gehetzt? Anuprabha liefen Schweißtropfen den Rücken hinab. Ihr Drang, sich zu erleichtern, war inzwischen so stark, dass sie die Oberschenkel eng zusammenpresste.

»Seht mich an«, forderte der Portugiese sie nun auf.

Sie hob den Kopf und schaute ihn unter halb gesenkten Lidern so herzerweichend an, dass er ihr, wenn er wie alle anderen Männer war, augenblicklich verfallen müsste.

Er war nicht wie alle anderen Männer.

Er starrte sie durchdringend an, ohne die kleinste Regung im Gesicht.

»Sollen wir sie nach Hexenmalen absuchen, Senhor?«, fragte eine der Wachen, die bisher schweigend an der Tür gestanden hatten.

»Später!«, fuhr der Mann die Wache unwirsch an.

Carlos Alberto Sant'Ana war wütend. Die Person, die sie aufgegriffen hatten, war definitiv nicht diese Bhavani. Weder hatte sie grüne Augen noch das richtige Alter. Vor ihm stand ein junges Mädchen, kaum älter als 17 Jahre, und es konnte sich unmöglich um die gesuchte Besitzerin des Diamanten handeln, die ja laut ihrer Schwäger zehn Jahre älter sein musste. Und er war sich so sicher gewesen, dass Dona Amba eine vielversprechende Kandidatin war! Allerdings war dieses Mädchen sehr hübsch. Er hatte bei dem Namen »Dona Amba« eine erwachsenere Frau vor Augen gehabt. Nun, er würde seinen Misserfolg bei der Suche nach Bhavani in einen Erfolg verwandeln: Er würde diese Amba höchstpersönlich nach Hexenmalen absuchen und – man wusste ja nie – auch an den intimsten Stellen, an denen eine skrupellose Frau Dinge verbergen konnte, nach Diebesgut suchen. *Ein* Juwel würde er dabei bestimmt finden.

31

Am Pier herrschte ein großer Tumult. Kräftige, sehnige Männer mit dunkler Haut und in weißen *dhotis* hatten eine Kette gebildet und trugen einen unordentlich aufgeschichteten Berg ab: Gepäck, Lebensmittel und Frachtgut mussten im Unterdeck des Schiffes verstaut werden. Die Männer, die mit nacktem Oberkörper arbeiteten, waren schweißüberströmt. Doch sie hoben die Kisten, Fässer, Säcke, Holz- und Ledertruhen mit einem unerschütterlichen Rhythmus, der keine Müdigkeit erkennen ließ. Im Innern des Schiffes sorgten, wie Miguel wusste, eigens ausgebildete Stauer dafür, dass die Sachen sicher festgezurrt und so plaziert wurden, dass sie dem Schiff keine Schlagseite bescheren würden. Zugleich mussten sie die Fracht so verstauen, dass sie in der Reihenfolge, in der sie gelöscht wurde, zugänglich war. Es war eine anspruchsvolle Aufgabe, und schon so manches Stückgut war viel zu spät an seinem Bestimmungsort angekommen, weil ein schlechter Stauer es unauffindbar unter Bergen von Lebensmittelfässern versteckt hatte.

Miguel stand am Anleger und genoss das Durcheinander. Passagiere und Matrosen, Händler und Schaulustige drängten sich dicht an dicht, alle gleichermaßen fasziniert von dem Spektakel, das die bevorstehende Abfahrt der großen Galeone bot, die als eines der modernsten und schnellsten Schiffe der Welt gerühmt wurde. Und dann waren da noch die, welche gekommen waren, um ihre Lieben zu verabschieden. So wie Miguel. Heute reisten die Mendonças nach Lissabon ab. Álvaro war bereits in See gestochen, ein Umstand, den seine Mutter mit einem lachenden und einem weinenden Auge hingenommen hatte. »Wenn eines der Schiffe sinkt, dann geht wenigstens nicht die ganze Familie unter«, hatte Dona Assunção gescherzt.

Und so standen jetzt rechts und links neben Dona Assunção nur Delfina und Sidónio. Alle drei gaben sich große Mühe, sich ihr Reisefieber und die Wehmut, ihre Heimat verlassen zu müssen, nicht anmerken zu lassen. Dass sie Angst vor der Überfahrt hatten, gab nur Sidónio unumwunden zu: »Man hört wirklich Schlimmes über das Kap der Guten Hoffnung. Ich bete, dass wir …«

»Eure Galeone sucht auf allen Weltmeeren ihresgleichen. Es ist das sicherste und robusteste Schiff, das es gibt«, tröstete Miguel seinen Freund.

»Ja, aber …«, wandte Sidónio ein.

»Hör doch endlich auf damit!«, fuhr Delfina ihren Bruder an. »Versuch doch wenigstens einmal, der Sache etwas Gutes abzugewinnen. Wir machen eine spannende Reise. Wir werden endlich das Mutterland kennenlernen. Wir haben eine Aufgabe, die uns vielleicht eigenes Geld einbringt. Wir begegnen interessanten Menschen, unterwegs wie auch in Portugal. Vielleicht triffst du die Frau deiner Träume. Und wir geben unsere Mutter in die Hände eines Mannes, den zumindest ich mich freue, kennenzulernen. Also sei still und belästige uns nicht länger mit deiner Miesepetrigkeit.«

Miguel, Sidónio und Dona Assunção starrten Delfina verwundert an. So kannten sie sie gar nicht. Vermutlich, dachte Miguel, war sie nervöser, als sie zugab, und ihre Anspannung äußerte sich in diesem Sermon. Oder verhielt es sich vielmehr so, dass sie enttäuscht war, weil ihr heimlicher Verehrer nicht gekommen war, um sie zu verabschieden? Sie blickte andauernd über ihre Schulter, als erwarte sie jemanden.

365

Dann gab ein Offizier das Signal, dass die Passagiere nun an Bord kommen sollten. Miguel drückte den Menschen, die ihm in Goa eine Familie ersetzt hatten, die Hand, als handle es sich um Fremde. Abschiede waren ihm ein Graus. Auch die anderen wirkten sehr verlegen. Nur Dona Assunção war Herrin der Lage. Sie trat auf Miguel zu. »Mein lieber Freund, lasst Euch umarmen! Das habe ich mir schon die ganze Zeit gewünscht.« Die drei jungen Leute lachten – und die betretene Stimmung war verflogen. Nach einigem Geherze gingen die Mendonças schließlich an Bord. Miguel begleitete sie nicht zu ihren Kabinen, das hätte ihm das Ganze unnötig erschwert.

Es dauerte noch eine ganze Weile, bevor alle Passagiere und die Fracht an Bord waren. Miguel konnte sich nicht entschließen, den Pier zu verlassen, so dass er sich inmitten einer Menge von Schaulustigen und Angehörigen fand, die das Ablegemanöver beobachten und den Reisenden zuwinken wollten. Schließlich wurden die Gangway eingeholt und die Leinen losgemacht. Das Schiff setzte Segel.

Delfina stand an der Reling und ließ ihren Tränen endlich freien Lauf.

Als Miguel daheim im Solar das Mangueiras eintraf, war er bedrückt. Es würde einsam werden ohne die Mendonças. Nur Panjo lenkte ihn ein wenig von seiner Melancholie ab. Der Hund bettelte darum, auf Miguels Schoß springen zu dürfen, was dieser ihm ausnahmsweise erlaubte. Dort benahm Panjo sich so, als sei er nur halb so groß, wie er war – was Miguel zum Lachen reizte. Er kraulte das Tier und redete in einer Art Kindersprache mit ihm. Er war sicher, dass Panjo seine zärtlichen Worte verstand. Dann entdeckte der Hund einen Zipfel Papier, der aus einer Tasche in Miguels Wams lugte, und knabberte daran herum. Miguel wunderte sich. Er konnte sich nicht erinnern, irgendwelche Schriftstücke oder Briefe eingesteckt zu haben. Neugierig nahm er den Bogen heraus und faltete ihn auseinander.

Mein geliebter Miguel,
eine schwere Zeit liegt vor mir, jetzt, da wir Goa verlassen und ich Dich mindestens ein Jahr lang nicht sehen kann. Vielleicht hast Du es längst geahnt: Ich liebe Dich. Ich habe Dich von dem Augenblick an geliebt, als ich Dich zum ersten Mal gesehen habe, und wenn sich etwas daran geändert hat, dann höchstens, dass meine Liebe nur noch gewachsen ist. Leider beruht dies nicht auf Gegenseitigkeit. Du betrachtest mich als schwesterliche Freundin, das weiß ich, und empfindest große Zuneigung zu mir wie auch zum Rest meiner Familie. Aber diese alles verzehrende Glut, die ist einer anderen vorbehalten, stimmt es nicht?
Du wirst Dich wundern, warum ich Dir das alles nie von Angesicht zu Angesicht gesagt habe, wo Du mich doch als eine schonungslos offene Person kennst. Nun, in bestimmten Dingen bin ich schüchterner, als Du es für möglich hältst. Außerdem war mir die Vorstellung, wie sich während meiner Beichte Mitleid in Deine Miene schleicht, derart zuwider, dass ich es einfach nicht übers Herz gebracht habe.
Es ist leichter, solche Dinge schriftlich zu formulieren, denn dann besteht nicht die Gefahr, dass einem die Stimme versagt oder man an seinen Tränen erstickt. Ach, Miguel! Ich hoffe, dass ich während meiner langen Abwesenheit über Dich hinwegkomme und dass Du, wenn meine Brüder und ich zurückkehren – immer vorausgesetzt, ich bleibe nicht in Lissabon und heirate dort –, diesen unseligen Brief vergessen haben wirst.

Ich wünsche Dir alles Gute und hoffe, dass wenigstens Deine heimliche Liebe Erfüllung findet.

In tiefer Freundschaft und großer Sehnsucht, Deine Delfina

PS: Jay habe ich übrigens nicht erfunden, um mich wichtig und Dich eifersüchtig zu machen. Es gab ihn wirklich. Aber er entpuppte sich als Feigling, und das ist eine Eigenschaft, die ich bei Männern absolut abstoßend finde. Bei Frauen auch. Ich verachte mich für meine eigene Feigheit und hoffe, dass Du sie mir verzeihst. Leb wohl, mein Geliebter.

Miguel war wie vor den Kopf gestoßen. Delfina musste ihm den Brief zugesteckt haben, als sie sich zum Abschied umarmt hatten. Wie hatte er nur ihre Verliebtheit übersehen können? War er so sehr mit seinen eigenen Sorgen, Plänen und Gefühlen beschäftigt, dass er die Seelennöte seiner Nächsten gar nicht mehr wahrnahm? Oder war Delfina eine begnadete Schauspielerin, der es gelungen war, eine überragende Vorstellung von jovialer Freundschaftlichkeit zu geben? Es war ein wenig von beidem, schätzte er.

Und nun? Er konnte auf dieses Geständnis nicht reagieren, und wahrscheinlich war es genau das, was Delfina beabsichtigt hatte. Es würde das Beste sein, sie eine Weile in Ruhe zu lassen. Er würde ihr nicht schreiben. Aber er würde darum beten, dass sie ihn bald vergaß und in Europa einen besseren Mann als ihn kennenlernte – einen, der die subtilen Andeutungen und die feinen Schwankungen in ihrem Tonfall richtig deutete, der hinter der Fassade des kecken, ein wenig burschikosen Mädchens die empfindsame Seele einer Frau entdeckte.

Er selber würde unterdessen versuchen, hinter die Maske der geheimnisvollen Dona Amba zu schauen.

368

32

Amba war außer sich vor Empörung und vor Angst. Kaum verließ die Katze das Haus, tanzten die Mäuse auf dem Tisch. Und mit welchen verheerenden Folgen! Makarand hatte kein vernünftiges Wort herausgebracht, bis sie ihn geschüttelt und ihm eine Ohrfeige verpasst hatte. Da war er wieder zu Verstand gekommen und hatte ihr in allen Einzelheiten geschildert, was geschehen war. Es war eine Katastrophe!

Man hatte Makarand nach einer Weile laufen lassen, das Mädchen jedoch in den Kerker geworfen, angeblich, weil sie sich als eine andere ausgegeben hatte und eine Diebin war. Makarand weinte, während er berichtete, und immer wieder kam er auf die Frage zurück, wieso diese Anschuldigungen gegen Anuprabha erhoben wurden. Es war, so meinte er, doch nicht mehr als eine kleine Übertretung häuslicher Regeln gewesen. Was hatte die Inquisition damit zu tun?

Amba jedoch dämmerte es, dass, wäre sie in der Stadt gewesen, sie selber verhaftet worden wäre. Und das wiederum konnte nur bedeuten, dass man ihre falsche Identität aufgedeckt hatte. Wie sollte sie nun Anuprabha aus dem Gefängnis befreien, ohne zugleich selber eingesperrt zu werden? Es war eine verfahrene Situation, und ihr fiel beim besten Willen keine Lösung ein, die für alle die Rettung bedeutet hätte. Aber allzu lange durfte sie sich beim Schmieden eines Planes auch nicht Zeit lassen. Je länger Anuprabha in den Fängen der Folterknechte war, desto größer war die Gefahr, dass sie es nicht überlebte.

369

Sie dachte daran, der Kirche eine sehr großzügige Summe Geldes zu spenden, was sie gerade jetzt, mit den Einnahmen ihrer Plantage, ohne weiteres hätte tun können. Doch wen sollte sie mit der Aufgabe betrauen? Dass sie selber sich in die Höhle des Löwen begab, war ausgeschlossen. Nayana war vertrauenswürdig, aber im Umgang mit Geld so unbedarft, dass sie es ganz falsch angestellt hätte. Die jüngeren Frauen würde man aufgrund ihres bescheidenen Auftretens nicht ernst nehmen, und Dakshesh war körperlich nicht in der geeigneten Verfassung. Jeder ungeschickte Taschendieb hätte ihn um das Geld erleichtern können, das er mit sich trug. Blieb nur Makarand. Aber wollte sie den Jungen wirklich erneut der Qual aussetzen, den Wärtern seiner Geliebten gegenüberzutreten? Wer wusste schon, wie ein junger, aufbrausender Mensch reagieren würde? Nach reiflicher Überlegung gelangte Amba zu dem Schluss, dass sie selber gehen musste. Es sei denn …

Miguel fand, es war genügend Zeit verstrichen. Er würde heute Dona Amba aufsuchen und fragen, ob bei ihr ein kleiner goldener Schlüssel aufgetaucht sei, den er nirgends sonst auffinden konnte und den er schmerzlich vermisste. Die Aufregung über ein Wiedersehen mit der schönen Dame ließ ihn seine Wehmut angesichts der Abreise der Mendonças vergessen. Auch Delfinas Enthüllung, die ihn sehr verstört hatte, trat in den Hintergrund. Wer weinte den Versäumnissen in der Vergangenheit nach, wenn die Zukunft so verheißungsvoll war?

Diesmal nahm er Panjo in seinem Sattelkorb mit. Vielleicht war Dona Amba eine tierliebe Frau, und der kürzeste Weg zu ihrem Herzen führte über einen niedlichen Hund? Allerdings, das musste selbst er als liebender Besitzer des Tieres zugeben, war Panjo nicht gerade ein Ausbund an Schönheit. Immerhin war er gepflegt und gut erzogen, und er war ein Meister darin, sich mit seinen schmachtenden Blicken einzuschmeicheln.

Bevor er die Auffahrt zu Dona Ambas Haus erreichte, hielt Miguel kurz an. Er fuhr sich mit den Fingern durchs Haar, um es zu ordnen, und er wischte, mit einem Taschentuch und etwas Speichel, seine verstaubten Stiefel blank. Er beförderte einen Spitzenkragen aus einer der Satteltaschen und legte ihn um seinen Hals. So würde es gehen müssen. Dann ritt er beschwingt weiter und hielt, wie es sich gehörte, am Tor an, obwohl dieses weit geöffnet war. Er zog an der Glocke, woraufhin ein alter Mann, wahrscheinlich der Gärtner, erschien.

»Einen schönen guten Morgen! Kündige deiner Herrin bitte den Besuch von Miguel Ribeiro Cruz an.«

Der Alte gab ihm zu verstehen, dass er auf das Gelände kommen möge, und rief einen jungen Burschen, der sich um das Pferd kümmern sollte. Dann ging der Gärtner zum Haus und ließ Miguel mitten in der Auffahrt einfach stehen.

Miguel schaute seinem Hund amüsiert dabei zu, wie er an jedem einzelnen Baum, der in einem Umkreis von zehn Metern stand, seine Markierung setzte. Er hoffte nur, dass Panjo nicht ausgerechnet jetzt und hier, in dem außergewöhnlich schön angelegten Garten, sein Geschäft verrichten musste. Er rief den Hund, bedeutete ihm, zu seinen Füßen sitzen zu bleiben, und belohnte ihn mit einem getrockneten Hühnerhals, den er genau für solche Situationen mit sich führte.

Gerade als er das grässliche Ding in der Hand hielt und Panjo die Delikatesse geben wollte, erschien Dona Amba.

»Ich sehe, Euer Hund hat einen ausgezeichneten Geschmack«, bemerkte sie spöttisch.

»Das Beste ist für ihn gerade gut genug – genau wie es bei seinem Herrn der Fall ist«, erwiderte Miguel.

»Was führt Euch diesmal her? Mein Gemahl ist noch immer

aushäusig, so dass Ihr Eure Vorschläge für eine geschäftliche Zusammenarbeit heute nicht anbringen könnt.«

»Wie bedauerlich.« Miguel schüttelte in gespielter Enttäuschung den Kopf. »Allerdings führt mich eine Angelegenheit hierher, die noch viel bedauerlicher ist – wobei mich die Freude, in den Genuss Eurer wunderbaren Gastfreundschaft zu kommen, leidlich über meinen Kummer hinwegtröstet.«

»Ja?«

»Ich bin eines Gegenstandes verlustig gegangen, der mir sehr teuer ist. Ich habe mein eigenes Anwesen auf den Kopf gestellt, habe meine Freunde in ihren Häusern suchen lassen, habe in unserem Kontorhaus alle zur Verzweiflung getrieben, indem sie hinter jeden Folianten schauen mussten. Nichts. Da ich den Verlust just zu der Zeit bemerkte, da ich Euch meinen letzten Besuch abgestattet hatte, seid Ihr nun meine letzte Hoffnung.«

»Ah?«

»Ihr habt nichts gefunden?«

»Um was handelt es sich denn?«

»Um einen Schlüssel. Er ist sehr klein und aus reinem Gold. Er gehört zu dem Schloss, das an meiner … nun, das tut ja nichts zur Sache. Und Ihr seid sicher, dass kein Schlüssel gefunden wurde?«

»Ich habe keinen gefunden, und meine Dienerschaft gewiss auch nicht. Man hätte mich darüber informiert.«

»Vielleicht liegt er ja noch da, wo ich glaube, ihn verloren zu haben?«

»Mag sein. Vielleicht hat ihn auch Euer missratener Hund aufgefressen – so wie er es gerade mit unseren Lotusblüten tut.« Miguel drehte sich nach Panjo um, und tatsächlich: Der Hund knabberte genüsslich an einer Blume, die er anscheinend von dem Stengel abgerupft hatte.

»Panjo! Lass das bleiben!«, rief Miguel. Der Hund gehorchte augenblicklich. Er schaute schuldbewusst drein und trottete herbei. Er setzte sich zu Dona Ambas Füßen und schaute sie mit traurigem Blick an.

»Es tut ihm leid«, übersetzte Miguel, woraufhin Dona Amba, zum ersten Mal, seit er sie kannte, in helles, herzliches Lachen ausbrach.

Es war ein wundervoller Klang, melodisch und warm. Miguel hätte zu gern das Gesicht gesehen, das zu dem Lachen gehörte. Sicher sah sie umwerfend aus, wenn ihre Nase sich kräuselte, sich um ihre Augen kleine Fältchen bildeten, ihr schöner Mund weit geöffnet war und sie ihre makellosen Zähne entblößte. Wie gern hätte er jetzt ihren Schleier gelüftet und in die abgründigen Augen geschaut, die ihn schon bei dem einen kurzen Blick so in ihren Bann gezogen hatten!

»Kommt mit«, sagte Dona Amba nun zu ihm. »Wo genau glaubt Ihr denn Euren kostbaren Schlüssel verloren zu haben? Auf der Veranda?«

»Ja. Dort hielten wir uns ja beim letzten Mal auf, und ich meine mich zu erinnern, dass ich wegen der großen Hitze ein Taschentuch aus meiner Tasche gezogen habe. Dabei muss der Schlüssel hinausgefallen sein, anders kann ich es mir nicht erklären.«

»Ich möchte Euch nicht unterstellen, dass Ihr mit Absicht beleidigend seid, Senhor Miguel. Aber Ihr gebt mir zu verstehen, nach Wochen könne das gute Stück dort immer noch herumliegen. Ich darf Euch versichern, dass meine Veranda mehrmals täglich gefegt wird.«

»Um Gottes willen, Ihr missversteht mich vollkommen. Verzeiht meine ungenaue Ausdrucksweise. Wenn er auf das Mosaik der Veranda gefallen wäre, hätten wir ja bestimmt ein Klirren gehört. Nein, ich könnte mir vorstellen, dass der Schlüssel – weil ich ja an der Brüstung stand, wenn Ihr Euch erinnern wollt – in den Garten gefallen ist.«

»Auch der wird regelmäßig gefegt und mit dem Rechen durchkämmt.«

»Dürfte ich trotzdem nachsehen?«

»Bitte.« Amba beschrieb mit dem Arm einen großen Bogen, als wolle sie sagen: Der Garten ist Euer. Miguel meinte in ihrer Stimme einen belustigten Unterton ausmachen zu können. Ihre nächste Äußerung bestätigte seine Vermutung.

»Euer Hund wird seinen Spaß haben, wenn sein Herr mit ihm gemeinsam durchs Unterholz jagt.«

Miguel war sehr unwohl bei der ganzen Sache. Natürlich hatte er nie vorgehabt, auf allen vieren vor Dona Ambas Augen durch den Garten zu krabbeln. Aber sie besaß ja nicht einmal die Höflichkeit, einen Dienstboten zu rufen und mit dieser Aufgabe zu betrauen.

»Wie bedauerlich, dass Ihr nicht über mehr Diener verfügt«, bemerkte Miguel stirnrunzelnd. »Nun, dann werde ich es wohl auf mich nehmen müssen. Ihr erlaubt?« Damit stieg er die Stufen zum Garten hinab und zu dem kleinen Beet unterhalb der Veranda.

»Wartet! Ich rufe den *mali*.« Als sie das triumphierende Lächeln Miguels sah, fügte sie hinzu: »Glaubt nicht, mir täte es um Eure Knie, Eure Hose oder auch nur Eure Würde leid. Es ist einzig wegen meiner alten *ayah*. Wenn sie sieht, dass ich einen Besucher auf diese Weise behandle, wird sie ewige Verdammnis auf mich herabbeschwören. Also bleibt hier und nehmt Platz.«

»Eure *ayah* scheint mir eine sehr verständige Person zu sein ...«, konnte Miguel sich nicht verkneifen, hinterherzuschicken.

Amba wies Dakshesh an, die der Veranda nächstliegenden Bereiche des Gartens gründlich nach dem verlorenen Schlüssel abzusuchen. Dann rief sie Jyoti und bat sie, einen Masala-Chai sowie ein wenig Gebäck zu servieren.

»Habt Ihr«, begann Amba eine Frage zu formulieren, als Miguel genau gleichzeitig fragte: »Seid Ihr …?«

Miguel grinste. »Ihr zuerst, teure Dona Amba.«

»Habt Ihr auf die Schnelle noch ein, ähm, preiswertes Geschenk für Eure Verlobte ergattern können?«

Amba ärgerte sich selber über ihren Mangel an Freundlichkeit. Dieser Mann reizte sie zu immer neuen Spötteleien und Unhöflichkeiten. Dabei hatte sie sich doch vorgenommen, ihn ausnahmsweise einmal zuvorkommend zu behandeln. Schließlich wollte sie ihn um einen Gefallen bitten.

Miguel verstand ihre Frage im ersten Augenblick nicht, bis ihm einfiel, dass er ja bei seinem letzten Besuch zu dieser kleinen Notlüge gegriffen hatte. Die Verlobte … Noch vor ein paar Wochen war sie ein reines Phantasiegeschöpf gewesen – und nun segelte ihm tatsächlich eine entgegen, obwohl natürlich nur die arme Isabel de Matos an diese Verlobung glaubte. »Ja«, antwortete er nach einer kleinen Pause, »ich habe ihr ein sehr elegantes Stück gekauft, das insofern preiswert war, als es seinen Preis wert war. Allerdings hat sich ihre Ankunft ein wenig verzögert – sie wird in einigen Wochen mit der ›Estrela do Mar‹ eintreffen.«

»Wie schön für Euch«, presste Amba hervor. Sie hatte geglaubt, Miguel habe diese Verlobte nur erfunden, um unter einem fadenscheinigen Vorwand ihre Gesellschaft zu suchen. Und nun stellte sich heraus, dass es tatsächlich eine Frau in seinem Leben gab. Es versetzte ihr einen kleinen Stich, und sie ärgerte sich über diesen Anflug von Eifersucht. Hatte nicht sie selber diesen Mann auf Abstand halten wollen?

Das Erscheinen von Jyoti, die Gewürztee und herzhaftes Gebäck brachte, gab ihr die Zeit, die sie brauchte, um sich wieder zu fangen. Sie sah hinab in den Garten, den Dakshesh und Makarand gemeinsam, Grashalm für Grashalm, nach dem Schlüssel absuchten. Sie hätte nun gern begonnen, dem Portugiesen ihren Vorschlag zu unterbreiten, wollte aber nicht, dass ihre Diener mithörten. »Wie es scheint, ist hier nichts zu finden«, sagte sie zu Miguel. »Seid Ihr sicher, den Schlüssel hier verloren zu haben?«

Und ob er das war! Aber das konnte Miguel ihr schlecht verraten. Stattdessen sagte er nachdenklich: »Nein, mit Bestimmtheit kann ich es natürlich nicht sagen – aber Ihr wart meine letzte Chance.«

»Apropos letzte Chance«, sagte Amba leise. Sie gab dem Gärtner und dem Burschen ein Zeichen, sie mögen sich entfernen. »Euer Besuch kommt gerade zum rechten Zeitpunkt, denn ich möchte mit einer Bitte an Euch herantreten. Und glaubt mir, es widerstrebt mir zutiefst, Eure Hilfsbereitschaft strapazieren zu wollen. Ich stehe nicht gern in der Schuld anderer Menschen. Aber es will mir partout keine andere Lösung einfallen.«

Miguels Neugier war geweckt. Er freute sich richtig auf die Bitte, die sie an ihn richten würde, bedeutete es doch, dass der Kontakt weiter bestehen würde und er einmal mehr einen guten Grund geliefert bekäme, Dona Amba aufzusuchen. Und was konnte es schon Schwieriges sein, das sie von ihm wollte? Er würde ihr jeden Gefallen tun, und nichts schien ihm unmöglich. »Ich fühle mich äußerst geehrt, dass Ihr mich für würdig erachtet, Euch bei der Lösung Eures Problems zu helfen. Ich werde alles in meiner Macht Stehende tun, um Euer Vertrauen in mich zu rechtfertigen.«

»Es handelt sich um eine Angelegenheit von großer, wie soll ich sagen, von großer Tragweite.«

Miguel nickte ihr erneut zu. »Fahrt fort. Kein Wort von dem, was hier heute gesprochen wird, dringt an die Öffentlichkeit.«

376

»Ich danke Euch für Euer Verständnis. Nun, es ist so: Eines meiner Dienstmädchen ist verhaftet worden und befindet sich nun in Gewahrsam. Wenn auch nur die Hälfte dessen stimmt, was man über die Kerker von Goa hört, dann leidet sie entsetzliche Qualen.«

»Oh, wie furchtbar«, sagte Miguel und strengte sich an, mitfühlend zu klingen. Er war leicht enttäuscht, dass er zur Rettung eines Dienstmädchens herhalten sollte und nicht mit einem Auftrag betraut wurde, der mehr Heldenhaftigkeit verlangt hätte.

»Ihr werdet Euch fragen, was die Ärmste verbrochen hat, um in diese missliche Lage zu geraten.«

Wieder nickte Miguel.

»Das dumme Kind hat sich, ohne mein Wissen, versteht sich, während meiner kurzen Abwesenheit davongestohlen, zusammen mit dem nichtsnutzigen Bengel, der Euch vielleicht vorhin im Garten aufgefallen ist. Die beiden haben einen Ausflug in die Stadt unternommen. Das Mädchen bedeckte sein Gesicht mit einem blauen Schleier …«

Oho! Das versprach schon aufregender zu werden. Miguel setzte sich ein wenig aufrechter hin, ein Bild völliger Konzentration.

»Selbstverständlich bestand keinen Augenblick die Gefahr, sie mit mir zu verwechseln. Sie trug ordinäre Kleidung, und das wenige Ersparte, das die beiden Ausreißer für ihr kindisches Vergnügen ausgegeben haben, reichte nur für eine sehr alte, primitive Sänfte. Dennoch drängt sich mir der Verdacht auf, dass man sie für mich gehalten haben könnte. Die Inquisition hat kein Interesse daran, ihre sehr, ähm, phantasievollen Befragungsmethoden an naiven Dienstmädchen zu erproben, deren einziges Vergehen darin besteht, ihre Herrschaft zu hintergehen.«

Miguel hätte zu gern Dona Ambas Gesicht gesehen. Was verbarg diese Frau? Warum glaubte sie, dass sie das eigentliche Opfer der Verhaftung hätte sein sollen? Hätte es sich um Delfina gehandelt, hätte er freiheraus nachgefragt. Bei Dona Amba hatte er Hemmungen. Denn es konnte nur zweierlei dabei herauskommen: Entweder brachte er sie in Verlegenheit, oder er erzürnte sie, weil er ihr ein Verbrechen unterstellte, das die Inquisition nun ahndete.

»Ihr seid zu lesen wie ein Buch, lieber Senhor Miguel. Ihr wagt es nicht, die Frage zu stellen, die auf der Hand liegt. Ich werde sie Euch beantworten: Die Kirche entdeckt auffallend viele Ketzer unter den wohlhabenden Indern …«

»Ihr glaubt, man habe es auf Euer Vermögen abgesehen?«, vergewisserte Miguel sich.

»Ja.« Amba wusste, dass sie ein großes Risiko einging, indem sie die Kirche so offen beschuldigte, nicht auf der Jagd nach Heiden, sondern auf der nach Geld zu sein. Sie wusste nicht, wie gläubig ihr Gegenüber war, wie er zu seiner Kirche stand und ob er deren Methoden nicht sogar guthieß. Allerdings erschien ihr Miguel Ribeiro Cruz wie ein vernünftig denkender Mensch, und sie bezweifelte, dass er mit diesen schrecklichen Heuchlern sympathisierte. »Außer der Sünde, einigermaßen wohlsituiert zu sein – allerdings nicht wirklich vermögend –, habe ich, haben wir, mein Gemahl und ich, uns nichts zuschulden kommen lassen.«

»Und wie stellt Ihr Euch die Rettung des Mädchens vor? Ich habe mit den Machenschaften der Kirche herzlich wenig zu schaffen und wüsste nicht, wie ich eingreifen könnte. Im Übrigen ist es ja nicht ungefährlich, sich mit diesen Leuten anzulegen.«

»Ich hätte Euch für mutiger gehalten, Senhor Miguel.«

Er sagte dazu nichts. Es hätte nichts mit mangelndem Mut,

sondern mit mangelnder Intelligenz zu tun, wenn er wegen einer ihm unbekannten Dienstmagd, die noch dazu beschränkt zu sein schien, sein Leben aufs Spiel setzte.

»Ihr seid meiner Frage ausgewichen: Wie soll ich Eurer Meinung nach vorgehen, um dieses Mädchen aus dem Kerker zu befreien? Ich hoffe, Euch schwebt nicht irgendein hochdramatisches Spektakel vor, bei dem ich mich mit gezogenem Säbel und wehendem Umhang gegen zehn Angreifer auf einmal zur Wehr setzen muss?«

Amba lächelte bei der Vorstellung. Er gäbe einen sehr schmucken Helden ab. »Aber nein«, sagte sie. »Ich habe mir Folgendes überlegt: Ihr, ein guter katholischer Portugiese aus bestem Haus, sucht den zuständigen Beamten auf und bittet ihn höflich, Euer Dienstmädchen wieder auf freien Fuß zu setzen. Ihr werdet ihm erklären, dass es sich um eine Verwechslung handeln müsse, da Eure Magd, Anuprabha ist ihr Name, keiner Menschenseele je etwas zuleide getan habe. Diese Behauptungen stützt Ihr hiermit, das hat immer schon die höchste Beweiskraft besessen.«

Sie schob einen Beutel über den Tisch, der prall mit Münzen gefüllt zu sein schien.

»Und warum sollte ich das tun wollen?« Miguel fand ihr Anliegen etwas befremdlich. Selbst wenn er Dona Amba vielleicht ein wenig zu offensichtlich den Hof machte – sie konnte doch nicht ernstlich glauben, er sei so verblendet, dass er sich ihr zuliebe auf eine so gefährliche Unternehmung einließ.

»Weil«, und nun schob sie einen weiteren Geldbeutel über den Tisch, »Ihr selber ebenfalls profitieren würdet.«

Miguel versuchte sich seine Bestürzung nicht anmerken zu lassen. Sie bestach ihn, damit er jemand anders bestach, damit der dieses Mädchen freiließ?

»Ihr wollt mich bestechen?«, fragte er kühl.

»Keineswegs. Ich möchte Euch für Eure Dienste bezahlen. Das ist doch nichts Ehrenrühriges. Sagtet Ihr nicht selber beim letzten Mal, Ihr seid Kaufmann?«

»Euer Portugiesisch ist exzellent. Dennoch darf ich Euch darüber aufklären, dass ›Kaufmann‹ nicht gleichbedeutend ist mit einem Mann, den man kaufen kann.«

Amba fragte sich, ob sie zu weit gegangen war. War Ribeiro Cruz ehrlich beleidigt, oder spielte er nur den Brüskierten? Wollte er ihr imponieren, indem er den unbestechlichen, aufrechten Patrizier spielte? Oder bezweckte er damit nur, den Preis in die Höhe zu treiben?

»Ihr hättet mich nach dem Preis für meine Dienste fragen sollen«, sagte Miguel, »und uns beiden damit die Schmach ersparen sollen, dass ich nun die Münzen in dem Beutel zähle. Das ist Eurer und meiner unwürdig.«

Also doch! Amba war erleichtert und enttäuscht zugleich. Einerseits war sie froh, dass Ribeiro Cruz ihren Auftrag annehmen würde, sofern man sich auf einen Preis einigte. Andererseits hätte er ihr besser gefallen, wenn er nicht so habgierig gewesen wäre. Aber warum sollte er anders sein als die meisten anderen Menschen, die sie kannte?

»Nun, dann nennt mir Euren Preis.«

»Hebt Euren Schleier. Ich möchte Euer Gesicht sehen.«

»Wie könnt Ihr es wagen?!«, rief sie, außer sich vor Zorn. »Ich lasse mich von Euch demütigen, indem ich mich auf Eure dreisten Preisverhandlungen einlasse, und Ihr besitzt auch noch die Frechheit, mit Eurem sittenwidrigen Wunsch den letzten Rest meiner bescheidenen Würde in den Schmutz zu ziehen?«

»Halt!«, unterbrach Miguel sie. »Mir scheint, wir reden aneinander vorbei. Dies war mein Preis: Ich möchte gern Euer Gesicht sehen, während wir hier am Tisch sitzen. Weiter verlange ich nichts. Kein Geld, keine weiteren Auskünfte darüber, warum Ihr Euch das Wohlergehen Eurer Dienerin so viel kosten lasst, nichts.«

»Und wenn ich mich darauf nicht einlasse?«, fragte Amba, deren Verwirrung wuchs.

»Ihr findet gewiss einen anderen ›katholischen Portugiesen aus guter Familie‹, der Euer Geld gerne nehmen wird. Vermutlich wird er wissen wollen, was es mit der ganzen Sache auf sich hat, und er wird ahnen, dass sich dahinter ein Geheimnis verbirgt, dessen Bewahrung Euch noch viel mehr Geld wert ist … Er wird Euch erpressen. Ich hingegen will nichts weiter, als Euer wunderschönes Gesicht sehen. Wenn ich es mir recht überlege, würde ich es nicht nur heute gerne sehen, sondern auch bei zukünftigen Begegnungen mit Euch.«

Amba gingen viele Fragen auf einmal durch den Kopf. Warum hatte sie am Morgen vor lauter Kummer und Sorge über Anuprabhas Verhaftung ihre Augen nicht geschminkt und ihren Ohrschmuck nicht angelegt? Wieso bereitete ihr der Gedanke, er könne sie nicht hübsch finden, so viel Unbehagen? War Miguel Ribeiro Cruz ein Phantast, ein Spinner, ein Träumer? Wie konnte ein angeblicher Kaufmann ein lukratives Geschäft ausschlagen, nur um das Gesicht einer Frau zu sehen? Und was hatte sie schon zu verlieren? Er hatte ihr Gesicht schließlich schon einmal gesehen, wenn auch nur kurz.

Miguel hob fragend die Brauen und verzog die Lippen zu der Andeutung eines Lächelns. Es kostete ihn große Anstrengung, Dona Amba nicht zweideutig anzugrinsen. Merkwürdig, bei keiner anderen Frau wäre ihm sein Wunsch, ihr Gesicht betrachten zu dürfen, so … so schlüpfrig erschienen. Es war beinahe so, als hätte er sie gebeten, sich vollständig vor ihm zu entkleiden. Plötzlich kam er sich schäbig vor. Eine Frau, die an den Schutz der Verschleierung gewöhnt war, musste das Entblößen des Gesichts ja tatsächlich eine große Überwindung kosten. Nein, er war zu weit gegangen. Das war zu intim.

Doch gerade als er zu einer Entschuldigung ansetzen wollte, griff Dona Amba mit beiden Händen an den Saum ihres blauen Schleiers. Miguel hielt den Atem an. Sie zog den feinen Stoff wie ein Kopftuch über ihr Haar. Dann hob sie das Kinn und sah ihn an. Ihr Blick hätte hasserfüllter nicht sein können.

33

Das Holi-Fest stand bevor. An Holi zelebrierten die Hindus den Beginn des Frühlings, und es war einer der wenigen nicht-katholischen Feiertage, die von den Portugiesen toleriert wurden. Man hatte versucht, den Menschen diesen heidnischen Hokuspokus zu verbieten, doch die Inder fuhren im Verborgenen damit fort. Immerhin hatten sie die Festivitäten, die ursprünglich bis zu einer Woche andauerten, auf einen einzigen Tag reduziert. Und weil es ein farbenfrohes, friedliches Fest ohne einen allzu deutlichen Bezug zu einer bestimmten Gottheit war, fanden auch die Portugiesen Gefallen daran. Die Kirche sah sich gezwungen, die Späße zu dulden. Ein Frühlingsfest, wer wollte den armen, unwissenden Kreaturen dies verwehren?

Die Inder bewarfen einander mit *gulal*, Farbpulver, und gedachten dabei Krishnas, der das Fest der Farben ebenfalls schon begangen hatte, sowie des jungen Prinzen Prahlada, der die Dämonin Holika besiegt hatte. All das erfuhren die Portugiesen natürlich nicht, in ihrer Gegenwart stellte man es als ein reines Freudenfest dar, mit dem das Erblühen der Natur gewürdigt wurde. Die rote Farbe, die aus den heiligen Blüten des Palasa-Baums gewonnen wurde, kam dabei bevorzugt zum Einsatz. Alle Bewohner Goas, Inder wie Portugiesen, die mit der Sitte vertraut waren, trugen an Holi ihre älteste Kleidung. Nicht selten wurde man bei einem kurzen Gang über die Straße von so viel Farbe getroffen, dass die Kleider danach ruiniert waren.

Miguel war vorgewarnt worden. Die Mendonças hatten ihm von dem Fest erzählt, doch er hatte ihre Schilderungen für maßlos übertrieben gehalten. So kam es, dass er nun an sich herabblickte und sich vorkam wie der Hofnarr. Er hatte seine normale Straßenkleidung angezogen: ein weißes Hemd mit Spitzenkragen, eine dunkelblaue Kniebundhose, hellblaue Seidenstrümpfe und braune Schnallenschuhe. Er trug wegen der Hitze weder ein Wams noch eine Capa, wenigstens das. Denn alle anderen Kleidungsstücke waren nun über und über mit rotem, gelbem, grünem, violettfarbenem, blauem und roséfarbenem Pulver besprenkelt, und beim Versuch, die Farbe abzuklopfen, hatte Miguel nur erreicht, dass nun auch die Innenflächen seiner Hände bunt waren. Das Zeug haftete an allem, mit dem es in Berührung kam, und wahrscheinlich war es auch beim Waschen nur schwer zu entfernen. Er würde die Kleidung dunkel färben lassen müssen, wenn er sie weiter tragen wollte.

Nachdem sich sein erster Schreck über die Farb-Attacken gelegt hatte, begann er, Gefallen daran zu finden. Ein Straßenhändler bot die Farbpulver in kleinen Baumwollsäckchen feil, und Miguel kaufte ihm drei Beutel ab. Nun bewarf er selber die Leute und stieß laute Jauchzer aus, wenn ihm ein guter Treffer gelang. Er hatte ein diebisches Vergnügen daran, besonders die dunklen Mönchskutten zu verzieren. Es war der einzige Tag des Jahres, an dem man so etwas ungestraft tun konnte, und mancher junge Ordensbruder schien ebenfalls seinen Spaß dabei zu haben.

Die Albernheiten lenkten Miguel vorübergehend von dem ab, was er am Vortag in Erfahrung gebracht hatte: Das Mädchen, Anuprabha, wurde des Diebstahls und der Hochstapelei angeklagt. Immerhin verdächtigte man sie nicht der Ketzerei, denn obwohl Anuprabha beim Aufsagen der zehn Gebote kläglich gescheitert war, hatte man ihre Jugend, ihre Dummheit und ihre offensichtliche Herkunft aus einem anderen Teil Indiens zu ihrer Entlastung gelten lassen. Miguel war erlaubt worden, dem Mädchen einen kurzen Besuch abzustatten. Was er gesehen hatte, war zutiefst erschütternd gewesen. Als er sich die Szene erneut ins Gedächtnis rief, liefen ihm kalte Schauer über den Rücken.

Das Verlies roch nach Schimmel und menschlichen Exkrementen. Es war von Ratten und Ungeziefer verseucht. Die Gefangenen waren auf engstem Raum zusammengepfercht worden, die meisten von ihnen hatten aufgrund der entsetzlichen hygienischen Zustände und der hohen Feuchtigkeit hässliche Geschwüre. Anuprabha, die Miguel als ein hübsches Mädchen beschrieben worden war, hockte in einer Ecke und schaukelte mit dem Oberkörper vor und zurück. Erst nach mehrmaliger Aufforderung kam sie zu dem rostigen Gitter geschlurft, hinter dem ihr Besucher stand. Ihr Blick war glasig, ihre Haut mit eitrigen Schürfwunden übersät, ihr Haar verfilzt. Es fiel Miguel schwer, Mitleid zu empfinden, so groß war sein Ekel vor dieser Gestalt. Es war das erste Mal, dass er einen Kerker von innen sah, und es schockierte ihn über alle Maßen.

Das Mädchen war bei seinem Anblick in unkontrolliertes Zittern ausgebrochen. Wahrscheinlich vermutete sie in ihm einen weiteren Peiniger. Es kostete Miguel viel Überzeugungskunst, ihr klarzumachen, dass er helfen wollte, sie aus dem Gefängnis zu befreien. Schließlich rollten Tränen über ihr schmutziges Gesicht, und sie begann ihm stotternd zu erzählen, was ihr widerfahren war. Es war so ungeheuerlich, dass Miguel vor Wut hätte um sich schlagen mögen. Ein Wärter, der das Gespräch beaufsichtigte, mischte sich ein: »Glaubt der Hure kein Wort. Wer will sich schon mit so einer verdreckten Schlampe amüsieren?« Er lachte hämisch, und Miguel vermutete, dass auch dieser Mann sich an dem Mädchen vergangen hatte.

Nach mehrmaligem Nachfragen gelang es Miguel schließlich, dem Mädchen eine Beschreibung des Mannes zu entlocken, der ihre Verhaftung veranlasst, das Verhör geführt und sie als Erster vergewaltigt hatte. Seinen Namen kannte sie nicht. Er sei Portugiese, sagte Anuprabha, ein noch junger Mann, auf den ersten Blick gar nicht so unansehnlich. Sie wurde von Schluchzern geschüttelt, als sie daran dachte, dass sie dieses Monstrum einmal für gutaussehend gehalten hatte. Als Miguel um eine genauere Beschreibung bat, kam wenig, was ihm einen Hinweis hätte geben können: Er sei mittelgroß gewesen, schlank, dunkelhaarig und in jeder Hinsicht mittelmäßig. Nein, er sei kein Mönch gewesen, und auch kein Priester, jedenfalls habe er normale Kleidung getragen, »solche, wie Ihr sie auch anhabt«. Erschöpft hielt sie inne. Dann, als habe sie die Pause gebraucht, um doch noch eine verwertbare Erinnerung zutage zu fördern, sagte sie matt: »Es wird Euch nicht viel nützen, weil man die Leute ja nie unbekleidet sieht – aber er hat ein großes Muttermal am Oberschenkel.« Nach dieser Beichte, die sie all ihren Mut gekostet hatte, weil man über solche Dinge nicht sprach, brach sie wieder in Tränen aus. »Helft mir, Senhor Miguel! Ich schwöre, ich werde nie wieder ungehorsam sein, nie wieder undankbar, nie wieder aufsässig.«

Nein, sie würde nie wieder dieselbe sein, dachte Miguel traurig. Was hatte dieses Tier nur getan?! Denn es gab nur einen Mann in der Kolonie, den er, während einer Dusche an Deck einer Galeone, nackt gesehen hatte – und der ein auffälliges Muttermal am linken Oberschenkel hatte. Carlos Alberto Sant'Ana.

In dem Haus, in dem Carlos Alberto sein schäbiges Zimmer bewohnt hatte, hieß es, der Senhor Sant'Ana sei ausgezogen und residiere nun in einer vornehmen Stadtvilla. Miguel hatte bewusst gewartet, um ihm einen Besuch abzustatten. Unmittelbar nach den Enthüllungen des Mädchens hatte ernsthaft die Gefahr bestanden, dass er seinen einstigen Freund erwürgen würde. Er wollte ihm jedoch mit klarem Verstand gegenübertreten. Am Tag nach Holi ging er frühmorgens zu der angegebenen Adresse. So, wie er Carlos Alberto kannte, läge der dann noch im Bett.

Genauso war es auch.

»Steh auf, ich muss mit dir reden«, sagte Miguel und schüttelte Carlos Alberto an der Schulter. Der Diener stand hilflos vor dem Raum und bibberte angesichts der Strafe, die ihn erwartete, weil er den ungebetenen Besuch in das Schlafgemach hatte eindringen lassen.

»Was du mir zu sagen hast, kannst du mir in meinem Büro sagen. Ich bin dort am späten Vormittag. Es befindet sich …«

»Ich weiß, wo es sich befindet. Ich dachte nur, es sei dir lieber, wenn wir keine Zeugen haben, bei dem delikaten Thema, das wir besprechen müssen.«

»Wir müssen nichts besprechen.«

»Und ich dachte, du wärst hinter Dona Amba her …?«

Schlagartig legte Carlos Alberto die schläfrige Miene ab und sah gespannt auf. »Wie kommst du darauf?«

»Ich bitte dich. Die ganze Stadt lacht über dich, weil du statt ihrer ein unschuldiges Dienstmädchen hast verhaften lassen.«

»So? Du weißt, dass mich nichts weniger kratzen könnte, als was die Leute über mich sagen.«

Miguel wusste, dass, ganz im Gegenteil, Carlos Alberto sehr viel auf die Meinung anderer Leute gab. Und er wusste, dass er ihn mit seiner – rein erfundenen – Behauptung getroffen hatte.

»Nun, dann gehe ich am besten wieder. Wenn du es dir anders überlegt hast und zu einer Unterredung bereit bist, weißt du ja, wo ich zu finden bin.« Miguel drehte sich um und stieß die angelehnte Tür so ruckartig auf, dass der lauschende Diener eine dicke Beule davontragen würde.

»Bleib!«, forderte Carlos Alberto ihn auf. »Und du«, rief er dem Diener zu, »mach, dass du fortkommst. Geh und hol mir von der dicken Obsthändlerin an der Ecke ein paar frische Mangos. Wenn ich dich noch einmal beim Lauschen erwische, schlage ich dich tot, das verspreche ich dir.« Der Diener war fort, bevor sein Herr den Satz beendet hatte.

»So, dann sag endlich, was du zu sagen hast.« Carlos Alberto schwang sich aus dem Bett und urinierte laut plätschernd in den Nachttopf, als sei Miguel gar nicht anwesend.

»An deiner Gastfreundschaft hat sich wenig geändert, wie ich sehe«, sagte Miguel. »Du magst dir eine vornehmere Wohnung erschlichen haben, aber deine Respektsbezeugungen Besuchern gegenüber sind noch genauso … armselig wie eh und je.«

»Wenn es das ist, was du zu sagen hattest, ist unser Gespräch hiermit beendet. Also komm endlich zur Sache.«

»Du hast ein Dienstmädchen verhaften lassen, dessen einziges Vergehen darin bestand, einen blauen Schleier zu tragen.«

»Und? Was kümmert dich das?«

»Sie ist in meinem Haushalt beschäftigt.«

»Ach? Und jetzt willst du die holde Maid aus meinen Klauen befreien.«

»So ist es.«

»Dein heldenhafter Einsatz für die Armen, Kranken und Schwachen ist ekelhaft. Such dir doch ein neues Dienstmädchen, dieses hier ist ja doch zu nichts mehr zu gebrauchen.«

»Was soll das heißen?«

»Sie war noch Jungfrau, wusstest du das? Ach, was frage ich, natürlich wusstest du es. Sicher hattest du dich schon darauf gefreut, sie zu nehmen, es ihr einmal tüchtig von hinten …« Er hatte die harte Ohrfeige, die Miguel ihm gab, nicht vorhergesehen.

»Du bist ein Widerling.«

Carlos Alberto grinste sein Gegenüber an. »Ja, mag sein, aber es hat sich gelohnt. Es hat wirklich Spaß gemacht. Sie hat sich gewehrt, weißt du, zwei meiner Männer mussten sie festhalten, und dann … ah, ihr Stöhnen und ihre Schreie waren unbeschreiblich. Die Widerspenstigsten sind doch letztlich auch immer die Geilsten.«

Miguel war vor Zorn hochrot angelaufen. Der Kerl brüstete sich auch noch mit seinen Schandtaten! Am liebsten hätte er ihn windelweich geprügelt und dann in den Kerker geworfen, in dem das geschändete Mädchen hockte, damit er dort langsam verrottete. Der Tod war viel zu gut für einen so durch und durch verdorbenen Verbrecher wie ihn. Doch er riss sich zusammen. Es war niemandem damit geholfen, am allerwenigsten der armen Anuprabha, wenn er Carlos Alberto außer Gefecht setzte. Er brauchte ihn noch.

»Fegen wird sie ja wohl noch können«, sagte Miguel betont gelassen. »Ich werde beim Inquisitor eine Untersuchung der Vorfälle verlangen, wenn du dieses Mädchen nicht augenblicklich freilässt.«

»Ach ja? Beim Inquisitor persönlich? Sieh an, sieh an, du bist ja ein ganz Wagemutiger. Willst du wissen, welche Vorlieben der Inquisitor hat? Er mag Jungen, möglichst nicht älter als zwölf Jahre, wenn sie noch unbehaart sind und hohe Stimmen haben. Und weißt du, wer sie ihm zuführt? Nun, ahnst du es vielleicht schon? Ich denke, es wird schwer werden, mich bei ihm anzuschwärzen.«

»Dann werde ich ihn eben gemeinsam mit dir vor ein weltliches Gericht stellen lassen. Der Gouverneur wird eure Verbrechen ganz sicher ahnden.«

»Der Gouverneur? Warum nicht gleich der Vizekönig? Sie alle haben nur darauf gewartet, ihre Zeit mit dem Fall einer unbedeutenden kleinen Hure zu vergeuden. Außerdem werden sie sich fragen, warum ausgerechnet dieses Mädchen es wert sein sollte, dass ihr Herr sich so für sie ins Zeug legt, eine Frage, die ich mir allerdings auch stelle.«

»Dass man es aus reiner Nächstenliebe tun könnte, ist dir noch nicht in den Sinn gekommen?«

»Ich finde es erbärmlich, dass du dich hier aufführst wie ein Heiliger. Du selbst hast ein schwangeres Mädchen in Portugal sitzen gelassen, und auf die hiesigen Weiber bist du ebenfalls ganz wild, auch wenn du es nicht zugibst. Mir kommt es so vor, als hättest du dich längst mit einer dunkelhäutigen Schönheit eingelassen, ist es nicht so? Ja, sie sind herrlich, nicht wahr? Wie schade für dich, dass du diese Dienstmagd nun nicht mehr … ach, was soll's, es gibt ja noch so viele von der Sorte. Im Übrigen wünscht die Krone, dass wir uns mit der einheimischen Bevölkerung paaren. Es ist noch nicht allzu lange her, da bekam jeder Matrose, der in Goa blieb, um mit einer Eingeborenen eine Familie zu gründen, eine sehr ansehnliche Gratifikation. Man unterwirft sich diese Völker am ehesten und macht sie am schnellsten zu guten Katholiken, wenn man den Weibern Kinder macht, kleine Mischlinge, die die fremden Eroberer nicht mehr gar so fremd erscheinen lassen. Die Männer versklavt man am besten, oder man schlägt sie tot. Mit dieser Politik fährt Portugal doch recht gut. Zwar sagt es niemand so offen und schonungslos, wie ich es hier tue, aber unser vermeintlich sittenloses Treiben wird im Mutterland durchaus mit Nachsicht betrachtet. Solange wir der Krone nur reichlich kleine Katholiken bescheren, fragt niemand danach, wo sie herkommen.«

Leider hatte Carlos Alberto in vielen Punkten recht. Doch Miguel wollte sich nicht mit ihm auf eine Debatte zur Kolonialpolitik einlassen. Er wollte nur das tun, was er Dona Amba versprochen hatte, und das möglichst zügig. Jede weitere Minute, die er mit Carlos Alberto verbrachte, würde ihn weiter zur Weißglut treiben.

»Es gibt – und ich glaube, in diesem einen einzigen Punkt dürften wir uns einig sein – außer Gewalt nur noch eine Sprache, die weltweit verstanden wird.« Miguel nahm den Beutel mit den Goldmünzen aus der Tasche und wog ihn bedächtig in seiner Hand, während er Carlos Alberto abschätzig musterte.

»Wer wüsste das nicht besser als so ein geldgieriger Lügner und Betrüger wie du?«

Carlos Alberto betrachtete den Geldbeutel mit zusammengekniffenen Augen. Ihm war schleierhaft, wieso sein einstiger Reisegefährte für eine x-beliebige, austauschbare Putzkraft bereit sein sollte, so viel Geld hinzulegen – denn dass es viel war, daran hatte er keinen Zweifel. Ein Ribeiro Cruz würde sich nicht lumpen lassen. Es musste mehr dahinterstecken. Und er wollte herausbekommen, was das war. Natürlich würde er das Geld nehmen, denn an dem Mädchen hatte er keinerlei Interesse mehr. Er hatte seinen Spaß mit ihr gehabt, seine Männer ebenfalls, und an Informationen war der dummen Kuh eh nichts zu entlocken gewesen, höchstwahrscheinlich deshalb, weil sie wirklich nichts wusste. Erstaunlich, dass sich hinter einem so hübschen Äußeren ein so dürftiger Geist verbarg. Er streckte die Hand nach dem Beutel aus, doch Miguel zog ihn schnell fort.

»Nicht so eilig. Du erhältst ein Drittel der Summe jetzt, ein Drittel bei der Freilassung des Mädchens und das letzte Drittel, wenn ich sicher sein kann, dass du mir nicht deine Henkersknechte auf den Hals hetzt.«

»Fragst du dich nicht auch gelegentlich«, lenkte Carlos Alberto ab, um nicht allzu hastig in den Handel einschlagen zu müssen, »wie es geschehen konnte, dass unsere vielversprechende Freundschaft so schnell zerbrochen ist?«

»Nein. Nicht mehr. Die Isolation auf einem Schiff kann sonderbaren Allianzen Vorschub leisten. Was ist nun? Zieh dich endlich fertig an und komm mit mir zum Kerker, und zwar hurtig, sonst verfällt mein Angebot.«

Schweigend knöpfte Carlos Alberto ein Samtwams zu, das für das Klima alles andere als geeignet war, ihn aber sehr vornehm aussehen ließ. Er quetschte sich in die zu engen Schuhe, dann rief er nach einem Diener. Ein magerer Junge flitzte herbei. »Putz mir die Schuhe«, befahl er ihm.

Miguel war fasziniert davon, wie viel Zeit Carlos Alberto in seine Garderobe investierte. Bei einem gehobenen Anlass, ja, bei einem Fest oder dem Besuch bei einer hochgestellten Persönlichkeit, da würde auch er sich Gedanken über seine Kleidung machen. Aber war es in diesem Moment notwendig, kostbare Zeit zu verschwenden, wenn ihr Gang sie doch nur in den schmutzigen Kerker führen würde?

Kurz bevor sie das Haus verließen, streckte Carlos Alberto die mit der Innenfläche nach oben zeigende Hand aus und schaute Miguel auffordernd an. »Ein Drittel jetzt, richtig?«

Miguel zählte die Münzen in den Handteller, ohne ein Wort zu sagen.

Wenig später saßen sie in einer Kutsche, die sie zum Gefängnis brachte. Während der ganzen Fahrt schwiegen beide. Jeder schaute auf seiner Seite aus dem Fenster und hing seinen Gedanken nach. Ohne es zu wissen, grübelten sie über erstaunlich ähnliche Dinge nach: Was hatte es mit diesem Mädchen auf sich, dass man sie aus der Haft freikaufte? War sie wirklich nur ein einfaches Dienstmädchen? Wer oder was steckte in Wahrheit dahinter?

Miguel nahm sich vor, Dona Amba beim nächsten Mal mit mehr Nachdruck danach zu fragen.

Carlos Alberto nahm sich vor, Miguel unauffällig beschatten zu lassen.

34

Der Monsun kam pünktlich, aber mit unerwarteter Heftigkeit. Der Mandovi und seine Nebenarme schwollen schneller an, als die Menschen ihr Hab und Gut in Sicherheit bringen konnten. Außerhalb der Stadt waren die Wege unpassierbar geworden, Schlammbäche ergossen sich bis in die Hütten, in denen die Arbeiter und Bauern lebten. In der Stadt stand das Wasser knöchelhoch. Die Abwasserkanäle flossen über, es stank allenthalben nach Kloake. Wer nicht unbedingt vor die Tür musste, blieb daheim und verrammelte Fenster, Türen und Dachluken.

Zusammen mit den sintflutartigen Regenfällen war auch ein Sturm aufgekommen, der nur nachts ein wenig abflaute, tagsüber aber eine Woche lang konstant an Fensterläden und Schindeln zerrte. Bäume wurden entwurzelt, lose Zweige und Äste wurden von dem Wind so heftig durch die Luft gewirbelt, dass man achtgeben musste, nicht von einem solchen Geschoss getroffen zu werden. Die Bauern gingen nicht mehr auf die Felder, Fischer fuhren nicht aufs Meer hinaus. Geschäfte blieben geschlossen, und Märkte fielen aus. Das gesellschaftliche Leben kam zum Erliegen.

Miguel war froh, dass er seine Mission im Auftrag Dona Ambas erfüllt hatte. Das Mädchen war, nicht unbedingt wohlbehalten, aber wenigstens lebendig, wieder daheim, wo es nun seine Wunden lecken konnte. In den nächsten Monaten würde Miguel sich weitere Besuche bei Dona Amba sparen. Es war bei diesen Witterungsverhältnissen sehr aufwendig, zu ihr zu gelangen. Außerdem wäre es besser, ihr eine Weile nicht unter die Augen zu treten. Er hatte sich ihre ewige Verachtung zugezogen, als er sie darum gebeten hatte, ihr Gesicht sehen zu dürfen. Heute bedauerte er, dass er diesen Wunsch je geäußert hatte, aber nun war es passiert. Ihr Blick war derart verächtlich gewesen, dass er sich vorgekommen war wie die niedrigste Lebensform auf Erden, geringer noch als ein Wurm.

Wie bereits im Vorjahr nutzte er die Regenzeit, um sich um seinen Haushalt zu kümmern. Es waren Möbel zu reparieren, Wände zu streichen, Silberstücke zu polieren; der Weinkeller musste gesichtet, alte Kleidung aussortiert werden und dergleichen mehr. Er fühlte sich manchmal wie eine alte Matrone, wenn er mit scharfem Blick durchs Haus ging, alles inspizierte und anschließend die Aufgaben unter seinen Dienern verteilte.

Auch hatte er sich einige Geschäftsbücher mit nach Hause, ins Solar das Mangueiras, genommen, um sich in ein paar zweifelhaften Punkten Klarheit zu verschaffen. Ihm war beim oberflächlichen Abgleichen der Zahlen aufgefallen, oder zumindest glaubte er es, dass die Preise enorm schwankten. Warum sollte ein Sack Pfeffer im einen Jahr doppelt so viel kosten wie im Jahr davor? Trog ihn sein Gedächtnis, oder verhielt es sich wirklich so? Wenn ja, was mochten die Gründe dafür sein? Eine schlechtere Ernte? Höhere Nachfrage in Europa? Gestiegene Lager- und Transportkosten? Miguel legte eine Liste mit all den Fragen an, die er Senhor Furtado stellen wollte, wenn er ihn das nächste Mal sah.

Trotz all der Beschäftigung, die Miguel sich suchte, brachte die Regenzeit allzu viele Mußestunden mit sich. Er las viel, er schlief viel, er aß und trank zu viel. Und er verbrachte viele Stunden mit seinen inzwischen schon abgegriffenen Spielkarten. Dieses vermaledeite Wetter hatte sie beinahe ruiniert. Einige Karten waren wellig und aufgequollen, andere waren an der nächsten festgeklebt. Aber für seine kleinen Übungen würden sie es wohl noch tun.

Er rief nach Crisóstomo, den er seit ihrer Rückkehr von der gemeinsamen Reise absichtlich auf Distanz gehalten hatte. Die notgedrungene Nähe zueinander, in der sie diese Wochen verbracht hatten, sollte den Burschen nicht glauben lassen, er sei etwas Besseres als die anderen Dienstboten oder gar ein Vertrauter seines Herrn. Unterwegs musste man zusammenhalten, aber dieses Gemeinschaftsgefühl durfte man nicht mit Freundschaft verwechseln. Dennoch war Miguel der Junge ans Herz gewachsen, unter anderem auch deshalb, weil er eindeutig schlauer war als der Rest seiner Diener zusammengenommen. Und so etwas ließ man in Indien als *punkah wallah* arbeiten!

Der Palmwedler, den er jetzt in seinem Haushalt beschäftigte, war dank seiner unendlichen Blödheit für diese Arbeit viel besser qualifiziert. Er warf dem schwachsinnigen Jungen von etwa dreizehn Jahren, der in der Ecke saß und stumpf mit den Zehen den Ventilator betätigte, einen kurzen Blick zu. Der Junge strahlte ihn an, und Miguel, seltsam gerührt, lächelte zurück. Dieser Junge war wie ein Hund, der froh ist, die Aufmerksamkeit seines Herrn erregt zu haben. Allerdings verfügte er bei weitem nicht über Panjos Intelligenz.

Als Crisóstomo erschien, bat er ihn, sich zu ihm an den Kartentisch zu setzen. »Mein Hirn zeigt erste Zersetzungserscheinungen, so wie alles andere in diesem verfluchten Regen auch fault, vermodert und verschimmelt. Ich muss etwas dagegen unternehmen.«

»Der Regen lässt sich nicht aufhalten, Herr«, witzelte Crisóstomo, um dann, als er den entnervten Blick Miguels wahrnahm, abzuwiegeln: »Ich meine, sehr wohl, unternehmt etwas gegen die zermürbende Trägheit, die das Wetter auslöst.« Im Grunde fand Crisóstomo, genau wie alle anderen Inder, dass es überhaupt keinen Zweck hatte, sich gegen das aufzulehnen, was die Natur nun einmal so vorherbestimmt hatte. Der Monsun war für viele Menschen eine wohlverdiente Ruhepause von der täglichen Plackerei. »Wie kann ich Euch dabei unterstützen?«, fragte er, obwohl er angesichts der Kartenstapel, die auf dem Tisch lagen, genau wusste, was er tun sollte.

»Du kannst mir assistieren. Misch diese Karten und decke sie nacheinander und möglichst schnell auf. Dann prüfe mein Erinnerungsvermögen.«

Crisóstomo kannte das schon, Senhor Miguel hatte diese Übungen auch unterwegs ein paarmal gemacht. Flink deckte er die Karten auf, gerade lange genug, um Miguel erkennen zu lassen, welches Bild oder welche Zahl sie zeigte. Danach fragte er ab. Nachdem Miguel fehlerfrei geantwortet hatte, mischte Crisóstomo erneut, deckte die Karten kurz auf, um sie sich dann nennen zu lassen, und zwar in der umgekehrten Reihenfolge, also von hinten. Auch diese Aufgabe löste Miguel. Und so fuhren sie eine Weile fort, bis Crisóstomo schließlich meinte: »Mir scheint, Euer Hirn funktioniert einwandfrei. Zumindest mit den Spielkarten. Wollt Ihr Euch nicht eine größere Herausforderung suchen?«

Miguel fand den Vorschlag des Jungen zwar frech, war aber neugierig geworden. »Was meinst du damit?«

»Ich meine, mit Zahlen und Bildern habt Ihr offensichtlich keine Schwierigkeiten. Aber wie verhält es sich zum Beispiel mit Versen? Könnt Ihr die auch so schnell auswendig hersagen?«

»Nein, kann ich nicht. Und wir können es ja schlecht üben, da es außer mir niemanden in diesem Haus gibt, der lesen kann und somit befähigt wäre, mein Ergebnis zu überprüfen.«

Crisóstomo kratzte erst sich selber am Kopf, dann strich er

geistesabwesend über Panjos Kopf, den dieser auf seinen Schoß gelegt hatte, nachdem er von seinem Herrchen ignoriert worden war. »Hm. Das ist wohl wahr. Aber wir könnten Euch ein paar schöne indische Heldenepen erzählen. Der Koch kennt die meisten von ihnen, und er hat sie so oft zum Besten gegeben, dass er sie bestimmt Wort für Wort wiedergeben – und abfragen – kann.«

Miguel hatte keine Lust, sich mit der Dienerschaft gemein zu machen. Wenn erst der Koch in seinem Salon säße, würde es nicht lange dauern, und der Stallbursche bediente sich an seinen Weinbränden oder der Bodenfeger läge in Miguels Bett. Andererseits setzte ihm die Langeweile derartig zu, dass er die Vorstellung, sich indische Heldenepen anzuhören, gar nicht so schlecht fand. Er könnte sich ja in die Küche hocken und dem Koch lauschen, obwohl er seine Dienstboten damit wohl eher erschrecken dürfte. Vermutlich brachte er dadurch das ganze komplizierte Gefüge durcheinander, die Hackordnung, die durch Kaste, Alter, Hautfarbe, Dauer der Beschäftigung und Ähnliches bestimmt wurde. Es würde ein Streit darüber entbrennen, wer neben, vor oder hinter dem Hausherrn sitzen oder stehen durfte. Der Koch würde vor lauter Einbildung über seine eigene Bedeutung das Essen verkochen. Die Diener würden … ach, was machte es schon? Miguel sagte sich, dass er es auf einen Versuch ruhig ankommen lassen könne.

Der Koch brüstete sich, von den Abertausenden von Versen, aus denen das Epos bestand, dreitausend auswendig aufsagen zu können, und bedauerte, dass er seinem Herrn die Geschichte auf Portugiesisch erzählen musste. Dann begann er. Miguel lauschte aufmerksam, begann jedoch schon vor der Jugend Ramas, des Helden der Geschichte, den Faden zu verlieren. Was er in Erinnerung behielt, war, dass Dasharata, der König von Ayodhya, ein Pferdeopfer brachte, um seine allzu lange andau-

398

ernde Kinderlosigkeit zu beenden. Daraufhin schenkten ihm seine drei Ehefrauen vier Söhne.

An diesem Punkt gab Miguel auf. Die Dienstboten klatschten vor Begeisterung in die Hände und prusteten fröhlich, weil ihr Herr sich außer Rama keinen anderen Namen hatte merken können. Ein merkwürdiger Kauz, der Miguel-sahib, dass er sich zwar Reihen von Hunderten von Zahlen merken konnte, aber nicht so einfache Dinge wie die, dass Koushalya Rama gebar, Kaikeyi Bharata zur Welt brachte und Sumitra die Mutter der Zwillinge Lakshmana und Shatrughana war. Aber was sollte man schon von einem Mann halten, der sich nicht einmal die Allerweltsnamen seiner Diener merken konnte, so dass Pavindra, Ganaraj und Lokpraksh sich mit simplen Spitznamen rufen lassen mussten.

»Wir werden ein anderes Mal fortfahren«, beschied Miguel dem Koch, Govind, der ihn beleidigt ansah. »Oh, nichts gegen deine wunderbare Art zu erzählen, mein lieber, ähm, Gogo, im Gegenteil: Ich möchte das Vergnügen, dir zu lauschen, so lange wie möglich genießen. Der Monsun dauert ja noch ein paar Monate – ich denke, in dieser Zeit gelangen wir bis zur Mannwerdung Ramas, oder?«

Der Koch war völlig immun gegen jedwede Ironie. »Ja, Senhor, ich denke, bis zur Hochzeit von Rama und Sita, der Tochter des Königs von Videha, Janaka, werden wir wohl kommen. Aber die wirklich aufregenden Dinge passieren erst danach, als nämlich Kaikeyi, Ramas Stiefmutter …«

Miguel bedeutete ihm mit einer Geste, aufzuhören. »Genug, hab Erbarmen mit mir. All diese Namen sind mir zu kompliziert.«

Abermals löste er großes Gelächter unter den Dienstboten aus, das ihm noch lange nachhallte, nachdem er aus der Küche geflüchtet war und Trost bei Panjo suchte, dem der Zugang zur

Küche natürlich verwehrt wurde. Ein Gutes hatte es immerhin gehabt: Seine Diener hatten endlich einmal wieder etwas zu lachen gehabt. Er selber hatte nur die Sinnlosigkeit seines Versuchs, die Langeweile des vom Wetter erzwungenen Hausarrests durch ein langatmiges, tausendjähriges indisches Epos zu durchbrechen, erkennen müssen. Durchhalten, musste seine Devise nun heißen.

Miguel erwachte schweißgebadet, die Bilder seines Traums noch sehr lebendig vor seinem geistigen Auge. Da war ein junger portugiesischer Kaufmann namens Rama gewesen, der sich mit Sita vermählte, einer Prinzessin, die ihn, als sie in der Hochzeitsnacht ihren blauen Schleier ablegte, mit ihrer Schönheit blendete, so dass er fortan als Blinder und als Gefangener seiner Leidenschaft sein Leben fristen musste, wobei ihm ein Hund half, das Leben im Kerker zu meistern, in welchem er und das Tier einen eigenen Koch namens Krishna hatten.
Miguel schüttelte die wirren Bilder ab. Er träumte oft solche Dinge, in die er nicht viel hineindeuten mochte. Es waren, so jedenfalls stellte er sich das vor, Eindrücke, die irgendwo in seinem Hinterkopf hängen geblieben waren und auf diese Weise quasi verdaut wurden. Er stand auf und hüllte sich sofort in seinen Morgenrock. Es war empfindlich kühl geworden. Der Regen prasselte gegen die Fenster und machte auf dem Mosaik aus vielen kleinen Perlmuttscheibchen ein seltsam hohles Geräusch. Miguel hörte das Rauschen der Palmen und fragte sich, wie er das verhasste Geräusch jemals hatte besinnlich oder gar stimmungsvoll finden können.
Heute würde er sich, egal, wie miserabel das Wetter war, in die Stadt begeben, denn hier im Haus würde er sonst durchdrehen. Er erinnerte sich an einen Ausritt im vergangenen Jahr, als er gestürzt und von Dona Amba gerettet worden war. Es schien

eine Ewigkeit her zu sein. Ein solches Missgeschick würde ihm nicht noch einmal passieren, er würde diesmal besser aufpassen. Miguel rief nach Crisóstomo und wies ihn an, dem Stallburschen Bescheid zu sagen und dafür zu sorgen, dass er ein kleines Frühstück gebracht bekam. Er wusch sich notdürftig, kleidete sich an und schnürte sich gerade die Stiefel zu, als das Frühstück schon kam. Er schlang es in großer Hast hinunter. Plötzlich war ihm, als dürfe er keine Minute mehr verlieren, obwohl ihn eigentlich keine wichtigen Termine drängten.

»Nehmt Ihr mich mit, Senhor Miguel?«, bettelte Crisóstomo.

»Wozu?«

»Ich mache mir Sorgen um meinen jüngsten Bruder. Er ist, wie Ihr wisst, ganz allein zu Hause, und bei dem Wetter …«

Miguel nickte und hieß den Burschen aufsitzen.

Der Ritt war beschwerlich. Vor lauter Matsch war kaum zu erkennen, wo genau die Straße verlief. Unter ihren vor dem Regen schützenden Capas trotteten sie in monotonem Rhythmus durch die morastige Landschaft. Vor den Hütten im Dorf hockten ein paar Leute unter geflickten Planen und schauten trübsinnig drein. Die Feuerchen brannten nicht richtig. Das Essen brauchte zu lange, um gar zu werden, und die Kleidung wurde überhaupt nicht mehr trocken. Doch die Trostlosigkeit dieser Szenen war gar nichts im Vergleich zu dem, was sie in der Stadt erwartete.

Schon in den Außenbezirken erkannte Miguel, dass eine schwere Cholera-Epidemie wüten musste. Man hatte ihm berichtet, dass die Krankheit in regelmäßigen Abständen die Stadt heimsuchte, die wegen ihrer Lage inmitten der überflutungsgefährdeten Flussarme und Sümpfe während des Monsuns besonders bedroht war. Aber es war das erste Mal, dass er die Katastrophe mit eigenen Augen sah. Am Rand der Straße, die vor lauter Schlamm ebenfalls kaum noch als solche zu erkennen war, hockten die Leute und entleerten ihre Därme. Kinder mit schorfiger Haut blickten ihn traurig aus ihren riesengroßen dunklen Augen an, die alles Elend dieser Welt gesehen zu haben schienen. Frauen mit spitzen Nasen und eingefallenen Wangen trugen halbtote Säuglinge auf dem Arm, und die Anzahl der Verwirrten, die orientierungslos herumliefen, schien sprunghaft angestiegen zu sein.

Miguel band sich ein Taschentuch vor Mund und Nase und bedeutete Crisóstomo, dasselbe zu tun. Es kursierten verschiedene Theorien darüber, wie man sich ansteckte, aber die am weitesten verbreitete war die, dass es über üble Dünste geschah. Er wäre am liebsten wieder umgekehrt, in die Sicherheit und Geborgenheit des Solar das Mangueiras, das ihm auf einmal wie der paradiesischste Ort auf Erden vorkam, dessen Abgeschiedenheit sich nun als Vorteil erwies. Lieber langweilte er sich zu Tode, als dass er sich zu Tode erbrach oder dünnflüssigen Stuhl am Wegesrand absonderte. Aber da er nun einmal hier war, würde er sich zumindest nach dem Wohlergehen seiner Bekannten erkundigen, angefangen bei den Furtados. Er vereinbarte einen Treffpunkt mit Crisóstomo und ließ diesen seines Weges ziehen. Miguel verspürte nicht das geringste Verlangen, ihn in das Elendsquartier zu begleiten, wo die Seuche gewiss noch mehr Opfer forderte als im Zentrum der Stadt.

Das Kontorhaus war geschlossen. Miguel ritt weiter zum Wohnhaus des Prokuristen. Es wirkte ebenfalls verwaist. Er klopfte energisch an die Tür, bis ihm endlich ein Diener öffnete. »Senhor Miguel!«, rief er überrascht. »Seid Ihr des Wahnsinns, verlasst diese Stadt des Todes! Alle, die die Möglichkeit dazu hatten, haben sich gerettet. Auch meine Herrschaft.«

»Und dich haben sie hier zurückgelassen?«

»Jawohl, Senhor, ich wollte meine arme Frau nicht im Stich lassen, die schwer erkrankt ist. Und einer muss sich ja auch um das Haus kümmern, denn die Plünderer lauern an jeder Ecke.«

»Wohin sind sie denn gegangen, der Senhor Furtado und seine hochgeschätzte Gemahlin?«

»Sie haben Familie an der Küste. Am Meer ist die Luft nicht so verseucht, die Krankheitsfälle sind dort sehr selten.«

Miguel dankte für die Auskunft und zog von dannen. Viele Leute kannte er nicht gerade in Portugiesisch-Indien, fiel ihm jetzt auf. Dona Amba wäre auf der anderen Seite des Flusses wahrscheinlich sicher vor der Seuche. Die Mendonças waren, Gott sei Dank, fort. Die entfernteren Bekannten, etwa die Familie des Capitão Almeida de Assis oder die Familie Nunes, lebten, wenn er sich recht erinnerte, in Küstennähe. Carlos Alberto konnte von ihm aus verrecken, dem würde er nicht einmal einen Becher Wasser reichen, wenn er ihn auf Knien anflehte. Und sonst? Der Juwelier hatte seinen Laden ganz in der Nähe, dort konnte er kurz vorbeischauen.

Senhor Rui öffnete ihm nach mehrmaligem Klopfen die Tür. Er sah furchterregend aus, verhärmt und abgemagert. Er wirkte fiebrig, mit seinen glasigen Augen und der gekrümmten Haltung, die auf große Schwäche schließen ließ.

»Geht, Senhor Miguel, rettet Euch. Diese Stadt ist dem Untergang geweiht«, brachte der Inder hervor. Dann verschloss er die Tür von innen und ließ seinen Besucher im Regen stehen. Miguel, der weder eine Schänke aufsuchen noch weitere Besuche machen wollte, begab sich gleich in die Kathedrale, in der er mit seinem Dienstboten verabredet war. Crisóstomo würde sicher noch etwas länger brauchen, und Miguel dachte, er könne die Zeit auch zu einer Andacht nutzen. Er war schon lange nicht mehr in der Kirche gewesen. Doch was ihn im Innern der Kathedrale erwartete, war noch entsetzlicher als das, was sich auf den Straßen abspielte. Es sah aus wie in einem riesigen, völlig überfüllten Lazarett. Auf allen Bänken lagen Kranke, auf dem Boden, der von Unrat übersät war, krabbelten Kleinkinder, die nichts mehr von ihrer wonnigen Drallheit besaßen. Ihre Gesichtchen waren ebenso eingefallen und vertrocknet wie die der Erwachsenen. Scheußliche Seufzer und Schluchzer hallten durch das Gotteshaus. Ein Mönch schwenkte eine Weihrauchlampe, um der gefährlichen Dünste und des üblen Geruchs Herr zu werden, aber vergeblich. Miguel verließ den Ort des Schreckens schnell wieder.

Er wanderte rastlos um die Kirche herum, nur um an ihrer Rückseite einen grauenhaften Leichenberg vorzufinden. Er musste würgen und presste sich sein Taschentuch noch dichter vor die Nase. Schade, dass es nicht stärker parfümiert war. Als er wieder am vorderen Portal der Kirche angelangt war, sah er schon von weitem Crisóstomo, der im Laufschritt auf ihn zukam. Als er sich näherte, erkannte Miguel, dass der Junge tränenüberströmt war. Er konnte sich denken, was geschehen war.

Crisóstomo bekam vor lauter Schluchzen kein vernünftiges Wort heraus. Schließlich gelang es Miguel, dem Gestammel zu entnehmen, dass Crisóstomos kleiner Bruder der Seuche erlegen war, genau wie seine Mutter und weitere drei Geschwister. Sein Vater hatte den Jungen gedrängt, nicht mehr bis zur Einäscherung der Leichname dazubleiben, sondern sich so schnell wie möglich in Sicherheit zu bringen.

Als sie fluchtartig die Stadt verließen, meinte Miguel den Burschen, der auf dem Pferd hinter ihm saß und ohne Unterlass weinte, schniefen zu hören: »Wie sollen sie denn brennen, bei dem Regen?« Die Vorstellung von Bestattungsfeuern, auf denen die Kadaver nicht in Flammen aufgingen, sondern ganz langsam geschmort wurden, verursachte Miguel mehr Übelkeit als alles andere, was er heute gesehen hatte.

Mitten im Wald hielt er an und erbrach sich.

35

Die Seuche war eine Prüfung des Herrn. Der Allmächtige hatte sie auf die Erde gesandt, um dem sittenlosen Treiben Einhalt zu gebieten und all jene zu strafen, die unkeusch gewesen waren, die gestohlen und betrogen hatten, die alle Gebote der Heiligen Schrift missachtet und sich damit den Zorn Gottes zugezogen hatten. So lautete die Deutung der Kirche. Die Cholera würde die Sünder heimsuchen und die guten Menschen verschonen. Wer frei von Schuld sei, der müsse auf Gott vertrauen und beten, dann würde er die Heimsuchung unbeschadet überstehen.

Die junge Maria Florinda Nunes de Sousa, jungvermählt und im zweiten Monat schwanger, saß in der Kirche und lauschte der Predigt von Frei Martinho mit gemischten Gefühlen. Die Tatsachen gaben dem Geistlichen recht: Die in seinen Augen »guten« Menschen, also die meisten wohlhabenden Portugiesen, hatten sich frühzeitig in Sicherheit gebracht und blieben gesund. Auch unter den Mönchen war die Zahl der Opfer nicht so hoch wie unter den ärmsten Bewohnern der Stadt. Aber lag es nicht vielmehr daran, dass die Kirchenmänner sich an ihrem Wein gütlich taten und nicht die stinkende Brühe trinken mussten, die durch die Elendsviertel floss? Und wie wollte man erklären, dass unzählige Kinder, auch Neugeborene, die zweifelsohne frei von Sünde waren, dahingerafft wurden? Und wie »gut« waren Priester, Ärzte, Apotheker, Heilkundige und Trostspender aller Art, wenn sie in der Stunde der Not nicht zur Stelle waren, sondern lieber das Weite gesucht hatten? War

das etwa ein leuchtendes Beispiel für christliche Nächstenliebe?

Im Westen von Goa, direkt an der Mündung des Mandovi-
Flusses und kaum einen halbstündigen Fußmarsch von der
Arabischen See entfernt, entstand eine neue Siedlung rund um
die prachtvolle Kirche Nossa Senhora da Imaculada Conceição.
Diese Kirche, auf einer Anhöhe gelegen und über eine wunderschöne, im Zickzack ansteigende Treppe zu erreichen, bot einen herrlichen Blick auf das Meer sowie auf das Flussdelta. Sie
war 1619 errichtet worden und mit ihrem jugendlichen Alter
von 15 Jahren eines der schönsten Gotteshäuser der Kolonie.
Dort, wo das Wasser nicht verseucht und die Luft rein war,
wurde nun emsig gebaut. Wer es sich leisten konnte, erwarb in
dieser Siedlung, Pangim, Land. Denn die Gerüchte, die Hauptstadt Goas sei dem Untergang geweiht, wurden immer lauter.

Maria wäre auch gerne dorthin gezogen. Doch als Christin, die
ihren Glauben und ihre Pflichten ernst nahm, fand sie, dass sie
den Schwachen und Kranken beistehen musste. Es war nicht
die erste Cholera-Epidemie, die sie erlebte, aber es war die mit
Abstand schwerste. Der Verwesungsgeruch, der durch die Straßen zog, verlangte ihr alles an Selbstbeherrschung ab. Als unermüdliche Sammlerin von Hilfsgeldern war Maria schlimme
Anblicke und Gerüche gewohnt, denn manchmal schaute sie
im Waisenhaus und im Hospital vorbei, um sich selbst davon
zu überzeugen, woran es mangelte oder wie die Spenden verwendet wurden. Aber das, was nun in Goa stattfand, überstieg
die grauenhaftesten Vorstellungen.

Sie hatte sich natürlich gefragt, ob sie es dem Kind, das sie unter dem Herzen trug, schuldig war, von diesem Ort des Schreckens fortzugehen. Doch dann überwog ihr Pflichtgefühl.
Dona Assunção, eine der standhaftesten und zupackendsten
Frauen, die sie kannte, war nicht mehr im Lande. Umso mehr

war ihre eigene tatkräftige Unterstützung gefragt. Wo sollte das hinführen, wenn alle, die stark und gesund waren, flohen? Man konnte doch nicht einfach all die armen kranken Kinder auf den schlammigen Straßen ihrem Schicksal überlassen!

»Wir müssen dieses Unkraut ausrupfen, mit Stumpf und Stiel!«, hörte Maria nun den Frei Martinho auf der Kanzel donnern. »Sie huldigen weiterhin heimlich einem Panoptikum an Göttern, darunter auch solchen, denen sie Menschenopfer bringen. Feige, wie sie sind, heucheln diese Barbaren Gehorsam, vergiften uns Christenmenschen aber mit ihrem qualvoll langsam wirkenden Gift. Eine Rebellion findet statt in diesem Land, jawohl, ein leiser, aber nichtsdestoweniger mächtiger Aufstand der Heiden, die es sich zum Ziel gemacht haben, unsere Gesellschaft von innen heraus zu zersetzen. Einer, der es besonders weit getrieben hat, weil er sein schändliches Tun als Hilfe tarnte, wo es ihm doch nur um Profit ging, wird heute auf dem Hauptplatz vor der Kathedrale hingerichtet, und ich muss euch allen dringend ans Herz legen, euch dem unschönen Anblick zu stellen.«

Maria kannte den Fall. Ein indischer Apotheker, der mit ayurvedischen Arzneien gehandelt und den Portugiesen größtenteils unwirksame, allerdings auch unschädliche Kräutermixturen verkauft hatte, sollte heute auf dem Scheiterhaufen verbrannt werden. Man hatte ihn überführt, den Leuten als angebliche Medizin gegen die Seuche eine völlig nutzlose Tinktur verkauft zu haben, und zwar zu einem sehr überzogenen Preis. Dieses Gebräu bestand aus dem Urin von heiligen Kühen, Zucker, Salz sowie Essenzen von Myrrhe, Pfeffer und Nelken, wie der Apotheker selber gestanden hatte. Andererseits waren die Methoden, mit denen ihre Landsleute gegen die Epidemie angingen – Gebete und Weihrauch – ebenso fruchtlos. Maria verstand nicht recht, warum der indische Apotheker für ein Vergehen vergleichsweise geringen Ausmaßes mit dem Leben bezahlen musste, während manches echte Verbrechen überhaupt nicht geahndet wurde. Etwa die Plünderungen.

Die Aasgeier waren überall, die echten genau wie die menschlichen. Anders als die Vögel warteten einige der Plünderer nicht einmal ab, bevor ein Mensch verstorben war, um sich an ihm zu vergehen und ihm seinen Schmuck zu stehlen. Einige brachen in die Häuser und Geschäfte ein, und wenn sich herausstellte, dass die Bewohner oder Inhaber durchaus noch unter den Lebenden weilten, halfen sie mit Gewalt nach. Mord und Totschlag breiteten sich schneller aus als die Krankheit.

Die Kirche selber hatte sich einige wertvolle Grundstücke einverleibt, deren indische Besitzer gestorben waren, ohne sich lange mit der Suche nach Erben aufzuhalten. Es herrschte Ausnahmezustand, und alles, was die Epidemie nicht rechtfertigte, wurde eben mit inquisitorischen Notwendigkeiten begründet. Wer wollte sich da noch um Gesetz und Ordnung scheren? Recht hatte immer der, der überlebte.

Maria verließ die Kirche in grüblerischer Laune. Sie vermisste ihren Mann, der kurz nach der Vermählung nach Europa hatte aufbrechen müssen und der noch gar nichts von ihrem Nachwuchs wusste. Andererseits war sie froh, dass ihm all dies hier erspart blieb. Außerdem konnte sie so ihren Aufgaben nachkommen, ohne dass ein übermäßig fürsorglicher Ehemann sie davon abgehalten hätte. Sie lief rasch an dem Scheiterhaufen vorbei. Dieses grausame Schauspiel würde sie sich ganz gewiss nicht ansehen, zumal der Regen wieder stärker geworden war. Sie musste die makabre Frage verdrängen, die sie in ihrem Kopf wälzte, nämlich ob das Feuer trotz des Wetters brennen und den armen Mann hoffentlich schnell töten würde oder nicht. Es war einfach zu widerlich, mit was man sich plötzlich konfrontiert sah.

Sie schützte sich vor der Nässe mit einem dicken Tuch, das sie über Kopf und Schultern spannte, und lief durch Pfützen und um Leichen herum zum Waisenhaus. Das war jetzt wichtiger als alles andere: dass man die verängstigten Kinder tröstete. Einen kleinen Jungen gab es dort, der Marias Herz im Sturm erobert hatte. Er hieß Paulo, war gerade drei Jahre alt und das hübscheste Kind, das Maria je gesehen hatte. Als Mischling, der einer unehelichen Verbindung einer Inderin und eines ihr unbekannten Portugiesen entsprang – Dona Assunção hatte ihr dessen Identität nie offenbaren wollen –, hatte der Junge kaum eine Chance, adoptiert zu werden, dabei war er nicht nur besonders niedlich, sondern auch ein schlaues Kerlchen. Vielleicht würde sie selber den Kleinen eines Tages bei sich aufnehmen, wenn ihr lieber Mann, Manuel, es gestattete.

Sie legte einen Halt bei einem der wenigen Geschäfte ein, die noch geöffnet waren, und kaufte ein paar Leckereien für die Kinder. Die Hälfte davon würde sie wahrscheinlich selber verspeisen, dachte Maria, der schon das Wasser im Mund zusammenlief.

Nun, schließlich verlangte auch ihr ungeborenes Kind nach Nahrung und Zuwendung.

36

Wenn die Sonne schien und die regennassen Blätter, Gräser und Blumen zum Funkeln brachte, sah die Welt gleich viel freundlicher aus. Der Staub, der sich in der Trockenzeit auf alles Grün gelegt und es braun gefärbt hatte, war weggewaschen worden. Alles glänzte, die Natur erstrahlte in einer erfrischenden Sauberkeit. Neues konnte wachsen, wo Altes und Schwaches zerstört worden war. Die umgestürzten Bäume und abgerissenen Äste versperrten viele Wege, und noch machte niemand sich die Mühe, sie fortzuräumen, denn der Monsun war noch lange nicht vorüber. Immerhin aber erlaubte ein gelegentlicher Sonnentag, dass man wieder Hoffnung schöpfte. Die Kinder konnten im Freien spielen, die klammen Wäschestücke wurden zum Lüften nach draußen gehängt, und man ließ sich voller Wonne von den Sonnenstrahlen wärmen.

Miguel konnte dem schönen Tag wenig abgewinnen. Er fühlte sich erbärmlich. Den ganzen Vormittag schon hatte er sich übergeben müssen, und in ungefähr stündlichen Intervallen suchten ihn fürchterliche Unterleibskrämpfe heim. Wenn das so weiterging, würde er sich gleich auf dem Abort häuslich einrichten können. Hatte es ihn erwischt? War das die Seuche, oder war es nur eine ganz normale Unpässlichkeit, wie sie die indische Küche mit ihren scharfen Gewürzen zuweilen auslöste? Er hatte am Vortag ein sehr pikant zubereitetes Vandaloo gegessen, vielleicht war das schuld an seiner körperlichen Verfassung. Denn Crisóstomo, der ja ebenfalls den giftigen Dünsten in der Stadt ausgesetzt gewesen war, erfreute sich bester

Gesundheit, und der hatte von dem Gericht bestimmt nichts gegessen, da er kein Fleisch zu sich nahm.

Panjos Laune hatte sich dank des schönen Wetters gebessert. War er in den vergangenen Wochen träge und lustlos gewesen, so sprang er heute aufgeregt wedelnd um Miguel herum und verlangte nach einem Spaziergang oder einem Spiel im Garten. Er legte einen kleinen ledernen Ball, sein Lieblingsspielzeug, vor Miguels Füße und sah ihn erwartungsfroh an.

»Ach, mein treuer Freund«, ächzte Miguel, »heute nicht. Ich bin ganz schwach auf den Beinen.« Im selben Augenblick sackte er in sich zusammen.

Panjo war verstört. Er bellte und stupste seinen Herrn mit der Nase an, doch der rührte sich nicht. Erst als ein Diener herbeigeeilt kam, der den Lärm bedenklich gefunden hatte, und dieser Miguel mit zwei Ohrfeigen wieder aus seiner Ohnmacht aufweckte, beruhigte sich der Hund ein wenig.

Miguel wurde ins Bett gesteckt. Man brachte ihm allerlei Wundertinkturen, wusch und salbte ihn mit Blütenessenzen und Kräuterölen und setzte ihm schließlich einen Trank vor, der angeblich alle Krankheiten, mit denen ein so hoher Flüssigkeitsverlust einherging, lindern konnte. Doch Miguel brachte kaum einen Tropfen davon hinunter. Das Gebräu schmeckte so widerwärtig, dass es ihn nicht gewundert hätte, wenn es sich um Ochsenpisse gehandelt hätte. Und es löste nur einen weiteren Würgereiz aus. Allmählich fragte er sich, was es da noch zu spucken gab, er hatte seit 24 Stunden nichts mehr gegessen und sich bereits um viel mehr erleichtert, als er zu sich genommen hatte.

Crisóstomo brachte ihm den Saft einer grünen Kokosnuss. »Das ist gesund, Herr. Das Kokoswasser enthält alles, was Euer Körper benötigt, um die Krankheit zu besiegen.«

Miguel nahm einen Schluck und fand ihn tatsächlich erfrischend. Er bekam ihm besser als all die dubiose Medizin, die man ihm bisher eingetrichtert hatte. Er nahm einen größeren Zug, danach fiel er ermattet in seine Kissen zurück. Es würgte ihn schon wieder.

Nach einigen Tagen, in denen ihr Herr keinerlei Besserung erkennen ließ, waren die Dienstboten verzweifelt. Sie stritten sich darüber, wie zu verfahren sei. Der eine wollte nach einem indischen Heiler rufen, der andere nach einem portugiesischen Arzt, der nächste schlug vor, man möge einen katholischen Priester kommen lassen, und wieder ein anderer fand, dass ein Hindu-Priester wahrscheinlich hilfreicher sei. Der Koch setzte sich schließlich kraft seiner Position und seines Alters durch: Ein portugiesischer Arzt sollte gerufen werden.

Es dauerte weitere zwei Tage, bis man einen aufgetrieben hatte. Als der Mann kam, war Miguel derart entkräftet, dass er sich nicht mehr gegen dessen Behandlungsmethoden auflehnen konnte.

»Wir müssen die Fenster dicht verschließen«, ordnete der Arzt an, »um den Patienten vor den Dünsten zu schützen, die die Krankheit verbreiten.«

»Aber warum haben wir anderen dann nichts?«, wagte Crisóstomo zu fragen. Der Doktor ignorierte den Jungen. Was wollte so ein indischer Grünschnabel schon wissen?

»Weiterhin müssen wir den Senhor Miguel zur Ader lassen. Auch Schröpfkuren haben sich in solchen Fällen bewährt.«

»Aber ...«

»Still, Bürschchen. Ihr macht es so, wie ich sage, sonst stirbt euer Herr.« Er räusperte sich. »Es muss unbedingt darauf geachtet werden, dass dieses Tier«, damit wies der Arzt auf Panjo, der vor dem Bett über Miguel wachte, »sich nicht länger in der Nähe des Patienten aufhält.«

»Aber ...«

Der Arzt begann die Geduld zu verlieren. »Verlass dieses Zimmer, du Tölpel. Schick mir einen verständigeren Mann hoch, der mir zuhört. Und vergiss nicht, diesen Köter mitzunehmen.«

Der Koch wurde aufs Zimmer geschickt, schließlich war es dessen Idee gewesen, den Arzt zu rufen.

»Ja, Euer Hochwohlgeboren?« Govind schaute den Mediziner fragend an.

Dieser vermutete zunächst eine unangemessene Spöttelei, stellte jedoch bei einem Blick in die besorgt aufgerissenen Augen des Mannes fest, dass dieser durchaus nicht zu Scherzen aufgelegt war.

Er wiederholte die Anordnungen, die er dem dummen Jungen zuvor gegeben hatte. »Darüber hinaus ist darauf zu achten, dass Senhor Miguel keinerlei Flüssigkeit zu sich nimmt. Er leidet an einem schweren Ungleichgewicht der Körpersäfte. Es ist so viel Flüssiges in ihm, dass er ab sofort nur noch Trockenes essen darf. Gebäck, aber bitte keines mit scharfen indischen Gewürzen!, sowie Brot bekommen dem Kranken am besten.«

Govind rollte mit dem Kopf. Das leuchtete ihm ein. In der indischen Küche gab es Zutaten, die, unabhängig von der Temperatur, als heiß oder kalt eingestuft wurden. Die Europäer hatten ihre Nahrung anscheinend in feuchte und trockene Lebensmittel eingeteilt.

»Ich werde Senhor Miguel jetzt zur Ader lassen und ihm die Schröpfgläser aufsetzen. Du wirst mir genau dabei zusehen, denn ich kann nicht tagelang über den Patienten wachen. Auch andere Kranke benötigen meine Hilfe. Wenn ich fort bin, musst du in der Lage sein, deinen Herrn zu schröpfen und ihn von den bösen Säften zu befreien. Einen Aderlass musst du nicht machen, dazu braucht es jahrelange Erfahrung, aber du kannst ihm stattdessen Blutegel ansetzen.«

413

Govind rollte abermals mit dem Kopf. »Sehr wohl, Euer Hochwohlgeboren. Allerdings werde ich selber diese Arbeit nicht verrichten können. Ich bin der Koch, und als solcher darf ich mit bestimmten – unreinen – Dingen nicht in Berührung kommen. Wir sollten noch den Burschen dazurufen, den Ihr vorhin fortgeschickt habt. Er steht unserem Herrn besonders nah, und seine Kaste erlaubt es ihm auch, Blutegel anzusetzen und ähnliche Dinge zu tun.«

Der Arzt war empört über so viel Unwissenheit und Mangel an Respekt. Wollte dieser ignorante Kerl ihm zu verstehen geben, er sei sich zu fein für derart schmutzige Aufgaben, wie er, der Arzt, sie ausüben musste? Man durfte in der Wahl der Mittel schließlich nicht zimperlich sein, wenn es dem Wohl des Patienten diente. Er enthielt sich jedoch eines Kommentars. Ihm waren in Indien schon weitaus unglaublichere Dinge widerfahren. Sollte halt ein dummer Lümmel die Blutegel ansetzen.

Als Crisóstomo erschien, begann der Arzt mit seiner Behandlung. Beiden indischen Dienern wurde beinahe übel von den groben Methoden sowie dem grässlichen Geruch, der sich im Zimmer ausbreitete. Aber sie standen schweigend neben dem Bett und betrachteten besorgt ihren Herrn, der immer grüner im Gesicht wurde. Crisóstomo hielt es irgendwann nicht mehr aus und ging zum Fenster, um es zu öffnen.

»Halt! Hast du mir vorhin nicht zugehört? Die Luft ist tödlich für euern Herrn!«

»Raus mit Euch!«, vernahmen sie plötzlich die schwache Stimme des Kranken.

Der Arzt erholte sich als Erster von dem Schreck, der allen dreien in die Glieder gefahren war. Sie hatten geglaubt, der Patient schliefe. »Da habt ihr es gehört«, sagte er in selbstgerechtem Ton, »euer Herr will euch nicht hier drin haben, weil ihr ja doch nur alles falsch macht.«

Miguel schüttelte den Kopf. »Nein«, hauchte er, »ich meinte Euch, Doutor.«

Weder Govind noch Crisóstomo hatten diese Worte verstanden, weil sie bereits aus dem Raum huschten. Und der Arzt ignorierte sie einfach. Der Patient war ja eindeutig nicht mehr bei klarem Verstand – wer wollte da auf seine widersinnigen Wünsche eingehen? Er rollte den stark abgemagerten Mann auf den Bauch, klopfte ihm den Rücken ab und wählte die Stellen aus, an denen er seine Schröpfgläser ansetzen würde.

Zwei Tage später delirierte Miguel. Sein Fieber war so hoch und sein Körper so schwach, dass seine Diener nicht mehr an eine Genesung glaubten und ihn bereits auf seine Reise ins nächste Leben vorbereiteten. Im ganzen Haus brannten Räucherstäbchen. Miguel war mit verschiedenen Ölen eingerieben worden, auf seine Stirn hatte man mit rotem Pulver einen Punkt aufgetragen, der die Energien bündeln sollte. Er wurde mit reinen Speisen gefüttert, vor allem mit Milchprodukten, Honig und Obst, die er jedoch nicht bei sich behielt. In Ermangelung einer Abbildung der Jungfrau Maria stellte man ihm eine kleine Statue von Parvati auf den Nachttisch, die über ihn wachen und ihn mit ihrer mütterlichen Fürsorge beschützen sollte. Doch all das fruchtete wenig. Wenn ihr Herr gelegentliche Anzeichen eines wachen Verstandes zeigte, dann verlangte er nach einer Weile meist nach Panjo, was nun doch wieder nur als Signal eines fiebrigen Geistes verstanden werden konnte.

Und man hätte ihm seinen Wunsch ohnehin nicht erfüllen können. Denn der Hund, den man von Miguel getrennt hatte – dies war die einzige Anweisung des Arztes, die den Dienern im Solar das Mangueiras sinnvoll erschien – war verschwunden. Tagelang hatte er mit eingezogenem Schwanz und winselnd vor Miguels Zimmer gehockt, und alle Tritte, die ihm die Dienstboten verpassten, hatten ihn nicht von dort fortbewegen können. Bis er eines Tages nicht mehr dort saß. Es kümmerte keinen, denn Hunde streunten nun einmal gern. Bestimmt war das Tier den verlockenden Düften einer läufigen Hündin gefolgt, die sich zufällig in der Gegend aufhielt – der Begattungstrieb war ja bekanntlich bei Rüden stärker als jede Treue zu ihren Herren.

Das monotone Prasseln des Regens auf den Dachpfannen ihres Hauses hatte etwas Meditatives. Amba genoss diese typische Geräuschkulisse des Monsuns. Sie saß mit ihrer *ayah* Nayana zusammen und stickte filigrane Blumenornamente auf einen roséfarbenen Seidenstoff. Die Beschäftigung mit den feinen Garnen und fröhlichen Farben war ebenfalls etwas, das Amba in eine besinnliche Stimmung versetzte. Doch plötzlich riss ein Bellen sie aus ihrer gedankenleichten Laune. Amba ärgerte sich. Sie ging ans Fenster, um zu sehen, was dieses Gekläffe zu bedeuten hatte, und entdeckte einen verwahrlosten Hund, der triefnass und braun vor Schlamm in ihrem Garten stand.

»Makarand, vertreib dieses Tier«, rief sie dem Burschen zu, den sie am Fenster seiner Unterkunft sah, wie er traurig nach draußen starrte und in der Nase bohrte. Makarand ging hinaus in den Regen, wedelte hektisch mit den Händen und sagte ohne besondere Überzeugung: »Husch, husch, hau ab.« Der Hund trollte sich.

Doch wenig später kam er wieder und begann erneut zu bellen. Makarand setzte dem Tier nun mit Tritten zu und versuchte schließlich, als das nichts nützte, ihn mit einem Besen zu verscheuchen, aber der Hund biss hinein, zerrte fest daran und entriss ihm das Gerät. Amba beobachtete die Szene halb belustigt, halb verärgert. Dann ließ der Hund von dem Besen ab und

schüttelte sich so stark, dass das braune Sprühwasser bis zur
Veranda hin spritzte. Als sein Fell nicht mehr ganz so glatt am
Körper anlag und ein Teil des Schmutzes sich gelöst hatte, er-
kannte Amba das Tier: Es war der Hund von Miguel Ribeiro
Cruz. »Das ist doch wohl …!«, entrüstete sie sich und eilte
nach unten. Nayana folgte ihr auf dem Fuß.

»Schickt er mir jetzt seinen Hund als Botschafter? Was für eine
Frechheit, mich auf diese Weise erweichen zu wollen, ihn zu
empfangen! Der kann sich auf etwas gefasst machen, dieser
dreiste Kerl. Er wird ja wohl in Kürze aufkreuzen.«
Nayana verstand nicht, warum ihr Schützling sich so ereiferte.
Ebenso wenig verstand sie, warum Amba glaubte, der Portugiese sei hierher unterwegs. Es war doch offensichtlich, dass
das arme Tier halb verhungert und vollkommen entkräftet war.
Und das konnte ja nur bedeuten, dass es den Weg allein auf
sich genommen haben musste. Sie wies Amba darauf hin, doch
diese ließ den Einwand nicht gelten.

»Wie soll der Hund denn über den Fluss gekommen sein? Die
Fähren verkehren kaum noch, und bestimmt lassen sie keine
herrenlosen Köter mitfahren. Und dafür, dass der Hund
schwimmend an das andere Ufer gelangt sein könnte, ist die
Strömung doch viel zu stark. Nein, Nayana, ich sage dir, jeden
Augenblick wird hier ein unverschämt grinsender Mann auftauchen und sich darauf verlassen, dass wir Mitleid mit ihm
und dem Tier haben. Es ist nichts weiter als eine sehr durch-
schaubare, einfältige List.«
Sie verschränkte die Arme vor der Brust und hielt Ausschau
nach dem Besucher, der gewiss demnächst kam. Der Hund hatte vorübergehend aufgehört zu bellen, da Nayana ihm gestattet
hatte, auf die Veranda zu kommen, wo sie ihn mit einem Tuch
trocken rubbelte. Doch kaum war die Säuberungsprozedur
überstanden, da begann er auch schon wieder zu kläffen. »Still,

du Mistvieh!«, herrschte Amba ihn an, mit dem Ergebnis, dass der Hund nur noch vehementer Krach schlug. Er stellte sich direkt vor Amba, stupste sie an und tänzelte aufgeregt vor ihr herum.

»Er will uns etwas mitteilen«, sagte Nayana.

»So, will er das?«, entgegnete Amba. »Ich fürchte, er will nur etwas zu fressen haben. Und anschließend wird er den Garten verunreinigen.«

Nayana lief nach drinnen und holte ein paar Gebäckstücke, die nicht mehr ganz so mürbe waren, wie sie hätten sein sollen, weil sie zu lange der feuchten Luft ausgesetzt gewesen waren. Sie warf eines davon dem Hund zu, der es begierig aufschnappte und verschlang.

»Siehst du«, sagte Amba, »gib ihm den Rest auch noch, dann ist er vielleicht still und lässt uns in Ruhe.«

Panjo vertilgte zwar die Kekse, doch sein Bellen wurde danach nur noch fordernder, als habe er erst durch die Nahrung wieder die Kraft dazu gefunden.

»Das ist unerträglich«, beschwerte Amba sich. »Schafft diese Kreatur hier fort.«

Längst waren auch die anderen Dienstboten gekommen, um ihre Neugier zu befriedigen. »Er will Euch etwas sagen, Amba-devi«, sagte Dakshesh. »Vielleicht ist seinem Herrn etwas Schlimmes widerfahren. Womöglich hatte er einen Unfall und liegt hilflos auf der Straße.«

»Es wäre ja nicht das erste Mal.«

»Bestimmt braucht Senhor Miguel Hilfe«, warf Anuprabha ein. »Ich finde, wir dürfen sie ihm nicht verweigern.« Seit ihrer Rückkehr aus dem Kerker war aus dem einst so stolzen, lebensfrohen Mädchen ein verhuschtes Ding geworden. Es wunderte Amba, dass sie sich überhaupt in die Diskussion einmischte.

»Genau«, meldete sich nun Makarand zu Wort, »er hat uns aus

einer Klemme geholfen, nun ist es an uns, ihm diesen Gefallen zurückzuzahlen.«

»Na schön. Makarand und Dakshesh, ihr nehmt die beiden Pferde und folgt dem Hund. Wenn ihr Senhor Miguel verletzt vorfindet, dann bringt ihn hierher. Wenn es so ist, wie ich vermute, dass er nämlich gesund und munter auf dem Weg hierher ist, dann sagt ihm, er möge sofort umkehren. Wir haben hier kein Verlangen nach seiner Gesellschaft und seinen kindischen Späßen.«

Die Männer ritten davon, immer dem wie verrückt sich gebärdenden Hund nach. Die Frauen zogen sich in ihre Unterkünfte und ins Haus zurück.

Amba war hin- und hergerissen zwischen Sorge und Zorn. Wenn Miguel Ribeiro Cruz einen Unfall gehabt haben sollte, würde sie ihm natürlich helfen müssen – und wollen. Aber wenn es sich nicht so verhielt und er wohlauf war, dann würde sie ihm seine lächerlichen Spielchen nie verzeihen. Warum sie dennoch in ihr Zimmer ging, ihr Haar bürstete und ihre Lippen mit einer glänzenden Pomade betupfte, war ihr selbst nicht ganz klar.

Am Abend waren Dakshesh und Makarand noch immer nicht zurückgekehrt. Die Frauen machten sich allmählich Sorgen, und sie ergingen sich in immer wilderen Spekulationen.

»Der Hund hat die beiden bestimmt zu Senhor Miguels Haus geführt«, mutmaßte Nayana, »und dort liegen alle Bewohner krank darnieder.«

»Ja, die Seuche wird sich ausgebreitet haben«, vermutete auch Jyoti.

»Hoffentlich steckt Makarand sich nicht an«, meinte Anuprabha.

»Oder der arme Dakshesh«, ergänzte Nayana.

»Vielleicht sind sie gar nicht bis zum Haus dieses Portugiesen gekommen, sondern mit der Flussfähre gekentert«, unkte Shalini, worauf ihr kleiner Sohn fragte, was »kentern« bedeutete.

Die Köchin erklärte es ihm, sagte aber, als sie Vikrams erschrockenen Gesichtsausdruck bemerkte: »Sie sind natürlich nicht gekentert. Sie werden den Senhor auf der Straße aufgelesen und ihn ins Dorf gebracht haben. Und weil die beiden schlau sind, wollten sie nach Einbruch der Nacht nicht mehr hierher zurückreiten, weil es im Dunkeln zu gefährlich ist. Ich bin davon überzeugt, dass sie morgen früh in bester Verfassung wiederkommen.«

Doch auch am nächsten Morgen erschienen Makarand und Dakshesh nicht, und in Ambas Haus wuchs die Besorgnis. Unternehmen konnten die Frauen nicht viel: Ohne Pferde und ohne männliche Begleitung würde sich keine von ihnen auf den Weg machen, um nach den beiden Vermissten zu suchen.

Die Anspannung war förmlich mit Händen greifbar. Anuprabha verschüttete ein Fläschchen kostbaren Duftöls, worauf sie von Amba scharf angefahren wurde, und Jyoti war beim Auftragen des Essens so fahrig, dass sie eine Schüssel mit Gemüse fallen ließ, die direkt auf Nayanas Schoß landete. Chitrani hatte die Nachspeise, frittierte süße Reisklößchen, nicht heiß genug ausgebacken, so dass sie nun pampig und fettig schmeckten, und Vikram trieb seine Mutter mit seiner Quengelei in den Wahnsinn.

»Dieser Portugiese bringt uns Unglück, das habe ich doch gleich prophezeit«, sagte Nayana mit düsterer Stimme. Doch gerade als Amba sie angemessen barsch zurechtweisen wollte, hörten sie Hufgetrappel.

Makarand und Dakshesh waren am Ende ihrer Kräfte. Aber im Vergleich zu dem Mann, den sie mitgebracht hatten, ging es ihnen blendend.

37

Amba war erschüttert angesichts des Zustands, in dem Miguel Ribeiro Cruz sich befand. Er war ausgelaugt und so vertrocknet, dass er zehn Jahre älter aussah als der attraktive junge Mann, der noch vor wenigen Wochen seine Frechheiten an ihr ausgelassen hatte. Seine Wangen waren hohl, seine Augen lagen tief in den Höhlen und waren dunkel umrandet, seine Nase war spitz, seine Haut faltig. Er hatte hohes Fieber und gab nur noch zusammenhangloses Gestammel von sich.

Der alte Dakshesh meinte sich pausenlos dafür entschuldigen zu müssen, dass er es zugelassen hatte, den Kranken hierher zu transportieren. »Oh, Ambadevi, es tut mir so leid! Nun haben wir die Seuche eingeschleppt. Aber ich war machtlos gegen Makarand. Der Junge bestand darauf, dass wir Senhor Miguel aus seinem Haus entfernten, und nichts auf der Welt konnte ihn aufhalten, schon gar nicht ein alter Mann wie ich. Und die Leute auf dem Solar das Mangueiras wirkten sogar erleichtert, dass wenigstens irgendetwas geschah – sie pflegen den Kranken seit Tagen und sind verzweifelt, weil nicht die geringste Besserung eintrat.«

»Es ist gut, Dakshesh, uns wird hier nichts passieren. Die Seuche bekommt man von dem vergifteten Wasser in der Stadt«, beruhigte Amba ihren Gärtner. Doch auch sie trug, wie alle anderen, ein Tuch vor Mund und Nase.

Makarand begründete sein eigenmächtiges Vorgehen damit, dass er keine andere Lösung gesehen habe. »Was sollte ich denn tun, Ambadevi? Senhor Miguel lag im Sterben. Ihr hättet einmal das Zimmer sehen sollen, in dem sie ihn ›gepflegt‹ haben – alles dunkel, alles voll mit Töpfen und Eimern, in die er … ähm, ja, Ihr versteht schon. Und wie es dort stank, das war einfach unmenschlich. Dieser Mann hat Anuprabha das Leben gerettet, und die einzige Chance, nun seines zu retten, bestand darin, ihn hierherzubringen und ihn mit vereinten Kräften zu pflegen.«

Und das taten sie. Vor allem Anuprabha war unermüdlich in ihren Bestrebungen, es Senhor Miguel so bequem wie möglich zu machen. Sie wusch ihn, sie wechselte zweimal täglich seine Laken, und sie wickelte ihm kühle Tücher um die Waden, um sein Fieber zu senken. Sie schob ihm sogar die Bettpfanne unters Gesäß und war sich für keine noch so niedrige Verrichtung zu fein. Obwohl es sich nicht gehörte, dass eine ledige junge Frau derartige Dinge bei einem fremden Mann tat, ließ man sie gewähren. Insgeheim waren alle froh, dass ihnen der nähere Kontakt zu dem Kranken erspart blieb. Die einzige andere Gesellschaft, die Miguel hatte, war die seines Hundes. Panjo wich seinem Herrn auf dem Krankenlager nicht von der Seite, und manchmal, wenn Miguels Hand aus dem Bett fiel, leckte der Hund sie vorsichtig ab. Niemand mochte etwas dagegen einwenden: Immerhin hatte das Tier Hilfe für seinen Herrn geholt, da war es das Mindeste, dass sie ihm gestatteten, nun in seiner Nähe zu bleiben.

»Dieser Portugiese wird uns alle mit sich in den Tod reißen«, unkte Nayana.

»Und dich hoffentlich zuerst«, fauchte Amba sie an. »Deine Schwarzmalerei ist nicht länger hinnehmbar. Noch ein Wort, und ich schicke dich fort, dann siehst du ja, wie es ist, wenn die Leute unbarmherzig und kalt sind. Obwohl du dich eigentlich noch daran erinnern müsstest.«

Nayana zog sich zurück und verließ kaum noch ihr Gemach,

wo sie ihre *pujas*, Gebete, verrichtete und sich mit einem intensiven Duftgemisch von Räucherkegeln und Blütenölen betäubte.

Die anderen Dienstboten mochten sich nicht gegen Ambadevi und ihre Entscheidung, den Portugiesen dazubehalten, auflehnen. Sie selber waren nur dank der Großzügigkeit und des Mitgefühls ihrer Herrin am Leben. Dennoch war ihr Unbehagen groß. Niemand wollte sich mit einer Krankheit anstecken, die bei acht von zehn Patienten zum Tode führte.

»Er ist jung und stark. Wenn einer diese verfluchte Cholera überlebt, dann er«, pflegte Amba immer wieder zu sagen, mehr um sich selber davon zu überzeugen als ihre Diener. »Er muss nur reichlich Flüssigkeit zu sich nehmen und bei sich behalten.«

Doch das war leichter gesagt als getan. Man flößte Miguel tröpfchenweise Kokoswasser ein, außerdem frische Milch, kräftig gesalzene Hühnerbrühe, Honigwasser, Masala-Chai und Fruchtsäfte. Aber mehr, als nötig war, um seine rissigen Lippen zu benetzen, behielt er nicht bei sich. Anuprabha ließ nicht nach. Sie beträufelte seine Zunge und seine Lippen immer und immer wieder, so dass die schiere Anzahl der Tropfen, die er auf diese Weise zu sich nahm, sich zu der Menge eines kleinen, zur Hälfte gefüllten Bechers summierte. Am nächsten Tag war es noch ein wenig mehr, am dritten konnte er bereits einen ganzen Schluck nehmen, ohne dass sein Körper ihn wieder abstieß.

»Er trinkt jetzt drei Schlucke!«, jubelte Anuprabha am vierten Tag. Die anderen glotzten sie verständnislos an: War das etwa ein Anlass zur Freude? Der Mann war mehr tot als lebendig, er müsste schon, um den Wasserverlust wieder wettzumachen, den halben Mandovi leer saufen. »Und sein Hund lässt den Kopf auch etwas weniger hängen«, fügte Anuprabha hinzu.

423

»Glaubt mir, die Tiere spüren so etwas. Senhor Miguel ist auf dem Weg der Besserung.«

Nach weiteren zwei Tagen bewahrheitete sich diese Einschätzung. Miguels Fieber war gesunken, und alles, was er trank, behielt er bei sich. Mit fester Nahrung würde man noch warten müssen, aber Chitrani reicherte ihre Suppen mit so viel Fleisch und Fett an und die Getränke mit reichlich Honig und *ghee*, geklärter Butter, dass sie überaus nahrhaft waren. Miguels Lebensgeister regten sich, und sein Verstand erwachte wieder.

Da Anuprabha sich nicht angesteckt hatte, obwohl sie den üblen Dünsten permanent ausgesetzt gewesen war, wagte endlich auch Amba einen Besuch bei dem Patienten, jetzt, da man wieder mit ihm reden konnte.

»Ihr habt uns einen schönen Schrecken eingejagt«, sagte sie, als sie an sein Bett trat.

»Wie bin ich hierhergekommen? Das Mädchen hat irgendetwas von dem Hund gefaselt, was mir recht unsinnig erschien. Ich bin mir nicht sicher, ob das nicht doch ins Reich meiner Fieberphantasien gehörte.« Seine Stimme war schwach, und nach dieser langen Rede sank er ermattet auf die Kissen zurück.

»Aber genauso war es: Euer treuer vierbeiniger Freund hat Euch das Leben gerettet. Wir können uns nicht vorstellen, wie er es allein über den Fluss hierher geschafft hat, aber es ist ihm gelungen. Makarand, das ist der junge Bursche, ist ihm zusammen mit dem Gärtner gefolgt und hat, weil er Euch nach der heldenhaften Befreiung Anuprabhas zutiefst ergeben ist, dafür gesorgt, dass Ihr hier gepflegt werdet.«

»Ich danke Euch.«

Amba tat es mit einem Wink ab. »Ach, dankt lieber Makarand und Anuprabha. Oder Eurem Hund. Er ist ein sehr kluger Kerl, Ihr habt Glück, einen so treuen Begleiter zu haben.«

»Ja«, sagte Miguel und streichelte Panjos Kopf, »und ich liebe ihn mehr, als man ein Tier lieben sollte.« Er liebte, dachte er, auch Dona Amba mehr, als man eine verheiratete Frau lieben sollte, aber das behielt er natürlich für sich. Er wagte es nicht, sie erneut darum zu bitten, ihren Schleier zu lüften. Er würde nie wieder irgendwelche Forderungen stellen können, nicht an die Frau, der er nun sein Leben verdankte.

»Wie lange bin ich schon hier?«, fragte er und starrte dabei auf ihre hübsche kleine Hand, die den Kopf des Hundes tätschelte.

»Etwa eine Woche. Von Euren Dienstboten hat Makarand erfahren, dass Ihr bereits eine ganze Zeit in Euerm Haus gepflegt worden wart, wobei die Art der Pflege, die man Euch angedeihen ließ, mehr darauf abzielte, Euer Ableben zu beschleunigen.«

»Es war dieser Arzt«, flüsterte Miguel, bevor ihm wieder die Augen zufielen. Leise entfernte Amba sich.

Die letzte bewusste Erinnerung, die Miguel hervorkramen konnte, war die an den hageren, schwarz gekleideten Mann mit seinem Doktorhut, der ihn mit einem Aderlass und Schröpfgläsern traktierte. Alles, was danach passierte, war im Strudel seiner Fieberträume versunken. Und nun befand er sich hier, beinahe Tür an Tür mit Dona Amba, ein Umstand, den er sich in seinen kühnsten Visionen nicht hätte vorstellen können. Verrückt, dachte er, dass ausgerechnet eine heimtückische Krankheit, die er nur um ein Haar überlebt hatte, ihn seiner Angebeteten so viel näher gebracht hatte. Er versuchte sich aufzurichten und aus dem Bett zu steigen, doch sofort ergriff ihn ein heftiger Schwindel, der ihn schwarz vor Augen werden ließ. Er war noch nicht kräftig genug, um aufzustehen. Genauso wenig, wie er kräftig genug war, sich über die Pflege, die

Anuprabha ihm angedeihen ließ, zu beschweren. Es war ihm peinlich, von einer Frau gewaschen und gefüttert zu werden. Andererseits war Anuprabha das wahrscheinlich einzige Mädchen auf der ganzen Welt, vor dem er sich nicht zu genieren brauchte – immerhin hatte er sie aus einer mindestens ebenso demütigenden Lage befreit.

Als Dona Amba ihn das nächste Mal besuchte, war er wacher und aufnahmebereiter. Er war neugierig zu erfahren, was alles geschehen war, während er mit dem Tode gerungen hatte.

»Wie steht es auf dem Solar das Mangueiras? Sind die anderen auch krank? Was haben Eure beiden Dienstboten von dort an Nachrichten mitgebracht?«

»Nur Ihr wart erkrankt, den anderen ging es gut. Aus der Hauptstadt allerdings hört man die schrecklichsten Dinge. Ein Drittel der Bevölkerung ist der Cholera erlegen, und noch immer wütet die Seuche.«

»Warum wohl hat sich weder bei mir zu Hause noch hier jemand angesteckt? Das ist doch merkwürdig, findet Ihr nicht?«

»Erstens haben wir alle ein Tuch über Mund und Nase getragen, und soviel ich weiß, war es bei Euren Leuten nicht anders. Dennoch bestätigt dieser ganze Fall meine Vermutung, dass die Krankheit gar nicht über die Luft weitergetragen wird, sondern dass man sich an dem vergifteten Wasser ansteckt. Wegen des starken Regens sind die Abwasserkanäle übergelaufen und haben sich mit dem Trinkwasser vermischt. Man riecht es doch schon, wenn man sich der Stadt nur nähert. Hier dagegen ist dies nicht geschehen. Außerdem achte ich streng darauf, dass zum Trinken, zum Kochen und sogar zur Zahnreinigung nur frisches Regenwasser verwendet wird.«

»Das scheint mir eine sehr weise Maßnahme zu sein.«

»Ja«, erwiderte Amba, die von falscher Bescheidenheit nicht

viel hielt. »Aber wie kommt es, dass Ihr Euch infizieren konntet? Habt Ihr etwa von der grässlichen Brühe in der Stadt getrunken?«

»Nein. Das heißt …« Miguel ließ den Tag Revue passieren, an dem er mit Crisóstomo in der Stadt gewesen war. Er erinnerte sich, dass ihm übel geworden war angesichts der Verwüstung, die die Seuche angerichtet hatte. Ja, und auf dem Heimweg hatte er sich übergeben müssen, und dann … hatte er Wasser aus einem kleinen Rinnsal geschöpft, um seinen Mund von dem ekelhaften Geschmack zu befreien. Ob das die Ursache gewesen war? War das Wasser verunreinigt gewesen?

»Ich fürchte, genauso war es«, antwortete er, ohne ins Detail zu gehen. Er musste Dona Amba ja nicht unbedingt noch weiter mit seinen Unpässlichkeiten belästigen.

»Ich hoffe, Euch fehlt es an nichts?«, wechselte sie das Thema. »Lasst es mich wissen, wenn Ihr etwas benötigt.«

»Danke. Es gäbe da tatsächlich etwas, um das ich Euch bitten möchte. Zwei Dinge, um genau zu sein. Ich möchte gern, dass jemand, vielleicht Euer Bursche, dieser Makabar …«

»Makarand.«

»Genau der. Dass er also zum Solar das Mangueiras reitet und dort Bescheid sagt, dass ich auf dem Weg der Besserung bin und sobald als möglich heimkehre. Und wenn er schon einmal dort ist, könnte er mir vielleicht auch meine Spielkarten mitbringen.«

»Spielkarten?«

»Ja, das sind Karten, auf denen bestimmte Zahlen und Symbole abgebildet sind, mit denen man sich die Zeit sehr schön vertreiben kann. Es ist – und bitte nehmt das nicht als Kritik – ein wenig langweilig, den ganzen Tag im Bett zu liegen und an die Decke zu starren. Aber einen Rücktransport wollt Ihr mir ja partout nicht gestatten.«

»Selbstverständlich nicht. Wir päppeln Euch doch nicht auf, um Euch dann gleich wieder zu verlieren, weil Ihr nicht die Kraft habt, Euch auf dem Rücken eines Pferdes zu halten.«

Miguel fragte sich, ob das der wirkliche Grund war. Immerhin hatten sie ihn ja auch hierherbefördert, als er noch viel schwächer gewesen war als jetzt. Doch er gestattete sich nicht, sich länger mit der sehr schmeichelhaften Idee zu beschäftigen, Dona Amba könne seine Gesellschaft wünschen. Vielleicht steckte etwas ganz anderes dahinter, etwa die Tatsache, dass die Krankenpflege eine sehr gute Wirkung auf Anuprabha zu haben schien.

»Aber«, schickte Amba nun hinterher, »Eure Bitte will ich Euch gern erfüllen. Das Spiel wird Euch von anderen Dingen ablenken.« Damit verließ sie den Raum und ließ Miguel mit der ungeklärten Frage zurück, welche anderen Dinge das wohl sein sollten.

Als am nächsten Tag Makarand mit den Spielkarten sowie der frohen Kunde zurückkehrte, allen Leuten auf dem Solar das Mangueiras ginge es gut, fühlte Miguel sich bereits kräftig genug, aufzustehen und sich an den Tisch zu setzen. Allerdings wurde ihm dabei so schwindlig, dass er, als er sich auf den Stuhl fallen ließ, schwarze tanzende Pünktchen sah und seine Ohren vorübergehend taub wurden. Während er saß, erholte er sich langsam wieder. Es war kein gutes Gefühl, so schwach und auf die Hilfe fremder Leute angewiesen zu sein. Er war nie in seinem Leben ernstlich krank gewesen und hatte seine robuste Gesundheit immer als selbstverständlich hingenommen. Welch einem Irrglauben er erlegen war! Er hatte sich sogar für immun gegen die Pest gehalten, weil einer seiner Vorfahren die schwere Epidemie von 1569, von der ein Großteil der Bevölkerung Lissabons dahingerafft worden war, unbeschadet überstanden hatte.

Er legte gerade die Karten für eine selbstentwickelte Variante von Solitaire aus, als Dona Amba klopfte.

»Wie erfreulich, dass Ihr schon das Bett verlassen könnt«, sagte sie. »Ich denke, in zwei bis drei Tagen können wir Euch ziehen lassen.«

»Das«, entgegnete Miguel, »wäre ja ein Grund, noch länger leidend bleiben zu wollen.«

»Euch gefällt es bei uns?«, fragte sie, und Miguel glaubte einen bissigen Unterton heraushören zu können.

»Ihr gefallt mir.«

»Eure Genesung schreitet wirklich schnell voran. Sogar Eure Dreistigkeit ist schon wieder zurückgekehrt.«

»Verzeiht, ich wollte Euch nicht beleidigen. Ganz im Gegenteil, ich wollte Euch zu verstehen geben, dass ich Eure Gastfreundschaft und vor allem die Pflege, die Ihr mir habt angedeihen lassen, sehr zu schätzen weiß. Auch Euer Anblick ist sehr erbaulich und war meiner Genesung sicher zuträglich.«

Wie schaffte es dieser Kerl eigentlich immer, fragte Amba sich, dass er so freundliche Dinge sagen und dabei so beleidigend sein konnte? Zweideutigkeiten dieser Art gefielen ihr nicht. Und warum gelang es ihr nicht, sich einfach nur darüber zu ärgern und diesen Mann zu ignorieren, wie sie es mit anderen auch tat, statt seinen Bemerkungen immer eine schmeichelhafte Seite abzugewinnen? Dieser Ribeiro Cruz und seine Frechheiten beschleunigten ihren Herzschlag. Das war nicht gut.

»Nun, ich hoffe, dass Ihr keinen Rückfall erleidet, wenn ich Euch mit Euren Spielkarten wieder allein lasse. Ich habe zu tun.« Und schon war sie fort.

Am Abend desselben Tages hatte Miguel den Eindruck, er könne einmal ein paar Schritte mehr versuchen. Doch schon die Prozedur des Ankleidens schwächte ihn so sehr, dass er dabei jede Unternehmungslust verlor. Er fügte sich in sein Schicksal und legte sich wieder ins Bett. Vielleicht wäre er dann am Morgen bei Kräften. Tatsächlich gelang es ihm im Morgengrauen, sich anzuziehen, ohne dass ihm schwindelte. Der Hund wuselte aufgeregt um ihn herum, er schien zu spüren, dass es seinen Herrn nach draußen zog, und hoffte wohl darauf, dass dieser ihm Bällchen warf. Doch als Miguel sich die Verandastufen hinunterschleppte, flimmerte es ihm wieder vor den Augen. Er setzte sich auf die oberste Stufe und wartete, dass der Schwächeanfall vorüberging. Panjo legte sich ins Gras zu seinen Füßen und schaute ihn halb erwartungsvoll, halb besorgt an, als verstünde er genau, dass sein Herrchen nicht konnte, wie er wollte.

Es war sehr früh am Tag. Die Sonne war noch nicht aufgegangen, tauchte jedoch die Bäuche der Wolken, die sich am Horizont türmten, in einen intensiven Orangeton. Miguel beobachtete das Spektakel versonnen, das Kinn auf beide Hände und die Ellbogen auf die Knie gestützt. Die Luft duftete würzig nach Erde, nassem Laub und Wachstum. Die ersten Vögel zwitscherten munter vor sich hin, auch sie froh, dass der Dauerregen eine Pause eingelegt hatte. Wie froh er war, dass er lebte und dies alles sehen, riechen und hören konnte!

»Es ist eine magische Stunde, nicht wahr?«, hörte er plötzlich Dona Ambas Stimme hinter sich. Sie war lautlos aus dem Haus gekommen und setzte sich nun auf die gemauerte Bank der Veranda schräg hinter ihm. Von dort hatte sie einen herrlichen Blick gen Osten, wo jeden Augenblick die Sonne aufgehen würde.

»Ja«, antwortete Miguel. Die friedliche, leichte Stimmung, die ihn erfasst hatte, war jedoch verflogen. In Gegenwart dieser Frau konnte er sich nicht entspannen.

»Möchtet Ihr einen Gewürztee? Ich bereite mir selber auch einen zu.«

»Sehr gern – auch wenn es mir unangenehm ist, Euch für mich laufen zu lassen.«

»Ich erwache meist vor meinen Dienern. Manchmal wecke ich die Leute, aber an anderen Tagen bin ich ganz froh, die Ruhe und den Zauber des frühen Morgens allein genießen zu können.«

»Wäre es Euch lieber, ich ginge wieder hinein?«

»Oh nein!«, rief Amba und merkte zu spät, dass er ihre spontane Reaktion ganz falsch auslegen konnte. »Ich meine, Ihr seid mein Gast, und als solcher dürft Ihr Euch zu jedem Zeitpunkt aufhalten, wo es Euch beliebt. Außerdem freut es mich zu sehen, dass Ihr gute Fortschritte macht.«

»Weit habe ich es nicht geschafft.«

»Aber doch zehnmal so weit wie gestern, nicht wahr?« Amba lächelte ihm aufmunternd zu, was er natürlich nicht sehen konnte. »Kopf hoch, lieber Senhor Miguel, schon morgen oder übermorgen werdet Ihr endlich diesen abgelegenen Ort verlassen und Euch wieder ins Getümmel werfen können.«

»Vielleicht möchte ich das gar nicht.«

»Nein?«

»Ich finde es hier draußen sehr schön. Ihr habt Euch ein hübsches kleines Juwel in der Abgeschiedenheit geschaffen.«

»Wenn Ihr es erst nach dem Monsun seht, wenn alles blüht …«

»Soll das heißen, ich darf Euch dann gelegentlich einen Besuch abstatten?«

»Natürlich. Anuprabha wäre untröstlich, wenn Ihr es nicht tätet. Sie hält Euch für einen Heiligen.«

»Wie geht es ihr?«

»Schlecht. Die Torturen, die sie über sich ergehen lassen musste, haben ihren Geist gebrochen. Sie ist nur noch ein Schatten ihrer selbst. Sie war ein sehr hochnäsiges Mädchen, wisst Ihr, aber das war immer noch besser als dieses verängstigte Ding, das sie jetzt ist. Am schlimmsten ist, dass sie die Schuld für das, was passiert ist, bei sich selbst sucht.«

»Verratet Ihr mir, warum Ihr Euch ihre Rettung so viel habt kosten lassen? Das ist sehr ungewöhnlich.«

»Sagen wir, ich will in diesem Leben daran arbeiten, dass mich im nächsten ein besseres Schicksal erwartet.«

»Ist es denn so schlecht, Euer derzeitiges Los?«

Amba dachte etwas länger über ihre Antwort nach. Wie sollte sie einem Fremden, noch dazu einem Portugiesen, verständlich machen, dass es das in der Tat war. »Ich gehe schnell den Chai zubereiten«, sagte sie und floh.

Der Hund folgte ihr.

Als sie zurückkam, hatte sie sich gesammelt und eine Antwort zurechtgelegt. Doch Miguel ließ sie nicht zu Wort kommen.

»Würdet Ihr mir«, fragte er mit Unschuldsmiene, »die Ehre erweisen und mir heute Abend ein wenig Eurer kostbaren Zeit opfern? Sagen wir, hier draußen, zum Sonnenuntergang?«

»Äh, ja. Aber …«

»Wundervoll!«, rief er und ging, seinen Schwindel nur mit Mühe verheimlichend, beschwingt auf sein Zimmer zurück.

Und dort blieb er die nächsten Stunden, verbat sich jede Störung und heckte einen Plan aus.

38

Gegen Mittag rief Miguel nach Anuprabha. »Darf ich dich um einen großen Gefallen bitten?«

»Aber ja, *sahib*, ich tue alles für Euch, das wisst Ihr doch.«

»Und glaubst du, dass uns auch Makarand behilflich sein könnte?«

»Gewiss, *sahib*, er ist Euch, genau wie ich, zu großem Dank verpflichtet.«

»Und versprecht ihr zwei mir, dass ihr keiner Menschenseele etwas verraten werdet?«

»Aber ja!« Ungeduld hatte sich in Anuprabhas Stimme gemischt.

»Gut. Ich möchte Dona Amba mit einem Festmahl überraschen. Nicht mit einem, wie ihr es vielleicht kennt, wo viele Gäste geladen sind und sich die Tische unter unzähligen Leckereien biegen. Nein, mir schwebt ein kleines Diner für zwei Personen vor, mit ein paar wenigen, aber umso köstlicheren Delikatessen.«

»Ah.« Anuprabha wirkte nicht gerade überzeugt, dass dies die Art von Überraschung war, mit der man ihrer Herrin eine Freude bereiten konnte.

»Glaubst du, euch beiden könnte es gelingen, bis zum Nachmittag eine Art Zelt oder einen Baldachin im rückwärtigen Teil des Gartens zu errichten, und zwar so, dass Dona Amba davon nichts mitbekommt?«

»Ich glaube schon.«

»Dorthin bringt ihr einen kleinen Tisch und zwei Stühle. Ihr deckt den Tisch nach europäischer Manier ein, wobei ich euch helfen kann. Immer vorausgesetzt, es gibt Porzellan und Besteck und Tischwäsche.«

»Aber Miguel-sahib, was glaubt Ihr, wo Ihr seid?! Wir haben alles da, um ausländische Herrschaften angemessen zu bewirten.«

»Wunderbar. Des Weiteren müsst ihr die Köchin davon überzeugen, heute ein Gericht zuzubereiten, das ihr vielleicht nicht so geläufig ist. Am besten wird sein, du schickst sie zu mir, dann kann ich das selbst mit ihr besprechen.«

»Chitrani kann alles kochen, auch portugiesische Gerichte.«

»Das ist gut. Schick sie mir später her. Außerdem muss Makarand versuchen, einen anständigen Wein aufzutreiben. Gibt es im Dorf einen Laden, der so etwas führt?«

»Nicht, dass ich wüsste. Aber der Pfarrer hat, wie man sich erzählt, einen Weinkeller. Makarand könnte dort eine Flasche, ähm, erbitten.«

»Aber nicht, dass er sie stiehlt.«

»Nein, wo denkt Ihr hin! Er würde nur wahrscheinlich eine haarsträubende Geschichte erzählen, vielleicht von einem Kranken, der den Wein zu seiner Genesung braucht, und dem Mann auf diese Weise eine Flasche abluchsen.« Anuprabha zwinkerte Miguel verschwörerisch zu. Für einen ganz kurzen Augenblick sah er das Mädchen, das sie einmal gewesen war.

»Na dann: an die Arbeit!«, sagte er und zwinkerte zurück.

Die Sonne zeigte sich nur zwischen den Wolken, als glühende Streifen, die schräg hindurchfielen. Aber wenigstens sah es so aus, als habe der Regen sich gelegt, der tagsüber ohne Unterlass herabgeströmt war. Miguel saß, wie schon am Morgen, auf den Stufen der Veranda. Er hatte sich heute erstmals im Spiegel gesehen und war vor seinem eigenen Anblick entsetzt zurückgewichen. Er war blass und dürr geworden, und sein mangelhaft rasiertes Gesicht hatte ausgesehen, als habe er mit Holzkohle darin herumgemalt. Nun aber war er rasiert, sein Haar war mit Öl zurückgekämmt, seine Kleidung auf die Schnelle von einer jungen Frau, die anscheinend ebenfalls hier in Diensten stand, in Ordnung gebracht worden. Die Sachen waren ihm viel zu weit geworden, aber er fühlte sich trotzdem um Welten besser als in dem Schlafgewand, das er tagelang getragen hatte.

Als Dona Amba erschien, stand er auf und verbeugte sich vor ihr.

»Kommt mit«, sagte er und streckte die Hand aus. Doch sie ergriff sie nicht.

»Ich weiß nicht, was hier den ganzen Tag schon vor sich geht. Ich hoffe nur, es ist nicht wieder einer von Euren Dummejungenstreichen.«

»Nicht wieder einer? Aber ich habe Euch bisher gar keinen gespielt. Wartet ab.« Miguel war froh, dass Dona Amba ihm immerhin folgte.

Als sie den Teil des Gartens erreichten, in dem die Überraschung wartete, hielt er die Luft an, obwohl er das Arrangement bereits kannte. Die Diener hatten sich selbst übertroffen. Das Zeltdach, das sie im Garten errichtet hatten, war mit Blätterranken verziert, darunter stand ein festlich gedeckter Tisch mit zwei Stühlen. Sogar an einen Bastteppich hatte man gedacht, damit man sich in dem regennassen Gras keine feuchten Füße holte. Bunte Laternen tauchten das Ganze in ein warm flackerndes Licht.

»Oh«, war alles, was Amba hervorbrachte.

Miguel führte sie zum Tisch, rückte den Stuhl für sie ab und bat sie, Platz zu nehmen. Dann setzte er sich selber, nahm die bereits entkorkte Flasche und füllte beide Gläser.

»Auf Euer Wohl, liebe Dona Amba.«

»Auf das Eure«, sagte sie, hob den Schleier ein winziges Stück und führte das Glas zum Mund, ohne zu trinken. Es hätte so viele Dinge gegeben, die sie hätte sagen können, sagen müssen. Zum Beispiel, dass es sich für eine Dame in *purdah* nicht gehörte, mit einem fremden Mann zu speisen. Oder dass ihr Gemahl von diesem Tête-à-tête sicher nicht begeistert wäre, genauso wenig wie Miguels Verlobte. Sie hätte ihm sagen können, dass hinduistische Frauen in Indien keinen Alkohol tranken oder dass sie die Art und Weise, wie er über ihre Dienerschaft verfügte, unverschämt fand. Aber all das blieb ihr im Halse stecken. Denn dieses idyllische kleine Diner, das er arrangiert hatte, rührte sie fast zu Tränen. Es war wunderschön hier draußen, und noch nie hatte sie erlebt, dass ein Mann sich so viele Gedanken gemacht hätte, um ihr einen solchen Abend zu bescheren.

»Ihr seht viel besser aus«, sagte sie.

»Ich würde das Kompliment ja gern erwidern, aber …«

»… aber ich kann den Schleier nicht abnehmen. Ich bin sicher, dass meine Dienstboten sich in den Bäumen versteckt haben, um nur ja keine Sekunde von dem, was sich hier tut, zu verpassen.«

»Ich habe ihnen mit ewiger Verdammnis gedroht, falls sie sich unterstehen, uns zu beobachten. Und weil ich weiß, dass das gar nichts nützt, habe ich diese Gazeschleier hier befestigen lassen.« Er löste ein paar Schlaufen, und lange, fein gewobene Stoffbahnen fielen herab, die sie sowohl vor Mücken als auch vor neugierigen Blicken schützen würden.

»Ihr habt an alles gedacht«, sagte sie versonnen.

»Ja.« Er sah sie durchdringend an, mit einem leichten Lächeln auf den Lippen, das sowohl verschmitzt als auch hinterlistig sein mochte.

Außer ihrem Stolz gab es keinen vernünftigen Grund, sich zu zieren. Und wenn das die Belohnung war, die er sich erhoffte … was kostete es sie schon? Langsam hob Amba den Schleier.

»Ihr seht atemberaubend aus«, raunte Miguel ihr zu.

Sie schenkte ihm ein Lächeln, bei dem er vollends dahinschmolz. Es war das erste Mal, dass er sie lächeln sah. Ihre Zähne waren so wunderschön wie der Rest von ihr, und ihre Züge wirkten weicher und jünger. Sie sah aus wie ein frisch verliebtes Mädchen. Er hoffte, dass er selbst nicht aussah wie ein verliebter Trottel.

Eine kräftige Windböe ließ die Vorhänge flattern und die Kerzen in den Laternen flackern. Auf Ambas Unterarmen zeigte sich eine Gänsehaut.

»Ist Euch zu kalt?« Miguel stand auf und zauberte aus einem Schubladentischchen, auf dem zugedeckte Platten und Schüsseln standen, einen langen Kaschmirschal hervor. »Ihr erlaubt«, sagte er und legte ihn um ihre Schultern, wobei er ihr leicht über die Arme strich. Amba erschauerte.

»Und nun«, dabei stellte er eine Platte auf den Esstisch und nahm den Deckel ab, »voilà, die Vorspeise.« Er servierte die kalten Happen – in Ingwer und Zitrone marinierte, gebratene Hähnchen- und Gemüsescheibchen – und nahm wieder Platz.

»Wo habt Ihr das so schnell aufgetrieben?«, fragte Amba.

»Mir schwebte etwas sehr viel Delikateres vor, aber Austern oder Spargel waren im Dorf nicht zu bekommen, und ich bezweifle, dass ich sie in der Stadt gefunden hätte. Allerdings hatte der Dorfpfarrer, von dem auch der Wein stammt, gerade ein Huhn geschlachtet. Makarand hat sofort zugeschlagen.«

Amba musste laut auflachen. Es war ein heller, fröhlicher Klang, der Miguel durch Mark und Bein ging, so unbeschwert und leicht war er. Von dieser Seite kannte er Dona Amba bisher nicht.

Einen Augenblick lang fragte Amba sich, wie er das alles bezahlt hatte. Als Miguel zu ihnen kam, war er zwar vollständig bekleidet gewesen, hatte aber weder Gepäck noch eine einzige Paisa dabeigehabt. Irgendwann einmal würde sie ihn danach fragen.

Etwas unsicher nahm sie das Besteck zur Hand. Sie hatte den Umgang mit Messer und Gabel zwar gelernt, war jedoch wenig geübt darin. In ihrem Haus wurde auf indische Weise gegessen, nämlich mithilfe von Brot, das man mit den Fingern bog und damit die meist eintopfähnlichen Gerichte aufnahm. Mit dieser Esskultur wiederum taten die meisten Ausländer sich schwer.

»Es schmeckt vorzüglich«, sagte sie. »Bestellt Chitrani meine Komplimente.«

»Ja, das ist ihr sehr gut gelungen, nicht wahr?« Miguel hörte sich an, als sei es allein sein Verdienst, dass das Mahl schmeckte. Dabei, und das wussten beide, war der Geschmack der Speisen nur ein Teil des Genusses. Das zauberhafte Ambiente, der Wein, der Anblick des jeweils anderen beim Essen sowie die Spannung, die zwischen ihnen lag, trugen mindestens genauso zu dem Vergnügen bei.

Als Miguel die Teller und die Platte abräumte, um danach den Hauptgang zu servieren, der auf einem Rechaud warm gehalten wurde, bewunderte Amba seine anmutigen Bewegungen. Er ließ nichts fallen, klapperte nicht mit Tellern oder Besteck und war ganz einfach ein formvollendeter Gastgeber. »Ihr habt Übung im … Bedienen«, stellte sie spöttisch fest.

»Ja, das bleibt nicht aus, wenn man den Dienern zeigen muss, wie sie es machen sollen«, erwiderte Miguel leichthin. Dabei fühlte er sich nicht halb so fähig, wie er es in gesundem Zustand wäre. Er war noch immer schwach auf den Beinen, die lange Erkrankung hatte ihm mehr zugesetzt, als er sich eingestehen wollte. Aber das würde er seiner Herzensdame natürlich unter gar keinen Umständen zeigen.

Sie genossen den Hauptgang, ein indoportugiesisches *caldinho de peixe*, einen Fischeintopf mit Kokosreis, schweigend. Immer wieder erwischten sie einander dabei, wie sie ihr Gegenüber verstohlen musterten. Amba senkte jedes Mal verlegen den Blick, während Miguel sie betrachtete. Er konnte von ihrem Anblick einfach nicht genug bekommen, vor allem wenn sie, wie jetzt, ein so aufregendes Mienenspiel zeigte. Mal lag Arroganz in ihrem Ausdruck, mal Bescheidenheit, mal gab sie sich unnahbar, dann wieder wirkte sie verletzlich. Wie konnte jemand so widersprüchliche Empfindungen oder Wesenszüge auf seinem Gesicht abbilden, ohne kaum je mit der Wimper zu zucken? Miguel war verwirrt. Ob es an ihm lag, an seiner Wahrnehmung, die vielleicht durch die besondere Stimmung dieses Abends getrübt war?

Er schaute ihr tief in die Augen, die im Kerzenschein und unter den unglaublich langen, schwarzen Wimpern geheimnisvoll funkelten. Doch darin entdeckte er mehr Fragen als Antworten. Es war, als blicke man zu lange auf einen dunkelgrünen Waldsee, der seinen Grund nicht preisgeben wollte und der den Betrachter sich im Sog der Tiefe verlieren ließ.

»Ihr seid die schönste Frau, die ich je gesehen habe«, sagte Miguel leise.

Außer Eurer Verlobten, schoss es Amba durch den Kopf, doch sie schwieg. Sie wusste nicht, wie sie mit der Situation umgehen sollte. Es behagte ihr, sich so verwöhnen zu lassen. Es gefiel ihr, wie er mit ihr sprach und was sie sah: einen Mann, der charmant war, stilvoll und geistreich, der gut aussah und ein unwiderstehlich freches Grinsen hatte, in dem sich seine sorgenfreie Jugend und seine vornehme Herkunft ebenso offenbarten wie seine Intelligenz.

Was ihr nicht gefiel, wog jedoch schwerer: Er war eine Gefahr für sie, nicht nur für ihren hart errungenen Seelenfrieden, sondern für ihr Leben und das der Menschen, die von ihr abhängig waren. Er brachte die Außenwelt zu ihnen, und mit ihr womöglich die Jäger, die ihr auf den Fersen waren, ganz zu schweigen von der Inquisition. Solange sie hier unter sich blieben und sich unauffällig verhielten, drohte ihnen wenig Gefahr. Aber wenn sich der junge Ribeiro Cruz erst wie ein Stammgast fühlte und immer wiederkehrte, dann würde es nicht lange dauern, bis auch dessen Dienstboten, seine Bekannten oder auch seine Feinde hier aufkreuzten. So war es immer, wenn man einander näherkam. Die Lebenswelten vermischten sich, ehe man sich's versah. Sie wollte das nicht.

Und sie wollte nicht, dass dieser herrliche Abend, der einem Traumreich anzugehören schien und nicht der Wirklichkeit, jemals endete.

Miguel füllte ihr Glas auf, an dem sie nur genippt hatte. Dann gab er sich selber von dem unerwartet guten Wein etwas nach und hob das Glas. »Auf Eure Großherzigkeit, die sich in Eurer Schönheit widerspiegelt.« Sie nahmen beide einen Schluck, Amba einen kleinen, Miguel einen sehr großzügigen. Dann sprach er weiter. »Ihr habt mir mein Leben gerettet. Dafür habt Ihr bei mir einen Wunsch frei. Ganz gleich, was es ist – wenn ich es bewerkstelligen kann, werde ich weder Kosten noch Mühen scheuen, ihn zu erfüllen. Also: Was wünscht Ihr Euch?«

»Im Augenblick, mein lieber Senhor Miguel, bin ich wunschlos glücklich. Aber erinnert Euch an Euer Angebot. Es könnte sein, dass ich eines Tages darauf zurückkomme.«

»Seid Ihr das? Glücklich?« Miguel legte den Kopf schräg und sah sie ernst an. »Könnte es nicht sein, dass Ihr zu bescheiden seid?«

Amba wandte den Blick ab und betrachtete ihre Hände, die verschränkt auf dem Tisch lagen. Wie sollte sie ihm erklären, dass das Leben sie gelehrt hatte, hochfliegenden Visionen zu misstrauen? Er war so jung, und seiner Seele war nie Schaden zugefügt worden. Er würde es nicht verstehen. Er glaubte, die Welt gehöre ihm und er brauche nur mit dem Finger zu schnippen, um alle seine Wünsche in Erfüllung gehen zu lassen. Es war dieses Selbstverständnis der Unbesiegbarkeit, das sie an ihm besonders reizvoll fand – und das schon seit jeher das tiefste Unglück über andere gebracht hatte. War sie zu bescheiden? Nein. Sie war nur fest im wahren Leben verankert.

»Wir sollten zum Haus zurückkehren. Es wird jetzt sehr frisch hier draußen.« Amba stand auf und legte den Schleier wieder über ihr Gesicht.

»Aber Ihr habt die Nachspeise noch nicht gekostet. Ohne sie kann Euer kleines Glück gar nicht vollkommen sein.«

»Mein großes Glück ist, dass ich das Kleine zugunsten des großen Ganzen ignorieren kann.« Sie schob den feinen Vorhang beiseite und trat hinaus. »Es war ein wunderschöner Abend, und ich danke Euch von Herzen.«

»Wartet!«, rief Miguel. Er sprang so abrupt auf, dass sein Stuhl umkippte, und lief ihr nach. Doch die plötzliche Bewegung bekam ihm nicht. Er spürte, dass ihm wieder schwindlig wurde. Er erreichte mit knapper Not den Banyanbaum, an dessen Luftwurzeln er sich festhalten musste, um nicht zu Boden zu sinken. Zwei der Wurzeln waren zu einer Art Schaukel miteinander verdreht, auf die er sich setzte.

»Ist Euch nicht wohl?«, hörte er wie aus weiter Entfernung Dona Ambas Stimme. Doch, dachte er, doch, mir ist wohl, solange Ihr bei mir seid. Aber er brachte nichts mehr hervor.

Amba war beunruhigt. Es war für ihn nach der langen Krankheit zu früh gewesen, um schon wieder so aktiv zu sein. Miguel war ohnmächtig zu Boden gesunken. Sie kniete neben ihm und rief nach Makarand und Anuprabha, doch niemand kam. Miguel musste in der Androhung der Strafe sehr drastisch gewesen sein, wenn ihre Dienstboten tatsächlich seinen Wunsch, sie mögen der improvisierten Laube fernbleiben, beherzigt hatten. Nun aber erwies sich die Intimität als Gefahr. Was, wenn er nicht wieder zu Bewusstsein kam? Wie sollte sie ihn ohne Hilfe ins Haus schaffen? Sie fächelte ihm Luft zu und gab ihm zwei Ohrfeigen.

Sie kniete in dem spärlich wachsenden Gras unter dem Baum und bekam nasse Knie, doch davon spürte sie nichts. Sie schob den Schleier über ihren Kopf, beugte sich über Miguel und horchte, ob seine Atmung normal ging. In diesem Augenblick schlug er die Augen auf.

Ihre Gesichter waren keine Handbreit voneinander entfernt. Keiner wagte etwas zu sagen. Miguel streckte den Arm nach ihr aus und umfasste ihre Taille, die so schmal war, dass sie sich unter seiner großen Hand anfühlte, als würde sie gleich zerbrechen. Amba ließ ihn gewähren. Er fuhr langsam mit der Hand an ihrem Rücken hoch, schob sie zwischen Sari und *choli*, bis er ihren Nacken erreicht hatte und dort einen sanften Druck ausübte. Ihr Kopf senkte sich, bis ihre Lippen endlich zueinanderfanden.

Es war zunächst nur der Hauch eines Kusses, federleicht und tastend, köstlich in seiner Sanftheit. Amba schloss die Augen und ließ zu, dass Miguel sie fester an sich zog. Sein Kuss wurde fordernder. Amba genoss den Geschmack und die Zartheit seiner Lippen, und die prickelnde Intensität der Nähe jagte ihr wohlige Schauer über den ganzen Körper. Als ihr schwerer Zopf nach vorn fiel und sie ihn wieder über den Rücken legen wollte, griff Miguel nach ihrem Handgelenk. Er küsste die Innenfläche der Hand und die empfindliche Stelle, an der er ihren Puls erspüren konnte. Amba entzog ihm die Hand vorsichtig, um seinen Hals und seinen Nacken damit zu erforschen. Sie vergrub sie schließlich in seinem Haar und forderte nun ihrerseits eine noch größere Nähe.

Sie war noch nie so geküsst worden – und hatte selber nie zuvor auf diese Weise geküsst. Wie von allein fanden sich ihre Zungen zu einem erotischen Spiel, das in seiner Harmonie einen Liebesakt vorwegnahm, der die große Erfüllung verhieß. Miguel nahm ihre Unterlippe zaghaft zwischen die Zähne, erkundete mit der Zunge die Linie ihres Kinns, schmeckte die samtige Haut und den zarten Flaum unterhalb ihrer Ohren, knabberte an den Ohrläppchen und verlor sich schließlich in den leisen Seufzern, die sie ausstieß, als er ihren Hals mit kleinen Bissen übersäte. Er zog ihren Oberkörper nun ganz eng an seinen. Durch den dünnen Stoff ihrer Kleidung fühlte er ihre harten Brustwarzen und ihr heftig schlagendes Herz. Er atmete schwer. Seine Erregung war so stark, dass es schmerzte.

Amba, die noch immer neben Miguel kniete, während ihr Oberkörper an seinen gepresst war, legte sich nun vollständig auf ihn. Sie wollte ihn ganz spüren, wollte ihm mit jeder Faser ihres Körpers nahe sein. Seine Erektion drückte hart gegen ihren Bauch, und am liebsten hätte sie sich auf der Stelle aller Kleidung entledigt. Alles in ihr schrie nach der vollkommenen Verschmelzung ihrer Leiber. Ihr Atem ging stoßweise, als sie die oberen Knöpfe seines Hemdes öffnete und ihre Hand sich darunterschob, um seine Brustbehaarung, das Spiel seiner Muskeln und die von Schweiß benetzte Haut zu berühren.

Miguel umschloss ihre Taille mit beiden Händen und zog Amba ein Stück an sich hinauf. Sie spreizte die Beine ein wenig, und er packte beinahe grob ihr Gesäß. Sie spürte ihn, hart und groß, zwischen ihren Schenkeln. Der Saum ihres Saris war bereits bis zu den Knien heraufgerutscht, und nun schob Miguel den Stoff weiter hinauf. Seine Hände glitten darunter und fuhren fest an ihren Beinen bis zum Hinterteil hoch, das, was ihn ebenso überraschte wie erregte, unter dem Sari und dem Unterrock nicht weiter bedeckt war. Amba trug keine Leibwäsche. Er hob ihr Becken an, um an seiner Hose herumzunesteln. Wenn er nicht jetzt sofort in sie eindringen konnte, würde er verrückt werden.

Beide keuchten und hörten in ihrer verzückten Vorfreude auf die bevorstehende Vereinigung nicht die aufgeregten Stimmen, die sich vom Haus her näherten. Erst als ganz in ihrer Nähe Makarand zu vernehmen war, der fassungslos »Oh!« rief, ließen sie voneinander ab.

Miguel stöhnte vor Frustration. Amba seufzte, ordnete ihre Kleidung schnell wieder und erhob sich.

»Was?«, fragte sie in ihrem arrogantesten Ton.

»Da sind zwei Diener von Miguel-sahib gekommen, Ambadevi. Sie haben eine wichtige Botschaft.«

»Sag ihnen, sie sollen auf der Veranda Platz nehmen und sich einen Moment gedulden.«

»Sehr wohl, Ambadevi.« Er zögerte kurz, entschloss sich dann aber, den Grund des Kommens dieser Leute zu nennen. »Sie sagen, die, ähm, also, die Verlobte von Miguel-sahib sei eingetroffen.«

Amba ging zum Haus, ohne Miguel noch eines Blickes zu würdigen.

Er sollte die Tränen in ihren Augen nicht sehen.

39

Maharashtra, Oktober 1621

Rund zwanzig Monate lag es nun zurück, dass Uma und
Roshni vor ihrem Schicksal geflohen waren – nur um festzustellen, dass es ihnen überallhin folgte. Ihre Wanderschaft hatte
sie gelehrt, dass man dem unbarmherzigen Los, das der Himmel einem auferlegte, nicht entkommen konnte. Sogar Roshni
hatte aufgehört, von einer rosigeren Zukunft zu reden. Immer
öfter dachte sie darüber nach, wer oder was sie in einem früheren Leben gewesen war und welche Sünden sie begangen hatte,
um solcherart bestraft zu werden.
Als Uma zu einer Audienz beim Maharadscha gebeten wurde,
war Roshnis erste Reaktion daher nicht Freude, sondern Vor-
sicht.
»Bestimmt wollen sie dich verhören. Wahrscheinlich finden sie
dann heraus, dass du die Schuld an dem Missgeschick des Prinzen trägst«, unkte Roshni.
Doch so war es nicht. Die Nachricht von der Rettung des Prinzen, die allein Uma zu verdanken war, hatte den Maharadscha
und die Maharani zu tränenreichen Dankeshymnen veranlasst,
die man Uma allerdings nur durch Boten überbringen ließ. Sie
hielten sie für eine Unberührbare. Nachdem Uma das Missverständnis aufgeklärt und ihre vornehme Abstammung betont
hatte, waren sie und Roshni in den Palast eingeladen worden.
Man hatte ihnen zwei wunderschöne Gästezimmer zugewiesen,
hatte ihnen Bäder und Schönheitsbehandlungen angedeihen

lassen und ihnen neue Gewänder gegeben. Heute nun war der Tag, an dem die edle Retterin für rein genug erachtet wurde, dem Fürstenpaar persönlich vorgeführt zu werden.

Zwei uniformierte Wachen flankierten sie, als sie den Thronsaal betrat. Der Maharadscha saß auf seinem Thron, neben ihm stand sein einziger Sohn. Die beiden Männer betrachteten Uma fragend. Diese elegante Dame, die sich mit gesenktem Haupt vor sie hinkniete, hatten sie nie zuvor gesehen.

»Wo bleibt sie denn, meine Retterin?«, rief der Prinz ungehalten. »Schickt sie Euch vor? Fehlt ihr etwas? Habt Ihr eine Nachricht von ihr?«

Uma verstand kein Wort, glaubte jedoch zu begreifen, was den Prinzen bewegte: Er erkannte sie nicht. Sie wagte es nicht, dem Herrscher und seinem Spross in die Augen zu sehen – es wäre nur als Zeichen ihrer mangelnden Ehrerbietung aufgenommen worden. Doch hätte sie es getan, wäre ihre Identität dank ihrer auffälligen Augenfarbe sofort geklärt gewesen. Genauso wenig wagte Uma es, das Wort zu ergreifen, nicht, bevor der Maharadscha sie ausdrücklich dazu aufgefordert hätte. So hatte es ihr der Zeremonienmeister erklärt, der sich seit zwei Tagen mit kaum etwas anderem beschäftigte als mit der Einführung Umas in die Umgangsformen des Hofes. Er hielt sie nach wie vor für eine Hochstaplerin, eine Paria, die eine glückliche Fügung des Schicksals gnadenlos zu ihren Gunsten ausnutzen wollte, und er war nicht gewillt, seine eigene Karriere für diese Person aufs Spiel zu setzen. Wäre bekannt geworden, dass eine solche Unberührbare auch nur mit dem Schatten des Fürsten in Kontakt geraten wäre, hätte man nicht nur die Unselige, sondern auch ihn selber enthauptet.

Und so stand der Zeremonienmeister, der Uma mit einigen Schritten Abstand folgte, jetzt unerträgliche Seelenqualen aus. Würde die Frau seine Lektionen beherzigen? Würde sie unwil-

446

lentlich ihr wahres Wesen verraten, indem sie vor dem Herrscher ihren Rotz hochzog oder sich unter den Armen kratzte? Würde sie seinen Ruf beschmutzen, indem sie sich unflätiger Worte bediente? Letzteres war zwar eher unwahrscheinlich, denn die Frau und ihre angebliche Schwiegermutter hatten vorgegeben, die Landessprache nicht zu beherrschen, was seinen Unterricht erheblich behindert hatte, aber man wusste nie. Vielleicht vergaß sie vor lauter Aufregung alles, was sie ihm vorgegaukelt hatte, und verwirkte damit ihr eigenes sowie sein Leben.

»Bitte antwortet meinem Sohn«, sagte der Maharadscha. Uma, die seine Worte nicht verstand, wurde durch einen unsanften Stups von hinten aufgefordert, eine Antwort zu geben. Mit weiterhin gesenktem Kopf begann sie ihre einstudierte Ansprache – auf Urdu.

»Ihr sprecht Urdu?«, fragte der Fürst entgeistert und mit starkem Akzent. »Wartet einen Moment, wir rufen unsere Gemahlin. Sie stammt aus dem Norden und wird als Übersetzerin helfen können.«

Uma fragte sich, wofür sie eine Übersetzerin benötigten, denn die Urdu-Kenntnisse des Maharadschas schienen ihr vollkommen ausreichend zu sein. Aber vor Ehrfurcht erstarrt brachte sie es nicht über sich, dem Herrscher ein Kompliment zu machen.

Wenig später rauschte eine dralle Dame herein, bei der es sich ohne Zweifel um die Maharani handelte. Uma beobachtete sie aus den Augenwinkeln, und sie war fasziniert von der Ähnlichkeit zwischen Mutter und Sohn. Beide strahlten dieselbe Energie aus, beide bewegten sich trotz ihrer Körperfülle mit anmutiger Leichtigkeit, beide hatten denselben hochmütigen Ausdruck verzogener Kinder im hübschen Gesicht.

Der Prinz redete hektisch auf sie ein, woraufhin die Maharani sich an Uma wandte: »Mein Sohn sagt, du wärst nicht diejenige, die ihm das Leben gerettet hat. Wer bist du also?« Die Maharani hatte sich von der vornehmen Erscheinung Umas nicht täuschen lassen. Sie erkannte in ihr ein ganz junges Mädchen, und sie duzte sie instinktiv.

»Ich bin es – und doch bin ich nun eine ganz andere. Dank der grenzenlosen Güte Ihrer strahlenden Hoheit durften meine Schwiegermutter und ich uns hier im Palast einige Tage von den Strapazen unserer von Pech überschatteten Reise erholen, so dass wir uns wie neugeboren fühlen. Unsere ewige Dankbarkeit ist Euch gewiss.«

Der Zeremonienmeister begann zu schwitzen. Was faselte diese Person da nur? Wie konnte sie es wagen, die Maharani mit so langen Reden zu belästigen? Als die Maharani hell auflachte, durchfuhr ihn schieres Entsetzen.

»Du bist es? Man hatte mir dich anders beschrieben. Erstaunlich, was ein Bad, ein weiches Bett und ein schöner Sari bewirken können, nicht wahr? Bitte, schau meinem Sohn in die Augen, damit er sich selbst davon überzeugen kann – wir selber hatten deine Bekanntschaft ja bisher noch nicht gemacht.«

Uma befolgte den Befehl der Fürstengemahlin.

Der Zeremonienmeister fiel beinahe in Ohnmacht. Wie konnte sie es nur wagen, diese impertinente Betrügerin? Hatte er es ihr nicht tausendmal eingeschärft? Was sollte nun aus ihm werden? Er war so fassungslos, dass er seine eigenen Manieren für einen kurzen Moment vergaß und sich mit dem Finger hinters Ohr fuhr, wo ein Schweißtropfen aus seinem prachtvollen Turban rann und ihn juckte.

Der junge Prinz geriet völlig aus der Fassung, als er die unverwechselbaren Smaragdaugen seiner Retterin erkannte. Er redete aufgeregt auf seinen Vater ein, dann auf seine Mutter, immer heftig gestikulierend. Der Maharadscha unterbrach ihn

≈ 448 ≈

mit einer kurzen, herrischen Geste und wandte sich Uma zu, die sogleich wieder den Blick auf den kunstvollen Mosaikboden richtete.

»Ohne Euch hätte unser Sohn noch tagelang bewusstlos in der Höhle liegen können, und wer weiß, ob er das überlebt hätte. Da er unser einziges Kind ist, sind wir Euch zu unermesslichem Dank verpflichtet. Hättet Ihr nicht das Gelände so gut gekannt und wärt Ihr nicht zufällig in diese Höhle gelaufen, dann …«

Uma starrte weiter den Boden an. In den verschnörkelten Mustern sah sie auf einmal die Felsen vor sich, die den Eingang der Höhle markierten. Ihre Eingebung – war das alles wirklich erst vor einigen Tagen geschehen? – hatte sich als goldrichtig erwiesen. Der Prinz hatte die Höhle betreten und war, von der Dunkelheit im Innern einen Moment lang in seiner Sicht eingeschränkt, gegen einen Felsvorsprung gelaufen, den Uma nur allzu gut kannte. Auch sie hatte sich schon daran gestoßen und sich eine dicke Beule zugezogen.

Am Tag des prinzlichen Unfalls war Uma so lange auf ihrem Ast hocken geblieben, bis die Männer sich zerstreut hatten. Nachdem man in unmittelbarer Nähe keine Spur von dem Prinzen hatte finden können – ein Umstand, der sie nachdenklich stimmte, denn die Höhle war kaum zu übersehen –, hatte man das Suchgebiet ausgedehnt. Irgendwann waren die Männer so weit fort, dass Uma sich endlich herunterwagte. Es dauerte lange, schmerzhafte Momente, bis ihr Blut wieder normal floss und das Kribbeln in ihren Gliedern nachließ. Sie war zunächst zu ihrer Unterkunft gelaufen, um nach Roshni zu sehen. Die Behausung stand nicht mehr, doch Roshni war nichts zugestoßen. Die beiden umarmten sich erleichtert. Nachdem Uma der Älteren berichtet hatte, was geschehen war und wo sie den Prinzen vermutete, waren sie gemeinsam zu der Höhle gelaufen. Roshni hatte draußen Wache gehalten, während Uma sich hineinwagte. Und da hatte er gelegen wie ein dickes Kind, mit einem friedlichen Lächeln auf den Lippen und einer fürstlichen Beule am Kopf. Zuerst hatte Uma geglaubt, der Prinz sei tot. Da sie sich nicht traute, ihn zu berühren, schöpfte sie mit den Händen Wasser aus einer Pfütze und goss es ihm über die Stirn. Er erwachte.

Ihm sowie den Gefolgsleuten, die sie wenig später auf sich aufmerksam machten, erklärten sie mit Händen und Füßen, sie hätten den Prinzen zufällig gefunden und nicht etwa versucht, ihn zu entführen. Dennoch bedurfte es der mehrmaligen Aufforderung des jungen Thronfolgers, bis die Wachen Uma und Roshni losließen. Der Prinz legte seine Version der Ereignisse dar und sorgte dafür, dass seine Retterin und die Alte, die ihr nicht von der Seite wich, im Palast untergebracht wurden, obwohl auch er anfangs glaubte, es müsse sich bei den beiden verwahrlosten Gestalten entweder um mystische Waldwesen oder aber um Unberührbare handeln. Er war sichtlich beruhigt, als Uma ihm versicherte, ihn nicht angetastet zu haben. Dass sie das Wasser, das seinen majestätischen Körper zum Leben erweckt hatte, mit bloßen Händen und nicht etwa mit einer Schöpfkelle genommen hatte, ignorierten beide geflissentlich. Der Prinz hatte nicht die geringste Lust, sich einem hochkomplizierten, mehrere Tage andauernden Reinigungsritual auszusetzen.

»Nun?«, vernahm Uma die Stimme der Maharani.

»Ich …«, stotterte Uma, »… bin sprachlos.« Das zumindest entsprach der Wahrheit.

»Ihr seid also einverstanden?«, fragte der Maharadscha.

Uma hatte keine Ahnung, worum es ging. Sie war einen Augenblick so in Gedanken versunken gewesen, dass ihr das Wichtigste entgangen war.

Ihr fiel nichts anderes ein, als den Kopf zu rollen und eine bescheidene Miene aufzusetzen. Hatte man ihr eine großzügige Belohnung angeboten? Oder hatte man sie als Lügnerin entlarvt und sie aufgefordert, unverzüglich den Palast zu verlassen?

Der Zeremonienmeister starb tausend Tode. Dieses Weibsstück erdreistete sich, zu feilschen! Man bot ihr und ihrer angeblichen Schwiegermutter eine glänzende Zukunft an, und sie hatte die Stirn, noch mehr zu fordern! Es war ein Schauspiel, das seiner und all seiner Grundsätze nicht würdig war. Wenn diese Person damit durchkam, würde er seine Entlassung erbitten.

Da mischte sich plötzlich der Prinz ein. Er fuchtelte wie wild mit seinen speckigen Armen, verdrehte die Augen und hielt seinen Eltern eine sehr eindringliche Rede, die diese zu überzeugen schien.

»Unser Sohn hat recht«, sagte der Maharadscha. »Ein Haus und eine lebenslange Rente verhöhnen den Wert des Lebens unseres einzigen Thronfolgers. Sagt«, wandte er sich an Uma, »was wünscht Ihr Euch?«

Was sie sich wünschte?! Sie wäre überglücklich gewesen, wenn man sie nach der freundlichen Aufnahme im Palast einfach hätte ziehen lassen, vielleicht mit dem Notwendigsten an Kleidung und Proviant ausgestattet. Ein Haus und eine Rente? Ach, es wäre zu schön gewesen, um wahr zu sein! Warum hatte sie nur den entscheidenden Moment verschlafen müssen? Und was sollte sie jetzt bloß sagen? Sie wollte nicht gierig erscheinen, aber sie wollte die günstige Gelegenheit auch nicht verstreichen lassen. Das war sie Roshni und sich selber schuldig. Sie überlegte fieberhaft, dann folgte sie einer plötzlichen Erleuchtung.

»Bitte verzeiht mir, erlauchte Hoheit, wenn ich den Eindruck erwecken sollte, ich sei undankbar. Eure Großzügigkeit ist mit

Worten nicht zu beschreiben. Doch erlaubt mir, eine einzige Bitte zu äußern.«

Die Reaktionen im Thronsaal reichten von scharfem Luftholen bis zu ungläubigem Kopfschütteln. Der Zeremonienmeister war nicht sicher, ob er dem unwürdigen Spektakel noch länger beiwohnen konnte, denn vor Angst, all dies könne ihm angelastet werden, verspürte er ein dringendes Bedürfnis. Die Maharani musterte Uma mit unverhohlener Verachtung – sie war überzeugt davon, dass die junge Frau um Edelsteine bitten würde, und war herb enttäuscht, dass sich ihr erster Eindruck von Uma als der einer moralisch gefestigten Seele nicht bestätigte. Der Prinz indes betrachtete seine Retterin mit immer offener zutage tretender Bewunderung. Je länger er sie ansah, desto schöner fand er sie – sein Zustand ähnelte stark dem des Verliebtseins. Der Maharadscha wirkte als Einziger ehrlich neugierig. Er hob fragend die dichten schwarzen Brauen und forderte Uma mit einer knappen Geste auf, fortzufahren.

Uma räusperte sich. »Ich weiß um die Impertinenz meiner Bitte. Aber ... mehr als alles andere wünsche ich mir, dass Eure Hoheiten mir Glauben schenken. Meine Geschichte ist so abenteuerlich und so unglaublich, dass man sie kaum in wenige Worte kleiden kann. Ich bitte daher um das Privileg, die kostbare Zeit Eurer Gemahlin in Anspruch nehmen zu dürfen, um ihr von der Verkettung unglücklicher Umstände zu berichten, die meine, ähm, Schwiegermutter und mich im Wald Zuflucht suchen ließen. Ich möchte mich gern einer klugen, verständnisvollen und phantasiebegabten Frau anvertrauen – unter vier Augen.«

Alle Anwesenden, die des Urdu mächtig waren und Umas Worte hatten verstehen können, hielten den Atem an. Der Maharadscha zögerte einen Augenblick. Ein so merkwürdiges Anliegen war ihm in den 23 Jahren seiner Regentschaft noch nie vorgetragen worden. Er sah seine Gemahlin an, die kaum merklich ein Zeichen ihres Einverständnisses gab.

Ein leises Lächeln umspielte ihre Lippen.

Uma berichtete. Sie nannte ihren echten Namen, Bhavani, und den ihrer Kinderfrau, Nayana. Sie erzählte von dem Übergriff auf ihren Vater, der nie zufriedenstellend hatte aufgeklärt werden können, und sie beschrieb die Torturen, denen sie und Nayana in Maneshs Haus ausgeliefert gewesen waren. Sie weinte bei der Erinnerung an ihren Bruder, und sie zeichnete mit Worten ein so exaktes Bild von ihm – und seiner Ähnlichkeit mit dem Prinzen –, dass sogar die Maharani feuchte Augen bekam. Uma ließ nichts aus. Sie trug mit versteinerter Miene die unaussprechlichen Dinge vor, die ihr Onkel mit ihr angestellt hatte. Weder schönte noch übertrieb sie.

Die Maharani versuchte, sich ihr wachsendes Entsetzen nicht anmerken zu lassen. Wenn auch nur die Hälfte dessen stimmte, was Uma beziehungsweise Bhavani ihr da erzählte, dann war es mehr, als ein junges Mädchen ertragen konnte. Als sie bemerkte, dass Umas Stimme zu brechen drohte, reichte sie ihr einen silbernen Becher mit süßem Zitronenwasser, damit sie sich wieder sammeln konnte.

Uma fuhr fort mit der Schilderung ihrer Flucht und der anschließenden Wanderschaft. Sie erzählte von den guten Dingen, die ihnen widerfahren waren – von den barmherzigen Menschen, die ihnen geholfen hatten, genau wie von dem schönen Gefühl von Erdverbundenheit, das sie zuweilen verspürt hatten –, und von den schlechten Dingen. Verbitterung schlich sich in Umas Stimme, als sie von all der Verlogenheit, Habgier und Lüsternheit der meisten Menschen berichtete, mit denen sie in Berührung gekommen waren. »Wie hätten wir da je-

mals den Diamanten verkaufen können?«, schloss sie ihre Schilderung.

»Du hast ihn noch?!«, rief die Maharani aus. »Aber der Edelstein hätte euch beiden ein unbeschwertes Leben ermöglicht!«

»Ja, das hätte er wohl. Aber wie hätte uns ein Juwelier denn für etwas anderes als für Betrügerinnen halten sollen, so wie wir aussahen? Er hätte uns aufs Niedrigste verraten oder betrogen – und um nichts in der Welt wollte ich den Diamanten, der seit Menschengedenken im Besitz meiner Familie mütterlicherseits war, verscherbeln wie eine Glasmurmel.«

Die Maharani starrte Uma ungläubig an. Bis hierher hatte sie alles, was die junge Frau ihr anvertraut hatte, geglaubt. Umas Haltung und ihre Sprache zeugten von einer hohen Kastenzugehörigkeit, so etwas konnte sich keine Hochstaplerin aneignen. Aber dass die beiden Flüchtigen lieber wie Parias gehaust hatten, als endlich eine Verbesserung ihrer Lebensumstände herbeizuführen, das schien ihr doch allzu phantastisch. Uma, die diese Reaktion vorhergesehen hatte, griff in ihren Ausschnitt und beförderte den Diamanten zutage, den sie erst am Vorabend aus dem sehr unappetitlichen Garnknäuel ausgewickelt hatte. Sie hielt ihn so gegen das Licht, dass sein Funkeln die Maharani blendete.

»Das ist …« Zum ersten Mal fehlten der Fürstengemahlin die Worte. »Darf ich?«, fragte sie und streckte die Hand nach dem Stein aus.

Uma reichte ihn ihr. Ehrfürchtig bestaunte die Maharani das kostbare Stück von allen Seiten. »Er ist wundervoll. Er muss ein Vermögen wert sein.«

»Ja. Versteht Ihr nun, warum ich ihn nicht gegen eine Handvoll Münzen eintauschen konnte, die uns für drei Tage ernährt hätten?«

»Oh ja.«

»Ich möchte ihn Euch schenken.«

»Was?!« Die Maharani glaubte, sich verhört zu haben.

»Nun ja, halb schenken, sozusagen. Ich wäre bereit, ihn Euch zu überlassen, wenn Ihr mir und Roshni im Gegenzug dabei behilflich sein könntet, ein sorgenfreies Leben in Würde zu führen. Wir brauchen keinen Palast und keine Reichtümer. Was wir hingegen brauchen, ist Sicherheit und Geborgenheit und die Gewissheit, dass wir dank Eures fürstlichen Schutzes nicht länger jedem Übeltäter wie Freiwild ausgeliefert sind.«

»Aber das hatte mein Gemahl Euch doch längst angeboten – ein Haus und eine lebenslange Rente.«

»Und darüber bin ich sehr glücklich. Roshni und ich sind Seiner Hoheit zu ewigem Dank verpflichtet. Aber versteht Ihr nicht? Um meinen inneren Frieden wiederzufinden, müsste ich wissen, dass es Vijay gutgeht. Andernfalls würde ich ihn zu uns holen. Des Weiteren möchte ich, dass die damaligen Vorfälle untersucht werden und dass, sollten sich meine Vermutungen als richtig erweisen, Onkel Manesh das Handwerk gelegt wird. Er soll zur Rechenschaft gezogen werden an dem Mord an meinem Vater, seinem eigenen Bruder!, sowie an dem Verbrechen, das er an mir und Roshni begangen hat. Ich möchte nicht für den Rest meines Lebens auf der Flucht vor diesem skrupellosen Hund und seiner nicht minder verwerflichen Frau sein. Wenn ich selber in meine Heimat zurückkehrte, würden die beiden sich schon etwas einfallen lassen, um mich erneut zum Werkzeug ihrer Gier und zum Objekt ihrer niederen Gelüste zu machen. Ihre Heimtücke übertrifft alles, was sich ein gesunder Geist ausmalen könnte. Ein Fremder jedoch, ein Gesandter der Maharadschas, der würde diese Nachforschungen anstellen können.«

Die Maharani runzelte die Stirn. Sie hatte keine Lust, in die

Machenschaften dieser Leute hineingezogen zu werden, und noch viel weniger behagte ihr der Gedanke an die diplomatischen Verwicklungen, die dies nach sich ziehen könnte. Andererseits war ihr Gerechtigkeitssinn so ausgeprägt, dass sie Uma darin zustimmte, man müsse diesen Manesh aufhalten. Sie betrachtete erneut den Diamanten, der größer war als der in ihrem Hochzeitsdiadem, und sagte schließlich: »Wir werden darüber nachdenken.« Mit einem huldvollen Winken entließ sie Uma.

Es vergingen Monate, bevor Uma wieder von der Maharani empfangen wurde. Als Gästen des Palastes mangelte es Uma und Roshni zwar an nichts, doch die Ungewissheit lastete schwer auf ihnen. Auf jede ihrer Anfragen ließ die Maharani ausrichten, sie mögen sich noch gedulden. »Unsere Entscheidung ist noch nicht gefallen.« Unterdessen wurden Umas Zweifel an der Richtigkeit ihres Tuns immer lauter. Hätte sie ihre wahre Herkunft lieber verschweigen sollen? War es klug gewesen, den Diamanten vorzuzeigen?

Eines Tages war es endlich so weit: Uma wurde zu der Fürstengemahlin gerufen.

»Wir haben deine Geschichte überprüfen lassen.«

Uma hielt die Luft an.

»Und wir haben zu unserer größten Bestürzung herausfinden müssen, dass …«

Umas Gedanken purzelten wild durch ihren Kopf. Wie hatte Manesh die Darstellung der Ereignisse verfälscht, um seinen Hals zu retten? Welche Strafe harrte nun ihrer selbst?

» … dass alles der Wahrheit entsprach.« Die Maharani bemerkte das Schlucken ihres Gastes und fuhr schnell fort: »Wir haben Spione entsandt, die diskrete Befragungen vorgenommen haben – der Dienerschaft, deines Bruders, der Eheleute Ma-

456

nesh und Sita, der Söhne sowie der Gattinnen derselben, außerdem eurer Handlanger bei der Flucht, das heißt, des Brückenwächters, des vermeintlichen Diebs und der Leute, die Roshni und dir Unterschlupf gewährt haben. Unsere Spione haben weiterhin in Erfahrung gebracht, dass das Grundstück deines Vaters kurz nach dessen Verschwinden in den Besitz deines Onkels überging, der es jedoch bald mit beträchtlichem Gewinn veräußerte. Auch fanden sie heraus, dass dein Vater tatsächlich von gedungenen Mördern getötet wurde – einer dieser Männer befand sich im Kerker und legte ein Geständnis ab, nachdem man ihm Hafterleichterungen versprach. Natürlich wird seine erleichterte Haft nicht mehr allzu lange dauern. Auf Mord steht Enthauptung.«

Umas Kinn zitterte. Sie würde jeden Moment in Tränen ausbrechen, wo sie doch froh über den Gang der Dinge hätte sein sollen. Aber die endgültige Bestätigung, dass ihr geliebter abba tot war, verstörte sie zutiefst. Solange es noch einen Funken von Hoffnung gegeben hatte, dass er vielleicht nur verschleppt worden war und noch lebte, hatte sie sich daran klammern können. Nun jedoch wusste sie, dass sie Waise war, und obwohl nicht allein auf der Welt, es gab ja noch Vijay und Roshni, fühlte sie sich plötzlich so einsam und verlassen wie nie zuvor.

»Dein Onkel wurde bereits in Gewahrsam genommen«, berichtete die Maharani weiter, »desgleichen deine Tante. Natürlich werden die Vorfälle von offizieller Seite noch genauestens untersucht werden, doch die Wahrscheinlichkeit ist groß, dass die beiden für ihre Schandtaten mit dem Leben bezahlen müssen.«

»Was ist mit meinem Bruder?«, fiel Uma ihr ins Wort.

»Dein Bruder ist wohlauf. Er ist mit einem Mädchen verlobt, das nicht nur eine sehr gute Partie ist, sondern dem er auch mit Haut und Haar verfallen zu sein scheint.« Erstmals erlaubte *die Maharani sich ein Lächeln. »Wir haben ihn noch nicht über deinen Verbleib unterrichtet – er glaubt noch immer, du seiest tot. Wir fanden es klüger, wenn du selber ihm mitteilst, dass du sehr lebendig bist.«*

Zweieinhalb Jahre nachdem die Geburt des Shahzada Sultan Ummid Baksh in ihrer Heimatstadt mit einer prachtvollen Parade gefeiert worden war, verstarb der kleine Enkel des Großmoguls. Ein passender Anlass, dachte Uma, auch ihre und Roshnis falsche Identitäten, die genauso lange wie das arme Königskind überlebt hatten, für immer hinter sich zu lassen. Nachdem sie nun rehabilitiert waren, konnten sie wieder ihre echten Namen annehmen, Bhavani und Nayana. Das Ende des dunklen Weltalters Kali-Yuga war nah, bald würde die Welt in das Dwapara-Yuga eintreten. Man schrieb das Jahr 1031 des Propheten Mohammed, das Jahr 1622 der Christen. Es war das Jahr null für eine verheißungsvolle Zukunft für Bhavani. Sie war siebzehn Jahre alt.

»Natürlich bist du schon sehr alt für eine wirklich exzellente Verbindung«, sagte die Maharani wenige Tage später. »Da hätten wir mit der Suche schon beginnen müssen, als du noch ein Kind warst. Dennoch habe ich einen Kandidaten gefunden, von dem ich glaube, dass er zu dir passt – und der dir gefallen dürfte.«

Die Fürstengemahlin war zu dem Schluss gekommen, dass weder Geld noch Gerechtigkeit dem armen Mädchen auf Dauer von Nutzen sein konnte. Es brauchte einen Gemahl. Es brauchte den Halt einer eigenen Familie, so wie es für jede Frau galt. Bhavani war von guter Abstammung, sah inzwischen wieder wunderschön aus und hatte sogar eine beachtliche Mitgift – in Form des Diamanten – vorzuweisen. Denn ihn für sich zu behalten kam für die Maharani nicht in Frage. Der einzige Makel, mit dem Bhavani behaftet war, war der Verlust ihrer Unschuld. Aber da gab es ja Mittel und Wege, den Bräutigam und dessen Familie zu täuschen. Also hatte sie sich auf die Suche gemacht, und sie war fündig geworden. Der junge Mann entstammte derselben Kaste von hohen Beamten wie Bhavani. Er war 26 Jahre alt, galt als gebildet und freundlich, und er war ein großer Freund körperlicher Aktivität, etwa des Reitens und Jagens. Seine Verlobte, der er seit Kindertagen versprochen war, war dem Fieber erlegen, so dass er nun wieder frei war. Dank der Fürsprache von höchster Stelle erschien seiner Familie die neue Auserwählte wie ein Geschenk des Himmels.

Als die Maharani Bhavanis Gesichtsausdruck sah, wurde sie von einer Woge des Mitleids gepackt. »Aber, aber … wer wird denn hier so unglücklich dreinschauen? Es ist doch der Traum jeder jungen Frau, mit einem guten Mann vermählt zu werden, und Arun ist der beste Bräutigam, den du dir wünschen kannst.«

Arun hieß er also, Sonne. Bhavani verbot sich eine heftige Widerrede. Sie wollte nicht undankbar erscheinen, denn hier am Hof war ihr ehrliche Anteilnahme und unschätzbare Hilfe zuteilgeworden. Dennoch zog sich ihr bei der Vorstellung, mit einem wildfremden Mann das Lager teilen zu müssen, der Magen zusammen. Im Gegensatz zu anderen jungen Bräuten wusste sie ja, was sie erwartete.

»Du kannst dir Arun sogar vorher anschauen – sofern du es unauffällig tust. Er wird demnächst an einem Turnier teilnehmen, und aus meinen Gemächern haben wir einen wunderbaren Blick auf den Innenhof des Palastes, in dem die Sieger geehrt werden. Ich bin sicher, dass er zu diesen dazugehören wird.«

Nach christlicher Zeitrechnung schrieb man den 2. Februar
1623, als Bhavani und Arun, durch Knoten an ihren Brokat-
gewändern miteinander verbunden, sieben Mal um das heilige
Feuer schritten. Nach dieser pheras-*Zeremonie galten sie als*
vermählt. Die Hochzeitsfeierlichkeiten dauerten sechs Tage an,
mehr als tausend Gäste nahmen daran teil – unter anderem
Bhavanis Bruder Vijay, der jedoch nicht allzu viel von seiner
Schwester zu sehen bekam. Bhavani erschien diese Zeit wie ein
endloser, konfuser, bunter Traum. Die vielen pujas, *die sie zu*
absolvieren hatte, und all die traditionellen Rituale, die strikt
befolgt werden mussten, hatten sie ermüdet. Es war eine einzi-
ge Abfolge anstrengender Pflichten gewesen, von den tagelan-
gen sangits *– Frauengesängen zu* dholak-*Trommeln – über*
das lange Stillsitzen, während die mehdis, *die Henna-Orna-*
mente, auf ihre Haut aufgetragen wurden, bis hin zu der ei-
gentlichen Trauung, bei der der Brahmanen-Priester endlose
Verse aus dem Rigveda rezitiert hatte und das Brautpaar unter
der Pracht seiner schweren Hochzeitsgewänder schier zu
schrumpfen schien. Eine indische Hochzeit ist für die Gäste ein
wunderschönes Ereignis, bei dem viel getanzt, gesungen und
geschlemmt wird. Für die Brautleute ist es sehr strapaziös.
Bhavani fragte sich, wie sie nach dieser Prozedur noch die
mannigfaltigen Anweisungen des Priesters befolgen sollte, die
sie, einer Ohnmacht nahe, ohnehin nur noch zur Hälfte mitbe-
kommen hatte. Eine davon hatte sie sich allerdings merken
können, weil ihr die Aneinanderreihung der einzelnen Punkte
beinahe lächerlich erschienen war: »Sei frei von bösem Blick,
keine Gattenmörderin, freundlich zu den Tieren, wohlgemut,
gutaussehend, Helden gebärend, die Götter liebend, Freude
spendend.« Nun, sie würde jedenfalls ihr Bestes geben.
Arun machte es ihr denkbar einfach. Er war ein attraktiver
Mann, und mit seinem offenen, fröhlichen Wesen eroberte er

Bhavanis Herz im Sturm. In der Hochzeitsnacht brauchte Bhavani weder Prüderie noch Schüchternheit vorzutäuschen – sie war tatsächlich so verängstigt, dass sie sich zierte wie eine Jungfrau. Doch Arun war sehr einfühlsam und zärtlich, und es dauerte nicht lange, da begann Bhavani Gefallen an den gemeinsamen Nächten zu finden. Arun hatte einen schlanken, kräftigen Leib, der sie alle alptraumhaften Bilder von dem welken Fleisch ihres Onkels vergessen ließ. Dank seiner Jugend benötigte Arun keinerlei Hilfestellung, um für sie bereit zu sein, und sein männlichstes Körperteil war dergestalt, dass es Bhavani eine Freude war, es anzusehen, es zu streicheln und es ihn ihrem Schoß zu fühlen. Die Lehren des Kama, der Kunst der fleischlichen Vereinigung, die man ihr im Zuge der Hochzeitsvorbereitungen in Grundzügen erklärt hatte, ergaben nun allmählich einen Sinn.

Bhavani hatte nicht nur mit ihrem Gemahl großes Glück gehabt, sondern auch mit dessen Familie. Aruns Mutter war vor langer Zeit gestorben, sein Vater hatte sich danach nicht wieder vermählt. Es gab also keine Schwiegermutter, die ihr das Leben hätte schwermachen können. Und die einzige andere Frau in der Familie, die Gattin von Aruns ältestem Bruder, war froh und dankbar, dass sie nun nicht mehr allein die Verantwortung für den Haushalt zu tragen hatte und ohne andere weibliche Gesellschaft ihre Mahlzeiten einnehmen musste. Sie war eine nette, etwas dümmliche Person, nur wenig älter als Bhavani. Sie verbrachten viel Zeit miteinander, denn ihr Schwiegervater und dessen vier Söhne waren den größten Teil des Tages außer Haus.

Nach einem halben Jahr als verheiratete Frau beherrschte Bhavani die Landessprache, Marathi, beinahe fließend – denn dass ihre Schwägerin, neben Nayana ihre Hauptgesprächspartnerin, jemals Urdu lernte, schien ausgeschlossen. Auch

Arun gab sich keine besondere Mühe mit dem Erlernen der nordindischen Sprache, obwohl sie für ihn nützlich hätte sein können. Er strebte einen verantwortungsvollen Posten bei der Kavallerie des Fürsten an, und Bhavani fand, es wäre im Falle einer kriegerischen Auseinandersetzung hilfreich, die Sprache der Feinde zu verstehen. Aber Arun wollte nichts davon wissen. Er war wunschlos glücklich, solange er nur reiten und kämpfen und seiner überbordenden Energie ein Ventil bieten konnte.

Nach einem Jahr als Gemahlin Aruns wurde Bhavani immer schmerzlicher in Erinnerung gerufen, dass sie ihrer Hauptpflicht als Ehefrau nicht nachkam: Während ihre Schwägerin stolz einen dicken Bauch vor sich hertrug, schenkte sie selber ihrem Mann keinen Erben. An der mangelnden Anzahl von Versuchen konnte es nicht liegen. Arun und Bhavani vereinigten sich jede Nacht. Und an ihr selber konnte es auch nicht liegen, oder? Immerhin hatte sie bereits ein Kind unter dem Herzen getragen, aber natürlich wussten nur Bhavani, Nayana und die Maharani, was sonst keine Menschenseele je erfahren durfte. Oder verhielt es sich vielmehr so, fragte Bhavani sich, dass sie nach dem Verlust dieses ungeliebten Wesens nicht mehr fähig war, zu empfangen?

Nach zwei Jahren an der Seite von Arun war Bhavani immer noch nicht schwanger. Ihre Schwägerin dagegen, die ein Mädchen geboren hatte, war erneut in anderen Umständen. Ihre Schwäger begannen, an Bhavani herumzukritteln und Arun gegenüber zweideutige Andeutungen zu machen, die seine Männlichkeit in Frage stellten. Diese Bemerkungen setzten Arun mehr zu als die Kinderlosigkeit seiner Ehe, so dass auch er irgendwann anfing, Bhavani für ihre Unfruchtbarkeit zu tadeln. Dass es mit seiner eigenen Zeugungskraft nicht sehr weit her sein könnte, das hielt er für ausgeschlossen. Insgeheim jedoch war Arun gar nicht so unglücklich über den ausbleibenden Nachwuchs. Er sah ja an seiner Schwägerin, was die Mutterschaft mit den Frauen machte. Seine Bhavani hatte jedenfalls noch alle Zähne und einen schlanken, biegsamen, straffen Körper, der ihm allnächtlich große Wonnen schenkte.

Nach dem dritten Ehejahr war Bhavani unter den Frauen im Haus die unangefochtene Herrscherin. Ihre Schwägerin hatte ein weiteres Mädchen zur Welt gebracht und damit den Rang der »ersten« Frau im Haus eingebüßt. Die beiden jüngeren Brüder Aruns hatten sich in einer Doppelhochzeit vor wenigen Monaten vermählt, und ihre blutjungen Ehefrauen waren ebenso verschüchtert wie der Haushaltsführung unfähig. Je größer Bhavanis Macht und Verantwortung wurden, desto mehr fand sie in die Rolle des weiblichen Haushaltsvorstandes hinein. Es gefiel Bhavani, dass sie nun Talente an sich entdeckte, die ihr zuvor gar nicht bekannt gewesen waren. Sie war gut im Rechnen, sie verfügte über planerische Weitsicht, und sie strahlte eine Autorität aus, die keiner der Dienstboten je in Frage stellte. Selbst die Männer im Haus ließen ihr mittlerweile freie Hand, wenn es ihr einfiel, einen Raum anders zu dekorieren, ein extravagantes Blumenbeet anzulegen oder neue Domestiken einzustellen.

Nach vier Jahren endlich wurde Bhavani schwanger. Arun war überglücklich, und auch ihre Schwäger und Schwägerinnen beglückwünschten Bhavani mit großem Tamtam. Doch die Freude währte nicht lange: Nach drei Monaten verlor Bhavani das Kind. Sie war untröstlich und flüchtete sich in die Arbeit im und am Haus, das einen Anbau nach ihren Entwürfen erhielt. Denn die Familie war wieder gewachsen. Ihre beiden jüngeren Schwägerinnen hatten Kinder zur Welt gebracht, eine Tochter die eine, einen Sohn die andere. Bhavani setzte durch, dass ihre alte ayah *für die Kinderbetreuung zuständig war, ließ aber wenigstens zu, dass Nayana eine jüngere Kraft zur Seite gestellt wurde. Nayana war in einem Alter, in dem andere Frauen längst Großmütter oder sogar Urgroßmütter waren.*

»Ein Fluch lastet auf dir«, flüsterte Nayana ihrer Ziehtochter eines Tages zu.

Bhavani gab ihr eine Ohrfeige. »Und du wirst mit jedem Tag abergläubischer und dümmer. Warum plapperst du den jungen Gänsen alles nach? Bist du ein Papagei?«

»Bhavani-Schatz, so war es doch gar nicht gemeint. Ich wollte nur sagen, dass du die Schuld nicht bei dir zu suchen brauchst – denn die Götter haben dich zu einem Dasein bestimmt, in dem deine Gaben vielen Menschen zugutekommen. Mütter denken nur an ihre Kinder.«

Je mehr Bhavani sich hinter ihrer Tüchtigkeit verschanzte und je mehr sie ihre Überlegenheit gegenüber den jüngeren und weniger fähigen Frauen im Haus zeigte, desto mehr wuchs Nayanas Glaube an übernatürliche Phänomene, an die Weisheit der Götter und die Unausweichlichkeit des vorbestimmten Karmas. Wo, so fragte sich Bhavani immer öfter, war nur die lebenskluge Frau geblieben, die ihrer beider Flucht und ihr Überleben ermöglicht hatte? Umgekehrt war Nayana von Tag zu Tag tiefer erschüttert über die Veränderung Bhavanis. Wo, fragte sich die alte Kinderfrau, war das liebreizende Mädchen geblieben, dessen reines Lachen die Seele mehr erhellt hatte, als ein Sonnenstrahl es je vermocht hätte?

Im fünften Jahr ihrer Ehe beschloss Arun, dass er Bhavani verstoßen und sich eine neue Gemahlin suchen sollte. Er war 31 Jahre alt, und er musste sich sputen, wenn er eines Tages auch noch seine Enkel aufwachsen sehen wollte. Es brach ihm das Herz, denn er wusste, dass er nie wieder eine so schöne und zugleich so kluge Frau finden würde. Aber es war seine Pflicht, Erben zu zeugen. Und Bhavani wurde mit ihren mittlerweile 22 Jahren ja weder ansehnlicher noch fruchtbarer. Sie würde es verstehen, da war Arun ganz sicher. Ja, vielleicht würde sie ihm sogar dabei behilflich sein, eine neue Braut zu finden? Auf ihr Urteil war Verlass, und er hätte sich über diesen letzten Beweis ihrer Gunst sehr gefreut.

Bhavani schenkte Arun ein duldsames Lächeln, wie sie es einst unter den Augen ihrer Tante so gut einstudiert hatte. Innerlich kochte sie vor Wut. Was war das nur für ein absurdes Ansinnen? Wie konnte Arun glauben, sie wolle ihre eigene Nebenbuhlerin auswählen, um anschließend fortgejagt zu werden wie ein diebisches Küchenmädchen? »Selbstverständlich helfe ich dir bei der Suche, mein Geliebter. Ich bin froh, dass du mich darum bittest. Es gilt bei der Auswahl deiner zweiten Gemahlin sehr viele Feinheiten zu berücksichtigen, und ich weiß, dass meine Schwägerinnen nicht in all diesen Dingen so ... einfühlsam sind wie ich. Bestimmte Anforderungen, die du an deine Gemahlin hast, kenne ich schließlich besser als jeder andere Mensch auf der Welt«, sagte Bhavani und zwang sich zu einem komplizenhaften Augenzwinkern. Arun war glücklich, dass seine Frau so verständnisvoll reagierte.

Bhavani legte in den darauffolgenden Wochen eine außergewöhnliche Betriebsamkeit an den Tag. Allerdings waren es keine Heiratsvermittler, die sie aufsuchte. Vielmehr setzte sie alles daran, dass ihr Gemahl endlich die Beförderung erhielt, die ihm schon lange zustand, und zwar ohne dass Arun davon jemals etwas erfahren durfte. Es schickte sich nicht, wenn die Frauen sich in Männerangelegenheiten einmischten. Natürlich taten sie es trotzdem, heimlich und raffiniert, wie sie es schon seit Menschengedenken getan hatten. Ein Gruß an die Witwe des Befehlshabers hier, eine Schachtel Konfekt für die Gemahlin des fürstlichen Rittmeisters dort, und schon war der bislang nicht sehr auffällige Arun einer der Favoriten für einen verantwortungsvollen Posten.

Im sechsten Jahr ihrer Ehe sah Bhavani nicht viel von ihrem Gemahl. Arun war nach seiner Beförderung dazu abkommandiert worden, mit seinen Männern die Befestigungsanlagen im Norden zu inspizieren. Aufflammende Grenzkonflikte machten eine erhöhte Wachsamkeit nötig. Aruns lange Abwesenheit ließ die Brautsuche zunächst ins Stocken und schließlich in Vergessenheit geraten. Wie sollte man eine Ehe anbahnen, wenn die künftigen Schwiegereltern den jungen Mann nicht persönlich in Augenschein nehmen konnten?

Bhavani vermisste Arun und fragte sich zuweilen, ob ihre Handlungsweise richtig gewesen war. Dann wieder hielt sie sich vor Augen, dass es keine bessere Lösung gegeben hatte. Lieber blieb sie ohne Arun in diesem Haushalt, in dem sie geachtet wurde und Macht hatte, als dass sie, gleichermaßen ohne Arun, als verstoßene Frau ein Dasein fristete, in dem ihr weder Respekt noch Zuneigung oder Mitleid zuteilwurden. Bhavani wusste, wie hart das Leben außerhalb der schützenden Mauern ihres Heims mit Frauen umsprang, die ohne männlichen Schutz auskommen mussten. Sie wollte sich dieser Schmach nicht noch einmal aussetzen, auch wenn sie jetzt viel reifer war und es sicher schlauer anstellen würde.

Nach sieben Jahren endete Bhavanis Leben als verheiratete Frau. Der schlimmste Fall war eingetreten, schlimmer noch als die Verbannung: Arun war im Kampf gefallen. Bhavani war jetzt eine Witwe. In den Augen ihrer Umwelt endete damit ihre Daseinsberechtigung auf dieser Welt, zumal sie keine Kinder hatte. Sie war 24 Jahre alt und wurde von ihrem Schwiegervater, ihren Schwägern und deren Frauen darauf vorbereitet, sich zusammen mit ihrem Gemahl den Flammen anheimzugeben. Als sati würde Bhavani sich nicht nur im Tod wieder mit Arun vereinigen, sie würde auch ihre bedingungslose Treue zu ihrem Gemahl unter Beweis stellen. Satis brachten der Familie große Ehre und Anerkennung, nicht selten wurden sie nach ihrer Selbstverbrennung zu Heiligen verklärt.

Bhavani verzehrte sich vor Trauer um Arun und quälte sich mit Selbstvorwürfen. War sie ihm eine gute Gemahlin gewesen? Hätte sie doch nur nicht ihren eigennützigen Wünschen nachgegeben! Denn wenn sie nicht dafür gesorgt hätte, dass Arun befördert wurde, dann wäre er noch am Leben. Ach, wäre sie doch bloß fortgegangen! Hätte sie ihm doch nur eine junge Frau gegönnt, deren Schoß fruchtbarer als ihr eigener war! Aber sie konnte ihre Schuld gegenüber Arun ja wiedergutmachen: Durch die Verbrennung würden all ihre Unzulänglichkeiten als Ehefrau aufgehoben, würden ihre Verfehlungen ihr vergeben werden. Ja, stolz und mit Freuden würde sie auf den Scheiterhaufen steigen, Aruns Leichnam in den Armen wiegen und gemeinsam mit ihm vom Feuer hinfortgetragen werden in eine Zukunft, in der sie als besserer Mensch wiedergeboren werden würde.

Normalerweise wurde der Leichnam einer Person einen Tag nach deren Ableben verbrannt. Da der Transport der Leiche von der Grenze zurück in seine Heimatstadt jedoch einige Tage länger benötigte als die Botschaft von seinem Tod, gewann Bhavani ein wenig Zeit, um sich zu fassen. Als der erste Schock verwunden war und die erste Welle an Selbstvorwürfen abebbte, regte sich ihr Verstand – und ihr Überlebensinstinkt. War sie des Wahnsinns? Wem brachte ihr Tod etwas? Doch nur Aruns Vater und Brüdern, denn die würden sich ihre Mitgift schneller unter den Nagel reißen, als ihre Asche brauchte, um *zu erkalten. Arun wurde von ihrer Selbstverbrennung nicht wieder lebendig, und sie selber verspürte keinerlei Lust, so jung und so qualvoll zu sterben, ganz gleich, wie freudlos das Leben als Witwe war, das ihrer harrte. Oh nein, sie wollte keine* sati *werden!*

Ihre Anverwandtschaft hatte jedoch bereits, noch bevor Bhavani selber eine Entscheidung getroffen hatte, bekanntgegeben, Bhavani wolle Arun in den Tod folgen. Die Nachricht von der anstehenden Witwenverbrennung hatte sich in Windeseile herumgesprochen. Aus allen Dörfern der Umgebung kamen die Menschen, um Zeugen dieses heiligen Spektakels zu werden. Allzu oft geschah es schließlich nicht, dass eine schöne junge Frau diesen ehrenvollen Tod wählte. Meist waren es alte Weiber, die sich lieber schnell von den Flammen als langsam von schweren Krankheiten zerfressen ließen.

Die Stimmung in der Stadt ähnelte der während des Holi-Festes. Die Leute waren in erwartungsfroher Laune, fliegende Händler machten das Geschäft ihres Lebens, weil sie ihr Sortiment dem Ereignis angepasst hatten und nun statt Teigklößchen lieber Früchte feilboten, die sich als prasad *eigneten, als Opfergabe im Tempel. Andere verkauften Amulette, die Glück versprachen, und Halbedelsteine, die den bösen Blick abwendeten. Vor den Tempeln warteten jede Menge selbsternannte Friseure, die jenen Frauen, die ihr Haar opfern wollten, bereitwillig mit ihren Schneidegeräten zur Verfügung standen, und Verkäufer aller möglichen bunten Pulver und Pasten drängten sich neben solchen, die Blütenkränze flochten und sie zum doppelten als dem üblichen Preis verkauften.*

Bhavani nahm von alldem mehr wahr, als sie ihre angeheiratete Familie glauben machte. Den ganzen Tag waren ihre Schwägerinnen mit übelriechenden Tränken in ihr Zimmer gekommen, die, wie Bhavani wusste, Rauschmittel enthielten.

Mitfühlend, wie die anderen Frauen waren, wollten sie der Witwe den Weg in den Tod so leicht wie möglich machen. Bhavani hatte all diese Gebräue aus dem Fenster gekippt. Dann hatte sie, eine leichte Benommenheit vortäuschend, Nayana unter dem Vorwand in ihr Gemach gerufen, sie wolle sich einzig von ihrer alten ayah *bei den intimeren der vorgeschriebenen Reinigungsrituale behilflich sein lassen. Doch kaum war Nayana eingetreten, zog Bhavani sie zu sich heran und flüsterte ihr aufgeregt die Aufgaben ins Ohr, die die Kinderfrau für sie erledigen musste.*

»Hast du das alles verstanden?«, fragte Bhavani scharf.

Nayana bejahte schicksalsergeben. Sie verurteilte den Plan, den Bhavani ausgeheckt hatte – aber sie wusste, dass sie nicht die Kraft hatte, sich ihr zu widersetzen. Ihrer beider Schicksale waren auf immer, im Guten wie im Schlechten, miteinander verwoben.

In der Nacht vor dem großen Tag schlief Bhavani nicht. Pausenlos wälzte sie Gedanken, wog Vor- und Nachteile ihres Plans gegeneinander ab, verdrängte hässliche Zweifel und spann schöne Zukunftsträume. Immer wieder schlich sich Aruns hübsches Gesicht dazwischen. Mal sah sie es, wie es sie angestrahlt hatte, am Tag, an dem sie Arun von ihrer Schwangerschaft erzählt hatte, mal sah sie eine scheußliche Fratze, ein von Todesqualen verzerrtes und von Maden zerstörtes Antlitz, das ihr wie ein böses Omen erschien.

Dann zog die Morgendämmerung herauf, und es klopfte an ihre Tür.

»Die Erste ist schon da«, hauchte ihre jüngste Schwägerin, voller Ehrfurcht ob der Heiligkeit, die von Bhavani demnächst Besitz ergreifen würde.

»Lass sie ein«, kam es matt von der jungen Witwe zurück.

Es galt unter den Frauen der Stadt als gesichert, dass eine Be-

rührung von der Hand der sati Glück und Segen brachte. Und so standen sie nun Schlange vor dem Haus, Alte und Junge, Schöne und Entstellte, Feine und Derbe, Arme und Reiche, in schönster Eintracht vereint in dem Glauben, dass sich ihr Los durch das Handauflegen der sati verbessern müsse – eine endlose Prozession an gequälten Seelen, ein nicht versiegender Strom gedemütigter Geister und geschundener Körper. Bhavani hatte Wert darauf gelegt, dass auch die Ärmsten und Elendesten sie besuchen durften, was zunächst für Empörung im Haus gesorgt hatte, später jedoch gebilligt wurde. Immerhin wurde dadurch der Ruf Bhavanis als der einer gütigen Dame voll des Mitleids gefestigt, wodurch alle Mitglieder der Familie an Ansehen gewannen.

Manche der Frauen erwarteten sehr viel von Bhavani, aber sie hatte nicht das Herz, ihre letzten Hoffnungen zu zerschlagen, und ging auf ihre Wünsche ein. »Mach, dass ich einen Sohn gebäre«, forderte eine, und Bhavani murmelte eine »Zauberformel«, die die Augen der armen Frau aufleuchten ließ. »Hilf mir, die Schikanen meiner Schwiegermutter zu ertragen«, bat eine andere und »Lass meinen Klumpfuß verschwinden« gar eine dritte. So ging es bis zum frühen Nachmittag. Dann wurde niemand mehr vorgelassen.

Man gönnte Bhavani eine Stunde Ruhe, bevor Nayana in deren Schlafgemach vorgelassen wurde, um ihren Schützling auf dem Weg zum Scheiterhaufen zu stützen. Doch die alte Kinderfrau kam sofort wieder herausgestürzt. Ihre Augen waren vor Schreck geweitet, und ihre Stimme überschlug sich, als sie rief: »Man hat sie entführt! Man hat unsere gute Bhavani-sati entführt!«

Die Schwägerinnen rannten in den Raum und blieben wie angewurzelt stehen, als sie erkannten, was passiert war: Eine zahnlose Bettlerin lag leise schnarchend auf Bhavanis Schlafmatte. Sie trug einen kostbaren Sari und verströmte den unverkennbaren Geruch von Feni. Die Alte war sturzbetrunken. In der Zeit, in der die Schwägerinnen beratschlagten, was zu tun und wer zu verständigen sei, huschte Nayana unbemerkt aus dem Haus. Sie schnappte sich das Bündel, das sie in dem dichten Grün des Ashokabaums versteckt hatte, wickelte sich in ein verschmutztes Gewand und humpelte, plötzlich in eine unscheinbare Bettlerin verwandelt, zu dem ausgemachten Treffpunkt.

In der Stadt sorgte die Nachricht vom Verschwinden der sati für Aufruhr. Niemand nahm Notiz von den beiden zerlumpten Gestalten, die sich bei Einbruch der Nacht auf den Weg gen Westen machten.

40

Der Osten – in welch glorreichen Worten hatte man ihn ihr angekündigt! Reich und sinnlich sei er, voller Geheimnisse und Verheißungen. Doch ihr erster Eindruck des Orients war ein anderer: Er war die Hölle auf Erden.

Isabel de Matos wusste, dass ihre Wahrnehmung getrübt war durch die Strapazen der grässlichen Schiffsreise. Es hatte zahlreiche Verzögerungen gegeben. Erst hatten sie in Angola an der afrikanischen Westküste einen unerwartet langen Halt einlegen müssen, weil die frischen Lebensmittel, die hier an Bord genommen werden sollten, vom Hafenkai weg gestohlen worden waren. Bis man neuen Proviant zusammengestellt hatte, vergingen zwei Wochen. Danach umfuhren sie einigermaßen störungsfrei *Cabo da Boa Esperança*, das Kap der Guten Hoffnung, mussten aber kurz darauf die *Ilha de Moçambique* anlaufen, ein in der Straße von Mosambik zwischen der Ostküste des afrikanischen Festlandes und Madagaskar gelegenes Inselchen. Ein Schaden am Rumpf der Galeone musste repariert werden, und was in Lissabon nur wenige Stunden in Anspruch genommen hätte, dauerte hier drei Wochen. Als sie endlich weiterfuhren, war ihre Verspätung bereits so groß, dass sie Indien mitten im Monsun erreichen würden.

Der Kapitän hatte gewusst, dass die Bedingungen schwierig werden würden. Er hatte seine Passagiere vor die Wahl gestellt. Sie konnten im portugiesisch beherrschten Mosambik bleiben und Monate später, wenn die Gefahr der Tropenstürme gebannt war, weiterreisen. Oder sie konnten mit ihm die Fahrt wagen, die unbequem werden würde, sie aber schnell und sicher ans Ziel brächte, da sein Schiff praktisch unzerstörbar war. Unbequem!, dachte Isabel, das war die Untertreibung des Jahrhunderts. Die halbe Fahrt über hatte sie sich in ihrem Bett festzurren müssen, und ihr war es noch vergleichsweise gut ergangen. Die arme Dona Juliana hatte ununterbrochen gespuckt, und ihr Gatte, Senhor Afonso, war gestürzt und hatte sich mehrere Rippen gebrochen, so dass ihm fortan jeder Brecher, der ihre Galeone erfasste, schreckliche Qualen bereitete.

Als sie schließlich, Mannschaft wie Passagiere am Ende ihrer Kräfte, Goa erreichten, war die Bestürzung groß: Die Cholera wütete! Sogar hartgesottene Matrosen, die zuvor schon in Goa gewesen waren, waren den Tränen nah – sie hatten sich auf anschmiegsame Mädchen und feuchtfröhliche Tropennächte gefreut, die sie für die unmenschliche Arbeit an Bord entschädigen würden. Doch sie fanden nichts als Tod und Trauer vor, Verwüstung und Verwesung.

Da zu dieser Jahreszeit niemand mehr mit dem Eintreffen ihres Schiffes gerechnet hatte, war auch niemand erschienen, um sie abzuholen. Afonso und Juliana Queiroz hatten entfernte Verwandte in einem Brief von ihrem Besuch unterrichtet, und auch Miguel Ribeiro Cruz sollte von Isabels Eintreffen in Goa informiert worden sein. Da jedoch niemand sie abholen kam, waren sie gezwungen, sich in einer ihnen fremden Stadt, die sich noch dazu in Todesqualen wand, selber durchzuschlagen. Und da Dona Juliana und Senhor Afonso mehr oder weniger außer Gefecht gesetzt waren, war es an Isabel, sich um alles zu kümmern.

Und sie hatte Glück. Eine junge Frau, offenbar eine Krankenschwester, die von verwahrlosten Kindern umringt wurde, gab ihr die Auskunft, sie möge sich an das Büro der Firma Ribeiro Cruz & Filho wenden, und zwar an einen Senhor Furtado. »Er wird eine Kutsche für Euch bereitstellen, wenn er erfährt, dass Ihr Gäste von Senhor Miguel seid. Auf dem Solar das Mangueiras seid Ihr vorerst in Sicherheit, es liegt weit genug von der Stadt entfernt, so dass die Seuche noch nicht bis dorthin gelangt ist. Und grüßt den lieben Senhor Miguel von mir. Er kennt mich noch als Maria Nunes, das war mein Mädchenname. Ich habe ihn seit meiner Hochzeit nicht mehr gesehen, ich hoffe, es geht ihm gut.« Maria errötete heftig, und Isabel fragte sich, ob sie eines der vielen Mädchen war, deren Herz Miguel Ribeiro Cruz gebrochen haben sollte.

Senhor Furtado war ein Inder, der sie sehr aufmerksam musterte, als sie sich als eine Freundin der Familie Ribeiro Cruz vorstellte. So viel, dachte Isabel, stimmte wenigstens. Ihren »Verlobten« hatte sie zwar noch nie zu Gesicht bekommen, die Familie in Lissabon aber kannte sie. Sie schämte sich ein wenig ihrer Dreistigkeit. Unter normalen Umständen wäre sie anders vorgegangen. Sie hatte vorgehabt, sich zunächst einmal Portugiesisch-Indien anzuschauen, ihre Freiheit sowie das angeblich so leichte Leben in der Kolonie zu genießen und die Begegnung mit dem berüchtigten Herzensbrecher so lange wie möglich hinauszuzögern. Sie wollte nicht heiraten, und schon gar nicht einen Mann, den sie gar nicht kannte. Als ihre Eltern den »Handel« mit den Ribeiro Cruz abgeschlossen hatten, war ihr das wie die Erfüllung ihrer Träume erschienen – fort von daheim, hinaus in die weite Welt und niemand als Aufpasser als dieses arglose ältere Ehepaar! Sie hatte sofort eingewilligt.

Der Ausbruch der Seuche jedoch, das große Elend in der Stadt und die unsäglichen Witterungsbedingungen hatten all ihre Pläne über den Haufen geworfen. Was sie noch viel weniger wünschte, als zu heiraten, das war zu sterben. Nichts auf der Welt lohnte es, sein Leben dafür zu riskieren. Also hatte sie ihren Stolz hintangestellt und war direkt zu diesem Agenten der Firma Ribeiro Cruz gelaufen. Es war eine gute Entscheidung gewesen. Senhor Furtado, der übrigens der einzige Mensch in Goa zu sein schien, der vollkommen unbeeindruckt von der Seuche weiter seiner Arbeit nachging, stellte ihr und den Eheleuten Queiroz eine komfortable Kutsche zur Verfügung, ließ ihr Gepäck vom Hafen holen, gab ihr Post und Geschäftsunterlagen für Senhor Miguel mit und packte schließlich noch eine Kiste mit Leckereien mit ein. »Er wird sich über ein paar Flaschen guten Weins und portugiesische Delikatessen freuen. Über Besuch selbstverständlich auch. Ich habe ihn wochenlang nicht in der Stadt gesehen. Ich fürchte, die Wege sind nur schwer passierbar, also macht Euch auf eine rumpelige Fahrt gefasst.«

Isabel dankte dem freundlichen Mann – dem ersten leibhaftigen Inder, mit dem sie gesprochen hatte, und dann, welche Überraschung, gleich ein so kultivierter Herr! – und stieg wohlgemut in die Kutsche. Wie »rumpelig« mochte die Fahrt schon werden? Nach ihrer Schiffsreise würde sie überhaupt nichts mehr schrecken.

Als sie aus der Stadt hinausfuhren, frischte der Wind auf, und der Regen peitschte waagerecht in die Fenster ihres Gefährts hinein. Tropenschwüle? Es fühlte sich mehr nach einem Winter in Tras-os-Montes an! Die Queiroz quengelten, sie solle die Vorhänge vor den Fenstern befestigen und so für ein Minimum an Schutz vor dem garstigen Wetter sorgen. Aber Isabel dachte gar nicht daran. Nie wieder würde sie ein erstes Mal durch diese Straßen fahren, nie wieder würde sie die Gelegenheit zu einem ersten Eindruck bekommen: Sie wollte keinen Augenblick davon verpassen, ganz gleich, wie scheußlich die Umstände waren.

Fasziniert beobachtete sie die wenigen Menschen, die sich

überhaupt ins Freie gewagt hatten. Sie sah zwei Inder, die überaus farbenfroh und prachtvoll gekleidet waren, ganz wie sie es aus den Stichen in der heimischen Bibliothek kannte. Wäre nur das Wetter schöner gewesen, dann hätten ihre hellblauen und silbernen Röcke nicht so traurig an ihnen heruntergehangen, ihre mächtigen Schnurrbärte, die an den Enden zusammengezwirbelt waren, hätten in der Sonne geglänzt, und sie hätten die Köpfe unter der Last ihrer durchnässten roten Turbane nicht senken müssen. Natürlich konnte Isabel nicht wissen, dass Pradeep und Chandra sich fein herausgeputzt hatten, um dem hochwohlgeborenen Herrn mit dem unaussprechlichen Namen einen letzten Besuch abzustatten, und dass sie nun sehr wütend waren, weil ihr Baldachinträger sie im Stich gelassen hatte. Der Kerl war einfach gestorben.

Isabel sah Inderinnen, die einmal sehr hübsch gewesen sein mussten, mit verhärmten Gesichtern und sterbenden Kindern auf dem Arm. Die vermeintlich unsittlichen Saris, die den Bauch freiließen, wirkten an ihnen alles andere als unkeusch. Sie sah Leute, die am Wegesrand kauerten und sich erleichterten, und sie sah Herumtreiber, die Steine nach streunenden Hunden warfen, die sich kaum schlechter benahmen als diese Lümmel selber. Hunde wie Menschen stöberten im Unrat und lungerten vor den Häusern herum, die von wohlhabenderen Menschen bewohnt zu sein schienen. Dort erhofften sie sich vielleicht milde Gaben.

»Es riecht ganz erbärmlich«, beklagte sich Dona Juliana, »also schließt doch bitte die Vorhänge, liebes Kind.«

»Und zu sehen gibt es auch nichts außer Schmutz«, ergänzte Senhor Afonso.

Die beiden hatten recht, musste Isabel sich eingestehen. Sie zog die Vorhänge zu und klemmte sie fest, was den Geruch von draußen natürlich nicht wirklich davon abhielt, ins Innere zu dringen. Sie lehnte sich erschöpft zurück. Ihre Aufregung hatte sie vorübergehend davon abgelenkt, wie müde sie war. Auch ihr hatte die Seereise zu schaffen gemacht. Dabei waren die körperlichen Begleiterscheinungen weitaus weniger schwerwiegend gewesen als die seelischen. Isabel war weder seekrank geworden, noch hatte der Mangel an Frischwasser oder an frischem Obst und Gemüse sie sonderlich mitgenommen. Aber die permanente Angst, hinter der nächsten Welle liege der Tod, hatte doch an ihr genagt. Es waren Wogen gewesen, wie sie sie zuvor ebenfalls nur auf den Stichen in der Bibliothek gesehen und für maßlose Übertreibungen des Künstlers gehalten hatte. Sie waren hoch wie die Sé, die Kathedrale in Lissabon, gewesen, ebenso düster und tausendmal furchteinflößender als die Predigten des dortigen Bischofs.

Sie schlief mit offenem Mund ein und sackte mit dem Kopf immer näher an die Schulter Dona Julianas. Ein heftiger Ruck riss sie aus ihrem Dösen. Sie wischte sich unauffällig den Speichel aus dem Mundwinkel und hoffte, dass nichts davon auf Dona Julianas Kleid gelandet war. Dann zog sie den Vorhang wieder beiseite, um zu schauen, was diesen Ruck ausgelöst hatte. Abermals rumpelte und rappelte es, beinahe wäre Isabel mit der Stirn an den Fensterrahmen geprallt. Inzwischen war die Gegend ländlicher geworden. Vereinzelt sah man armselige Hütten, vor denen Feuerchen schwelten. Sie sah Wasserbüffel, auf denen Vögel herumstaksten, und überflutete Felder, die wohl Reisfelder sein mussten. Und sie sah, dass die »Straße« eine einzige Schlammpiste war. Unter all dem Matsch konnte ihr Fahrer natürlich nicht erkennen, wo abgebrochene Äste lagen oder wo sich Krater in der Erde gebildet hatten. Kein Wunder, dass die Kutsche fast so schlimm wankte wie ihr Schiff und nur im Schneckentempo vorankam. Immerhin kamen sie überhaupt voran, dachte Isabel, die wild entschlossen war, ihrer ersten großen Reise nur das Beste abzugewinnen, egal, wie scheußlich alles zunächst einmal wirkte.

Es hatte aufgehört zu regnen, und auch die Luft roch frisch und sauber, so dass Isabel nun ungefragt die Vorhänge ganz öffnete.

»Riecht es nicht herrlich?«, rief sie.

Aber ihre Reisegefährten waren nicht gewillt, sich durch wohlmeinende Aufmunterungen aus ihrer dumpfen Laune befreien zu lassen.

»Diese Fahrt wird meinen lieben Mann töten!«, heulte Dona Juliana. Tatsächlich war Senhor Afonso ein wenig grau im Gesicht. Er musste unerträgliche Schmerzen haben, mochte sich aber vor den Damen kein unmannhaftes Gejammer gestatten.

»Diese Fahrt, meine liebe, hochverehrte Dona Juliana, wird uns allen das Leben retten«, sagte Isabel schärfer als beabsichtigt. »Und ein paar gebrochene Rippen haben noch niemanden umgebracht, stimmt es nicht, Senhor Afonso?«

Der Mann nickte, denn Worte brachte er vor Schmerzen keine hervor.

»Und es kann ja auch nicht mehr lange dauern«, beschwichtigte Isabel die ältere Dame, die sie konsterniert anstarrte.

»An Bord der Galeone wart Ihr, wie soll ich sagen, weitaus damenhafter«, sagte Dona Juliana. Isabel wusste, dass sie recht hatte. Und sie wusste, dass sie der älteren Dame noch sehr viel mehr Anlass zu derartigen Beschwerden liefern würde. Es tat ihr leid – allerdings nicht so sehr, dass sie deswegen ihr Verhalten geändert hätte. Sie war jung und hatte damit alle Argumente auf ihrer Seite. Diese Leute waren alt und hatten keine Ahnung.

Der Kutscher klopfte gegen das Chassis, und Isabel steckte den Kopf durchs Fenster, um zu hören, was er ihnen mitteilen wollte. »Wir sind bald da«, sagte er, verkroch sich wieder unter seinem zeltgleichen Umhang und widmete sich den mürrischen Pferden, die es satthatten, durch den Schlamm zu waten.

»Wir sind bald da«, gab Isabel die Auskunft an die Queiroz weiter.

»Gelobt sei der Herr!«, rief Dona Juliana. Ihr Mann nickte nur.

Wenig später fuhren sie in eine Auffahrt ein, die von tiefen Wasserrinnen durchzogen war. Auf den gemauerten Pfosten, die ein Tor hätten tragen sollen, von dem aber nichts zu sehen war, lasen sie »Solar das Mangueiras« auf einem Azulejo-Schild. Wie schön, fand Isabel. Daheim hätte ein Herrenhaus sich vielleicht »Unter den Eichen« genannt, hier waren die Mangobäume namengebend.

Sie war so erleichtert, dass sie es heil hierher geschafft hatten, dass ihre Aufregung, dem berühmten Schwerenöter in Kürze gegenübertreten zu müssen, sich daneben lächerlich ausnahm. Was waren schon zerknitterte Kleidung, jammernde Alte, wacklige Beine von der langen Zeit auf See oder eine ruinierte Frisur? Sie lebten! Alles andere war zweitrangig. Dennoch zupfte sie nervös an ihrem Haar herum, bis Dona Juliana sie davon abhielt: »Nun hört schon auf damit. Ihr seht wunderschön aus, daran ändert keine Seefahrt, kein Monsun und nicht einmal die Cholera etwas.«

Spontan beugte Isabel sich zu der Dame hinüber und gab ihr ein Küsschen auf die Wange. »Ihr seid ein Schatz, Dona Juliana!«

Die Kutsche hielt direkt vor der Treppe, die zu einem überdachten Eingang führte. Das Haus sah nach großem Reichtum aus. Es war riesig und sehr gepflegt. Sein roséfarbener Anstrich wirkte zwar in dem trüben Wetter nicht so fröhlich, wie er es hätte tun sollen, und die verschlossenen Fensterläden verliehen ihm etwas Abweisendes, doch man erkannte, dass hier mit Geschmack und viel Geld zu Werke gegangen worden war.

Sie warteten auf einen Diener, der ihnen dabei behilflich wäre, die Kutsche trockenen Fußes zu verlassen. Aber niemand erschien. Also stieg Isabel aus und zog energisch an der Türglocke. Es dauerte eine halbe Ewigkeit, bis die Tür sich einen Spalt weit öffnete. Ein verängstigter Bursche, fast noch ein Junge, sah sie fragend an: »Ihr wünscht?«

»Was glaubst du denn wohl, was ich wünsche? Deinen Herrn zu sehen, natürlich.«

»Er ist nicht hier.«

»Und für den Fall, wie während seiner Abwesenheit mit Besuchern zu verfahren sei, hat er dir wohl keine Anweisungen hinterlassen?« Isabel ärgerte sich maßlos über den Kerl. Da hatten sie nun den halben Globus umrundet, hatten eine verseuchte Stadt hinter sich gelassen und einen unbefahrbaren Weg befahren, nur um hier von einem dummen Lümmel behandelt zu werden wie Bettler.

»Verzeiht, Senhorita. Es ist nur so, dass Senhor Miguel, tja, also, er ist schwer krank geworden, und man pflegt ihn im Haus einer Bekannten, und wir hier, nun ja, wir wollen die Seuche nicht ins Haus lassen. Bisher hat es keinen von uns erwischt, aber …«

»Aber man kann nie vorsichtig genug sein? Wie recht du hast. Dennoch wirst du uns einlassen müssen. Ich bin die Verlobte von Senhor Miguel.« Da, nun hatte sie es gesagt. Sie hatte sich selbst zur Verlobten deklariert, etwas, was sie nie hatte tun wollen, und schon gar nicht angesichts der sehr fragwürdigen Umstände. Im »Haus einer Bekannten« wollte er genesen? Nach allem, was sie von Miguel Ribeiro Cruz gehört hatte, nahm Isabel an, dass er dort auf ganz andere Weise zu gesunden hoffte.

Der junge Bursche rollte mit dem Kopf. Isabel zweifelte an seinem Geisteszustand und stieß die Haustür einfach auf. Von einem Schwachsinnigen im Regen stehen gelassen zu werden gehörte nicht zu den Erfahrungen, die sie in Portugiesisch-Indien zu sammeln gehofft hatte.

»Sind noch weitere Dienstboten hier?«, blaffte sie ihn an. »Dann schick sie hinaus. In der Kutsche befinden sich vornehme ältere Herrschaften, die ein wenig angeschlagen sind, außerdem unser Gepäck und ein paar Dinge, die Senhor Furtado mir für deinen Herrn mitgegeben hat.«

»Sehr wohl, Senhorita.« Crisóstomo war eingeschüchtert von dem herrischen Auftreten der jungen Dame, deren Äußeres durch nichts darauf vorbereitete, dass sich eine solche Furie dahinter verbarg. Sie war nämlich sehr hübsch, sogar nach indischen Maßstäben. Sie war klein und zierlich, hatte eine sehr weiße Haut und dunkles Haar, große Augen und einen vollen Schmollmund. Hätte sie nicht diese furchtbare europäische Kleidung getragen und hätte sie nicht so mit Schminke und Schmuck gegeizt, wäre sie wirklich eine Schönheit gewesen. Stattdessen verbarg sie ihre zweifellos sehr wohlgeratenen Formen unter einem Kleid, dessen zahlreiche Unterröcke ein sehr unvorteilhaftes Hüftvolumen vortäuschten und dessen Oberteil aus einem engen Mieder bestand, das ein großes, viereckiges Dekolleté hatte. Die Vorteile des Letzteren jedoch wurden durch den Gebrauch einer Palatine, eines Schulter- und Brusttuchs, zunichtegemacht. Noch dazu trug die junge Dame, die bisher nicht einmal die Höflichkeit besessen hatte, ihren Namen zu nennen, einen Kragen, groß und rund wie ein Mühlstein, so dass sie wirkte, als habe sie keinen Hals. Sie musste ganz frisch aus Portugal eingetroffen sein, denn bei dem hiesigen Klima verzichteten auch die vornehmsten Europäerinnen hier schnell auf derartig behindernde Accessoires.

»Was ist denn nun?! Wir sind gerade erst von Bord eines Schiffes gegangen, das monatelang unterwegs war. Wir wollen keine weitere Zeit vergeuden, schon gar nicht mit faulen Dienern. Also ruf jetzt endlich die anderen.«

Crisóstomo lobte sich im Stillen für seine Menschenkenntnis. Er holte den Feger und den Küchenjungen herbei, die in der Hierarchie noch unter ihm standen und seinen Anweisungen anstandslos Folge leisten würden. Gemeinsam halfen sie den älteren Herrschaften aus der Kutsche, entluden das Gepäck und geleiteten die Gäste zu den Zimmern, die noch herzurichten waren. Govind improvisierte unterdessen einen Imbiss, den er vor lauter Nervosität zu scharf würzte, und ließ es sich nicht nehmen, diesen selber zu servieren. Er wollte die Verlobte mit eigenen Augen begutachten.

Auch die anderen Dienstboten lungerten an den Türen des Salons herum, in den man sie geführt hatte, und starrten die Besucher an.

Dona Juliana, Senhor Afonso und Isabel fühlten sich sehr unwohl unter den neugierigen Blicken der Diener. Lustlos tranken sie von einem merkwürdigen Getränk, Ingwerlimonade, und kosteten von den kleinen frittierten Gemüsebällchen. Alles schmeckte gleich, nämlich nach scharfen, exotischen Gewürzen, die keiner von ihnen kannte. Isabel war schließlich wieder diejenige, die die Initiative ergriff.

»Du da«, sagte sie zu Crisóstomo, »sag den Dienern, dass sie unsere Zimmer herrichten sollen. Und dann schick jemanden nach Senhor Miguel. So krank wird er ja wohl kaum sein.«

Crisóstomo hatte nicht den Mut, ihr zu widersprechen. Senhor Miguel mochte inzwischen tot sein. Aber das erschien ihm im Augenblick eindeutig weniger erschreckend, als sich der Furie zu widersetzen.

41

Ich sehe, Ihr habt Euch bereits häuslich eingerichtet.« Miguel war, kaum dass er daheim eingetroffen war, über ein winziges Damenpantöffelchen gestolpert. Dass nicht Isabel de Matos es verloren hatte, sondern seine Dienstboten, die damit tags zuvor herumgealbert hatten, während die Gäste sich ausruhten, konnte er nicht ahnen. Er war wütend. Er war verletzt. Er fühlte sich betrogen. Und er war nach dem Ritt hierher schon wieder am Ende seiner Kräfte. Nach hohlen Höflichkeitsfloskeln stand ihm zurzeit absolut nicht der Sinn.

Die junge Frau glotzte entgeistert ihren Pantoffel in seiner Hand an. »Und ich sehe, dass Ihr keine Zeit verliert, um die Trophäen Eurer vermeintlichen Eroberungen zu sammeln. Ihr werdet Eurem Ruf mehr als gerecht.«

Wider Willen verzog Miguel die Lippen zu einem Lächeln. Schlagfertig war sie ja, die hübsche Isabel.

»Ich nehme an, Ihr seid meine Verlobte?«, spöttelte er.

»Das werden wir noch sehen. Zunächst einmal bin ich Isabel de Matos, eine Freundin Eurer Familie, die allein deshalb Eure Gastfreundschaft in Anspruch nehmen muss, weil die Cholera einen Aufenthalt in der Stadt nicht ratsam erscheinen ließ.«

»Nein, das ist keine Krankheit, die man jemandem wünscht, nicht einmal dem ärgsten Feind. Ich hatte sie selber.«

»Ihr hattet die Cholera? Und habt sie überlebt?«, rief Isabel.

»Ich mag nicht sehr vital wirken, bin aber durchaus nicht tot, wie Ihr bemerkt haben dürftet. Ich kann Euch also zu meinem allergeringsten Bedauern nicht mit einer tragischen Geschichte dienen. Ja, ich habe überlebt. Und zwar knapp. Ich befand mich gerade in einer, hm, rekonvaleszenten Phase, als man mir Eure Ankunft meldete.«

»Nun, dann würde ich Euch raten, Euch gleich wieder hinzulegen.«

»Habe ich doch gesagt: Ihr habt Euch bereits häuslich eingerichtet. Ihr führt Euch genauso auf wie die Ehefrau, nach der mich nicht verlangt. Meine Mutter dafür umso mehr.«

Isabel wusste nicht, wie sie den jungen Ribeiro Cruz einschätzen sollte. Was er sagte, gab ihr Hoffnung. Anscheinend war er genauso wenig erpicht auf eine Eheschließung wie sie. Das war gut. Doch die Feindseligkeit, die er ihr entgegenbrachte, empfand sie als beleidigend. Das hatte sie nicht verdient. Niemand nahm eine so zermürbende lange Reise auf sich, um so empfangen zu werden. Und die armen Queiroz! Er hatte mit ihnen noch kein Wort gesprochen, sondern sie einfach wie ungebetene Quälgeister behandelt, also ignoriert. Im Grunde waren sie das natürlich, gestand Isabel sich ein: ungebetene Quälgeister. Ein wenig mehr Contenance hätte sie dennoch von ihm erwartet.

»Unsere Mütter haben, wie es scheint, viel gemein. Meine sucht so verzweifelt nach einem Gatten für mich, dass sie inzwischen schon Kandidaten Eures Kalibers für mich auftreibt.«

Die beiden standen sich wie Kampfhähne gegenüber. Sie starrten einander an, bis sie plötzlich beide anfingen zu lachen, zögerlich erst, dann immer herzhafter. Die Dienstboten, die das Schauspiel alle heimlich mitverfolgten, waren angesichts des Geisteszustands ihres Herrn wie auch seiner Besucherin besorgt. Der eine hatte gerade erst eine schwere Krankheit überstanden, die andere eine schwierige Seereise. Beide standen am Rande eines Nervenzusammenbruchs, das war klar und deut-

484

lich zu erkennen. Kein normaler Mensch lachte so hysterisch, dass ihm die Tränen kamen und sein Körper wie unter Krämpfen zuckte. Govind huschte schnell in die Küche, um den beiden einen beruhigenden Trank zuzubereiten.

Später nahmen Miguel, Isabel und die Eheleute Queiroz gemeinsam im Salon Platz. Man servierte ihnen diesmal Gebäck portugiesischer Machart sowie Kaffee. Das, hoffte Miguel, würde den Leuten die Ankunft in dem fremden Land, noch dazu unter so erschwerten Bedingungen, versüßen. Sie plauderten über gemeinsame Bekannte in Lissabon, über die neuesten Modeeskapaden der Damen am Hof in Spanien sowie über die Machenschaften des europäischen Adels. Miguel interessierte sich kaum für die banalen Themen, fand das Gespräch aber amüsant. Es tat gut, einmal wieder Klatsch und Tratsch aus der alten Heimat zu hören und zu merken, wie wenig er all das vermisste.

Er unterhielt seinerseits die Gäste mit Beobachtungen, die er in Indien gesammelt hatte, und gab ihnen jede Menge Ratschläge, die im Alltag nützlich sein dürften. So riet er ihnen, nie die linke Hand beim Essen zu Hilfe zu nehmen, sich unter keinen Umständen in der Öffentlichkeit mit einem Taschentuch die Nase zu säubern und auf gar keinen Fall Körperkontakt zu Bettlern oder sogenannten »Unberührbaren« zuzulassen. Er erklärte ihnen die Bedeutung des typisch indischen Kopfrollens und hielt sich mit längeren Beschreibungen der indischen Küche sowie ihrer Zutaten auf.

»Ihr seid im Gewürzhandel Eures Herrn Vater tätig, nicht wahr?«, fragte Senhor Afonso.

»Ich sehe hier ein wenig nach dem Rechten, mehr nicht. Ich baue gerade ein eigenes Geschäft auf.«

Nun wollten die Gäste dazu alles hören. Miguel ärgerte sich, dass er es überhaupt erwähnt hatte. Er hatte ja noch keinerlei

Gewinn vorzuweisen, und es widerstrebte ihm, sich mit Erfolgen zu brüsten, die es noch gar nicht gab. Er wand sich und redete um den heißen Brei herum, bis er das Thema auf die Tätigkeiten des Senhor Afonso, eines Geographen, lenkte.

»Und Ihr, Senhor Afonso? Was genau führt Euch hierher?«

Der Wortschwall, der sich nun über Miguel ergoss, ergab in der Zusammenfassung, dass der Hof eine bessere Ausbeutung der Bodenschätze Indiens anstrebte. Insbesondere Gold wurde gesucht, nachdem die Minen in Mosambik sich als wenig ergiebig gezeigt hatten und die Funde in den südamerikanischen Kolonien schon längst für die vielen kriegerischen Auseinandersetzungen ausgegeben worden waren, die Spanien sich leistete. Es musste mehr Gold entdeckt werden.

»Aber Goa sowie die anderen Fleckchen weiter nördlich, Damão und Diu, die zusammen Portugiesisch-Indien ergeben, sind sehr klein und sehr flach. Die Wahrscheinlichkeit, hier oder dort auf Gold zu stoßen, ist äußerst gering«, wandte Miguel ein.

»Es gibt neuartige Messmethoden«, sagte Senhor Afonso. »Darum bin ich hier.«

Miguel vermutete, dass noch mehr dahintersteckte. Man schickte keinen ältlichen Mann samt Gemahlin in eine Kolonie, die für ihr anstrengendes Klima und schwierige Lebensbedingungen berüchtigt war, wenn man ihm daheim einen schöneren und ruhigeren Posten hätte anbieten wollen. Und die Abenteuerlust war es sicher nicht, die die Eheleute Queiroz antrieb.

Im Gegensatz zu Isabel. Sie erinnerte Miguel immer mehr an Delfina. Dasselbe Streben nach Unabhängigkeit und Selbstbestimmtheit zeichnete sie aus. Nur war Isabel de Matos viel hübscher. Sie war, nachdem sie aufgetaut war und sich nicht mehr so spröde gab wie in den ersten Minuten ihrer Begegnung, eine zauberhafte junge Frau. Ihr Lachen war offen und ansteckend, ihr Humor zuweilen ein wenig bissig. Sie war sehr selbstbewusst, und ihre Ehrlichkeit war manchmal schonungslos, dabei jedoch erfrischend. Insgesamt wirkte sie trotz allem diplomatischer und reifer als Delfina, was daran liegen mochte, dass sie rund zwei Jahre älter als diese war.

Miguel musste unbewusst geschmunzelt haben, denn Isabel fragte ihn nun: »Dürfen wir an dem teilhaben, was Euch gerade so amüsiert?«

»Oh, es ist nichts. Ihr erinnert mich nur an eine Freundin. Ich glaube nicht, dass Ihr sie kennt, Delfina de Mendonça? Leider werdet Ihr nicht mehr das Vergnügen haben, sie kennenzulernen, denn sie ist mit ihrer Familie vor kurzem nach Europa aufgebrochen. Eure Schiffe hätten einander begegnen können.«

»Mendonça, sagt Ihr?«, rief Dona Juliana ganz aufgeregt. »Doch nicht wie in Dona Assunção Mendonça?«

»Aber ja doch, genau die. Kennt Ihr die Familie? Ich hatte mich sehr gut mit ihnen allen angefreundet, sie waren mir in der ersten Zeit hier in der Kolonie ein großer Halt. Die drei Kinder, Álvaro, Sidónio und Delfina, sind etwa in meinem Alter. Und Dona Assunção ist eine großartige Dame.«

»Ich kenne sie nicht persönlich. Aber sie wird sich mit einem alten Freund von uns vermählen, Senhor Fernão Magalhães da Costa.«

Es entspann sich ein angeregtes Gespräch, in dem man die Vorzüge der Brautleute rühmte, wobei Miguel Dona Assunção als eine Heilige von großer Schönheit anpries, während Dona Juliana den reifen Bräutigam, Fernão Magalhães da Costa, als einen so phantastischen Mann beschrieb, dass ihr eigener Ehemann schon leicht konsterniert dreinblickte.

»Ich habe den Eindruck«, meldete sich schließlich Isabel zu

Wort, die zu dem Thema nichts beizusteuern hatte, »dass die mir unbekannten Herrschaften, Dona Assunção und Senhor Fernão, ein wunderbares Gespann bilden werden. Vielleicht sind aus der Ferne arrangierte Ehen gar nicht so übel.« Sie warf Miguel einen rätselhaften Blick zu, bevor sie fortfuhr: »Natürlich haben die beiden Herrschaften sich aus freien Stücken und allein aus Vernunftgründen füreinander entschieden. Es ist etwas anderes, wenn über die Köpfe der Brautleute hinweg entschieden wird.«

»Ach, Kindchen«, sagte Dona Juliana, »hört doch endlich auf mit diesem leidigen Thema. Eure Eltern sind nicht nur älter, sondern auch klüger und erfahrener als Ihr, und ganz bestimmt werden sie sich nicht leichtfertig für einen Kandidaten entscheiden. Sie haben doch bei alldem immer nur Euer Wohl im Blick. Im Übrigen vergesst Ihr Eure Manieren. Wir alle wissen, dass der Auserwählte unser lieber Senhor Miguel hier ist, und er scheint mir doch ein durchaus akzeptabler, um nicht zu sagen: sehr passender Kandidat zu sein. Ich jedenfalls würde ihn mit Kusshand nehmen.«

»Juliana!«, schritt Senhor Afonso ein und rückte das Weinglas ein wenig von seiner Frau ab.

Miguel amüsierte sich köstlich. »Ich danke Euch, liebe Dona Juliana, für diese vorteilhafte Einschätzung meiner Person. Wäre ich in einem Alter, in dem ich Eurer Weisheit und Erfahrung gewachsen wäre, würde auch ich Euch mit Kusshand nehmen.«

Isabel verdrehte die Augen. Aha, dachte sie, da kam er schließlich durch, der unverbesserliche Weiberheld.

Die Gäste blieben insgesamt eine Woche auf dem Solar das Mangueiras. Genau wie ihr Gastgeber benötigten sie vor allem Ruhe und Behaglichkeit, so dass die Zeit ihnen nicht lang wurde. Miguel unterhielt sie mit ein paar Kartentricks, Panjo unterhielt sie einfach nur mit seiner Gegenwart. Alle drei Neuankömmlinge waren Hundefreunde, so dass auch Panjo eine schöne Zeit hatte. Er wurde auf Schritt und Tritt gestreichelt und gehätschelt, und die vielen Leckereien, die Dona Juliana ihm heimlich zusteckte, ließen ihn kugelrund werden. Miguel unternahm nichts dagegen. Auch sein Hund hatte Erholung verdient, und der angefutterte Speck auf seinen Rippen würde in kürzester Zeit verschwinden, wenn das Wetter sich erst besserte und sie sich mehr im Freien aufhielten.

Dann endlich zeigte sich wieder die Sonne, und zwar gleich mehrere Tage hintereinander. Die Wege waren noch immer schlammig, aber das Fortkommen war nicht mehr allzu schwierig. Die Eheleute Queiroz und Isabel de Matos entschlossen sich zur Abfahrt.

»Wir haben Euch lange genug belästigt«, sagte Senhor Afonso.

»Sollte ich je den Eindruck vermittelt haben, Ihr wäret eine Last für mich gewesen, dann bitte ich Euch dafür um Verzeihung. Ich habe Euren Besuch sehr genossen und würde mich freuen, wenn Ihr noch länger bleiben könntet.«

»Ach, mein lieber Junge«, sagte Dona Juliana seufzend, »das ist entzückend von Euch. Uns gefällt es bei Euch auch sehr gut. Aber wir sind natürlich begierig darauf zu erfahren, wohin es unsere Freunde verschlagen hat und ob sie wohlauf sind. Inzwischen dürfte sich die Nachricht von der Ankunft unseres Schiffes ja auch herumgesprochen haben, so dass wir die Ärmsten nicht länger im Unklaren über unseren Verbleib lassen dürfen. Sie machen sich gewiss große Sorgen.«

»Außerdem«, gab nun auch Isabel ihren Kommentar dazu ab, »wollen wir ja auch einmal etwas anderes von Indien sehen als Euer zweifellos sehr schönes Solar das Mangueiras. Und da wir nun alle gut erholt und wieder frohen Mutes sind, kann nicht einmal Euer Charme uns länger hier halten. Oder der niedliche Panjo.« Der Hund fühlte sich, als er seinen Namen hörte, sofort aufgefordert, zu Isabel zu laufen und sich an sie zu schmiegen.

»Aber die Zeit, mit mir noch einmal unter vier Augen zu reden, habt Ihr noch, nicht wahr?«, fragte Miguel sie. Und an die Queiroz gewandt, fügte er hinzu: »Auf der Veranda, versteht sich, so dass Ihr vom Salon ein wachsames Auge auf uns haben könnt. Wir wollen doch schließlich keinen haltlosen Gerüchten Vorschub leisten.«

Dona Juliana errötete leicht und zog sich auf ihr Zimmer zurück, um mit dem Packen zu beginnen. Senhor Afonso, der sich, seit seine Rippen nicht mehr so stark schmerzten, als schulterklopfender Witzbold entpuppt hatte, der nie mit nutzlosem Rat sparte, meinte: »Aber wir werden uns keinen Moment von dem entgehen lassen, was das junge Glück da so treiben mag. Also seid vorsichtig, Senhor Miguel.« Der ältere Herr brach in schmutziges Gelächter aus. Isabel und Miguel warfen sich Blicke stillschweigenden Einverständnisses zu: Der Mann war lästig, und ja, sie würden sich nun nach draußen begeben, um ein paar Dinge zu besprechen, die die anderen nichts angingen.

Zwei schmiedeeiserne Stühle und ein Tisch wurden nach draußen gestellt und von drei Dienern trocken gerieben. Govind persönlich brachte Naschwerk, und der Feger kehrte Laub und abgebrochene Äste auf dem Rasen zusammen, um nur ja in der Nähe des Paars zu sein.

»Das ist auch etwas, an das Ihr Euch in Indien gewöhnen müsst. Die Leute haben keinerlei Scheu, ihre Neugier zu zeigen, und es kann zuweilen zäh werden, sie fortzuschicken. Aber ich denke, hier und heute lassen wir ihnen ihr Vergnügen. Was denkt Ihr?«

»Ich denke, wir könnten allmählich zum Du übergehen.«

»Gern. Ich wollte Euch, Verzeihung: dir, mit diesem Vorschlag den Vortritt lassen. Ich hätte es sonst selber schon angeregt.«

»Nun, mein lieber ›Verlobter‹, was hast du so Vertrauliches mit mir zu bereden?« Isabel schaute ein wenig verlegen zur Seite, als studiere sie ein botanisch besonders wertvolles Gewächs. Das Du kam ihr noch nicht leicht über die Lippen.

»Es geht um genau diese Verlobung. Wie sollten wir deiner Meinung nach in der Öffentlichkeit damit umgehen?«

»Wie schon? Wir leugnen, dass es eine Beziehung dieser Art zwischen uns beiden gibt. Mit der Wahrheit fährt man immer am besten.«

»Glaubst du? Ich habe das auch einmal gedacht. Aber in diesem speziellen Fall … ich weiß nicht. In deinem Interesse wäre es bestimmt besser, wir hielten den Anschein aufrecht, ich sei dein Verehrer.« Miguel räusperte sich. Auch er war verlegen. Wie sagte man einer schönen jungen Frau, der man freundschaftliche Gefühle entgegenbrachte, dass man sie nicht hofieren wollte? Er hatte Isabel in der kurzen Zeit ihres Aufenthaltes liebgewonnen, und manchmal hatte er sich gar dabei ertappt, dass er sich ihre Fesseln vorstellte oder noch besser verborgene Stellen ihrer Anatomie. Er war schließlich kein Heiliger, und Isabel war eine wirklich appetitliche Person. »Wir beide wissen, dass zwischen uns nicht mehr ist als zwischen Geschwistern, und das soll auch so bleiben«, sprach er weiter. »Aber wenn sich herumspricht, dass ich dich verschmäht habe, dann ist dein Ruf ruiniert. Kein brauchbarer junger Mann in der Kolonie wird sich gern mit einem Mädchen einlassen, dessen Verlobung geplatzt ist.«

»Auf die Idee, ich könne dich verschmäht haben, wird wohl niemand kommen, oder?«, fragte Isabel giftig.

»Sei nicht ungerecht. Ich versuche dir entgegenzukommen.

Mir selber würde eine aufgelöste Verlobung, die ja eigentlich nie stattgefunden hat, überhaupt nicht schaden, dir hingegen umso mehr.« Im Gegenteil, hätte er gern hinzufügen mögen, vor Amba stünde er wesentlich besser ohne eine Verlobte da. Doch das war er Isabel schuldig, dass er wenigstens ihren Ruf schützte. Sein eigener war eh schon zerstört. »Sieh doch einmal die Vorteile eines solchen Arrangements: Keiner würde dich schief ansehen, und du könntest tun und lassen, was du wolltest. Denn ich werde dir bei dem, was du in Indien vorhast, ganz bestimmt nicht im Wege stehen.«

Isabel schüttelte den Kopf, und Miguel war nicht sicher, ob es als verneinende oder als nachdenklich resignierte Geste gemeint war.

»Zunächst einmal fahre ich mit meinen Aufpassern nach Westen, in dieses Pangim, wohin offenbar die ganze Gesellschaft geflüchtet ist. Warten wir erst einmal ab, bis der Monsun vorbei ist, bis die Cholera ausgestanden ist und ich mich eingelebt habe. Wir könnten unterdessen versuchen, unsere Verlobung nicht gar zu sehr an die große Glocke zu hängen. Danach sehen wir weiter. Einverstanden?«

»Einverstanden.«

Spontan sprang Isabel auf, lief zu Miguel und drückte ihm einen Kuss auf die Wange.

Juliana und Afonso Queiroz hinter ihrer Gardine im ersten Stock waren so gerührt, dass sie zum ersten Mal seit Jahren die Hand des anderen ergriffen und sie liebevoll drückten.

42

Frei Martinho fand die Angelegenheit nicht sehr erheiternd. Das vertrauliche Grinsen des Senhor Sant'Ana empfand er daher nicht nur als unpassend, sondern auch als ärgerlich. Der Mann hätte heulen müssen, nach allen Misserfolgen, die er vorzuweisen hatte.

»Ihr hattet mir versprochen«, sagte der Inquisitor mit schneidender Stimme, »mir die gefährlichsten Ketzer der Kolonie zu liefern. Doch bisher habt Ihr nur meine Zeit und das Geld der Kirche vergeudet, indem Ihr harmlose Dienstmägde und ein paar Lumpengestalten verhaftet habt, Erstere wohl vor allem zu Eurer privaten Belustigung. Ich warne Euch: Wenn Ihr so weitermacht, wird es Euch bald selber an den Kragen gehen.«

»Ihr wollt mir drohen?«, fragte Carlos Alberto mit einem boshaften Lächeln. »Ich habe mir nichts zuschulden kommen lassen. Dass die ›gefährlichsten Ketzer‹ – die, unter uns gesprochen, zugleich die reichsten Bürger der Stadt sind – mir entkommen konnten, lag an dem Ausbruch der Seuche. Jeder, der Geld hat, ist fortgegangen. Was ich im Übrigen ebenfalls tun werde. Keinen Tag länger halte ich es in dieser Leichengrube aus. Und damit werden dann wohl auch Eure ›privaten Belustigungen‹, wie Ihr es so trefflich zu formulieren pflegt, ein Ende haben. Ach, dabei hatte ich gerade ein so passendes Exemplar herausgeklaubt, einen bildhübschen Knaben von elf Jahren, seit kurzem Waise und …«

»Still, Hundsfott! Die Jungen erhalten bei mir Unterricht in Latein, wir lesen die Bibel und lernen den Katechismus. Eure

Andeutungen zeugen nur von Eurem durch und durch verdorbenen Charakter. Ich hätte mich nie mit solchem Abschaum wie Euch einlassen dürfen. Geht jetzt. Und tretet mir nie wieder unter die Augen, bevor ich mich vergesse!«

»Ihr schuldet mir noch ein hübsches Sümmchen.«

»Gar nichts schulde ich Euch. Für Eure kümmerlichen Ergebnisse seid Ihr bereits mehr als ausreichend entschädigt worden, schließlich habt Ihr all Eure Opfer bestohlen. Aber den Auftrag, den ich Euch gegeben hatte, habt Ihr nicht erfüllt, und damit entfällt auch Euer Honorar. Jeder kann auf der Straße Angst und Schrecken verbreiten und irgendwelche Passanten verhaften. So lautet unsere Mission jedoch nicht. Wir wollen aufräumen mit dem Unglauben, mit heidnischen Praktiken, mit abergläubischen Ritualen und mit unchristlichen Sitten.«

»Ihr seid ein Heuchler und Betrüger.«

»Wachen!«, rief der Mönch aufgebracht.

»Ich finde allein hinaus.« Carlos Alberto verließ den Besprechungsraum mit hochrotem Kopf und fiel, als die Wachen ihm entgegeneilten, in einen Laufschritt. Er drohte an seinem Zorn zu ersticken, schluckte ihn aber herunter, bis er vor der Tür war. Ein Mensch krümmte sich in Todesqualen auf dem Gehweg. Carlos Alberto versetzte ihm einen Tritt in die Rippen und beförderte ihn in die Gosse, wo er seiner Meinung nach hingehörte. Nichts wie weg aus dieser verpesteten Stadt, fort von diesen verlogenen Mönchen und Priestern! Eine einzige Sache musste er noch erledigen, dann wollte er gen Küste aufbrechen, wo die Luft rein und die Leute gesund waren.

Er begegnete unterwegs Maria Nunes, die nun anders hieß. Er konnte sich an den Namen ihres Mannes jedoch nicht erinnern. Wozu auch, er war ein unbedeutender Versager. Die schüchterne Maria indes, wer hätte das gedacht?, entwickelte sagenhafte Kräfte bei der Arbeit mit Waisen und Kranken. Sie hätte man zuallererst verhaften müssen. Es war grobe Fahrlässigkeit, wenn nicht gar eine Straftat, Gott ins Handwerk zu pfuschen und all die elenden Gestalten auch noch zu pflegen. Man sollte die Natur das tun lassen, was der Stadt am besten bekommen würde: die Schwachen sterben lassen. Er nickte Maria mürrisch zu und erhielt einen ebenso abweisenden Gruß zurück.

Als er vor der Herberge ankam, in der die beiden Inder hausten, zupfte Carlos Alberto seinen Spitzenkragen zurecht. Dann klopfte er energisch und verlangte, als ein verängstigter Diener ihm öffnete, unverzüglich die vornehmen indischen Herrschaften zu sehen. Dass er ihre Mittagsruhe störe, so blaffte er den Diener an, sei ihm vollkommen egal, und wenn die beiden nicht sofort erschienen, würde er alle Bediensteten und Gäste der Herberge ins Verlies werfen lassen.

Chandra und Pradeep reagierten sehr ungehalten auf die Störung. Sie baten den Diener, sich als Übersetzer zu betätigen, da er anscheinend neben ein paar Brocken ihrer Sprache, Marathi, auch das Portugiesische leidlich zu beherrschen schien.

»Habt Ihr die Frau?«, fragte Chandra.

»Nein. Ich kann sie nur aufstöbern, wenn ich die entsprechenden Mittel zur Verfügung habe«, erwiderte Carlos Alberto.

»Ihr wollt mehr Geld?«

»Wie schlau Ihr seid … Ja, ich brauche mehr Geld, denn die gesuchte Person scheint gerissener zu sein, als Ihr es mich habt glauben lassen.«

Pradeep flüsterte seinem Bruder in einem Dialekt etwas zu, das der übersetzende Diener nicht verstehen konnte: »Wirf den Kerl hinaus. Er taugt nichts. Er will uns bestehlen, und wenn er erst unser Geld hat, lässt er uns in den Kerker werfen. Den Diamanten holt er dann allein.«

Chandra, über die Weitsicht seines sonst so unbesonnenen

Bruders erstaunt, rollte bedächtig mit dem Kopf. An Carlos Alberto gewandt sagte er: »Euer Ansinnen ist nachvollziehbar. Allerdings haben wir unser Geld an einem sicheren Ort hinterlegt, denn hier in der Herberge erschien es uns nicht ratsam, prall gefüllte Goldbeutel unter die Schlafmatten zu legen.«

Carlos Alberto fiel in das gekünstelte Lachen mit ein. »Sehr vernünftig von Euch.«

»Und darum«, fuhr Chandra fort, »gebt uns bis morgen Mittag Zeit. Wir werden Euch dann eine ansehnliche Summe für Eure Arbeit vorauszahlen können – für die wir natürlich auch baldige Ergebnisse erwarten.«

»Verlasst Euch auf mich. Ich bringe Euch die Verbrecherin.«

Chandra und Pradeep reichten dem Portugiesen die Hand, wie es der hiesigen Sitte entsprach. Als der Mann sie verließ, schickten sie sofort den Diener nach frischem Wasser, um ihre Hände zu reinigen.

Danach begannen sie, diesmal ohne die Hilfe oder das Wissen des Dieners, ihre Bündel zu schnüren. Morgen um die Mittagszeit wollten sie weit fort von hier sein. Sie schworen sich, nie wieder zurückzukehren.

43

Natürlich sprach sich die Verlobung von Miguel Ribeiro Cruz und Isabel de Matos wie ein Lauffeuer herum. Die Eheleute Queiroz hatten ganze Arbeit geleistet. Die gehobene Gesellschaft freute sich bereits auf ein großes Fest, wie es allzu lange keines mehr gegeben hatte. Man hatte es satt, an Krankenlagern zu sitzen oder auf Beerdigungen zu gehen. Ein Gedenkgottesdienst jagte den nächsten, jeder wollte seinen Nachbarn in der Anzahl der Messen, die für die Verstorbenen gelesen wurden, übertreffen. Eine aufwendige Verlobungsfeier wäre genau das Richtige, um wieder auf andere Gedanken zu kommen. Und als junger Mann von hohem Stand und mit großem Vermögen würde Miguel Ribeiro Cruz sich gewiss nicht lumpen lassen. Einzig ein paar farblose Wesen in heiratsfähigem Alter bliesen weiter Trübsal und verfluchten Isabel de Matos, allerdings nur so lange, bis sie sie kennenlernten. Diesem netten Mädchen konnte man wirklich nicht böse sein. Und war es denn ein Wunder, dass sie dem begehrten Kaufmannssohn den Kopf verdreht hatte? Sie war hübsch, klug, freundlich und in jeder Hinsicht umwerfend. Ach, wenn sie doch nur halb so viel Liebreiz wie Isabel besessen hätten!

Sogar im indischen Teil der Bevölkerung war die Verlobung des Senhor Miguel mit der schönen Portugiesin Gesprächsstoff. Senhor Rui alias Rujul rieb sich die Hände, weil er sich ein großartiges Geschäft erhoffte – ein Verlobungsring wäre fällig, in nicht allzu ferner Zukunft auch Trauringe. Oh, und was hatte er alles für aparte Juwelen im Angebot, die er dem jungen Bräutigam zu einem Spottpreis überlassen konnte! Wundervoll! Er würde sogleich alle Preise verdoppeln, um Senhor Miguel mit erheblichen Nachlässen ködern zu können.

Senhor Furtado besprach die Angelegenheit mit seiner Frau, auf deren gesunden Menschenverstand man sich immer verlassen konnte. Er war ein wenig beleidigt, dass ihn Ribeiro Cruz senior nicht von der bevorstehenden Verlobung in Kenntnis gesetzt hatte. Immerhin hätte die Verbindung zweier so vermögender Familien auch Einfluss auf das Geschäft, und da wollte er doch bitte schön immer auf dem Laufenden sein. Senhora Furtado indes hielt das Ganze nur für ein Gerücht. »Ich könnte mir vorstellen, dass man da eine Ehe arrangiert hat. Wie ich den Senhor Miguel kenne und wie du mir die Senhorita Isabel beschrieben hast, glaube ich nicht, dass sie dem Wunsch ihrer Eltern entsprechen werden, was sehr bedauerlich wäre und natürlich ein furchtbares Vergehen gegen die ungeschriebenen Gesetze innerhalb der Familie. Aber die beiden sind dickköpfig, und so fern von zu Hause macht die Jugend ja doch, was sie will. Ach, Fernando, in solchen Momenten bin ich ganz froh, dass wir nie Kinder hatten.«

In einem Haushalt am nördlichen Ufer des Mandovi war die Stimmung gedrückt. Ambadevi war nicht mehr sie selbst, seit der portugiesische Patient so überstürzt ihr Haus verlassen hatte. Makarand war der Meinung, dass Senhor Miguel ihr Herz gebrochen hatte. Als einziger Augenzeuge einer Szene, die Ambadevi ihm mit einer Ohnmacht des Rekonvaleszenten erklärt hatte, war er sicher, dass er sie bei etwas viel Intimerem als bei einem Wiederbelebungsversuch gesehen hatte. Er erzählte Anuprabha in allen Details von seinen Beobachtungen, doch diese mochte ihm keinen Glauben schenken. »Was du immer alles siehst, Makarand! Es wird schon so gewesen sein, wie die Herrin gesagt hat: Senhor Miguel wurde von einem

Schwindel erfasst, sie kniete sich neben ihn und gab ihm Ohrfeigen, damit er wieder zur Besinnung käme. In diesem Augenblick kamst du. Deine Phantasie ist schmutzig, Makarand. Glaubst du im Ernst, sie würden mitten im Garten, noch dazu auf der nassen Erde, Unzucht treiben? Ich bitte dich!«

Aber Makarand wusste, was er gesehen hatte. Es hatte ihn sehr beunruhigt. Er hatte Ambadevi nie als eine Frau aus Fleisch und Blut betrachtet, und die Tatsache, dass sie ja nun offensichtlich über einen Körper mit eigenen Bedürfnissen verfügte, fand er mindestens unangemessen, wenn nicht gar ekelhaft. Bei alten Leuten, also allen über 25, war die fleischliche Lust irgendwie widernatürlich. Zugleich hatte er die Szene sehr erregend gefunden. Nicht dass er unkeusche Körperteile gesehen hätte, das nicht. Aber die Hand von Miguel-sahib unter dem Sari von Ambadevi … da ging wirklich die Phantasie mit ihm durch.

Nayana war die Einzige, die die indiskreten Schilderungen Makarands für glaubhaft hielt. »Amba-Schatz«, redete sie ihrem einstigen Schützling ins Gewissen, »das geht einfach nicht. Du kannst nicht mit diesem Ausländer anbändeln, und noch dazu vor den Augen der Diener. Wo soll es hinführen mit der Ordnung der Dinge, wenn jeder seinen Gelüsten nachgibt?«

»Halt dich da heraus!«, fuhr Amba ihre alte Kinderfrau an. »Was weißt du schon davon?« Dann warf sie sich in Nayanas Arme und brach in Tränen aus. »Was habe ich da getan?«, schluchzte sie, »was habe ich bloß getan? Wie konnte ich nur?« Dabei wusste Amba sehr wohl, wie es zu alldem hatte kommen können. Sie bedauerte es auch nicht. Es war wunderbar gewesen, die Liebkosungen eines Mannes wie Miguel zu erfahren, und grandios, sich so begehrt zu fühlen wie schon lange nicht mehr. Er hatte Empfindungen in ihr geweckt, die sie längst verloren geglaubt hatte, er hatte sie sich lebendig bis in die

Zehenspitzen fühlen lassen. Das allein war es wert gewesen. Dass sie erwischt worden waren, störte Amba ebenfalls nicht. In ihrem eigenen Haus konnte sie schließlich tun und lassen, was sie wollte, und einem Burschen wie Makarand war sie gewiss keine Rechenschaft schuldig. Was sie dagegen zutiefst erschüttert hatte, war die Tatsache, wie eilig Miguel es plötzlich gehabt hatte, fortzukommen. Die Verlobte. Diese verfluchte Verlobte.

Ohne sie je gesehen zu haben und ohne zu wissen, ob die unbekannte Frau schön oder hässlich, klug oder dumm, gut oder böse war, verabscheute Amba sie aus tiefstem Herzen. Sie wusste, dass sie der Portugiesin niemals das Wasser reichen könnte. Die andere war weiß und katholisch. Und als wäre das noch nicht genug, war sie bestimmt auch von hoher Herkunft und von einem bezaubernden Naturell. Miguel und seine Verlobte teilten so vieles, was sie, Amba, niemals mit ihm teilen würde. Sie hatte nächtelang wach gelegen und sich vorgestellt, wie die verhasste Verlobte und Miguel zur gleichen Zeit zusammensäßen, Geschichten aus ihrer Kindheit zum Besten gäben und über gemeinsame Bekannte plauderten. Die beiden würden einander ähnliche Anekdoten schildern können: wie sie als Kinder im Beichtstuhl gekichert hatten; welche Geschäfte oder Lokale in Lissabon sie aufsuchten; welche Modesünden ihre Mütter begingen; wie unerträglich der August in der Stadt war und wie angenehm das Klima in den Hügeln um Sintra. Sie würden auf einen Blick Dinge erkennen können, für die es in einer anderen Kultur langer Erklärungen bedurfte: wie eine bestimmte Frisur, eine Art, sich zu kleiden, oder eine Farbe zu deuten waren. In Europa trugen Bräute Weiß, in Indien taten es Witwen. Von diesen alltäglichen Kleinigkeiten, die die Menschen miteinander verbanden, gab es allzu viele, und Amba beneidete die Verlobte um jenen Vorsprung an Wissen, der sie

Miguel näherbrachte, ohne dass diese sich dessen bewusst wäre.

Zugleich verachtete sie sich selbst für ihre Schwäche. Neid oder Eifersucht waren nicht angebracht. Ehen wurden von den Eltern arrangiert, hier wie dort. Natürlich war Miguel von dieser Tradition nicht ausgenommen. Amba hatte gewusst, worauf sie sich einließ. Miguel hatte ja sogar die Verlobte zuvor schon erwähnt, doch sie selber war vor Eitelkeit so verblendet gewesen zu glauben, Miguel habe die Frau nur erfunden. Wie dumm sie gewesen war!

Sie musste sich Miguel aus dem Kopf schlagen. Nayana hatte von Anfang an recht gehabt.

»Was würde ich nur ohne dich tun?«, sagte sie müde lächelnd zu ihrer *ayah* und wischte sich die letzten Spuren der Tränen von den Wangen.

»Und ich ohne dich?« Nayanas Herz blutete ebenso sehr wie das von Amba. Sie ertrug es nicht, ihren Liebling leiden zu sehen, und wenn es irgendetwas gäbe, was sie tun könnte, würde sie es ohne Zögern tun. Aber in solchen Fällen war der Mensch machtlos – da half nur die Zeit. Oder Beschäftigung. »Du musst etwas wegen Makarand und Anuprabha unternehmen. Verheirate die beiden endlich miteinander. Und du musst dem alten Dakshesh einen Gehilfen zur Seite stellen, er schafft es kaum noch allein. Außerdem solltest du ein Auge auf Jyoti haben, ich glaube, sie bändelt mit einem jungen Mann aus dem Dorf an, dem sie womöglich mehr erzählt, als für uns alle gut ist.«

Amba staunte. Da kam plötzlich wieder die alte Nayana zum Vorschein, eine lebenskluge und tatkräftige Frau. Allzu lange hatte die *ayah* sich hinter Aberglauben und Alter versteckt. »Was ist los mit dir, Nayana? Hast du bei deinem letzten Tempelbesuch um mehr Weitsicht und Gedankenklarheit gebeten? Es sieht so aus, als sei dir der Wunsch erfüllt worden.«

»Amba, so spricht man nicht mit alten Frauen!«

Amba lachte. »Nein, verzeih mir. Ich bin nur froh darüber, dass du wieder Vernunft angenommen hast. Diese ewigen *pujas* ...«

Nayana sah die Jüngere streng an, erwiderte jedoch nichts. Insgeheim war sie erleichtert, dass Ambas Tränen versiegt waren, auch wenn es der unangemessene Spott über ihre Andachten war, der dies bewerkstelligt hatte.

Plötzlich horchten beide Frauen auf. Von draußen hatten sie ein ungewohnt lautes Knacken gehört. Der Kokoszapfer konnte es nicht sein, er arbeitete in dieser Jahreszeit nicht. Ein Ast würde in dem zurzeit schwachen Wind auch nicht abbrechen. War es einer von ihren eigenen Leuten gewesen? Der kleine Vikram wurde immer frecher und unternehmungslustiger, vielleicht trieb er sich im Garten herum.

Amba trat ans Fenster und schaute hinaus, sah jedoch in der Dunkelheit wenig. Doch, da, ein Schemen bewegte sich auf das Haus zu! Sie zog ihren Schleier übers Gesicht und eilte zur Haustür. »Halt! Wer seid Ihr? Was wollt Ihr hier?«

»Aber, aber. Es ist nur dein Gemahl, den du sicher sehnsüchtig erwartet hast.«

Amba musste sich ein frustriertes Aufstöhnen verbieten. Manohar!

»Du Taugenichts. Sag schnell, was du willst, und dann verschwinde.«

»Willst du mich denn nicht hineinbitten? Ich habe einen langen Weg hinter mir und ...«

»Nein. Wie viel willst du diesmal?«

»Ich will meine Rechte als dein Gemahl wahrnehmen. Du hast mich sehr lange hingehalten, doch nun ist es ...«

»... an der Zeit, dass du lernst, wann du zu weit gegangen bist«, ergänzte Nayana, die hinter Amba an der Tür erschienen war und einen Säbel in den knochigen Händen hielt.

Manohar lachte hämisch. Nun, da er im Lichtkegel stand, der aus der Tür nach draußen strahlte, erkannte Amba, dass es nicht gut um ihn bestellt war. Er wirkte ungepflegt und hatte schwere Tränensäcke unter den Augen. »Die alte Krähe bedroht mich, meine liebe Amba. Du wirst sie hinauswerfen müssen.«

»Wird der Kerl Euch gefährlich, Ambadevi?«, hörten sie auf einmal Makarands Stimme. »Soll ich ihn gleich hier erschlagen, wie man es mit gemeinen Einbrechern zu tun pflegt, oder soll ich ihn der Inquisition ausliefern?« Der junge Bursche blieb unsichtbar, während er sprach, ein schlauer Schachzug, wie Amba fand. Makarands Äußeres war nicht sehr furchteinflößend, denn er war von eher schmächtiger Statur und hatte ein freundliches Jungengesicht. Aber seine Stimme war tief, sie hätte auch zu einem Mann, der doppelt so alt und doppelt so kräftig war, gepasst.

»Wenn er nicht auf der Stelle verschwindet, und zwar für immer, kannst du ihn fesseln und in die Stadt bringen«, sagte Amba ins Dunkel hinein. An Manohar gewandt, fügte sie hinzu: »Wenn du dich noch einmal hier blicken lässt, wirst du getötet.«

Manohar war nicht dumm. Er wusste, dass er im Augenblick keine Chance hatte, sich ohne Gesichtsverlust aus der Affäre zu ziehen. Er drehte sich auf dem Absatz um und verschwand, ohne eine weitere Silbe von sich zu geben.

Ambas Herz klopfte heftig. Der Schreck war ihr tief in die Glieder gefahren. »Danke, Makarand«, sagte sie leise. »Und danke, Nayana.«

Fürs Erste war die Gefahr gebannt. Aber was, wenn der Kerl wiederkam, in Begleitung oder bewaffnet? Was, wenn er selber die Behörden von ihren Machenschaften unterrichten würde? Nein, das würde er nicht können, ohne sich selber der Mittäterschaft beschuldigen zu müssen, und dafür war er zu feige.

503

Amba wäre, als sie und Nayana wieder allein waren, am liebsten erneut in Tränen ausgebrochen. Es war zu viel auf einmal: die Schwäger, die ihr nach der langen Zeit noch immer nachsetzten, die Gefahren, die von der Inquisition drohten, der Erpresser Manohar und schließlich eine Liebe, die keinerlei Aussicht auf Erfüllung hatte – welche Frau wäre angesichts dieser Last nicht einem Zusammenbruch nahe gewesen? Amba hatte das ungute Gefühl, dass ihre Kraft nicht länger ausreichen würde, um dieser Übermacht an Bedrohungen standzuhalten. Wäre sie allein auf der Welt gewesen, hätte sie abermals die Flucht ergriffen. Aber sie trug Verantwortung für so viele Menschen.

»Deine Schultern sind stark, Amba-Liebling«, sagte Nayana, als ob sie ihre Gedanken hätte lesen können, »aber nicht so stark, als dass sie die schweren Bündel von uns allen tragen könnten. Geh fort. Lass uns hier zurück, wir sind dir doch nur eine Last.«

»Das geht nicht. Makarand, Anuprabha und Jyoti sind jung und stark, um sie mache ich mir wenig Sorgen. Aber was ist mit dir und Dakshesh, mit Chitrani sowie Shalini und ihrem Jungen? Ihr könnt doch …«

Nayana unterbrach sie mit einer Geste. »Wir können gut allein auf uns aufpassen. Und wenn du uns das Nötigste zum Leben dalassen würdest, kämen wir gut zurecht. Du hast schon so viel für uns alle getan.«

»Ich weiß nicht, Nayana. Ich muss nachdenken. Gib mir etwas Zeit.«

»Du hast keine Zeit mehr. Hol dir deinen Diamanten zurück und geh fort, bevor sie dich holen kommen.«

Die Dringlichkeit in der Stimme ihrer alten Kinderfrau gab Amba zu denken. Hatte sie selber die Gefahren zu lange verdrängt? Hatte sie sich zu sehr auf ihr Glück oder ihre Schlauheit verlassen und darüber verleugnet, wie eng die Schlinge sich bereits um ihren Hals gelegt hatte? Hatte sie es sich in ihrer neuen Existenz zu bequem gemacht? So lange war alles gut gegangen, die Jahre in Goa gehörten zu den friedlichsten ihres Lebens. Würde sie nicht doch noch eine Lösung finden können, wie all das zu bewahren wäre? Wenn sie den Erpresser Manohar loswerden könnte, wenn die Schwäger sie nicht fänden und wenn dann noch der Inquisitor von der Cholera dahingerafft werden würde, dann könnte alles so weitergehen wie bisher. Wenn, wenn, wenn – sie würde an so vielen Fronten gleichzeitig kämpfen müssen, dass die Schlacht von vornherein verloren wäre. Und welchen Sinn hatte es jetzt noch, in Goa zu bleiben, wo sie fortwährend an Miguel erinnert werden würde? Nayanas Rat war klug und richtig: Sie sollte sich den Diamanten holen, ihren Leuten genügend Geld geben, damit sie sich allein durchschlagen konnten, und dann fortgehen.

Aber wohin? Jeder Ort der Welt erschien ihr grau und traurig, wenn dort nicht die Liebe wohnte.

44

Nachdem Isabel de Matos und die Eheleute Queiroz abgereist waren, empfand Miguel das Haus als zu groß und zu leer. Es war schön gewesen, Gesellschaft – und vor allem Ablenkung – zu haben. Nun hatten seine Gedanken wieder zu viel Raum, um sich mit Amba zu beschäftigen. Er würde ihr einen neuerlichen Besuch abstatten, so viel stand fest. Als er den Abend mit Amba noch einmal Revue passieren ließ, wurde ihm klar, wie die plötzliche Nachricht von der Ankunft einer Verlobten auf sie gewirkt haben musste. Sie würde ihn verfluchen, sie würde sich von ihm abwenden und sich nicht zwischen ihn und die Verlobte drängen wollen. Sie konnte ja nicht ahnen, dass er nicht die Absicht hatte, sich mit Isabel zu vermählen, oder auch nur, ihr schöne Augen zu machen. Er wollte keine andere als Amba, das musste er ihr dringend sagen. Und die Ernsthaftigkeit seiner Absichten würde er ihr am ehesten verdeutlichen können, wenn er direkt um ihre Hand anhielt. Das war vielleicht nicht gerade orthodox bei einer verheirateten Frau, die erst frei wäre, wenn ihre Ehe, etwa wegen Kinderlosigkeit, annulliert würde, aber es würde ganz bestimmt seinem Ziel dienen. Gleich morgen würde er bei Senhor Rui einen kostbaren Ring erwerben. Der Juwelier, den er zuletzt bei seinem Besuch in der Hauptstadt gesehen und für moribund gehalten hatte, erfreute sich bester Gesundheit und betrieb sein Geschäft nun dort, wo auch seine Klientel sich aufhielt: in der neuen Siedlung Pangim rund um die Kirche Nossa Senhora da Imaculada Conceição.

Um Geld brauchte er sich, wenn die Nachrichten aus Europa stimmten, nicht viele Gedanken zu machen. Er hatte von allen drei Mendonça-Geschwistern je einen Brief erhalten, jeder einzelne davon überaus optimistisch. Die Überfahrt sei zwar schrecklich gewesen, schrieben alle drei übereinstimmend, und die Ankunft in Lissabon ebenfalls. Es sei eine wunderbare Stadt, viel größer und schöner als Goa, aber die Leute seien furchtbar arrogant und behandelten sie, die »Ausländer« aus Portugiesisch-Indien, als seien sie Wilde.

»Stell Dir vor«, hatte Delfina geschrieben, »gestern hat mich ein dummer Lümmel mit reichem Vater doch tatsächlich gefragt, ob ich schon einmal Portwein gekostet hätte.« Ihre Mission jedoch sei sehr erfolgreich gewesen, berichtete sie. Sidónio habe ihr den Teil der Ware, der speziell für eine weibliche Kundschaft gedacht war, überlassen, und sie habe alles innerhalb weniger Tage verkaufen können. »Du hast einen Nerv getroffen«, schrieb sie, »die Damen sind ganz verrückt auf die Saris, die sie zu Kissenbezügen oder Gardinen umarbeiten lassen. Ich habe es zunächst mit einem Preis versucht, der sehr weit über dem lag, was du dir vorgestellt hattest, und siehe da: Sie fanden es noch billig! Du wolltest pro Sari 500 Reis erzielen, ich habe 1200 bekommen. Die Kämme, für die du pro Paar 300 Reis wolltest, konnte ich alle für knapp 1 Milreis losschlagen, und die mit den Rubinen bin ich gar für anderthalb Milreis losgeworden. Beglückwünsche mich – und ziehe schon einmal meine Provision ab!«

Sidónios Bericht ähnelte dem seiner Schwester. »Die Elfenbeinminiaturen fanden reißenden Absatz, insbesondere die mit den etwas pikanten Darstellungen. Statt der 2 Milreis habe ich jeweils fast 5 Milreis dafür erzielt! Wenn Du einen Handel allein mit diesen Bildchen aufziehst, die noch dazu den Vorteil haben, leicht zu transportieren und unverderblich zu sein, kannst Du ein Vermögen verdienen – und ich ebenfalls. Es hat großen Spaß gemacht, wenngleich mir die eine oder andere Peinlichkeit nicht erspart blieb, denn jeder Kunde vermutet gleich, man habe selber in Indien Erfahrungen gesammelt, wie sie abgebildet sind, und, nun ja … Jedenfalls habe ich hier mindestens zwanzig Männer, die solche Bilder bei mir bestellt haben. Delfina hat sogar ein paar Damen, die sich dafür interessieren, aber das … Ich denke, es wäre sehr unschicklich. Also: Plane schon einmal die nächste Reise, und besorge lieber mehr als weniger von diesen unkeuschen Bildnissen.«

Miguel fand es amüsant, dass Sidónios unvollendete Sätze nicht nur für dessen mündliche Rede charakteristisch waren. Der Ärmste war sogar zu schüchtern zu schreiben, was seine Kunden ihm unterstellten. Miguel, der die Bilder noch genau vor Augen hatte, wusste, was das im Einzelnen war. Die kleinen Elfenbeintafeln hatten Szenen aus dem Kamasutra dargestellt, höchst kunstvoll gemalt und mit einer halb so schmutzigen Bedeutung behaftet, wie es für die Europäer den Anschein haben musste. Und er hatte schon nur die harmlosesten gekauft. Da sah man kopulierende Paare mit grotesk vergrößerten Genitalien, die sich in allen nur denkbaren Positionen miteinander vergnügten. Es hatte auch Bilder gegeben, auf denen gleichgeschlechtliche Paarungen zu sehen waren, solche mit Tieren oder auch solche, an denen drei oder mehr Personen beteiligt waren.

In Indien, wusste Miguel, war der Penis ein Symbol der Fruchtbarkeit und damit des Reichtums; man sah ihn vor jedem Tempel, als *lingam*, als Phallus des Shiva. In Europa dagegen war alles Körperliche, insbesondere alles Geschlechtliche, verpönt. Man sprach nicht darüber, und noch viel weniger zeigte oder malte man es, jedenfalls nicht im Zusammenhang mit der fleischlichen Vereinigung zweier Menschen. Miguel hoffte, dass Sidónio vorsichtig war und sich mit den erotischen Bildern keinen Ärger seitens der Kirche einhandelte.

Álvaros Bericht las Miguel mit beinahe noch größerer Spannung als die Briefe von dessen Geschwistern. Álvaros Auftrag war es gewesen, an Bord eines Handelsschiffes Augen und Ohren aufzusperren und so möglicherweise einen Hinweis darauf zu erhalten, wer für den Verlust der Ware verantwortlich war, wie Ribeiro Cruz & Filho ihn zu beklagen hatte. Miguel hatte eigentlich mit keinem nennenswerten Resultat gerechnet, in erster Linie hatte er dem Freund einen Gefallen dadurch erweisen wollen, dass er ihm eine sinnvolle Beschäftigung sowie die Gelegenheit gab, ohne die anderen zu reisen. Doch was Álvaro herausgefunden hatte, war hochinteressant.

Als wir vor Angola vor Anker lagen, fiel mir auf, dass einige der Säcke, die sehr deutlich mit »Condimentos e Especiarias Ribeiro Cruz & Filho« gekennzeichnet waren, auf ein Beiboot geworfen und an Land gebracht wurden. Wenn Deine Informationen stimmen, war jedoch kein Teil der Fracht für Angola bestimmt. Leider war es mir nicht möglich, in Erfahrung zu bringen, was anschließend mit der Ware geschah, da unser Schiff kurz darauf ablegte und nach Portugal weitersegelte. Allerdings habe ich einen jungen Offizier, der sich übel verletzt hatte und in ein afrikanisches Hospital gebracht wurde, gebeten, nun seinerseits ein wenig für mich zu spionieren. Mit ein wenig Glück sehe ich den Mann in einigen Wochen in Lissabon wieder – ich bete, dass die afrikanischen Hospitäler nicht dem entsprechen, was man sich unter ihnen vorstellt, und dass er wieder gesund wird – und werde dann hoffentlich erfahren, wer hinter diesen Unregelmäßigkeiten steckt. Also Geduld, mein Freund. Ich halte Dich auf dem Laufenden.

Geduld war nicht Miguels allergrößte Tugend, aber ihm blieb nichts anderes übrig, als auf weitere Post zu warten, die unter Umständen ein halbes Jahr unterwegs war, oder aber direkt auf die Rückkehr Álvaros. Er freute sich schon jetzt darauf, ihn und die anderen Mendonças wiederzusehen.

Wenn sie denn jemals zurückkehrten. Man konnte nie wissen, was sich alles ereignete. Er hatte ihnen bereits von dem Ausbruch der Cholera geschrieben und sie vor einer schnellen Rückkehr gewarnt; die Details über seine eigene Erkrankung hatte er allerdings heruntergespielt, damit sie sich keine unnötigen Sorgen machten. Und auch in Europa mochten Dinge geschehen, die sie dort hielten. Alle drei würden vielleicht Ehen eingehen. Sie würden womöglich von der Reiselust übermannt werden und monate-, wenn nicht jahrelang die Alte Welt erkunden. Oder sie entdeckten ihr Talent für irgendeinen Beruf, der sich in Portugal besser ausüben ließ als in Goa, den des Kunsthändlers zum Beispiel.

Sidónio, der mit so großem Erfolg die erotischen Miniaturen verkauft hatte, berichtete von verschiedenen europäischen Malern, deren Werke er überaus faszinierend fand. Zwei davon waren der spanische Hofmaler Velázquez sowie der Flame Rubens, deren Namen sogar Miguel ein Begriff waren. Aber von einem jungen Niederländer namens Rembrandt hatte Miguel nie zuvor gehört, und er befürchtete, dass es sich mit dessen Gemälden ähnlich verhielt wie mit der Tulpenmanie, die Sidónio ebenfalls erwähnte: viel Wirbel um nichts. Nun, mit seinem Anteil aus dem lukrativen Geschäft mit indischen Erotik-Darstellungen würde Sidónio machen können, was er wollte. Und wenn er sein Geld für holländische Maler zu verplempern wünschte, bitte sehr.

Über Bekanntschaften mit jungen Leuten, die als Hochzeitskandidaten in Frage kämen, schrieben die Geschwister nichts. Allerdings, rechnete Miguel aus, hatten sie die Briefe verfasst, nachdem sie gerade ein paar Wochen in Europa gewesen waren, und das war in der Tat ein sehr knapper Zeitraum, um schon von irgendwelchen amourösen Abenteuern berichten zu können. Über ihre Mutter hingegen schrieben die drei ausführlich. Die Begegnung mit dem Bräutigam sei zufriedenstellend verlaufen, Dona Assunção zeige gar Anzeichen von Verliebtheit, las Miguel in den drei Briefen, wobei die Wortwahl der Geschwister deutlich voneinander abwich. Der Bräutigam, Fernão Magalhães da Costa, sei ein sehr vornehmer älterer Herr, der laut Delfina »ein Wolf im Schafspelz ist, was ja immer noch besser ist als ein Schaf im Wolfspelz«. Sidónio beschrieb den Mann als »scharfsinnigen Kaufmann, der uns – Dir – sicher noch den einen oder anderen Rat erteilen kann«, während der älteste Bruder, Sidónio, ihn als »Edelmann mit Esprit« schilderte. Aus alldem schloss Miguel, dass die Kinder mit der Wahl ihrer Mutter einverstanden waren.

Er würde sich noch heute, am besten jetzt gleich, hinsetzen und den dreien berichten, dass er Bekannte des Senhor Fernão hier in Goa kennengelernt hatte, die sich ähnlich vorteilhaft über den Mann äußerten. Von Isabels Ankunft würde er natürlich ebenfalls erzählen, denn geheim halten ließ sich so eine falsche Verlobte nicht. Die Mendonças würden ohnehin in Lissabon davon erfahren, denn ganz gewiss würden sie auch seine eigene Familie bald aufsuchen, um sie von seinem Wohlergehen in Portugiesisch-Indien in Kenntnis zu setzen. Dasselbe sollte auch er schleunigst tun, denn er hatte viel zu lange nichts mehr von sich hören lassen. Also, das Unangenehmste zuerst.

Miguel setzte sich an seinen Sekretär, legte sich einen Briefbogen zurecht und tauchte eine Feder in die Tinte.

Liebe Mutter,

verzeiht mir zunächst die Spärlichkeit meiner Briefe. Sie hat nicht zu bedeuten, dass ich Euch nicht öfter schreiben wollte, sondern dass mich eine Krankheit davon abhielt. Erschreckt nicht, ich bin wieder vollständig genesen, und es geht mir in jeder Hinsicht gut, wenngleich die Umstände nicht gerade dem Frohsinn zuträglich sind. Die Cholera hat mehr als die Hälfte der Bevölkerung der Hauptstadt hinweggerafft, es ist ein großes Elend. Im Solar das Mangueiras jedoch bin ich sicher, und solange die Seuche wütet, werde ich so wenig als möglich mein Heim verlassen, was angesichts der Witterungsverhältnisse ohnehin schwierig ist. Der Monsun fegt über Goa hinweg, es sind Regenschauer und Stürme, deren Ausmaße man sich in Europa kaum vorstellen kann. Die Inder nehmen den Monsun, wie alles andere auch, mit Gelassenheit, denn er bringt auch Fruchtbarkeit über das Land. Im September wird Goa so üppig grün aufblühen, wie man es sich ebenfalls daheim in Lissabon schwer ausmalen kann. Alles hier, Gutes wie Schlechtes, ist viel intensiver, viel drastischer und gewaltiger als in Europa. Ich habe mich schon daran gewöhnt und fühle mich hier inzwischen sehr wohl, um nicht zu sagen: heimisch.

Eure Beschreibung der Senhorita Isabel de Matos war zutreffend: Sie ist eine bezaubernde junge Dame, und wir haben spontan freundschaftliche Gefühle füreinander entdeckt. Allerdings keine zärtlichen, wie Ihr es Euch erhofft hattet. Ich fürchte also, auf eine Hochzeit Eures jüngsten Sohnes werdet Ihr noch ein wenig warten müssen, und ich schreibe dies, obwohl ich um Eure Enttäuschung weiß. Denn die Wahrheit ist Euch sicher lieber als zauderndes Gerede. Vaters Handelshaus wirft, wie ich höre, weiterhin gute Gewinne ab, trotz der Bedrohung unserer Vormachtstellung durch die Niederländer und die Engländer. Das freut mich. Ein Großteil der Lorbeeren kommt dabei Senhor Furtado zu, der unermüdlich für das Geschäft im Einsatz ist und den ich als überaus fähigen und korrekten Mann kennengelernt habe. Versucht Vater davon zu überzeugen, Senhor Furtado eine Gratifikation zuteilwerden zu lassen, er hat es wirklich verdient.

Ich selber arbeite an der Gründung eines eigenen Orienthandels. Das Geschäft lässt sich sehr gut an, Einzelheiten möchte ich Euch jedoch lieber mitteilen, wenn ich etwas etablierter bin. Keine Bange: Ich werde dem Familienunternehmen keinesfalls Konkurrenz machen.

Mit den allerherzlichsten Grüßen an Vater und Bartolomeu und in der Hoffnung auf eine baldige Antwort verbleibe ich in großer Zuneigung und Verehrung

Euer Miguel

Genau in dem Augenblick, in dem Panjo seinen Kopf auf Miguels Schoß bettete, legte Miguel das Löschpapier auf die letzten Zeilen seines Briefes. Er atmete kräftig durch, faltete die Bögen und schob sie in ein Couvert. Dieses adressierte er, dann stand er auf und legte es auf die Anrichte in der Halle, damit er es nicht vergaß, wenn er das nächste Mal in die Stadt ritt. So, das war erledigt. Ihm fiel ein Stein vom Herzen, obwohl es dafür eigentlich keinerlei Veranlassung gab. Miguel verstand selber nicht, warum ihm die Briefe nach Hause immer so schwerfielen und ihn irgendwie bedrückten.

Er spielte ein wenig mit dem Hund, der sich offenbar vernachlässigt fühlte, bevor er sich abermals an den Sekretär setzte und weitere Briefe schrieb. Diese gingen ihm nicht nur leichter, sondern auch doppelt so schnell von der Hand. Er schilderte den Mendonças die Ereignisse der vergangenen Wochen, wobei er das Wichtigste nicht erwähnte. Von der Begegnung mit Amba hätte er, wenn überhaupt, von Angesicht zu Angesicht berichtet, schriftlich fixieren wollte er es jedoch keinesfalls. Um nicht dreimal dasselbe schildern zu müssen, verteilte er die Neuigkeiten auf die drei Briefe – die Geschwister würden sie einander ohnehin vorlesen. Er bedankte sich für ihren Einsatz und gab seinem Bedauern Ausdruck, dass sie nicht in Goa waren, und zugleich seiner Erleichterung, dass ihnen die furchtbare Cholera-Epidemie erspart geblieben war. »Ich habe das Gefühl«, schrieb er, »dass über kurz oder lang die Hauptstadt verwaisen wird. Alles strebt nach Pangim, dort sind Luft und Wasser gesünder. Dennoch wird die Kirche nicht müde, noch immer neue Gotteshäuser in der Hauptstadt zu errichten, als würden diese helfen, die Kloake und die üblen Dünste zu bekämpfen.«

Auch diese Briefe sowie einen an Dona Assunção steckte er in Couverts, adressierte sie und legte sie in der Halle bereit. Der Magen knurrte ihm mittlerweile, die Erledigung der Korrespondenz hatte mehrere Stunden in Anspruch genommen. Doch Appetit verspürte er keinen. Er war plötzlich voller Energie und Tatendrang. Er warf einen Blick nach draußen und beschloss, da das Wetter nicht ganz so garstig war, in die neue Stadt flussabwärts zu reiten. Das Solar das Mangueiras befand sich nicht allzu fern davon, bei normalen Straßenverhältnissen benötigte Miguel für den Ritt keine halbe Stunde, bei überfluteten Wegen vielleicht eine Stunde. Seit der Vizekönig, Dom Miguel de Noronha, im vergangenen Jahr die Uferstraße hatte bauen lassen, die Pangim mit dem Dorf Ribandar verband, war die Strecke problemlos zu bewältigen. Es war erst Mittag, er würde vor dem Einbruch der Abenddämmerung zurückkehren können oder schlimmstenfalls dort übernachten.

Er ließ sein Pferd satteln und schlang unterdessen hastig ein Stück getrockneter portugiesischer Blutwurst hinunter, um seinen Magen zu beruhigen. Seinen treuen Panjo würde er ausnahmsweise zu Hause lassen. Miguel wusste ja nicht genau, in welche Häuser es ihn verschlagen würde und ob Hunde dort wohlgelitten waren.

Als er in Pangim ankam, waren die wenigen Geschäfte geschlossen und die Straßen leer. Miguel beschloss, die ruhige Mittagszeit zu nutzen, um einzukehren und sich zu erkundigen, wo er Senhor Rui, den Juwelier, finden könne. Er sah eine einzige Gaststätte, die nicht sehr einladend war, ging aber trotzdem hinein. Er bestellte sich nur *dhal* und *chapattis*, Linsen und Brot, da er damit am wenigsten falsch machen konnte, dazu einen Schoppen Wein, der sauer und teuer war. Der Wirt war ein schmuddeliger Mann, ein Inder mit dem einen oder anderen portugiesischen Vorfahren. Aber er war leutselig und schien über jede noch so kleine Belanglosigkeit in dem Ort unterrichtet zu sein. »Senhor Rui? Ihr meint sicher Rujul, den Juwelier? Ja, der wohnt gleich unterhalb der Kirche, in einem roséfarbenen Haus, es ist nicht zu übersehen.«

Miguel bedankte sich für die Information, doch der Wirt wollte so schnell noch nicht von ihm ablassen. »Was führt Euch denn zu ihm?«, fragte er äußerst indiskret. »Seid Ihr vielleicht der Verehrer von Senhorita Isabel? Wird es nun endlich die berühmte Verlobung geben? Bestimmt kauft Ihr einen schönen Ring für die entzückende junge Dame?«

Miguel wusste nicht, ob er ärgerlich oder belustigt sein sollte. Natürlich war der Mann neugierig, und ein jeder, der mit ihm sprach, profitierte davon. Andererseits war es nicht angenehm, solcherart ausgequetscht zu werden. Anstelle einer Antwort rückte er nun selber dem Wirt mit einer Salve an Fragen zuleibe: »Ach, Ihr kennt die Senhorita Isabel? Wie geht es ihr? Sie ist eine Freundin meiner Familie. Wo finde ich die Dame denn?«

Der Wirt beantwortete die Fragen und zog beleidigt von dannen. Er würde später, wenn der Fremde erst seinen Wein geleert hätte, einen weiteren Versuch machen. Verstehe einer diese Portugiesen – es war doch selbstverständlich, dass eine Auskunft mit einer anderen »bezahlt« wurde. Er zog sich geräuschvoll die Nase hoch, kratzte sich am Schritt und ging in Gedanken durch, wem er alles von der Ankunft des Verlobten erzählen musste. Da waren der Schneider, der die Kleidung für das Fest anfertigen würde, dann der Astrologe, verschiedene Lebensmittelhändler, der Kopf der besten lokalen Musikertruppe, die Friseure und Barbiere, seine Schwägerin, die der jungen Dame die Hände mit Hennamalereien verzieren würde, sowie sein Cousin dritten Grades, der unbestritten der beste *rangoli*-Künstler des Ortes war. Kein anderer arrangierte so reich verschnörkelte Ornamente aus Blüten, wie sie bei festlichen Anlässen auf dem Boden ausgelegt wurden, auch wenn mancher Portugiese erst noch von der Unentbehrlichkeit dieses traditionellen Schmuckes überzeugt werden musste.

Als Miguel eine Stunde später das Wirtshaus verließ, hatte er das Gefühl, dass er mehr von sich preisgegeben hatte als geplant. Und wenn schon, dachte er und ging in beschwingter Laune zu dem roséfarbenen Haus. Wie angekündigt, war das Gebäude leicht zu finden, und Senhor Rui war zu Hause.

Er empfing Miguel mit großem Tamtam, und Miguel freute sich sowohl über diese Begrüßung als auch darüber, dass der Juwelier wieder so gut aussah.

»Als ich Euch zuletzt sah, wart Ihr krank. Ihr habt also die Cholera überlebt?«

»Ach was. Ich hatte nicht die Cholera, meine liebe Frau hatte sie. Sie ist gestorben, und ich war – bin – in großer Trauer. Ihr Tod hat mich sehr mitgenommen, aber nun … nun geht mein Leben weiter, während sie …«

Miguel vermutete, dass Senhor Rui seine wahre Gesinnung beinahe dadurch verraten hätte, dass er von dem Übergang in eine neue Daseinsform sprach, von der Reinkarnation, an die die Hindus glaubten. Miguel fand diesen Glauben im Grunde auch nicht merkwürdiger als den der Christen, dass ihre Seele in den Himmel aufstieg, doch er enthielt sich eines Kommentars. Er kam direkt zur Sache.

»Ich bin auf der Suche nach einem sehr ausgefallenen Schmuckstück, mit dem ich meine, ähm, Herzensdame überraschen möchte.«

Rujul zeigte sein breitestes Lächeln. Er hatte es geahnt. Und er hatte vorgesorgt. In der Wohnung, die er in Pangim bezogen hatte, diente eines der Zimmer als provisorischer Verkaufsraum, so dass er seine Geschäfte auch betreiben konnte, solange er noch kein richtiges Ladengeschäft sein Eigen nannte. In diesem Raum befand sich nicht nur die Truhe mit dem doppelten Boden, sondern auch ein loses Dielenbrett, unter dem er Kostbarkeiten verstecken konnte, sowie ein Gemälde in einem schweren Rahmen, der ebenfalls ein Geheimversteck beherbergte. Rujul beziehungsweise Senhor Rui ging zu einer Kommode, zog die obere Schublade heraus und förderte einen Kasten zutage, der mit blauem Samt ausgekleidet war und in dem er besondere Schmuckstücke präsentierte.

»Ringe, Senhor Miguel, das alles sind Verlobungsringe. Ich bin sicher, jeder einzelne davon dürfte Euch zusagen. Wenn Ihr aber meinen Rat hören wollt …«

»Lasst mich erst einmal schauen.« Miguel entnahm dem Kasten einen goldenen Ring, der mit einem großen, makellosen Smaragd besetzt war. Er drehte und wendete ihn, hielt ihn gegen das Licht und bestaunte das Funkeln des Juwels, das ihn an ein ganz bestimmtes Augenpaar erinnerte. Der Ring war perfekt.

»Für die Dame böte sich vielleicht eher dieses Stück hier an«, sagte Senhor Rui und hielt einen Rubinring hoch, der sehr protzig und sicher auch enorm teuer war.

»Was soll der Smaragdring kosten?«, fragte Miguel, ohne auf den Vorschlag des Juweliers einzugehen.

»Dafür muss ich wenigstens ein *lakh* nehmen, um meine Kosten zu decken.«

Miguel lachte schallend. »Ach, Senhor Rui, mir braucht Ihr doch nichts vorzumachen. Also, nennt mir einen korrekten Preis, vorher trete ich gar nicht erst in Verhandlungen.«

Die beiden Männer feilschten und zogen dabei alle Register, bis sie sich nach einer halben Stunde auf einen Preis einigen konnten, der noch unter der Hälfte des zuerst verlangten lag.

»Bestellt der Dame meine besten Grüße«, sagte Senhor Rui schließlich, als Miguel sich zum Aufbruch bereitmachte. »Sie ist eine besonders entzückende junge Person.«

»Aber …« Miguel dämmerte endlich, dass Senhor Rui bei der »Herzensdame« an Isabel de Matos gedacht hatte. Er hatte nicht vor, das Missverständnis aufzuklären, obwohl ihm klar war, dass er die Gerüchteküche noch mehr zum Brodeln bringen würde, wenn Isabel nicht demnächst mit diesem Ring auftrat.

Miguel verabschiedete sich und war, als er aus dem verdunkelten Haus auf die Straße trat, zunächst geblendet von der Sonne, die sich ausnahmsweise zeigte. Er hatte drinnen das Gefühl gehabt, es sei schon später Nachmittag, und nun war er irritiert von der Helligkeit wie auch von der Betriebsamkeit auf den Straßen.

Er blieb einen Augenblick ratlos stehen, weil er nicht genau wusste, in welche Richtung er gehen musste, als er auf einmal Ambas Sänfte sah.

Er versteckte sich in einer Toreinfahrt und beobachtete, wie sie das Haus des Juweliers betrat.

518

45

Amba ließ erstaunt den Blick schweifen. Das einstige Fischerdorf mauserte sich zu einer Stadt, zu einer hübschen noch dazu. Die Luft war hier dank der größeren Nähe zum Meer viel besser, und die Überschwemmungen schienen sich ebenfalls nicht so verheerend auszuwirken wie in der Hauptstadt. Zwar war der Stand des Mandovi-Flusses sehr hoch, aber er hatte die Wege noch nicht in sumpfigen Morast verwandelt. Wenn sie klug wären, würden die Portugiesen ihre Hauptstadt hierher, nach Pangim, verlegen.

Amba vergewisserte sich, dass der kleine Beutel, den sie unter ihrem Sari verborgen hatte, sicher verschnürt und befestigt war. Am Vorabend war sie in ihren Geheimtunnel hinabgestiegen und hatte sämtliche Juwelen, die sie dort gehortet hatte, eingesammelt. Heute war der Tag, an dem sie den Diamanten auslösen wollte – damit sie so bald wie möglich das Land verlassen konnte. Es war einfach zu gefährlich, noch länger hierzubleiben, auch wenn es ihr das Herz brach, ihre erste echte große Liebe dafür zu opfern.

Rujul begrüßte sie mit einer Herzlichkeit, die sie befremdete. Der Mann hatte immerhin gerade seine Gemahlin verloren, wie Amba erfahren hatte. Aber wahrscheinlich hatte er kürzlich ein sehr lukratives Geschäft abgeschlossen, was Männer wie Rujul sehr schnell über alles andere hinwegtröstete. Sie versuchte, sich ihre Verachtung nicht allzu deutlich anmerken zu lassen.

»Es ist so weit«, sagte sie nur.

»Oh«, war alles, was Rujul spontan dazu einfiel.

»Habt Ihr ihn?«

»Nun ja, ich habe ihn natürlich noch, allerdings habe ich im Augenblick keinen Zugriff darauf.«

»Was soll das heißen?«

»Das heißt, dass ich ihn, als ich nach Pangim ging, so sicher versteckt habe, dass auch die Inquisition ihn unmöglich finden kann. Ihr hättet mir rechtzeitig Bescheid geben müssen. Auf die Schnelle kann ich ihn nicht beschaffen.«

Amba kniff die Augen zusammen und blickte den Juwelier hasserfüllt an, was dieser natürlich nicht sehen konnte, denn sie trug ihren Schleier. Wenn dieser Dummkopf den Stein in der Hauptstadt gelassen hatte, dann mochte es Wochen dauern, bis er ihn ihr aushändigen konnte.

»Ihr kanntet den Zeitpunkt«, sagte sie in beherrschtem Ton.

»Aber Dona Amba – wir hatten ihn vor Jahren vereinbart! Da kommt es doch jetzt auf ein paar Tage mehr oder weniger nicht an.«

Dieser Schwachkopf! Es konnte manchmal auf Stunden ankommen, ja sogar auf Minuten. Amba hatte jedoch keine Lust, sich mit Rujul über derartige Dinge zu streiten.

»Habt Ihr wenigstens Geld hier? Ich habe ein paar sehr schöne Stücke mitgebracht.« Sie öffnete den Beutel und schüttete die Kostbarkeiten, die sich darin befanden, auf den Tisch. Das Klirren und Kullern war hübsch anzuhören und zu sehen.

Rujuls Augen weiteten sich. »Das … diese Sachen sind ein Vermögen wert. Ihr könnt Euch denken, dass ich so viele Goldmünzen nicht hier im Haus aufzubewahren pflege.«

Amba nahm eine einzelne Perle, betrachtete sie nachdenklich und ließ sie zurück in den Beutel gleiten. Danach verfuhr sie genauso mit einem schweren goldenen Armreif, dann ließ sie langsam einen exquisit geschliffenen Rubin in den Beutel gleiten.

»Halt!«, rief Rujul. »Einen Teil Eurer Schätze könnte ich Euch jetzt gleich abkaufen. Aber gebt mir eine Woche, damit ich den Diamanten holen kann.«

Die Verhandlungen über den Preis für insgesamt fünf erlesene Stücke gestalteten sich zäh, aber schließlich einigte man sich. Amba füllte die Goldmünzen in ihren Beutel und verabschiedete sich knapp: »In genau einer Woche, Rujul.«

Er rollte schweigend mit dem Kopf, was Bejahung und Verabschiedung in einem darstellen sollte, während er ihr die Tür aufhielt.

Amba trat auf die Treppe. Durch ein Seitenfenster fiel schräg die Sonne und beleuchtete die tanzenden Staubkörnchen. Es musste bereits später Nachmittag sein. Sie hatte keine Zeit zu verlieren, denn auf keinen Fall wollte sie die Nacht in der Stadt verbringen. Sie lief die Stufen hinunter. Nur das Flappen ihrer Sandalen war zu hören. Doch als sie den Treppenabsatz erreicht hatte, trat plötzlich eine Gestalt aus dem Schatten eines Eingangs heraus. Amba erschrak sich fast zu Tode, bis sie erkannte, wer ihr da aufgelauert hatte.

»Amba!«, rief Miguel flüsternd und griff nach ihrem Handgelenk, um sie zu sich heranzuziehen.

Amba entwand sich seinem Griff. »Spionierst du mir nach?«, fragte sie leise, aber in beißendem Ton.

»Ein Zufall. Ich war eben selber noch bei dem Juwelier, da sah ich dich kommen. Ich muss mit dir reden.«

»Ich wüsste nicht, was wir zu besprechen hätten.«

»Nein?« In seiner Stimme lag Zärtlichkeit.

Miguel wunderte sich über die abweisende Art Ambas. Was war seit ihrer letzten Begegnung geschehen? »Bitte, hör mir zu.«

Doch Amba hatte sich bereits von ihm abgewandt und lief nun eilig die Treppe weiter hinunter. Sie musste fort von hier, so schnell wie möglich. Allein Miguels Anblick würde ihre Standhaftigkeit gefährden, und wenn er in diesem Raunen mit ihr sprach, wurde sie vollends schwach. Sie durfte aber keine Schwäche zeigen. Sie musste sich den Mann schleunigst aus dem Kopf schlagen und weiterziehen, um ohne Ballast, so süß er auch sein mochte, ein neues Leben beginnen zu können.

Am Fuß der Treppe holte er sie ein. Er packte sie fest am Oberarm und zwang sie zum Halt. Er zog sie in eine schattige Nische und presste sie mit seinem Körper gegen die Wand. Dann schob er sacht den Schleier nach oben.

Ihr Blick war voller Verachtung. »Was ist, willst du mir Gewalt antun?«

Miguel war entsetzt. »Amba. Ich will nur, dass du mir zuhörst.« Er schaute ihr fragend ins Gesicht, das jedoch nichts außer Ablehnung ausdrückte. Hastig sagte er, was er zu sagen hatte. »Du glaubst, ich hätte eine Verlobte, die ich dir vorziehe. Dem ist nicht so. Die fragliche Dame wurde von meiner Familie als meine Ehefrau auserkoren, aber weder sie noch ich wollen einander heiraten. Ich will nur dich, Amba.«

»Und wenn du mich gehabt hast, kannst du dir eine hübsche Portugiesin zur Gemahlin nehmen.«

»Nein, du scheinst mich mit Absicht falsch zu verstehen. Ich will dich – für immer. Als meine Ehefrau.« Miguel hatte sich seinen Antrag stimmungsvoller vorgestellt. Niemals hätte er geglaubt, sich eines Tages in einem schwach beleuchteten Treppenhaus an eine Wand gedrückt einer widerwilligen Frau zu erklären. Aber es war vielleicht seine einzige Chance. »Ich liebe dich.«

Amba schluckte. Damit hatte sie nicht gerechnet. Mit Zudringlichkeiten konnte sie umgehen. Sie konnte sich dreister Kerle erwehren und Frechheiten erwidern. Aber eine Liebeserklärung, die mit solcher Dringlichkeit ausgesprochen wurde, machte sie ratlos, zumal sie von einem Mann kam, der längst ihr Herz erobert hatte.

Miguel blickte sie durchdringend an, seine Miene eine Mischung aus Schmerz und Hoffnung. Am liebsten hätte Amba seinen Kopf in beide Hände genommen und ihn zu sich herangezogen, um sein Gesicht mit Küssen zu bedecken und ihm Liebesschwüre ins Ohr zu flüstern. Sie hätte ihre Haut gern an seiner kratzigen Wange gerieben, seinen Duft tief eingeatmet und seine Lippen auf ihren gespürt. Sie hätte am liebsten »Ja!« gerufen.

»Lass mich los, Miguel. Ich bin eine verheiratete Frau, hast du das vergessen?« Sie zwang sich, so viel Kälte wie möglich in ihre Stimme zu legen, und sah ihn ernst an.

Miguel trat einen Schritt zurück, so dass Amba sich von der kühlen gekachelten Wand lösen und an ihm vorbei zur Haustür gehen konnte. Sie legte den Schleier über ihr Gesicht und stieß die große, massive Tür auf, ohne sich noch einmal umzuwenden.

Miguel blieb regungslos an der Wand stehen und wollte nicht glauben, dass sie ihn so brutal zurückgewiesen hatte. Erst Stunden später, als er wieder daheim im Solar das Mangueiras war, fiel ihm ein, dass er ihr den Ring gar nicht gegeben hatte.

Die Tage flossen zäh und klebrig dahin wie brackiges Flusswasser, wenn es lange nicht geregnet hatte. Miguel war am Boden zerstört. Er hatte den Appetit verloren. Nichts war mehr geblieben von der hoffnungsfrohen Energie, mit der er seinen Handel hatte betreiben wollen, nachdem er die guten Nachrichten von den Mendonças erhalten hatte. Alle Reisepläne verschob er auf einen unbestimmten Tag in der Zukunft. Selbst Panjo gelang es nicht, die Stimmung seines Herrchens aufzuhellen. Es war vielmehr so, dass Miguels schlechte Laune auf den Hund überging, der quengelig war und einen kostbaren Seidenteppich ankaute. Doch Miguel überkam nicht einmal der Anflug eines schlechten Gewissens, weil er das Tier vernachlässigte. Er fühlte sich hohl. Eine unendliche Leere erstreckte sich vor ihm, eine Zukunft, die ihm schal und sinnlos erschien.

Der Monsun ließ in seiner Heftigkeit nach, doch auch das bessere Wetter hatte keinen Einfluss auf die Gemütslage Miguels. Isabel de Matos stattete ihm einen Besuch ab, und er war so kurz angebunden, dass es an grobe Unhöflichkeit grenzte. Sie blieb nicht lange. Senhor Furtado ließ ihm Bücher zur Durchsicht schicken, doch Miguel war fahrig und konnte sich nicht auf die endlosen Zahlenkolonnen konzentrieren. Ebenso erging es ihm mit seinen Spielkarten. Die Tatsache, dass er bei seinen kleinen Kunststücken immer öfter versagte, gab schließlich auch der Dienerschaft zu denken. Hatten sie alles andere auf den Monsun und dessen bekannte Wirkung auf die Seelen mancher Menschen geschoben, so war der Verlust seines Zahlengedächtnisses etwas, das sie wirklich beunruhigend fanden.

»Senhor Miguel?«, kam eines Tages Crisóstomo in sein Studierzimmer.

»Was ist?«, fragte Miguel barsch.

»Wir … ich frage mich, ob es etwas gibt, das Euch aufmuntern könnte?«

»Vergeude nicht deine Zeit mit meinen Sorgen. Erledige lieber deine Arbeit.«

»Vielleicht sollte ich Dona Amba …« Weiter kam Crisóstomo nicht. Kaum fiel ihr Name, stand Miguel auf und versetzte dem Burschen eine schallende Ohrfeige. »Nimm ihren Namen nie wieder in den Mund! Und jetzt geh endlich, lass mich in Frieden.«

Crisóstomo schlurfte davon. Er hatte keineswegs vor, seinen Herrn »in Frieden« zu lassen. Denn es war überdeutlich, dass Senhor Miguel einen ganz und gar unfriedlichen Kampf mit

sich selber ausfocht, den er ohne Hilfe nicht gewinnen konnte.
Es musste etwas geschehen. Und er, Crisóstomo, würde so lange darüber nachgrübeln, bis ihm eine Lösung einfiel.

Nichts anderes tat Miguel. Tag und Nacht sann er darüber nach, wie er Amba von seinen lauteren Absichten überzeugen und für sich gewinnen konnte. Der letzte Abend bei ihr, im Garten, konnte doch nicht vollkommen bedeutungslos gewesen sein. Er hatte ihr angesehen, dass sie ähnliche Gefühle für ihn hegte wie er für sie. War es wirklich der ewig abwesende Ehemann, der sie daran hinderte, sich mit ihm einzulassen? War es ihr guter Ruf, auf den sie bedacht war? Immerhin hatte ihr Diener sie in flagranti erwischt. Oder waren es ganz andere Nöte, die sie plagten? Vielleicht würde er ihr helfen können, sich ihrer Probleme zu entledigen? Die Inquisition machte ihr vermutlich zu schaffen – immerhin war damals das Dienstmädchen verhaftet worden, weil es mit blauem Schleier in Erscheinung getreten war. Ob er zumindest in diesem Punkt helfen konnte, indem er dieses Scheusal Carlos Alberto irgendwie aufhielt?

Nach ewigem Hin-und-her-Wälzen der immer gleichen Fragen beschloss Miguel nach einigen Tagen, dass es nun genug sei. Er würde zu ihr reiten. Er würde sie zwingen, ihn anzuhören. Er würde sich nicht abweisen lassen. Ja, genau das würde er tun, und zwar sofort. Die Aussicht auf das Wiedersehen belebte ihn ungemein. Plötzlich packte ihn eine ungeheure Tatkraft. Er spürte am ganzen Körper, wie seine Lebensgeister zurückkehrten. Er bekam auf einmal großen Hunger, und er hatte unbändige Lust, sich zu bewegen. Während sein Pferd gesattelt wurde, tollte er mit dem Hund im Garten herum. Die Dienerschaft, die sich an den Türen und Fenstern des Solar das Mangueiras herumdrückte, sah ihm befremdet dabei zu. Niemand verstand, wieso der Herr eben noch Trübsal blasen und nun laut lachend mit dem blöden Köter spielen konnte. Sie waren sich einig, dass es sich um eine Form von Geisteserkrankung handeln musste. Vielleicht gehörte das zu den Folgen der Cholera. Sie kannten außer Senhor Miguel niemanden, der an der Seuche erkrankt war und sie überlebt hatte. Gewiss, das würde es sein. Sein Körper schien genesen, doch sein Hirn war angegriffen. Govind beschloss, ab sofort fleischlos zu kochen, denn fleischloses Essen wirkte sich besänftigend aufs Gemüt aus.

Der Ritt in der kühlen, feuchten Luft war erfrischend. Panjo saß vor Miguel in dem Sattelkorb und ließ sich begeistert den Wind um die Nase wehen. Seine Ohren flatterten, was die Dorfkinder, die sich dank des schönen Wetters wieder im Freien herumtrieben, dazu animierte, länger als üblich hinter ihnen herzulaufen und Späße darüber zu machen. Miguel warf ihnen ein paar Münzen zu. Als er das andere Ufer des Mandovi erreichte, begann sein Herz heftiger zu schlagen. Er war nervös. Er hoffte, betete, dass er Ambas Gefühle richtig einschätzte und sie sich nicht etwa nur einbildete. Es gab kaum etwas Beschämenderes für einen Mann, als dass er einen Korb nicht akzeptieren konnte und sich am Ende den Hass einer Frau zuzog, weil er ihr immer weiter nachstellte. Dessen wollte Miguel sich keinesfalls bezichtigen lassen.

Eine Affenbande sauste durchs Geäst, und Panjo wurde unruhig in seinem Korb. Er schien Lust zu haben, den Affen nachzujagen. Kurz darauf kam ihnen ein Elefant entgegen, was Pferd, Reiter und Hund mit großer Ehrfurcht erfüllte. Man sah in Goa nicht oft Elefanten. Dieser zog einen riesigen Baumstamm hinter sich her und trottete friedlich geradeaus, während er gleichzeitig mit dem Rüssel Grünzeug vom Wegesrand abriss und es in sein lächelndes Maul schob. Unglaublich, fand Miguel, dass das gigantische Tier sich von ein paar Fußtritten seines *mahouts* lenken ließ und die per Bambusstöckchen gegebenen Anweisungen brav befolgte. Es schien sich seiner Macht gar nicht bewusst zu sein. Miguels Pferd tänzelte ängstlich am Wegesrand, bis der Elefant vorbeigezogen war. Obwohl dessen Stoßzähne gekürzt worden waren, hatte auch Miguel sich ein wenig unbehaglich gefühlt.

Aber lange nicht so unbehaglich, wie er sich fühlte, als sie Ambas Anwesen erreichten. Der Gärtner grüßte ihn wie einen alten Bekannten, und Makarand geriet fast außer sich vor Begeisterung.

»Senhor Miguel!«, stürmte er freudig auf ihn zu und half ihm beim Absteigen. »Ihr seht gut aus, Ihr seid anscheinend wieder völlig gesund.«

»Ja, dank Eurer Pflege. Wie geht es Anuprabha?« Miguel mochte nicht gleich mit der Tür ins Haus fallen, obwohl es natürlich allen klar war, dass er nicht gekommen war, um sich nach dem Wohlergehen der Dienerschaft zu erkundigen.

»Sie ist wieder ganz die Alte und ignoriert mich.«

Miguel musste lachen, obwohl der Bursche die ganze Sache sicher nicht sehr komisch fand. »Ist Dona Amba zu sprechen?«, fragte er schließlich.

»Hm, tja … also«, Makarand räusperte sich und rieb verschämt seine Hände, »sie hat Anweisung gegeben, keinen Besucher vorzulassen.«

»Aber ich bin kein gewöhnlicher Besucher. Ich verdanke ihr mein Leben, damit hat sie eine gewisse Verantwortung auf sich geladen.«

»Das stimmt, Senhor Miguel. Kommt mit.«

Makarand führte Miguel zum Haus, zu dem er selber keinen Zutritt hatte. Auf der Veranda kam Anuprabha ihnen bereits entgegen. Sie reagierte ähnlich wie der Junge, als sie Miguel sah. Doch auch sie schien sich den Anordnungen Dona Ambas nicht widersetzen zu wollen, nicht einmal wenn es, wie jetzt, um den Mann ging, der sie aus dem Kerker befreit hatte.

»Es tut mir leid, Senhor Miguel. Ich kann Euch nicht vorlassen. Die Herrin wünscht keine Störung.«

Miguel blickte an der Fassade des Hauses nach oben. Im Obergeschoss sah er einen Vorhang, der sich bewegte. Er wusste, dass Amba daheim war und jede seiner Bewegungen mitverfolgte. Was sollte er tun? Sich gewaltsam Zutritt zum Haus verschaffen? Ausgeschlossen. Ihr von hier draußen zurufen, was er auf dem Herzen hatte? Ebenfalls ausgeschlossen. Die Diener würden sich im Kreis um ihn aufstellen und das Schauspiel bejubeln, während ihm Ambas Verachtung bis ans Ende der Zeit sicher wäre.

»Dona Amba«, rief er trotz aller Bedenken laut, »bitte lasst mich vor. Ich muss eine sehr wichtige Angelegenheit mit Euch besprechen, die keinen Aufschub duldet.«

Tatsächlich erregte er die Aufmerksamkeit der anderen Dienstboten, die das Geschehen aus der Distanz beobachteten. Es passierte so wenig hier draußen, da war man über jede Abwechslung froh.

Miguel hörte Fußgetrappel und wusste anhand dieses Geräuschs, dass es nicht Amba war, die sich näherte. Sie trat beinahe lautlos mit den Füßen auf. Das andere junge Mädchen kam auf die Veranda gelaufen, ein wenig atemlos angesichts ihrer bedeutsamen Aufgabe. »Ihr sollt gehen, sagt die Herrin«, platzte Jyoti heraus.

»Richte deiner Herrin aus, dass ich das tun werde. Allerdings erst, wenn sie mich angehört hat.«

Nun kam auch noch die kauzige Alte auf die Veranda, die sich so leise bewegte, dass ihre Schritte nicht zu hören gewesen waren. Miguel hatte sie, als er krank war und hier im Haus gepflegt worden war, nur am Rande wahrgenommen. Sie scheuch-

⌐ 528 ⌐

te alle anderen davon und wies auf die Bank, um Miguel zum Platznehmen aufzufordern.

»Ich bin Nayana. Ihr könnt mir sagen, was Ihr Dona Amba mitzuteilen wünscht.«

Miguel hatte jedoch nicht vor, seinen wiederholten Antrag, für den er diesmal den Ring dabeihatte, vor der Alten auszusprechen.

»Das geht nicht«, sagte er.

»Ich bin über alles in Dona Ambas Leben unterrichtet. Alles.«

»Wie schön für Euch. Dennoch gibt es Dinge, die man nun einmal von Angesicht zu Angesicht sagen muss.«

»Genau diese Dinge will Dona Amba von Euch nicht hören. Sie ist eine verheiratete Frau, und Ihr habt eine Verlobte, die Eure Familie für Euch ausgesucht hat. Dona Amba hat Euer Leben gerettet. Ist das nun Euer Dank, dass Ihr ihre Wünsche nicht respektiert?«

Miguel musste sich geschlagen geben. Er änderte seine Taktik. Er setzte ein bescheidenes Lächeln auf, ließ den Kopf geknickt hängen und bedachte die Alte mit einem Blick, von dem er hoffte, dass er demütig wirkte.

»Würdet Ihr ihr wenigstens das hier von mir überreichen? Sagt Dona Amba bitte, dass es sich um ein Geschenk handelt, mit dem ich mich bedanken möchte.«

Nayana nahm das kleine Päckchen entgegen, obwohl Amba ihr eingeschärft hatte, nichts von Miguel anzunehmen. Ihre Neugier war einfach stärker. Außerdem war es schwer, dem jungen Mann diese kleine Bitte abzuschlagen. Er war wirklich sehr ansehnlich, und er schaute sie so erbarmungswürdig an, dass sie es nicht übers Herz brachte, ihn fortzuschicken.

In diesem Augenblick wurde eine Frangipani-Blüte vom Baum direkt vor Miguels Füße geweht. Er hob sie auf, steckte sie Nayana hinters Ohr und flüsterte: »Der grüne Schal steht Euch ganz ausgezeichnet. Aber dieses Geschenk hier«, damit machte er ein Zeichen in Richtung des Päckchens, »kann nur Dona Amba tragen.«

Nayana, die sich den Schal umgelegt hatte, der einst Amba zugedacht gewesen war, schämte sich für ihre Gedankenlosigkeit. Sie hätte den Schal nicht in Gegenwart des Portugiesen tragen sollen. Zugleich fühlte sie sich geschmeichelt, dass der junge Mann überhaupt von ihr und ihrer Aufmachung Notiz nahm und ihr sogar Komplimente machte.

Vielleicht war er doch nicht so übel, wie sie es Amba immer hatte glauben machen wollen.

Miguel dankte Nayana und begab sich wieder zu seinem Pferd. Er wechselte ein paar Worte mit Makarand und Anuprabha, die dem hechelnden Panjo kleine Holzstöckchen warfen und sich dabei königlich amüsierten. Er rief den Hund, setzte ihn in den Korb, stieg auf und ritt unter fröhlichem Winken davon. Dabei war ihm alles andere als fröhlich zumute.

Amba hatte unterdessen Nayana zu sich zitiert. Was er ihr zugeflüstert habe, wollte sie wissen, und sie solle bloß nicht auf die Idee kommen, auch nur eine Silbe auszulassen. Doch Nayana lächelte nur vielsagend, bevor sie schließlich auf Ambas Drängen reagierte: »Es gibt Dinge zwischen Mann und Frau, die man nicht weitererzählt.«

Amba verdrehte die Augen und verfluchte den Charme des Miguel Ribeiro Cruz. Ihre alte *ayah* hatte er jedenfalls um den kleinen Finger gewickelt.

46

Wollt Ihr bestreiten, an der Fertigung von Reliquienkästchen beteiligt gewesen zu sein, Behältnissen, von denen Ihr ja offenbar wusstet, dass sie Fälschungen beherbergen würden?«

Rujul wischte sich den Schweiß von der Stirn, was nicht so einfach war. Seine Hände waren gefesselt, so dass er beide Hände heben und mit der Außenfläche einer Hand über seine Stirn fahren musste. Was sollte er antworten? Ja, wie in: Ja, ich bestreite die Anschuldigungen? Oder nein, wie in: Nein, ich wusste nicht, dass die Kästchen für gefälschte Reliquien gedacht waren? Die Befragung war perfide, denn ganz gleich, was er antwortete, es wäre immer das Falsche.

»Protokollführer«, sagte Frei Martinho zu einem dünnen Halbinder, der magenkrank aussah, »notiert, dass der Beschuldigte sich zu der Frage nicht äußern will.« An Rujul gewandt, fragte er: »Und wollt Ihr gleichfalls bestreiten, diesen Schlüssel hier geschmiedet zu haben?«

»Nein, ich bestreite das nicht. Er sieht aus, als hätte ich ihn gemacht. Aber das muss vor sehr langer Zeit gewesen sein, denn ich arbeite schon sehr lange nicht mehr als Goldschmied.«

»Zu welchem Schloss gehört er?«

»Woher soll ich das wissen? Wo habt Ihr ihn denn her?«

Eine Wache versetzte ihm mit einem Stock einen harten Schlag auf die Schulter. Rujul traten Tränen in die Augen. Der körperliche Schmerz wäre noch erträglich gewesen. Aber die Demütigung, im Hemd vor diesen Männern zu stehen, die Hände

gefesselt, das verletzte Gesicht ungewaschen und blutver-
schmiert, und zu wissen, dass er keine Chance hatte, das tat
wirklich weh. Der eigentliche Betrüger, Carlos Alberto
Sant'Ana, saß derweil feixend an dem Befragungstisch, einem
riesigen dunklen Holzungetüm, dessen Beine die Form sitzen-
der Löwen hatten, und sorgte allein mit seiner Anwesenheit
dafür, dass Rujul eine starke Übelkeit verspürte. Wie hatte er
sich nur jemals mit diesem Verbrecher einlassen können? Und
warum um alles in der Welt hatte er das vergleichsweise sichere Pangim verlassen, um in der Hauptstadt den Diamanten zu
holen? Er brauchte das Geld von Dona Amba nicht, jedenfalls
nicht sofort, und er hätte nichts weiter zu tun brauchen, als ihr
zu sagen, dass er ihr den Stein zurzeit nicht aushändigen könne. Sie hatte nichts gegen ihn in der Hand. Stattdessen war ihm
sein verfluchtes Ehrgefühl – immerhin hatte er der Kundin ein
Versprechen gegeben – zum Verhängnis geworden. Und seine
Unersättlichkeit. Warum hatte er sich nicht mit dem zufriedengeben können, was er verdiente? Das war nicht wenig. Und
seit er Witwer war, war es im Verhältnis noch mehr, denn seine
Gemahlin hatte auf großem Fuß gelebt. Vielleicht war es das
gewesen, was ihn in den Fokus der Inquisition gerückt hatte.
Oh weh, so tief war er nun schon gesunken, seiner armen Gemahlin die Schuld für die Verderbtheit dieser Portugiesen zu
geben.

Sie hatten ihm in seinem Haus aufgelauert. Wenigstens hatten
sie das Versteck des Diamanten noch nicht aufgestöbert, als sie
ihn verhafteten, und er selber hatte nicht viele Wertsachen bei
sich getragen. Die waren nämlich jetzt fort – allesamt in den
Taschen derjenigen gelandet, die sich nun hinter dem Befragungstisch den Anschein von Rechtschaffenheit gaben. Alles
Lügner, Heuchler und Betrüger: Sant'Ana, der das Geschäft
mit den gefälschten Reliquien aufgezogen hatte und nun als

Ankläger in ebendieser Sache dort saß; der Frei Martinho, der sich eine schwere Goldkette mit Ganesha-Anhänger geschnappt hatte, angeblich, weil es sich um ein verbotenes Götzenbild handelte; der junge Priester, der als Zeuge zugegen war und der sich zuvor einen Siegelring Rujuls in eine versteckte Tasche seiner Kutte geschoben hatte; und der Staatsanwalt als Vertreter der Krone, ein spielsüchtiger Dickwanst, der einen Riesenberg Schulden bei Rujul hatte und hier nun die ideale Gelegenheit sah, seinen Gläubiger loszuwerden.

»Habt Ihr«, fuhr Frei Martinho in seiner Befragung fort, »diesen Schlüssel gefertigt, passend zu einem Schloss an einer Schatulle, in der verbotene Hexen-Utensilien aufbewahrt werden?«

»Nein!«, rief Rujul.

»Also wisst Ihr sehr wohl noch, wofür der Schlüssel gedacht war«, stellte der Inquisitor fest. »Wenn Ihr nicht gesteht, können wir Euch nicht die Absolution erteilen«, sagte er dann mit sanfterer Stimme. »Wir sind keine Unmenschen. Wer aufrichtig bereut, hat die Möglichkeit, Buße zu tun und Vergebung zu erlangen.« Er sah Rujul so durchdringend an, dass diesem die Knie noch wackliger wurden. Es war zum Verrücktwerden. Gestand er, würde ihn eine harte Strafe erwarten. Gestand er nicht, eine noch härtere.

»Ich könnte mir vorstellen«, sagte Rujul schließlich flüsternd, »dass Schloss und Schlüssel ein Geheimnis bewahren sollten. Aber in die Details ihrer geheimen Verstecke weihen mich meine Kunden doch nicht ein.«

Der Inquisitor nickte bedächtig, eine Geste, die Rujul zwar geläufig war, die er aber, im Gegensatz zu dem indischen Kopfrollen, nie in allen subtilen Details zu deuten gelernt hatte.

Sant'Ana beugte sich zu Frei Martinho hinüber und flüsterte ihm etwas ins Ohr.

»Ist Euch etwas über den Verbleib eines riesenhaften Diamanten bekannt?«

Rujul wurde noch blasser, wenn dies noch möglich war. Woher wusste dieser Teufel Sant'Ana von dem Stein? Er selber hatte keiner Menschenseele etwas davon verraten, und er bezweifelte, dass Dona Amba dies getan hatte.

Carlos Alberto ließ den Angeklagten keinen Moment aus den Augen. Die Reaktion, die dieser bei der Frage gezeigt hatte, ließ ihn hoffen. Es war nur ein Versuch gewesen, ein Schuss ins Blaue, aber er hatte den Verdacht, dass er ins Schwarze getroffen hatte.

»Antwortet!«, herrschte der Padre ihn an.

»Nein.«

»Protokollführer. Notiert, dass der Angeklagte die Aussage verweigert.«

»Aber ich ...«, versuchte Rujul das Missverständnis aus dem Weg zu räumen.

»Antworte, du Heide!«, wurde er von Carlos Alberto unterbrochen.

»Ich weiß nichts über ...« Ein Peitschenhieb fuhr auf ihn nieder, so dass der Rest seiner Worte in Schmerzensschreien unterging.

»Der Diamant?«, wollte Carlos Alberto wissen.

»Er ist ...« Ein weiterer Schlag, diesmal mit der neunschwänzigen Katze, brachte Rujul zum Schweigen.

Frei Martinho war sehr zufrieden. Er hielt nichts von Carlos Alberto Sant'Ana, aber dieser Angeklagte, den er ihm nach ihrem hässlichen Streit nun doch noch zugeführt hatte, schien in der Tat allerlei auf dem Kerbholz zu haben. Mit der richtigen Behandlung würde dieser »Senhor Rui«, wie er sich nannte, einsehen, dass es besser war, der Kirche seine Verfehlungen anzuvertrauen. Morgen würden sie den Mann in den Fluss tau-

534

chen, ein unfehlbarer Test für die Ehrlichkeit und Standhaftigkeit eines Menschen.

Wenn er beichtete und bereute, würde er, Frei Martinho, sich freuen, ein weiteres reuiges Mitglied in der seit dem Ausbruch der Cholera stetig schrumpfenden Gemeinde begrüßen zu dürfen und den Mann zum wahren christlichen Glauben zurückzuführen. Wenn der Juwelier seine Schuld nicht einsah, würden sie an dem stadtbekannten Mann ein Exempel statuieren.

Denn ein angesehener Händler, der auf dem Scheiterhaufen loderte, erhöhte erfahrungsgemäß die Bußfertigkeit der Bevölkerung.

47

Lieber Miguel,

Du fehlst uns allen schrecklich, doch noch viel mehr fehlt uns weitere Ware. Sidónio wird förmlich überrannt von alten Männern, die diese Kamasutra-Bilder kaufen wollen, und Delfina liegen unzählige Anfragen von Damen der Lissabonner Gesellschaft vor, die ganz versessen sind auf die Saris und Haarkämme und alles, was wir »Inder« als billigen Tand empfinden. Hier gelten diese Dinge als exotisch und daher exklusiv. Glückwunsch, mein Alter, Deine Idee war genial. Aber Du musst nun wirklich noch einmal auf Reisen gehen und weitere Ware beschaffen, um Deinen Vorsprung auszubauen. Die Kaufleute hier sind schlau und gar nicht wählerisch. Wenn die Preise für Pfeffer verfallen, handeln sie eben mit Dingen, die stärker nachgefragt werden, und schon bald dürftest du Konkurrenten haben. Also los!

Der junge Offizier, der sich in Angola in ärztliche Obhut begeben musste, ist tatsächlich mehr oder weniger heil in Lissabon eingetroffen, obwohl er nun humpelt. Der Arme, als Seemann wird er es mit einer Verkrüppelung nicht leicht haben. Aber als Spion hat er immerhin keine schlechte Figur gemacht. Er hat in Erfahrung gebracht, dass es nicht gemeine Diebe waren, die die Gewürzsäcke an sich gebracht haben, sondern dass ein ortsansässiges Handelshaus, »Casa Fernandes«, die Ware »ganz offiziell« erworben hat. Wenn dem wirklich so sein sollte und ich in einem korrekten Vorgang ein Verbrechen gesehen habe, das es gar nicht gibt, dann lass es mich bitte wissen. Aber Du hattest ja gesagt, dass alle Säcke für Lissabon bestimmt waren, so dass ich mir dieses angolanische Handelshaus näher angesehen habe.

Es ist im Handelsregister auf den Namen einer Dame eingetragen, vermutlich einer Witwe. Sie heißt Beatriz de Castro Fernandes. Die Ware, mit der »Casa Fernandes« vorrangig handelt, sind Sklaven. Der Bedarf an Arbeitskräften in Brasilien ist enorm, und die Afrikaner eignen sich anscheinend perfekt für die schwere Arbeit und das Klima in der südamerikanischen Kolonie. Ich habe mich ein wenig informiert und herausgefunden, dass die Sklavenjäger einfach durchs Hinterland streifen und die kräftigsten jungen Erwachsenen gefangen nehmen. Der Verlust durch den Transport der »Ware« ist hoch, denn die Sklavenschiffe sind nicht eben komfortabel, gelinde ausgedrückt. Von hundert Negern kommen nur vierzig lebendig an. Es ist ein schmutziges Geschäft, und es wird die Nase darüber gerümpft, obwohl natürlich niemand auf den Einsatz von Sklaven verzichten kann und will. Nun, ich schweife ab. Also, dieses Handelshaus »Casa Fernandes« betreibt nebenbei noch einen kleinen, aber lukrativen Handel mit Agrargütern aus Angola, insbesondere Kaffee und Zucker. Auch im Orienthandel ist es aktiv, so dass ein Sack Pfeffer, der in einen neu beschrifteten Sack umgefüllt wird, überhaupt nicht auffallen würde. Bei alldem tritt diese »Casa Fernandes« sehr bescheiden auf. Man scheint keine Aufmerksamkeit auf sich ziehen zu wollen, was allein ja schon ein Grund zur Skepsis ist. Alle anderen portugiesischen Handelshäuser, inklusive dem eurer Familie, treten großspurig auf und demonstrieren gern ihre Macht und ihren Reichtum.

Über die Eignerin habe ich bisher nichts in Erfahrung bringen können, wohl aber über den Mann an Bord des Schiffes, mit dem ich gereist bin, der die Ware in Angola hat verschwinden lassen. Es handelt sich um den, der für die Beaufsichtigung der Fracht zuständig ist, einen gewissen Floriano Reis, er ist ein Angestellter eurer Firma. Ich selber kann den betrügerischen Kerl natürlich nicht verhören, aber Du könntest ihm bei nächster Gelegenheit auf den Zahn fühlen. Und ihr solltet ihn schnellstens durch einen vertrauenswürdigeren Mann ersetzen.

Nun, altes Haus, so viel von meiner Spitzel-Mission. Ich entdecke ein gewisses Vergnügen daran, in anderer Leute Angelegenheiten herumzuschnüffeln, was gar nicht gesund ist. Auf diese Weise habe ich nämlich ebenfalls herausgebracht, dass Delfina sich in einen Schnösel verliebt hat, der ein unerträglicher Besserwisser ist und uns in allem korrigiert, einschließlich in Dingen, über die er gar nichts wissen kann. Sidónio hat noch keine Dame gefunden, der er den Hof machen möchte, er ist ganz verliebt in die dicken nackten Amors von Caravaggio. Ich selber wurde noch nicht von Amors Pfeil getroffen, denn ich finde die Lissabonner Damen ziemlich unausstehlich. Eine gibt es allerdings, die ich mir demnächst einmal genauer ansehen werde …

Wir sind in Gedanken bei Dir und in unserem heißgeliebten Goa. Halte durch.

In tiefer Freundschaft,

Dein Álvaro

Miguel legte die dicht beschriebenen Bögen achtlos beiseite. Was er erfahren hatte, war schmerzlich für alle Beteiligten. Er wusste nicht, ob er den Mut aufbringen würde, seinem Vater von der Entdeckung zu berichten, die Álvaro gemacht hatte, ohne deren Bedeutung zu erahnen. Bei der im Handelsregister eingetragenen Besitzerin der »Casa Fernandes« handelte es sich nämlich um niemand Geringeren als seine Schwägerin

Beatriz, deren Firma unter ihrem Mädchennamen geführt wurde. Und da Beatriz eine sehr naive junge Frau war, konnte nur ihr Mann dahinterstecken. Bartolomeu. Miguels eigener Bruder. Der Erstgeborene, der von den Eltern vergöttert wurde und der alle Vorrechte genoss. Der kluge, achtbare, rechtschaffene Bartolomeu.

Warum tat sein Bruder so etwas? Indem er das väterliche Unternehmen bestahl, schädigte er doch auch sich selber, der er ja der designierte Nachfolger des Vaters war. Es ergab für Miguel absolut keinen Sinn. Wenn Bartolomeu den verständlichen Wunsch gehabt haben sollte, aus eigener Kraft etwas aufzubauen, so hätte er es einfach tun können. Warum diese Heimlichtuerei um die »Casa Fernandes« in Angola? Seine Eltern wären sogar noch stolzer auf Bartolomeu gewesen, als sie es ohnehin schon waren, wenn sie um dessen andere kaufmännische Aktivitäten gewusst hätten. Oder betrieb die »Casa Fernandes« irgendwelche illegalen Machenschaften? Sklavenhandel galt in der feinen Gesellschaft Lissabons als unfein, war jedoch nicht verboten. Und die Männer, die durch den Handel mit Menschen zu Reichtum gelangt waren, genossen durchaus ein gewisses Ansehen – Geld machte jeden anderen Makel wett.

Miguel fragte sich, wie er nun am geschicktesten vorgehen sollte. Den Auftrag des Vaters, den hohen Verlust an Ware aufzudecken, hatte er erfüllt. Aber wie sollte er ihm davon berichten, ohne selber wieder schlecht dazustehen? Man würde ihm Missgunst vorwerfen, man würde ihn der Eifersucht auf den älteren Bruder bezichtigen, man würde ihm womöglich nicht einmal Glauben schenken, sondern ihm vorwerfen, er habe Álvaros Beobachtungen in Angola alle frei erfunden. Und wenn er einfach schwieg? Dann würde er als Faulpelz gelten, der sich nicht einmal die Mühe gab, die eine winzige Aufgabe zu erledigen, die man ihm aufgetragen hatte. Oder sollte er zunächst

Bartolomeu direkt mit der Entdeckung konfrontieren und sich anhören, was dieser zu seiner Verteidigung vorzubringen hatte? Dann wiederum wäre sein Bruder gewarnt und könnte eventuelle Beweise für seinen Betrug verschwinden lassen.

Miguel fiel nur ein einziger Ausweg aus dem Dilemma ein: Er würde seiner Schwägerin schreiben müssen, was in ihrem Namen vor sich ging. Sollte Beatriz sich doch mit Bartolomeu und den zu erwartenden Verwicklungen innerhalb der Familie herumschlagen. Er würde es ihr überlassen, ob Bartolomeu bloßgestellt wurde oder nicht, während er selber in einem Brief an die Eltern nur die Tatsachen zu schildern brauchte. Den Rest konnten sie sich entweder zusammenreimen oder aber von ihrer Schwiegertochter in Erfahrung bringen.

Er erledigte die lästige Pflicht sofort, bevor sein Eifer in dieser Sache wieder verflog. Er setzte sich an den Sekretär und schilderte in einem Brief an Beatriz knapp und sachlich alles, was Álvaro beobachtet hatte. Er drückte sein Bedauern darüber aus, dass ihr Name so missbraucht worden war, und schickte herzliche Grüße an die ganze Familie. Er steckte den Brief in ein Couvert und legte dieses, wie üblich, in die Halle, damit er es bei seinem nächsten Ritt in die Stadt nicht vergaß.

Anschließend machte er sich daran, seinen Eltern zu schreiben. Doch weiter als bis zur Anrede kam er nicht. Vom Hof her war Hufgetrappel zu hören, so dass er aufstand, um nachzusehen, wer ihn da besuchen kam. Er traute seinen Augen nicht: Carlos Alberto Sant'Ana! Dass dieser Kerl es noch wagte, sich hier blicken zu lassen.

»Verschwinde«, rief er ihm vom geöffneten Fenster aus zu.

»Was für ein grandioser Empfang, Miguel Ribeiro Cruz. Von einem Mann deiner Klasse hätte ich mehr Haltung erwartet.«

»Erzähl mir nichts über Haltung, du wirbelloses Kriechtier. Mein Hund hat mehr Rückgrat als du.«

Carlos Alberto kam unverdrossen zur Haustür geschlendert und zog dabei ein Papier aus der Tasche. »Ich habe hier einen Durchsuchungsbefehl. Öffne also, sonst verschaffe ich mir gewaltsam Zutritt.« Ihm folgten zwei bis an die Zähne bewaffnete Männer, die seiner Forderung Nachdruck verleihen sollten. Miguel eilte zur Haustür und öffnete sie einen Spalt weit. »Was genau suchst du denn? Vielleicht kann ich dir behilflich sein.«

»Das bezweifle ich. Leute wie du, die sich mit der eingeborenen Bevölkerung gemein machen, dürften mir keine große Hilfe sein.«

»Versuch es doch einfach mal. Aber eines sage ich dir gleich: Hübsche Jungfrauen wirst du hier keine finden, geschweige denn verhaften können.«

Carlos Alberto stieß die Tür auf und trat ein, dicht gefolgt von den beiden Wachen. Miguel ging ihnen aus dem Weg. Was blieb ihm anderes übrig? Dieser Mistkerl war mit Vollmachten ausgestattet, die er sich zwar ergaunert hatte, die ihn aber dennoch in die Lage versetzten, Leute ohne weitere Erklärungen zu verhaften. Und er hatte beileibe keine Lust, in einem stinkenden Kerker wie dem zu landen, aus dem er Ambas Dienstmädchen befreit hatte.

»Crisóstomo?«, rief Miguel laut, woraufhin der Bursche sofort um die Ecke geschossen kam. »Weise unseren Gästen den Weg in den Salon und biete ihnen eine Erfrischung an. Sie scheinen mir ein wenig ... erhitzt zu sein.«

Crisóstomo verfluchte den Tag, an dem er in die Dienste Miguels getreten war. Er mochte sich nicht in der Nähe dieser teuflischen Männer aufhalten. Die Vorstellung, mit ihnen allein im Salon zu sein, machte ihm so viel Angst, dass er zu schwitzen anfing. Aber er musste seinem Herrn wohl oder übel gehorchen, sonst würde er am Ende noch die Aufmerksamkeit dieser Widerlinge auf sich ziehen. Er hatte zwar nichts verbrochen, aber das war, wie er wusste, überhaupt kein Grund, nicht bei der Kirche in Ungnade zu fallen. Da reichten bereits alltägliche kleinste Verfehlungen, wie etwa die, kein Rindfleisch essen zu wollen oder den Eingang seiner Hütte mit Ganesha, dem Elefantengott, zu schmücken, der für häuslichen Frieden sorgte.

Crisóstomo ging mit schlotternden Knien voran in den Salon und deutete schweigend auf die Sitzmöbel. Er befürchtete, dass seine Stimme zittrig war und seine Angst verraten würde. Wie sich herausstellte, brauchte er aber gar nichts zu sagen. »Geh jetzt«, fuhr Carlos Alberto Sant'Ana den Burschen an, während er sich an einer Karaffe zu schaffen machte, »wir kennen uns hier aus.« Er goss sich eine sehr großzügig bemessene Dosis des Weinbrands ein und machte eine Geste, die an das Fortwedeln einer Fliege erinnerte. Crisóstomo brauchte keine weitere Aufforderung. Er flog förmlich aus dem Raum, schneller als jede Fliege. Derbes Gelächter verfolgte ihn.

Carlos Alberto warf sich auf eine Polsterbank und legte die Füße hoch, mit seinen schmutzigen Stiefeln auf einem zierlichen Seidenkissen. Er blickte sich mit unverhohlenem Neid in dem Raum um. Alter Geldadel, das sah man sofort. Die Möbel waren von erlesener Qualität, an den Wänden hingen Ölgemälde europäischer Machart neben prachtvoll geschnitzten Holztafeln indischer Herkunft. Der Parkettfußboden war auf Hochglanz poliert und mit kostbaren Teppichen bedeckt. In einer Vitrine war ein Sammelsurium besonders wertvoller Gegenstände untergebracht: chinesisches Porzellan neben persischer Silberschmiedekunst, italienische Kristallpokale neben indischen Elfenbeinkästchen. Sicher befand sich irgendwo in diesem Haus auch eine seltene Reliquie, dachte Carlos Alberto nicht ohne einen Anflug von Sarkasmus. Warum in Dreiteufelsnamen hatte Miguel ihm damals nicht einfach etwas Geld geliehen? Wie war es zu dem Bruch gekommen? Er bereute, dass es ihm nicht gelungen war, die Freundschaft zu dem vornehmen Kaufmannssohn zu erhalten. Einen Miguel Ribeiro Cruz zum Freund zu haben machte sich immer gut. Andererseits machte ein Ribeiro Cruz sich nicht minder gut auf der Liste seiner erfolgreich überführten Ketzer. Die Kirche wollte namhafte Mitglieder der Gesellschaft der Gotteslästerung überführen? Nichts leichter als das.

Der Juwelier war unter der Folter zusammengebrochen. Er hatte die Namen all seiner Kunden preisgegeben, inklusive der Gegenstände, die diese bei ihm erworben oder an ihn verkauft hatten. Der kleine goldene Schlüssel, so hatte Rujul schließlich winselnd zugegeben, gehörte zu einem Schloss an einer Truhe im Solar das Mangueiras, in der sich alle wichtigen Dokumente der Familie befänden und darüber hinaus noch etliche Wertsachen. Diese Truhe wiederum befände sich in einem geheimen Hohlraum, doch wo der zu finden sei, fiel ihm auch nicht ein, nachdem man ihm sämtliche Fingernägel gezogen hatte. Nun, Carlos Alberto würde sie aufstöbern, diese Truhe, und wenn er dafür das ganze Haus abreißen musste.

Miguel war, während die Eindringlinge sich an seinem Cognac gütlich taten, rasch in sein Arbeitszimmer gelaufen und hatte alle losen Dokumente unter sein Hemd geschoben. Ein dickes Auftragsbuch, das auf seinem Sekretär lag, konnte er in der Kürze der Zeit nicht verstecken. Es enthielt zwar keine großen Geheimnisse, dennoch behagte Miguel der Gedanke ganz und gar nicht, dass Fremde Einsicht in die Firmenunterlagen nehmen würden. Er hatte keine Ahnung, was Carlos Alberto hier zu finden hoffte. Bei der Andeutung, Miguel mache sich »mit Eingeborenen gemein«, war ihm das Herz in die Hose gerutscht. War seine Beziehung zu Amba publik geworden? Oder hatte Carlos Alberto sich einfach nur auf das Dienstmädchen bezogen, das Miguel gerettet hatte? Überaus beklommen ging Miguel in den Salon, um sich den »Vorwürfen«, die wahrscheinlich frei erfunden waren, zu stellen.

»Du hast es sehr schön hier, alter Freund«, begrüßte Carlos Alberto ihn, betont jovial.

»Nenn mich nicht ›alter Freund‹.« Miguel stand in der Mitte des Raums, Panjo saß zu seinen Füßen. Der Hund gab ein leises Knurren von sich, als habe er nicht nur die Äußerung seines Herrn verstanden, sondern wolle ihr auch Nachdruck verleihen.

»Nur dieser Straßenköter, der passt wirklich nicht hierher.«

»Bist du gekommen, um meinen Geschmack zu kritisieren?«

»Aber, aber, warum denn gleich so kratzbürstig? Ich hatte auf deine Kooperationsbereitschaft gesetzt.«

»Mein Angebot, dir bei der Suche, wonach auch immer, behilflich zu sein, hast du aber ausgeschlagen. Es macht eben doch mehr Spaß, in den Sachen anderer Leute herumzuwühlen und dabei – versehentlich, versteht sich – den einen oder anderen Gegenstand in die eigene Tasche gleiten zu lassen, nicht wahr?«

»Sieh dich vor, Miguel.« Carlos Alberto schwang seine Füße wieder zu Boden und erhob sich. Er trat auf Miguel zu, als wollte er ihn am Kragen packen, doch Panjo stellte sich ihm in den Weg. Der Hund fletschte die Zähne, sein Fell sträubte sich. Carlos Alberto versetzte ihm einen heftigen Tritt, so dass der Hund heulend durch den halben Raum flog und fiepend in einer Ecke liegen blieb.

Miguel versuchte sich nicht anmerken zu lassen, wie nahe ihm diese Tierquälerei ging. »Alle Achtung, Carlos Alberto, die wichtigste Lektion für alle Kreaturen, die von der Natur zu Versagern bestimmt sind und sich damit nicht abfinden können, beherrschst du schon recht gut: nach oben buckeln, nach unten treten. Bist wirklich ein ganzer Kerl, bestimmt wird noch etwas aus dir.«

»Beginnt mit der Suche«, sagte Carlos Alberto zu seinen Männern.

Miguel ging in gespielter Langeweile zu seinem Hund und hob ihn auf. Der traurige Blick aus Panjos Augen war zum Steineerweichen. Es war, als wolle der Hund sich dafür entschuldigen, seinen Herrn nicht besser verteidigt zu haben. »Scht«, beruhigte Miguel ihn. Er würde ihn sofort dem *mali* anvertrauen, nicht nur, damit dieser eventuelle Verletzungen behandeln konnte, sondern auch, um Panjo vor weiteren Misshandlungen zu schützen. Es war diesen Rohlingen zuzutrauen, dass sie, einfach nur aus Spaß daran, seinen Hund zu Tode quälten.

Während die Eindringlinge begannen, den Salon auseinanderzunehmen, ging Miguel mit Panjo nach draußen. Der Gärtner war in seiner Hütte, und Miguel schärfte seinem Hund ein, dort zu bleiben. Zurück im Haus, sah er, dass die Durchsuchung nun im Arbeitszimmer stattfand. Die Kerle leerten jede einzelne Schublade, stachen alle Polster und Kissen auf, klopften die Wände und Böden nach Hohlräumen ab, zerschnitten Gemälde, zertrümmerten Glas und Porzellan. Sie amüsierten sich prächtig bei ihrem Zerstörungswerk.

»Ein Jammer«, sagte Miguel zu Carlos Alberto, »diese französische Porzellan-Etagere hättet ihr besser heil gelassen. Sie war mehr wert, als du in einem Jahr verdienst, und mehr, als deine Spießgesellen in ihrem ganzen Leben je besitzen werden. Aber macht ruhig weiter. Meine Familie wird den Verlust schon verschmerzen können.« Er wusste, dass er Carlos Alberto damit zur Weißglut trieb, aber er hatte sich die Stichelei einfach nicht verkneifen können. Wozu sollte es gut sein, blindwütig alles zu demolieren? Und wonach suchten diese Kerle überhaupt?

Nach mehreren Stunden hatten die drei ein Werk der Vernichtung geschaffen, angesichts dessen Miguel vor Wut hätte heulen mögen. Doch er blieb stoisch auf einem der wenigen intakten Holzstühle sitzen und goss sich einen Portwein nach dem nächsten ein. Plötzlich hörte er aus Richtung des Speisezimmers ein triumphales »Ich habe es!« und wenig später ein großes Gezeter und Gefluche. Er schmunzelte. Was auch immer die Männer gefunden zu haben glaubten, es entsprach offenbar nicht ihren Erwartungen.

Schließlich kam Carlos Alberto mit hochrotem Kopf zu ihm.

»Wir kriegen dich, Miguel Ribeiro Cruz.«

»Eine gute Heimfahrt und gesegnete Nachtruhe.«

Carlos Alberto drehte sich auf dem Absatz um und lief hinaus, nicht ohne vorher noch alle Karaffen, die den Angriff wundersamerweise überlebt hatten, von der Anrichte zu fegen. Draußen bestiegen die drei gerade die Kutsche, als wildes Gekläffe und Geknurre zu hören war. Eine üble Vorahnung ergriff Miguel. Er eilte ans Fenster und sah, dass Panjo, der offenbar dem Gärtner ausgerissen war, sich in einer Wade verbissen hatte. Gerade als Miguel den Hund zurückpfeifen wollte, sah er einen Säbel aufblitzen. Ein rasselndes Geräusch, ein erschütterndes Röcheln, ein Schwall Blut – Miguel sah und hörte alles wie in Zeitlupe. Er rannte nach draußen.

Die Kutsche fuhr so rasant an, dass der Kies spritzte und den Leichnam Panjos bedeckte.

48

Miguel weinte. Er konnte sich nicht daran erinnern, wann er zum letzten Mal so bittere Tränen vergossen hatte. Wahrscheinlich als Kind, als er einem der gemeinen Streiche von Bartolomeu zum Opfer gefallen war.

Er hatte in den vergangenen zwei Jahren alle möglichen Erniedrigungen, Verluste und Rückschläge ertragen, angefangen bei den falschen Beschuldigungen des schwangeren Mädchens in Portugal über die Zurückweisung durch Amba bis hin zu der Entdeckung, dass sein eigener Bruder die väterliche Firma bestahl. Er hatte die Cholera überlebt, und er hatte die Inquisition auf dem Hals. All das machte ihm weniger zu schaffen als der Tod seines treuen Hundes Panjo. Das Tier hatte ihm das Leben gerettet. Panjo war ihm Freund und Beschützer gewesen, Spielkamerad und Vertrauter, und die Aussicht, nie wieder den schmachtenden Blick aus den hellbraunen Augen zu sehen, nie wieder das weiche Bäuchlein streicheln zu können und nie wieder die begeisterten Küsse über sich ergehen lassen zu müssen, machte ihn trauriger, als der Tod so manches Angehörigen es getan hätte.

Er hob eigenhändig ein Grab im Garten aus. Der Gärtner wollte ihm die Arbeit abnehmen, aber Miguel scheuchte ihn fort. Die körperliche Anstrengung tat ihm gut. Er zog sich Blasen an den Händen zu, die ihn, wenn auch nur kurz, von dem Schmerz in seinem Innern ablenkten. Sanft legte er den Leichnam in die Grube, dann schaufelte er die Erde wieder darauf. Die ersten Klumpen, die auf Panjos reglosen Körper fielen, machten ein seltsam trommelndes Geräusch, bei dem sich alles in Miguel zusammenzog. Er schaufelte weiter, bis von dem Tier nichts mehr zu sehen war. Als das Grab ganz aufgefüllt war, legte er aus Kiessteinchen ein Kreuz auf die Erde, dazu legte er einen angenagten Ball, das Lieblingsspielzeug des Hundes. Er kniete vor dem Grab und sprach im Stillen ein Gebet. Der einzige Trost war ihm die Vorstellung, dass Panjo schnurstracks in den Hundehimmel auffahren würde. Oder in einer höheren Reinkarnation auf die Erde zurückkäme.

Eine sanfte Berührung an seiner Schulter ließ ihn aufschrecken. Konnte man denn nicht einmal in Frieden trauern? Verärgert über die Störung drehte Miguel sich um – und sah Amba dort stehen. Er hatte von ihrem Kommen sowie von dem Aufruhr unter den Dienstboten, den sie zweifellos ausgelöst hatte, nichts mitbekommen.

»Panjo ist tot«, sagte er tonlos.

»Ich weiß. Es tut mir leid. Er war ein guter Hund.«

»Ja.« Miguel erhob sich schwerfällig und klopfte sich Erde von den Hosenbeinen. Er wollte jetzt nicht mit Amba reden. Er wollte allein sein mit sich und seinem Schmerz und einer Flasche guten Portweins. Wie hatte er ihren Besuch herbeigeträumt, wie sehr hatte er sich gewünscht, sie wiederzusehen! Doch nun, da sie vor ihm stand, war sie ihm lästig. Es gefiel ihm nicht, dass sie ihn in einem Moment großer Schwäche beobachtet hatte, und ebenso wenig behagte ihm die Aussicht, sich nun stark und beherrscht geben zu müssen. Er wollte sich gehen lassen und nicht als formvollendeter Gastgeber auftreten.

Aber das war ohnehin aussichtslos. Für einen Moment hatte er die Verwüstung vergessen, die am Nachmittag angerichtet worden war, aber jetzt, da er Amba ins Haus begleitete, fiel sie ihm wieder ein. Er konnte ihr nicht einmal einen komfortablen Platz zum Sitzen anbieten. Sie hätte keinen schlechteren Zeitpunkt für einen Besuch wählen können.

»Ich habe schon einen ersten Eindruck bekommen«, las sie seine Gedanken. »Was ist passiert?«

»Ach«, antwortete Miguel widerwillig, »ich hatte ungebetene Gäste. Von der Inquisition.«

»Oh.«

»Und was führt dich hierher?«

Amba zögerte einen Moment zu lange. Eigentlich war sie gekommen, um ihn zur Rede zu stellen und ihm den Ring, den er ihr geschenkt hatte, zurückzubringen. Sie war wütend und verletzt gewesen, als sie den Inhalt des Päckchens sah, das er Nayana überreicht hatte. Sie war nicht käuflich, und kein noch so schönes Geschenk würde sie dazu bringen, Miguels Geliebte zu werden. Denn das war es ja wohl, was ihm vorschwebte. Er wusste schließlich, dass sie beide gebunden waren. Außerdem hatte der Stein, den der Ring fasste, einmal ihr gehört. Sie hatte ihn sofort erkannt, er hatte einst den Säbel geziert, den Vijay ihr zum Hochzeitsgeschenk gemacht hatte. Natürlich konnte Miguel davon nichts wissen, aber es war Amba wie ein böses Omen erschienen.

Nun aber, da sie sich einem unglücklichen Häufchen Elend gegenübersah, fiel ihre ganze aufgesetzte Arroganz in sich zusammen. Sie brachte es nicht übers Herz, Miguel die Dinge zu sagen, die zu sagen sie sich vorgenommen hatte. Nicht an einem solchen Tag, der für ihn so schwer gewesen war.

»Wolltest du dich an meinem Anblick weiden?«, fragte Miguel ungehalten. »Nun, schau genau hin. Du siehst einen trauernden Mann vor dir, der wie ein Kind geheult hat, weil sein Hund ermordet wurde. Genau, nur sein Hund. Sein einziger wahrer Freund, der besser zu ihm war als die meisten Menschen. Halte es für albern, aber wage es nicht, mir das ins Gesicht zu sagen.«

»Ich halte es nicht für albern.«

Miguel schämte sich für seinen Gefühlsausbruch. Immerhin waren seine Tränen versiegt, und er merkte, dass seine duldsame Trauer allmählich in aggressive Rachsucht umschlug. Er würde Carlos Alberto zur Rechenschaft ziehen.

»Es spielt auch keine Rolle. Nun, nimm Platz.«

Inzwischen waren sie im Salon angekommen, bei dessen Anblick Amba scharf die Luft einsog. Sie war nie zuvor in diesem Haus gewesen, aber trotz der starken Beschädigungen erkannte sie, dass alles sehr gepflegt und geschmackvoll gewesen sein musste. Unter ihren Füßen knirschten Porzellanscherben. Sie sah sich nach einer Sitzgelegenheit um, stellte jedoch fest, dass alle Bänke und Sessel so sehr zertrümmert worden waren, dass sie zu nichts mehr taugten.

»Wir können uns in meine Kutsche setzen«, schlug sie vor.

»Aber Dona Amba!«, rief Miguel in gespielter Empörung. »Was soll denn die Dienerschaft von uns denken?«

»Es spielt, wie du so richtig bemerkt hast, keine Rolle.«

Miguel wurde hellhörig. Was war los mit ihr? Was war der eigentliche Grund ihres Besuchs? Und wo war ihre Widerspenstigkeit geblieben? Er würde doch nicht etwa ihr Mitleid erregt haben? Die Vorstellung war ihm ein Greuel.

»Lass uns ein wenig spazieren gehen. Das Wetter ist schön, und draußen kann uns wenigstens niemand belauschen.«

Amba stimmte dem Vorschlag zu. Sie verstand sich selbst nicht mehr. Sie hätte Miguel einfach den Ring zurückgeben und unverzüglich wieder nach Hause fahren sollen. Und es war nicht nur seine Verletzlichkeit, die sie davon abhielt. Wenn sie ganz ehrlich zu sich selber war, musste sie sich eingestehen, dass sie schlicht Lust hatte, mehr Zeit mit ihm zu verbringen.

Sie schlenderten einen Trampelpfad entlang, der zum Ufer des Mandovi führte. Miguel kannte eine Stelle, an der ein umgestürzter Baum genau so lag, dass man sich daraufsetzen und gen Westen schauen konnte. Die Sonnenuntergänge waren herrlich, er hatte schon oft auf dem Stamm gesessen und sie genossen.

Als sie die Stelle erreichten, war die Sonne bereits ein glühender Ball unmittelbar über dem Horizont. Sie setzten sich und schauten versonnen dem Naturschauspiel zu. Keiner sagte ein Wort. Als die Sonne ganz hinter der Wasserlinie versunken war, begann der Teil des Spektakels, den Miguel noch malerischer als den eigentlichen Sonnenuntergang fand. Wenn die Wolken von unten angestrahlt und in magische Rot-, Orange- und Violetttöne getaucht wurden, überkam ihn jedes Mal eine seltsam friedvolle Stimmung. Der Himmel schien dann weiter zu sein als sonst und er selbst kleiner und unbedeutender. Es war ein Moment, der die Dinge im wahrsten Sinne des Wortes ins rechte Licht rückte, ein paar Minuten, die einen Einblick in die Unendlichkeit des Universums gewährten und die Alltagssorgen klein erscheinen ließen. So ging es ihm auch jetzt, und er war froh, dass Amba den Zauber nicht durch Reden zerstörte.

Die Vögel in den Bäumen gaben ein lautes Konzert, aus der Ferne hörte man das Läuten von Viehglocken. Eine Ziegenherde wurde heimgetrieben. Der Wind wehte sanft und brachte den kaum wahrnehmbaren Duft von Rauch mit sich, den Miguel so sehr mit Indien verband. Immer und überall fanden sich die kleinen Feuerstellen, und sogar hier, in der vermeintlichen Abgeschiedenheit, schien die nächste Siedlung nicht fern zu sein. Vielleicht waren es auch Menschen, die aus der choleraverseuchten Stadt geflüchtet waren und nun hier draußen um ihr Überleben kämpfen mussten, dachte Miguel, denn von einem abgelegenen Bauernhaus oder gar einem Dorf in der Nähe war ihm nichts bekannt.

Als das Licht nachließ und das Farbenspektakel am Himmel an Intensität verlor, wandte Miguel sich Amba zu: »Du hast mir gefehlt.«

»Du mir auch«, erwiderte sie und schob wie selbstverständlich ihren Schleier hoch.

Miguel stockte für einen Augenblick der Atem. »Wirst du den Ring behalten?«, fragte er dann. Er wusste, dass Amba ihn ursprünglich hatte aufsuchen wollen, um das Geschenk zurückzugeben.

»Willst du das denn? Bist du dir eigentlich darüber im Klaren, was du mir angetragen hast?«

»Die Ehe. Trenn dich von deinem Mann, Amba. Und dann lass uns ein gemeinsames Leben beginnen.«

»Wir kennen uns kaum.«

»Wir werden uns besser kennenlernen. Und alles Wesentliche wissen wir doch schon voneinander, oder nicht? Kanntest du deinen Gemahl etwa besser als mich, als du ihn geheiratet hast?«

»Er war Inder«, stellte Amba fest.

»War?« Miguel schaute sie fragend an.

Amba wich der Frage aus. »Menschen mit ähnlichem Hintergrund, von ähnlicher Herkunft harmonieren nun einmal besser miteinander.«

»Woher willst du das wissen? Die Mischehen, von denen es hier in Goa ja viele gibt, funktionieren doch, wie's scheint, genauso gut oder schlecht wie die anderen. Außerdem: Ist Harmonie denn so wünschenswert?«

Amba lachte. »Du hast recht. Allzu große Harmonie ist zum Sterben langweilig.«

Miguel hatte inzwischen den Arm um Amba gelegt und zog

diese nun näher zu sich heran. Ihre Schultern fühlten sich unter seiner Umarmung schmächtig und fragil an. Er hatte ihr das Gesicht zugewandt, was sie aus den Augenwinkeln sehen musste, doch sie blickte weiter geradeaus und fixierte einen Punkt in der Ferne. Sie hatte Angst vor dem, was passieren würde, wenn sie sich zu ihm hindrehte. Gleichzeitig sehnte sie sich danach. Sie wollte seine Küsse auf ihrer Haut fühlen, wollte fest an seine breite Brust gedrückt werden, wollte seine Kraft auf sich übergehen spüren. Sie wollte ein einziges Mal schwach sein dürfen.

»Sieh mich an«, forderte Miguel sie auf.

Langsam wandte sie ihr Gesicht dem seinen zu.

Ihre Blicke versanken ineinander. Amba sah goldene Fünkchen in seinen dunkelbraunen Augen, sie sah die glänzenden schwarzen Wimpern sich leicht herabsenken und sah jedes einzelne Lachfältchen. Er blinzelte, und in diesem einzigen Lidschlag lag so viel Verheißung, dass ihr heiß wurde. Miguel empfand die Magie des Augenblicks ähnlich. Das Grün ihrer Augen hatte in dem spärlicher werdenden Licht noch immer sein mysteriöses Funkeln, das ihn in seinen Bann zog. Ambas hellbraune Haut schimmerte in dem Abendlicht wie Seide, ihre Lippen waren ganz leicht geöffnet, so als hole sie gerade Luft, um ihm etwas zu sagen. Er ließ es nicht so weit kommen.

Mit einer einzigen fließenden Bewegung zog er Amba zu sich heran und beugte seinen Kopf nach vorn. Mit halb geöffneten Lidern versank er in einem Kuss, der süßer schmeckte als alles, was er je gekostet hatte. Ihre Lippen waren weich und willig. Sie erwiderte den Kuss hingebungsvoll, und hatte sie ihn je abweisen wollen, so sprachen ihre Zärtlichkeiten eine andere Sprache. Sie drückte sich an ihn, schob ihre Hand unter sein Hemd und fuhr an seinem Rücken entlang, das Spiel der Schultermuskeln ertastend, bis sie an seinem Hals angelangt war.

Sie saßen noch immer auf dem Baumstamm, der zwar von jahrzehntelangem Gebrauch als Sitzbank wie poliert aussah und gar nicht so unbequem war, aber nebeneinander sitzend küsste es sich nicht allzu gut. Daher ließ Amba sich bereitwillig von Miguel an der Taille umfassen, anheben und auf seinen Schoß ziehen. Sie raffte ihren Sari etwas, schwang ein Bein über seine Knie und saß dann rittlings auf ihm. Sie sahen einander tief in die Augen, wohl wissend, was unweigerlich passieren würde, wenn sie nicht jetzt und auf der Stelle aufhörten.

Er schob ihren *choli* hoch und streichelte ihre Brüste, die rund und fest waren und deren Knospen unter seiner Berührung hart wurden. Amba liebkoste unterdessen sein Gesicht, seinen Hals und seine Ohren mit ihren Lippen und ihrer Zunge. Miguel hatte nicht geahnt, dass der zarte Hauch eines Atems auf der feuchten Haut seiner Ohrmuschel so erregend sein konnte. Er stöhnte leise auf.

Er ließ seine Hände an ihrem Oberkörper herabgleiten und fuhr dabei jede ihrer betörenden Kurven nach. Als er die Taille erreichte, in der sich der Bund des Unterrocks befand, der zugleich Halterung für die lange, in Falten gelegte Stoffbahn des Saris war, strichen seine Finger sacht über den feinen Stoff und verfolgten die Linien ihres Beckens, ihres Gesäßes und ihrer Oberschenkel. Als er auf Kniehöhe angelangt war, endete der Stoff, und er schob seine Hände darunter. Nun zeichneten sie den umgekehrten Weg nach. An der Innenseite ihrer Schenkel, deren Haut unbeschreiblich glatt und zart war, streichelte er sich seinen Weg nach oben. Als er ihre Scham erreichte, die haarlos, glatt und einladend war, beschleunigte sich sein Atem.

Und der ihre. Sie spürte, dass sie feucht wurde. Sie war bereit für ihn. Dass er bereit für sie war, hatte sie durch den dünnen Stoff ihrer Kleidung hindurch mehr als deutlich gespürt. Seine

Erektion war prachtvoll und erregend. Amba rieb sich daran, hob und senkte ihr Becken in einer Imitation des Liebesaktes, doch sie wollte mehr. Sie erhob sich ein wenig, um die Knöpfe seiner Hose öffnen zu können.

Miguel saß auf dem Baumstamm, ließ den Kopf nach hinten fallen und stützte sich mit beiden Armen auf dem Stamm ab, während Amba sein steil aufragendes Glied streichelte und es führte. Als sie sich endlich ganz auf ihn setzte und er sich von warmer Feuchtigkeit umschlossen fühlte, stöhnte er heiser auf. Sie ließ sich sinken und hob ihren Unterleib dann wieder an, immer und immer wieder, ohne ihn jemals in ihre allerinnersten Tiefen vordringen zu lassen. Es war eine zermürbend köstliche Qual, und Amba gelang das Kunststück, ihn zu reizen und ihm zugleich ein Gefühl großer Befriedigung zu geben. Miguel hob nun selber sein Becken in einem regelmäßigen Rhythmus, um tiefer und fester in sie zu stoßen. Er begann zu keuchen.

Ambas Haut prickelte am ganzen Körper. Es begann an den Zehenspitzen und setzte sich nach oben hin fort, ein Schauder der Erregung, wie sie ihn so intensiv nie zuvor gespürt hatte. Sie meinte, die Kontrolle über ihre Muskeln zu verlieren, wenn Miguel auch nur noch einmal so fest in sie stieß und dabei diesen Punkt berührte, der alles Denken auszulöschen schien. Sie bewegten sich inzwischen in einem Takt, der nur mehr Instinkt war, völlig eins mit sich und miteinander. Ambas Seufzer wurden lauter, und sie trieben Miguel an den Rand des Wahnsinns.

Er löste seine Hände von dem Baumstamm und umklammerte stattdessen Ambas Hinterbacken, die sich glatt und fest anfühlten. Er musste seine Bauchmuskulatur aufs Äußerste beanspruchen, um das Gleichgewicht zu halten, aber die Wucht ihrer Vereinigung ließ ihn alles andere um sich herum vergessen. Er spürte, dass er kurz vor dem Höhepunkt stand. Er atmete schwer, sein ganzer Körper war von einem Schweißfilm überzogen. Amba keuchte und schwitzte ebenfalls. Ihr Zopf hatte sich gelöst, die feinen Härchen an den Schläfen kringelten sich vor Feuchtigkeit, und ihre Lider flatterten. Stöhnend murmelte sie etwas, was Miguel nicht verstand. Vielleicht sprach sie in der Hitze ihres Liebesaktes in ihrer Muttersprache.

Doch plötzlich erhob sie sich von ihm, ließ sein Geschlecht abrupt aus sich herausgleiten und rieb es weiter mit den Fingern, bis Miguel nicht länger an sich halten konnte. Er stöhnte einmal auf, es war ein lautes, klagendes und irgendwie animalisches Geräusch. Dann ergoss er seinen Samen auf seinen eigenen Bauch, während Amba ihm forschend ins Gesicht sah.

»Warum …?«, fragte er sie matt.

»Der Zeitpunkt war der falsche«, antwortete sie, und es war ihr deutlich anzuhören, dass sie nicht minder enttäuscht über das Ende ihrer Vereinigung war als er.

Er verstand nicht, was sie meinte. Seiner Meinung nach hätte der Zeitpunkt nicht richtiger sein können. Amba bemerkte seine Zweifel. »Aber weißt du denn nicht, dass es bestimmte Tage gibt, an denen der Samen des Mannes auf fruchtbaren Boden fällt, und an anderen nicht? Wenn die Frau diese Tage kennt, kann sie sich vor einer unerwünschten Schwangerschaft schützen.«

Miguel hatte keine Ahnung von derartigen Dingen. Die Aufklärung, die er hinter vorgehaltener Hand genossen hatte, war entweder von Verschämtheit oder von Zotigkeit bestimmt gewesen, nie jedoch wurden solche praktischen Aspekte zur Sprache gebracht. Soviel er wusste, war es bei der Erziehung von Frauen kaum anders – wenn überhaupt, lernten sie noch weniger über den Liebesakt, als es die Männer taten. Wussten portugiesische Frauen etwas über diese Tage, von denen Amba gesprochen hatte? Er bezweifelte es. Hätte es sonst so viele gefallene Mädchen gegeben, oder Ehen, denen Sechs-Monats-Kinder entsprangen?

Er wischte sich den Schweiß von der Stirn und versuchte, sich seine Kränkung nicht anmerken zu lassen. Im entscheidenden Augenblick zurückgewiesen zu werden tat weh. Und obwohl er Ambas Weitsicht bewunderte, fand er, dass Klugheit sich schlecht mit Leidenschaft vertrug.

Amba merkte sehr genau, was in ihm vorging. Auch sie hätte nichts lieber getan, als mit Miguel gemeinsam den Höhepunkt der körperlichen Vereinigung zu erleben. Aber war es das wert? Ein kurzes Vergnügen, ein hastig vollzogener Akt in einer Situation, die ihrer unwürdig war – das war es nicht, was sie unter einem gelungenen Liebesspiel verstand. In einer Sache, die zu den schönsten der Welt gehörte und an die sie sich ohne Scham erinnern wollte, konnte sie sich doch nicht an einem Ort wie diesem begatten lassen. Sie waren doch keine Tiere.

»Komm in der ersten Vollmondnacht eures Monats Januar zu mir. Ich werde dafür sorgen, dass wir allein und ungestört sind. Und dann unterweise ich dich in der indischen Kunst des Liebens.«

Miguel war ein wenig enttäuscht. Sollte das heißen, dass die westliche Kunst des Liebens, *seine* Art des Liebens, ihr nicht gefallen hatte? Andererseits klang ihre Ankündigung wie die himmlischste Verlockung, die er sich vorstellen konnte.

Um nichts in der Welt würde er es in dieser ersten Vollmondnacht im Januar versäumen, bei ihr zu sein. Die Wochen, die bis dahin vor ihm lagen, erschienen ihm wie eine Ewigkeit.

49

Goa, Oktober 1628

In den Dörfern, die Bhavani und Nayana passierten, gab es unter den Frauen nur ein Gesprächsthema. Alle redeten über die Witwe, die ihre Selbstverbrennung angekündigt hatte, nur um sich dem ehrenvollen Freitod im letzten Augenblick zu entziehen und die Familie darüber hinaus noch dadurch zu beschämen, dass sie sie bestahl. Es war beeindruckend, wie schnell die Nachricht sich verbreitete, doch noch faszinierender war es, wie sie sich veränderte. Bereits fünf Tage nach ihrer Flucht hörten Bhavani und Nayana, dass die sati mit einem bösen Fluch behaftet gewesen sei und man sie sofort daran erkennen könne, dass einem in ihrer Gegenwart die Glieder schwer würden und einen bleierne Müdigkeit lähme. Sie erfuhren ebenfalls, dass der gestohlene Schatz sehr groß und schwer sei und daher vermutlich irgendwo vergraben liege. Zahlreiche Jünglinge machten sich tatsächlich auf die Suche, doch keiner von ihnen fand mehr als eine rostige Paisa oder eine abgebrochene Speerspitze. Es hieß weiterhin, dass die vermeintliche sati in Begleitung einer anderen Hexe sei, die, wenn sie auch nur den Schatten einer schwangeren Frau berühre, bei dieser eine sofortige Fehlgeburt auslöse.

»Oh, Bhavani, was geschieht denn nun mit der freundlichen Kleinen, die uns gekochte Linsen gegeben hat? Sie war bestimmt schon im siebten Monat, und ich habe ihre Füße berührt.«

»Sie wird eine Fehlgeburt erleiden, was denn sonst?«, herrschte Bhavani ihre ayah an. Der Geisteszustand der Alten machte ihr wirklich Sorgen. Dass ausgerechnet Nayana sich von der allgemeinen Hysterie anstecken ließ, war unentschuldbar. Aber warum sollte sich gerade ihr Verstand gegen die bösen Verleumdungen auflehnen, wenn es schon jüngeren und klügeren Frauen nicht gelang?

Die Stimmen derer, die vielleicht Verständnis für eine junge Witwe aufbrachten, die sich nicht verbrennen lassen wollte, waren verstummt. Niemand wagte es, sich der Gefahr gesellschaftlicher Ächtung auszusetzen, indem er Partei für diese Inkarnation des Bösen ergriff. Aber Bhavani erkannte in den Augen mancher Frauen, dass sie das Gerede für Unsinn hielten.

Denn wahr an alldem war einzig, dass Bhavani einiges, was sie für die Flucht brauchten, mitgenommen hatte – und zwar nur Dinge, die im Grunde ihr gehörten. War es etwa Diebstahl, wenn sie den Diamanten ihrer Mutter mitnahm oder den Brautschmuck, den die Maharani ihr damals geschenkt hatte? Was war unrecht daran, das Hochzeitsgeschenk von Vijay, einen wunderschönen, juwelenbesetzten Säbel, mitzunehmen? Vijay hatte ihn für Arun und sie ausgesucht, für sonst niemanden. Am allerwenigsten für ihre Schwäger und Schwägerinnen, die ja ohnehin die meisten von Bhavanis Sachen behielten: die Seidenteppiche und Jacarandamöbel, die Silberkannen und Goldkästchen, die Elfenbeintafeln und die perlengesäumten Gewänder.

Ach, ihr Bruder! Wie würde er die Neuigkeit aufnehmen? Sie war ihm zuletzt vor drei Jahren begegnet, als er, gerade 18-jährig, geheiratet hatte. Er hatte sehr gut ausgesehen, noch immer kräftig, aber nicht mehr so krankhaft fettleibig. Seine Augen hatten vor Freude gefunkelt, und bei seinem Lächeln war Bhavani dahingeschmolzen. Dieses würde ihm nun sicher vergehen. Seine Schwester hatte Schande über die Familie gebracht. Obwohl Vijay sich wahrscheinlich darüber freuen würde, dass sie noch lebte, würde er doch auch gleichzeitig auf seine tiefverwurzelten traditionellen Überzeugungen hören und sich von ihr lossagen.

Zu ihm konnten sie und Nayana sich also keinesfalls retten. Bestimmt würden ihre Schwäger dort zuerst nach ihnen Ausschau halten. Denn dass Aruns Brüder sie verfolgten, daran bestand nicht der geringste Zweifel. Sie hatten eine hohe Belohnung auf Bhavanis Ergreifung ausgesetzt. In allen Dörfern und Städten, durch die die beiden Flüchtigen kamen, wurde vom Nachrichtenausrufer eine Beschreibung der diebischen Witwe bekanntgegeben, und besonders betont wurde dabei Bhavanis außergewöhnliche Augenfarbe. Es wurde gefährlich für sie, sich weiter unter Menschen zu zeigen.

Bhavani änderte erneut ihren Namen. Amba nannte sie sich nun, genau wie auch Uma und Bhavani ein weiterer Name für die Göttin Parvati. Ausgerechnet!, dachte Amba. Parvati war die Reinkarnation von Sati, jener aufopferungsvollen Witwe Shivas, die auch im Tod mit ihrem Gemahl vereint sein wollte und die sowohl dem Ritual als auch den Witwen als Namenspatin gedient hatte. Amba also. Nayana dagegen behielt ihren Namen, da dieser in den Suchmeldungen niemals genannt wurde. Es hieß dort immer nur, die flüchtige junge Witwe sei in Begleitung einer alten Frau.

Sie hatten lange hin und her überlegt, wohin sie flüchten sollten. Weiter in den Süden, wo andere hinduistische Fürsten regierten? Zurück in den Norden, in dem die moslemischen Moguln herrschten, in dem sich aber beide nach wie vor heimischer fühlten? Richtung Osten, wo sie sehr lange unterwegs sein würden, bevor sie dem Einflussbereich von Aruns Brüdern entkamen? Oder über die westlichen Ghats nach Goa, wo die europäischen Eroberer sich eines kleinen Stückes Indiens bemächtigt hatten?

Nayana wollte »heim«, also nach Norden, doch Amba setzte sich durch: In Goa, so argumentierte sie, sei die Witwenverbrennung verboten, und darum würde man ihnen sicher Asyl gewähren. Außerdem habe sie gehört, dass portugiesische Frauen und sogar Witwen ein Recht auf eigene Besitztümer hätten. »Stell dir nur vor, Nayana«, rief sie, »wir könnten von dem leben, was uns der Diamant einbringt, und müssten nicht einmal verheimlichen, wer wir sind! Und ich bin überzeugt, dass uns Aruns Brüder dort am wenigsten vermuten. Selbst wenn: Man würde sie bestimmt nicht ungehindert ihrer schändlichen Suche nachgehen lassen.«

Ihre Wanderschaft war von ähnlichen Missgeschicken überschattet wie diejenige, die sie Jahre zuvor gemacht hatten. Nayana war nicht mehr so gut zu Fuß, so dass sie gezwungen waren, öfter bei Bauern darum zu bitten, auf Ochsenkarren mitfahren zu dürfen. Nicht selten verlangten die Männer mit einem lüsternen Blick auf Amba eine unzumutbare »Bezahlung«. Da liefen sie dann doch lieber zu Fuß durch die unbekannten Wälder, in denen der Säbel ihnen wertvolle Dienste leistete, und das nicht nur, um ihre Bäuche mit Fleisch zu füllen. Einmal gelang es Amba sogar, einen jungen Tiger damit abzuwehren. An längere Aufenthalte, bei denen sie eine Arbeit hätten annehmen können, war diesmal nicht zu denken: Sie mussten ihren Häschern so schnell wie möglich entkommen.

Als sie es nach monatelangen Märschen endlich an die Westküste Indiens geschafft hatten, hätte ihre Enttäuschung kaum größer sein können. Schnell stellten sie fest, dass die Portugiesen auch nicht anders waren als Inder, nur ungepflegter. Die Männer hielten das Zepter fest in der Hand, Frauen hatten sich zu fügen. Ihre sonderbare Religion duldete, ähnlich

561

wie der Islam, keine Vielgötterei, war aber deutlich intoleranter anderen Glaubensrichtungen gegenüber. Die Moguln hatten wenigstens die hinduistischen Tempel nicht zerstört, was die Portugiesen mit großem Eifer taten. Der einzige Vorteil an Goa war, dass die Hauptstadt so groß und ihre Bevölkerung so bunt gemischt war, dass zwei Frauen in fadenscheinigen Baumwollsaris und mit schwieligen Füßen überhaupt nicht auffielen.

Diesmal waren die beiden Gefährtinnen klüger als bei ihrer ersten Flucht – und reicher. Natürlich wollten sie auch jetzt nicht Ambas mütterliches Erbe, erneut in einem Knäuel Garn versteckt, verkaufen. Aber sie hatten ja noch den Säbel. Aus diesem lösten sie die Edelsteine, bevor sie die aus Gold und Silber geschmiedeten Teile verkauften. Hierbei machten sie die Bekanntschaft zahlreicher Juweliere und Hehler, so dass sie bald genau wussten, wer gut zahlte und wer vertrauenswürdig war. Erst dann begannen sie damit, und auch nur vereinzelt, die Steine anzubieten.

»Wenn wir uns hier sesshaft machen wollen«, grübelte Amba eines Tages laut vor sich hin, »müssen wir uns eine Geschichte ausdenken, die keiner je als unwahr entlarven kann. Und wir brauchen eine Geldquelle, die regelmäßig sprudelt.«

Nayana wackelte mit dem Kopf. Sie hatte sich damit abgefunden, dass ihr kleiner Liebling nicht mehr gar so klein und schutzbedürftig war – und hatte nun sich selber die Rolle der Hilflosen zugedacht. Sie flüchtete sich in Aberglauben und Selbstkasteiung. Sie hatte ihr Haar geopfert, hatte sich halb totgefastet und suchte dann, nachdem Amba ihr die Askese verboten hatte, ihr Heil in übertrieben vielen pujas, Andachten. In den Tempeln, die der Zerstörungswut der Portugiesen entgangen waren, war sie sehr freigiebig mit prasad, den Opferspeisen, bis erneut Amba eingegriffen hatte.

562

»Wir kämpfen um unser Überleben. Du kannst nicht so viel panchamrita *zum Tempel bringen. Uns nützt es mehr, wenn es unsere Bäuche füllt, als der Göttin, wenn du sie damit begießt.«*

Nayana sah das ganz anders. Wozu brauchten sie beide, gewöhnliche Sterbliche, den Nektar aus Milch, Joghurt, Butter, Honig und Zucker? Die Götter dagegen machte man sich nur gewogen, wenn man sie mit derart himmlischen Gaben beschenkte, nicht jedoch dadurch, dass man ihnen Kichererbsenmehl darbot. Doch Nayana hatte sich eine Erwiderung verkniffen und, genau wie jetzt auch wieder, ihre untertänigste Seite hervorgekehrt und ergeben mit dem Kopf gewackelt.

»Wir müssen«, fuhr Amba nun in ihren Überlegungen fort, »ein Geschäft gründen oder Land kaufen. Es geht nicht, dass wir nach und nach die Edelsteine zu einem viel zu niedrigen Preis losschlagen. Was sollen wir tun, wenn sie eines Tages alle verkauft sind? Nein, wir müssen uns etwas aufbauen, das uns längerfristig ernährt.«

»Du hast recht, Bhavani-Schatz.«

»Nenn mich bitte Amba.«

»Natürlich, Amba.« Nayana dachte darüber nach, was es zu bedeuten hatte, dass Bhavani – Uma – Amba jetzt schon ihr drittes Leben begann, und ob es klug war, erneut der Göttin Parvati zu huldigen. Viel Glück hatte sie ihnen ja bisher nicht gebracht.

»Außerdem habe ich beschlossen, dass wir uns nicht hinter diesen Bettelgewändern verstecken müssen. Je stolzer wir durchs Leben schreiten und je selbstverständlicher wir unseren Reichtum zur Schau stellen, desto weniger werden die Leute anzweifeln, dass es sich bei uns um Edeldamen handelt.«

»Bei dir, Bha… Amba, bei dir werden sie es sofort glauben, denn du bist ja auch von hoher Geburt. Ich aber will mich nicht

563

als etwas ausgeben, das ich nicht bin. Es war schon schwer genug, deine Schwiegermutter zu spielen. Lass mich jetzt wieder deine alte ayah sein, ja?«

Amba überlegte einen Augenblick, bevor sie sich einverstanden erklärte. »Warum nicht? Eine vornehme junge Frau braucht ja auch eine Begleitdame. Ja, das ist sogar sehr gut. Es verleiht meiner Rolle noch mehr Glaubwürdigkeit. Und dann, glaub mir, Nayana, wird es niemand mehr wagen, uns schief anzusehen, uns auszunutzen oder zu betrügen. Wir müssen nur sehr, sehr vorsichtig und schlau zu Werke gehen.«

»Ach, Amba-Schatz, was würde ich nur ohne dich tun?«, sagte Nayana leise und drückte Ambas Hand.

Amba erwiderte den Druck sachte. »Und ich ohne dich?«

Keine drei Wochen später reiste ein sehr fein gekleidetes Ehepaar in einer luxuriösen Kutsche, die von zwei edlen Pferden gezogen wurde, ins östliche Karnataka. Sie wurden begleitet von einer Dienerin sowie von einem Trupp Trägern und Gehilfen, die auf Ochsengespannen folgten. Die Dame in der Kutsche war vollständig verschleiert, denn sie stammte aus dem Norden und hatte sich, obwohl sie dem hinduistischen Glauben anhing, an die überaus angenehme Sitte gewöhnt, ihr Gesicht nie vor anderen Männern als dem eigenen Ehemann zu entblößen. Der Herr wurde Senhor Manohar gerufen, seine Frau hieß Dona Amba. Gemeinsam wollten sie sich eine Indigoplantage ansehen, die zum Verkauf stand.

Es hatte Amba ein Vermögen gekostet, diese fremden Männer anzuheuern sowie die Kutsche und die Pferde zu kaufen. Aber die Investition, da war sie sicher, würde sich eines Tages auszahlen. Mit Indigo kannte sie sich besser aus als mit anderen Pflanzen, so dass der Verkäufer sie nicht so schnell übers Ohr hauen konnte. Und wenn die Plantage gut lief, würde sie genügend

abwerfen, um ihr und Nayana ein komfortables Leben zu ermöglichen.

Der Kutscher sowie die Träger und Diener stellten keine Gefahr dar, denn sie glaubten die Geschichte von dem wohlhabenden Ehepaar, das sich in Goa angesiedelt hatte und nun ge-
schäftlich ins Nachbarland reiste. Aber wie sollte Amba mit
Manohar verfahren, dem Mann, der ihren Gemahl spielte?
Vieles sprach dafür, ihn mit einer großen Summe Geldes und
einer glaubhaften Mission nach Europa zu schicken. Gierig,
wie er war, würde er eine solche Reise bestimmt sofort antreten,
um nie wieder zurückzukehren. Das wäre ganz in Ambas Sinne gewesen. Außerdem würde so auch die Legende von dem
Kaufmann, den Geschäftsreisen manchmal jahrelang von zu
Hause forttrieben, gestützt werden. Aber konnte sie sich das
finanziell überhaupt leisten?

Sie hatte den Diamanten ihrer Mutter schließlich doch versetzt. Sie hatte keine andere Möglichkeit gesehen, wenn sie sich
eine überzeugende neue Identität zulegen wollte, die auch der
schärfsten Überprüfung standhielt. Sie hatte den Juwelier jedoch darum gebeten, den Stein nicht sofort zum Verkauf anzubieten, sondern ihr die Chance zu geben, ihn innerhalb von
fünf Jahren zurückzuerwerben. Der Juwelier hatte für seine
Zustimmung sehr vorteilhafte Bedingungen ausgehandelt: Er
zahlte ihr sofort ein Fünftel des Preises aus, den der Diamant
bei einem offiziellen Verkauf erzielen würde – und würde ihn
ihr in fünf Jahren mit einem Aufschlag von der Hälfte dieses
Preises zurückverkaufen. Amba überschlug die Zahlen schnell
im Kopf. Das entsprach einem jährlichen Zinssatz von rund 50
Prozent, was weniger war, als die meisten Geldverleiher nahmen. Sie und Rujul waren schnell handelseinig geworden.

»Wie konntest du nur?«, hatte Nayana gezetert. »Er war das
einzige Andenken an deine liebe Mutter!«

»Wir holen uns den Stein ja zurück.«

»Ach, und wer sagt dir, dass dieser diebische Juwelier ihn nicht schon heute an den Höchstbietenden verkauft?«

Amba wunderte sich über dieses kurze Aufflackern von gesundem Menschenverstand. In jüngerer Zeit hatte Nayana nicht gerade mit intelligenten Einwänden brilliert.

»Das«, und hier senkte sie ihre Stimme und fuhr in verschwörerischem Ton fort, »weiß ich deshalb so genau, weil ich über geheime Zauberkräfte verfüge. Ich habe ihm schlimme Plagen geweissagt, die über ihn kommen werden, wenn er sein Versprechen bricht.«

»Oh, Amba! Damit treibt man keine Scherze! Was, wenn nun eine dieser Plagen ihn wirklich heimsucht?«

Amba verdrehte die Augen. »Für diesen Fall habe ich ein von ihm unterschriebenes Dokument. Außerdem wird er niemanden finden, der ihm für den Diamanten 15 lakh zahlt. Er ist zehn lakh wert, zwei lakh habe ich bekommen.«

Nayana verstand nichts von Zahlen. Aber dass zwei lakh eine immense Summe waren, das wusste sogar sie. Ein breites Grinsen überzog ihr faltiges Gesicht. »Sind wir nun reich?«, fragte sie.

»Ja, Nayana, wir sind reich.«

Aber Amba fragte sich, wie lange noch. Nach dem Kauf der Plantage in Karnataka und eines Wohnhauses in Goa sowie nach der Entsendung Manohars nach Europa wäre von dem Geld nicht mehr viel übrig. Und wer wusste schon, wie schnell die Plantage etwas abwerfen würde?

Als die Kutsche mit dem vornehmen Ehepaar das Dorf erreichte, das bei der Plantage lag, war es helllichter Nachmittag. Nur ein paar Alte und Kinder waren zu sehen, alle anderen Leute waren wahrscheinlich bei der Arbeit. Die Erinnerung an die Zeit, in der sie selber auf die Lauge eingedroschen hatte, um ihr

Sauerstoff unterzumischen, überfiel Amba genauso plötzlich, wie die Kutsche zum Halten kam. Es war eine hässliche und schwere Arbeit gewesen. Wer ihr tagaus, tagein nachgehen musste, wurde nicht alt. Wenn Amba nun am Ende des Tages tatsächlich Besitzerin einer eigenen Plantage sein sollte, dann würde sie, das schwor sie sich im Stillen, für bessere Arbeitsbedingungen sorgen.

Ein hustender Alter kam auf sie zugehumpelt. Er wies ihnen den Weg zum Aufseher der Plantage, der ausnahmsweise zu Hause weilte. Ausnahmsweise?, dachte Amba. Bestimmt hält der Mann jeden Tag in den heißen Nachmittagsstunden ein Schläfchen. Der Aufseher kam tatsächlich kurz darauf mit Quetschfalten in der Wange und verklebten Wimpern zu ihnen. Er scheuchte seine Diener barsch herum, um von seiner eigenen Faulheit abzulenken, und widmete sich seinen so frühzeitig erschienenen Gästen mit geheuchelter Unterwürfigkeit. Ob sie ein Zitronenwasser wünschten oder ein salziges *lassi*? Ob er mit einem Imbiss dienen dürfe oder ob die Herrschaften sich erst erfrischen wollten? Nein, beschieden sie ihm, sie wollten das Tageslicht noch ausnutzen, um sich einen ersten Eindruck von der Plantage zu machen.

Es ging dort noch menschenunwürdiger zu als auf der Plantage, die Amba einst kennengelernt hatte. Die Arbeiter waren ausgemergelt und dem Verdursten nah, was den Vorarbeiter erst recht dazu animierte, sie mit einer Peitsche anzutreiben. Hochschwangere Frauen mit Gesichtern wie Greisinnen schlugen die Lauge in der Küpe, die einen beißend giftigen Geruch verströmte. Kleine Jungen, keine acht Jahre alt, halfen den Männern beim Bündeln der Indigozweige, und kleine Mädchen schleppten die Säuglinge, die von ihren Müttern im Staub abgelegt worden waren, dem winzigen Schatten nach, den der einzige karge Baum weit und breit warf.

Zur Abenddämmerung sammelten die Leute sich, um gemeinsam zurück ins Dorf zu gehen. Amba, ihr »Gemahl« und der Verwalter fuhren mit der Kutsche und überholten die müde sich dahinschleppenden Arbeiter. Als sie im Ortskern angelangt waren, befanden sich dort zwei uniformierte Männer auf Pferden, die, wie es den Anschein hatte, auf die Rückkehr der Dorfbewohner warteten. Der Verwalter sprang behende aus dem Gefährt, um vor dem Paar, das demnächst vielleicht seine Herrschaft würde, seine Wichtigkeit zu demonstrieren.

»Was gibt es?«, sprach er die Uniformierten an.

»Wir suchen nach einer gefährlichen Verbrecherin. Wir wollen die Beschreibung der Frau vor der versammelten Dorfgemeinschaft durchgeben. Die Übeltäterin ist sehr findig, sie ist eine Meisterin in der Kunst des Verkleidens und Untertauchens.«

»Hier hält sich bestimmt niemand versteckt«, behauptete der Verwalter. »Ihr haltet die Leute nur auf. Sie sollen essen und ruhen, damit sie morgen wieder tüchtig anpacken können. Es ist Erntezeit, da können wir es uns nicht erlauben, auch nur eine einzige Minute zu verplempern.«

»Anordnung Seiner Hoheit des Maharadschas«, erwiderte einer der Männer kalt.

Amba und Manohar steckten die Köpfe aus der Kutsche, doch sie verstanden nur die Hälfte des Gesprächs. Als der Verwalter sich wieder zu ihnen gesellte, fragten sie ihn, was los sei.

»Ach, nichts. Diese Männer suchen nach einer gemeinen Verbrecherin. Aber hier hält sie sich gewiss nicht auf. Das Dorf ist klein, hier kennt jeder jeden, und es hätte sich längst herumgesprochen, wenn eine Fremde aufgetaucht wäre.«

Ambas Herzschlag beschleunigte sich. Suchte man noch immer nach ihr? Es lag Monate zurück, dass sie dem Scheiterhaufen entronnen war. Ihre Schwäger würden doch wohl nicht noch immer nach ihr fahnden? Sie beglückwünschte sich insgeheim für ihre Tarnung. Eine vornehme Dame, noch dazu die Gemahlin eines reichen Kaufmanns, würde niemals in den Verdacht geraten, eine flüchtige Diebin zu sein. Und einer verschleierten Frau würde kein noch so gründlicher Soldat jemals unter den Schleier schauen, schon gar nicht in Gegenwart ihres Ehegatten.

»Wie schrecklich«, hauchte sie, »ich hoffe, wir werden auf der Rückfahrt nicht von dieser Verbrecherin behelligt. Es treibt sich aber auch wirklich immer mehr Gesindel auf den Straßen herum.«

Der Verwalter pflichtete ihr bei. »Kommt. Diesem unwürdigen Spektakel müssen wir nicht beiwohnen. Lasst uns lieber hoffen, dass der zamindar nun bereit ist, Euch zu empfangen.«

Der Grundbesitzer war ein Greis, dessen ganze Familie von einem kurzen Ausbruch der Pest ausgelöscht worden war. Der einzige Verwandte, der ihn hätte beerben können, war ein entfernter Großneffe, der vor Jahren von der Familie verstoßen worden war. Und so suchte der Alte nun nach einem Käufer für sein Land, damit er mit dem Erlös zu den heiligen Stätten am Ganges reisen und den Priestern seine Barschaft vermachen konnte. Denn was sollten diese mit einer Indigoplantage in einem weit abgelegenen Dorf anfangen?

Zum Glück hielt Manohar sich an Ambas Anweisungen. Sie hatte ihn vorher genauestens instruiert, wie er mit dem zamindar reden und verhandeln müsse, und er machte seine Sache gut. Amba selber wurde in einen Nebenraum geschickt, der allerdings nur durch einen Vorhang von dem Empfangszimmer getrennt war, in dem die beiden Männer saßen. Sie hörte jedes Wort. Dann, die Verhandlungen waren schon fast abgeschlossen, begann Manohar zu feilschen. Amba hielt die Luft an. Was fiel diesem abscheulichen Schwindler ein? Das war so nicht abgesprochen gewesen, und es zeugte nur von der Kleingeistigkeit und von der Gier Manohars, dass er bei einem für beide Seiten vorteilhaften Geschäft nun noch ein paar Goldmünzen mehr herausschinden wollte. Amba schämte sich, konnte aber unmöglich eingreifen.

Der Alte gab schließlich klein bei. Er verkaufte ihnen Ländereien, Gebäude, Anpflanzungen und die Faktorei weit unter Wert. »Ich habe nicht mehr die Zeit, noch länger auf einen besseren Käufer zu warten«, gab er zu – und sagte ihnen beiden damit indirekt, dass er sie nicht für gute Käufer hielt. Amba pflichtete ihm bei. Es war schäbig, den Alten und damit die Tempelpriester um ihr Geld zu bringen. Später würde sie Manohar dafür zur Rede stellen. Im Augenblick konnte sie jedoch nichts anderes tun, als stillzusitzen und abzuwarten, dass das Geschäft endgültig besiegelt wurde.

Der neue zamindar und seine Gemahlin verließen das Dorf bereits am nächsten Tag.

»Nun, mein lieber Manohar«, sagte Amba mit giftigem Unterton, als sie in der Kutsche saßen, »du schuldest mir noch zehn Goldtaler. Wir werden sie in die Errichtung besserer Unterkünfte für die Dorfbewohner investieren.«

»Meine liebe Gemahlin«, sagte Manohar mit überheblicher Stimme, »du hattest mir die Summe ausgehändigt, die du zu zahlen bereit warst. Alles, was ich eingespart habe, gehört mir. Betrachte es als eine Art ... Provision.«

»Wenn du mich noch einmal duzt, du nichtswürdiger Lump, werde ich dich hier auf offener Strecke eigenhändig aus der Kutsche stoßen. Für dich bin ich noch immer ›Dona Amba‹.«

»Gewiss. Und wer sagt dir, liebe Gemahlin, dass nicht du es bist, die versehentlich aus dem Gefährt fällt?«

Amba war vor Zorn über die Frechheiten dieses Blutegels sprachlos. Wie hatte ihre Wahl jemals auf Manohar fallen können? Sicher, er sah in der entsprechenden Kleidung sehr distinguiert aus, und auch seine gehobene Sprechweise hatte ihn zum »Gemahl« qualifiziert. Aber sein Charakter war derart niedrig, seine Denkweise so verdorben, dass sie ernsthaft darüber nachgrübelte, den Mann zu töten. Er würde sie nie wieder in Frieden lassen, seine Erpressungen würden kein Ende nehmen. Sie musste sich etwas einfallen lassen. Immerhin hatte er nie ihr Gesicht gesehen. Manohar war imstande, sie für das Kopfgeld, das auf sie ausgesetzt war, zu verraten – aber er ahnte glücklicherweise nicht, dass es sich bei der Flüchtigen um Dona Amba handelte. Oder doch? Dumm war Manohar nicht. Seine Verschlagenheit war dergestalt, dass sie auf einen messerscharfen Verstand schließen ließ. Und abgrundtiefe Boshaftigkeit gepaart mit Intelligenz war eine hochgefährliche Mischung.

Zurück in Goa, zahlte Amba den Betrüger aus. Die Hälfte seines Lohns hatte er vorab erhalten, die andere Hälfte war jetzt, nach Vollendung des Auftrags, fällig. »Hier«, sagte sie und reichte Manohar einen Beutel mit Münzen. »Du brauchst nicht nachzuzählen. Ich habe fünf Goldtaler abgezogen – die Hälfte des von dir einbehaltenen Geldes. Ich denke, damit bist du mehr als angemessen für deine eigenmächtige und peinliche Schacherei entlohnt.«

Manohar bleckte seine gelben Zähne. »Natürlich, liebe Gemahlin, wird das ein Nachspiel haben.« Er ließ den Blick über ihre Gestalt und ihr verschleiertes Haupt wandern, bevor er fortfuhr: »Ich finde, es wäre jetzt an der Zeit, dass ich meiner Gemahlin direkt in die Augen schauen kann.« Er streckte seine Hände aus, um den Schleier zu lüften, doch Amba schlug sie fort. »Du Dreck unter den Krallen eines Straßenköters!«

In dem Augenblick kam Nayana hereingeplatzt. »Ihr habt nach mir gerufen, Herrin?« Die beiden hatten zuvor vereinbart, dass, sollte Manohar zudringlich werden, Nayana eingriff.

»Ja, begleite Senhor Manohar bitte hinaus.« Amba entließ den

*verdutzt dreinschauenden Mann mit einer hoheitsvollen Geste
und entschwand in ihre Privatgemächer.*

Es sollten Monate vergehen, bevor sie wieder von ihm hörte.

*Amba suchte ein abgeschiedenes Grundstück auf der ande-
ren Seite des Mandovi-Flusses, auf dem sie ihr Haus errichten
ließ. Für den Bau eines Fluchttunnels holte sie sich Arbeiter aus
dem Dorf bei ihrer Indigoplantage. Als Diener stellte sie ausschließlich Leute ein, die ihr ihr Leben verdankten und deren
ewiger Ergebenheit sie sich einigermaßen sicher war. Sie streu-
te das Gerücht von einem ständig abwesenden Ehemann, den
Geschäfte nach Europa führten. Bei einer Missionarin, die sich
in ihre Gegend verirrt hatte, einer katholischen Ordensschwes-
ter, nahm sie Unterricht in Portugiesisch und den Grundzügen
der katholischen Glaubenslehre, und von einer älteren Inderin,
die im nächstgelegenen Dorf als weise Frau galt, erhielt sie
Lektionen in Konkani sowie den lokalen Götterlegenden.*

*Jede Gegend in Indien dichtete nämlich den gleichen Göttern
verschiedene Abenteuer an, die regional geprägt waren. So hieß
es in Goa, dass der unvergleichlich schöne Küstenstreifen vom
Gott Parasurama geschaffen worden sei, der sechsten Inkarnation von Vishnu. Der habe eines Tages aus der Höhe der Sa-
hyadri-Berge einen Pfeil ins Meer geschossen und den Wellen
befohlen, sich bis zu dem Punkt zurückzuziehen, an dem sein
Pfeil aufgetroffen war. Auf dem solchermaßen entstandenen,
vollkommen reinen Land habe er den Frieden für seine Opfer-
rituale gefunden. Der alte Name Govepuri wiederum, aus dem
bei den Portugiesen Goa wurde, leitete sich angeblich von Kühen her. Diese wurden von bezaubernden Hirtinnen gehütet,
bei denen Krishna seinen vielgerühmten Charme spielen ließ.*

*Es gefiel Amba in Goa. Das Klima behagte ihr, denn es war
nicht von solchen Extremen geprägt wie das im Binnenland.*

Auch die Wesensart der einheimischen Bevölkerung empfand sie als angenehm. Vielleicht war deren ausgeglichenes Temperament eine direkte Folge des Wetters und der geographisch privilegierten Lage. Es gab hier keine Hungersnöte, denn Meer und Flüsse, Wälder und Wiesen waren großzügig mit ihren Gaben. Es hätte ein paradiesisches Fleckchen Erde sein können, in dem Amba, gleich Parasurama, ihren Frieden gefunden hätte – wären da nicht die zunehmend beunruhigenden Meldungen von den Umtrieben der Kirche sowie Ambas tiefsitzende Angst vor Entlarvung gewesen. Je mehr Zeit verstrich, desto unwahrscheinlicher wurde es zwar, dass man ihr noch immer nachsetzte, doch solange sie darüber keine absolute Gewissheit hatte, würde sie mit dem Schlimmsten rechnen müssen. Und dann war da ja auch noch Manohar.

Sie hatte von ihm weder etwas gehört noch gesehen. Aber es erschien Amba sehr fraglich, ob der Gierschlund tatsächlich Ruhe geben würde. Der Mann war ein gemeiner Erpresser, und sie hatte keinerlei Zweifel daran, dass er, wenn sein Geld aufgebraucht war, wieder zu ihr kommen würde.

Die Monsune kamen und gingen. Manchmal wunderte Amba sich darüber, dass schon wieder Teile des Dachs neu gedeckt werden mussten oder andere Reparaturen anstanden. Sie war doch gerade erst eingezogen! Dann rechnete sie nach und stellte fest, dass sie bereits seit vier Jahren in ihrem selbstgewählten Exil lebte. Sie war 27 Jahre alt, bald schon eine alte Frau. Aber sie war es zufrieden. Man ließ sie in Ruhe, der schreckliche Manohar war in der Versenkung verschwunden, ihr Wohlstand nahm zu. Auch ihr Haushalt wuchs stetig, denn bei jeder von Ambas Reisen zu ihrer Plantage las sie einen neuen Pechvogel auf, dem sie Unterschlupf gewährte. Mittlerweile hatte sie ihre Kenntnisse des Konkani sowie des Portugiesischen so weit per-

fektioniert, dass man nur noch bei genauem Hinhören einen leichten Akzent ausmachen konnte, und ihren Katechismus kannte sie ebenfalls.

Auf der Indigoplantage schien man sich damit abgefunden zu haben, es nur noch mit der Gemahlin des zamindars zu tun zu haben und nicht mit dem Grundbesitzer selbst. Den Ertrag, den die Plantage abwarf, hatte Amba zunächst in bessere Bedingungen für die Arbeiter gesteckt, von dem letztlich, davon war sie überzeugt, auch die Produktion profitieren würde. Und so war es auch gekommen: Schon nach drei Jahren war der Erlös dank einer besonders reichen Ernte und steigender Nachfrage in Übersee enorm gestiegen.

Amba wollte nicht, dass sie, über die in der Gesellschaft von Goa so wenig bekannt war, mit der einträglichen Indigoplantage in Karnataka in Verbindung gebracht wurde. Je offensichtlicher ihr Reichtum wäre, desto schärfer hätte die Inquisition sie beobachtet – es war allgemein bekannt, dass wohlhabende Hindus mit mehr Inbrunst verfolgt wurden als arme. Aus diesem Grund suchte sie weiterhin in regelmäßigen Abständen den Juwelier Rujul auf und bot ihm Edelsteine zum Kauf an. Schon lange waren es nicht mehr die Steine, die sie einst aus dem Säbel herausgelöst hatte. Jetzt ließ sie sich den Gewinn ihrer Plantage in Juwelen ausbezahlen, da diese, so hatte sie dem Verwalter erklärt, einfacher zu verstecken seien, ein großer Vorteil auf Reisen. Dass sie in Goa nicht mit Goldmünzen auftauchen wollte, die mit hinduistischen Glückssymbolen und den Insignien eines fernen Maharadschas geprägt waren, verriet sie dem Verwalter indes nicht.

Rujul stellte nie auch nur eine Frage zu der Herkunft der Edelsteine, von denen sie einen schier unerschöpflichen Vorrat zu besitzen schien. Für ihn war Dona Amba eine sehr gute Kundin, die er nicht zu verlieren beabsichtigte. Gelegentlich

574

fragte sie ihn nach dem Diamanten, und auf Wunsch zeigte er ihn ihr. Er veranstaltete dann jedes Mal ein großes Theater, verriegelte die Ladentür, zog die Vorhänge zu, öffnete ein schweres, altmodisches Schloss an einer eisenbeschlagenen Truhe, zog aus deren im Boden eingelassenen Geheimfach ein ebenfalls abschließbares Kästchen hervor und öffnete dieses dann mit der Miene eines Magiers, der ein besonders schwieriges Zauberkunststück vorführt. »Hier ist er, Dona Amba, überzeugt Euch selbst. Ich hüte ihn wie meinen Augapfel.«

Amba hatte noch nicht ganz die nötigen 15 lakh zusammen, die sie zum Rückkauf brauchte. Aber in dem verbleibenden Jahr bis zur Ablösung würde sie die Summe aufbringen, und wenn sie dafür hungern musste. Auf keinen Fall würde sie zulassen, dass das einzige Erbstück, das sie von ihrer Mutter besaß, in den Besitz fremder Menschen überging.

Nur ganz selten überfielen sie Zweifel an ihrem Vorhaben. Warum war sie so versessen darauf, den Stein zurückzuerwerben, wo er ihr doch nichts als Unglück gebracht hatte? Er war einer der Gründe gewesen, warum Onkel Manesh ihren Vater getötet hatte, und er war dafür verantwortlich, dass ihre Schwäger sie suchen ließen, anstatt sie einfach ihres Wegs ziehen zu lassen. War sie selber am Ende gar nicht besser als all diese habgierigen Männer? Was war es, was dieses Juwel so begehrenswert machte? Als Rücklage für eine eventuelle Flucht taugte der Diamant schließlich nicht viel, wie sie aus eigener leidvoller Erfahrung nur zu gut wusste. Er war viel zu groß, als dass man ihn schnell hätte losschlagen können. Und als Andenken an ihre Mutter? Ach, sie wusste doch nicht einmal mehr, wie ihre Mutter ausgesehen hatte! Und ganz sicher würde so ein kalter, harter und absolut geruchloser Stein ihr nicht die Erinnerung an eine warme, weiche, nach Rosenwasser duftende Dame zurückgeben.

575

Es ging doch auch ohne den vermaledeiten Stein. Ihr Bruder Vijay wusste nichts von der Existenz des Diamanten und war auch ohne ihn zu Wohlstand und Ansehen gelangt. Sie selber hatte ein Vermögen verdient, und es war Irrsinn, dieses für ein Juwel zu opfern, das nur Leid über seinen Besitzer brachte und mit dem man sich nicht einmal schmücken konnte. Ihn in der Öffentlichkeit zu tragen war ausgeschlossen, denn das hätte nur wieder die unersättliche Kirche samt ihrer Häscher auf den Plan gerufen. Einzig wenn sie Kinder gehabt hätte, wäre die Bewahrung des Familienerbes sinnvoll gewesen. Aber das würde wohl kaum noch geschehen – Amba hatte sich mit ihrem Los als alleinstehende, kinderlose Frau abgefunden, ja sogar zahlreiche Vorzüge daran zu schätzen gelernt. Für wen oder für was also brauchte sie den Diamanten? In was hatte sie sich da verrannt?

Je näher der vereinbarte Zeitpunkt für den Rückkauf heranrückte, desto mehr schob Amba ihre Zweifel jedoch beiseite. Auch wenn alle logischen Argumente dagegen sprachen – ihr Gefühl sagte ihr, dass sie den Diamanten einfach haben musste.

Ein weiterer Monsun kam und ging. Er hinterließ grüne Felder, blühende Wiesen, duftende Wälder – und brachte Bewegung in das ruhige Dasein von Amba und ihrer Ersatzfamilie. Denn im Oktober 1633 geschahen plötzlich mehrere Dinge auf einmal, die Ambas ganze geordnete Welt auf den Kopf stellten und ihren mühsam erworbenen Seelenfrieden erschütterten. Zunächst war, Jahre später als erwartet, Manohar aufgekreuzt, um sich sein Schweigen bezahlen zu lassen. Ambas Nachforschungen hatten ergeben, dass der Mann zwischenzeitlich sein Glück als Kaufmann versucht hatte, es jedoch nicht mit den Niederländern und Engländern hatte aufnehmen

576

können, die mittlerweile die Seewege nach Europa beherrschten und von anderen als den eigenen Leuten astronomische Zölle verlangten. Dann war ein junger Portugiese aufgetaucht, der eine Saite in ihr zum Klingen brachte, wie es kein Mann zuvor vermocht hatte. Doch bevor sie sich ihrer widersprüchlichen Gefühle für Miguel Ribeiro Cruz hätte klar werden können, hatten furchtbare Beklemmungen von ihr Besitz ergriffen, die alle anderen Empfindungen verdrängten. Man verfolgte sie, so viel stand fest. Aber war es die Inquisition, die nach Beweisen für ihr vermeintliches Ketzertum suchte? Oder waren es ihre Schwäger, die noch immer die Hoffnung auf den Diamanten nicht aufgegeben hatten? Oder waren womöglich beide, ehemalige Familie und Kirche, hinter ihr her? In diesem Fall, dachte Amba, würde sie ihre Tarnung nur unter größten Anstrengungen sowie mit dem Einsatz erheblicher finanzieller Mittel aufrechterhalten können. Wenn überhaupt. Vielleicht war es an der Zeit, über eine weitere Flucht nachzudenken.

Es waren beunruhigende Monate gewesen, voller übler Vorahnungen und Ängste. Und jetzt, im Februar 1635, schienen sich Ambas Befürchtungen allesamt zu bewahrheiten.
Der Juwelier Rujul, Senhor Rui, war von der Inquisition verhaftet worden. Wenn er redete, und das taten unter der »peinlichen Befragung« früher oder später alle, dann würden die Schwarzkutten demnächst auch hier bei ihr auftauchen und sie zum Verhör abführen. Sie wusste nicht, ob sie die Kraft hatte, der Folter standzuhalten. Nach allem, was sie im Laufe der Jahre über sich selbst gelernt hatte, wusste sie, dass letztlich immer ihr Überlebensinstinkt siegte. Würde sie ihre Beziehung zu Miguel geheim halten können? Oder würde sie, was wahrscheinlicher war, alles sagen, was die Inquisitoren von ihr zu hören wünschten? Ambas Knie wurden weich vor Angst.

Ungefähr zur gleichen Zeit waren ihre Häscher aus Maharashtra aufgetaucht. Wie hatte sie nur vergessen können, wie stolz und wie nachtragend Aruns Brüder waren? Die beiden ältesten waren sogar selber mit auf die Jagd gegangen, was sie nicht weiter wundern sollte. Amba erlaubte sich ein ganz kurzes Schmunzeln bei der Vorstellung, wie viele arme Frauen, die sich auf unterschiedlichste Art und Weise verdächtig gemacht hatten, den Schwägern vorgeführt worden waren – und wie die erwartungsvollen Gesichter der Brüder von Mal zu Mal länger geworden waren. Sicher hatte eines Tages einer von ihnen erklärt, nun reiche es aber, man müsse eben einen oder zwei der Ihren mit auf die Suche schicken, da sie als Einzige die flüchtige sati *identifizieren konnten.*

Und schließlich: Isabel. Würde Miguel sich dem Wunsch seiner Familie fügen und die junge Portugiesin ehelichen? Amba hielt es für äußerst wahrscheinlich. Isabel hatte alles, was einer Verbindung Stabilität verleihen würde: die richtige Kastenzugehörigkeit, die richtige Hautfarbe, den richtigen Glauben. Miguel würde irgendwann zu dem Schluss kommen, dass eine Leidenschaft wie die ihre ebenso schnell erlosch, wie sie aufloderte. Was bliebe, wären nur Schwierigkeiten: Amba gehörte einer anderen Kultur an, und weder Rasse noch Religion ließen sich einfach abstreifen wie die Haut einer Schlange. Noch dazu war Amba älter als Miguel, und sie war verwitwet. Nie im Leben würde sie, wenn Miguel sich von sorgfältigen Überlegungen und nicht nur von seiner flüchtigen Verliebtheit leiten ließ, neben Isabel bestehen können. Es gab nur eine Lösung: Wenn sie ihr Gesicht wahren und sich nicht zur aussichtslosen Rivalin degradieren lassen wollte, musste sie selber Miguel den Laufpass geben – bevor er sie verließ.
Amba starrte in den Silberbecher, in dem der Rest des Masala-

Chais erkaltet war. Sie würde bald ihren dreißigsten Geburtstag feiern. Andere Frauen konnten sich in diesem Alter beruhigt zurücklehnen, Stolz auf ihre schon fast erwachsenen Kinder empfinden und in Würde ergrauen. Sie wurden mit großem Respekt für ihre mit jedem Lebensjahr zunehmende Weisheit behandelt und voller Ehrfurcht von den Jüngeren um Rat gefragt. Und was hatte das Leben ihr gebracht? Nichts als den vorübergehenden Anschein von Frieden, eine kurze Ahnung vom Glück. Amba lachte stumm auf. Von Bestand war in ihrem Leben nur die Unbeständigkeit. Immerzu war sie auf der Flucht gewesen. Sie hatte sich selber zweimal neu erfunden, erst als Uma, dann als Amba. War dabei ihr innerstes Ich auf der Strecke geblieben? War die ursprüngliche Bhavani noch irgendwo unter den dicken Schichten von bitteren Erfahrungen, Wut und Angst vergraben? Und würde es ihr gelingen, sie hervorzuholen?

Ja, beschloss Amba. Sie musste es wenigstens versuchen. Die vielen Lügen und das ewige Versteckspiel mussten ein Ende nehmen. Und der erste Schritt dahin wäre, dass sie die Wahrheit sagte.

Sie stellte ihren Teebecher so abrupt auf dem Messingtischchen ab, dass der Chai herausschwappte. Sie wusste plötzlich, wem sie sich anvertrauen konnte.

50

Isabel de Matos war erst seit einem halben Jahr in der Kolonie, doch sie langweilte sich bereits. Im Oktober hatte, ungefähr zum Zeitpunkt des *Diwali*-Festes, die Ballsaison begonnen, doch Bälle entsprachen nicht der Art von Erlebnissen, die Isabel sich ausgemalt hatte. Wie naiv und unwissend sie gewesen war! Sie hatte sich, als sie nach Portugiesisch-Indien aufgebrochen war, vorgestellt, in ein exotisches Land zu kommen. Sie hatte vor ihrem geistigen Auge prächtig geschmückte Elefanten gesehen und nicht minder extravagant herausgeputzte Inder. Sie hatte von Tigerjagden geträumt und von Begegnungen mit verrückten Maharadschas, die weltweit für ihre Verschwendungssucht berühmt waren. Sie hatte sich schon als Gast auf einer opulenten indischen Hochzeit gesehen, als Besucherin von Hindu-Tempeln und als interessierte Beobachterin der Bräuche dieses Landes mit seiner jahrtausendealten Kultur.

Stattdessen war sie in einer Kopie einer europäischen Stadt gelandet, die sich von Rom, Paris oder Lissabon nur durch ihr tropisches Klima sowie dadurch unterschied, dass man ein paar mehr dunkelhäutige Menschen sah. Die meisten Inder oder Halbinder waren sogar gekleidet wie Europäer, was Isabel sehr befremdlich fand. Die Frauen der vornehmen Kasten trugen eng geschnürte Mieder und Reifröcke, sie puderten ihre schöne braune Haut hell ab und trugen Schönheitspflaster auf dem Dekolleté. Sie steckten sich ihr unglaublich dickes, schwarzes Haar zu Frisuren auf, die bei Europäerinnen nur deshalb so beliebt waren, weil sie dünnem Haar mehr Volumen verliehen. Wenn sie selber, Isabel de Matos, dieses schwere indische Haar gehabt hätte, würde sie es nie anders tragen als zu einem dicken Zopf geflochten. Ihre feinen Flusen erlaubten ihr jedoch kaum eine andere Frisur als einen künstlich aufgepolsterten Knoten im Nacken und mit einem heißen Eisen geformte Kringellöckchen, die ihr Gesicht umrahmten.

Die Gesellschaftsformen und Gepflogenheiten entsprachen ebenfalls denen ihrer Heimat, und nicht einmal beim Essen war man bereit, sich dem Gastland, als das Isabel Indien begriff, zu öffnen. Natürlich wurden die hier angepflanzten Gewürze und Fruchtsorten genossen, aber doch nur in Maßen. Kein gebürtiger Portugiese war bereit, sich ganz auf die Geschmacksabenteuer einzulassen, die die indische Küche zu bieten hatte.

Bei der Architektur war es dasselbe. Die Bauweise entsprach ganz der portugiesischen, und nur aufgrund anderer klimatischer Bedingungen und anderer Materialien erkannte man geringfügige Unterschiede zu den Bauten in Portugal. So waren die Häuser in Goa oft am Giebel mit einer Öffnung versehen, die eine bessere Ventilation erlaubte, und die Hölzer entstammten hiesigen Wäldern. Es hatte sich herausgestellt, so erfuhr Isabel nach beharrlicher Nachfrage, dass die europäischen Hölzer, die man anfangs eingeführt hatte, den Witterungsverhältnissen und den Termiten nicht gewachsen waren. Also Teak statt Kastanie, Jacaranda statt Eiche.

Dasselbe traf auf die Möbel zu. Da man auf örtliche Tischler angewiesen war, zeigten einige der hier gefertigten Stühle und Bänke, Tische und Schränke deutlich die Vorliebe der Inder für üppige Ornamente, und manchmal brachten sie in all den Schnörkeln klammheimlich alte hinduistische Symbole unter – ihre kleine Art der Rebellion gegen die Eroberer. Da Polster in der feuchten Hitze nicht lange überlebten, verzichtete man hier meist auf sie. Korb- und Strohgeflecht war im Alltag praktischer und hatte zudem den Vorteil, dass man darauf nicht so schwitzte.

Aber als die herbste Enttäuschung von allen – und die größte Schmach – empfand Isabel die Tatsache, dass alle Hindutempel zerstört worden waren. Wenn die katholische Kirche schon so vehement gegen andere Glaubensrichtungen vorging und mit so unglaublichem Eifer viel mehr Gotteshäuser errichtete, als nötig waren, so hätte sie doch wenigstens die Tempel als Baudenkmäler erhalten können. Jahrhundertealte Bauten von großer architektonischer Eleganz, von denen europäische Baumeister sicher noch das eine oder andere hätten lernen können, waren dem Erdboden gleichgemacht worden. Eines Tages, das nahm sie sich fest vor, würde sie den von Hindu-Fürsten beherrschten Süden und auch das Mogulreich im Norden bereisen und dort die Bauten wie auch die Menschen und ihre Sitten studieren.

Eines fernen Tages. Denn als alleinstehende Frau konnte und durfte sie nicht reisen. Sie bekam nicht einmal die nötigen Dokumente und Passierscheine, die sie dafür gebraucht hätte. Sie würde ihre Lernwilligkeit erst als Ehefrau von Miguel ausleben können – und weder sie noch er hatten es mit einer Vermählung besonders eilig. Wenn sie denn überhaupt je stattfinden sollte.

Isabel war gekränkt und erleichtert zugleich über die Behandlung, die Miguel ihr angedeihen ließ, nämlich dieselbe, die er auch einer jüngeren Schwester hätte zuteilwerden lassen. Sie hatten spontan Freundschaft füreinander empfunden, hatten viele Gemeinsamkeiten entdeckt, wie etwa einen großen Freiheitsdrang, und sie hatten viel miteinander gelacht. Isabel ertappte sich jedoch zunehmend dabei, dass sie Miguels Körper verstohlen musterte oder dass sie von einem Kuss träumte. Verliebte sie sich etwa? Das entsprach absolut nicht ihrem Plan. Doch je mehr sie ihre aufkeimenden leidenschaftlichen Gefühle unterdrückte, desto öfter sehnte sie sich nach einer Begegnung mit ihm.

Sie ging zu jedem einzelnen Ball, zu dem sie eingeladen wurde, einzig in der Hoffnung, es würde sich eine Gelegenheit ergeben, mit Miguel einen Spaziergang unter dem Sternenhimmel zu unternehmen. Sie machte sich für jeden Stadtbummel zurecht wie für einen großen Empfang, weil sie die irrwitzige Hoffnung hegte, dass Miguel ihr zufällig über den Weg lief. Sie wusste nur so ungefähr, wann er sich in der Stadt aufhielt und wann nicht; es kam nicht allzu häufig vor. In ihrem Tagebuch schließlich erging sie sich in seitenlangen Schwärmereien über Miguel, über seinen feinen Humor ebenso wie über seine Klugheit, die er unsinnigerweise zu verstecken suchte.

Vor allem aber ließ sie sich über sein Äußeres aus. Sie bekam gar nicht genug davon, seine kräftigen Hände, die behaarten Unterarme, die maskuline Gestalt, das glänzende Haar und sein kantiges Gesicht zu beschreiben. Sie wusste, wie albern dies war, und manchmal überlegte sie ernsthaft, ob sie diese Seiten nicht aus ihrem Tagebuch herausreißen sollte. Eines Tages wäre sie vielleicht eine berühmte Reiseschriftstellerin, und nach ihrem Tod würde man sämtliche Aufzeichnungen von ihr lesen – und mädchenhafte Ergüsse über einen schönen Mann gehörten nicht zu den Dingen, die Isabel mit der Nachwelt zu teilen gedachte.

Ihre Tagebücher waren ohnehin nicht für die Öffentlichkeit geschrieben. Isabel notierte zwar gewissenhaft alle Beobachtungen, die sie in Goa machte, doch in erster Linie diente ihr das Tagebuch zum Sortieren ihrer eigenen Gefühle. Seitenlang schilderte sie etwa ihr Heimweh, mit dem sie nie gerechnet hätte. Wie froh war sie gewesen, als sie das Schiff gen Indien bestiegen hatte! Wie erleichtert, der Enge der elterlichen Fürsorge zu entkommen, den Sticheleien ihrer Schwestern, dem Mitleid der Verwandten. Als »spätes Mädchen« hatte sie gegolten, ha! Und dann? Es war schwerer, in der Ferne Fuß zu fassen, als Isabel geglaubt hatte. Inzwischen fehlten ihr sogar die wohlwollenden Ratschläge ihrer Mutter, etwa zu ihrer Garderobe oder ihrer Frisur, die sie als beleidigend empfunden hatte. Es war ja nicht so, dass sie noch ledig war, weil sie schlecht gekleidet oder hässlich gewesen wäre. Sie vermisste manchmal die weinerliche Art ihrer Schwester Maria Imaculada, die unverschämt herablassenden Bemerkungen ihrer nächstälteren Schwester Florinda und sogar die heiligmäßigen sanften Ermahnungen ihrer ältesten Schwester Ernestina. All das hatte sie damals wahnsinnig gemacht. Nun jedoch wollte es Isabel erscheinen, als habe sie einfach nicht zu schätzen gewusst, dass ihre Familie nur ihr Bestes im Sinn gehabt hatte. Wie hatte sie nur freiwillig die Umsorgtheit in einer Familie dieser Reise ins Ungewisse opfern können? Wie hatte sie Verwandte und Freunde so leichtfertig zurücklassen können, immer in dem festen Glauben daran, dass das, was kommen würde, auf jeden Fall besser war?

Die wenigen Menschen, die sie in Goa als Freunde bezeichnen konnte, waren jedenfalls nicht besser als ihre Freunde daheim. Da waren die Eheleute Queiroz, die sehr rührend um sie besorgt waren und die sie, während der Reise und danach, als liebenswerte Leute kennengelernt hatte – aber das ältliche Ehepaar war ganz gewiss nicht dazu geeignet, dass sie sich ihnen in Gefühlsdingen anvertraute. Da war Miguel, der mit den Gedanken immer woanders schien und dem als Mann sie ohnehin nie mit derselben Vertrautheit begegnen würde wie einer Freundin. Da waren ein paar törichte junge Frauen, die sie als

Konkurrentin betrachteten und sie auch so behandelten – als ob sie je die Absicht gehabt hätte, ihnen die faden Burschen auszuspannen, um die sie sich kichernd scharten!

Und schließlich war da noch Maria Nunes Pacheco, jene Frau, die sie am Tag ihrer Ankunft in Goa um eine Auskunft gebeten hatte. Maria war vielleicht das, was einer Freundin am nächsten kam. Zumindest bestand die berechtigte Hoffnung, dass sie sich eines Tages zu einer solchen entwickeln würde. Isabel und Maria hatten, als sie einander auf einem Empfang vorgestellt wurden, spontan Sympathien für die andere entwickelt. Sie hatten viele Gemeinsamkeiten entdeckt, doch eine echte Nähe hatte sich bisher nicht eingestellt.

Isabel bewunderte die selbstlose Art Marias, sich noch in hochschwangerem Zustand um die eltern- und obdachlosen Kinder zu kümmern, die die Cholera in der Hauptstadt zurückgelassen hatte. Sie hatte sich von ihr gar dazu überreden lassen, selber karitativ tätig zu werden, wobei Isabel ganz andere Beweggründe hatte als Maria. Die Mildtätigkeit war eine der wenigen Möglichkeiten, mit der einheimischen Bevölkerung in Kontakt zu treten, ohne sich dem Vorwurf des Ketzertums aussetzen zu müssen. Hatte Isabel sich daheim in Portugal immer allen Versuchen der Mutter widersetzt, sie zu Handlungen christlicher Nächstenliebe zu verpflichten, weil Aufopferungsbereitschaft einer jungen Dame so gut zu Gesicht stand, so tat sie dies hier in Indien gern und freiwillig. Dabei hatte sie weder den Ehrgeiz, den Ruf einer Heiligen zu erringen, noch ging es ihr um die Bedürftigen selber, was sie mit einiger Scham erfüllte. In Wahrheit diente es der Befriedigung ihrer Neugier.

Sie betrat armselige Hütten, in deren Nähe sie unter anderen Umständen sonst nie gekommen wäre. Sie unterhielt sich mit 14-jährigen Müttern, die sich für Reinkarnationen von Lakshmi hielten, und mit alten Dockarbeitern, denen zwar alle Zähne fehlten, nicht aber der Sinn fürs Schäkern mit einer jungen hellhäutigen Schönheit. Sie traf auf alte und junge, männliche und weibliche, kluge und dumme, böse und gute Menschen, und immer wieder erstaunte es Isabel, dass die Inder sich gar nicht von den Europäern unterschieden. Außer natürlich in ihrem Aussehen, wobei sie selbst dies schon nach kurzer Zeit nicht mehr als exotisch wahrnahm. Vielmehr empfand sie ihre eigene blasse Haut, die wie verwaschen wirkenden Farben ihres Haars und ihrer Augen nicht mehr als das Maß aller Dinge, wie man es sie gelehrt hatte, sondern als unnatürlich, farb- und kraftlos und irgendwie fehl am Platz. Die Inder mit ihrem dicken schwarzen Haar, ihrer braunen Haut, den dicht bewimperten dunklen Augen und ihren auffallend weißen Zähnen fand Isabel inzwischen viel schöner als das blasse Ideal ihrer Zeit.

Genau das schoss ihr nun durch den Kopf. Sie stand vor dem Spiegel und machte sich für einen Ball zurecht, der bei Leuten stattfand, die sie kaum kannte. Welcher Mann, der für einige Zeit in Indien gelebt hatte, konnte einer Frau wie ihr noch etwas abgewinnen, wenn es überall glutäugige Schönheiten gab, die so viel verlockender aussahen? Sie fand sich hässlich, was ihr bisher noch nicht oft passiert war. Eigentlich hatte sie ihrem Aussehen nie besonders viel Bedeutung beigemessen, sie fand, dass körperliche Attraktivität eindeutig zu hoch bewertet wurde. Dass sie sich mit dieser Haltung in die Reihe derer einordnete, deren nonchalantes Selbstverständnis als schöne Menschen sie eben genau dazu machten, ahnte sie nicht.

Sie ließ ihre indische Zofe die Frisur aufstecken, während sie selber Puder auf Dekolleté und Gesicht stäubte. Mit großer Sorgfalt verteilte sie Pomade auf ihren Lippen, denn sie wusste, dass Miguel ebenfalls zu dem Ball geladen war. Dabei hätte sie am liebsten geweint. Was nützte ein bisschen Glanz auf den

Lippen? Damit eroberte sie sicher nicht das Herz eines Mannes, der vor den Augen der Welt schon ihr Gemahl war. Was für eine vertrackte Situation! Sie selber war es ja gewesen, die von Anfang an klargemacht hatte, dass sie an einer Ehe mit ihm nicht interessiert sei. Und nun, da ihr eine Hochzeit mit Miguel als die Erfüllung all ihrer Träume erschien, war es zu spät. Sie konnte tun, was sie wollte, konnte sich herausputzen und später lächelnd Frivolitäten mit ihm austauschen, es würde doch nichts ändern: In seinen Augen würde sich niemals jenes verräterische Funkeln einstellen, wie sie es zum Beispiel bei Germano, ihrem hartnäckigsten Verehrer in Lissabon, gesehen hatte.

Und wie sollte Miguel auch ahnen, was in ihr vorging, wenn sie sich zwar hübsch für ihn machte, ihn dann aber jedes Mal mit Äußerungen brüskierte, wie sie einer jungen Dame einfach nicht anstanden? Sie hatte kein Talent zum leichten Plaudern, zum hingebungsvollen Lauschen, wenn die Männer ihre Heldentaten zum Besten gaben, oder zum getuschelten Preisgeben pikanter Gerüchte. Sie benahm sich wie eine alte Matrone, wenn sie, kam das Gespräch auf Geschäftliches, sich nicht mit den anderen Damen entfernte, sondern bei den Männern stehen blieb und direkte Fragen stellte. »Wie viele Sack Pfeffer, sagtet Ihr, fasst das Zwischendeck einer modernen Galeone?« Hinterher verfluchte sie sich immer für ihre unweiblichen Einmischungen und nahm sich vor, beim nächsten Mal zu erröten und etwas über ihre nicht existente Stickarbeit zu hauchen, wie es die anderen jungen Frauen auch taten.

Als ihre Toilette beendet war, drehte Isabel sich im Kreis und bewunderte das ausgefallene Kleid, das sie sich hatte anfertigen lassen. Sie wusste, dass man sie als wunderschön wahrnehmen würde, aber sie fühlte sich trotzdem wie ein hässliches Entlein und nicht wie der Schwan, den sie nach außen trug. Dann war es so weit. Senhor Afonso rief nach ihr, Dona Juliana klopfte an ihre Tür. »Kommt, meine Liebe, wir sind schon viel zu spät dran.« Die Kutsche stünde vor der Tür, sie wollten aufbrechen.

Manchmal bedauerte Isabel es, dass man sie nicht allein eine Wohnung beziehen ließ. Die Queiroz hatten sich mit Händen und Füßen gegen ein so unschickliches Unterfangen gesträubt und darauf beharrt, dass sie die Verantwortung für Isabel trügen, denn sie hätten es ihren lieben Eltern hoch und heilig versprochen. Manchmal jedoch, wie etwa jetzt, fand Isabel es schön, dass sie mit anderen Menschen zusammenlebte. In einer eigenen Wohnung hätte sie sich vielleicht gehen lassen, wäre sie womöglich in Selbstmitleid versunken und oft tagelang nicht vor die Tür gegangen. So aber sorgten die beiden älteren Leute dafür, dass Isabel einen geordneten Alltag hatte, mit geregelten Mahlzeiten und dem ganzen Pflichtprogramm, wie es sich für eine junge Frau wie sie ziemte.

Gemeinsam hatten sie den ersten Stock in einem großzügigen Haus in der Hauptstadt gemietet, in dem Isabel eine Flucht von drei Räumen und das Ehepaar Queiroz die anderen fünf Zimmer bewohnten. Es war geräumig genug, dass sie einander aus dem Weg gehen konnten, und es erlaubte ihnen Nähe, wenn sie diese wünschten. Demnächst würde Senhor Afonso ins Landesinnere aufbrechen, um dort seine geologischen Forschungen zu betreiben, und dann wären sowohl er als auch Dona Juliana froh, wenn Letztere während der langen Reisen ihres Mannes nicht allein leben musste. Dies war, so vermutete Isabel, wohl der Hauptgrund dafür, warum die Queiroz so insistiert hatten, Isabel müsse mit ihnen zusammenwohnen.

Isabel zupfte sich bei einem letzten Blick in den Spiegel die Löckchen in Form, rückte den riesigen Perlenanhänger ihrer Halskette zurecht, so dass er genau zwischen den Ansätzen ihrer Brüste hing, und legte sich ein Spitzentuch um. Dann verließ sie ihre Räume und stieß im Flur auf ihre ältliche Freundin, die ungeduldig wartete. Im Hinausgehen gab Dona Juliana dem Hausdiener alle möglichen Anweisungen, die völlig überflüssig waren, denn Dinge wie das Absperren der Tür oder das Nichteinlassen fremder Personen gehörten zu dessen Standardpflichten. Er verbeugte sich, als die Damen die Wohnung verließen, sperrte hinter ihnen ab und begab sich sofort zu Isabels Zofe, die in einem Nachthemd ihrer Herrin, das sie aus dem Wäschekorb gefischt hatte, auf ihn wartete. Für die Dienstboten würde dieser Abend bedeutend unterhaltsamer werden als für ihre Herrschaften.

51

Heute würde er in die Höhle des Löwen gehen. Miguel hatte gründlich darüber nachgedacht, war aber immer wieder zu demselben Schluss gelangt: Carlos Alberto war nur beizukommen, wenn man sich ihm nicht beugte und vor ihm kuschte, sondern wenn man sich ihm entgegenstellte, hoch erhobenen Hauptes. Also würde er, Miguel, heute den berüchtigten Frei Martinho aufsuchen, den ranghöchsten Inquisitor Goas.

Er würde dem Kirchenmann alles erzählen, was dessen gedungener Gehilfe im Namen Gottes so trieb. Er würde von der Vergewaltigung Anuprabhas berichten und von dem Handel mit gefälschten Reliquien. Er würde von der Willkür und der Brutalität erzählen, mit der Carlos Alberto gegen Leute vorging, gegen die er einen persönlichen Groll hegte, die sich aber niemals gegen Gott versündigt hatten. Er würde ihn anzeigen und dafür sorgen, dass Carlos Alberto dahin kam, wo er hingehörte: in den Kerker.

Doch obwohl Miguel sich im Recht fühlte und sich keinerlei Schuld bewusst war, überkam ihn ein klammes Gefühl, als er sich dem Gebäude näherte, in dem der Geistliche ihn erwartete. Es kursierten zahlreiche Gerüchte über Frei Martinho, die sich alle in einem Punkt ähnelten, nämlich dass es sich bei ihm um einen außergewöhnlich strengen Richter handelte. Wer wusste schon, was der Mann ihm vorwerfen würde? Es wurden ja schon so belanglose »Vergehen« wie das geahndet, dass einer am Sonntag eine Geschäftsakte durchsah. Sollte dem Geistlichen je zu Ohren gelangen, dass Miguel eine Liaison zu einer Inderin unterhielt, noch dazu einer so geheimnisumwobenen, dann würde er womöglich selbst im Kerker landen. Er musste überaus vorsichtig zu Werke gehen.

Er betrat den Anhörungsraum mit betont lässiger Haltung, straffte jedoch die Schultern, als er sich Frei Martinhos missbilligenden Blicken ausgesetzt sah. Miguel fühlte sich wie ein Schuljunge, der dem Rektor vorgeführt wird, nachdem er beim Schwänzen ertappt wurde. Der Padre war von zwei Mönchen flankiert und bat Miguel mit einer unwirschen Geste, Platz zu nehmen.

»Ihr wart sehr unklar in Euren Andeutungen. Ihr wollt also jemanden anzeigen?« Frei Martinho war nicht ganz so gelangweilt, wie er sich gab. Es überraschte ihn zwar nicht, dass Streitereien in der Familie oder unter Nachbarn sowie Rivalitäten unter Geschäftsleuten oder jungen Galanen hier vor ihm ausgetragen wurden, das geschah schließlich alle Tage. Aber wen dieser junge Mann, den er nur dem Namen nach kannte, anschwärzen wollte, interessierte ihn doch. Immerhin handelte es sich um den Spross einer sehr angesehenen und einflussreichen Familie, und aus diesen Kreisen verirrte sich nur selten jemand vor dieses Tribunal. Die Reichen trugen ihre Kämpfe mit Geld aus, sie griffen nicht gern auf die Hilfe der Inquisition zurück, wenn es sich irgendwie vermeiden ließ.

»So ist es, Padre. Ich musste im Vorfeld vorsichtig sein und konnte Euch den Namen des Verbrechers nicht nennen, da die Gefahr bestand, dass er mich sonst aus dem Weg geschafft hätte. Er verfügt über einigen Einfluss.«

»So sprecht endlich. Um wen handelt es sich, und was werft Ihr ihm vor?«

»Sein Name ist Carlos Alberto Sant'Ana, Padre.« Miguel entging nicht, dass Frei Martinho schluckte und die beiden Mönche zu seiner Seite die Luft anhielten. »Er hat sich abscheu-

591

licher Verbrechen schuldig gemacht und tut es noch. All das im Namen der Kirche, was ganz gewiss nicht in Eurem Sinn ist.«

»Was in meinem Sinn ist und was nicht, das steht Euch nicht an zu mutmaßen.«

»Sehr wohl, Padre.«

»Was genau werft Ihr ihm vor?«

Miguel war, obwohl er genau dies hatte vermeiden wollen, verunsichert. Der Inquisitor hatte einen stechenden Blick und legte ein so herrisches Gebaren an den Tag, dass es schwer war, sich nicht von ihm einschüchtern zu lassen. Die Art, wie er fragte, legte nahe, man selber sei der Verbrecher. Sollte er wirklich alle Missetaten Carlos Albertos aufs Tapet bringen, oder schnitt er sich damit ins eigene Fleisch? Ach was, einer musste ja einmal die Wahrheit aussprechen.

»Ich werde Euch die Untaten, von denen ich weiß, in chronologischer Reihenfolge aufzählen: Er hat Leichname geschändet, um ihnen Knochen zu entnehmen, aus denen er dann gefälschte Reliquien fertigen ließ. Er hat eine Dienstmagd ohne besonderen Grund verhaften lassen und ihr Gewalt angetan, bevor er sie seinen Schergen überließ. Er hat das Haus meiner Familie durchsucht und dabei kaum einen Stein auf dem anderen gelassen. Und er hat meinen Hund getötet. Ich bin mir sicher, dass diese Liste nur einen Bruchteil seiner Schandtaten aufführt.«

»Ihr kommt zu mir, weil der Mann Euren Hund getötet hat?«, fragte Frei Martinho in beißendem Ton. »Wisst Ihr eigentlich, wen Ihr vor Euch habt? Für Streitereien dieser Art bin ich nicht zuständig, genauso wenig wie für Hühnerdiebe oder Brunnenpisser.«

»Ihr seid aber zuständig für Carlos Alberto Sant'Ana, den Ihr für seine Dienste bezahlt. Er ist eine Schande für Euch, für die

Inquisition und für die heilige Mutter Kirche. Er gehörte als Erster auf den Scheiterhaufen.«

Frei Martinho war sprachlos. Es hatte noch nie jemand gewagt, ihm zu widersprechen, nie. Der junge Ribeiro Cruz hatte Schneid, das musste er ihm lassen. Und natürlich hatte er recht. Wer wüsste besser um die kriminellen Umtriebe Sant'Anas als er, Frei Martinho? Dennoch passte es ihm nicht, dass der Kaufmannssohn sich so wenig unterwürfig und eingeschüchtert zeigte.

»Habt Ihr Beweise für Eure Unterstellungen?«

»Ihr wollt den Kadaver meines Hundes sehen?«, antwortete Miguel spontan und bereute seine Frechheit sofort. Auf diese Weise würde er sein Ziel bestimmt nicht erreichen. »Verzeiht«, versuchte er den Fauxpas wieder auszubügeln, »der Tod des Tieres hat mir sehr zugesetzt, insbesondere nachdem ich anschließend kein einziges Möbelstück meines Hauses mehr benutzen, geschweige denn einen Portwein zur Beruhigung trinken konnte. Senhor Sant'Ana und seine Männer haben ganze Arbeit geleistet im Solar das Mangueiras.« Miguel sah, wie die Miene des Padre sich verdüsterte. Er sollte den Mund halten, sonst machte er alles nur noch schlimmer.

»Was ist nun? Habt Ihr Beweise?«

»Für den Handel mit gefälschten Reliquien gibt es Zeugen. Zunächst einmal mich selber, da Senhor Sant'Ana mich ursprünglich als Geldgeber für sein schmutziges Geschäft gewinnen wollte. Ich habe abgelehnt, was wahrscheinlich der Grund dafür ist, weshalb ich mich nun dem unstillbaren Rachedurst dieses Unmenschen ausgesetzt sehe. Es gab ein paar potenzielle Kunden, über die Euch Dona Assunção Mendonça Genaueres erzählen könnte. Allerdings weilt die Dame nun in Portugal.«

»Ah. Die einzige Zeugin ist weit weg, und Ihr erwartet, dass ich

Euren Worten mehr Glauben schenke als denen eines treuen Dieners unserer Sache?«

»Habt Ihr denn den ›treuen Diener‹ schon dazu vernommen? Oder wisst Ihr schon jetzt, dass er alles leugnen wird?«

»Eure fortgesetzten Frechheiten werde ich mir nicht gefallen lassen. Ihr antwortet nun auf meine Fragen und enthaltet Euch jedes weiteren Kommentars, sonst ist diese Anhörung beendet.«

»Jawohl, Padre.«

Der Geistliche räusperte sich und veränderte seine Sitzposition leicht, als ob es ihm widerstrebte, das nächste Thema anzuschneiden. »Der Vorwurf der Vergewaltigung ist ebenfalls schwerwiegend, aber er lässt sich wohl kaum beweisen.«

Miguel schwieg. Er war ja nicht direkt gefragt worden.

»Oder welche Art von Beweis gedenkt Ihr mir in dieser Sache zu bringen? Eine junge Frau, die behauptet, man habe sie geschändet, um damit zum Beispiel eine Schwangerschaft zu erklären, die sie ihrer eigenen Unkeuschheit zu verdanken hat?«

»Die junge Frau ist nicht in anderen Umständen. Sie ist von den Übergriffen körperlich wieder vollständig genesen, abgesehen von dem Verlust ihrer Jungfräulichkeit natürlich. Ihre seelischen Wunden werden länger benötigen, um zu heilen.«

Frei Martinho wurde rot vor Zorn. Die beiden Mönche, die rechts und links von ihm saßen und jede seiner Regungen kannten, bekamen es mit der Angst. Der Padre war der Inbegriff an Beherrschtheit und Gefühlskälte, und dass er nun offensichtlich so verärgert war, konnte nichts Gutes zu bedeuten haben.

»Die geschändete Frau behauptet also auch noch, vorher unberührt gewesen zu sein? Nun, das sind mir ja schöne Beweise, Senhor.«

»Sie ist sechzehn Jahre alt und ein braves Mädchen. Ich habe sie gesehen, Padre, nachdem Eure Männer sie in die Finger bekommen hatten. Sie war ein Wrack.«

»Wie ist sie denn aus dem Kerker freigekommen?«, fragte Frei Martinho. Mangelnden Scharfsinn konnte man ihm nicht unterstellen. Für gewöhnlich blieben solche Mädchen und Frauen im Gefängnis, der Willkür ihrer Wärter ausgeliefert, bis sie an mangelhafter Ernährung, vor Kummer oder durch Rattenbisse starben. Es geschah selten, dass jemand diesem Schicksal entkam, wenn er sich nicht freikaufen konnte.

»Ich habe der Kirche eine großzügige Spende gemacht und um Gnade gebeten. Daraufhin hat man sie entlassen. Ich wette, diese Spende ist bei Euch nie angekommen …«

»Erstens, junger Mann: Gewettet wird hier nicht. Zweitens: Über die Eingänge von Spenden ist Euch niemand Rechenschaft schuldig. Und drittens: Wie kam es, dass Ihr dieses Geld gegeben habt, wenn es sich nur um irgendeine Dienstmagd gehandelt hat? Ist sie Euch vielleicht doch näher gewesen, als Ihr behauptet?«

Miguel atmete tief durch. Es war schwer, nicht aus der Haut zu fahren und den Mann zu schütteln. Ganz gleich, was er sagte, immer wurde es ihm zu seinen Ungunsten ausgelegt. Er hatte den Verdacht, dass Frei Martinho ihn missverstehen *wollte*. Aber warum sollte er diesen Wunsch haben? Es konnte doch nicht in seinem Interesse sein, einen üblen Gesellen wie Carlos Alberto zu verteidigen und diesen weiterhin gewähren zu lassen und stattdessen die unbescholtenen Bürger zu schikanieren und damit sogar die gottesfürchtigsten Leute gegen sich aufzubringen.

»Nicht jeder Mann«, antwortete Miguel in beherrschtem Ton, »ist ein Vergewaltiger. Es soll durchaus Männer geben, sogar in dieser ›sündigen‹ Kolonie, die die Lehren der Kirche beherzigen und nicht über unschuldige, wehrlose Mädchen herfallen –

allerdings frage ich mich, wie lange noch. Denn die Kirchenmänner selbst sind ja in diesen Zeiten nicht immer ein leuchtendes Vorbild …«

»Wenn es stimmt, was man über Euch hört, seid Ihr aber keiner von diesen braven Bürgern. Ihr habt es nicht gerade eilig,
in den Stand der Ehe zu treten, und mir scheint, dass Ihr Euch
gewisse Rechte, die dieser Stand mit sich brächte, schon vorher
herausnehmt.« Frei Martinhos Blick war lauernd.

Miguel rutschte das Herz in die Hose. Wusste der Geistliche
etwas von Amba? Doch als der Mann fortfuhr, beruhigte Miguel sich etwas.

»Ihr habt eine Verlobte, die Ihr anscheinend nicht zu ehelichen
gedenkt. Das wirft ein schlechtes Licht auf Euch. Insbesondere
angesichts der undurchsichtigen Umstände Eurer Flucht aus
Lissabon …«

Aha, daher wehte also der Wind. Miguel hatte nicht vor, darauf
einzugehen. »Stehe ich vor Gericht? Mir war das nicht klar,
sonst hätte ich mir einen Verteidiger mitgebracht. Meiner Meinung nach sollte dies eine Anhörung über die unzumutbaren
Handlungen von Carlos Alberto Sant'Ana sein. Der übrigens«,
nun fiel Miguel doch noch eine Sünde des einstigen Reisegefährten ein, die unwiderlegbar war, »ein Kind mit einer Inderin
gezeugt hat, das nun, da seine Mutter gestorben ist, im Waisenhaus sein Dasein fristet.«

Frei Martinho musste sich sehr zusammennehmen, um sich
sein Erschrecken nicht anmerken zu lassen. Davon hatte er
nichts gewusst. Um all die anderen Verfehlungen seines Hand-
langers wusste er schon lange, denn Ribeiro Cruz war beileibe
nicht der Einzige, der Beschwerde einlegte. Er glaubte dem
jungen Mann, der vor ihm stand, jedes Wort, denn er selber
hatte die Schäbigkeit des Charakters von Sant'Ana nur allzu
gut kennengelernt. Dennoch war er nicht gewillt, ihn wohl-

wollend zu behandeln. Wenn man einen dicken Fisch an der Angel hatte, ließ man diesen nicht leichtfertig los. Und Miguel Ribeiro Cruz war einer der dicksten Fische, die er je fangen würde – allerdings auch einer der glitschigsten. Es war schwer, dem Kaufmannssohn mehr nachzuweisen als kleine Verfehlungen von der Art, wie sie eigentlich jedem jungen Mann unterliefen: unregelmäßige Besuche der Messe, gotteslästerliche Flüche oder das Spiel mit Karten. Er würde ihn fortan näher im Auge behalten.

»Und wie wollt Ihr beweisen, dass Senhor Sant'Ana der Vater dieses Balgs ist?«, fragte der Geistliche. »Da kämen doch sicher viele andere in Frage.«

»Ihr braucht Euch das Kind nur anzusehen, Padre. Es ist seinem Vater wie aus dem Gesicht geschnitten, allerdings verfügt es, nach allem, was ich gehört habe, über einen wesentlich besseren Charakter.« Miguel riskierte viel. Er selber hatte das Kind nie gesehen. Dona Assunção sowie Maria Nunes hatten ihm von dem Kleinen erzählt, und er verließ sich nun vollkommen darauf, dass ihre Schilderungen der Wahrheit entsprachen.

Frei Martinho starrte einen Augenblick auf die drei Bibeln, die vor ihm auf dem Tisch lagen: eine lateinische, eine portugiesische und eine, die in Konkani übersetzt war. Diese Übersetzung missbilligte er zutiefst, und er würde sich mit dem Fall beschäftigen, wenn er Ribeiro Cruz entlassen hatte. Er überlegte fieberhaft, wie er sich einerseits dessen weiterer Mithilfe versichern und ihm andererseits eine Lehre erteilen konnte. Denn wohlhabende Kaufleute waren in seinem Repertoire an Spitzeln Mangelware, und er wollte den Burschen nicht verprellen. Er könnte ihm noch nützlich sein. Zugleich wollte der Padre weder die Unverschämtheiten des jungen Mannes auf sich sitzen lassen, noch ihn weiterer sittlicher Verwahrlosung anheimgeben. Man mochte ihm, Frei Martinho, große Strenge und allzu harte Bestrafungen vorwerfen. Was man ihm jedoch nicht vorwerfen konnte, war, dass er sich nicht ernstlich um die Mitglieder der Gemeinde gesorgt hätte. Er musste nun einmal unnachgiebig durchgreifen, und wenn jemand nicht begreifen konnte, dass es zum Besten der Leute geschah, dann war dies doch wohl das deutlichste Anzeichen dafür, wie weit die Zügellosigkeit schon gediehen war. Und dann hatte er plötzlich eine Eingebung, die er für so genial hielt, dass er sich unbewusst bekreuzigte und seinem Schöpfer dafür dankte.

»Ihr wisst, dass ich Euch an Ort und Stelle verhaften lassen könnte«, sagte er mit grollender Stimme zu Miguel.

Dieser nickte ernst. Er setzte bereits zu einer Antwort an, doch der Padre hieß ihn schweigen.

»Ihr seid kein verdientes Mitglied der Gemeinde, Euer Ruf ist nicht der beste. All dies schlägt sich zuungunsten Eurer Glaubwürdigkeit nieder. Wisst Ihr, hier stehen oft Menschen, die einfach nur von Rachegefühlen geleitet werden, nicht jedoch von der Absicht, dem haltlosen Treiben in Goa Einhalt zu gebieten. Mir will scheinen, dass es bei Euch kaum anders ist.«

Abermals wollte Miguel etwas erwidern, doch eine Geste des Padre ließ ihn verstummen. Er hätte so vieles sagen mögen, etwa dass das »haltlose Treiben« vorwiegend bei Männern zu beobachten war, die, wie Carlos Alberto, mit zu vielen Machtbefugnissen ausgestattet waren und diese gnadenlos zu ihrem eigenen Vorteil einsetzten. Aber er behielt seine Meinung für sich. Es wäre wirklich unklug, den Inquisitor zu diesem Zeitpunkt zu unterbrechen, da dieser offenbar einen längeren Sermon plante.

»Wenn ich bei Euch Reue über Euer eigenes Fehlverhalten entdecken könnte oder den Willen, Euch zu bessern und ein Leben zu führen, das mit den Regeln der heiligen Mutter Kirche im Einklang steht, dann wäre es etwas anderes.«

Miguel fragte sich beunruhigt, worauf der Padre hinauswollte. Sollte er fortan regelmäßiger die Messe besuchen? Nun schön, das würde er gerne tun. Er war ja kein Ungläubiger, im Gegensatz zu dem, was Frei Martinho über ihn zu denken schien. Er glaubte an Gott und achtete die christlichen Gebote. Meistens jedenfalls. Nur die Vertreter der Kirche, die konnte er nicht immer ganz für voll nehmen.

»Ich habe das Vergnügen gehabt, Eure Verlobte kennenzulernen. Sie ist unerschöpflich in ihren Bemühungen, das Leid der Allerärmsten zu lindern. Doch auch ihr steht es nicht gut zu Gesicht, als unverheiratete Frau bestimmte Dinge zu sehen und zu tun. Wusstet Ihr, dass sie alten Männern die Bettpfanne unters Gesäß hält? Dass sie jungen Mädchen bei der Niederkunft als Hebamme zur Seite steht? Nun, mir wäre es lieber, derartige Tätigkeiten würden von einer Frau ausgeübt, die über mehr Lebenserfahrung verfügt.«

Miguel fragte sich, ob der Padre allen Ernstes glaubte, dass Isabel allein dadurch an Lebenserfahrung gewönne, dass sie heiratete. Sie würde dann in einer Sache besser Bescheid wissen als jetzt, das schon. Zu einer besseren Frau wurde sie dadurch bestimmt nicht. Die Ehe qualifizierte sie ja nicht automatisch zu einer Krankenpflegerin. Miguel hatte außerdem das Bedürfnis, sein Gegenüber darüber aufzuklären, dass er und Isabel gar nicht miteinander verlobt waren. Es war nichts weiter als ein Gerücht, dem sie durch ihr Schweigen Nahrung gegeben hatten.

»Es wäre, für Isabel de Matos wie für Euch selber, der einzig richtige Schritt, vor den Traualtar zu treten. Die junge Dame würde dadurch einer Beschädigung ihres Rufs vorbeugen, denn es ist nicht gut, sich als ledige Frau allzu häufig in Begleitung eines Mannes sehen zu lassen, der als Verführer bekannt ist. Für Euch wäre die Verbindung ebenfalls sinnvoll, denn Isabel de Matos scheint mir über einen einwandfreien Charakter zu verfügen, der Euch Halt geben könnte.«

Miguel nickte. Da wollte er nicht widersprechen. Isabels guter Ruf war ja der Grund dafür gewesen, dass er und Isabel das Gerücht von ihrer Verlobung nie unterbunden hatten. Dass er selber des Haltes benötigt hätte, sah er zwar nicht ein, aber in den Augen der Kirche mochte es so scheinen.

»Eine Vermählung mit der jungen Dame wäre außerdem ein sehr deutliches Zeichen Eures guten Willens, Euer Leben zu ändern. Ihr müsst mehr Pflichten übernehmen, ein gottgefälliges Leben führen und aufhören, Euch nur um Euer Vergnügen den Kopf zu zerbrechen. Wenn Ihr diesen Schritt tätet, und zwar möglichst bald, dann könnte ich mich eventuell dazu bereit erklären, Euren Schilderungen mehr Glauben zu schenken und den Anschuldigungen nachzugehen.«

»Ich soll heiraten, um Euch glaubwürdiger zu erscheinen und meiner eigenen Verhaftung, aus welch unsinnigen Gründen auch immer, vorzubeugen?«, fragte Miguel fassungslos. Was hatte der Padre davon? War es reine Schikane? War es allein das befremdliche Vergnügen daran, seine Macht auszuspielen?

»Ihr habt eine sehr merkwürdige Sichtweise. Ihr sollt in Eurem eigenen Interesse heiraten. Eine Ehe würde Euch gut bekommen.«

Kurz war Miguel versucht, dem Padre dasselbe zu sagen: dass eine Ehe, oder doch zumindest die gelegentliche Vereinigung mit einer Frau, ihm gut bekäme und ganz sicher ein paar von dessen verknoteten Gehirnwindungen wieder entwirren würde. Was verstand dieser Pfaffe denn schon davon? Aber er nahm sich zusammen und erwiderte: »Ihr habt recht. Eine Ehe würde mir gut bekommen. Allerdings würde ich mir doch gern vorbehalten, den Zeitpunkt selber zu bestimmen. Im Übrigen seid Ihr einem Gerücht aufgesessen. Isabel de Matos und ich sind keineswegs verlobt. Wir könnten natürlich, wenn Ihr uns so dringend darum bittet, unsere Verlobung bekanntgeben. Danach, das wisst Ihr so gut wie ich, müssten wir noch eine Weile mit der Vermählung warten. Sagen wir, ein halbes Jahr? Immer vorausgesetzt, die junge Dame erhört mich. Isabel de Matos hat nämlich durchaus einen eigenen Kopf.«

»Seht Ihr, das meine ich. Als Eure Ehefrau würde Isabel de Matos sich in die Rolle fügen, die Gott ihr zubestimmt hat. Sie bedarf der Bändigung.«

»Was geschähe, wenn wir Euren, ähm, Rat nicht befolgten?«

»Was glaubt Ihr denn, was dann geschähe?«

Miguel sah den Padre an, der ihn mit hinterlistigem Blick studierte. Die Frage war wirkungsvoller als alle Strafen, die er ihm hätte androhen, und als alle Plagen, die er hätte heraufbeschwören können. Der Mann war gefährlich. Frei Martinho war gerissen und verbohrt. Es war besser, so zu tun, als füge man sich.

»Nun schön, ich werde um Isabel de Matos' Hand anhalten. Aber ich flehe Euch an: Haltet Carlos Alberto Sant'Ana auf! Der Mann ist eine Gefahr für die Allgemeinheit, und er ist eine Schande für die Kirche.«

Frei Martino nickte und setzte einen, wie er glaubte, väterlich gütigen Blick auf.

Miguel hingegen sah in den Augen des Padre nur Hochmut und Fanatismus.

In einem jedoch ähnelten sich die Mienen der beiden: Sowohl Miguel als auch Frei Martinho zeigten eine gewisse Genugtuung. Beide glaubten, ihr Ziel erreicht und einen kleinen Sieg errungen zu haben.

52

Amba sah die Buchstaben nur verschwommen vor sich. Tränen waren ihr in die Augen getreten, und sie musste sich zusammenreißen, um nicht laut aufzuheulen. Wie konnte das sein? Wie hatte sie diesem Lügner jemals trauen können? Warum hatte sie es zugelassen, sich für ein paar Tage glücklich zu fühlen, jung und unbeschwert? Sie hätte es besser wissen müssen.

Sie war zu Maria Nunes gegangen, der sie gelegentlich Geldspenden für die Bedürftigen brachte und die eine von Herzen gute Person war, eine reine Seele, wie man sie nur selten traf. Ihr hatte sie ihre Nöte anvertrauen wollen, von ihr hatte sie sich Labsal erhofft. Maria Nunes, wie sie weiterhin, auch nach ihrer Hochzeit mit einem Mann, der wenige Tage nach der Trauung auf Reisen gegangen war, von allen genannt wurde, hatte ihr zuhören wollen. Sie war nur schnell in den Nebenraum verschwunden, um eigenhändig zwei Tassen Chai zuzubereiten – denn ihre Hausdiener hatte sie ebenfalls in den Dienst der Waisen und Kranken gestellt –, und hatte nicht darauf geachtet, ob in ihrem Salon etwas herumlag, das nicht für fremde Augen bestimmt war. Amba hatte auch nicht neugierig sein wollen. Niemals wäre sie auf die Idee gekommen, die Post anderer Leute durchzulesen oder irgendwelche Gegenstände zu berühren, die ihr Interesse erregten.

Doch auf dem Beistelltisch direkt neben ihrem Lehnstuhl hatte eine Karte gelegen. Der Name Miguel Ribeiro Cruz war darauf fett gedruckt gewesen, genau wie der von Isabel de Matos. Und da hatte Amba nicht länger widerstehen können und nach der Karte gegriffen. Es handelte sich um die Einladung zur offiziellen Verlobung. Heute in zwei Wochen sollte das Ereignis stattfinden. Zitternd legte Amba die Karte beiseite. Im selben Augenblick kam die hochschwangere Maria zurück, zwei dampfende Becher vor sich her balancierend.

»So, meine Liebe, nun trinkt erst einmal von diesem beruhigenden Gewürzaufguss. Ihr seid ja ganz verwirrt.«

»Danke, liebe Dona Maria. Und Ihr setzt Euch jetzt ebenfalls. Es ist nicht gut, in Eurem Zustand noch so viel herumzurennen und die Arbeit einer Dienstmagd zu verrichten.«

»Ach was, mir geht es blendend. Es gibt Menschen, bei denen meine Dienstmagd sich nützlicher machen kann als hier.«

»Eure Arbeit ist ein Segen für Goa. Ihr seid ein wahrer Engel. Aber weil Ihr ohne Hilfe natürlich auch keine Wunder vollbringen könnt, habe ich Euch dies hier mitgebracht.« Amba entnahm einem kleinen Beutel eine Handvoll Goldmünzen.

Maria machte große Augen. »Aber … das ist sehr viel Geld, das kann ich nicht …«

»Sicher könnt Ihr. Ihr müsst sogar. Ich schenke es ja nicht Euch, sondern den Bedürftigen. In ihrer Pflicht zur Nächstenliebe unterscheiden sich Christen und Hindus nämlich nicht allzu sehr voneinander.«

Maria nahm die Münzen, erhob sich und verschloss sie umständlich in einem Kästchen, das in ihrem Sekretär stand. Als sie zurückkam, hatten ihre roten Wangen wieder ihren normalen, blassen Ton angenommen.

»Aber das«, ermunterte sie ihre Besucherin zum Reden, »war nicht der ursprüngliche Anlass Eures Kommens, nicht wahr?« Amba wusste nicht, ob sie angesichts der veränderten Umstände noch das tun sollte, weshalb sie gekommen war. Sie hatte vorgehabt, bei Maria Nunes eine Art Beichte abzulegen. Sie wollte endlich einer vertrauenswürdigen Person – und kein männlicher katholischer Priester würde für sie je in diese Kategorie fallen – alles erzählen, was sie bedrückte, was ihr widerfahren war, was sie verbrochen hatte. Sie hatte sich von Maria, die ja eine Bekannte von Miguel war, einen guten und neutralen Rat erhofft, wie in ihrer vertrackten Situation vorzugehen sei. Aber die Einladungskarte hatte Ambas Pläne zunichtegemacht.

Vielleicht war es besser so. Maria hätte mit ihrem allzu gutherzigen Wesen gar nicht verstanden, was in Amba vorging. Und außerdem hatte Maria bestimmt genügend eigene Sorgen, als dass man sie noch mit denen fremder Leute behelligen musste. Eine junge Frau, hochschwanger, der Mann weit fort – und derart allein in der Kolonie nahm sie es mit Cholera und Armut, mit Elend und Trostlosigkeit auf wie keine andere. Amba überlegte kurz, welche inneren Dämonen Maria mit ihrer Selbstlosigkeit bekämpfte, doch sie stellte die Frage nicht. Es war zu indiskret, und es ging sie ja nichts an. Genauso wenig wie es irgendjemanden etwas anging, welche Qualen sie, Amba, seit dem Augenblick durchlitt, da sie es schwarz auf weiß gesehen hatte: Miguel verlobte sich.

Maria wiederholte ihre Frage nicht. Es war eindeutig, dass Dona Amba gekommen war, weil sie etwas auf dem Herzen hatte, das sie mit ihr besprechen wollte, und ebenso klar war, dass plötzlich irgendetwas geschehen war, das ihre Entscheidung hinfällig gemacht hatte. Es stand ihr nicht zu, darüber ein Urteil zu fällen. Sie konnte nur ihrem Angebot, jederzeit zuzuhören, Nachdruck verleihen.

»Was immer Euch auf der Seele liegt«, sagte Maria und merkte schon wieder die lästige Röte in ihre Wangen und Ohren aufsteigen, »Ihr solltet es jemandem anvertrauen. Wenn nicht mir, dann einem Geistlichen, bei der Beichte. Es nimmt einen

Großteil des Drucks von der Seele, wenn man sich nur einmal offen und ehrlich aussprechen kann.«

»Ich …«, setzte Amba an, hielt aber sofort inne. »Ach, es ist nichts. Ich danke Euch für den Masala-Chai und Euer großzügiges Angebot, mir Eure Zeit zu opfern. Ganz sicher gibt es Menschen, die Eurer Hilfe mehr bedürfen als ich.« Sie erhob sich und legte wieder den Schleier über ihr Gesicht. »Danke, für alles. Solltet Ihr jemals Unterstützung benötigen, welcher Art auch immer, dann zögert bitte nicht, Euch an mich zu wenden.« Den Einwand, der bereits auf Marias Lippen zu liegen schien, tat Amba mit einem Wink ab. »Wenn demnächst Euer Kind da ist, werdet Ihr jede Hilfe gern in Anspruch nehmen. Ich wünsche Euch Glück. Adeus, meine Liebe.«

Damit wandte sie sich um und flüchtete aus dem Raum, dem Haus, fort von der Fürsorglichkeit Marias und von der vermaledeiten Karte. In ihrer Kutsche würde sie ihren Tränen freien Lauf lassen können. Sie stieg in ihre Sänfte, die vor dem Haus für sie bereitstand, und wies die Träger an, sie zurück zur Kutsche zu bringen, die etwas außerhalb der Stadt wartete. In den engen Straßen des Ortskerns war ein Fortkommen auf diese Weise viel einfacher. Die beiden Männer hoben Ambas Sänfte leicht schaukelnd an, dann eilten sie im Laufschritt Richtung Kutsche.

Doch etwa auf halber Strecke änderte Amba ihre Meinung. Sie gab den Sänftenträgern Anweisung, wieder umzukehren und vor dem Haus des Juweliers Rujul haltzumachen. Er war bestimmt, wie die meisten Einwohner, nach der Eindämmung der Cholera und mit Beginn der Trockenzeit wieder hierher zurückgekehrt. Als die Sänfte vor dem Haus hielt, kam, noch bevor die Träger Amba herabgelassen hatten, ein völlig aufgelöster Diener aus dem Haus gestürmt. »Dona Amba! Mein Herr, er ist verhaftet worden! Oje, oje, was soll nur aus uns werden? Erst die Senhora, jetzt der Senhor, und wir allein gegen diese Diebe und …«

»Wohin hat man ihn gebracht?«, fragte Amba den Burschen, um kühle Sachlichkeit bemüht.

»In den Kerker am westlichen Stadttor. Ach, Dona Amba, wie soll es jetzt weitergehen? Diese Kerle wollen Senhor Rui das Haus und alles wegnehmen!«

»Beruhige dich. Pack deine Sachen so schnell wie möglich, und sag den anderen Dienstboten, sie mögen dasselbe tun. Dann verlasst schleunigst dieses Haus. Fragt bei den guten Kunden oder Freunden deiner Herrschaft, ob sie Verwendung für euch haben. Ich bin sicher, es ist so, denn viele Leute deiner Kaste sind bei der Seuche ums Leben gekommen, gute Diener werden händeringend gesucht. Und jetzt los, macht, dass ihr fortkommt!«

Der Bursche rollte mit dem Kopf und war sichtlich damit beschäftigt, eine weitere Frage zu formulieren, doch als er endlich so weit war, wurde Ambas Sänfte schon angehoben und der Vorhang heruntergelassen.

Amba war entsetzt. Ihr spontaner Plan war gewesen, sofort den Diamanten zu holen und zu fliehen. Was hielt sie noch länger hier? Der Mann, den sie liebte, würde eine andere heiraten. Ihr Leben war in Gefahr, denn die wohlhabenden Inder wurden immer grausamer verfolgt. Wenn schon ein Mann wie Rujul der Kirche nicht liebedienerisch genug war, was hatten dann erst die anderen zu erwarten? Ihre kleine Hausgemeinschaft würde sie irgendwie versorgen und unterbringen, und dann: fort, weit fort von diesen Portugiesen, diesen katholischen Heuchlern und verbrecherischen Priestern!

Doch ohne den Stein wollte sie nicht gehen. Vielleicht sollte sie einfach das Unerwartete tun und Rujul im Kerker besuchen? Soviel sie wusste, waren solche Besuche gang und gäbe. Wenn man die Wachen bestach, hatte man die Möglichkeit, die Inhaftierten zu sehen, zu sprechen und ihnen Lebensmittel zuzustecken – oder ein schnell wirksames Gift, das den Qualen des Scheiterhaufens vorzuziehen war. Da niemand erwartete, dass Dona Amba freiwillig einen Fuß in diese berüchtigten Verliese setzte, war die Gefahr wahrscheinlich gering, dass ihr dort jemand auflauerte. Ja, genau das würde sie tun. Zuvor würde sie allerdings noch einen kleinen Abstecher zum Basar machen.

Eine Frau in ordentlichem, aber eindeutig billigem Baumwollsari einfachster Machart verlangte etwa eine Stunde später, den Häftling Rujul zu sprechen. Sie hatte ein Tuch über ihren Kopf gelegt und so weit in die Stirn gezogen, dass es Schatten über ihr Gesicht warf. Dennoch erkannte der Wachposten, dass es sich um eine außergewöhnlich schöne Frau handelte. Da er aufgrund ihrer Kleidung nicht erwartete, ein anständiges Bestechungsgeld zu kassieren, machte er ihr einen anderen Vorschlag. Seine Hand klebte schon fast an ihrem Hinterteil, als die Frau ihn leise anzischte: »Eine falsche Bewegung, und du landest vor dem Inquisitor, der mein Dienstherr ist.« Der Wärter hatte nicht den Mumm, an dieser Warnung zu zweifeln. Er nahm eine spanische Münze entgegen, die den Worten der Frau recht zu geben schien, und führte sie unzählige Stufen hinab in den Raum, in dem Rujul eingesperrt war.

Es war zum Gotterbarmen. Es war kühl und feucht hier unten. Kein Tageslicht erreichte je diese Tiefen, einzig ein paar Funzeln erlaubten, dass man die Misere sah. Gerochen hätte man sie ohnehin. Der Gestank von Schimmel lag über allem, intensiv und stechend, darunter ein die Nase und den Magen reizender Geruch von menschlichen Exkrementen, ungewaschenen Leibern und unbehandelten eitrigen Wunden. Der Wärter führte Amba durch ein Labyrinth an Gängen, vorbei an unzähligen Zellen, in denen stöhnende oder randalierende, reglose oder tobende Männer einsaßen, in manchen Zellen zu mehreren, in einigen allein. Diejenigen, vermutete Amba, die erst kurze Zeit hier waren und noch Energie hatten, wehrten sich lautstark oder riefen sie um Hilfe an, während die länger Inhaftierten alle Kraft verloren und alle Hoffnung aufgegeben hatten und nun still vor sich hin vegetierten.

»Hier ist es. Wünscht Ihr, mit Eurem Cousin allein gelassen zu werden?«, fragte der Wärter mit einem anzüglichen Grinsen.

»Ja.«

Er hielt die Hand auf, und Amba legte eine weitere Münze hinein. Langsam schlurfte er davon.

Rujul hatte gedöst. Nun erhob er sich vom Boden und schleppte sich ächzend zu dem Gitter. Er betrachtete die unbekannte Frau, die, wie er im Halbschlaf mitbekommen hatte, sich als seine Cousine ausgegeben hatte.

»Wer seid Ihr?«, flüsterte er.

»Aber Rujul, deine Cousine Amba natürlich.«

Rujuls Augen weiteten sich. Er hatte Dona Amba nie ohne ihren Schleier gesehen und auch nicht in so schlichter Kleidung.

Amba starrte Rujul ebenfalls ziemlich unhöflich an. Er war viel dünner geworden und hatte einen Bart bekommen. Er schien auch verletzt zu sein, denn um seine Wade sah sie eine improvisierte Binde, die er aus dem Stoff eines *dhoti* gewonnen zu haben schien. Dass er übel aussah und roch, war nicht seine Schuld; dennoch ekelte Amba sich. Seine Geschäftstüchtigkeit und seine Schläue hatte Rujul aber noch nicht eingebüßt, wie Amba sofort merkte.

»Cousine Amba, was für ein Segen, dass du gekommen bist. Du wirst dich sicher für meine Befreiung einsetzen?«

»Selbstverständlich, lieber Cousin. Insbesondere, da ich um deine Erkrankung weiß. Du hast ja den Stein …«

»Ja, eine abscheuliche Sache, diese Nierensteine.«

»Ich kann dir helfen, sie loszuwerden. Ich habe da einen Heiler an der Hand, der Wunder vollbringt. Er benötigt für eine erste Analyse einen persönlichen Gegenstand von dir, etwas, an dem du sehr hängst. Wenn du mir sagst, wo ich einen solchen Gegenstand finden könnte, würde ich den Heiler aufsuchen, er könnte das Gutachten erstellen und dann, wenn du wieder hier herauskommst, die Behandlung beginnen.«

Rujul verstand sofort, worauf Amba hinauswollte. Aber konnte er ihr trauen? Was, wenn sie sich den Diamanten holte und ihn hier drin verrecken ließ? Andererseits war sie seine einzige Chance: Nur mithilfe eines enorm hohen Bestechungsgeldes würde er jemals diesen Kerker wieder verlassen können – und eine solche Summe würde sie aufbringen können. Wen hatte er schon sonst noch auf dieser Welt? Es scherte keine Menschenseele, ob er hier verschimmelte oder nicht. Er hatte vor ihr noch keinen einzigen Besucher gehabt, niemanden, der ihm die Haft erträglicher machte, und schon gar niemanden, den er um Hilfe hätte bitten können.

»Dieser Heiler kostet aber doch bestimmt sehr viel?«, fragte er.

»Mach dir darüber keine Gedanken. Ich werde für die Kosten aufkommen.«

»Nun ja, es will mir zwar ein wenig ungewöhnlich, um nicht zu sagen abenteuerlich erscheinen, doch einen Versuch ist es wert. Aber nicht, dass du mit diesem persönlichen Gegenstand Schindluder treibst.«

»Wo denkst du hin, Cousin?«

Rujul zögerte kurz, dann gab er das Geheimnis preis. »Es handelt sich nämlich um eine zwar wertlose, aber sehr hübsche Spieluhr. Ich habe sie einst von meiner Mutter geschenkt bekommen, es sind darauf fein geschnitzte hölzerne Figuren bei einem Tanz zu sehen. Diese Holzpuppen sind nicht mehr, was sie einmal waren, denn die Farbe blättert ab und die Tänzerin hat das abgewinkelte Bein verloren, aber ich liebe diese Figur nun einmal. Die kannst du zu dem Heiler mitnehmen. Ich bin sehr gespannt, ob er daraus irgendetwas lesen kann.«

»Ach, Rujul, ich bete, dass es so ist. Und ich hoffe, dass deine Unschuld möglichst rasch bewiesen wird, denn du siehst mir gar nicht gut aus.«

»Bring mir beim nächsten Mal ein paar Nüsse und getrocknete Mangos mit, ja? Das würde mir sehr helfen, die Schrecken hier unten zu überstehen.«

»So, genug geplaudert«, hörten sie auf einmal einen Wachposten sagen, der von beiden unbemerkt an Amba herangetreten war.

»Aber ja, mein Lieber, versprochen. Nun, du hörst es, ich muss gehen. Auf bald, Rujul, auf bald.«

»Sei vorsichtig, liebe Cousine.«

Amba folgte der Wache durch die finsteren Gänge. Ihr lief ein kalter Schauer über den Rücken, als sie einen Mann in Marathi, der Sprache Maharashtras, schimpfen hörte. Die Wache blieb kurz stehen, sagte etwas auf Portugiesisch zu dem Häftling, doch der konnte ihn nicht verstehen. Nun war Amba froh über das spärliche Licht, das von der Fackel des Wärters ausging. Sie zog sich ihr Tuch noch ein wenig tiefer in die Stirn und trat einen Schritt zurück, so dass der Häftling ihr Gesicht nicht sehen konnte.

Sie kannte ihn. Sie hätte ihn zwar nicht am Aussehen wiedererkannt, denn er war stark verwahrlost und ausgemergelt, aber die Stimme war ohne jeden Zweifel die ihres Schwagers Chandra. Sie versuchte einen Blick in das Innere der Zelle zu erhaschen, doch es war zu dunkel, und sie befand sich in keiner guten Position. Ihr war, als krümme sich auf dem Boden ein weiterer Mann, aber es hätte ebenso gut ein Bündel Stroh sein können. Chandra lamentierte über das große Unrecht, das ihm und seinem Bruder widerfahren sei, doch der Wärter verstand kein Wort davon. Es hätte ihn auch nicht interessiert, denn es waren dieselben Klagen und Flüche, die beinahe alle Inhaftierten ihm entgegenschrien.

Wider Willen empfand Amba Mitleid. Sosehr sie ihre Schwäger gefürchtet hatte, so entschlossen diese sie auch verfolgt hatten, dieses Los wünschte sie ihnen nicht. Sie fragte sich, was sie sich hatten zuschulden kommen lassen, doch dann beantwortete sie sich die Frage selber: wahrscheinlich gar nichts, außer fremd in der Stadt zu sein, andersartig, andersgläubig. Das reichte in diesen furchtbaren Zeiten ja schon. Als der Wärter weiterging, folgte sie ihm lautlos. Jetzt war nicht der richtige Zeitpunkt, über das Schicksal ihrer Schwäger nachzudenken – sie musste ihre eigene Haut retten.

Chandra brüllte dem Wärter in Marathi nach, sie seien nur auf der Durchreise, sie hätten Passierscheine und es handele sich um ein schreckliches Versehen. Doch der Wärter verschwand im Dunkel der Gänge, dicht gefolgt von einer Frau, die Chandra vage an jemanden erinnerte. Als die beiden verschwunden waren, ließ er sich ermattet neben Pradeep sinken.

»Die werden uns hier verrotten lassen, Bruder. Aus unserer Familie weiß niemand, wo wir stecken, so dass wir von dieser Seite keine Hilfe erwarten können. Und hier kennt uns keiner, ja, es versteht uns ja nicht einmal jemand.«

Pradeep rollte matt mit dem Kopf. Er hatte diese Worte schon zu oft gehört und sich mit ihrer Wahrheit längst abgefunden. Er war krank und schwach. Er wusste, dass das Ende nah war. Und er würde die letzten Tage in diesem Leben nicht mit Wutgeheul oder Schimpftiraden verbringen. Er würde seine *pujas* verrichten, würde in den Andachten und im Zwiegespräch mit Shiva, dem Gott der Zerstörung und der Schöpfung, Frieden finden. Trotz der katastrophalen hygienischen Zustände hier unten würde er versuchen, die Reise in seinen nächsten Daseinszustand in körperlicher und seelischer Reinheit anzutreten.

Chandra jedoch hatte die Hoffnung noch nicht aufgegeben. Wieder und wieder wälzte er die Ereignisse in seinem Kopf hin und her, um den Fehler zu finden, den sie begangen hatten. Sie waren so nah daran gewesen, diesem Teufel mit dem unaussprechlichen Namen zu entkommen, doch kurz vor der Grenze nach Maharashtra wurden sie aufgegriffen. Gründe nannte man ihnen keine. Niemand hörte sie an. Sie wurden schnurstracks in diesen Kerker geworfen, mit nichts als ihren Reisebündeln, die zuvor – erfolgreich – nach Wertsachen durchsucht worden waren. Wenigstens ihre Kleidung und ihre kleinen steinernen Götterfiguren hatte man ihnen gelassen, obwohl man von beidem wahrlich nicht satt wurde.

Als der Wärter und die Frau verschwunden waren und sich wieder die zermürbende Dunkelheit über alles legte, hörte Chandra auf mit seinen Flüchen und Beschwörungen, seinem Betteln und Flehen. Er ließ sich auf den verschmutzten Lehmboden sinken und hielt die Tränen zurück. Vielleicht sollte er sich ein Beispiel an Pradeep nehmen. Sein Bruder, ausgerechnet sein dümmlicher Bruder Pradeep, verhielt sich im Angesicht des bevorstehenden Endes so viel klüger, weiser und stolzer als er.

Man musste sein Karma akzeptieren.

53

Amba bewegte sich unauffällig zwischen all den Menschen, die die Straßen der Stadt um diese Zeit bevölkerten. Es war ihr unangenehm, ihren Ausdünstungen und dem Gerempel ausgesetzt zu sein. Um wie viel lieber hätte sie jetzt in ihrer Sänfte gesessen! Aber bevor sie sich wieder in die Unnahbarkeit Dona Ambas flüchtete, musste sie den Stein holen, und ihre Verkleidung machte sie praktisch unsichtbar. Sie war eine einfache Frau, wie unzählige andere auch in einen schlichten Baumwollsari gehüllt und mit einfachen Ledersandalen an den Füßen. Ein aufmerksamer Beobachter hätte bemerken können, dass ihre Hände und Füße mit aufwendigen Hennamalereien versehen waren, wie sie sich nur wohlhabende Frauen leisten konnten, die keine körperliche Arbeit verrichten mussten. Er hätte vielleicht ebenfalls bemerkt, dass Amba sich bewegte wie eine Herrin und nicht wie eine Dienerin, mit gerecktem Kinn und stolzer Haltung. Aber niemand schien sie zu beachten. Oder doch?

Immer wieder blickte Amba sich um und vergewisserte sich, dass niemand ihr folgte. Sie hatte ein eigenartiges Gefühl. Die Wache im Kerker war urplötzlich aus dem Nichts aufgetaucht, und obwohl sie und Rujul in Rätseln gesprochen hatten, würde man vielleicht jeden Besucher des Juweliers verfolgen, um dessen versteckten Reichtümern auf die Spur zu kommen. Sie näherte sich Rujuls Haus. Der Laden war abgesperrt, die Haustür versiegelt. Vermutlich hatte man hier bereits gesucht. Aber wenn sie Glück hatte, wäre in den

Trümmern noch eine Spieluhr zu finden, die ihren Diamanten barg.

Sie schlich sich in einen Durchgang des Nachbarhauses, der zu einem Hof führte. Von dort würde sie wahrscheinlich einen Zugang zum Hof von Rujuls Haus finden und von dort wiederum eine Möglichkeit, sich Zutritt zu verschaffen. Sie konnte sich ja schlecht am helllichten Tag auf einer der belebtesten Straßen der Stadt an der versiegelten Vordertür zu schaffen machen. Tatsächlich waren die beiden Hinterhöfe nur durch einen morschen Bretterzaun voneinander abgetrennt, und in diesem klaffte eine große Lücke. Bestimmt hatten die Dienstboten der beiden Häuser hier miteinander getuschelt, Neuigkeiten ausgetauscht oder sogar miteinander geschäkert. Sie sah sie förmlich vor sich, wie die Mädchen die Reste des Festtagsgebäcks ihrer Senhora der Flamme von nebenan anboten oder wie die Burschen den benachbarten Mädchen Samtkordeln für ihre Zöpfe schenkten, die sie zuvor aus den Vorhangschlaufen im Salon gelöst hatten. Amba musste unwillkürlich lächeln.

Jetzt waren die Höfe beider Häuser verwaist. Sie gelangte ungehindert zum Hintereingang von Rujuls Haus. Dann umwickelte sie ihre Faust mit einem Ende ihres Saris und zerbrach ein Fenster aus bleigefassten Perlmuttscheibchen. Der Lärm wollte ihr ohrenbetäubend erscheinen, aber nichts rührte sich. Sie griff nach innen und schob den Riegel zurück.

Die Zerstörung zeugte von noch größerer Wut als die im Haus von Miguel. Es war nichts an seinem Platz geblieben und nichts intakt. Es war ein heilloses Durcheinander aus zerbrochenem Geschirr, zerfetzten Stoffen, zertrümmerten Möbeln. Vorsichtig bahnte Amba sich ihren Weg durch die Räume. Sie kannte davon nur einen, nämlich den Salon, in dem Rujul sie manchmal, wenn sein Laden geschlossen blieb, empfangen hatte. Dort wollte sie mit ihrer Suche nach der Spieluhr beginnen.

Nach einer halben Stunde, in der sie jeden Schnipsel und jede Scherbe zweimal umgedreht hatte, begab Amba sich in das, was einmal das Arbeitszimmer gewesen zu sein schien. Sie schwitzte von der Anstrengung, und sie fühlte sich schmutzig. Aber sie setzte ihre Suche unbeirrt fort. Es war wahrscheinlich ihre einzige Gelegenheit. Doch auch hier fand sie nach intensivem Gestöber nichts, was einer Spieluhr auch nur annähernd ähnelte. Also ging sie weiter zum Schlafzimmer. Es war ein sonderbares Gefühl, im Schlafgemach fremder Leute zu stehen. Schon die ganze Zeit hatte sie sich hier im Haus wie eine Diebin gefühlt, war voller Nervosität gewesen, weil sie Entdeckung fürchtete. Aber im Schlafzimmer wurde dieses Gefühl so übermächtig, dass Amba in diesem Raum mit ihrer Suche nicht fortfahren wollte. Sie machte bereits kehrt, als sie aus dem Augenwinkel ein kleines Puppenbein wahrnahm. Sie bückte sich, um den Gegenstand in Augenschein zu nehmen, und in der Tat: Es handelte sich um eine Spieluhr, wie Rujul sie beschrieben hatte. Auch sie war zerstört worden, denn der untere Teil lag zersplittert unter den Möbeltrümmern, während der obere Teil, der mit den Figurinen verziert gewesen war, nur noch aus dem männlichen Tänzer sowie dem Standbein der Tänzerin bestand, die mit dem Deckel zusammen aus einem Stück geschnitzt waren. Amba stöhnte leise auf. Nicht das, bitte! Sollte denn alles umsonst gewesen sein? Hatte man die Spieluhr zerschlagen und dabei versehentlich ihren Diamanten entdeckt? Resigniert hockte sie sich hin, um die beschädigten Reste der einst sehr hübschen Spieluhr zu betrachten. Wie hatte Rujul sich noch ausgedrückt? »Die Tänzerin hat das abgewinkelte Bein verloren«? Amba hatte gehofft, ein eben nicht abgebrochenes abgewinkeltes Bein vorzufinden und darin verborgen ihren Stein. Aber das machte wenig Sinn, wenn sie sich die Größe der Tänzer ansah. Die Figuren waren zu klein, ein

Hohlraum in einem Bein wäre bei weitem nicht ausreichend für ihren Diamanten gewesen. Oder gab es vielleicht doch im Deckel einen verborgenen Mechanismus oder einen doppelten Boden? Sie drehte und wendete das defekte Teil, untersuchte es genauestens aus allen Blickwinkeln, drückte hier und zog dort, doch nichts tat sich. Dann nahm sie das Stück in beide Hände und ließ es mit voller Wucht auf den Boden krachen. Noch immer nichts. Schließlich trampelte sie mit beiden Füßen darauf herum, aber auch als es vollends zerbarst, enthüllte es kein Geheimversteck und keinen Edelstein.

Amba hätte vor Wut heulen mögen. Was hatte Rujul nur gemeint? Bei aller Liebe zum Rätselraten – allzu kryptisch durfte es ja auch nicht sein. Sie verließ mit hängenden Schultern das Schlafgemach und schlich durch den Flur. Die Gemälde, die hier die Wände verziert hatten, waren mit Messerstichen aufgeschlitzt worden, so dass ihr nur schlaffe Leinwandfetzen entgegenhingen. Ärgerlich über dieses unsinnige Werk der Vernichtung rupfte Amba an einem dieser Fetzen, der sich mit einem lauten Ratsch löste. Gedankenverloren rollte sie das Stückchen bemalter Leinwand in ihren Fingern, bis sie es zufällig ansah. Sie traute ihren Augen nicht. Das war doch der Tänzer!

Sie rannte zurück zu dem zerfetzten Gemälde. Es brauchte ein wenig Phantasie, um noch das Motiv erkennen zu können; das Bildnis zeigte Rujul und seine Gemahlin in portugiesischem Festgewand, beide mit feierlich ernsten Mienen. Sie standen vor einer Kommode, auf der … die Spieluhr stand! Und da war sie, die Tänzerin, von deren abgewinkeltem Bein nur noch ein Stummel übrig war, genau wie Rujul sie beschrieben hatte. Amba wunderte sich einen Moment über die Realitätstreue des Künstlers, der die beschädigte Spieluhr nicht mithilfe seines Pinsels wieder repariert hatte. Sie hob das schwere Gemälde in seinem Goldrahmen von der Wand und begann, seine Rückseite abzusuchen. Doch abermals ergab ihre Suche nichts. Es wäre ja auch zu schön gewesen, dachte Amba. Solche Stellen waren als Verstecke nicht wirklich geeignet, da bei Hausdurchsuchungen gern hinter den Gemälden nachgeschaut wurde. Dann betrachtete sie die Wand. Wo das Gemälde gehangen hatte, sah man deutlich die vergilbte Silhouette des Rahmens. Die Wand selber war mit einem Stoff bezogen, den Amba nun abriss. Dahinter kam Verputz zum Vorschein. Sie klopfte ihn ab, und dann, genau an der Stelle, über der sich das nicht mehr vorhandene Bein der Tänzerin befunden hatte, hörte sie es. Ein Hohlraum.

Im Nebenraum holte sie sich ein abgebrochenes Stuhlbein, um es als Werkzeug zum Aufstemmen der Wand benutzen zu können. Jeder Schlag tat ihr in den Ohren weh, bestimmt würden die Nachbarn den Krach ebenfalls hören und einen Wächter rufen. Doch plötzlich durchstieß sie das Mauerwerk.

Und da lag er.

Pur und kalt und riesig. Keine Schatulle, kein Samtbeutel, kein Kissen schützte den Stein, der des Schutzes auch gar nicht bedurfte. Er war härter als alles andere, das ihn hätte treffen können. Er war herrlich.

Amba ließ ihn in einen Beutel gleiten, den sie am Unterrock ihres Saris befestigt hatte, und huschte so schnell wie möglich davon. Nichts wie weg hier, bevor irgendjemand sie noch entdeckte. Sie verließ das Haus auf demselben Weg, den sie gekommen war. Im Hof blickte sie sich nach allen Seiten um, konnte aber keine Menschenseele sehen. Sie lief in den Nachbarhof und von dort in den Durchgang des Hauses. Dort blieb sie einen Augenblick stehen, holte tief Luft und vergewisserte sich, dass der Stein noch an seinem Versteck war. Doch in dem Moment, in dem sie sich endlich gesammelt hatte und hinaus auf die Straße, in die Sonne, ins Menschengewühl treten wollte, hörte sie hinter sich die strenge Stimme einer Frau.

»Was hast du hier zu suchen?«

Erschrocken drehte Amba sich um. Sie stand einer jungen Portugiesin gegenüber, ein paar Jahre jünger als sie selber, die sehr hübsch war und äußerst vornehm gekleidet. Am liebsten hätte sie die Frage erwidert und die Frau alle Arroganz spüren lassen, deren sie fähig war. Aber dann fiel ihr ein, dass ihre Erscheinung nicht die einer Dona Amba war, sondern die einer einfachen Frau aus einer niedrigen Kaste. Es war vorerst besser, diese Tarnung aufrechtzuerhalten. Also senkte sie den Kopf und murmelte eine Entschuldigung vor sich hin, wie sie vom Tonfall her auch von Jyoti oder Anuprabha hätte kommen können.

»Verzeiht, Senhora, ich, ähm, also, ich habe in diesem Durchgang Zuflucht gesucht. Ein Mann verfolgt mich.«

»Was für ein Mann denn? Dein Gemahl, dem du nicht gehorcht hast? Ein Ladenbesitzer, den du bestohlen hast?«, forschte die andere nach.

»Nein, nein! Ich habe nichts Böses getan! Er ist, also, er stellt mir nach, und er ist weiß, deshalb hält ihn keiner auf. Ich weiß mir keinen Rat mehr!« Es gelang Amba tatsächlich, ihre Stimme zittern zu lassen, als würde sie gleich in Tränen ausbrechen. Dabei war es vielmehr so, dass sie sich schwarzärgerte, dass diese Frau die Unverschämtheit besaß, sie, eine Wildfremde, einfach zu duzen und ihr erst einmal die schlimmsten Absichten zu unterstellen.

»Ah. Das tut mir leid für dich. Kann ich dir irgendwie helfen?«, bot die vornehme Europäerin an, was Amba einigermaßen verwunderte. Normalerweise scherte sich die Oberschicht nicht um die Sorgen der kleinen Leute.

»Nein, vielen Dank, es wird schon gehen. Ich glaube, er ist fort.«

»Wie sieht er denn aus, dein Verfolger? Ich könnte ja einmal nachsehen, ob er sich noch irgendwo herumdrückt.«

Amba war vor Überraschung sprachlos. Wer hätte das gedacht? Eine feine Dame ließ sich dazu herab, ihr, einer vermeintlich hilflosen, schutzbedürftigen Eingeborenen, ihre Unterstützung anzubieten. Sie zögerte einen Moment, dann beschrieb sie den erstbesten männlichen Weißen, der ihr in den Sinn kam. Miguel.

»Er ist jung und gutaussehend. Er ist groß und von schöner Gestalt. Er hat schulterlanges schwarzes Haar, das er meist im Nacken zusammengebunden trägt. Er trägt die Kleidung eines Edelmannes. Aber seine ganze gute Erscheinung täuscht: Er hat ein durch und durch verdorbenes Wesen.« Nun waren Amba doch noch Tränen in die Augen getreten, denn ihre Schilderung entsprach ja leider der Wahrheit.

Die andere Frau runzelte die Stirn. »Und wie heißt der Mann?«

»Das weiß ich nicht, Senhora.«

»Ich werde mal nachsehen, ob sich auf der Straße jemand herumtreibt, der deiner Beschreibung entspricht.« Damit trat die junge Frau zu dem Torbogen und streckte ihren Kopf heraus, während sie ihren Körper hinter dem Mauerwerk verbarg. Offensichtlicher hätte ihre »unauffällige« Suche nicht sein können. Amba fühlte sich scheußlich. Der Diamant brannte ihr förmlich ein Loch in die Kleidung, so brennend war sie sich seiner bewusst. Sie musste auf der Stelle fort von hier. Die freundliche Dame schadete ihr mit ihrer Hilfsbereitschaft nur.

»Ich gehe lieber«, sagte Amba und machte sich bereit. Aber die andere Frau hielt sie am Arm zurück. »Warte. Wie heißt du?«

»Amba.«

»Hör zu, Amba, wenn du jemals wirklich Hilfe brauchst oder

einen sicheren Zufluchtsort, dann wende dich an mich. Ich wohne in diesem Haus hier. Mein Name ist Isabel de Matos.«

Amba schluckte. Dann machte sie einen Knicks, bedankte sich artig und suchte das Weite. Erst als sie ihre Sänfte erreichte, außer Atem und mit heftig schlagendem Puls, erlaubte sie sich, über das Geschehene nachzudenken. Der aufregende Einbruch und der Fund des Diamanten traten dabei eindeutig in den Hintergrund.

Isabel de Matos. Miguels Verlobte. Sie war wunderbar. Keine Frage, dass Miguel eine solche Frau ihr vorzog. Isabel war attraktiv und schien das Herz am rechten Fleck zu haben. Sie war mutig. Und ihre Haut war schneeweiß. Letzteres war es, was Amba verzweifeln ließ. Denn damit konnte sie es nicht aufnehmen: mit der europäischen, katholischen Abstammung. Klug, schön und mutig war sie selber. Aber diese Alabasterhaut, die für alles stand, was sie, Amba, nicht besaß, führte ihr deutlicher als alles andere vor Augen, was sie von Miguel trennte.

Sie hasste die andere. Sie bewunderte und beneidete sie. Eine Flut an Gefühlen, die widersprüchlicher nicht hätten sein können, überrollte sie. Bestimmt würde Miguel an der Seite dieses Mädchens sein Glück finden. Und wenn sie ihn nur aufrichtig genug liebte, würde sie ihm dieses Glück gönnen. Isabel wäre ihm eine viel bessere Gefährtin, als sie selbst es je sein konnte. Und natürlich würde Isabel ihm niemals auch nur annähernd so viel Unglück bringen.

Amba war davon überzeugt, dass eine Art Fluch auf ihr lag. Sie hatte immer nur Unglück über diejenigen gebracht, die ihr am nächsten standen. Sie hatte ihren kleinen Bruder einst seinem Schicksal überlassen, als er sie am meisten gebraucht hätte. Sie hatte Nayana ein Leben auf der Flucht zugemutet, das diese nicht verdient hatte. Sie hatte ihren Gemahl viel zu früh verloren, hatte ihre Dienstboten großen Gefahren ausgesetzt und würde womöglich auch Miguel an ihrem schlechten Karma teilhaben lassen. Eigentlich war es besser für ihn, sich nicht mit ihr abzugeben.

Aber so weit ging ihre Selbstlosigkeit nicht. Obwohl sie wusste, dass sie selber Miguel nie würde haben können, gönnte sie ihn nicht der anderen. Die Eifersucht versengte sie, sie schmerzte in ihrer Brust und beeinflusste ihr Denken. Selbstverständlich würde sie trotzdem tun, was sie tun musste. Wenn sie nun auch noch ihren Stolz verlöre, hätte sie gar nichts mehr.

Obwohl – nicht ganz.

Sie holte den kleinen Beutel hervor und umschloss den Diamanten, der sich darin befand, mit der Hand. Er war das Einzige, dachte sie mit Bitterkeit, was in ihrem Leben von Bestand war. Ein Stein.

54

Miguel war so bald wie möglich zu Ambas Haus geritten, um ihr persönlich zu berichten, was von der Verlobung zu halten war, bevor sie auf anderem Weg davon erfuhr. Er musste ihr sagen, dass der Inquisitor ihn unter Druck gesetzt und gezwungen hatte, sich mit Isabel de Matos zu verloben. Eine Verlobung konnte man lösen. Man konnte die Verlobungszeit länger als üblich hinausdehnen und sich unterdessen eine Lösung einfallen lassen. Das war der einzige Grund gewesen, warum er dem Arrangement zugestimmt hatte. Genauso musste er Isabel bald die vollständige Wahrheit sagen und ihr von Amba erzählen. Sie hatte es nicht verdient, von ihm für seine Zwecke missbraucht zu werden.

Als er jedoch bei Amba angelangt war, war diese nicht zu Hause gewesen. Da Miguel sein Anliegen nicht per Boten übermittelt wissen wollte und ebenso wenig schriftlich, hatte er Makarand nur aufgetragen, seiner Herrin Folgendes auszurichten: Ganz gleich, was ihr über Miguel Ribeiro Cruz zu Ohren kommen sollte, es entspreche nicht der Wahrheit, sie möge ihm vertrauen, sein Angebot gelte nach wie vor.

Er hoffte nur, dass der Bursche die Nachricht nicht verunstaltete, mit Ausschmückungen versah oder eigene Interpretationen hinzudichtete. Miguel war dann wieder zurück zum Solar das Mangueiras geritten und hatte, noch in Gedanken bei Amba und den Gefühlen, die seine angebliche Verlobung in ihr auslösen mochten, dort einen Brief vorgefunden, auf den er sich so

622

wenig konzentrieren konnte, dass sich ihm seine Aussage zunächst nicht entschlüsselte. Erst nach etwa zehnfacher Lektüre gelang es ihm, die Buchstaben zu Worten zu verbinden und diese mit Inhalten zu füllen. Sein Erstaunen und seine Ungläubigkeit wuchsen. Endlich ergab alles einen Sinn. Nun griff Miguel erneut nach den Bögen, die vor ihm auf dem Sekretär lagen. Er fragte sich, wie er mit der neuen Erkenntnis umgehen sollte.

Mein lieber Schwager Miguel,
Dein Brief erreicht mich zu einer Zeit, die froh und beschwerlich zugleich ist, denn ich trage erneut ein Kind unter dem Herzen. Aber verglichen mit den Schwierigkeiten, denen Du Dich fern der Heimat ausgesetzt siehst, sind meine Sorgen wahrscheinlich klein und belanglos. Wir sprechen oft über Dich, denn Deine Eltern und Bartolomeu lieben und vermissen Dich sehr. Ja, genau so ist es, auch wenn sie Dir vielleicht nie dieses Gefühl vermittelt haben.
Manchmal reicht Dein Scharfsinn eben nicht weit genug. Leider ist das auch der Fall in der Sache, die Du mir in so schonenden Worten beizubringen versucht hast. Du äußerst Dein Bedauern darüber, dass mein Name schändlich missbraucht wird, und gehst davon aus, dass Bartolomeu derjenige ist, der das Handelshaus Eures Vaters schädigt. Ich darf Dir versichern, lieber Schwager, dass es sich nicht so verhält, wie Du vermutest. Ich weiß von der »Casa Fernandes« in Angola, schließlich bin ich die Besitzerin. Du reibst Dir nun gewiss die Augen und glaubst, Dich verlesen zu haben? Lass Dich aufklären.
Als Bartolomeu und ich heirateten, ging mein ganzer Besitz auf ihn über, wie es unter Eheleuten üblich ist. Allerdings gab es da noch dieses kleine, unwichtige Geschäft in Afrika, das

mein Vater einst auf meinen Namen gegründet hatte. Niemand außer mir wusste davon, denn zum Zeitpunkt der Eheschließung war mein armer Vater bereits mit meiner lieben Mutter im Tode vereint. Als einziges Kind meiner Eltern erbte ich Ländereien und Jmmobilien von hohem Wert, die nun, wie Du weißt, Bartolomeu verwaltet. Jch erbte auch die Casa Fernandes, von deren Existenz ich nie jemandem ein Wort gesagt habe. Jch ahnte schon damals, dass es sicherer sei, etwas zu besitzen, auf das weder der Ehemann noch dessen Familie Anspruch erheben konnten.

Dein Bruder ist kein Heiliger, um es einmal vorsichtig auszudrücken. Jch weiß um seine Verfehlungen, und sie schmerzen mich sehr. Versuche einmal, Dich in meine Lage zu versetzen: eine rechtlose Frau, die von ihrem Mann aufs Beschämendste betrogen wird und die nur zwei Möglichkeiten hat, nämlich entweder die Augen zu verschließen vor dem, was der Gatte treibt, oder es ihm heimzuzahlen. Also begann ich, meine eigene kleine Rache zu üben für all die Demütigungen, die Bartolomeu mir angedeihen ließ und lässt. Jch gab einem alten Freund meiner Familie Prokura, so dass dieser die Casa Fernandes leiten konnte. Er ist sehr tüchtig, so dass wir bald ordentliche Gewinne einfuhren. Aber allein das Wissen darum, dass ich etwas besaß, auf das Bartolomeu keinen Zugriff hatte, befriedigte mich nicht. Also sorgte ich dafür, dass ein entfernter, verarmter Cousin von mir eine Stellung bei Ribeiro Cruz bekam, nämlich die als Bewacher der kostbaren Ware aus Jndien. Er war als mein Verwandter natürlich über jeden Zweifel erhaben. Er fährt auf den wichtigsten Routen mit und »beschützt« die Säcke mit den teuren Gewürzen – von denen regelmäßig in Angola ein paar verloren gehen. Jch bezahle ihn dafür recht anständig. Zwischen ihm und mir existiert keinerlei schriftliche Korrespondenz, so dass ich auch nicht erpressbar bin. Wenn er mich als Drahtzieherin der Diebstähle beschuldigt hätte, hätte ich immer behaupten können, von nichts zu wissen. Alle wären zu genau demselben Schluss gekommen, zu dem auch Du gelangt bist: dass ich ein armes Opfer sei, ein naives Weib, dessen Name von hinterhältigen Bösewichtern missbraucht wird.

Es tut mir leid, Dich dieser Illusion berauben zu müssen. Es tut mir ebenfalls leid, Dir den Ball zurückwerfen zu müssen, den Du mir zugespielt hast. Du hattest offenbar gehofft, dass ich Dir die Entscheidung abnehme, wie mit der Entdeckung der diebischen Casa Fernandes umzugehen sei. Nun, jetzt bist Du es, der die ganze Wahrheit ans Licht bringen kann oder auch nicht. Ich kann nicht mehr tun, als dafür zu sorgen, dass die Fracht aus Indien in Zukunft wieder vollständig in Lissabon eintrifft. Die Casa Fernandes braucht diese Nebeneinkünfte gar nicht. Aber ob Du mich als Schuldige entlarvst, das überlasse ich Dir. Es ist eine schreckliche Wahl, vor die ich Dich stelle, das ist mir durchaus bewusst. Entweder wäschst Du Deinen eigenen Namen rein, ruinierst dafür aber die Ehe Deines Bruders sowie den Familienfrieden, oder aber Du bewahrst Stillschweigen über meine Schuld, räumst dafür aber nie vollständig den Verdacht aus, der immer auch auf Dir lastete.

Wie auch immer Du Dich entscheidest, ich werde es klaglos hinnehmen. Aber ich wünsche Dir – und mir – Weisheit, Milde und Klugheit in dem, was Du unternimmst, und hoffe, dass Du mir verzeihen kannst.

Ich grüße Dich herzlich aus dem trübkalten, herbstlichen Lissabon und wünsche Dir alles erdenklich Gute.

In Demut und Freundschaft,

Beatriz

Miguel ließ den Brief auf seinen Schoß sinken und grübelte darüber nach, wie er nun vorgehen solle. Beatriz stellte ihn in der Tat vor eine schwere Wahl. Es wäre schön gewesen, seiner Familie und Senhor Furtado triumphierend einen Schuldigen zu präsentieren. Aber die eigene Schwägerin zu überführen, die mit seinem Bruder und seinen Eltern unter einem Dach lebte, das war nichts, was ihn mit Freude oder Triumphgefühlen erfüllt hätte. Schon gar nicht angesichts der Ursachen, die Beatriz zu ihrem Tun verleitet hatten. Sie musste sehr verletzt worden sein und zutiefst erniedrigt, um so weit zu gehen, die eigene Familie zu bestehlen. Sie bedurfte der Unterstützung, nicht der Anklage.

Aber sollte er sich wirklich damit zufriedengeben, Beatriz ihr Versprechen, sie wolle ihre Betrügereien einstellen, zu glauben? Sollte er seinem Vater, Bartolomeu und Senhor Furtado mitteilen, er habe den Fall aufgedeckt, die Diebstähle hätten nun ein Ende, und damit basta? Man würde ihn bedrängen, den Schuldigen preiszugeben, und täte er es nicht, würden alle glauben, er selber habe also doch die ganze Zeit dahintergesteckt. Wenn er Beatriz deckte, würde er damit ein schlechtes Licht auf sich selber werfen. Oder sollte er mit dem Finger auf sie zeigen, damit er seinen eigenen ramponierten Ruf reinwusch? Vielleicht gab es ja noch eine andere Lösung. Er musste in Ruhe darüber nachdenken.

Ruhe war allerdings etwas, was ihm an diesem Tag nicht vergönnt zu sein schien. Erst versetzte ein Diener alle in helle Aufregung, weil er sehr krank war und die Symptome der Cholera zeigte – wobei sich nach genauerem Nachforschen ergab, dass die Sorge unbegründet war, denn der Bursche hatte nur am Vorabend dem Feni zu stark zugesprochen. Dann kam eine Lieferung mit neuen Möbeln, deren Standorte Miguel den Packern zeigen musste. Als die Männer mit großem Getöse und

Gerumpel endlich alles an den richtigen Platz gestellt hatten und wieder abgefahren waren, wollte Miguel sich auf einen der neuen Stühle setzen und die Einrichtung bewundern, als abermals Besuch kam.

Isabel begrüßte ihn frostiger, als er es von ihr kannte.

»Nanu, welche Laus ist dir denn über die Leber gelaufen?«, fragte er sie.

»Eine indische. Sie war bildhübsch und hat behauptet, ein Mann, dessen Beschreibung haargenau auf dich passte, stelle ihr nach.«

»Und das glaubst du ihr unbesehen?«

»Warum sollte sie so etwas erfinden?«

Miguel wären unzählige Gründe eingefallen. Er hatte bereits in Lissabon die unangenehme Erfahrung gemacht, dass ihm eine wildfremde Person Dinge unterstellte, die er nicht getan hatte. Warum sollte es hier anders sein? Es betrübte ihn jedoch, dass Isabel, die bei weitem nicht so leichtgläubig wie die meisten anderen Menschen war, die Schilderungen irgendeiner Person für glaubwürdig genug hielt, um ihn auf diese Weise damit zu konfrontieren.

»Hatte die Laus auch einen Namen? Ich könnte dann versuchen, in den Tiefen meiner Erinnerung nachzuforschen, um welche meiner zahlreichen Liebschaften es sich handeln könnte, und …«

»Das ist nicht komisch, Miguel. Die Frau wirkte durchaus nicht wie eine, die einfach so Lügen verbreitet. Sie war außergewöhnlich schön, mit grünen Augen, und sie sagte, ihr Name sei Amba.«

Miguel stockte der Atem. »Amba?«

»Genau. Du kennst sie also doch, nicht wahr?«

»Ja.«

»Und?«

⤚ 627 ⤙

»Und was?«

»Was ist an ihren Behauptungen dran?«

»Dass ich ihr nachstellen würde? Nichts. Wann hat eure Begegnung denn stattgefunden?«

»Gestern am Nachmittag.«

»Und genau um diese Zeit war ich ihr zufolge wieder hinter ihr her?«

»Ja. Sie versteckte sich in unserem Hausdurchgang.«

»Siehst du. Gestern war ich gar nicht in der Stadt, sondern draußen auf der Gewürzplantage. Wenn du es überprüfen möchtest – bitte, frag Senhor de Souza. Aber erwarte nicht, dass ich diesen Beweis dafür, dass du mich für einen Lump hältst, einfach ignoriere. Ich finde es äußerst beleidigend.«

»Warum? Ich muss doch einem Verdacht nachgehen können, ohne dass du dich gleich gekränkt fühlst.«

»Hm.« Miguel zog die Augenbrauen hoch und gab Isabel damit zu verstehen, dass er ihre Verdächtigungen als unangemessen betrachtete. Eigentlich aber versuchte er nur, Zeit zu schinden. Die Tatsache, dass Amba und Isabel einander begegnet waren, ja sogar miteinander gesprochen hatten, gab ihm sehr zu denken. Wieso zum Beispiel sprach Isabel von »Amba« und nicht von »Dona Amba«? Handelte es sich vielleicht in Wirklichkeit um eine ganz andere Frau, die zufälligerweise denselben Namen trug und grüne Augen hatte? Die Wahrscheinlichkeit war verschwindend gering. Dass diese Frau nun auch noch eine Beschreibung von ihm geliefert haben sollte, erschien Miguel derart abwegig, dass er die Idee wieder verwarf. Nein, es musste sich um »seine« Amba gehandelt haben. Was hatte sie überhaupt im Durchgang von Isabels Haus verloren gehabt? Sie weigerte sich doch sonst immer, ihre zarten Füßchen mit dem Schmutz der Straße in Berührung kommen zu lassen.

»Was heißt ›hm‹?«, forschte Isabel nach.

»Es heißt«, entgegnete Miguel, »dass ich nicht deiner Meinung bin. Unsere Verlobung ist eine Farce, das weißt du so gut wie ich, und du hast nicht das Recht, mich zu behandeln wie einen untreuen Ehemann. Allerdings«, räumte er ein, »möchte ich dir etwas erzählen, was du wissen solltest.«

Isabel war sehr gespannt. Die Bemerkung, ihre Verlobung sei eine Farce, hatte ihr wehgetan. Natürlich hatte sie sich spröde gegeben und mit Miguel darin übereingestimmt, dass sie weiterhin als Freunde, nicht aber als Liebende miteinander Umgang pflegen sollten. Und ja, sie hatte ihm von Anfang an deutlich gemacht, dass sie an einer Eheschließung kein Interesse hatte. Aber das lag Monate zurück, die Umstände hatten sich geändert. Und auch ihre Gefühle für Miguel. Selbstverständlich würde sie ihm das niemals offenbaren, solange von ihm keine entsprechenden Signale kamen.

»Ja?«, fragte sie daher nur.

»Komm doch erst einmal mit in den Salon. Ich habe vorhin ein paar neue Möbel bekommen, wir können sie gemeinsam einweihen.«

Sie folgte ihm und nahm auf einem Stuhl Platz, der indische Handwerkskunst mit europäischem Geschmack verband. »Es sind sehr hübsche Möbel«, erwähnte sie, um die Spannung aus ihrem Gespräch abzufedern. »Woher hast du sie?«

»Ein Tischler aus dem Nachbardorf hat sie angefertigt. Er ist ein sehr begabter Schnitzer, und sieh mal hier«, damit deutete er auf das Muster einer Rückenlehne, »hier hat er ein paar traditionelle indische Motive geschickt in den Blütenornamenten versteckt.«

Isabel heuchelte Interesse und beugte sich über besagte Lehne. Sie kam Miguel dabei sehr nah, und diese Nähe ließ ihr Herz rasen. Sie konnte seinen maskulinen Duft riechen und seinen

Atem hören. Es war zu viel. Schnell trat sie einen Schritt zurück.

Isabel ließ sich auf die neue Polsterbank fallen und holte tief Luft. Miguel bot ihr einen Likör an, den sie dankend akzeptierte. Dann, als auch er endlich saß und an seinem Glas nippte, trafen sich ihre Blicke. Beide schauten sofort verlegen in eine andere Richtung.

»Also los, Miguel Ribeiro Cruz, was hast du mir zu beichten? Du brauchst kein Blatt vor den Mund zu nehmen.« Isabel sah ihn herausfordernd an.

»Nun, Isabel de Matos, es würde mir schmeicheln, wenn es dir nicht gefiele. Meine größte Hoffnung ist die, dass das, was ich dir nun berichte, dich gleichgültig lässt.«

»Wenn es sich um Herzensdinge handelt, wird es mich kaltlassen, das weißt du doch«, log Isabel.

»Umso besser. Also …« Miguel nahm noch einen Schluck von seinem Likör, holte tief Luft und klärte Isabel auf. »Dass der Inquisitor gern eine Eheschließung zwischen uns beiden sähe, ist dir bekannt. Dass ich mich darauf einlassen musste, weißt du ebenfalls. Und dass eine Verlobung im Augenblick auch für dich gewisse Vorteile hat, wie etwa den, dass man dich nicht schief ansieht, ließ es sinnvoll erscheinen, die ganze Sache durchzuziehen. Nun verhält es sich aber so, dass ich eine andere liebe.« Miguel hielt kurz inne, denn er bemerkte, dass Isabels Augen sich erschrocken geweitet hatten. »Falls ich dich mit meinen Bekenntnissen kränken sollte, bitte ich schon jetzt um Verzeihung. Ich liebe auch dich, Isabel, aber eher so, wie man eine Schwester liebt. Diese alles verzehrende Glut in meinem Innern, die spüre ich bei dir nicht. Ich habe sie auch nie zuvor empfunden. Erst hier in Indien habe ich erstmals die Liebe kennengelernt. Vorher verstand ich nie, wovon die Dichter da faselten, was die Sänger besangen oder welche Macht von Männern wie Frauen Besitz ergriff, dass sie ihren Verstand aussetzen und einzig das Herz sprechen ließ.«

Isabel schaute Miguel nachdenklich an. Sie nippte an ihrem Glas und gab ihm durch ein Nicken zu verstehen, er möge fortfahren.

»Jetzt erst verstehe ich es. Denn ich habe mich verliebt. In eine Inderin. Sie heißt Amba.«

»Soll das heißen …«, unterbrach Isabel ihn.

»Ich kann mir nicht vorstellen, dass es sich um dieselbe Frau handelt, die du in der Stadt getroffen hast. Amba entstammt einer hohen Kaste und zeigt dies auch. Sie lässt sich in einer Sänfte herumtragen, sie zeigt sich niemals unverschleiert in der Öffentlichkeit, und ihre Herablassung grenzt oft ans Beleidigende. Dass sie sich in eurem Hausdurchgang herumdrückt, erscheint mir völlig abwegig. Wie sah denn die Amba von gestern aus?«

»Sie war schlicht gekleidet. Sie trug keinen Schleier, denn sonst hätte ich ja nicht sehen können, was sie für eine Schönheit ist, mit diesen unglaublichen grünen Augen. Ich habe sie geduzt, und sie gab sich wie eine Dienstmagd, unterwürfig irgendwie.«

»Vielleicht war sie es, und sie tarnte sich nur als eine einfache Frau?«, mutmaßte Miguel.

»Schon möglich. Aber nun erzähl weiter von deiner großen Liebe.«

»Die Amba, die ich meine, lässt sich überall Dona Amba nennen. Sie ist verheiratet. Ihr Mann ist aber praktisch nie daheim. Ich bin … wir sind einander nähergekommen, als ich in ihrem Haus von der Cholera genas. Man hat mich dort gesund gepflegt. Ich bin sicher, dass ich, wenn ich hiergeblieben wäre und meine Dienstboten die Anweisungen des portugiesischen Arztes befolgt hätten, nicht mehr am Leben wäre. Ich habe um

Ambas Hand angehalten und sie um die Trennung von ihrem Mann gebeten. Allerdings hat sie mich bisher nicht erhört, obwohl ich mir sicher bin, dass sie meine Liebe erwidert. Zur Not würde ich auch mit ihr durchbrennen. Sie ist die Einzige, die ich jemals wollte, will und wollen werde. Ich bin mir dessen so sicher, wie ich mir nie einer Sache sicherer gewesen bin.«

»Du törichter Kerl! Die Frau hat mehr Verstand als du. Wie stellst du dir das vor? Sie ist verheiratet. Sie ist von anderer Herkunft und Hautfarbe als du. Hast du jemals an die armen Kinder gedacht, die einer solchen Verbindung entspringen würden? Sie wären Mischlinge, Miguel, und als solche ihr Leben lang allen möglichen Vorurteilen und Benachteiligungen ausgesetzt.«

»Nein, das wären sie nicht. Das passiert nur mit den unehelichen Kindern, die von ihren Vätern nicht als leibliche Nachkommen anerkannt werden. Stünde man zu ihnen, würde man ihnen eine gute Erziehung und viel Liebe angedeihen lassen, wie es sich für verantwortungsvolle Eltern gehört, dann würden aus ihnen ganz normal akzeptierte Mitglieder der Gesellschaft.«

»Ich glaube, du machst dir da etwas vor, Miguel.«

»Und ich glaube, dass ich nicht anders kann. Ich muss es versuchen.«

»Was hält *Dona Amba* denn von deiner Verlobung?«, fragte Isabel spitz und mit sarkastischer Betonung des Namens der Rivalin. Es fiel ihr schwer, die Contenance zu wahren. Am liebsten hätte sie laut geheult wie ein Kind. Aber diese Blöße mochte sie sich vor Miguel nicht geben.

»Ich konnte ihr noch nicht davon erzählen. Ich muss das so schnell wie möglich tun, bevor sie es von anderer Seite erfährt und in den falschen Hals bekommt.«

»Vielleicht hat sie es bereits erfahren. Und nun plant sie irgendetwas, bei dem du nachher als der Schuldige dastehst. Warum sonst sollte sie sich in einer Art Verkleidung in der Stadt aufhalten und mir, einer Fremden, erzählen, dass ein Mann mit deinem Aussehen ihr nachstellt?«

Miguel dachte kurz über Isabels Einwand nach. Aus dieser Perspektive hatte er es nie betrachtet. Ja, genau so musste es sich verhalten, dann ergäbe alles einen Sinn. Er stöhnte innerlich auf bei der Vorstellung, was Amba nun von ihm halten mochte. Hatte er es sich jetzt endgültig mit ihr verscherzt? Und was, wenn sie ihm diesen vermeintlichen Verrat heimzahlen wollte? Eine Frau mit Ambas Intelligenz hätte er nicht gern als Widersacherin.

»Sieh dich vor«, raunte Isabel ihm zu, »sieh dich vor, Miguel Ribeiro Cruz.«

55

Carlos Alberto Sant'Ana war niemand, der schnell den Kopf verlor. Gerade in Situationen, in denen es brenzlig wurde, in denen er schon mit dem Rücken zur Wand stand, konnte er Kräfte mobilisieren, die er selber nicht in sich vermutet hätte. Und jetzt war eine solche Situation eingetreten. Frei Martinho, den er nach dem vormaligen Streit hatte besänftigen und für den er weiter hatte tätig sein können, hatte ihn zur Rede gestellt. Von dem Handel mit gefälschten Reliquien über die Vergewaltigung unschuldig Verhafteter bis hin zu seinem Bastard im Waisenhaus – der Mann kannte fast alle Sünden, deren er, Carlos Alberto, sich je schuldig gemacht hatte. Die meisten Vorwürfe hatte er entkräften können, andere Vergehen hatte er in ihrer Schwere herunterspielen können. Aber was zum Teufel sollte er mit dem Kind anstellen? Der Junge, der ihm angeblich unglaublich ähnlich sah, war der lebende Beweis für eine Sünde, die Frei Martinho ihm niemals würde verzeihen können, er, der Retter und Wohltäter der Minderjährigen, ha! Die einzige Lösung, die Carlos Alberto einfiel, um seinen eigenen Kopf noch aus der Schlinge zu ziehen, war, das Kind zu töten. Ohne Junge kein Beweis.

Zu demselben Zeitpunkt, da Carlos Alberto diesen Entschluss fasste, sollte in einer Wohnung gar nicht weit von der seinen entfernt ein neues Leben das Licht der Welt erblicken. Seit mehr als zwanzig Stunden quälte Maria sich nun schon, sie war nass geschwitzt und bleich, dunkle Schatten lagen unter ihren Augen, und sie war völlig ermattet. Bei ihr befanden sich Isabel sowie zwei Inderinnen, eine davon eine versierte Hebamme, die andere eine Magd, die selber schon elf Kinder zur Welt gebracht hatte.

Isabel hatte die Nachricht, dass die Niederkunft ihrer Freundin bevorstand, in Miguels Haus erreicht. Sie war froh gewesen, einen so guten Vorwand geliefert zu bekommen, um sofort aufzubrechen. Und sie war dankbar für die Ablenkung. An Marias Seite, ihr schreckliches Stöhnen in den Ohren und ihren erbarmungswürdigen Anblick vor Augen, erschien ihr die eigene Lage plötzlich viel rosiger. Einen Mann an eine andere zu verlieren war bei weitem nicht so entsetzlich wie all das hier. Sie beschloss, dass sie niemals Kinder haben würde.

Als ein runzliges Etwas nach weiteren sechs Stunden endlich Marias Leib verließ, waren alle vier Frauen überglücklich. Sie umarmten sich weinend, wobei die Tränen mehr von ihrer Erschöpfung herrührten als von der Freude. Maria Nunes war nun stolze Mutter eines kleinen Mädchens, das sie, zu Ehren der Geburtshelferinnen, Isabel Lakshmi Sita nennen wollte. Was der abwesende Ehemann davon halten mochte, darüber konnte sie sich nun beim besten Willen keine Gedanken mehr machen. Kaum hatte sie mit roten Wangen den Namen des Mädchens verkündet, fiel sie in einen ohnmachtsähnlichen Schlaf. Isabel betrachtete das abgezehrte, aber glückliche Gesicht ihrer Freundin und wusste, dass für diese alles gut werden würde.

Nachdem die kleine Isabel Lakshmi Sita versorgt worden war, begaben die drei Namenspatroninnen sich auf den Heimweg. Isabel hatte es nicht weit, und sie freute sich auf ihr Bett. Es war früher Abend, und es waren noch viele Leute auf den Straßen, so dass sie keine Furcht hatte, ohne Begleitung nach Hause zu gehen. Sie genoss die milde Luft und das schöne Licht der Dämmerung, als ihr plötzlich ein Kind zurief: »Tante Isabel! Hilfe, hilf mir!«

Sie erkannte, dass es sich um eines der Kinder aus dem Waisenhaus handelte; Paulo war, wenn sie sich nicht sehr täuschte, sein Name. Sie war einen Augenblick ratlos, denn das Kind wurde von einem Mann über den Gehweg gezerrt, der ihm sehr ähnlich sah und in dem sie den Vater vermutete. Sie entschloss sich dennoch, einzugreifen.

»He, was fällt Euch ein? Was macht Ihr mit dem Jungen?«, trat sie auf den Mann zu.

»Was geht es Euch an? Er ist mein Sohn.«

»Hilf mir, Tante Isabel!«, rief das Kind erneut mit tränenerstickter Stimme. »Ich will nicht mit dem Mann mitgehen. Er ist böse!«

Das schien Isabel allerdings auch so. Der Kerl verpasste dem Kind eine Ohrfeige und sah es mit Mordlust in den Augen an.

»Das Kind kenne ich aus dem Waisenhaus. Wieso fällt Euch jetzt plötzlich ein, Ihr könntet der Vater sein?« Isabel stellte sich dem Finsterling entschlossen in den Weg. Er schlug nach ihr, erregte damit jedoch die Aufmerksamkeit einiger Passanten, die sich nun ebenfalls einmischten.

Es kam zu einem Tumult, und Carlos Alberto musste einsehen, dass sein Vorhaben gescheitert war. Er würde sich zwar durchsetzen und den Jungen mit sich schleifen können, aber seinen Plan würde er nicht mehr ausführen können. Es gab einfach zu viele Zeugen. Und was sollte er mit dem kleinen Bastard anfangen, wenn er ihn nicht tötete?

»Ich will zu Tante Maria!«, schrie der Junge jetzt hysterisch, »Tante Maria!« Er verschluckte sich beinahe an seinen Schluchzern, bis Isabel ihn an der Hand nahm und sagte: »Ganz ruhig, mein Kleiner. Du kommst jetzt erst einmal mit mir, denn bei mir zu Hause gibt es sehr leckeres Konfekt. Und später bringe ich dich zu Tante Maria. In Ordnung?« Der Junge nickte halbherzig, schien ihm doch diese Alternative immer noch besser zu sein als die, mit dem bösen Mann mitzugehen. Carlos Alberto indes wollte sich schon schulterzuckend verziehen, als Isabel ihn aufhielt. »He da! Wer seid Ihr überhaupt? Kann ich Euch erreichen, wenn es um das Schulgeld und bessere Kleidung für Euren Sohn geht?«

Carlos Alberto starrte die Frau, von der er wusste, dass sie Miguels Verlobte war, ausdruckslos an. Dann begann er plötzlich zu lachen, immer lauter und immer heftiger, bis alle Umstehenden meinten, er sei nicht ganz bei Trost. Die Leute wandten sich peinlich berührt ab. Nur Isabel blieb stehen und hörte sich das irre Gelächter des Mannes an, ohne eine Miene zu verziehen. Als er sich wieder beruhigt hatte, deutete er eine Verbeugung an und sagte in geziertem Tonfall: »Carlos Alberto Sant'Ana. Stets zu Euren Diensten, Madame.«

Isabel blieb vor Schreck fast der Mund offen stehen. Den Namen hatte sie oft gehört, es waren die übelsten Schrecken damit verbunden. Trotzdem gelang es ihr, einen kühlen Kopf zu bewahren. »Ich bin Isabel de Matos. Wenn Euch das nächste Mal väterliche Gefühle überkommen, dann seid so freundlich, zuvor alle Formalitäten zu regeln. Die Gesetze gelten auch für Euch, Senhor.« Damit nahm sie den Jungen an der Hand und stapfte mit ihm davon, nicht ahnend, dass sie ihm gerade das Leben gerettet hatte.

56

Makarand hatte seiner Herrin die Botschaft von Miguel wort-
wörtlich ausgerichtet. Doch die bestärkte Amba nur noch in
ihrem Vorhaben. Sie sollte ihm vertrauen? Pah! Sie würde genauso verfahren, wie sie es geplant hatte, und der erste Schritt,
der schwierigste, war ja schon geschafft: Sie hatte den Diamanten. Nun galt es, alles andere zu regeln, damit sie guten Gewissens fortgehen konnte. Allein.

Denn Nayana, die sie ihr Leben lang begleitet hatte, würde
eine weitere beschwerliche Reise, noch dazu ins Ausland, kaum
bewältigen können. Es brach Amba das Herz, Nayana allein
zurücklassen zu müssen, aber anders ging es nicht. Sie würde
ihre alte *ayah* immerhin so gut versorgen, dass sie einen Le-
bensabend ohne Entbehrungen haben würde. Nayana würde
das Haus bekommen. Amba wollte es auf ihren Namen überschreiben lassen, aber sie würde den anderen ein Wohnrecht
einräumen. Der Gärtner Dakshesh, die Köchin Chitrani sowie
die Näherin Shalini mit ihrem kleinen Sohn – sie alle hatten
außerhalb dieses abgelegenen Refugiums wenig Chancen, ein
Leben in Würde zu führen. Dakshesh und Nayana waren zu
alt, Chitrani würde aufgrund ihrer Brandnarben auf immer ein
Opfer der Niedertracht sein, und Shalini wäre mit ihrem unehelichen Sohn eine leichte Beute für Sklavenhändler und ähnliches Gewürm.

Jyoti dagegen war jung und stark genug, um auf eigenen Beinen zu stehen. Amba hatte mit dem Dorfpfarrer gesprochen,
der eine junge portugiesische Familie kannte, in der Jyoti als

Hausmädchen arbeiten konnte. Als Amba mit Jyoti darüber geredet hatte, war diese zunächst in Tränen ausgebrochen und hatte sich bitterlich darüber beklagt, dass sie fortgejagt werden sollte.

»Aber Jyoti, du wirst nicht fortgejagt. Es ist nur an der Zeit, dass du unser Nest verlässt. Diese Familie ist sehr freundlich. Die Leute haben drei kleine Kinder, und ich weiß, dass du dort bestens aufgehoben sein wirst. Im Übrigen bezahlen sie dir mehr, als ich es tue. Und du hast zwei Tage im Monat frei – an denen du zum Beispiel zu den Dorffesten gehen könntest, denn ihr Haus liegt ganz nah am Gebäude des *panchayat* und gleich neben der Kirche.«

Dieses Argument gab schließlich den Ausschlag, und Jyoti freundete sich schnell mit der Idee an, dass sie nun bald im Dorf leben würde, wo all die schmucken Burschen den Mädchen am Brunnen nachglotzten.

Makarand und Anuprabha sollten ebenfalls dieses Haus verlassen – um einen eigenen Hausstand zu gründen. Ihre Hochzeit war längst beschlossene Sache. Zwar hätte Amba sich für das Mädchen einen Mann gewünscht, der behutsamer mit ihren erschütternden Erlebnissen im Kerker umzugehen verstand als Makarand, der wahrscheinlich in der Hochzeitsnacht unbeholfen und gierig über sie herfallen würde. Aber zugleich konnte sie sich keinen jungen Mann vorstellen, der Anuprabha so auf Händen tragen und ihre Launen so gelassen hinnehmen würde wie Makarand. Sie würden eine gute Ehe führen, da war Amba sich sicher.

Makarand hatte sich bei dem Kaufmann im Dorf längst unentbehrlich gemacht. Er hatte dank seines Verhandlungsgeschicks auch einen höheren Lohn für sich herausgehandelt, so dass er bald in der Lage wäre, eine eigene Bleibe für sich und die zukünftige Gemahlin zu bezahlen. Amba hatte keinen Zweifel daran, dass Makarand, wenn er weiter so tüchtig arbeitete, eine schöne Karriere machen konnte. An Handelshäusern, in denen er sein Talent gewinnbringend einsetzen konnte, herrschte in Goa kein Mangel. Und für den nötigen Ehrgeiz würde schon Anuprabha mit ihren extravaganten Wünschen sorgen. Eines Tages wäre Anuprabha eine dicke, nörgelige, reiche und angesehene Ehefrau, so wie etwa die Gemahlin von Rujul es gewesen war.

Rujul!, dachte Amba plötzlich mit Grauen. Der arme Mann schmorte weiter da unten im Verlies, während sie hier Zukunftspläne für sich und ihre Nächsten schmiedete. Er hatte ihr das Versteck des Diamanten verraten, und ihm stand dafür noch eine große Summe Geldes zu. Sie konnte ihn doch nicht einfach dort verrotten lassen! Sie musste sich etwas einfallen lassen, um ihn aus dem Kerker zu holen, was erfahrungsgemäß am einfachsten mit Geld zu bewerkstelligen war. Sie selber wollte nicht mehr dorthin gehen, und ebenso wenig wollte sie einen ihrer Diener schicken. Nach Anuprabhas Erlebnissen konnte sie das keinem zumuten. Miguel mochte sie ebenfalls nicht mehr um seine Mithilfe bitten. Den Dorfpfarrer vielleicht? Amba hatte den Eindruck, dass es sich bei ihm um einen gutherzigen und verständigen Mann handelte, der ihr vertrauenswürdig erschien. Doch mit welchem Recht wollte sie ihn abermals um einen Gefallen bitten? Er hatte bereits Jyotis Stelle besorgt, obwohl Amba gewiss kein vorbildliches Mitglied seiner Gemeinde war, und sich bereit erklärt, Makarand und Anuprabha zu trauen, die er kaum je in seiner Kirche gesehen hatte. Ob sie eine schöne Marienstatue oder ein besonders ausgefallenes Altarkreuz für ihn fertigen lassen sollte, damit es nicht allzu offensichtlich nach Bestechung aussähe? Ja, das würde ihm gefallen, dem Padre.

Gleich am nächsten Tag suchte Amba den Padre auf. Es war ein junger, etwas beleibter Mann mit weichlichen Zügen.

»Dona Amba, wie schön, Euch wieder hier zu sehen. Was führt Euch hierher? Sicher die bevorstehende Hochzeit Eurer beiden Schützlinge?«, begrüßte er sie. Er lächelte sie aufmunternd an und entblößte dabei eine Reihe sehr schiefer Zähne, die ihn irgendwie noch sympathischer wirken ließ.

»Diesmal ist es etwas anderes, Padre. Um genau zu sein, es sind zwei Dinge, die ich mit Euch besprechen möchte. Habt Ihr einen Moment Zeit?«

»Aber ja, meine Liebe, aber ja. Nehmt Platz. Darf ich Euch eine Erfrischung anbieten? Eine Ingwer-Limonade vielleicht? Meine Haushälterin hat sie gerade frisch zubereitet.«

»Sehr gern, danke.«

Als die Haushälterin die Gläser vor ihnen abstellte und sie aus einem Tonkrug füllte, schwieg Amba. Sie hatte nicht gern Zuhörer. Erst als die ältere Frau sich entfernte, trug sie dem Padre ihr Anliegen vor.

»Ihr kümmert Euch gut um die Mitglieder Eurer Gemeinde, auch um solche wie mich und die meinen, die wir, gelinde gesagt, nicht gerade strenggläubig sind. Euer Einsatz für mein Hausmädchen Jyoti sowie Eure hilfreichen Vorschläge zur Gestaltung der Hochzeit von Makarand und Anuprabha haben mich sehr erfreut. Ich möchte Euch beziehungsweise unserer Kirche zum Dank dafür eine Marienstatue stiften. Oder ein schönes Altarkreuz. Oder was auch immer Ihr Euch für die Kirche wünscht. Ich wollte nicht einfach etwas in Auftrag geben, sondern lieber erst Euch dazu befragen. Sagt, Padre, gibt es etwas, das Ihr Euch schon immer für unser – Euer – Gotteshaus gewünscht habt?«

Der Pfarrer war nicht dumm. Hinter seinen runden Formen und seinem weichen Gesicht verbarg sich ein kluger Geist, und er konnte sich vorstellen, was nach diesem großzügigen Angebot auf ihn zukäme. Er schaute Amba, die zum Zeichen ihrer Hochachtung den Schleier vor ihrem Gesicht gelüftet hatte, tief in die Augen und sagte: »Ihr könnt mir auch gleich Eure Bitte vortragen. Wenn mir deren Erfüllung möglich ist, werde ich es tun, und zwar ganz unabhängig von einer kostbaren Spende.«

Amba schmunzelte. »Das ist sehr freundlich von Euch, Padre. Aber Ihr sollt wissen, dass ich diese Statue, oder was auch immer es an Kirchenschmuck werden wird, ebenfalls ganz unabhängig davon stiften werde, ob Ihr Erfolg habt oder nicht. Es ist mir ein persönliches Bedürfnis, Euch meinen Dank zu zeigen.«

»Na schön. Also sprecht. Und bitte seid so ehrlich und offen, wie Ihr könnt.«

»Im Kerker in der Hauptstadt sitzt ein Mann namens Rujul ein. Er nennt sich auch Senhor Rui und ist ein angesehener Juwelier. Ich wüsste von keinem Verbrechen, das er begangen hat. Meiner Meinung nach ist er einer Intrige zum Opfer gefallen oder auch nur der Habgier der Inquisition.« Erschrocken über ihre eigene Offenheit wartete sie lauernd auf die Reaktion des Padre. Aber der nickte nachdenklich, als wolle er ihr zustimmen, könne es aber aus Loyalität zur Kirche nicht tun.

»Weder ich noch jemand aus meinem Umfeld kann sich für Rujul einsetzen, da wir selber sonst Gefahr laufen, inhaftiert zu werden. Ich möchte Euch bitten, diesen Mann aus dem Gefängnis zu befreien. Ihr könntet vielleicht behaupten, dass Frei Martinho Euch schickt, um den Mann zum peinlichen Verhör abzuholen, oder etwas in der Art.« Nun zog sie ein Säckchen hervor, in dem sich Goldmünzen befanden. »Dennoch werdet Ihr dies vielleicht brauchen. Alles, was davon übrig bleibt, soll Rujul bekommen.«

Der Geistliche nahm den Geldbeutel und ließ ihn unter seiner

Soutane verschwinden. »Ich werde mein Bestes versuchen. Aber versprecht mir eines: Versucht auch Ihr Euer Bestes, in unserem Herrn Jesus Christus den zu erkennen, der er war, und nicht etwa eine Reinkarnation von Krishna. Er hat außerdem gar nichts mit dem zu tun, wie manche Vertreter der katholischen Kirche ihn und unseren Glauben an ihn, unseren Heiland, für unheilige Zwecke missbrauchen.«

»Das will ich Euch gern versprechen, Padre.«

Amba verabschiedete sich von dem Pfarrer, dem ersten katholischen Geistlichen, der ihr dazu geeignet schien, die Lehren des Christentums in der Welt zu verbreiten. Mit Güte und Großzügigkeit kam man ihrer Meinung nach weiter als mit Strenge und Engstirnigkeit.

»Ihr seid ein guter Mann, Padre«, sagte sie ihm dann auch. »Gebt auf Euch acht.«

»Und Ihr seid eine gute Frau, Dona Amba. Gebt ebenfalls gut auf Euch acht.«

Dann zog Amba ihren Schleier wieder vors Gesicht und verließ das Pfarrhaus, vor dem ihre Kutsche auf sie wartete. Erst als sie bereits darin Platz genommen hatte, fiel ihr ein, dass der Padre sich nun gar nicht dazu geäußert hatte, welche Art Schmuck für sein Gotteshaus er sich wünschte. Nun, sie würde ihm die Entscheidung abnehmen. Sie würde ein Abbild seines Heilands in Auftrag geben: eines gütigen, freundlichen, schönen und jungen Mannes, der nicht in der Stunde seines größten Leidens gezeigt wurde, sondern in einer Situation, die seine Barmherzigkeit widerspiegelte. Er sollte, nahm Amba sich vor, aus massivem Silber gefertigt werden und mannshoch sein.

Einige Wochen nach diesem Gespräch fand die Trauung von Anuprabha und Makarand statt. Es war ein herrlicher Tag, sonnig, warm und leicht windig, und alle waren gut gelaunt. Außer

Anuprabha. Bis zuletzt hatte sie sich geweigert, ein weißes Brautkleid zu tragen, wie es bei den Europäern üblich war. »Diese Barbaren!«, ereiferte sie sich. »Wie kann man nur zur Hochzeit Trauerkleidung anlegen? Ich will einen roten Festtagssari!«

Amba erklärte ihr zum wiederholten Mal die Sitte der Portugiesen und versuchte dem Mädchen verständlich zu machen, dass es wichtig sei, sich angepasst und katholisch zu geben. »Anschließend«, beschwichtigte sie Anuprabha, »feiern wir im kleinsten Kreis eine indische Hochzeit. Zu der trägst du natürlich deinen roten Sari.« Das Mädchen hatte sich davon schließlich überzeugen lassen.

Makarand war alles egal. Er schwebte im siebten Himmel. Welche Kleidung er trug, welcher Art die Zeremonie war oder wie und wo gefeiert wurde, das war ihm vollkommen gleichgültig – solange er nur seine Anuprabha endlich zur Gemahlin bekam. Als er vor den Traualtar trat und Anuprabhas mürrisches Gesicht sah, wurde ihm ein wenig mulmig zumute. Sie würde doch wohl nicht im letzten Moment noch nein sagen? Aber dann bemerkte er, dass sie mit herabgezogenen Mundwinkeln an sich herabsah, und wusste, dass es noch immer die Garderobe war, über die sie sich ärgerte. Dabei sah sie hinreißend aus in dem Kleid europäischer Machart, bei dem Dona Amba an nichts gespart hatte. Es war aus weißer Seide und über und über mit Glasperlchen bestickt. Die Schleppe war so lang, dass vier kleine Mädchen aus dem Dorf sie tragen mussten. Anuprabha sah aus wie eine Königin.

Vor dem Pfarrer sagten sie die auswendig gelernten Formeln auf. Als Trauzeugen dienten ihnen Jyoti und Dakshesh. Sie alle trugen fremdartige Kleidung, in der sie sich zwar nicht sehr wohl fühlten, die ihnen aber gerade dadurch ein Gefühl von Wichtigkeit verlieh.

Amba saß in der ersten Reihe und wurde das Gefühl nicht los, einer Theateraufführung beizuwohnen. Sie alle waren verkleidet und spielten Rollen, die sie gut einstudiert hatten. Einmal hatte Amba das Gefühl, dass der Padre ihr in stillschweigender Zustimmung zuzwinkerte, aber das mochte auch Einbildung gewesen sein. Neben ihr saß Nayana, die das Spektakel sichtlich genoss. Zwar hatte sie heftig protestiert, als Amba ihr von der geplanten katholischen Zeremonie berichtet hatte, aber nun, da die beiden Hauptdarsteller so feierlich vor dem Padre standen und einander die Ringe ansteckten – ganz ohne peinliche Zwischenfälle, wohlgemerkt –, da war sie so gerührt, dass sie sich andauernd die Augen abtupfen musste. Amba nahm Nayanas Hand und drückte sie. Die alte Kinderfrau erwiderte den Druck, sah Amba jedoch nicht an. Nicht den kleinsten Augenblick wollte sie ihren Blick von dem schönen Paar lösen, das auch eindeutig das Wohlwollen des dicklichen Priesters genoss.

In der Kirche waren etwa hundert Personen gewesen, die das junge Glück anschließend vor dem Portal alle persönlich begrüßen musste. Es dauerte ein paar Stunden, bis alle Glückwünsche und Ratschläge entgegengenommen waren. Dann erst stiegen die Brautleute in eine mit weißen Blüten geschmückte Kutsche und wurden nach Hause gefahren. Dies war für beide der Augenblick, den sie am meisten herbeigesehnt hatten. Für Makarand, weil er hoffte, hier nun endlich seinen ersten Kuss mit seiner Gemahlin tauschen zu können, und für Anuprabha, weil sie es genoss, im Mittelpunkt der Aufmerksamkeit zu stehen, und nun erstmals offiziell in einer Kutsche saß, aus der heraus sie den Leuten zuwinken konnte. Die lästigen Fummeleien und Küsse von Makarand wehrte sie entschieden ab.

Die Feier, die im heimischen Garten abgehalten wurde, war klein, aber wundervoll. Ein Zelt war aufgebaut und mit bestickten Tüchern sowie Blumen verziert worden. Darin waren Tische aufgebaut, auf denen sich die köstlichsten Speisen fanden, darunter natürlich auch die traditionellen indischen Hochzeitsdelikatessen. Als Gäste waren nur die Bewohner des Hauses, der Lehrmeister von Makarand samt Familie, einige ortsansässige Handwerker, die schon lange für Amba arbeiteten, sowie der Pfarrer eingeladen worden. Amba flüsterte Anuprabha zu, sie möge sich mit dem Umkleiden noch ein Weilchen gedulden. Erst wenn der Padre gegangen war, konnte sie ihren roten Sari anziehen.

Der Padre nahm Amba jedoch schon zu Beginn beiseite und flüsterte: Senhor Rui ist auf freiem Fuß. Er fragte, ob er sein Glück einer einbeinigen Tänzerin verdanke, und ich habe bejaht, weil ich es für den Ausdruck von Verwirrung hielt.«

»Ihr habt gut daran getan. Habt tausend Dank, Padre.«

»Nun, dann will ich Euch nicht länger mit meiner Gegenwart behelligen. Die Braut ist sicher schon ganz versessen darauf, einen Festtagssari anzuziehen.«

Amba lachte und nahm die Hand des Pfarrers. »Ihr seid ein guter Menschenkenner. Und ein gütiger Mann. Wenn alle katholischen Geistlichen Euer Format hätten, wäre ganz Indien innerhalb kürzester Zeit zum Katholizismus übergetreten.« Dann beugte sie sich über seine Hand und gab ihm einen Kuss darauf. Der Padre konnte nicht wissen, dass diese Geste etwas war, das Amba nie zuvor getan hatte und bei keinem anderen Menschen je tun würde. Dennoch verstand er ihre Bedeutung richtig.

»Ich wünsche Euch noch viel Vergnügen«, rief er, bereits im Gehen begriffen.

Amba winkte ihm zu und sah, wie er sich entfernte. Als er um die Ecke bog, dachte sie, dass er nicht einmal etwas getrunken oder gegessen hatte. Sie würde ihm morgen ein paar der Köstlichkeiten vorbeibringen lassen.

Das Fest war zwar klein, aber dessen ungeachtet fröhlich und ausgelassen. Das Brautpaar vollzog die wichtigsten Rituale einer Hindu-Hochzeit, wie etwa das, siebenmal um das Feuer zu schreiten, bevor die Musiker aufspielten und man sich über die Leckereien hermachte. Chitrani hatte sich selbst übertroffen, und sie heimste so viele Komplimente ein, dass sie ganz verlegen wurde. Erst mitten in der Nacht verließen die letzten Gäste das Fest.

Zu diesem Zeitpunkt waren Anuprabha und Makarand längst in das eigens hergerichtete Brautzimmer verschwunden. Es handelte sich um einen Raum im Dienstbotentrakt, der mit besonders aufwändigen *rangolis* aus Blütenblättern verziert worden war und in den man sogar ein richtiges Bett gestellt hatte. Anfangs hatten sie einander beklommen gegenübergestanden, hatten gedämpft die Stimmen und die Musik aus dem Gartenzelt gehört und nicht gewusst, wie jetzt zu verfahren sei. Schließlich hatten sie sich beide nebeneinander auf das ungewohnte Bett gesetzt und hatten die Füße baumeln lassen. Anuprabha hatte irgendwann ihre Füße hochgenommen, um sie zu massieren. Die Schuhe, die sie unter ihrem Brautkleid getragen hatte, waren ebenfalls europäischer Machart gewesen und hatten ihr Schmerzen bereitet.

Sanft hatte Makarand nach ihrem Fuß gegriffen. »Lass mich das machen.«

Anuprabha schämte sich, weil sie nicht die tradtionellen Henna-Ornamente trug, wie es sich für eine Braut gehörte, jedenfalls nicht an Händen und Füßen, wo sie dem Pfarrer und jedem anderen allzu deutlich ihre wahre Gesinnung verraten hätten. Die Innenseiten ihrer Schenkel jedoch hatte Jyoti kunstvoll bemalt, genauso wie ihre Brüste. Aber ob es jemals dazu käme, dass Makarand diese Stellen sah?

Er massierte ihre Füße sehr sanft, und kaum merklich ging seine Massage auch auf ihre Waden über. Wie von allein fanden sich schließlich ihre Körper, und Anuprabha empfand ein unerwartet tiefes Gefühl von Geborgenheit in Makarands Armen. Es wurde für beide eine schöne Hochzeitsnacht, die Harmonie einzig getrübt durch Anuprabhas Genörgel am nächsten Morgen, als sie fand, ihr Gemahl habe ihr eine heiße Milch ans Bett zu bringen, was Makarand aber überhaupt nicht einsah.

Natürlich erfüllte er ihr letztlich doch diesen Wunsch – und sollte es fortan an jedem Morgen ihres Ehelebens tun.

57

Isabel hatte den Jungen, den sie aus den Klauen seines Vaters gerettet hatte, mit nach Hause genommen, und Dona Juliana war so entzückt über den kleinen Paulo, dass Isabel ihn vorerst nicht ins Waisenhaus zurückbringen wollte. Nachdem der verängstigte Junge einige Nächte in Dona Julianas Bett hatte schlafen dürfen, schien er sich wieder zu fangen.

Isabel war zufrieden mit dieser Lösung, die allerdings nur vorübergehender Natur sein konnte. Bei Senhor Afonsos Rückkehr von seiner Forschungsreise würde man sehen, wie er das Kind aufnahm. Mindestens seine Seite des Ehebettes würde er jedenfalls zurückhaben wollen. Dass die ältere Dame sich so in den Jungen verliebt hatte und sich voller Hingabe den ganzen Tag lang mit albernen Kinderspielen beschäftigen konnte, hätte für Isabel ein Segen sein können, denn sie selber hatte bei ihrem impulsiven Handeln gar nicht daran gedacht, was sie sonst mit dem Kind angefangen hätte. Allerdings barg dieser Umstand den Nachteil, dass ihr nun wieder Zeit zum Nachdenken blieb.

Was sollte sie jetzt tun? Darauf hoffen, dass Miguel sich diese Amba aus dem Kopf schlug und wieder zu Verstand kam? Das hätte bedeutet, dass sie sich freiwillig mit einem Mann verlobte, von dem sie wusste, dass er sie nicht liebte. Dies verbot ihr jedoch ihr Stolz. Und wenn sie selber die Verlobung absagte? Dann wäre es wenigstens nicht sie, die bemitleidet werden würde. Miguel wäre frei zu tun, was er wollte, so irrwitzig es auch sein mochte. Sie war ja nicht seine Gouvernante. Sollte er doch mit seiner Amba durchbrennen, sollte er doch sehenden Auges in sein Unglück rennen. Genauso wenig wie sie eine Einmischung in ihr Leben wünschte, war sie befugt, Miguel in seine Pläne hineinzureden.

Gegen die Absage der Verlobung sprach allerdings, dass Frei Martinho dann wieder einen Vorwand hatte, Miguel zu verfolgen. Aber sie konnte sich doch nicht mit einem Mann verloben, nur um Gefahr von diesem abzuwenden. Sollten denn ihre Gefühle vor lauter Selbstlosigkeit auf der Strecke bleiben? Isabel grübelte und grübelte, doch sie kam nie zu einem Schluss, der für alle Parteien auch nur annähernd zufriedenstellend gewesen wäre. Sie musste mit Miguel reden.

Gleich am nächsten Tag ergab sich eine Gelegenheit, denn er wollte ihr und Dona Juliana einen Besuch abstatten, weil er in der Stadt etwas zu erledigen hatte.

Als Miguel gegen Mittag bei ihnen erschien, geriet Isabels Entschluss, die Verlobungsfeier abzublasen, allerdings ins Wanken. Er begrüßte sie so herzlich und sah einmal wieder so umwerfend aus mit seinem vom Ritt zerzausten Haar, dass sie sich nicht vorstellen konnte, jemals ohne ihn leben zu können.

»Nanu, wen haben wir denn da?«, fragte Miguel, als der kleine Paulo in den Flur gelaufen kam. »Das ist doch …« Sein Lächeln erstarb. Die Ähnlichkeit des Jungen mit seinem Vater war so frappierend, dass Miguel sich zu ein wenig Freundlichkeit zwingen musste. Das Kind konnte ja nichts dafür, dass es von einem solchen Scheusal gezeugt worden war.

»Senhor Miguel, wie schön, Euch zu sehen!«, kam Dona Juliana freudestrahlend auf Miguel zu und umarmte ihn. »Das ist Paulo. Er kam aus dem Waisenhaus zu uns.« Zu dem Jungen gewandt, sagte sie: »Und das ist Senhor Miguel, ein guter Freund von mir und der Senhorita Isabel. Sag artig guten Tag.«

»Guten Tag«, flüsterte der Junge eingeschüchtert. Erwachsene Männer jagten ihm immer Angst ein.

Miguel starrte das Kind an. Es war wirklich unglaublich, wie sehr es Carlos Alberto glich. Einzig die Hautfarbe war einen Hauch dunkler, das Haar schwarz und voll. Miguel hoffte, dass der Junge auch Carlos Albertos Intelligenz, nicht aber dessen Boshaftigkeit geerbt hatte. War ein schlechter Charakter eigentlich angeboren?, fragte er sich, noch immer den Jungen musternd. Oder konnte man den üblen Anlagen mit einer entsprechenden Erziehung entgegenwirken? Er bemerkte, dass der Kleine sich vor ihm und seinem forschenden Blick fürchtete und sich am Rock von Dona Juliana festklammerte. Diese streichelte ihm den dunklen Schopf und murmelte ihm ein paar beruhigende Worte zu, während sie Miguel empört ansah.

Miguel deutete die unausgesprochene Botschaft richtig. Er lächelte, reichte dem Jungen die Hand und sagte: »Guten Tag, junger Herr. Ich sehe, die Damen des Hauses hofieren Euch, wie es einem Prinzen gebührt.«

Paulo gluckste. Er verstand zwar nicht alle Wörter, die der Mann benutzte, aber es gefiel ihm, dass er mit ihm sprach wie mit einem Erwachsenen und dass er ihn als Prinzen bezeichnet hatte. Ja, das hatte er sich schon oft vorgestellt, wenn er im Schlafsaal lag und die Augen geschlossen hatte: dass er in Wahrheit kein armes Waisenkind war, sondern der Sohn eines Edelmannes, der eines Tages ein großer Held sein würde.

Als endlich Isabel zu ihnen stieß, nahm Dona Juliana das Kind bei der Hand und entfernte sich mit ihm. Die jungen Turteltauben wollten bestimmt unter sich bleiben. Vor der Verlobungsfeier hatten sie gewiss noch allerhand zu besprechen und zu erledigen, da störten eine ältere Dame und ein kleiner Junge nur.

Isabel führte Miguel in den »kleinen Salon«, der zu ihrer Zimmerflucht in der Wohnung gehörte. Dort stand bereits eine Schale mit Gebäck bereit, der Tisch war mit Kaffeegeschirr eingedeckt.

»Setz dich«, forderte Isabel ihren Besucher auf. »Das Mädchen bringt uns gleich frisch aufgebrühten Kaffee.«

Die beiden saßen einander schräg gegenüber. Keiner wagte, zuerst das Wort zu ergreifen. Als das Dienstmädchen ihre Tassen gefüllt und den Raum wieder verlassen hatte, begannen beide gleichzeitig.

»Isabel, ich muss ...«

»Miguel, ich will ...«

Beide lachten, und das anfängliche Unbehagen, das zwischen ihnen gestanden hatte, löste sich auf.

»Du zuerst«, sagte Miguel.

»Na schön.« Isabel räusperte sich. »Also, ich habe nachgedacht. Und bin zu folgendem Ergebnis gekommen: Wir können uns nicht verloben. Wir müssen diese Feier absagen.«

»Sie soll schon in der kommenden Woche stattfinden«, fiel Miguel nur zu sagen ein, als ob Isabel dies nicht genau gewusst hätte.

»Genau das liefert uns doch den perfekten Vorwand: Einer von uns beiden muss plötzlich sehr schwer erkranken. Etwas Besseres ist mir nicht eingefallen. Wenn ich dir einen Korb gebe, dann wahre ich dabei zwar mein Gesicht, bringe dich jedoch bei der Kirche in Schwierigkeiten. Wenn mich aber eine ominöse Krankheit daran hindert, zu meiner eigenen Verlobung zu kommen, dann kann dir niemand einen Strick daraus drehen.«

»Wieso willst du dich denn nicht mit mir verloben?«, fragte Miguel unnötigerweise, denn die Antwort lag auf der Hand. Als er ihren traurigen Blick sah, schämte er sich. »Es tut mir leid.«

»Ja, Miguel, mir auch.«

»Und dann? Was hast du vor?«

»Wenn ich langsam auf dem Weg der Besserung bin, wird es das Klügste sein, einige Experten in Portugal zu Rate zu ziehen, die mich vollständig von meinem Leiden heilen können.«

»Du willst zurück nach Portugal?! Das kannst du nicht machen! Ganz gleich, welche Gründe du vorgibst, es wird immer darauf hinauslaufen, dass du als die verschmähte Braut betrachtet wirst, die nicht einmal eine Verlobung hinbekommen hat. Das lasse ich nicht zu!«

»Aber so ist es doch auch. Du verschmähst mich. Und ich habe nicht vor, mich dir an den Hals zu werfen, Miguel Ribeiro Cruz. Nicht, um dein Gewissen zu beruhigen, und erst recht nicht, um die Schandmäuler in der Heimat zum Schweigen zu bringen.«

»Du begehst gesellschaftlichen Selbstmord, und ich werde nicht tatenlos dabei zuschauen. Bleib hier, Isabel. Lass uns diese Verlobung feiern. Danach kannst du tun und lassen, was du willst, ohne dass sich die Leute die Mäuler darüber zerreißen.«

Wie sollte sie es ihm erklären? Hatte es überhaupt einen Sinn, ihm ihre komplizierte Seelenlage begreiflich zu machen? Männer waren in manchen Dingen so viel praktischer als Frauen, und diese Angelegenheit gehörte eindeutig zu ebenjenen Dingen. Wenn sie sich verlobte, dann wollte sie es tun, um ihre Vermählung vorzubereiten, und die Ehe wiederum würde sie nur mit dem Mann eingehen, den sie von Herzen liebte – und der ihre Liebe erwiderte. So einleuchtend die Gründe für die Verlobung auch geklungen hatten, nun, da sie wusste, dass seine Liebe einer anderen galt, wollte sie diese Farce nicht länger mitspielen. Sie mochte kein sentimental veranlagter Mensch sein, dennoch hegte sie die Hoffnung, dass ihr eines Tages der Richtige begegnen würde. Und je eher sie von Miguel fortkam, desto besser für sie.

Die Distanz würde ein Übriges tun. Wenn sie erst wieder in Europa wäre, hätte sie Miguel schnell vergessen. Die ganze Goa-Episode würde ihr dann fern und unwirklich erscheinen, genauso wie ihr jetzt die kleinen Reibereien, die sie daheim mit ihren Schwestern gehabt hatte, weit entfernt und völlig unwichtig vorkamen. Und sie musste ja nicht in Lissabon bleiben und sich dem Klatsch ihrer Bekannten aussetzen. Madrid, Florenz und Paris warteten auf sie!

»Nein«, kam ihre verzögerte Antwort. »Ich kann nicht. Ich will hier fort, und ich wünsche dir und Amba alles Gute. Denn ihr seid es doch in Wahrheit, die dem gesellschaftlichen Ruin entgegensehen – immer vorausgesetzt natürlich, du eroberst sie. Hattest du nicht gesagt, Amba ist verheiratet …?«

»Hm«, grummelte Miguel. Das Ganze gefiel ihm nicht. Er wollte nicht, dass Isabel das Feld räumte. Wenn sie jetzt nach Hause zurückkehrte, würde sie nie wieder eine gute Partie machen können.

»Ich kann deine Gedanken lesen. Aber mach dir keine Sorgen, Miguel. Die Männer, die daheim als gute Partie gelten, haben mich noch nie interessiert, insofern wäre es zu verschmerzen. So, und nun hör auf damit, dich wie mein Vormund zu benehmen. Ich werde, sobald du dieses Haus verlässt, urplötzlich von einer sehr seltenen und komplizierten Krankheit niedergestreckt. Die Verlobung fällt ins Wasser. Es ist an dir, die Gäste auf einen späteren Termin zu vertrösten, den festzulegen du dir angesichts der Schwere meiner Erkrankung nicht anmaßen möchtest.« Ihr Ton ließ keinen Widerspruch zu. »Und nun raus mit dir. Du wirst mir in den kommenden Tagen und Wochen noch jede Menge Krankenbesuche abstatten müssen.«

Sie erhob sich, so dass auch Miguel aufstehen musste. Dann schob sie ihn sanft durch die Tür ihres Salons auf den Flur und von dort zur Wohnungstür.

Als Miguel auf der Straße stand, kam ihm die letzte Stunde vor wie ein schlechter Traum. Er fühlte sich schäbig und armselig. Eine junge Frau, ein Mädchen fast noch, gab ihren guten Ruf und ihre glänzende Zukunft auf, damit ihm, einem nichtsnutzigen reichen Kaufmannssohn, der Weg offen stünde für ein Abenteuer, dessen Ausgang mehr als ungewiss war. Das Einzige, was ihn tröstete, war die Einsicht, dass er eh nicht gut genug für Isabel de Matos war.

War er es denn für Amba? Er beschloss, sofort zu ihr zu reiten und ihr endlich von Angesicht zu Angesicht von der Verlobung zu erzählen, die nun doch nicht stattfinden würde. Senhor Furtado, den er hatte aufsuchen wollen, um ihn in der Sache mit Beatriz und ihrem Betrug an der Firma ihres Schwiegervaters ins Vertrauen zu ziehen, würde warten müssen.

Als er Ambas Haus erreichte, sah er, dass ein Festzelt im Garten aufgebaut worden war. Würde hier eine Feier stattfinden? Es passte gar nicht zu der Zurückgezogenheit, die Amba sonst bevorzugte.

»Senhor Miguel«, kam Makarand auf ihn zu, »warum seid Ihr nicht zur Hochzeit gekommen? Es war ein herrliches Fest!«

Aha. Aber wer hatte geheiratet?, fragte Miguel sich. Makarand und Anuprabha? Er blickte verstohlen auf den Ringfinger des Burschen, und tatsächlich, da war ein schmaler goldener Ring.

»Herzlichen Glückwunsch! Wie ist es denn so, das Leben als Ehemann?«

»Himmlisch!« Makarand verdrehte schwärmerisch die Augen. »Allerdings sind Anu und ich ja erst seit gestern verheiratet, so dass ich über den Ehealltag noch nichts sagen kann.«

Warum war er nicht eingeladen worden? Immerhin hatte er

Anuprabha aus dem Verlies gerettet, da war es doch wohl das Mindeste, dass sie ihn zu ihrer Hochzeit einlud. Bestimmt hatte Amba ihr ein Ammenmärchen aufgetischt. Und genauso war es auch, wie Makarands nächste Äußerung bewies.

»Dona Amba sagte, Ihr wäret verhindert, weil Ihr nämlich Eure Verlobung feiern müsstet.«

»Nun, die Umstände haben sich ein wenig geändert, aber im Prinzip stimmt das. Es tut mir leid, dass ich nicht dabei sein konnte. Aber dafür stehe ich ja jetzt hier, um dir zu gratulieren. Wo steckt denn die junge Gemahlin? Ihr würde ich auch gern meine besten Wünsche übermitteln.«

»Sie ruht«, raunte Makarand ihm verschwörerisch zu und strahlte über das ganze Gesicht. »Wir haben letzte Nacht nicht viel Schlaf abbekommen. Und wir brauchen heute beide nicht zu arbeiten. Ich werde ihr nachher einen Imbiss bringen, und dann …«

Miguel lächelte. Er ahnte, wie Makarands Schicksal an der Seite Anuprabhas aussehen würde, aber der Bursche hatte es ja partout so gewollt. Sie würde ihn zum Laufburschen machen, und er würde sich jede ihrer Launen gefallen lassen.

»Ist deine Herrin auch da? Ich würde sie gern sprechen.«

»Ja, folgt mir bitte.«

Amba hatte sein Eintreffen bereits bemerkt und stand nun auf der Veranda, um ihn kühl zu begrüßen. Gleich fortschicken mochte sie ihn nicht, da sonst ihre Notlüge, mit der sie das Brautpaar über Miguels Abwesenheit informiert hatte, sofort auffliegen würde.

»Herzlichen Glückwunsch zu Eurer Verlobung«, sagte sie in einer Tonlage, in der sie auch die Vorratsliste der Speisekammer hätte aufzählen können.

»Danke. Habt Ihr einen Moment Zeit für mich? Ich muss Euch etwas berichten – unter vier Augen.«

Sie rollte auf typisch indische Weise mit dem Kopf und schickte Makarand mit einer Handbewegung fort.

»Setz dich«, sagte sie, als sie endlich allein waren.

»Es gibt keine Verlobung«, platzte er gleich heraus. Er konnte es nicht ertragen, von Amba in dieser kalten, abweisenden Art behandelt zu werden, und hatte nicht das geringste Verlangen danach, diese Herablassung auch nur einen Moment länger als nötig über sich ergehen zu lassen.

»Ach, hat die junge Dame endlich begriffen, auf was für einen Lügner sie da hereingefallen ist? Man kann ihr nur zu ihrer Weitsicht gratulieren.«

»Herrje, Amba. Hör mir doch wenigstens einmal zu, bevor du mich verurteilst.«

»Gut«, kam es knapp zurück.

Das war wohl als Aufforderung gemeint, der Miguel gleich nachkam, bevor Amba es sich noch anders überlegte. Er schilderte ihr die Unterredung mit dem Inquisitor, berichtete von dem Plan, eine Verlobung zu feiern, die niemals in eine Vermählung münden sollte, und erzählte schließlich von seinem Gespräch mit Isabel sowie von deren Vorhaben, sich krank zu stellen und dann bald abzureisen. All dies fasste er in sachliche Worte und kurze Sätze. Er wollte nicht durch zu große Gefühlsbetontheit wie ein jämmerlicher Schwächling dastehen, was ihm allerdings nicht wirklich gelang.

»Du lässt diese Isabel in Schande gehen, damit du mich umwerben kannst, die ich nicht einmal umworben werden will?«, rief Amba entrüstet aus.

»Nicht?«, lenkte er vom eigentlichen Thema ab. »Ich hatte einen anderen Eindruck gewonnen.«

»Sprich nicht mehr davon. Es war eine kurzzeitige Verwirrung, ausgelöst durch ein Ungleichgewicht der Körpersäfte. Es wird nicht wieder vorkommen.«

»Ach? Und mir war, als hättest du sogar schon einen Tag dafür vorgesehen. Sagtest du nicht, ich solle in der ersten Vollmondnacht ...«

»Hör auf damit! Ja, das habe ich gesagt, aber zu diesem Zeitpunkt war ich nicht ich selbst. Die Verabredung hat keine Gültigkeit mehr.«

»Aber warum, Amba? Wir passen auf das Beste zusammen. Ich liebe dich, und ich glaube, dass auch du mich lieben könntest, wenn du es dir nur erlaubtest. Dein Ehemann, nun ja, allmählich glaube ich gar nicht mehr an seine Existenz. Ich weiß nicht, wovor du auf der Flucht bist, und du musst es mir jetzt auch nicht sagen. Aber eines Tages solltest du dich mir anvertrauen. Ich möchte wissen, warum du immer den Schleier trägst, warum du diese Abgeschiedenheit gewählt hast und warum du die Öffentlichkeit so sehr scheust. Ich möchte wissen, was dich quält, genauso wie ich wissen will, was dich erfreut, was dir gefällt, worüber du lachst und was dir Befriedigung verschafft. Ich möchte wissen, was du am liebsten isst, damit ich dich jeden Tag mit Naschwerk verwöhnen kann. Ich will deine Vorlieben in Kunst, Musik und Literatur kennenlernen, damit ich eines Tages unser gemeinsames Heim mit entsprechenden Gemälden, Instrumenten und Büchern füllen kann. Ich will deine Lieblingsblumen kennen, um sie dir jeden Tag zu pflücken. Ich will ...«

»Und ich will das alles nicht.« Amba wollte sich vor allem nicht einlullen lassen von schönen Worten. Es würde ja doch nicht so werden, wie er es sich ausmalte. Was wusste er denn schon vom Leben? Hatte er je so gelitten, wie sie gelitten hatte? Hatte er jemals Entbehrungen und Verletzungen ertragen müssen? Und hatte er eigentlich eine Vorstellung davon, was er ihr wie auch der freundlichen Isabel antat?

Andererseits: Was wusste sie selbst denn vom Leben? Führte

sie ein Leben, das diesen Namen verdiente? Es mussten doch auch Freude und Glück dazugehören, Leidenschaft und Liebe, damit es ein erfülltes Leben war. Ach, schalt sie sich, nun fiel sie doch auf die schillernden Visionen herein, die Miguel ihr vor Augen geführt hatte und die wie ein Luftflimmern über einem ausgetrockneten Acker waren: Bei näherem Betrachten lösten sie sich in nichts auf.

Nun, wovon sie jedoch wirklich etwas verstand, war Überleben. Und das würde sie tun, indem sie abermals die Flucht antrat.

Ohne ihn.

Wortlos stand sie auf und ließ ihn allein auf der Veranda zurück.

58

Isabel hatte ihre Krankheit gründlich satt. Es war anstrengend gewesen, so lange das Bett zu hüten, ein schlimmes Unwohlsein zu simulieren und die erstickende Fürsorge Dona Julianas zu ertragen, ohne sich etwas anmerken zu lassen. Ein paarmal war sie kurz davor gewesen, Dona Juliana und den Hausdienern die Wahrheit zu sagen, um sich wenigstens daheim halbwegs normal benehmen zu können. Doch im letzten Augenblick hatte sie sich immer gerade noch beherrschen können. Es war das Beste für sie selber sowie für Miguels Sicherheit, wenn sie diese Posse durchhielt.

Nun stand sie am Hafenkai, gestützt auf Dona Juliana, die ihrerseits eher der Stütze bedurft hätte als Isabel, und beobachtete, wie ihre große Reisekiste in den Frachtraum gehievt wurde. Eine kleinere Truhe, in der sich alles befand, was sie während der Passage brauchte, hatte ein Mann bereits in ihre Kabine gebracht. Zu ihrer Verabschiedung waren alle gekommen, die ihr hier in Goa ans Herz gewachsen waren, darunter neben den Eheleuten Queiroz natürlich Miguel, Maria mit ihrem Säugling, der kleine Paulo sowie ein ganzer Tross indischer Kinder, um die sie sich gekümmert hatte. Vor lauter Rührung fiel es ihr nicht schwer, ihre Erkrankung glaubhaft zu spielen: Sie hatte Tränen in den Augen, hielt den Rücken gebeugt, schwitzte und sah ganz und gar elend aus.

Miguel hatte die Geistesgegenwart, ihr von irgendwoher einen Schemel zu besorgen, auf dem sie sich niederlassen konnte. »Danke«, hauchte sie. Hätte sie sich nicht sofort hingesetzt, wäre sie womöglich noch in Ohnmacht gefallen. Der Geruch nach faulendem Fisch sowie ihr zu eng geschnürtes Mieder und die dem Klima vollkommen unangemessene Kleidung brachten sie noch um. Warum hatte sie bloß auf Dona Juliana gehört, die ihr ein Samtkleid aufgeschwatzt hatte, weil es für den Anlass ihrer Meinung nach das passendste war?

»Eure Erkrankung macht mir wirklich große Sorgen. Ihr werdet von Tag zu Tag hinfälliger. Und jetzt noch die beschwerliche Reise! Ihr solltet nicht fahren«, lag die ältere Dame ihr in den Ohren. Sie hatten das Thema bereits etliche Male erörtert, doch Isabel hatte darauf bestanden, einen Spezialisten in Portugal aufsuchen zu müssen. Da die Queiroz sich für sie verantwortlich fühlten, ließen sie sie aber nicht allein die große Fahrt antreten, sondern gaben ihr ein Dienstmädchen mit. »Sie ist zwar kein nennenswerter Schutz, aber wenigstens ist so der Schicklichkeit Genüge getan«, hatten sie gemeint.

Isabel war froh, eine fast gleichaltrige junge Frau als Begleiterin zu haben. Vielleicht war sie ja als Partnerin für Kartenspiele zu gebrauchen. Oder sie konnte ihr unterwegs noch ein paar Lektionen in Konkani erteilen. Wobei, dachte Isabel traurig, sie diese Sprache wohl ihr Lebtag nicht mehr sprechen würde – sie hatte nicht vor, jemals nach Goa zurückzukehren. Der Gedanke erfüllte sie mit einer Wehmut, die sie nicht für möglich gehalten hätte – es war ja nicht so, als würde sie ihre Heimat oder auch nur ein Land, in dem sie viele Jahre gelebt hatte, verlassen. Zugleich sah sie der Reise wie auch der Ankunft in Portugal mit Freude entgegen. Immerhin, dachte sie, würde sie in Lissabon die Bekanntschaft der Mendonças machen, von denen Miguel so viel erzählt hatte. Mit ihnen würde sie Erfahrungen und Beobachtungen aus Indien teilen können, würde sie über Miguel reden und über seine Eigenheiten lachen können, würde sie das Kopfwackeln der Inder imitieren und ein paar landestypische Gerichte nachkochen können. Sie hatte einen großen Beutel mit Pfeffer und Kurkuma, mit getrocknetem Ingwer, Zimt und Nelken, mit Kardamom und Sternanis dabei, außerdem konservierte Mangos, Cajú-Nüsse und Kokosscheibchen sowie eine Flasche Feni. Es würde ein Festmahl werden. Und nur Menschen, die Indien kannten und liebten, würden es als solches zu schätzen wissen.

Isabel bezweifelte, dass ihre eigene Familie aufgeschlossen genug war für solch intensive Geschmackserlebnisse. Vor ihrem geistigen Auge sah sie bereits die vor Ekel verzogenen Gesichter ihrer Schwestern, das geheuchelte Interesse ihres Vaters und die strenge Miene ihrer Mutter, die sagen würde: »Aber Kind, so etwas musstest du monatelang essen? Kein Wunder, dass es dir so schlecht geht.« Isabel schmunzelte bei der Vorstellung.

»Sieh an, sie kann wieder lächeln!«, begeisterte sich Senhor Afonso und klopfte ihr so herzhaft auf den Rücken, dass es ihr den Atem verschlug.

Lange hielt ihr Lächeln nicht an. Denn die Kinder aus dem Waisenhaus gruppierten sich nun im Halbkreis und stimmten, mit Maria Nunes als Dirigentin, eine Volksweise an, bei der Isabel die Tränen kamen. Diesmal konnte sie sie nicht länger zurückhalten. Es war ein hübsches, leicht melancholisches Lied, auf Konkani vorgetragen, und man verstand es, auch ohne die Worte zu kennen. Die Melodie erzählte von den Palmen und dem Meer, von der Sonne und dem Regen, von Menschen und von Tieren, die sich in diesem paradiesischen Fleckchen Erde in schönster Harmonie miteinander befanden. Isabel fand es ergreifender als jedes andere Lied, das sie je gehört hatte. Vielleicht lag es auch nur an den hellen, klaren Stimmen der Kinder oder an deren ernsten Mienen. Sie wollten vor ihrer »Tante« Maria und bei diesem wichtigen Anlass unbedingt alles richtig machen. Als Isabel zu weinen begann, blickten einige von ihnen sehr betrübt drein.

Isabel konnte nicht länger an sich halten. Sie schluchzte nun richtiggehend, ihr ganzer Oberkörper schüttelte sich, während sie ihr Gesicht in ihren Handflächen barg. Die meisten Leute, die sich zu ihrer Verabschiedung eingefunden hatten, sahen verlegen zu Boden.

»Isabel de Matos, die Kinder kriegen es mit der Angst«, flüsterte Miguel in ihr Ohr. »Und wir Erwachsenen eigentlich auch.«

Noch immer bebte Isabels Rücken, doch als sie ihr tränenüberströmtes Gesicht hob, lag darin wieder ein etwas froherer Ausdruck. Sie schniefte und rieb sich die Augen, und kaum merklich gingen die Schluchzer in glucksendes Kichern über. Sie war eindeutig mit den Nerven am Ende, dachte sie, ja, sie musste wirklich dringend den berühmten Nervenarzt in Lissabon aufsuchen. Bei diesem Gedanken lachte sie laut auf, und die Umstehenden waren sich stillschweigend darüber einig, dass eine Abreise wohl doch das Beste für die sensible junge Dame sei. Das Mitleid, das einige Leute für Miguel empfunden hatten, weil seine Verlobung mit einer so vortrefflichen Person geplatzt war, schlug bei manchen, vor allem bei Männern, in eine Art gönnerhaften Neids um: Der junge Ribeiro Cruz war noch einmal glimpflich davongekommen, dass ihm eine Ehe mit der hysterisch veranlagten Dame vorerst erspart blieb.

Irgendwann signalisierte ein Glockenschlag, dass es nun an der Zeit für Isabel war, sich von allen zu verabschieden und an Bord zu gehen. Es gab ein großes Geherze und Geweine, eine Vielzahl an Genesungswünschen und guten Ratschlägen wurde ausgesprochen, dann ließen die entfernteren Freunde Isabel und Miguel allein, damit sie einander nicht vor aller Augen umarmen mussten und eine letzte Gelegenheit hatten, Worte auszusprechen, die nicht für aller Ohren bestimmt waren. Auch der Kinderchor ging, begleitet von einem Lächeln und dem Winken Isabels sowie dem guten Zureden Marias, die den Kleinen ständig aufs Neue versicherte, dass sie ihre Sache großartig gemacht hatten.

Dann, als sich endlich auch die Eheleute Queiroz unter Tränen – bei Dona Juliana – und nutzlosen Ratschlägen – von Senhor Afonso – entfernt hatten und Isabel und Miguel einander verlegen gegenüberstanden, hielt plötzlich eine Kutsche am Pier. Miguels Puls beschleunigte sich. Er wusste, wem dieses Gefährt gehörte.

Als Amba die Kutsche verließ, wie üblich verschleiert und mit königlicher Haltung, wurden ihm die Knie weich. Isabel indes schaute voller Neugier der fremden Dame entgegen, die auf sie zukam. Was hatte das zu bedeuten? Handelte es sich vielleicht um ein Versehen?

Amba lüftete ihren Schleier, als sie unmittelbar vor Isabel stand.

»Ihr habt mich unter etwas unglücklichen Umständen und in anderer Aufmachung kennengelernt«, sagte sie.

»Ich erinnere mich an Euch«, entgegnete Isabel. Diesmal kam sie gar nicht auf die Idee, die Frau zu duzen, wie sie es damals getan hatte. Die Person, die vor ihr stand, war der Inbegriff indischer Aristokratie.

»Ihr wart sehr freundlich zu mir, obwohl Ihr mich für eine einfache Frau niederer Kaste gehalten habt. Und nun wollt Ihr Euch für mich und Miguel opfern, wenngleich … Nun, das steht auf einem anderen Blatt. Ihr seid eine ganz besondere Frau, Senhorita Isabel, und ich möchte Euch gern ein Zeichen meiner Anerkennung überreichen. Wenn die Zeiten hart werden, wenn man Euch nicht den Respekt entgegenbringt, den Ihr verdient, dann werdet Ihr es vielleicht noch brauchen.«

Damit drückte sie ein Samtbeutelchen in Isabels Hand.

»Ich, also, ich bin …«, stammelte Isabel.

»Öffnet es erst, wenn Ihr bereits auf hoher See seid. Ich wünsche Euch eine sichere Reise und alles Gute.« Abrupt wandte Amba sich um, zog ihren Schleier vors Gesicht und schritt mit vollendeter Grazie zu ihrer Kutsche zurück.

Einen Augenblick später war die Kutsche verschwunden. Isabel und Miguel blieben ratlos und schweigend zurück. Beide fragten sich, was sie von diesem Intermezzo halten sollten.

Isabel sammelte sich als Erste. »Was sollte das?«

»Ich weiß nicht«, antwortete Miguel. »Willst du nicht nachsehen, was sie dir da geschenkt hat?«

»Miguel!«

»Wie du willst«, gab er betont gelassen zurück, obwohl die Neugier ihn fast umbrachte. Es würde wohl ein Schmuckstück sein, sogar eines von einigem Wert, wenn er Ambas Worte richtig gedeutet hatte. Auch er hatte ein Abschiedsgeschenk für Isabel, doch nun war es ihm irgendwie peinlich, es ihr zu überreichen, so als müsse er mit Ambas Großzügigkeit in Konkurrenz treten. Was für ein Unsinn, rief er sich zur Vernunft und holte schließlich das Etui hervor.

»Ich möchte dir ebenfalls etwas schenken. Es wäre eigentlich dein Verlobungsgeschenk gewesen, aber da …« Seine Stimme versagte.

»Schon gut, Miguel.«

Isabel öffnete das Etui und entnahm ihm eine goldene Halskette, an der ein kunstvoll gearbeitetes Medaillon hing. Es war ebenfalls aus Gold, ein riesiger Rubin prangte auf dem Deckel. Sie ließ den Deckel aufspringen, und zum Vorschein kamen eine winzige Elfenbeinminiatur, auf der eine ländliche Szene mit Tigern und Elefanten abgebildet war.

»Da du dich darüber beklagt hast, in Indien noch nicht einmal diese exotischen Tiere gesehen zu haben, dachte ich, dass … ähm …«

»Es ist wundervoll, Miguel. Hab tausend Dank. Ich werde es wie meinen Augapfel hüten und immer in Ehren halten.«

Miguel atmete hörbar auf. Er hatte befürchtet, Isabel könne sein Geschenk ablehnen. Er war froh, dass sie es nicht tat. Er hatte es speziell für sie anfertigen lassen, und er würde es niemals einer anderen schenken wollen, geschweige denn selber behalten oder gar verkaufen. Álvaro hätte sicher ein Vermögen dafür bekommen, aber seinen größten Wert und schönsten Glanz würde es am Hals dieser einzigartigen Frau entfalten.

»Ich werde dir schreiben«, sagte Miguel. »Und ich hoffe, dass wir uns eines Tages wiedersehen.«

»Ja, das wäre schön«, sagte Isabel mit belegter Stimme. Sie fühlte ihre Augen schon wieder feucht werden.

Die Glocke ertönte ein weiteres Mal, worüber Isabel dankbar war. Das enthob sie der Pflicht, weitere hohle Worte auszusprechen. »Nun denn, Miguel Ribeiro Cruz, leb wohl.«

»Leb wohl, Isabel de Matos.«

Er half ihr, sich von dem Schemel zu erheben, auf den sie nach Ambas Erscheinen gesackt war, und führte sie am Arm zu dem Fallreep. Dort nahm ein Matrose sie in Empfang und geleitete sie aufs Deck. Die Galeone, mit der Isabel reiste, war riesig, und sie wirkte oben an der Reling klein und zerbrechlich. Als die Glocke ein drittes Mal geschlagen wurde, erschienen plötzlich auch wieder die anderen, die zu Isabels Verabschiedung gekommen waren. Maria Nunes gesellte sich zu Miguel, genau wie Juliana und Afonso Queiroz. Den Augenblick, in dem das Schiff ablegte, wollte niemand sich entgehen lassen, und alle wollten Isabel zuwinken, bis sie nur noch ein winziger Punkt am Horizont war.

Isabel war erleichtert, als sie die Stadt endlich nicht mehr sah und das Schiff die Mündung des Mandovi erreichte. Die Luft roch nach Salz, Möwen und andere Vögel folgten der großen, aufgetakelten Galeone mit ihren nun prachtvoll geblähten Segeln. Sie verfolgte mit dem Blick die Küstenlinie, die sie bei ihrer Ankunft im Regen gar nicht hatte erkennen können. Jetzt wogten die Palmen im Wind, weiße Strände erstreckten sich bis in unendliche Entfernung. Es war ein Panorama, das sie durchatmen ließ und ihr ein Gefühl von Frieden vermittelte, wie sie es seit Monaten nicht erlebt hatte.

Als ihr Dienstmädchen neben sie trat, mit verquollenen Augen und verlaufenem Khol, straffte Isabel die Schultern. Bei all ihren eigenen Sorgen hatte sie ganz übersehen, dass dieses Mädchen es eigentlich viel schwerer hatte als sie selber. Es verließ seine Heimat und seine Familie, und das nicht aus eigenem Entschluss, sondern weil ihm wahrscheinlich keine andere Wahl geblieben war. Isabel nahm die Hand des Mädchens und drückte sie aufmunternd. So war es gut, dachte sie. Solange sie jemanden hatte, um den sie sich kümmern konnte, traten ihre eigenen Probleme in den Hintergrund.

»Lass uns in die Kabine gehen«, sagte sie, »du musst meine Truhe auspacken und die Kleider aufhängen, damit sie nicht zerknittern.«

Das Mädchen rollte ergeben mit dem Kopf und zauberte damit ein Lächeln auf Isabels Gesicht. Gemeinsam wankten sie über die Holzplanken zu der Kabine. Das Schiff war mittlerweile so weit von der Küste Indiens entfernt, dass man das Land nur noch als nebelhaften Schemen wahrnehmen konnte. Man sah zwar keine Schaumkronen, aber die Dünung war stark genug, um das Gleichgewichtsgefühl der beiden jungen Frauen erheblich zu beeinträchtigen. Sie lachten, als sie beinahe übereinander stolperten, und das Dienstmädchen fragte sich einen Augenblick, wohin auf einmal die schwere Erkrankung ihrer neuen Dienstherrin entfleucht war. Vielleicht war das Schiff zu schnell, so dass weder ihre Aura noch Leiden aller Art ihnen folgen konnten.

In der Kabine gab Isabel dem Mädchen genaue Anweisungen, was es wohin zu hängen und wie zu verstauen habe. Dann ließ sie es dort allein arbeiten. Schlimm genug, dass das Mädchen die Kabine mit ihr teilen sollte, wobei ihm einzig ein Platz auf dem Fußboden zustand, auf dem es seine Matte ausrollen konnte. Sie mussten nicht auch noch tagsüber aneinanderkleben wie die Kletten. Und sie, Isabel, brauchte einen Moment des Alleinseins.

Sie hangelte sich durch einen schmalen Flur und über eine ebenso schmale Treppe wieder hinauf an Deck. Die Matrosen eilten jetzt, da das Schiff volle Fahrt aufgenommen hatte, nicht mehr hektisch herum, so jedenfalls wollte es Isabel erscheinen, die von der Seefahrt so gut wie gar nichts verstand. In einem Winkel, in dem Eimer mit Teer standen und Taue lagen, die so dick wie ihre Oberschenkel waren, setzte sie sich auf einen Holzpoller. Nachdem sie sich vergewissert hatte, dass sie unbeobachtet war, holte sie den Beutel hervor, den Amba ihr überreicht hatte.

Vorsichtig löste sie die Kordel, mit dem er zugebunden war. Dann ließ sie seinen Inhalt herausgleiten. Es war ein Stein. Oder vielmehr eine unregelmäßig geformte Murmel? Das Stück war glasklar und von der Größe eines Taubeneis. Dass es ein Edelstein sein könnte, hielt Isabel für ausgeschlossen. Er wäre von unermesslichem Wert. Vielleicht handelte es sich um einen Talisman, um einen Halbedelstein, der seinem Besitzer Glück versprach, oder einen Kristall, der einen Blick in eine andere Zeit erlaubte? Isabel nahm den Stein in die Hand. Er war schwer und kalt.

Sie hoffte, dass ihre Zukunft es nicht wäre.

59

Die erste Vollmondnacht im Januar stand bevor. Miguel hatte sie herbeigesehnt, obwohl Ambas Worte unmissverständlich gewesen waren: Die Verabredung besaß keine Gültigkeit mehr. Doch das hatte sie ausgesprochen, bevor sie zu Isabels Abreise am Hafen erschienen war, und da hatte er das deutliche Gefühl gehabt, dass in dieser Sache noch nicht alles gesagt war. Er würde jedenfalls weiter und mit allen Mitteln um Amba kämpfen.

Er hatte sich viel Mühe mit seiner Körperpflege und der Garderobe gegeben. Seine Dienstboten hatten ihn wissend angeschaut, als er nach einem Bad, einer Massage und einem Barbier verlangt hatte. Letzterer rasierte ihn nicht nur, sondern schnitt auch die Haare in den Nasenlöchern und den Ohren, obwohl Miguel seines Wissens dort nicht von übermäßigem Haarwuchs geplagt war. Er schnitt ihm die Nägel an Zehen und Fingern und rubbelte die Haut an Ellbogen und Fersen mit einer speziellen Paste ab. Hinterher fühlte Miguel sich wie neugeboren. Er wählte dann Kleidung aus, die praktisch und bequem war, immerhin musste er noch einen ziemlich langen Ritt hinter sich bringen, die aber zugleich nicht allzu leger wirkte. Er legte den schönsten Spitzenkragen um und wählte seine eleganteste Capa aus dunkelblauem Samt aus, die er sich schwungvoll über die Schultern warf. Dieses Zubehör würde von den staubigen Reitstiefeln ablenken.

Er war bewusst langsam geritten, um Amba nicht schweißgebadet und übelriechend gegenübertreten zu müssen. Kurz bevor er ihr Haus erreichte, betupfte er sich mit Duftwasser und wischte die Stiefel so blank, wie es ihm das Mondlicht erlaubte. Dann ritt er in die Einfahrt – und erschrak. Das Haus war vollkommen unbeleuchtet. Niemand kam, um ihn zu empfangen, und alles wirkte wie ausgestorben. Was war hier geschehen? Hatten Amba und ihre Leute überstürzt flüchten müssen? Waren sie vielleicht alle gemeinsam zu einem Fest gegangen? Aber nein, einer würde doch zumindest die Stellung halten müssen. Der Vollmond tauchte Haus und Garten in ein silbriges Licht. Miguel ging die Stufen zur Veranda hinauf und wollte gerade an der Tür klopfen, als diese sich öffnete. Vor ihm stand Amba. Sie war unverschleiert und trug einen Sari, der aus feinster grüner Seide gewebt und mit unzähligen Steinchen und Perlen bestickt war. Ihre Augen waren stark geschminkt, und überall an ihr funkelte, schillerte und klimperte es. Sie trug Schmuck an ihren Ohren, in ihrer Nase, in ihrem Nabel, an Fingern und Zehen, an den Armen, um die Fußgelenke und um den Hals. Ihre Lider wirkten schwer, und Miguel hatte den Eindruck, dass sie vielleicht unter dem Einfluss eines Rauschmittels stand. Ob Opium diese Wirkung hatte? Er hatte viel über die Droge gehört, sie jedoch nie selber ausprobiert. Es hieß, sie ließe alle Sorgen vergessen und mache schläfrig. Allerdings wirkte Amba weniger müde als vielmehr extrem sinnlich. So verführerisch hatte er sie nie zuvor erlebt.

Sie ließ ihn eintreten und führte ihn mit einem Kerzenhalter in der Hand in einen Raum, der im rückwärtigen Teil des Hauses lag. Dort brannten unzählige Kerzen und tauchten ihn in ein wunderbares Licht. Räucherkegel und Duftlampen verbreiteten ein betäubendes, süßliches Aroma. Im Fenster hing ein Windspiel, das von der leichten Brise in Bewegung gehalten wurde und geheimnisvolle Klänge aussandte. In der Mitte des Raums befand sich Ambas Schlafstatt, eine dicke Bodenmatte, die von transparenten Vorhängen umgeben war. Die ganze Zeit über wechselten sie kein Wort. Miguel wagte es nicht, den Zauber der Szenerie durch eine banale Äußerung zu zerstören.

Amba beobachtete jede von Miguels Reaktionen aus den Augenwinkeln. Hatte er bemerkt, dass sie sich ausstaffiert hatte wie ein teures Freudenmädchen? Dass sie aussah wie eine Tänzerin aus dem Harem des Moguls? Dass sie ihm ein unvergessliches Abschiedsgeschenk machte? Und sich selber ebenfalls?

Bevor sie ihre Flucht antrat, wollte sie wenigstens noch einmal in seinen Armen liegen, seine Küsse auf ihrer Haut spüren, mit ihm eins werden. Sie hatte lange überlegt, ob das klug wäre, doch dann hatte sie alle Zweifel beiseitegefegt und beschlossen, einmal nur einer Laune nachzugeben und etwas zu tun, was ihr Freude machte, auch wenn die Stimme der Vernunft davon abriet. Schon die Vorbereitungen hatten sie in eine Laune versetzt, in der sie der Begegnung mit Miguel entgegengefiebert hatte. Allein bei dem Gedanken daran, was heute Nacht geschehen würde, hatten Schauer der Erregung ihren ganzen Körper ergriffen.

Die anderen hatte sie ohne Angabe von Gründen fortgeschickt. Sie hatte ihnen freigegeben, so dass Makarand, Anuprabha, Jyoti und Shalini zu einem Dorffest gehen konnten. Chitrani, Dakshesh und dem kleinen Vikram hatte sie eingeschärft, im Dienstbotentrakt zu bleiben und sich unter keinen Umständen dem Haupthaus zu nähern. Einzig Nayana hatte auf einer Erklärung bestanden, und Amba hatte sie ihrer alten *ayah* gegeben.

»Ich will Miguel eine Freude bereiten.«

»Dir selber vor allem, nicht wahr?«

»Und wenn es so wäre?«

»Dann wäre ich froh, dass du endlich wieder eine menschliche

Regung zeigst. Es ist zwar ein Fehler, und das weißt du auch, aber es ist einer, der es sicher wert ist, begangen zu werden. Das wünsche ich euch beiden jedenfalls.«

Amba war vor Erstaunen sprachlos gewesen.

Sie hatte ihre Kinderfrau fest an sich gedrückt und wieder einmal bedauert, dass sie diese bei ihrer Flucht nicht würde mitnehmen können. Nayana war in ihre Pläne eingeweiht und hatte keinerlei Widerspruch dagegen geäußert, dass Amba allein fortwollte. Im Gegenteil, Nayana hatte sie geradezu dazu ermutigt. »Ohne mich bist du schneller, wendiger und nicht so angreifbar. Außerdem gefällt mir die Vorstellung, an diesem Ort zusammen mit Dakshesh und den anderen bleiben zu dürfen und hier alt zu werden.« Was sie meinte, war: hier zu sterben. Alt war Nayana schließlich schon lange.

Nun also stand Amba hier, in ihrem Schlafgemach, das sie mit demselben Eifer dekoriert und parfümiert hatte wie sich selbst. Es sah aus wie im Freudenhaus – oder wie sie sich eines vorstellte. Merkte Miguel, dass sie das alles nur deshalb so inszeniert hatte, weil es ihre letzte Begegnung sein würde? Spürte er die unterschwellige Traurigkeit in all ihren Gesten und Blicken?

Sie trat ganz nah an ihn heran, so dass sie sein Parfüm riechen konnte und seinen Atem hörte, berührte ihn jedoch nicht. Sie drehte sich und ließ den feinen Stoff ihres Saris wie zufällig über seine Haut streichen, eine Berührung, die zart und unschuldig wirkte, die aber, wie Amba wusste, eine ganze Kaskade von prickelnden Schauern auszulösen vermochte. Als sie einen Schritt andeutete, der von ihm fortführte, spürte sie plötzlich seinen harten Griff um ihren Oberarm. Er zog sie dicht an sich heran und sagte mit kratziger Stimme: »Treib keine Spielchen mit mir, Amba.« Dann umfasste er sie in der Taille mit beiden Händen, presste sie an sich und beugte sich über sie.

Ambas Lippen waren bereit für diesen Kuss, den sie so herbeigesehnt hatte. Ein wohliges Schnurren vibrierte in ihrer Kehle. Je inniger der Kuss wurde, desto härter drückte Miguel sie an sich und an seine Erektion, mit den Händen fest ihr Gesäß packend und knetend. Amba stand auf den Zehenspitzen, und sie wünschte sich nichts mehr, als dass sich keine Kleidung mehr zwischen ihnen befände. Als Miguel sie ein Stück anhob, so dass ihre Füße den Boden nicht mehr berührten, sah sie aus dem Augenwinkel eine Bewegung am Fenster.

Sie befreite sich aus seiner Umarmung. »Psst. Ich glaube, wir haben Zuschauer.«

Miguel stöhnte innerlich auf. Nicht schon wieder! Sollte es ihnen denn nicht einmal jetzt vergönnt sein, ihre Leidenschaft auszuleben? Wenn es Makarand wäre, würde Miguel ihm höchstpersönlich eine Tracht Prügel verpassen. Amba blies alle Kerzen im Raum aus und stellte sich ans Fenster, um in die erleuchtete Nacht hinauszuschauen. Ja, da war jemand, sie erkannte es deutlich am Rascheln eines Strauchs. Und sie bezweifelte, dass es jemand war, der hierhergehörte.

»Ist dir jemand hierher gefolgt?«, fragte sie Miguel flüsternd.

»Nicht dass ich wüsste.« Allerdings musste Miguel sich eingestehen, dass er darauf auch gar nicht geachtet hatte. Er war in Gedanken so bei dem bevorstehenden Treffen gewesen, dass er um sich herum nicht viel wahrgenommen hatte. »Es könnte sein«, gab er zu.

»Verflucht!« Amba fragte sich nervös, ob jetzt der Augenblick gekommen war, den sie jahrelang gefürchtet und auf den sie sich vorbereitet hatte. Den Fluchttunnel hatte sie erst vor zwei Tagen inspiziert. Aber sollte sie ihn mit Miguel gemeinsam nutzen? So war das nie geplant gewesen.

Ein heftiges Klopfen an der Tür nahm ihr die Entscheidung ab. »Dona Amba und Senhor Miguel – wir wissen, dass Ihr Euch hier aufhaltet. Kommt heraus. Widerstand ist zwecklos.«

Blitzschnell öffnete Amba den geheimen Zugang zu einer Kammer und zog den irritiert dreinschauenden Miguel mit sich. Kaum hatte sie von innen dafür gesorgt, dass das Bildnis der Parvati wieder an seinen ursprünglichen Platz rollte und man in ihrem Zimmer nicht auf Anhieb sehen würde, wohin sie entschwunden waren, hörten sie ein dumpfes Krachen und Poltern. Ihre Verfolger, wer auch immer das sein mochte, waren in das Haus eingedrungen.

Amba schob einen Teppich beiseite und öffnete eine Klappe im Fußboden. »Schnell«, forderte sie Miguel unnötigerweise auf und bedeutete ihm, die in den Lehm gehauenen Stufen hinabzugehen. Sie selber folgte ihm bis zur fünften Stufe und zog von innen den Teppich so über die Klappe, dass er mit ein wenig Glück, wenn sie die Klappe schloss, über die Ritzen in den Holzdielen fallen würde. Dann hastete sie die restlichen Stufen hinab. Amba schnappte sich ein fertig geschnürtes Bündel, das unten bereitlag, und lief, mit Miguel an einer Hand, durch den Tunnel.

Miguel kam aus dem Staunen nicht heraus. Sie hatte an alles gedacht. Sie hatte in dem Wissen gelebt, dass der Augenblick jederzeit kommen konnte, da sie fortlaufen musste. Er hätte gern gewusst, wohin der Tunnel führte, wagte es jedoch nicht, sie danach zu fragen, vor lauter Angst, oben gehört zu werden. Sie tasteten sich Hand in Hand eine ganze Weile durch den stickigen, feuchten Geheimgang, bevor Amba schließlich innehielt.

»Wenn wir hierbleiben, werden wir ihnen, sollten sie den Tunnel wider Erwarten entdecken, entwischen. Es ist noch einmal genauso weit bis zum Ausgang – aber bei Nacht ist es nicht klug, dort hinauszuklettern. Ein aufmerksamer Beobachter würde anhand der Geräusche der Waldtiere sofort bemerken, dass da jemand ist. Wir müssen also warten, bis es Tag wird.«

»Und dann?«

»Und dann werden wir uns trennen. Du gehst nach Hause, denn du bist es nicht, den sie verfolgen. Sie haben es auf mich abgesehen. Und auf einen Diamanten, den ich gar nicht mehr besitze.«

»Wohin willst du gehen?«

»Wohin das Schicksal mich führt. Weit fort.«

Das alles sprachen sie in völliger Finsternis. Amba wagte es nicht, Licht zu machen, um ihren Jägern nicht zu verraten, wo sie sich befanden. Der Tunnel war mit ein paar Abzweigungen versehen, die nirgendwohin führten, so dass die Wahrscheinlichkeit groß war, dass ihre Verfolger verwirrt wurden und nicht gleich den richtigen Weg einschlugen.

»Wir gehen gemeinsam«, sagte Miguel.

»Nein.«

»Aber warum, Amba? Gemeinsam sind wir stärker. Warum stößt du mich immerzu zurück?«

»Ich bringe dir Unglück, Miguel.« Sie sagte es in so düsterem Ton, dass Miguel fürchtete, sie glaube an diesen Unsinn.

»Aber *ich* bringe *dir* Glück.«

Amba ließ ein raues, bitteres Schnauben hören. »Ach, Miguel … wenn es doch nur so wäre.«

Er zog sie zu sich heran und schloss sie in beide Arme. Er hauchte einen Kuss auf ihren Scheitel und flüsterte: »Es wird so sein. Man muss nur fest genug daran glauben.«

Sie verharrten lange in der Umarmung, bis Miguel sich mit dem Rücken an der Lehmwand des Gangs in die Hocke sinken ließ. »Wenn wir schon nicht weiter vorankommen, dann lass uns wenigstens unsere Kräfte schonen und uns setzen.«

»Ja«, sagte Amba tonlos und ließ sich ebenfalls auf den Boden hinab.

»Willst du mir nicht endlich erzählen, was du so fürchtest?«, raunte er ihr zu.

»Lieber nicht.«

Miguel war tief enttäuscht. Wie sollte er sie dazu bringen, sich ihm anzuvertrauen, sich ihm zu öffnen? Noch vor kurzem war sie bereit gewesen, ihn in die Kunst des Liebens einzuführen, ihn mit dem Kamasutra vertraut zu machen. Nun aber gab sie sich so schroff, als sei er ein Wildfremder.

Nach einer Weile fühlte Miguel seine Beine taub werden und beschäftigte sich mit der Frage, wie in Dreiteufelsnamen die Inder es schafften, es stundenlang in dieser hockenden Haltung auszuhalten. Er erhob sich, nahm seinen Umhang ab und breitete ihn so gut, wie es ihm im Dunkeln möglich war, unter sich aus. Jetzt war er froh, dass er die samtene Capa gewählt hatte, denn sie war groß und weich genug, dass sie zu zweit darauf sitzen oder sogar liegen konnten. Er tastete nach Ambas Hand. »Komm her, *meu amor*, nun ist es bequemer.«

Sie ließ sich bereitwillig von ihm auf die improvisierte Decke ziehen und schmiegte sich an seine Brust, spürte seine Wärme und seinen Herzschlag. Sie küsste sich an seinem Hals hinauf zu seinem Mund, während sie ihren Körper auf seinen rollte.

Eine weitere Aufforderung benötigte Miguel nicht. Das Begehren, das Amba vorhin in ihrem Schlafgemach in ihm geweckt hatte, kehrte mit doppelter Wucht zurück, als hätten die Dunkelheit und die Angst vor Entdeckung seine Gelüste erst recht entflammt. Ihre Zungen vereinigten sich in einem Spiel, das die verzweifelte Gier des Liebesaktes vorwegnahm. Amba klammerte sich an Miguel und spürte seine Erektion. Sie grub ihre Finger tief in seine Haut und biss in seinen Hals – in derselben atemlosen Erregung, mit der er ihre Brüste knetete, bevor er sie von sich hinunterrollte und sich auf sie legte. Mit seinem Körper drückte er ihre Beine auseinander, während er mit seinen Händen ihren Sari nach oben schob und seine Hose öffnete. Mit einem einzigen festen Stoß glitt er in sie.

Amba stöhnte gurrend. Ihr ganzer Körper sehnte sich nach ihm, lechzte, heiß und feucht, nach Erfüllung. Miguel hob Ambas Beine an, um in immer schnelleren und kräftigeren Stößen immer intensiver mit ihr zu verschmelzen. All seine aufgestaute Enttäuschung über ihre fortgesetzten Abweisungen manifestierte sich in diesem Akt, der wenig mit Liebe und viel mit Macht zu tun hatte. Und Amba unterwarf sich ihm mit Wonne, keuchend und seinen Namen flüsternd.

Auch Miguel stammelte ihren Namen. Seine Stimme war rau und krächzend, was Amba mehr als alles andere erregte. Mit einer schier übermenschlichen Willenskraft zwang sie sich dennoch dazu, sein Becken von sich fortzudrücken, damit der Akt nicht schon allzu früh vorbei sei. Er glitt aus ihr heraus. Wäre es nicht so düster gewesen, hätte sie seine enttäuschte Miene sehen können.

Er lehnte sich an die klamme Wand und keuchte. Darauf hatte Amba gewartet. Sie setzte sich vorsichtig auf seine steil aufragende Männlichkeit, bis sie ganz von ihr erfüllt war. Sie hob und senkte ihren Leib in einem aufreizenden Takt, der Miguel köstlich erschien und zugleich zu langsam war. Er packte ihre Pobacken mit seinen kräftigen Händen und schob Amba immer fordernder vor und zurück. Amba schwindelte von dem stürmischen Ritt. Als er an ihren Haaren riss und ihr grob den Kopf zurückzog, stöhnte Amba laut auf. Sein Becken hob sich unter ihr in immer kraftvolleren Stößen. Ein unkontrollierbares Zittern ergriff von ihr Besitz, gefolgt von einer betörenden Hitze. Ihr liefen Tränen der Wollust über die Wangen. Schluchzend ließ Amba sich gegen Miguels Brust sinken und gab sich den Gefühlen hin, die sein bebender Leib und sein Stöhnen in ihr auslösten.

Amba blieb noch eine Weile an Miguel geschmiegt liegen. Als sich ihre schweißnassen Körper voneinander lösten, hätte sie gern sein Gesicht angeschaut. Sie überlegte, ob sie ihren Feuerstein benutzen sollte, entschied sich aber dagegen. Vielleicht war es besser, wenn er ihre geröteten Wangen nicht sah, den sich auflösenden Zopf, die roten Flecken, die sich vermutlich an ihrem Hals und Dekolleté befanden, wie jedes Mal, wenn sie in höchster Erregung war.

Jetzt, da ihre Begierde befriedigt war und ihr Verstand allmählich wieder einsetzte, fragte sie sich, wie es zu dieser animalischen Vereinigung hatte kommen können, die aller Subtilität entbehrt hatte, wie sie sie schätzte. Allerdings hatte in der Rohheit ihres Aktes ein ganz eigener Reiz gelegen.

Sie würde dieses Liebesspiel vermissen, war ihr letzter Gedanke, bevor sie an seiner Brust einschlief.

60

Im Morgengrauen kletterten Amba und Miguel aus ihrem Versteck. Sie rollten ein paar Steine fort und schoben Gestrüpp beiseite, bevor Amba sich vorsichtig nach allen Seiten umsah. Sie hatte den Eindruck, dass sich außer ihnen kein menschliches Wesen im Wald befand. Sie sollten es nun wagen.

Sie selber hatte bei den Dingen in ihrem Fluchtbündel auch einen unauffälligen, robusten Sari gehabt, den sie nun trug. Miguel hatte die Kleidung vom Vorabend an, die zwar zerknittert war, aber ihren Zweck erfüllte. Er war dankbar, dass er Stiefel und keine Schnallenschuhe getragen hatte, denn in Letzteren wäre das Fortkommen im Wald erheblich schwerer gewesen.

Er verließ sich auf Ambas Ortskenntnis und folgte ihr durch das Unterholz. Er fand es um diese Stunde ein wenig beklemmend im Wald, der bereits vor Leben pulsierte. Überall knackte, knisterte und raschelte es, und hätten die Vögel den erwachenden Tag nicht mit einem fröhlichen Konzert begrüßt, so hätte es Miguel regelrecht gegruselt.

Amba schien seine diffusen Ängste nicht zu teilen. Sie bewegte sich mit großer Konzentration und vollkommen lautlos. Ihr Gesicht zeigte nichts als Entschlossenheit. Miguel hätte gern gewusst, wohin sie gehen wollte, doch er äußerte die Frage nicht. Sie würde sich schon eine Route ausgeheckt haben, die sie in Sicherheit brachte.

Nachdem sie etwa eine Stunde gegangen waren, erreichten sie den Fluss. Amba steuerte geradewegs auf eine kleine Hütte am

Ufer zu. Sie klopfte an die Tür, wurde eingelassen und kam wenig später in Begleitung eines älteren Mannes heraus. Sie sprach leise und schnell auf ihn ein und deutete hin und wieder auf Miguel. Schließlich winkte sie Miguel heran, der in einiger Distanz hatte warten müssen, und erklärte ihm: »Dieser Mann ist Fischer. Er wird uns ans andere Ufer des Mandovi rudern.«

Und so geschah es. Auf der anderen Seite angelangt, drückte Amba dem Mann eine Münze in die Hand, die ungefähr dem Hundertfachen entsprach, was das Übersetzen mit der Fähre gekostet hätte. Danach wanderten sie erneut ein Stück durch einen Wald, bis sie endlich zu einer Siedlung gelangten, die Miguel kannte. Sie hatten die Stadt beinahe erreicht, denn Panjolim war einer der östlichen Vororte. Hier lebte Crisóstomos Familie, und hier hatte Miguel einst seinen treuen Panjo aufgelesen.

Ab jetzt wäre es einfacher, sich vor Verfolgern zu verstecken, denn viele Leute waren schon auf den Beinen. Auch käme wahrscheinlich niemand auf die Idee, ausgerechnet hier nach ihnen zu suchen, während alle Wege von und zur Fähre sowie vom und zum Solar das Mangueiras bestimmt überwacht wurden.

»Und nun?«, wagte Miguel erstmals nach Ambas Plan zu fragen.

»Ich hatte eine Flucht für mich allein vorbereitet. In diesem Fall hätte ich mich als Dienstmagd verkleidet und mich auf einer Galeone gen Europa eingeschifft, wo mich angeblich eine neue Stellung erwartet. Was ich nun mit dir anstelle, weiß ich noch nicht.«

»Ich weiß es aber. Lass uns in unser Kontorhaus gehen. Senhor Furtado wird uns helfen.«

»Ich bin sehr skeptisch, was die Hilfe fremder Menschen an-

geht. Sie tun es nie umsonst, und sie sind nie in der Lage, Stillschweigen darüber zu wahren.«

»Warte es ab. Du kennst Senhor Furtado nicht. Im Übrigen
habe ich etwas, das ihm als Bezahlung mehr wert sein dürfte als
hundert Edelsteine.«

»Ach ja?«

»Ja. Eine Information.«

Amba dachte einen Moment über ihre Alternativen nach. Wenn
dieser Senhor Furtado auch nur halb so gut war, wie Miguel zu
glauben schien, dann wäre es vielleicht tatsächlich klüger, seine
Hilfe in Anspruch zu nehmen. Miguel konnte in seinen zer-
knitterten Kleidern und ohne Gepäck nirgendwohin reisen,
ohne Argwohn zu erregen. Und sie selber wäre in Miguels Gesellschaft wesentlich sicherer denn als allein reisende Dienstmagd. Aber – wer sagte ihr denn, dass Miguel überhaupt vorhatte, sie auf dem Weg nach Europa zu begleiten? Vermutlich
schwebte ihm eine ganz andere Lösung vor.

Sie hatten inzwischen das Gebäude erreicht, auf dem in großen
Lettern der Name des Handelshauses Ribeiro Cruz & Filho
prangte. Es herrschte dort um diese Zeit – es mochte vielleicht
acht Uhr sein – allerdings noch nicht viel Betrieb. Das war gut,
dachte Amba, denn so verringerte sich auch die Wahrscheinlichkeit, dass ihnen ihre Häscher hier auflauerten. Sie folgte
Miguel in das Innere des Gebäudes. Wenig später klopfte er an
eine Tür.

»Was gibt es?«, hörten sie die unwirsche Stimme eines Mannes.

Miguel grinste Amba an. »Gott sei Dank, er ist bereits da.« Er
stieß die Tür auf und zog Amba an der Hand mit in den Raum,
um die Tür sogleich wieder zu schließen und von innen zu ver-
riegeln.

»Senhor Miguel!«, rief Furtado überrascht.

»Wie er leibt und lebt. Amba, dies ist der treffliche Senhor Furtado. Senhor Furtado, dies ist die berühmte Dona Amba.«

»Sehr erfreut«, murmelten die beiden gleichzeitig und musterten einander verstohlen. Senhor Furtado war von der Schönheit der jungen Frau überwältigt, doch ihre grimmige Miene gab ihm zu denken. Diese Frau, die ihm skrupellos und verbissen erschien, hatte der junge Senhor Miguel auserwählt? Das konnte doch niemals gut gehen!

Amba studierte Senhor Furtado mit ähnlich gemischten Gefühlen. Er war Inder, was Miguel mit keiner Silbe erwähnt hatte und was ein wenig der Anspannung von ihr nahm. Indern war immer noch eher zu trauen als Europäern. Allerdings gefiel ihr nicht, wie rechthaberisch und wichtigtuerisch er da hinter dem Schreibtisch hockte, so als sei er der Herr im Haus. Aber das sollte im Augenblick ihre geringste Sorge sein.

»Wir sind nur knapp einer Verhaftung entgangen«, erklärte Miguel dem anderen Mann nun. »Ich habe nichts außer dem, was ich am Leib trage.« Außer, dachte er bei sich, das Wichtigste überhaupt: sein Leben und Amba. Aber das mochte er hier nicht aussprechen. »Wir müssen fort aus Goa. Und Euch bitte ich um Eure Mithilfe.«

»Natürlich, Senhor Miguel.«

»Ich werde Euch dafür angemessen entlohnen.«

Senhor Furtado öffnete den Mund, um Einspruch zu erheben, doch Miguel ließ ihn nicht zu Wort kommen. »Nicht mit Gold oder Edelsteinen, denn davon habt Ihr wahrscheinlich ohnehin mehr, als Ihr braucht. Ich gebe Euch eine vertrauliche Information über den Betrüger, der unser Handelshaus schädigt. Ich weiß, wer es ist.«

»Wer?«, fragte Furtado atemlos.

»Schickt einen Burschen zum Solar das Mangueiras, etwa unter dem Vorwand, dort Geschäftsunterlagen abzuholen. Er soll in der oberen rechten Schublade meines Sekretärs nach einem Brief aus Portugal suchen. Er ist leicht an dem blau eingefärbten Couvert zu erkennen.«

»In Ordnung.« Furtado merkte, dass jetzt nicht der ideale Moment war, um den Sohn seines Arbeitgebers zu unterbrechen. Senhor Miguel würde schon noch alles berichten.

»Unterdessen beherbergt uns irgendwo. Wir waren die ganze Nacht auf den Beinen. Wir müssen ein wenig schlafen. Wir müssen uns waschen, und wir brauchen frische Kleidung.«

»In Ordnung.« Furtado kratzte sich am Kopf, während er fieberhaft darüber nachdachte, wo er die beiden unterbringen konnte. Im Kontorhaus und bei ihm zu Hause würde man womöglich nach ihnen suchen. Vielleicht bei der Cousine seiner Gemahlin, die allein lebte und zurzeit eine Pilgerreise an den Ganges machte? Ja, warum nicht? Ihre Dienerschaft hatte sie für die Zeit ihrer Reise fortgeschickt und das Haus verschlossen.

»Wenn Ihr den Brief habt, lest ihn. Und entscheidet dann, wie zu verfahren ist. Danach versucht, uns eine Passage auf dem nächsten Schiff zu buchen, das ablegt, ganz gleich, wohin es fährt. Sobald wir ausgeruht sind, am Nachmittag oder am frühen Abend, kommt uns in unserer Unterkunft besuchen. Dann reden wir weiter.«

»In Ordnung.« Furtado stand auf und ging zu einem Wandschrank. Er zog daraus eine komplette indische Alltagskluft hervor, die er immer parat hatte, falls er an sehr heißen Tagen seine Kleidung durchschwitzte. »Zieht das an. Es wird nicht gut passen, aber fürs Erste seid Ihr damit unauffälliger als in Euren Sachen. Niemand beachtet Männer in weißen *dhotis* und *kurtas*.« Er sah an Amba herab und stellte fest, dass sie keiner Veränderung bedurfte. Ihr Sari war von unauffälliger Beschaffenheit, und da niemand in der Stadt je ihr Gesicht gesehen hatte, würde sie keine Aufmerksamkeit erregen. Gemeinsam konnten die beiden gut und gerne als Handwerkerpaar durchgehen.

»Kommt mit.« Furtado kramte einen Schlüssel aus dem Ablagefach seines Sekretärs und ließ ihnen beiden den Vortritt, als sie sein Büro verließen. Danach ging er voran. Er bewegte sich mit großer Anmut und Selbstverständlichkeit, stellte Amba beruhigt fest, und nicht etwa verhuscht wie jemand, der zwei Flüchtige im Schlepptau hatte. Sie folgten ihm durch Hauptstraßen und verwinkelte Gassen, bis sie vor einem Gebäude standen, das nach wohlhabenden, aber nicht nach schwerreichen Bewohnern aussah. Er öffnete die Haustür, stieg erstaunlich behende für einen Mann seiner kräftigen Statur die Treppen zum oberen Stock hinauf und schloss die Wohnungstür auf.

Ein abgestandener Geruch schlug ihnen entgegen. Hier war schon seit längerem nicht mehr gelüftet worden. Dennoch wollte die Bleibe Amba und Miguel als feudale Residenz erscheinen, als sie das Bett im Gästezimmer sahen, die dicke Matratze und die saubere Leinenwäsche.

»Hier könnt Ihr bleiben, bis ich alles geregelt habe. Sollte uns jemand gesehen haben und Fragen stellen, werde ich sagen, ich hätte ein neues Hausmeisterpaar eingestellt. Ihr haltet Euch bitte ebenfalls an diese Version.«

Beide nickten. Sie waren ohnehin zu erschöpft, um Einwände zu erheben oder Fragen zu stellen.

Nachdem Furtado gegangen war, fielen sie beide in ihrer Kleidung auf das komfortable Bett und sanken sofort in einen tiefen, traumlosen Schlaf.

Amba erwachte als Erste. Die Nachmittagssonne fiel durch die Lamellen der Fensterläden direkt auf ihr Gesicht. Sie stützte sich auf ihren Ellbogen und betrachtete Miguel, der noch fest schlief. Er sah so jung und schutzbedürftig aus, wie er da mit halb geöffnetem Mund und strubbeligem Haar lag. Was tat sie ihm an? Worauf ließ er sich da ein? Sollte sie es wirklich gestatten, dass er sich ihr zuliebe oder wegen einer vorübergehenden Leidenschaft, die bald erkaltet wäre, sein Leben ruinierte? Wenn nicht, dann sollte sie ihn jetzt gleich verlassen und ihre Flucht wie geplant fortsetzen.

In diesem Augenblick schlug Miguel die Augen auf und lächelte sie an. »Was für ein erfreulicher Anblick am frühen Morgen«, murmelte er, noch im Halbschlaf. »Oder ist es nur ein schöner Traum?« Er hob das Gesicht und drückte ihr einen sanften Kuss auf die Wange. »Oh, es schmeckt ganz und gar wirklich.«

»Es ist nicht früher Morgen, Miguel. Es ist später Nachmittag. Und Senhor Furtado hat sich noch immer nicht blicken lassen. Bist du ganz sicher, dass er uns nicht verrät und wir uns plötzlich einer Armee von Wachleuten gegenübersehen?«

»Ja.« Miguels Schläfrigkeit war schnell verflogen, als ihm einfiel, wo sie sich befanden und warum. Seine Stimme klang nun wieder klar und scharf und spiegelte damit genau seinen Geisteszustand wider. »Er wird gleich kommen. Und ich bin sicher, dass er sich etwas Gutes hat einfallen lassen. Der Mann ist sehr gewitzt.«

Kaum hatte er es ausgesprochen, da klopfte es schon an der Tür. Miguel und Amba glitten blitzschnell aus dem Bett, zupften an ihrer Kleidung und sagten gleichzeitig »herein«.

Furtado war außer Atem. Er musste sehr aufgewühlt sein, denn es war das erste Mal, dass Miguel ihn mit zerrauftem Haar und zerknitterter *kurta* sah. »Dieser Brief«, keuchte er, »es ist ungeheuerlich!«

»Ja, allerdings«, entgegnete Miguel. Amba schaute ihn fragend an, doch er vertröstete sie knapp: »Später.«

»Was tut Ihr mir an? Soll ich nun derjenige sein, der Dona Beatriz den Wölfen zum Fraß vorwirft?«

»Aber nein, durchaus nicht. Ihr könntet Euch jedoch eine, nun ja, geschönte Version einfallen lassen. Besonderen Wert lege ich allerdings darauf, dass meine Unschuld darin deutlich zum Ausdruck kommt.«

»Verzeiht Ihr mir?«, fragte Senhor Furtado zerknirscht.

»Ja.« Miguel wusste, was der andere damit meinte. Furtado schämte sich, weil er Miguel zu Unrecht verdächtigt hatte. Aber Miguel machte ihm weder einen Vorwurf daraus, noch mochte er sich jetzt mit längeren Gefühlsduseleien aufhalten. »Was habt Ihr zuwege gebracht?«

»Das nächste Schiff nach Lissabon verlässt Goa übermorgen. Bis dahin müsst Ihr Euch hier verstecken. So lange wird es übrigens auch dauern, bis ich Euch falsche Papiere besorgt habe.«

»Wie wollt Ihr das anstellen?«, meldete sich nun erstmals Amba zu Wort.

Furtado rollte mit dem Kopf und deutete ein Lächeln an: »Wer weiß …«

»Ich habe eine Idee, wenn Ihr mir gestattet, einen Vorschlag zu machen.«

Beide Männer sahen Amba neugierig an und forderten sie durch Gesten auf, fortzufahren.

»Im Kerker sitzen zwei Männer ein. Sie heißen Chandra und Pradeep und kommen aus dem Nachbarland, Maharashtra. Ich weiß nicht genau, was sie verbrochen haben, aber ein qualvolles Siechtum im Verlies haben sie gewiss nicht verdient. Nun, das ist ein anderes Thema. Vielleicht könntet Ihr Euch eines Tages für ihre Befreiung einsetzen. Zunächst aber sollten wir versuchen, ihre Passierscheine in unseren Besitz zu bringen. Ich bin mir ziemlich sicher, ein Bündel im Stroh auf dem Boden gesehen zu haben, und mit ein wenig Glück befinden sich noch ihre Papiere darin. Ich meine, die Inquisition hat doch gar keine Verwendung dafür, ja, sie interessiert sich oft nicht einmal für die Identität der Inhaftierten, wenn diese von niemandem vermisst werden oder sich niemand für sie einsetzt.«

»Was hast du mit diesen Männern zu schaffen?«, wollte Miguel wissen, und diesmal war sie es, die ihn mit einem knappen »später« beschied.

»Was wollt Ihr mit den Papieren der Männer?«, fragte Furtado. »Ihr seid eine Frau, und Senhor Miguel ist Portugiese.«

»Wie wahr. Aber mit sehr geringem Aufwand könnten wir als zwei Inder durchgehen. Senhor Miguel sieht in Eurer Kleidung schon recht indisch aus, und wenn er erst einen seidenen Rock mit Stehkragen, Schnabelschuhe und einen Turban trüge, würde er jeden damit täuschen. Ich selber könnte, in ähnlicher Aufmachung, für einen Knaben gehalten werden. Und da Chandra und Pradeep nicht aus Goa stammen, würde es auch nicht weiter auffallen, dass Senhor Miguel kein Konkani spricht.«

Senhor Furtados Bewunderung für die junge Frau wuchs mit jeder Minute. Sie war klug, und sie war mutig. Er ließ den Blick an ihr herabgleiten und versuchte sie sich in Männerkleidung vorzustellen. Ja, es könnte funktionieren. Das Schwierigste bei der Umsetzung dieses sehr gewagten Planes war jedoch, in den Kerker zu gelangen und den beiden Kerlen ihr Bündel abzunehmen, in der Hoffnung, dass sich die Dokumente auch tatsächlich darin befanden.

Miguel hing ähnlichen Überlegungen nach, als er plötzlich einen Geistesblitz hatte.

»Erinnert Ihr Euch noch an Euren ehemaligen *punkah wallah*? Crisóstomo?«, fragte er Furtado.

»Gewiss.«

»Er verfügt über die seltene Gabe, sich unsichtbar zu machen. Nein, lacht nicht, ich habe sein Geschick darin selbst erlebt. Es ist unglaublich. Schickt nach ihm und erklärt ihm die Lage. Er ist vertrauenswürdig, auch wenn Ihr anderer Meinung sein dürftet. Ihn könnt Ihr in den Kerker schicken, als Besucher dieser beiden Männer. Und Crisóstomo spricht Marathi, das macht das Ganze erst recht glaubhaft.«

Furtado rollte vehement den Kopf, was alles bedeuten mochte, angefangen bei »oh weh, ob das gut geht?« bis hin zu »ein brillanter Einfall!«. Miguel hätte angesichts der erschrocken aufgerissenen Augen des Mannes am liebsten laut gelacht, riss sich aber zusammen. Es wäre ihrer Lage nicht eben zuträglich, wenn Furtado sich jetzt gekränkt fühlen würde.

»In Ordnung«, sagte der Inder schließlich, »ich werde es versuchen.«

Zwei Tage später bestiegen zwei prachtvoll herausgeputzte Inder eine Galeone von mittlerer Größe und nicht gerade neuesten Baujahrs. Die Besatzung staunte nicht schlecht über die exotischen Passagiere. Sonst beförderten sie immer nur einfache Leute, die Reichen bevorzugten andere Schiffe mit größeren und komfortabler ausgestatteten Kabinen. Das Gepäck der beiden entsprach ebenfalls nicht dem, was die meisten Passagiere, auch ärmere Leute, für eine so lange und ferne Reise mitzunehmen pflegten. Es waren nur zwei bescheidene Ledertruhen, mehr nicht. Aber gut, es waren eben Inder, und deren Hirne hatten ja bekanntlich andere Windungen als die von Weißen. Die Matrosen wendeten sich wieder wichtigeren Dingen zu, etwa den hübschen Mädchen, die am Pier standen und winkten.

Auch Miguel, nun Chandra, und Amba, nun Pradeep, blieben an der Reling stehen und betrachteten das Gewusel am Pier, als fänden sie die Mädchen ebenso spannend. In Wahrheit hielten beide Ausschau nach etwaigen Verfolgern. Nur noch eine halbe Stunde!, flehten sie im Stillen, dann würde das Schiff die Leinen losmachen, und sie beide wären in Sicherheit. Bitte, lieber Gott, betete Miguel, lass nicht jetzt noch Carlos Alberto oder gar Frei Martinho auftauchen, die ihn vermutlich sofort identifizieren würden. Hilf, Parvati, rief Amba ihre Göttin an, sorge dafür, dass nicht im letzten Moment noch etwas schiefläuft.

Die Gefahr war jedoch recht gering. Mit den echten Papieren von Chandra und Pradeep war es ein Leichtes gewesen, die Passage zu buchen. Dank der Unterstützung von Senhor Furtado waren die beiden Reisenden mit Geld, Kleidung und dem Nötigsten ausgestattet, das sie brauchten. Er hatte ebenfalls geschickt dafür gesorgt, dass das Gerücht von der Flucht des Paares gen Norden sich verbreitete, was die Verfolger auf eine falsche Fährte locken sollte. Er hatte zudem veranlasst, dass Beatriz eine Zahlungsanweisung zugunsten ihres Schwagers Miguel ausstellte, die diesen in Angola mit weiteren finanziellen Sicherheiten ausstatten würde, wenngleich es ein wenig Wartezeit bedeutete. Furtado hatte wirklich an alles gedacht, auch daran, Crisóstomo zur Belohnung für dessen mutigen Einsatz im Kerker im Kontor einzustellen, denn die Talente des Burschen waren bei einem *punkah wallah* in der Tat vergeudet. Weiterhin hatte er einen Schuldigen für die Betrügereien im Handelshaus Ribeiro Cruz ausgemacht. Dem alten Ribeiro Cruz schilderte er in einem Brief in allen Details, wie Miguel und er gemeinsam den Schuft, dem er einen Phantasienamen verpasste, entlarvt und dafür gesorgt hatten, dass er im Kerker landete.

Zum selben Zeitpunkt, da Senhor Furtado wieder an seinem Arbeitsplatz saß und im Geiste durchging, ob er nicht doch etwas vergessen oder übersehen haben könnte, standen

»Chandra« und »Pradeep« an der Reling und wälzten besorgt genau dieselben Gedanken wie ihr Retter. Hatten sie an alles gedacht? Wenn sie einmal unterwegs waren, würden sie nicht mehr viel tun können. Sie suchten in der Menge nach bekannten Gesichtern, doch sie entdeckten niemanden, nicht einmal alte Freunde. Natürlich nicht, auf einem Seelenverkäufer wie diesem reisten Leute wie sie normalerweise nicht. Angst vor der Überfahrt hatten sie dennoch keine.

Sie würden es irgendwie schaffen. In Angola würde man weitersehen. Vielleicht könnten sie von dort nach Brasilien weiterfahren? Man hörte viel Gutes über dieses riesenhafte Land auf der anderen Seite der Erde, und niemand kannte sie dort. Sie würden ganz von vorn beginnen können. Gemeinsam. Und ganz auf sich gestellt. Mit vereinten Kräften konnten sie etwas Schönes aufbauen, daran hatten weder Miguel noch Amba die geringsten Zweifel.

Als Chandra gedankenlos den Arm um Pradeep legte, zogen die Matrosen angewiderte Grimassen. Der innige Umgang, den diese beiden gutaussehenden Burschen miteinander pflegten, war abstoßend. Aber was sollte man schon sagen? Es waren eben Inder. Sie schüttelten die Köpfe und wandten sich von dem unwürdigen Spektakel ab. Denn nun hieß es: Leinen los und Segel setzen!

EPILOG

Bahia de Todos os Santos, Brasilien, Anfang 1637

Amba betrachtete gedankenverloren die Kokospalmen, die im Wind rauschten. An manchen Tagen überfielen sie *saudades* nach Indien, eine melancholische Sehnsucht nach den alten Zeiten, die, wie sie sehr genau wusste, in der Erinnerung schöner waren als in Wirklichkeit. In Brasilien, der großen südamerikanischen Kolonie Portugals, war es ihnen deutlich besser ergangen als in Goa.

Sie verschränkte die Hände vor ihrem leicht hervortretenden Bäuchlein und wippte mit dem Schaukelstuhl. In vier Monaten würde die kleine Anita ein Geschwisterchen bekommen. Amba betete zu Parvati und zur Jungfrau Maria, dass auch diesmal wieder alles so reibungslos verlaufen würde wie bei der Schwangerschaft zuvor. Sie war mit knapp über dreißig schließlich nicht mehr die Jüngste.

Als Miguel von hinten an sie herantrat, die Arme um sie legte und ihr einen Kuss auf den Scheitel hauchte, schrak sie aus ihren Betrachtungen hoch.

»*Bom dia, meu amor*. Wie geht es euch beiden heute?«

»Bestens.«

Das hatte Amba in den vergangenen Wochen auch immer behauptet, heute aber stimmte es. Die Anfälle von morgendlicher Übelkeit hatten aufgehört, nun irritierten sie einzig ein paar merkwürdige Gaumengelüste.

»Könntest du mir heute bitte ein paar unreife Bananen besorgen?«, bat sie Miguel. Das versonnene Lächeln auf seinem Gesicht sah sie nicht, da er noch immer hinter ihr stand.

»Natürlich, was immer du willst.« Er würde, da er heute in der Hauptstadt Salvador zu tun hatte und erst spät zurückkehren würde, den jungen Sklaven João bitten, ein paar gelbgrüne Bananen von einer der Stauden abzuschneiden, die an ihrer Grundstücksgrenze wuchsen. Der Junge würde wahrscheinlich wieder eine beleidigte Miene aufsetzen, da er als Haussklave sich nicht gern zu so niederen »landwirtschaftlichen« Verrichtungen herabließ. Wie sehr die Menschen sich ähnelten, dachte Miguel, ganz gleich, ob sie asiatischer, europäischer oder afrikanischer Herkunft waren. Und wie grotesk es da eigentlich war, dass eine Rasse eine andere versklavte.

Mit leichtem Unbehagen dachte er an seine eigene Dienerschaft, die sich ausschließlich aus Schwarzen zusammensetzte. Ohne sie ging es in Bahia nicht, aber dem einen oder anderen würde er sicher eines Tages die Freiheit schenken. Wenn er und seine Familie erst vollkommen in die Gesellschaft integriert wären, dann würde er sich solche Extravaganzen leisten können. Vorerst allerdings durften sie keine unnötige Aufmerksamkeit auf sich ziehen, wie es das Freilassen von Schwarzen zweifellos getan hätte. Ihr Status in der Kolonie war noch nicht ausreichend gefestigt, und der Kinder zuliebe, die keiner wie auch immer gearteten Demütigung ausgesetzt sein sollten, mussten sie sich den Gepflogenheiten Brasiliens anpassen.

Am Abend kehrte Miguel mit einem besonderen Geschenk zurück: Er hatte in Salvador einen Brief vorgefunden, der an Amba und ihn adressiert war, und er hatte all seine Selbstbeherrschung aufwenden müssen, um ihn nicht schon vor Amba zu lesen.

»Sieh mal, wer uns geschrieben hat«, sagte er und reichte Amba das arg mitgenommene Kuvert.

Sie nahm es vorsichtig und betrachtete es andächtig, als sei das verschmutzte, wellige Papier mit der verwischten Tinte eine große Kostbarkeit. »Isabel«, flüsterte Amba und eilte davon, um den Brieföffner zu holen. Die wenige Post, die sie hier erreichte, musste man mit Sorgfalt behandeln und nicht etwa durch ungeduldiges Aufreißen des Umschlags entehren. Die Briefe wurden gehütet wie ein Goldschatz, so dass auch nachfolgende Generationen sich daran würden erfreuen können.

Goa, im November 1636
Meine lieben Freunde,
da Euer letzter Brief, der mich erreichte, derjenige war, in dem Ihr von der Geburt Eurer Tochter Anita berichtet, darf ich meiner Hoffnung Ausdruck verleihen, dass Ihr wohlauf seid und die Hindernisse, die Ihr in der brasilianischen Gesellschaft vorfandet, aus dem Weg räumen konntet. Ich habe keinerlei Zweifel daran, dass Ihr Euch in Eurer neuen Heimat schnell eingelebt habt und mittlerweile zu Wohlstand und Ansehen gelangt seid. Mit dem Export von Zucker dürftet Ihr in kurzer Zeit vermögend werden, denn ganz Europa verzehrt sich nach den süßen Kristallen.
Ich selber erfreue mich bester Gesundheit und eines überaus frohen Gemüts: Ein gütiger Gott – oder gutes Karma? – hat mich wieder nach Goa geführt. Ich erreichte die Küste Südindiens vor knapp drei Wochen, und diesmal war die Ankunft von herrlichem Wetter sowie euphorischer Stimmung begleitet, denn ich reise mit meinem Ehegatten, der, genau wie ich, über ein abenteuerlustiges Naturell verfügt und sich über die Maßen auf das Neue freut, das vor uns liegt.
Für den Fall, dass mein letzter Brief Euch nicht erreicht hat,

denn es geht ja auffallend viel Post verloren, resümiere ich: Ich habe mich mit Felipe Lisboa de Pinto vermählt, einem jungen Naturforscher, der mir begegnete, als der unglaubliche Diamant in einer Runde von Wissenschaftlern aller Art bestaunt wurde. Die Liebe traf mich wie ein Schlag, und erst jetzt begreife ich, dass meine vorübergehende Vernarrtheit in Miguel der Einsamkeit oder den etwas ungünstigen Umständen meiner ersten Indienreise entsprang.

Wir werden uns etwa zwei Monate in Goa aufhalten, damit Felipe sich an Klima, Nahrung und fremde Lebensweise gewöhnen kann. Danach wollen wir in das Mogulreich aufbrechen. Ach, Ihr Lieben, Ihr könnt Euch nicht vorstellen, wie sehr ich der Reise entgegenfiebere! Endlich werde ich das berühmte Taj Mahal sehen, das sich zwar noch immer im Bau befindet, das jedoch bereits jetzt alles in den Schatten stellen soll, was es in Europa an großartigen Bauten gibt. Endlich werde ich das wahre Indien kennenlernen, und einen besseren Reisegefährten als Felipe könnte ich mir nicht erträumen. Mit der allergrößten Selbstverständlichkeit spricht er von Tigerjagden und anderen gefährlichen Unternehmungen, die wir gemeinsam erleben wollen. Er besteht sogar regelrecht darauf, mich jederzeit an seiner Seite zu haben, um sich mit mir austauschen zu können. Verzärtelte Damen, die zu Hause bleiben, immer das Riechsalz in greifbarer Nähe, sind ihm ein Greuel.

In Goa hat sich nicht sehr viel geändert, seit ich – und Ihr ja nur wenig später – es verlassen habe. Maria Nunes errötet noch immer so schnell. Ihr Mann gilt als verschollen, doch sie trägt es mit Fassung, vermutlich auch deshalb, weil ihr zum Trauern wenig Zeit bleibt. Sie hat ja ihre kleine Tochter sowie Paulo, den sie nun offiziell als Kind angenommen hat. Dessen leiblicher Vater, Carlos Alberto Sant'Ana, wurde, wie mir der liebe Senhor Furtado nicht ohne Häme mitteilte, im vergangenen Jahr hingerichtet. Furtado und seine Frau sind wohlauf und sehr damit beschäftigt, den Umzug nach Pangim vorzubereiten. Furtado lässt Dir, lieber Miguel, ausrichten, Dein einstiger Bursche entwickle sich unter seinen Fittichen prächtig, und richtet Euch beiden die allerherzlichsten Grüße aus.

Nach Pangim verschlägt es immer mehr Einwohner der einstigen Hauptstadt, die zusehends verwaist. Eine neuerliche Cholera-Epidemie sowie die regelmäßigen Überschwemmungen haben nun sogar einen so stoischen Mann wie Furtado dazu bewegt, sich den Veränderungen zu beugen. Pangim wächst zu einer schmucken Stadt heran, Ihr würdet es nicht wiedererkennen.

Genug der Plauderei. Ich muss mich sputen, denn Felipe und ich sind gleich mit einem hiesigen Juwelier verabredet, der uns zwei zueinander passende Glücksamulette nach unserem Entwurf anfertigen soll. Ich hoffe, dieser Senhor Rui wird dem guten Ruf gerecht, der ihm vorauseilt.

Solltet Ihr wünschen, dass ich jemanden hier aufsuche, lasst es mich wissen. In nicht allzu ferner Zukunft werden Felipe und ich sicher wieder nach Goa zurückkehren, und dann könnte ich Ambas Verwandte oder wen auch immer davon in Kenntnis setzen, dass es Euch gut geht. Denn dass es sich so verhält, daran zweifle ich keinen Augenblick.

Ich drücke Euch und sende Euch die allerbesten Wünsche!

In Liebe, Dankbarkeit und ewiger Verbundenheit

Eure Isabel

Mit tränenfeuchten Augen legte Amba den Brief beiseite. Wie sich alles zum Guten entwickelt hatte! Und wie froh sie war, dass es der herzensguten Isabel vergönnt war, endlich ihr Glück zu finden! Sie nahm Miguels Hand und drückte sie. Auch er war ergriffen angesichts der erfreulichen Wendung, die die Dinge genommen hatten, mochte sich seine Rührung aber nicht anmerken lassen.

»Wollen wir uns gleich hinsetzen und eine Antwort schreiben? Bis unsere Post in Indien angekommen ist, sind Isabel und ihr Mann bestimmt schon wieder zurück von ihrer Reise.«

»Ja«, sagte Miguel. »Vermutlich wird Isabel es noch bereuen, dass sie uns angeboten hat, unsere Bekannten oder Verwandten aufzusuchen. Mir fallen da auf Anhieb zehn Personen ein, allen voran Sidónio und seine junge Braut sowie Delfina mit ihrem Engländer. Und du willst ja sicher wissen, wie es um Nayana und den Rest deiner kleinen Familie bestellt ist. Ob Anuprabha und Makarand glücklich miteinander sind?«

Amba kicherte leise in sich hinein. Sie war davon überzeugt, dass Anuprabha nach einem Kind pro Jahr in die Breite gegangen war und den armen Makarand mit ihren Launen in den Wahnsinn trieb, was Letzteren aber nicht davon abhielt, seine Gemahlin zu vergöttern und ihr zuliebe sehr fleißig zu arbeiten, um zu Wohlstand zu kommen. Sie nickte. »Ja, ich weiß, dass sie glücklich miteinander sind.« Nach kurzem Innehalten fuhr sie nachdenklich fort: »So hat der vermaledeite Diamant doch noch etwas Gutes bewirkt, wenn Isabel ihren Mann über ihn kennengelernt hat.«

»Was wohl damit geschehen sein mag?«, rätselte Miguel. »Ob sie den Stein einem Museum anvertraut hat? Oder ihn verkauft hat, um mit dem Erlös gute Taten zu vollbringen?«

Amba strich ihm sanft über die Wange, auf der jetzt, am Abend, schon wieder die kratzigen Stoppeln standen, die sie so anziehend fand. »Wen kümmert es schon? Ich hätte ihn Isabel nicht überlassen, wenn ich nicht die Gewissheit gehabt hätte, dass sie etwas Sinnvolles damit tut. Und gibt es nicht viel wichtigere

Dinge im Leben? Zum Beispiel, dass ein Ehemann seiner Gemahlin huldigt, indem er ihr den Nacken massiert?«

Miguel lächelte wissend. Wenn Amba begehrte, von ihm massiert zu werden, und das tat sie beinahe täglich, dann kam er diesem Wunsch bereitwillig nach. Es war zu einem Ritual zwischen ihnen beiden geworden, das unweigerlich der Beginn einer viel intimeren Begegnung war. Ihre Leidenschaft füreinander hatte an Glut nichts eingebüßt.

Der Brief an Isabel hätte auch noch bis morgen Zeit.

Ana Veloso

So weit der Wind uns trägt

ROMAN

Portugal im Jahre 1908: Die fünfzehnjährige Jujú und der zwei Jahre ältere Fernando schwören sich ewige Liebe – doch zwischen ihnen liegen Welten, denn Jujú ist die Tochter des reichen Großgrundbesitzers Carvalho aus dem Alentejo und Fernando der Sohn armer Bauern. Eine einzige Nacht verändert ihr Leben – und wirft ihre Schatten noch über die folgenden Generationen …

Ein opulenter Roman über eine verbotene Liebe und gleichzeitig eine groß angelegte Familiensaga.

Ana Veloso

Der Duft der Kaffeeblüte

ROMAN

Brasilien, 1884: Auf der elterlichen Kaffeeplantage führt die siebzehnjährige Vita ein unbeschwertes Leben. Um die Hand der schönen Erbin bewerben sich die vornehmsten Verehrer. Doch Vita hat ihren eigenen Kopf und verliebt sich ausgerechnet in den Journalisten León. Dieser aber ist ein Rebell, der nur ein Ziel vor Augen hat: die Abschaffung der Sklaverei – und damit der Grundlage des Wohlstands von Vitas Familie. Doch für Vita ist dies nur ein Grund mehr, den Kampf um den Mann ihrer Träume aufzunehmen. Aber dann verschwindet León spurlos – und Vita entdeckt, dass sie schwanger ist …

»»Vom Winde verweht« mit brasilianischem Feuer.«

Celebrity

Ana Veloso

Das Mädchen am Rio Paraíso

ROMAN

Südbrasilien, 1826: Am Ufer des Rio Paraíso findet der Gaucho Raúl Almeida ein schwerverletztes Mädchen. Als sie erwacht, weiß sie weder, wo sie sich befindet, noch wer sie ist – und sie versteht seine Sprache nicht. Raúl vermutet, dass sie eine Deutsche aus einem der Einwandererdörfer sein könnte. Dort wurde ein Mann umgebracht, und dessen Frau ist seitdem verschwunden. In Raúl regt sich ein schrecklicher Verdacht ... Wer ist die schöne Fremde wirklich?